本書由全國古籍整理出版規劃領導小組資助出版

國家清史編纂委員會・文獻叢刊

桐城派名家文集

7

龍啟瑞集

王拯集

主編 嚴雲綬 施立業 江小角

時代出版傳媒股份有限公司
安徽教育出版社

圖書在版編目（CIP）數據

桐城派名家文集. 第7卷，龍啓瑞集、王拯集 / 嚴雲綬，施立業，江小角主編. 一合肥：安徽教育出版社，2014
ISBN 978-7-5336-7881-4

Ⅰ. ①桐…　Ⅱ. ①嚴…②施…③江…　Ⅲ. ①中國文學一古典文學一作品綜合集一清代　Ⅳ. ①I214.91

中國版本圖書館 CIP 數據核字（2014）第 143598 號

桐城派名家文集　⑦龍啓瑞集、王拯集
TONGCHENGPAI MINGJIA WENJI

出 版 人：鄭　可
質量總監：張丹飛
策劃統籌：吳壽兵　錢　江　夏業梅
責任編輯：黄書權　文　乾
特約編輯：彭克明
裝幀設計：何宇清
責任印製：王　琳

出版發行：時代出版傳媒股份有限公司　安徽教育出版社
地　　址：合肥市經開區繁華大道西路 398 號　郵編：230601
網　　址：http://www.ahep.com.cn
營銷電話：(0551)63683011，63683013
排　　版：安徽創藝彩色製版有限責任公司
印　　刷：安徽新華印刷股份有限公司

開　　本：787×1092　1/16
印　　張：49.25
字　　數：686 千字
版　　次：2014 年 10 月第 1 版　2014 年 10 月第 1 次印刷
本册定價：410.00 元
全套定價：5480.00 元

國家清史編纂委員會出版委員會

總序

戴逸

二〇〇二年八月，國家批准建議纂修清史之報告，十一月成立由十四部委組成之領導小組，十二月十二日成立清史編纂委員會，清史編纂工程於焉肇始。

清史之編纂醞釀已久，清亡以後，北洋政府曾聘專家編寫清史稿，歷時十四年成書。識者議其評判不公，記載多誤，難成信史，久欲重撰新史，以世事多亂不果。中華人民共和國成立後，中央領導亦多次推動修清史之事，皆因故中輟。新世紀之始，國家安定，經濟發展，建設成績輝煌，而清史研究亦有重大進步，學界又倡修史之議，國家採納衆見，決定啓動此新世紀標志性文化工程。

清代為我國最後之封建王朝，統治中國二百六十八年之久，距今未遠。清代衆多之歷史和社會問題與今日息息相關。欲知今日中國國情，必當追溯清代之歷史，故而編纂一部詳細、可信、公允之清代歷史實屬切要之舉。

編史要務，首在採集史料，廣搜確證，以為依據。必藉此史料，乃能窺見歷史陳迹。故史料為歷史研究之基礎，研究者必須積累大量史料，勤於梳理，善於分析，去粗取精，去偽存真，由此及彼，由表及裏，進行科學之抽象，上升為理性之認識，才能洞察過去，認識歷史規律。史料之於歷史研究，猶如水之於魚，空氣之於鳥，水涸則魚逝，氣盈則鳥飛。歷史科學之輝煌殿堂必須巋然聳立於豐富、確鑿、可靠之史料基礎上，不能構建於虛無飄渺之中。吾儕於編史之始，即整理、出版文獻叢刊、檔案叢刊，二者廣收各種史料，均為清史編纂工程之重要組成部分，一以供修撰清史之用，提高著作質量，二為搶救、保護、開發清代之文化資源，繼承和弘揚歷史文化遺產。

清代之史料，具有自身之特點，可以概括為多、亂、散、新四字。

一曰多。我國素稱詩書禮義之邦，存世典籍汗牛充棟，尤以清代為盛。蓋清代統治較久，文化發達，學士才人，比肩相望，傳世之經籍史乘、諸子百家、文字聲韻、目録金石、書畫藝術、詩文小説，遠軼前朝，積貯文獻之多，如恒河沙數，不可勝計。昔梁元帝聚書十四萬卷於江陵，西魏軍攻掠，悉燔於火，人謂喪失天下典籍之半數，是五世紀時中國書籍總數尚不甚多。宋代印刷術推廣，載籍日衆，至清代而浩如烟海，難窺其涯涘矣。清史稿藝文志著録清代書籍九千六百三十三種，人議其疏漏太多。武作成作清史稿藝文志補編，增補書一萬零四百三十八種，超過原志著録之數。彭國棟亦重修清史稿藝文志，著録書一萬八千零五十九種。近年王紹曾更求詳備，致力十餘年，遍覽群籍，手抄目驗，成清史稿藝文志拾遺，增補書至五萬四千八百八十種，超過原志五倍半，此尚非清代存留書之全豹。王紹曾先生言：『余等未見書目尚多，即已見之目，因工作粗疏，未盡鈎稽而失之眉睫者，所在多有。』清代書籍總數若干，至今尚未能確知。

清代不僅書籍浩繁，尚有大量政府檔案留存於世。中國歷朝歷代檔案已喪失殆盡（除近代考古發掘所得甲骨、簡牘外），而清朝中樞機關（内閣、軍機處）檔案，秘藏内廷，尚稱完整。加上地方存留之檔案，多達二千萬件。檔案為歷史事件發生過程中形成之文件，出之於當事人親身經歷和直接記録，具有較高之真實性、可靠性。大量檔案之留存極大地改善了研究條件，俾歷史學家得以運用第一手資料追踪往事，了解歷史真相。

二曰亂。清代以前之典籍，經歷代學者整理、研究，對其數量、類别、版本、流傳、收藏、真偽及價值已有大致瞭解。清代編纂四庫全書，大規模清理、甄别存世之古籍。因政治原因，查禁、篡改、銷燬所謂『悖逆』、『違礙』書籍，造成文化之浩劫。但此時經師大儒，聯袂入館，勤力校理，盡瘁編務。政府亦投入巨資以修明文治，故所獲成果甚豐。對收録之三千多種書籍和未收之六千多種存目書撰寫詳明精切之提要，撮其内容要旨，述其體例篇章，論其學術是非，叙其版本源流，編成二百卷四庫全書總目，洵為讀書之典要、後學之津梁。乾隆以後，至於清末，文字之獄漸戢，印刷之術益精，故而人競著述，家嫻詩文，各握靈蛇之珠，衆懷崑岡之璧，千舸齊發，萬木争榮，學風大盛，典籍之積累遠邁從前。惟晚清以來，外强侵凌，干戈四起，國家多難，人民離散，未能投入力量對大量新出之典籍再作整理，而政府檔案，深藏中秘，更無由一見。故不僅不知存世清代文獻檔案之總數，即書籍分類如何變通，版本庋藏應否標明，加以部居外誤，界劃難清，亥豕魯魚，訂正未遑。大量稿本、鈔本、孤本、珍本，土埋塵封，行將澌滅。殿刻本、局刊本、精校本與坊間劣本混淆雜陳。我國自有典籍以來，其繁雜混亂未有甚於清代典籍者矣！

三曰散。清代文獻、檔案，非常分散，分別庋藏於中央與地方各個圖書館、檔案館、博物館、教學研究機構與私人手中。即以清代中央一級之檔案言，除北京第一歷史檔案館所藏一千萬件以外，尚有一大部分檔案在戰爭時期流離播遷，現存於臺北故宫博物院。此外，尚有藏於沈陽遼寧省檔案館之聖訓、玉牒、滿文老檔、黑圖檔等，藏於大連市檔案館之内務府檔案，藏於江蘇泰州市博物館之題本、奏摺、録副奏摺。至於清代各地方政府之檔案文書，損毁極大，但尚有劫後殘餘，璞玉渾金，含章蘊秀，數量頗豐，價值亦高。如河北獲鹿縣檔案、吉林省邊務檔案、黑龍江將軍衙門檔案、河南巡撫藩司衙門檔案、湖南安化縣永曆帝與吳三桂檔案、四川巴縣與南部縣檔案、浙江安徽江西等省之魚鱗册、徽州契約文書、内蒙古各盟旗蒙文檔案、廣東粵海關檔案、雲南省彝文傣文檔案、西藏噶厦政府藏文檔案等等，分別藏於全國各省市自治區，甚至清代兩廣總督衙門檔案（亦稱葉名琛檔案），英法聯軍時遭搶掠西運，今藏於英國倫敦。

清代流傳下之稿本、鈔本，數量豐富，因其從未刻印，彌足珍貴，如曾國藩、李鴻章、翁同龢、盛宣懷、張謇、趙鳳昌之家藏資料。至於清代之詩文集、尺牘、家譜、日記、筆記、方誌、碑刻等品類繁多，數量浩瀚，北京、上海、南京、廣州、天津、武漢及各大學圖書館中，均有不少貯存。豐城之劍氣騰霄，合浦之珠光射日，尋訪必有所獲。最近，余有江南之行，在蘇州、常熟兩地圖書館、博物館中，得見所存稿本、鈔本之目録，即有數百種之多。

某些書籍，在中國大陸已甚稀少，在海外各國反能見到，如太平天國之文書。當年在太平軍區域内，為通行之書籍，太平天國失敗後，悉遭清政府查禁焚燬，現在中國，已難見到，而在海外，由於各國外交官、傳教士、商人競相搜求，攜赴海外，故今日在外國圖書館中保存之太平天國文書較多。二十世紀，向達、蕭一山、王重民、王慶成諸先生曾在世界各地尋覓太平天國文獻，收獲甚豐。

四曰新。清代為傳統社會向近代社會之過渡階段，處於中西文化衝突與交融之中，産生一大批內容新穎、形式多樣之文化典籍。清朝初年，西方耶穌會傳教士來華，携來自然科學、藝術和西方宗教知識。乾隆時編四庫全書，曾收録歐几里得幾何原本，利瑪竇乾坤體儀，熊三拔泰西水法、簡平儀説等書。迄至晚清，中國力圖自强，學習西方，翻譯各類西方著作，如上海墨海書館、江南製造局譯書館所譯聲光化電之書，後嚴復所譯天演論、原富、法意等名著，林紓所譯茶花女遺事、黑奴籲天録等文藝小説。中學西學，摩蕩激勵，舊學新學，鬥妍争勝，知識劇增，推陳出新，晚清典籍多别開生面，石破天驚之論，數千年來所未見，飽學宿儒所不知。突破中國傳統之知識框架，書籍之內容、形式，超經史子集之範圍，越子曰詩云之牢籠，發生前所未有之革命性變化，出現衆多新類目、新體例、新內容。

清朝實現國家之大統一，組成中國之多民族大家庭，出現以滿文、蒙古文、藏文、維吾爾文、傣文、彝文書寫之文書，構成為清代文獻之組成部分，使得清代文獻、檔案更加豐富，更加充實，更加絢麗多彩。

清代之文獻、檔案為我國珍貴之歷史文化遺産，其數量之龐大、品類之多樣、涵蓋之寬廣、內容之豐富在全世界之文獻、檔案寶庫中實屬罕見。正因其具有多、亂、散、新之特點，故必須投入巨大之人力、財力進行搜集、整理、出版。吾儕因編纂清史之需，賈其餘力，整理出版其中一小部分；且欲安裝網絡，設數據庫，運用現代科技手段，進行貯存、檢索，以利研究工作。惟清代典籍浩瀚，吾儕汲深綆短，蟻銜蚊負，力薄難任，望洋興嘆，未能做更大規模之工作。觀歷代文獻檔案，頻遭浩劫，水火兵蟲，紛至沓來，古代典籍，百不存五，可為浩嘆。切望後來之政府學人重視保護文獻檔案之工程，投入力量，持續努力，再接再厲，使卷帙長存，瑰寶永駐，中華民族數千年之文獻檔案得以流傳永遠，霑溉將來，是所願也。

二〇〇四年

前言

桐城派興起於清代康熙之際，延續至民國初年，前後達兩個世紀之久。其陣營之壯大，内涵之豐富，在中國文化學術史上，實屬罕見。近百年來，社會變遷，貶之者較多，譽之者亦不乏人，分歧頗大。自上世紀八十年代以後，在解放思想大潮的推動下，不少學人已不約而同地認識到：作爲清代文化學術領域内一種重大的存在，桐城派是一個繞不過去的話題。可以説，没有對桐城派系統、深入的研究，要想寫好清代文學史、學術史、文化史，當非常困難。而且，不少桐城派作家的社會實踐活動，涉及清代社會的諸多方面，如政治、經濟、軍事、教育、學術、文藝等，有些影響至爲深遠；且其詩文中史料甚豐，值得治史者細心發掘。然而，由於種種原因，桐城派所受到的學術關注，還很難説與其重要的歷史地位、影響相稱。很多研究有待於深化，不少的領域還是空白。文獻資料的搜尋、整理則長期停留在分散、零星的狀態。

桐城派名家文集係國家清史編纂委員會文獻組的規劃項目。此項目的確定與實施，無疑使桐城派文獻資料的整理工作邁入了一個新階段。其便利學人，推進桐城派研究的作用，自不待言。桐城派自興起、形成，歷經發展、變化，兩百多年中，直接或間接與桐城派相關聯的作者，可能近千人。影響所及，北達京都，南逾五嶺，東及吴越。文獻遺存十分豐富。我們此次從其發展過程中選擇各個階段的若干代表人物的文集，編纂整理，試圖爲廣大讀者提供一套大體上能體現桐城派不同階段特徵的文獻資料；在以歷史發展綫索爲主的基礎上，適當兼顧地域的因素。本着上述意圖，文集收入的作家爲：戴名世、方苞、劉大櫆、姚範、姚鼐、吴德旋、陳用光、方東樹、姚椿、管同、劉開、姚瑩、梅曾亮、吴敏樹、曾國藩、龍啓瑞、戴鈞衡、王拯、方宗誠、張裕釗、黎庶昌、薛福成、吴汝綸、賀濤、范當世、馬其昶、姚永樸、姚永概，共二十八人。持此一編，基本上可以感知桐城派演化的不同階段的根本特徵，亦能從中窺探清代社會某些方面的情景。

文集分甲、乙兩編。甲編收入姚範、吴德旋、陳用光、方東樹、姚椿、管同、劉開、姚瑩、吴敏樹、龍啓瑞、戴鈞衡、王拯、方宗誠、薛福成、馬其昶、姚永樸、姚永概等十七位作家詩文集。因爲在本項目擬訂規劃時，上述十七位作家的詩文尚未見到整理本出版，所以此次編纂、整理時，盡力求全：在對其已刊刻作品進行校勘、標點的同時，又儘可能蒐集其未刊稿，希望由此提高資料的完整性。乙編爲戴名世、方苞、劉大櫆、姚鼐、梅曾亮、曾國藩、張裕釗、黎庶昌、吴汝綸、賀濤、范當世等十一位作家的文章選集。上述作家，或爲桐城派開宗立派的大師，或爲推進桐城派轉變、發展的巨匠，其詩文本當全部匯録，但考慮到均已有整理本出版，因此本文集以其文選入編，雖然未能以全貌示人，但經過編者認真選擇、整理的文選，當亦能在基本方面體現出各位作家的文章風貌。

國家清史編纂委員會、國家清史編纂委員會項目中心與文獻組對桐城派名家文集的編纂十分重視，給予了多方面的指導與扶持。安徽省哲學社會科學界聯合會、中共桐城市委員會、桐城市人民政府從始至終對整理工作提供各項支持，諸多實際困難得以化解。顯然，若無上述各方面的關心，文集必然很難完成。時代出版傳媒股份有限公司安徽教育出版社一向重視文化傳承，扶持學術，毅然承當了文集的出版工作。在此，謹對一切關心、支持本項目的機構、人士深致謝忱！

桐城派名家文集乃是文化學術界第一次較大規模的桐城派文獻資料整理工程，難度可想而知。而我們則學力有限，每每有力不從心之憾。因此，文集内難免有不少疏誤之處。出版之後，希望得到廣大讀者的積極回應，給予指正。

嚴雲綬　施立業　江小角

二〇一一年九月廿五日

凡例

一、桐城派名家文集分甲、乙兩編；甲編收入姚範、吴德旋、陳用光、方東樹、姚椿、管同、劉開、姚瑩、吴敏樹、龍啓瑞、戴鈞衡、王拯、方宗誠、薛福成、馬其昶、姚永樸、姚永概等十七位作家詩文集，乙編爲戴名世、方苞、劉大櫆、姚鼐、梅曾亮、曾國藩、張裕釗、黎庶昌、吴汝綸、賀濤、范當世等十一位作家選集。

二、凡收入甲編的名家文集均保持其原刻本編次。不同年代刊行的文集或詩集按其刊刻年代先後編排。有輯佚稿者按文、詩分類編年，附於原刻文集之後；年代不明者，酌情處置。

三、每位作家文集前之整理説明，簡要説明作家、著作版本的主要情況。甲編各文集後附録清人所撰寫的年譜、附記、墓志銘等相關資料。

四、底本之選擇兼顧底本完整性與準確性兩原則。若兩者不能兼顧，則以訛誤少、校刻精之本作底本，其殘缺部分以他本配補。

五、凡底本不誤而他本誤者，一般不出校記。

六、底本之明顯的版刻錯誤，如因形近致誤的『己』、『已』、『巳』之類，可以依據上下文予以辨識者，逕改之，不出校記。

七、凡底本之訛、脱、衍、倒，確有實據者，予以改正，并以符號標識。以圓括號表示誤字或應删之字，改正之字置於括號後；以方括號表示增補之字。

八、文中脱漏、殘缺或難以辨識之處用方框表示。

九、底本與他本文异，但義可兩通、難以取捨者，以校記説明。一般虚字有异而文義無殊者，可不出校。

十、文字盡量保持原貌，通假字、异體字一般均依原文，不改爲現代通行體，亦不求統一。過於冷僻之字可酌改爲通行字。文中如有外文詞語之翻譯與現在通行譯法不同者，不作改動，仍存原譯。同一譯名在文集中前後相异者，亦存原譯，不予統一。

十一、校記力求簡短，摘引正文時僅舉所校詞語。校記置於該篇篇末。

十二、文中引文與原書小异但不失其本意者，不改動亦不出校。節引原書文字大异且失其原意者，出校説明，但不改正。

十三、標點符號依照一九九六年中華人民共和國國家標準標點符號用法的規定使用。考慮到古代漢語的特點，原則上不使用省略號、破折號、着重號和連接號。

十四、凡直接引用的文字用雙引號表示，若引文中復有引文，則加單引號。古人引書多述其大意或節略其文，凡此等處不用引號。

總目

龍啓瑞集

點校　潘忠榮

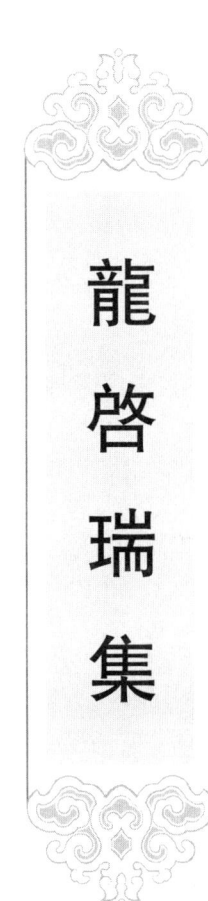

整理説明

龍啟瑞（一八一四—一八五八），字翰臣，又字輯五，廣西臨桂人。曾祖龍翾，貤贈奉政大夫。祖父龍濟濤，誥贈奉政大夫，以文學起家，由乾隆甲寅恩科舉人，大挑二等，借補潯州府武宣縣儒學訓導，推升柳州府儒學教授。父龍光甸，字見田，嘉慶二十四年（一八一九）舉人，歷官黔陽、武陵知縣，乍浦、臺州同知。著有宰黔隨錄和記乍日錄各一卷，詩文集若干卷。

龍啟瑞幼承家學，聰慧過人。道光二十一年（一八四一）以一甲一名進士（狀元），授翰林院修撰。二十三年充順天鄉試同考官。二十四年充廣東鄉試副考官。二十七年大考翰詹二等第七名，以侍講升用，七月提督湖北學政。三十年丁父憂回籍。因洪秀全在廣西起事，咸豐元年（一八五一）六月，廣西巡撫鄒鳴鶴奏辦團練，以龍啟瑞總其事，以守城敘功，升任侍講學士，並賞戴花翎。五年回京，六年四月擢通政司副使，十一月提督江西學政。七年三月授江西布政使。八年九月卒於任。同治十一年（一八七二）奉旨入祀江西名宦祠。

龍啟瑞是桐城派中後期重要作家，是嶺西古文五大家之一。清嘉慶、道光年間，桐城派影響不斷擴大，江蘇、浙江、江西、湖南、廣西等各地皆有傳人。道光初年，嶺西呂璜首奉桐城派古文家吳德旋爲師，致力於古文創作和桐城派古文理論的學習。道光十三年，他回到廣西桂林，先後主講榕湖經舍和秀峰書院，開始了桐城派古文理論在廣西的傳播，吸引了龍啟瑞、朱琦、王拯等一大批才俊之士。他們崇奉桐城派義法，相互切磋，砥礪研磨，古文功底日趨深厚。道光十九年後，又相繼進京赴考，爲求得古文真諦，師事文壇巨擘梅曾亮，杖履追隨，得親謦欬，終至贏得了『嶺西五大家』的讚譽。正如龍啟瑞在彭子穆遺稿序中所說：『梅先生古文爲當代宗匠，子穆與少鶴暨朱伯韓、唐仲實啟華及不肖，每有所作，輒相就正，得先生一言以爲定。……凡諸公文酒之宴，吾黨數子者必與。語海內能文者，屈指必及之。梅先生嘗曰：「天下之文章，其萃於嶺西乎！」』曾國藩也說：

『仲倫與永福呂璜月滄交友，月滄之鄉人，有臨桂朱琦伯韓、龍啓瑞翰臣、馬平王錫振定甫，皆步趨吴氏、呂氏，而益求廣其術於梅伯言，由是桐城宗派流衍於廣西矣。』（歐陽生文集序）可見當時嶺西文壇與桐城派的親密淵源關係，而龍啓瑞正是其中最著代表性的人物之一。

龍啓瑞著作宏豐，主要有爾雅經注集證、小學高注補正、是君是臣錄、班書識小錄、通鑑識小錄、諸子精言、莊子字詁以及經德堂詩文集等。經德堂詩文集代表着他文學創作的最高成就，也是他對桐城派理論的躬行和實踐。『歸來雪晴月上，江城十里有光搖銀海之觀。次早，晴風送帆，迴望武昌、樊口諸山，凍綠如畫』。（復邵惠西書）這段描寫可與姚鼐的登泰山記相媲美。他提倡作文要講究情性，『文章雖末藝，貴與情性俱』。（古詩五首）所以他的文章寫得多有真情實感。『余既終鮮兄弟，家居復無朋友講習之樂。每夜分伏案，燈火熒然，獨妹攜書册隨於左右，余視之若弟，而時以疑難相啓發，又良友生也。孰知天遽奪之而去耶？』（妹淑墓誌銘）哀惋之情，溢於言表，讀之不能不使人感嘆唏噓。又『讀先生之文，猶憶躬陪杖履時，窗外薔薇盛開，和光沖融，盎然心醉。日月更代，哲人徂逝，思之不禁邈然而增感也。』（與益山房集序）借景抒情，情景交融，把人物寫活了，把自己的心靈寫活了，也把桐城派的文章寫活了。

龍啓瑞詩文集版本繁多，安徽教育出版社出版的清人别集總目列舉甚詳，可資參攷。大體而言，詩集最早的爲道光二十四年（一八四四）廣州效文堂刻本南槎吟草一卷，最全的爲光緒四年（一八七八）龍繼棟京師刻本浣月山房詩集五卷，此外還有浣月山房詩抄等清抄本。文集最早的爲咸豐四年（一八五四）臨桂唐氏刻涵通樓師友文抄本經德堂文抄一卷，最全的亦爲光緒四年龍繼棟京師刻本經德堂文集内集四卷外集二卷别集二卷，此外還有一些抄本和其後的刻本以及詩文合集刻本等。版本不同，所收詩文數量和内容均有不同，語言文字亦有差異。

由於諸多原因，收集這些版本殊爲不易，有的甚至難得一閲。本書僅就續修四庫全書所錄之華東師範大學圖書館所藏清光緒四年龍繼棟京師刻本經德堂文集、經德堂文别集和浣月山房詩集爲底本（簡稱『底本』），進行點校，合稱爲龍啓瑞集。校以復旦大學藏光緒四年刻本經德堂集（簡稱『經德堂本』）和民國二十四年桂林排印本嶺西五家詩文集（簡稱『嶺西五家本』）。底本和經德堂本同爲光緒四年刻本，但內容略有不同。斟酌比較，前者較後者嚴謹，續修四庫全書以此爲底本影印收錄，確實不無道理。

本書校勘，嚴格按照『國家清史編纂委員會文獻整理工作通則』進行。凡底本筆畫訛殊，字形混同的明顯誤刻，如己、已、巳之類，徑改，不出校記；　爲避清諱而被改動的古代人名、書名及年號等一律回改，如『唐元宗』回改『唐玄宗』等，不出校記；　涉及民族、宗教以及中外關係帶有貶抑性或非通用性文字，徑改，如『猺民』改爲『瑤民』，不出校記；　冷僻異體字及不合規範的俗體字一般改爲通行字，比較常見的異體字如『韵』與『韻』、少數簡體字如『于』（於）等則悉遵原文；　虛字出入，文義無殊，不出校記；　底本不誤，他本誤者，不出校記；　底本有誤或可能有誤，則參照他本酌出校記。

底本文集每卷均按文體、詩集每卷均按年份標注出首數，但統計往往有誤，標注的首數與實有首數略有不同，爲保持原貌，本書未作糾正，特此說明，不另出校。此外，底本前置目錄與正文標題亦偶有不同，原則上以正文標題爲準，個別的參照目錄標題加以補正。

本書點校，後期曾參閱岳麓書社二〇〇八年出版，呂斌先生編著的龍啟瑞詩文校箋，在此謹表謝忱。

潘忠榮

二〇〇九年四月

目録

贈序八首……六八

書後八首……七四

經德堂文集卷五　外集

經德堂文別集上

丁未二十四首……二三三

戊申三十六首

浣月山房詩集卷三　内集

丙辰二十四首 …… 二七八

戊戌十八首 …… 二九九

己亥七首 …… 三〇二

庚子二首 …… 三〇三

經德堂文集卷一　內集

論二十七首

論知人

凡所謂知人之難者，失於闇者十之七，失於矜者十有三。闇者貿然於心，不肖者幸其然，而君子轉可無憾，以彼固未嘗知有我也。惟自恃有知人之鑒者，求之太急，而出之甚易。求之太急，則情僞不能周知；出之甚易，則勢有所不暇擇。夫是故，小人可摹擬以求合，而君子或恥介於形迹之間以求進。

世固有惡衣菲食而見爲廉，柔聲下氣而見爲恭，繩趨軌步而見爲愼。聖人亦知夫廉、恭、愼之理之不盡乎是也，而不得不求之於是者，我操乎其常而待人之應乎其變耳。如必惡衣菲食之爲廉，則藍〔一〕縷之夫得之矣；必柔聲下氣之爲恭，則便辟之子冒之矣；必繩趨軌步之爲愼，則選懦之人託之矣。且其蔽不止此，又將舉天下而惟吾意之從，儻既乎其實而其迹不如是者，反以爲與吾忤而擯之，是猶求美玉而所寶者燕石也。甚矣，人之好僞也。觀其外不察其內，循乎其名不求其所安，惟異於衆之爲賢，惟類於己之可貴。迨其人不效，則曰：我固操常理以求之，安知彼之以僞嘗我也，即我固不能無失，而因此可以招致賢士。吁！受人之僞而樂之，則必誤天下之事而亦安之。人見夫僞者受之以進，而僨事又不當以重罰也，則亦何樂乎日爲其眞者而以自苦哉？

然則，知人之法如之何？曰：無徇其迹，無蔽於私。凡人之迎吾意而來者，皆詳察之，使不得遁，則吾之眞聰明出矣。而又於其與吾立異者，時察其賢也而進之，庶幾吾之所守者不失其常，而取人之道亦不鄰於隘乎！

【校】

〔一〕藍：底本作「籃」，誤。

論取人

漁者，施網罟於江湖，將以得魚也，而所以得魚者，不係乎網罟也。獵者，張罝罦於藪澤，將以獲禽也，而所以獲禽者，不係乎罝罦也。耕者，庤錢鎛於泥塗，將以得穀也，而所以得穀者，不係乎錢鎛也。今使袪網罟而責澤人以漁，屏罝罦而責山人以獸，捐錢鎛而責農人之稼穡，雖至愚知其不可也。然遂恃此三者，以爲盡乎得之能事則悖矣。惜乎世之用人者，挾可以得之之具，而其用意乃出於山澤田野之人下也。

天下之人材衆矣，吾多其途以求之，雖有至賾，莫能舍吾法而遁焉。而又爲之寬其格，以幾乎得半之道，則人之不入吾彀者寡矣。而其究也，求之者冥然，應之者熒然。上與下嘗抱夫兩不相遇之憂，而求合乎渺不可知之數，幸而遇之，如飛蓬之相迓於太空，迴波之相值於大澤耳。否則，衣褐食藿以老死於田間者，蓋不可勝數矣。此非任法而無精意行乎其間者，下亦以名迹相應，上失其權而無所恃故耶？ 或曰：今之人不古若矣。復言揚行舉之制，則慮其詐僞相蒙也；復中正九品之條，則慮其愛憎失實也；復搜訪巖谷之例，則慮其虛聲純盜也。用人者萬不獲已，姑從而試之聲律、對偶，以覘其博；考之經藝、帖括，以驗其專；進之論説、策略，以觀其辯。而又爲之糊名易書，嚴禁請謁，舉天下之所以防弊者，於取人之道十居七八，而士之躬行仁義，堯言舜趨者，亦往往而出矣。

今夫士之數與農工商賈相爲乘除者也。而爲士者，得與於科目與不得與者，又相爲對待者也。天下雖衰，未嘗無士，士雖陋，未嘗無科目。則進而與於是選者，一如天道之有寒暑往來，地道之有山澤高下，人道之有貧富壽夭。羣聽夫一定不移與萬有不齊之數，而莫克操乎理之所必然。人見夫士所常習之術，與所以得之之道如是，其甚常而無足異也，則其待士也必輕。人輕，而士之自待也，亦不得重。斯卽聚市人而拔其儁，執塗人而授之官。其忠信之質、明察之用，且將掩士人而出其右，所不能者特文字、聲韻、儀文、周旋之末耳。夫能文字、聲韻、儀文、周旋者，既未足以爲治，而爲治者或並此而不工，則與向所謂市人、塗人者何異焉！　而猶曰豪傑不世出之才，往往出於其間者，則以後世取人之塗太隘，而其格又太寬。隘則不能不由，寬則嘗試爲之而即效，此非科目能致豪傑之士，而豪傑之士或有時而出於科目耳。

夫先王之道，不恃夫人之自然而然，而恃吾有以致之；　不恃夫天與人之適相值者，而恃吾之用人有可以維持乎天道。今三代之法既不可用，魏晉之制亦長僞而不可行，則由有唐以至於今，後王之經久常行而爲是必不獲已者，亦曰立制貴於因時，而利不十不變法耳。夫聖人之所貴乎餼羊者，謂其羊存而禮可復也，如不求一日之復乎禮，而兢兢以一羊相從事，則天下將必指羊以爲禮，而其究廢禮而用羊。後世人才之得失何以異此！爲今計者，科目既不可廢，則莫若嚴其選以存其眞，使天下之人怵然於仕之不可倖，而稍稍爲之破除成格，以待奇杰之士。又於其紛煩靡密文而不慙者，歸之適時致用而無取其華焉。則人皆知吾所以用法之意，而不惟徒法之是尚。夫爲上之好惡，所以示一時之趣向，而成一代之風俗者也。況乎取舍人材之大者哉！　未嘗以精意屬之而徒恃吾法，吾恐巨魚奇獸之卒遁乎山林湖海，而蕪穢之旁良苗亦將不植已。

論用人

凡今之治其家者，婦主中饋，子弟治生業，妾御紡績，僮奴課耕饁，而其家事治。使有一人之易其業焉，弗得也。其於身也亦然。耳目司視聽，故物無不應也；口司飲食，故味無弗別也；　手能運，故重可舉；　足能步，故遠可致。使有一官一骸之易其用焉，亦弗能也。任天下猶任一身也，任天下之人猶任一家之人也。然而有不能者，中失其權，而外有所蔽也。人之行能相越也，非特知愚賢不肖之別也。即知之與知，賢之與賢，而其所受有不同者焉。小知之與大知，小賢之與大賢，而其所處又有宜不宜者焉。

聖王之治無他，因天下之材以治天下之事，各得其平，而我無容心焉耳。禹，能熙帝之績者也，使宅百揆；棄，善稼穡者也，使主后稷；　契，明禮讓者也，使教百姓；　皋陶，善刑，使作士伯；　益，善禮，使作秩宗。夫五臣者，皆聖人，無不能也。而舜獨分職以命之者，人各有專長故也。如舍其長而用之，則五臣不能致唐虞之治，況其下焉者乎！且從古之天下，固未嘗一日無才也。今以甲所能辦之事，而使乙治之，是乙違其用，而甲無以自致也。不得已而又以丙之地處甲，則士之違其用者多矣。逮所事不辨，必盡舉一切之人而易置之。夫然後才與不才雜進，而才者或反爲不才者之所誤，於是天下始有乏才之患。夫人主之經營天下，猶匠者之作室也。大者爲楹，次者爲梁，又其次者爲櫨。楹與楹相齊而後得其平，梁與梁相準而後得其正，櫨與櫨相比而後得其均。如以奔走之才而據乎公孤之位，是楹之未得其平也；以坐鎮之流而責以艱難之任，是梁之未得其正也；以諫諍之儔而置之牧養之地，是櫨之未得其均也。此不待風雨漂搖，而已有岌岌不終日之勢矣。

聖人知天下之不易人而治也，所以取之者甚寬，辨之者甚嚴，使其人之分寸長短，一寓於目而皆有不容誣之量。故上之責望者未嘗過，而下之報稱者未嘗難也。伊、呂、周、召不擇地而生者也，苟處之得其位，用之盡其材，則今之人有能爲伊、呂、周、召者矣。共工、驩兜亦不擇時而有者也。苟抑之使無其階，阻之使無其勢，雖有共工、驩兜，亦將無由自見矣。若夫中材之士，既得所位置而自奮於功名之路，則天下之人材庸可既乎。故夫治天下者，非無人之患，而不善用人之患也。

人家即式微，未有舍其子婦，而恃鄰之人以爲生者。人身雖至弱，未有外其形骸，而仗人之力以爲强者。要即吾家所有之人與吾身皆備之物，使之各操其事，各效其能，而無有不順焉耳。然則，是豈無本哉？曰：在心之持權而已。

論得人

自古極難治之世，苟非大無道之國，爲天之所棄絕而不可赦者，則必生一二人以維持其敝。使其君幸而拔之於儔人之中，授之以將相之任，總攬獨斷，然後其志行，其國安。不幸而沉淪湮沒，或間隔於讒臣之口，不得大用，則斯人遂廢，而天下事亦至於不可救。故夫因時而生才者，天也。生之而必用，用之而必盡其材者，則人也。漢有呂后之亂而得平、勃，晉有江左之阨而得王導，唐有開元之治而得姚、宋，又有靈武之中興而得李泌，宋有契丹之釁而得寇準。夫此數公者，始亦猶夫人耳。苟世主不知，大權不屬，將默然自屏於寬閒之地而不恤，安所能定國家之計而成其大業哉！

今有人遇風於江湖者，同舟之子倉皇失措。有人焉，急爲之捩其柁，徐理其檣帆，而舟以獲濟，此必出於素所蓄蒿工楫師之流無疑也。苟無其人，則濟否未可知耳。天下之士衆矣，其負過人之材，而足任非常之事者，未嘗乏也。先王知其不可不預養也。故精其格以取之，多其途以待之，使夫士之有志自見者，不能不盡出於吾術之中，特未嘗束縛之以繩墨，使消其果毅剛直之氣，則緩急之際有可恃矣。

人未有衣帛食粟而不病者。其體素健，則其受病愈不可測。其無疾痛之日愈久，則其致患之地乃愈深。不於無事之日急覓夫良醫與藥，至其臨時又狃於故常，遲疑而不敢進，逮其悔之，則無及矣。幸未至於萬難措手之會，則必有能斡旋匡濟之人。天意無常，惟視人君之用舍以開治亂之局耳。吁，可不慎哉！

或者曰：天下承平既久，人皆習於波靡而不克自振，故有時欲用之，而常患於無材。夫材不材，豈有定哉？亦視其所用之者何如耳。未嘗用之，而曰天實生是不材，則非吾之所敢信已。

論理財

財之在天下，猶水之行於地中也。水之源，患其不達，既達矣，憂其不繼。財之生，患其不盛，既盛矣，又苦其易衰。善謀國者，常因時之所宜，以制其啟閉通塞之數，使萬民有所託命也。而天地常若有餘，初未嘗見其利而忘其害，且知其害而嘗試爲之者，蓋明於盈虛消息之故，不至萬無如何之時，而始爲必不得已之計也。

三代以前，其所爲生財者固殊矣。彼其時，郊鄙之外，平原廣澤，貨之棄於地者尚多。四民之布於國中者，農蓋得十之五，而尚不足以盡地力，其園廛漆林又加其賦以抑之。故當時言富國者，大抵以闢草萊、易田疇爲先務。夫土地者，衆人所託而不得專其利者也。農者，又勤手足以養其生者也。故上取爲井田而不怨，下守爲世業而不爭。固其民樸，亦其道然也。自秦漢以來，凡天下利權之所在，蓋有不止於土田者矣，而輿圖之擴也日益廣，生齒之積也日益多。於是，謀利之方淩雜靡密，而朝廷之科禁益繁而不可勝載。則本業不足，而逐末者衆之過也。本不足而末衆，是上下交弊之道也。蓋自齊管氏官山府海之後，固未有得其長策者已。譬猶百口之家，僅給以百畝之田，弗能養也，而又不得於百畝之外而取贏，則必就其園圃蔬果之屬而仰息焉。夫仰息於園圃蔬果之屬，則其利微而其勢亦有所止矣。苟再充其無厭之欲，則惟有盜竊已耳。嗟乎！時不幸而處於三代以後，致心於養民之君子，窮而無所爲計，則豈眞造物之不仁，而理財之術終不可用耶？

竊嘗觀後世之謀國者，固亦有纖悉而爲之者矣。漢武帝時，大司農錢匱，而桑弘羊始立平準之法；唐玄宗時，經費空乏，而宇文融始以括羨田逃戶得幸；宋神宗時，以國用不足，放青苗錢；至於有明末造患貧，因發內使開各省銀鉛銅礦。歷稽其時，廟堂非無願治之君，朝廷不乏曉事之臣，乃不知變計而必出於此者，特以天下固別無可生之財，而他術或不能濟其急耳。卒之所得者細，所喪者鉅，所益者寡，所損者衆。潤分乎吏卒，而怨結乎廟朝。脂竭於閭閻，而利資乎寇盜。試起當日之君若臣而問之，夫亦何苦而爲之哉！雖然，彼數者之策誠誤矣，而吾有以知後世之言利者，固未有不類乎此者也。何也？太上立法，次守法，又次無法。至於無法之時，而欲以非法之法矯而勝之，則其背道旁出而不可禦者，其途雖百而其心則一而已。禁其法而不得試，其心必有所不服。逮其試之，則雖悔而不可復矣。吁！此非不爲天地留其有餘者耶？此非奪萬民之所託命者耶？此非但知生財之利，而未覩其害者耶？此非即知其害，有所倖而嘗試爲之者耶？以吾論之，則不然。漢武帝不窮兵外夷，則不必立平準之法，而用足矣；唐玄宗不縱心宴樂，則不必括羨田逃戶，而賦充矣；宋之時，苟能節郊賚、養兵諸費，不必行青苗法而國贍矣；明之時，減宗祿、節宮闈糜費，不必稅礦之使而左藏饒矣。舍確然可據之法，而僥倖於不可知之事，不求之宮庭之內，而加意搜剔於四海之民，此所爲得不償失，而究至於無得歟！

然則，謀國之大計可知已。損上以益下，而不專壅乎利源。要在持之以大而事不煩，去之以漸而民不怨，則足國之道在其中矣。然所以如是者何也？以今之天下，有不可同於先王之世也。生人多而土田之利盡也，利源衰而生財之道窮也。彼見其如此，而悖先王之法以求勝，是謂無策。我守先王之法，而裁以因時之意，乃得爲救時之善策也。夫爲政之道，貴視乎其時而已。時則未能，而欲强致之，是無異施桔槔於井榦之旁，而欲溉千畝之田也，有立見其涸而已。

和論

和者，古聖王所愼擇而用之者也。古之所謂和者，衆賢謀一事而無所違。世之所謂和者，合賢不肖而使之同歸於一致。古之所謂和者，眞是明，而人不得挾私以相戾。世之所謂和者，是非混，而責之以必從。夫使混賢不肖一是與非，而天下之人遂羣然乎其心，柔其氣，相率而歸於和，猶之可也。賢與不肖者處，則賢者之氣不相下，而不肖亦必不相容。即不肖能隱忍以求合，而賢者決不苟同以邀譽。是强之爲和，而適以致其不和也。

今將使君子與小人共圖一事，君子爲義，小人則爲利矣。又使君子與小人共講一學，君子爲己，小人則爲人矣。其義與爲己者是，則利與爲人者非。是非生於人心之同然，猶五色之有黑白，五臭之有薰蕕也。今混黑白爲一色，而置薰蕕於一器，曰吾但取其和而已，有不爲之閉目而弗視，掩鼻而卻走者乎？且君子之於天下，亦欲其事之有成而已。假令賢不肖並處，是與非並行，甚則不肖加乎賢，非者逾於是。又甚則以賢爲不肖，而不肖反爲賢，是者爲非，而非者反爲是。於是而所謀必成，所行必當，推而放之四海而準，舉而措之庶事而安，則賢者亦姑需忍以求濟焉。而古之聖賢猶曰枉尺直尋而利有所不爲，吾未聞枉己而正人者也。聖賢之言其亦不和甚矣。豈不謂如是則直，道乃得信於天下，上合乎天理，下順乎人心，刑賞中而政教修，禮樂興而大化流。反是，則將爲跬步之行，一日之居而不可得也。

然則廉頗、藺相如、李光弼、郭子儀之事何如？曰此私讎也，非公義也。私讎不可不和，不和，則尋釁隙而廢國家之大計，是爲不忠。公義不得强和，强和，則徇人失己而終不能有益於事。且獨不聞古之人有上殿爭如虎，而下堂不失和氣者乎！彼之所遇皆賢，所執或有是、有不是，而尚不肯呵意曲從，博和衷共濟之美名，而不自諱其爭若此。若遇一與己不類者，將庭斥之，面唾之，猶恐不足矣，而謂可依阿濡涊如諂臣媚子之爲耶！

古之人有孔光、張禹者，知王莽、董賢之亂國，而委蛇其身，與之從事。彼其人皆有醇謹之行、誠慤之質，其於古所謂同寅協恭者，蓋優爲之，其容身自全，疑若可釀休祥而迎善氣者。五代時，馮道祖之遂以其身事數姓而莫之恤，充其所至，彼亦務爲和而過者耳。卒之見效如此。後之人主尚安取和臣而用之哉？故古之善用其和者，莫如藺相如、郭子儀，而尤善者，莫如劉安世。最不善者，莫如張禹、孔光，其最不堪者，莫如馮道。道固無足議也，禹、光之所爲，亦世之君子所訾笑之，以爲不齒於人類者矣。而其端皆由賢不肖、是與非之混淆始。然則用和者，其可不愼所擇哉！

眞説

物成於天而效用於人，有以貴乎？曰唯其眞之爲貴。人之用世也亦然。金之爲寶，而銅錫之爲佐；玉之爲美，而瓀瑊之爲器；狐白之爲珍，而犬羊之皮之爲服。天下不爲銅錫、瓀瑊、犬羊而有累於金、玉、狐白也，卽銅錫、瓀瑊、犬羊亦不自以爲非金、玉、狐白而必爲之似也。

今之爲僞者曰：吾能塗飾以爲金，陶燔以爲玉，黏綴以爲狐白。是三者，麤觀之未必不賢於銅錫、瓀瑊、犬羊也。不惟賢之而已，又將掩其眞者而上之，使人不惟金、玉、狐白之爲貴。世之能識眞者鮮矣。見其行願也，而以爲溫恭；色莊也，而以爲誠篤；議論奮發也，而以爲有康乂之才；堅愎自任也，而以爲有決幾之勇。因世之爲溫恭者，不惟直躬而惟行願；爲誠篤者，不惟心敬而惟色莊；爲康乂者，不施之於政而取快於言；

爲決幾者，不審度於心而求盈於氣。而士之剛毅木訥者，於外著之氣象或有不足，則轉爲斯人所詬病。此無惑乎塗飾之金、陶燔之玉、黏綴之裘所以見用於天下。人之見之者，鮮不以金、玉、狐白相視，而其價反出於金、玉、狐白之右也。

或曰：君子之道如之何？曰：大道不以時異，不爲物遷，惟其實而已矣。洪荒之瓦礫不如當前之瓴甓，刻畫之衣裳不如市門之襦袴，眞與不眞之辨也。眞則銅錫、瓀瑊、犬羊也，而不爲嫌；不眞則金、玉、狐白也，而不爲貴。君子自度夫身之可用與力之能至者行焉，其得爲金、玉、狐白則命也，其或時而爲銅錫、瓀瑊、犬羊亦命也。要之，不爲塗飾之金、陶燔之玉、黏綴之裘，則固其心也。心之正者，不敝於天下。故君子不作僞以釣名。

性情

自天而之人之謂命，自人而承天之謂性，周行於天地之間之謂氣，附麗於人身者謂之質，感於物而動者曰情，充其情之所至曰才，各有所依焉之謂習，因其自成而名之曰品。命蘄善而無不善者也，性有善而無不善者也，氣出乎善而雜乎不善者也，質有不善而妨乎其爲善者也。感乎物則情有誠有僞，殽於事則才有順有逆，因乎人則習有美有惡，辨其羣則品有上有中有下。

造物之生人也，有願其爲小人，而不願其爲君子者乎？有衆與之以爲君子，而亦閒與之以爲小人者乎？無有也。則命之蘄善而無不善可知已。弑父與君之惡，非人所生而有也。貪殘暴戾之子，當其孩提，見操杖而逐其父者，未有不奔走號呼以求救於人也，此謂性有善而無不善也。非乎？然則丹朱、商均、越椒、叔虎之事如何？曰氣也，質也。得乎天地清淑之氣者，爲知人、賢人。得乎天地駁雜之氣者，爲庸愚、爲不肖。愚不肖之氣，濁而不可爲清，戾而不可爲淑，而猶未絕乎清淑之原也。至濁之極而爲渾沌，戾之極而爲窮奇檮杌，則下愚之性也。下愚之性，生而可識，如杞柳，然其可以桮棬者，質也。若夫拳曲臃腫，規之不圜，揉之不直，則不可謂非質之弊矣。故曰：氣出乎善而雜乎不善，質有不善而妨乎其爲善也。

喜怒哀懼愛惡欲，情也。其蓄爲體也，至微而不可見；其動爲用也，放縱而不可極。聖人、賢人順乎性而節之。縱之者，則才也。故又曰情有誠有僞，而才有順有逆。若夫因其順而推之，使無不順，因其逆而推之，使無不逆，則非其才之獨任也，而習相與有成焉。蘭芷之旁，其服自芳；溲勃滿廄，十年有臭。非其衣與土之性然，習或使之也。西北穴居之子，生不識絲竹，引而置之吳越，經年而能操其器。習於舜則舜，習於桀則桀，美惡之所由判也。孔子之論人也，曰：『中人以上可以語上，中人以下不可以語上。』自其性之兼乎習者言之也。又曰：『惟上智與下愚不移。』自其性之未卽乎習者言之也。兼乎習，故必要諸中人以爲斷；未卽乎習，則舉夫兩端之至極，而中人可見也。故曰品有上有中有下也。

要之，由命而至於質，其說有三，而皆可以統於性。由情而至於品，其說有三，而皆可以筦於情。性情者，自天而之人之界也。君子敬天而盡人，故不敢以氣質爲天之所命，則性之理以全，而其體尊；不敢以才習任己之所爲，則達情以盡性，而人之品貴。吁！性情之論，自孔孟而來，如百家之好爲異說者，其亦有不足辨矣。若其故，則吾不可以不知也。

明論

明足以照一身者，用之一室而不足矣。明足以照一室者，用之天下而不足矣。明足以照天下者，用之一身與一室，而或不足矣。螢之灼灼也，燭之爚爚也，日月之赫赫也，明而至於日月止矣，而有不足者，有所蔽焉故也。天下之物侈矣，其以機相應者，物衆而我孤。其以情相感者，物先而我後。則吾之明，固已居乎不可恃之數矣。鏡之瑩然也，虛其中而物畢納。水之澄然也，立乎其前而毫髮畢見。夫以鏡水與日月，則不可同年語矣。然人不畏日月而畏水鏡者，偏乎物而物得有所遁，不如納乎物而物有所不得遁也。夫日月之無私照，謂其有所不照，而不害其無不照也。世之學者，不能有所不照而不害其無不照，而妄希日月之明，不已悖乎！

續柳子厚封建論

柳子之爲封建論，其辭甚雄偉矣。所言罷侯置守之利，雖百世之聖人莫能易也。惜其謂封建非聖人之意，而自里胥積而至於天子，以是爲生人之初，凡此皆務快其辭說，而不軌於理道者也。

請以鴻荒之事明之。開闢之初，其生人男女而已。因男女而後有夫婦，有夫婦而後有父子，有父子而後有兄弟，有兄弟而後有君臣。其類日繁，則其地日廣。一人不能獨理，則分其父子兄弟以治之，父子兄弟又各分其父子兄弟焉。於是有百戶之鄉，有千室之邑，有萬家之國。是故有天子而後有諸侯，有諸侯而後有縣大夫，有縣大夫而後有鄉閭之老。自天子以至鄉閭之老，大較皆始於一而推於萬，立乎其尊，而卑者從而聽命焉。非如柳子之說，一任夫人之自爲，而聖人初無意於其間也。

古聖人之爲天下慮至深遠矣。制其田里樹畜也而置之長，布其禮樂政教也而立之君，分之茅土以報其功，錫之冕服以彰其德。其不率者，則有削地黜爵之制；甚不率者，則六師致討以移之。無所慮於列侯驕盈黷貨事戎也。柳子所論，徒見夫衰周之時，天下無王者之所爲耳。夫使天下果無王，即郡邑牧守愈爲患矣。而何私其土子其人之爲慮耶？柳子又曰：漢知孟舒於田叔，得魏尚於馮唐，聞黃霸之明審則拜之，覩汲黯之簡靖則委之。若改爲封建，則其術不可得施，其化不可得行。此疑不知古者諸侯歲貢士於天子之制也。且古者士不得志於其國，則可以載贄而出疆。蓋其愛天下之人才愈深，而其用人才之途愈廣矣。如漢之時，則徐孺子、郭林宗之儔，苟不得仕，則伏蓬蒿終老耳。此猶可謂封建之失乎？然則柳子之說非耶？曰：柳子所論三代以後則是也，其論三代以前則非也。

天下之物極必反，而其數以窮而後通。彼三代諸侯，其享國卜世，蓋有視夏、殷、周爲久長者。即以周之七雄論之，齊、楚、燕受封八百年，魏、韓、趙自其初爲大夫時，約二百餘年。其取多用宏，驕盈矜夸，固已爲陰陽之所忌，而又吞滅弱小以自長雄，譬彼摯蟲猛獸，初食人之肉，久亦將爲人所食者也。天故假手於秦以弊之〔一〕。逮秦滅六國，而三代之有功德者，無一存焉。斯卽湯、武復生，亦斷不能復建邦設都之制也。其繼秦而帝者亦然。苟或不然，則吳、楚七國之亂起矣。要其意與法俱失者半，子弟多而功臣少也，提封太廣而末大不掉也。

然則如周之建國，其可乎？曰：烏乎可。周之初，人未知有戰爭吞滅之事，漢則去戰國未遠，而劉、項之爭如昨日焉。人人有匹夫崛起之心，而思得尺寸爲自逞之計，兼又地大物衆，天子之巡守〔二〕有不能周。諸侯述職於方岳者，或經數月不得達，稍離遠其畺域，則眈眈者伺其後矣。故秦廢封建不可復也。此非秦人之罪，而封建之流極其必至於是而不可挽也。吾請得而更柳子之言，曰：封建非聖人之所不得已也，意也。繼乎秦，雖聖人亦不能爲封建。廢封建非聖人意也，勢也。或又曰：漢之封建郡國居半，其王侯則置傅相以監臨之，使不得有於其國，如此則並行不悖矣。然而亂之所始，必由封建，或牽率其郡邑傅相以從之，又安見爲得耶？古之政，有名雖甚美而必不可行於今者，孰若井田封建？井田一廢則均，天下之端不可復；封建一廢則公，天下之端不可復。先王之制，有以盡天下之大利，而不能不俟後人之與時爲變通也。世雖治行井田，未有不亂；世雖安行封建，未有不危。非井田、封建之禍天下也，泥乎法而失其意者之爲之也。苟能親親而賢賢，貴德而尚功，則雖阡陌守宰之法，因而致唐、虞、三代之盛不難也。余故卽柳子之說而申論之，亦無取其苟同焉。

【校】

〔一〕弊：經德堂本作『斃』。

〔二〕守：嶺西五家本作『狩』。

隱公論

天下有爲其事，而害其名者，吾愛其名矣，不爲其事可也。天下有惜其名，而不足以成其事者，吾尸其事矣，不急居其名可也。季札、曹臧之讓國也，彼避之惟恐不免也，所謂愛其名，而不爲其事者也。伊尹放太甲於桐，周公踐阼而治，處羣疑衆謗之際，而卒毅然其不惑。彼其心，蓋謂吾之所欲成者事耳。至於名，則不啻泰山之於毫末也。而卒之事之濟也，隨而歸之以至美之名。惜乎隱公欲爲讓國之事，而不知出於此也。

隱，繼室之子也，長而賢，苟無桓，於次當得立。使隱毅然居君位而不疑，國人亦必無有譏其爲篡，而隱乃欲成父志，而反之桓。隱之於親，其可以無憾矣。今有方食而執芻豢之味者，而曰吾弗食，人必有所不信也。何也？食固在其手也。有執刃而臨羊豕之牢者，而曰吾弗割，人亦有所不信也。何也？刃固在其手也。社稷宗廟之重器，其美不啻於食也。而賞罰刑政之權，其利乃過於刃。隱雖曰討國人而喻以致位於桓之意，其能盡信乎？爲隱計者，莫若躬攬大權，而不急居其名，懷以德，人孰敢不服？威以刑，人孰敢不畏？以義正桓之爲公子，而以恩信結國之故舊大臣，百歲後桓可以爲賢君，諸大臣無敢專權以狎其上。如是，則視時之可禪而禪之，可也。身退功成，白諸國人，而告於先君之廟，不亦休乎。計不出此，乃汲汲焉惟名之是圖，圖名之念急，則其迹轉疑於僞。於是，姦邪之臣得乘其間，而進之以邪謀。

蓋嘗試論之，以爲隱之所以待桓爲不薄矣，其心惟恐桓之不得立也。乃因一日無端之怨，遂從而弒之，以攘其位。然則，公之所以自甘卑損，而惟恐不得當桓之意者，亦何益哉！隱之待桓愈厚，則桓之疑隱愈深；隱之讓桓愈急，則桓之逼隱愈甚。是可謂急欲居其名，而終不得善全其名者也。夫公卽毅然而居之曰不讓，則未知桓之終不得讓者也。以急居其名而使其志之不獲成，然後歎古聖人處疑謗之時，而有不讓以全其讓者，其仁智爲不可及也哉！

宋伯姬論

春秋書『宋災，宋伯姬卒』。三傳釋之，皆以爲待姆不至，守義而死。獨左氏譏其女而不婦。或問如伯姬者，可以爲賢乎？曰：守禮不達於經，自殘其身，而貽子以殺母之名，賢者不爲也。然則春秋錄伯姬之始卒，繁而不殺，何也？曰：伯姬固賢也，特不如傳之所雲。若實如傳之所雲，則其詞之繁而不殺也亦宜。

竊嘗以情揆之，伯姬當日尊爲國之大母，火作，公當來救。婦人之義，保姆不在，宵不下堂。然從子則無不可者。且當時亦不聞有公來救，而姬不去之詞也。如傳之言，則必宋公不在國而後可。或宋公所救有急於姬者而後可。否則，有待傅姆之時，而謂公不得至也，有是理乎？曰：然則傳之所傳，果盡無其事與？曰：事或有之，而不盡如傳之所云也。伯姬蓋猝然遘於火，火始至而不知其害之烈，遂稍遲以待其姆。逮姆至，火烈而奔而救之，則無及矣。雖然，事吾知其如此也。若夫道，則吾有以知其不如此也。蓋古之言道者，曰：凡義所在，有死無二。又曰：身體髮膚受之父母，不敢毀傷。此言守死之道，苟未至於義，必當死之時，尚不可殘殺其身，以墮父母之遺體也。伯姬卽不待姆而自脫於火，君子尚不得謂之非義，何也？天下之事常變，固自不同也。如以處常之禮，而責之處變之人，則臨干戈而爲揖讓，亦謂之義，可乎？若夫春秋之所以詳而錄之者，則有說矣。聖人之作經也，嘗於事之近正而易惑者，則不惜大爲其詞以明之。伯姬之事，聖人有以知其必傳於後世也。傳於後世，而婦人女子有聞而慕之者，將殘其身以立名，惑於禮之近似，而忘其大義，不如詳錄之，以示其尊崇之意。而於納幣也則書，致女也則書，衛、晉、齊之來媵也，亦不一其書。若曰姬之賢，固非待其卒而知，亦無因其卒之一事，而遂賢之也。夫如是，則天下皆知姬之有以爲賢，而不致矜其事，而斆其行之過。故三傳之言，惟左氏爲近正，而於經之意，則猶有所未盡也。

然則公、穀之說將何所本乎？曰：春秋大意〔一〕，非聖人所親授，後儒守其常，而不能通其變。遂於其行之過正者，而亦以爲不可易焉。申生、急子之流，其所以處死者，皆是物也。雖然，如二子與伯姬之志，則亦可以無惡矣。

【校】

〔一〕意：經德堂本作『義』。

論伯夷叔齊

震川歸氏謂伯夷、叔齊未有祿位於朝，於君臣之義分甚微。至以女子之在室，爲夫守節者比之。竊嘗讀之，而疑其言之不概於理也。夫伯夷、叔齊，非伏處草茅而農夫、牧豎之子也。諸侯世及嗣子，與國爲體。國家鼎革，異姓踐阼，凡在冠帶之倫，猶當責以率土同仇之大義。況剖符竹而傳及子孫者乎？伯夷、叔齊遇武王之順天應人，尚不肯食其粟以死，此其所以爲烈。蓋如婦人之誓絕二氏，守死明志，而例以在室之女，則固二子所不應受也。夫君臣之義之不明於天下也，過而責之，尚慮人之有詞以自逭。至於前賢大中之行，而亦以過正者例之，是益之偷也。吾不可以不辨。

孟子

昔孔子周游天下，而曰如有用我，吾其爲東周。竊以爲孔子不得大用於時，苟得大用，當必率諸侯以尊周室，不爲桓、文之假仁義而已。如欲佐時君以王，則非聖人素志也。非聖人德則不至，而時有未可也。

逮孟子時，人知有七國，而不知有周。斯時有能行文王之政者，其於王，猶反手之易。故於梁襄王，則對以不嗜殺人而一天下；於齊宣王，則勸勿毁明堂，而行治岐之政。噫！孟子之言，孔子所不忍言也；孟子所能爲，孔子之所不爲也。斯不亦聖與賢之不同，而不可通其志乎？曰：時也。聖賢悲天而閔人，天與人皆與時爲移易。春秋之時，周猶有可復興之勢。戰國，則周並無七十里百里之地，不足以基湯、文之業，而文、武、成、康之遺澤泯焉。天下之亂，苟非得救民水火者，而禍猶未已也。孔、孟之心，易地皆同也，心同而疑其言之異也，何哉？夫戰國諸侯，秦爲大，秦政嚴急，於理不應王也。而諸侯皆畏其蠶食，相與會盟，約從以謀其後。議者又曰不當賂秦以地，而相約並力西嚮，於是則秦可以弱，而六國不至於亡。吁！天下之爲秦者多矣。弱一秦，安知不又益一秦也。將使吾子孫弱而事之，抑將再爲合從以拒後之爲秦代者乎？由吾孟子之言，則天下俛首聽命矣，雖百世無秦可也。

由此觀之，時者，聖賢之所務也。而爲國者往往昧之，自弛夫可用之力而樂與夫無窮之禍。此大亂未息於天下，而聖賢之所以見擯於時也。後有處危亡之勢者，得孟子之言而行之，其於國家之事，庶有濟乎。

陳平周勃論

古之大人弭天下之亂者，必有不得已焉。故與其有亂而吾弭之，不如無亂，而吾安之爲愈也。與其既亂而止之，不如及其未亂，而先止之爲愈也。夫亂不亂存乎天，天之所爲，非人所得知也。而君子終不以天之難問，而廢夫人力所自盡者，則以救諸目前之可恃，而俟諸將來之難自必也。火之焚於室也，雖里巷之人，猶將走而救之，不俟其爇及於吾廬也。既及吾廬，將有不可爲者矣。惜哉！以平、勃之賢，處可預防之勢，而其計乃出於救火之人下也。

呂后初臨朝，平、勃與高帝諸臣共列將相之位。方其欲王諸呂，先問王陵，陵不從，復問平、勃，夫亦自知不義，而懼爲大臣之所折也。假令平、勃附王陵之正，堅執高帝之約，呂氏雖橫，安能重違大臣而恣行己意？且其時，兵權尚不歸呂氏。呂后欲假產、祿以王，實欲假以兵權之漸也。杜亂源者，必以漸始，則莫如先使之勿王產、祿。產、祿不王，兵權不歸呂氏，平、勃可安坐而弭其釁，何呂氏之能爲？或又曰：呂后陰鷙，如平、勃不從，亦必中以他事去之。去之無益，不如隱忍以成吾事。是又不然。大臣之事君也，於吾力之可正者，則正之，不敢徼幸於異日而姑待焉。且設是心者，亦謂平、勃知呂后年齒已長，彼卽旦暮晏駕，產、祿庸子，終無能爲耳。此尤爲悖之甚者。萬一產、祿既王，呂后未死，而二子不爲天所祚，則國家之事更諉之誰任乎？高帝之與呂后論相也，首王陵，次平、勃，豈不陰識陵之守正，而欲二子有以佐之歟？既不能佐，又從而非笑之，其成功蓋亦天幸焉，而未可據以爲能也。夫平、勃之事，既往而不可復矣，而後之爲人臣而值事變者，愼毋藉口於有待，而終至於不可及哉。

伊尹五就桀解

余讀孟子書，嘗疑伊尹五就桀之說。及觀柳子所爲贊，以爲是伊尹之大心乎生民，而欲速其功。蓋知尹之深者，莫柳子若也。既思而疑之，以爲尹苟如是，則無以處湯。湯一見尹之賢，必舉之爲相，而與共夫祿位。豈肯令其栖栖皇皇，爲是席不暇暖者耶？

尹於桀爲五就，於湯必有五去。謂湯不知其去耶，不足以爲明。謂湯爲知其去而不留，烏在其爲任賢也。然則孟子之説，爲果無其事歟？曰：非也。尹之去，蓋湯使之爲之，而冀桀之終能一用耳。一薦之不已，而至於再，再薦之不已，而至於三，三薦之不已，而至於四五，湯於是知命之不可易，尹於是知事之不可爲，遂決然舍桀就湯而無疑。是尹之於湯也未嘗去，而其於桀也，則疑若五就焉。尹之明，非不知桀之終不可爲，而必往復焉，回翔焉，若有所戀而不忍去者。湯愛桀之深，望桀之切，以爲一旦能聽尹之説，而用其身，則天下可不至於亡，己亦無樂乎放伐之事。湯之心，卽文王三分有二以服事之心。而其薦尹於桀者，亦文王薦膠鬲於殷之意。古聖人忠於所事，而不利天下之人才以私己也。

漢末有荀彧者，曹操辟之，以比張子房。司馬昭壽春之役，亦引鍾會爲謀主，而寄以腹心之任。向使操與昭有湯、文之志，則當引二子而立於漢、魏之朝，獻、髦之惡不若桀、紂，操、昭之柄重於湯、文，天下雖危，未必無救於敗也。惟後人不能心聖人之心，以無負其所事。爲之佐者，亦樂居於俊傑識時務者之名，而以尹之去湯就桀爲藉口，則安知不以『心乎生民，欲速其功』之説，移而用之於其主，豈非柳子之言階之厲耶！然則，孟子何以不言湯使之？曰：孟子之意，將以明尹之自任。言湯，則尹之自任者不見，且於辭亦不應爾也。否則，伊尹亦管氏之流矣。

君氏卒 隱公三年

此一人也，左氏書曰君氏，則以爲隱母；公、穀書曰尹氏，則以爲周世卿。蓋嘗卽春秋之書法，而反復求之，而知其説之皆不概於理也。

夫尹氏之見於經也，屢矣。然皆屬於王國之事而書之，如不屬於王國之事，則當書曰周尹氏，不當直謂之爲尹氏也。然則王子虎、劉卷之卒何歟？曰：二人皆以盟會通於諸侯，不言周而可以見義。且春秋之義，諸侯同盟，則赴以名。凡卒，未有不書者。此豈如立王子朝之事，而著氏以惡之歟？然則左氏之説不近似矣乎？

曰：謂之爲婦人，是也；謂之爲隱母，則非也。母不可以言君氏，其言君氏，固有以知其爲隱夫人也。夫人也，而不謂夫人，從公志也。隱尚不敢自成其爲君，而肯自立其夫人乎？史不没其實，而書之曰卒。其曰『君氏』者，猶魯人之稱公氏定公元年，宋人之稱夫人氏也襄公二十六年。不敢成其爲夫人故，但曰君氏也。此亦如姒氏之卒於定公時，而不得備夫人之禮耳。

或曰：如子之說，則前所謂夫人子氏者，何人？曰：桓母也。桓母則何爲不葬？曰：公不臨，故不書葬也。然則，前所謂惠公仲子者，何人？曰：子氏爲桓母，則仲子之爲孝妾，蓋可知也。此截然三人也，而左氏亂之而爲二，公、穀又以前二者爲婦人，而茲爲男子焉。昔人所謂經以傳而汩者，不其信夫！

及晉處父盟文公二年

此處父來盟，經何以不言公？惟不言公，是以知處父來盟也。通春秋之盟，不言公者四：隱元年，及宋人盟於宿；莊二十二年〔一〕，及齊高傒盟於防；文十年，及蘇子盟於女栗，暨此而已。以情事揆之，惟盟宿爲微者尚未可知，此三盟必皆公也。如傳之言，則公適晉何以不書？諱適晉，可以殺恥，則必不書此盟，而後可以免恥也。

夫列國之大夫，因來聘而盟者多矣。此不書來聘者，非來聘也。傳曰：晉人以不朝之故來討公，此其可信者也。來聘可書，而來討不可書也。竊意其時，晉必有責言於魯，魯惟恐失大國之歡也，乃汲汲焉，因處父而與之盟。故次年，公遂有如晉之行也。不然，晉襄亦繼文之賢主焉，有宗國來朝，而使其大夫亢而與盟者乎？或曰：不目公微者也。則未聞莅盟於大國，而敢以微者往也。處父之不氏者，蓋闕文也。其不地，國內也。

【校】

〔一〕二十二年：底本作『二十一年』，誤，據嶺西五家本改。

逆婦姜于齊文公四年

左氏謂卿不行，非禮，爲出姜不允於魯之兆。公羊謂娶乎大夫，故略其詞。是二說者，皆非也。夫納幣既以上大夫矣，豈親迎之時，而反以微者行乎？若謂娶於齊之大夫，則亦何取乎納幣之時，而以吾卿行也。故二傳之言，不若穀梁子之爲得之也。

穀梁子曰：其曰婦姜，爲其禮成乎齊也。其逆者誰也？親迎而稱婦，或者公與曰婦者，有姑之詞也。其不氏何也？曰夫人與有貶也。此其説亦有未盡者。婦固爲對姑之詞，是時聲姜見存，意欲重其母家，故使公親迎於齊。惟公受夫人之命以往，故曰逆婦姜於齊也。若臣子，則雖姑在，亦當稱夫人。宣元年，遂以夫人婦姜至自齊。成十四年，僑如以夫人婦姜氏至自齊是也。其不言公，何也？諸侯之親迎，禮也；出疆而迎，非禮也。今公以夫人命而遠迎於齊，可謂溺私愛，而棄其社稷人民之重者。其不書公，亦猶及鄭師伐宋而不書公，及晉處父盟而不書公之類是也。其不曰公以夫人婦姜至自齊者，亦猶是也。

然則，莊公何爲不諱？曰：莊公忘父讎而娶其女，罪之大者也。文公除喪而即娶，罪之小者也。小可諱，而大不可諱也。然則，夫人有貶乎？曰何貶乎？爾喪娶者，公也；受母命而迎於他國者，亦公也。姜何罪？其不氏猶氏也。姜固爲其氏矣，其或書，或不書者，史異文耳。或曰：此聲姜自逆其婦也。亦非也。春秋史臣載筆之詞，以公爲主，沒公可以見義，如沒婦人，則疑於公，且疑於使他臣子之詞矣。此左、公羊之所以誤也。

冬十月壬午公子遂會晉趙盾盟于衡雍
乙酉公子遂會雒戎盟于暴文公八年

此四日閒事耳。經何以兩書『公子遂』？左氏曰，珍之也。劉氏敞曰，非也，若兩稱公子爲褒者，僖三十年『公子遂如京師，遂如晉』則貶矣。彼不謂貶，何耶？左氏解經，其意固陋，然以與僖十年之事相提而論，則不可也。三十年之『如京師，遂如晉』者，遂受命於君之時，固知其因此兩事而出者也，且非惟因此兩事而已。若曰周，固吾之所不得已也，卒事而已，將如晉矣。故書之曰遂。遂者，繼事也，亦疾辭也，譏其事王朝不如事霸國也。

若此之會盾與會戎，則未知遂出國之時，果有戎之請盟以否？若戎請盟，而遂因而盟之也，則當書之曰『公子遂會趙盾於衡雍，遂會頟戎盟於暴』，又何必其詞之繁而不殺也？其繁而不殺者，有以知其非繼事也。非繼事，則不得以三十年繼事之例例之也。然則兩稱『公子遂』，何也？曰史例也。史有一人兩事相連而及者，則卒事不更名。『桓五年冬，州公如曹；六年春正月，實來』之類是也。獲且之卒得連日食之下，叔公之卒得與祭同日，此亦省文之驗也。有一人兩事，不能從同者，則名因事而分見。『僖二十八年，晉侯侵曹，晉侯伐衛』及此之類是也。桓十二年冬，兩書丙戌，成十五年，宋華元出奔，晉下宋字四見皆事各爲書之義。孔穎達曰兩書宋華元者，宋人再告也。亦通。若以爲褒貶之所在則惑矣。

宋人及楚人平 宣公十有五年

此宋、楚之君躬任其事者也。何以書之曰『人』？公羊子曰：外平不書，此何以書？大其平乎已也。其稱『人』何貶？何爲貶？平者，在下也。非也。既大其平乎已，而又何『在下』之貶乎？穀梁子曰：『人』者，衆詞也。平稱衆，上下欲之也。亦非也。宋〔一〕則欲平矣，楚果欲平乎？楚之臣欲平矣，楚之君果欲平乎？夷考其事，蓋子反私與華元盟，而後告於王者也。然遂據是以爲經之貶二國，則不可也。

春秋之義，有君則責其君；君弒、君出，始責其臣。且子反可謂專矣，華元則無罪也，安得宋與楚之俱『人』乎？龍子曰：『人』之者，微之也。宋與楚，俱有罪焉爾，楚之罪，在使行人不假道，而故激怒於宋，而頓兵以危人國，猶其後焉。宋之罪，在逞忿以殺行人，而故結怨於楚，而負固以苦吾民，猶其後焉。使行人不假道與逞忿以殺行人，經不可得而貶之也。則於此之平貶之，著楚以欺弱黷武之非，而蔽宋以挑釁殘民之罪。故以兩國之君臣而詞若有所不足道者也。若以爲貶二國之卿，是舍其大而責其細也。曰：然則楚子圍宋，曷不可貶乎。曰：貶楚子，慮其失宋人也。且安知著其爵者之非，正其罪也。

【校】

〔一〕宋：底本作『鄭』，誤，據嶺西五家本改。

鄭伯髡頑如會未見諸侯丙戌卒於鄵 襄公七年

此鄭伯之卒，弒也。弒之，則何爲不言弒？史從赴告，非聖人之所得私易也。公羊子曰：爲中國諱也。非也，若實以弒告，聖人亦安得爲之諱乎？然則，聖人遂終爲之隱，而莫之正耶。曰：聖人之意固已見於經矣。經曰：『鄭伯髡頑如會，未見諸侯。』此以見鄭伯之至乎會地也。既至乎會地，而不見諸侯，則必其國之大臣有所挾而止之焉。其曰『丙戌卒於鄵者』，緩詞也。公羊子曰『傷而反，未至于舍而卒』，斯言得之矣。左氏所謂『及鄵，子駟使賊夜弒公』者，詞猶有所未盡也。若及鄵而弒之，則未見諸侯之詞贅矣。

竊謂聖人之爲此也，微其辭以待學者之疑，使因以參考其遺文，而亂賊之名，雖幸逃於一時，必不能欺乎後世。曰：然則聖人之於史也，固亦有曲筆乎？曰：實也，非曲也。且聖人固已筆之削之矣。其曰『鄭伯髡頑如會，丙戌卒於鄵』者，魯史之舊文也。其曰『鄭伯髡頑如會，未見諸侯，丙戌卒於鄵』者，筆削之，微旨也。夫論史書之例，則如前之所紀者矣，而其中之委折，不得而見也。春秋所以有待乎聖人者，誠有待乎此也。

盜殺鄭公子騑公子發公孫輒 襄公十年

此尉止、司氏、堵氏、侯氏、子師氏五族也。而書之曰『盜』。望溪方氏謂『盜者，陰賊，而不知爲何人也』。非也。春秋之法，有身不爲惡而必治其人者，晉趙盾、宋歸生之徒是也。有身爲惡而終沒其名者，鄭五族、衛齊豹之屬是也。身不爲惡而假手於人，苟不正其名以爲之罪，則亂賊可逃於法外，而操刀者獨被惡名，是爲不公。身既爲惡而尚欲爭其名，苟不沒而賤之以深爲之耻，則姦人倖其可列於人數，而犯上者愈得其志，是爲不明。不公不明，非聖人之所以垂世教、謹亂源也。

春秋之書盜殺者四，其三皆可舉其人。昭二十年，盜殺衛侯之兄縶爲齊豹。哀四年，盜殺蔡侯申爲公孫翩，及此年之事其不知主名者。惟哀十三年，盜殺陳夏區夫一事而已。若如方氏之言，不得謂此三者，皆左氏傳聞之誤也。且凡以賤而殺貴者，其迹未有不近於盜者也。齊豹固嘗爲卿矣，然其事實陰賊小民之所爲。自處於盜，則亦盜之而已。後世如荆卿之刺秦王，張良之擊秦政，事之近於義者也，而作史者亦書之曰盜。如方氏之言，則千百世之後，豈有不知誰何，而必作曖昧之詞，寄其罰於不可知之地乎？曰：然則王札、陳招、楚棄疾之徒，春秋何以不書之曰『盜』？曰：王札則矯君命也，偃師之死，其君實與聞焉者也，棄疾則所殺者，弑君之賊，非以其身爲大臣而貴之也。皆不可書之曰『盜』。書之曰『盜』，則必如止之帥賊、豹之伏甲而可也。若蔡侯之事，則傳之未得其實者也。陳夏區夫之事，則實所謂不知何人者也。

夫天下雖有凶殘之人，當其殺人，未有不自以爲直者。而聖人乃夷之於不屑稱道之人，則所以奪亂賊之氣者，不既多乎！

楚子虔誘蔡侯般殺之於申 昭公十有一年

春秋之法，諸侯滅同姓，書名。此楚子殺蔡侯也，非同姓，且猶未至滅其國也。比事而觀，與邾人戕鄫子、蔡人殺沈子同耳。況鄫、沈之君無罪，而般則弑君之賊也。何爲彼不名而楚虔以名？或曰：惡其誘也。則十六年，楚子誘戎子嘉殺之，又何以不名也？或曰：虔固殺君之賊也，春秋之法，不以亂治亂也。斯言得之矣。

雖然，猶未深觀於聖人之意也。夷考楚子麇之卒也，虔實弑之，而猥以飾詞，赴於諸侯。聖人因魯史舊文，雖明知虔之姦謀，而無所據以見義，故於書楚子卒之後，既連書公子比出奔晉以伏其案，而於此又顯斥其名，將使後之學者讀其文，疑其罰之過重，而深求其所以致罰之故。若曰虔固弑君之賊也，此無異以般誘般、以般殺般耳。討般而以名，則虔也爲何如人哉？夫春秋之惡惡未有大乎亂賊者也。而限於舊文，而不得盡其法者，則鄭伯髡頑、楚子麇之卒而已。聖人於髡頑之卒，則委曲其辭以見之；於麇之卒，而不得書弑，則因殺般之事以著虔之名而正其罪。是天下之亂臣賊子，雖巧於諱匿而無所逃矣。所謂其義，則某竊取者，殆此類也。

春秋王不稱天辨

春秋王不稱『天』者三。莊元年冬，『王使榮叔來錫桓公命』。何氏云：不言『天王』者，桓實行惡而乃追錫之，尤悖天道，故云爾。文五年春，『王使榮叔歸含且賵』。何氏云：含者，臣子職，以至尊行卑事，失尊之義也。三月，『王使召伯來會葬』。何氏云：去『天』者，不及事，刺比失喪禮也。

古之言春秋者不一，其最善莫如孟子。孟子曰：『春秋，天子之事也。』是故孔子曰：『知我者，其惟春秋乎？罪我者，其惟春秋乎？』蓋夫子所修者魯史，而所持者周天子之權也。守天下者，莫貴乎天子；正天下者，莫重乎天子之權。惟周天子不能自持其權，故孔子即空文以寓賞罰，而爲之代行事。是春秋之所以尊王者，以其名分存也。若其實，則非聖人之所得而議也。假聖人而得議周之事，則所僭者乃天之權，而曰『春秋，天子之事』者，不亦小哉異哉！何休氏之以王不稱天，爲刺譏是非之說也。夫王之號，自夏、商以來，未之或改也。彼所謂天王者，吾不知始於何時，毋亦春秋時人之言如是，聖人亦沿而不改歟？如謂其爲刺譏也者，則桓之行惡宜絕之於生前，何以十八年之內，書天王使人來者三，而獨一貶於身後之錫命耶？若成風之歸含賵與會葬，則前此天王使宰咺來歸惠公仲子之賵者，抑又何說？若謂含爲臣子事，會葬爲不及時，是舍其大而責其細，不應當天王以重罰也。

嘗考公羊・成八年傳曰：『其稱天子何？元年春，王正月』，正也，其餘皆通矣。繹公羊本意，蓋謂稱王者爲正，其餘或稱天子，或稱天王，皆可以類相通。何氏欲自圓其前說，遂不深言所以相通之義，而贅之以刺譏是非之文。夫既曰刺譏是非，則所謂相通者何在？舍明明可據之傳，而倡爲異說，是欲專執己見，而不顧削足以適履也，何其悖哉！夫因天下之無主，而託王以行法，已又黜削之，而自干夫無王之罪，斯固孔子所不敢爲，而孟子所不敢信也。其亦可以無辨已！

論外臣書歸書入例

春秋外臣之書入者四。惟『許叔入於許』，善其有興復之美，其他如鄭良霄、宋公之弟辰及仲佗、石彄、公子地、樂大心，大抵皆叛臣。書歸者六。惟宋華元、陳侯之弟黄衛公孟彄爲無大罪，佗如衛，孫林父、楚公子比，皆黨援大國，卒成篡逆之事； 晉趙鞅則身爲畔逆，因韓、魏之援而得返國者也。其書復歸、復入者三，曰衛元咺、宋魚石、晉欒盈而已。晉趙鞅及鄭良霄、宋辰諸人之罪，不薄於魚石、欒盈、孫林父，與楚公子比則較之，元咺殆有甚焉，而不書復歸與復入者何？曰：鞅，固未出其國也，不出其國，不得言復歸也。鄭良霄、宋辰諸人及樂大心，或自許，或自曹，或自陳、衛，孫林父、楚公子比皆自晉。自者有所由來，其歸也易矣，亦不必言復也。然則，衛元咺非自晉歟？曰：元咺之迹，不與趙鞅諸叛人同，且國無内援，非公子比之類。其歸而無君命，則較之孫林父又有間也。書復歸，從晉志也。曰復者，不宜復者也。咺於叔武之殺可以去矣，不甘於一去，而訴君於晉，因藉晉之勢以擯其君，而己專其國，其與欒盈、魚石之盜邑以叛者，相去幾何哉？若趙鞅、宋辰諸人，則不必言復，而叛君之罪已明矣。故曰『大夫無復道者』，此説是也。

春秋君弑賊不討不書葬

此公、穀之説，信乎？曰：有可信者，有不可信者。其可信者，皆魯國之事也。其不可信者，皆他國之事。夷考魯之見於經者十二公，其三公者實弑，隱、桓、閔。内惟桓公見弑於他國，齊人殺彭生以藉口。彼襄公者，强敵諸侯。聖人獨寬魯以討賊之義，所以原其迹而諒其心也。

隱公、閔公之葬，在桓、僖即位之時。當時君臣必不肯以無禮待之。計國史之文，未有不書葬者，聖人獨削之以見義，其所以教天下萬世之爲臣子者，至深且遠也。獨持此説以求他國之事，則不然。蔡般之自立也，而景公書葬； 許止之奔晉也，而悼公書葬。後儒求其説而不得，乃創爲著臣子之極變與恕止之説以明之。雖然，有以知其非聖人之意也。

春秋魯史也，其責魯之臣子，必不與他國之臣子同。如公、穀之説，用之於魯可以見義，而獨不可例之他國。蓋經書他國之葬者，因魯人之往會也。魯人之往會者，必有魯君之命。如以責他國臣子之義例之，是魯之棄國君之命者爲無説矣。然則他國君弑恒不書葬者，何也？善乎郝氏之言曰：國亂君弑，葬者多不如禮，鄰國亦不往會，故不書也。郝氏以此説概魯與他國之事。吾則謂公、穀之説，可以責魯，而他國之事，則如郝氏焉。惟其然，而蔡、許二君之書葬者，又何疑乎？

經德堂文集卷二　內集

序十七首

劉詹巖先生三徑蓬蒿圖册序

古之有高世之志者，其於世必有所遺。利祿名位，常人之所騖也，而君子有時去之。姓字書於竹帛，光榮被於里閭，雖豪傑有志之士，赴之恐不及，而君子毅然不顧。立其身於魏闕之上，而繫其心於江湖之下；居於榮顯赫懿之地，而寄情沖淡寂寞之鄉。其身之不能去也，則託意歌詠，若一日未能置諸懷。及其奉身而退，則恬然自足於中，而無所營於外。此古今功名之士所視爲難，而厚於自待者，獨以爲甚便。

吾於永豐劉詹巖先生而一見焉。先生壯年登第，供奉內廷，旋奉命視學山左。秩滿歸，以資例得進詹事。先生又被恩遇，居禁秩，超擢當不次，人方謂臺閣公輔在指顧間，而先生獨於是時乞假歸養。天子恩允，不數日就道。方是時，詹事府以懸缺需人，奏至一再。先生循例，當必得。二親又迎養京師，其勢可不去。即去而稍緩數日，可遷秩而去。先生獨介然自行其意。計其時，朝之士大夫私相贊歎，或駴且疑者參半。先生固不與之謀，而亦有不暇計也。豈非有高世之志，視天下之物無可以勝其意者哉！

余幸以館閣從先生後，而以不常接見爲憾。今年冬十月，嶺南使事畢，北歸，道出章江。先生方主講於廬陵之鷺洲書院，進謁承教，至日昃不忍去。先生因出所爲三徑蓬蒿圖，命綴言簡端。余謂觀先生之命圖，而其志可知也，因舉平日所折服於先生者而爲之序。

謝伊人樂律考成序

古樂之亡久矣。孔子與顏子論爲邦，曰：『樂則韶舞，放鄭聲』。孟子對齊宣王曰：『今之樂猶古之樂』。

非孔子之言正而法，孟子之言通而濫也。王者治功既成，規模明備，非考訂中和之聲，遠稽隆古，則無以協上下而承天庥。世道衰微，諸侯欲行王政，要在噓德養和，與民休息。君臣同德，內外無怨，無聲之樂播於朝廷，斯則鐘、鼓、磬、鐸、鐲、鐃，各因其俗用之可也。由此觀之，循本者尚德，操末者習器。孔孟之言，非道有不同，所與言之人異也。

自漢興，以攻伐取天下，薄先王之治爲不足爲。叔孫通小儒，不能復古樂，躋漢德於唐、虞、三代之盛。文帝溺於黄老，一切制作，謙讓未遑。降及安世房中之歌，其義頗近於淫靡矣。自是以還，雅樂不興。然漢唐之盛，終不害其爲治者，則以强本節末，澤潤生民而爲樂之本猶存也。然而古器散亡，元音消竭，或義存矣而用闕，或物備矣而數乖。用之郊廟，不足以洽神人之和；用之朝廷〔一〕，不足以宣上下之情。則於太平之治，猶不能無憾焉。蓋無其德者，不能舉其器；有其德者，又患無其文。鐘簴藏在故府，矇瞍僅以備官，此三代以前守國者之失也。制法缺略，因陋就簡，聽古樂則惟恐卧，聞新聲則不知倦，此三代、漢、唐以來，君若相之失也。如以孟子救時之言，而用之承平之世，此不惟後之君臣有以自便，而古樂之興復將望之於何日歟？

吾鄉謝子伊人，清和徹悟，性近乎樂。積數十年之心力，覃精研思，攷古今律吕尺寸短長之分、聲音清濁高下之宜，著樂律成考一書。其書首樂律，次樂器，次樂聲，而以樂舞終焉。探其本而竟其用，其精微之致，雖未知於古人何如，然亦可謂詳博者矣。

方今聖清以和樂治天下，元音之奏始於廟朝，信乎協箾韶而遠世俗矣。考訂闕遺，或時有資於儒者之一得。苟有用我謝子，其亦夔、曠之流亞歟？惜乎吾學不足以訂正其疑，力又不足以張之，使其信於今而傳於後也。因爲論用樂之理如此云。

【校】

〔一〕朝廷：經德堂本作『朝野』。

文廟崇祀錄序

古者無廟而有學。記曰：凡始立學，必釋奠於先聖先師。謂若唐虞有夔、伯夷，周有周公，魯有孔子，皆各就其國祭之。無，則與鄰國合焉。其教，春誦、夏絃、讀書、執禮；其物，干、戚、羽、籥，是其爲師也博，而其爲學也近。隋唐之際，始詔天下州縣皆立學，尊孔子爲先聖，以門人高弟配焉。後州縣之學又廢，乃立廟以行釋奠之禮。然則自有孔子，而聖師之道始專而一。自州縣之學廢，而廟享之制始尊而嚴。事固有失於古，而得於今者，亦順乎時而愜人心之同然而已。

雖然，古之學者，去聖師之時未遠，其居處之地，又不越乎鄰國。故凡聲音、笑貌、言語、行事，學者皆得耳聞而目接焉。自入學後，所習皆禮樂之事。夫以常行之禮祀至近之人，故得心神斂肅，容節安謐，内以固其肌膚之會，而外以遏其匪辟之萌。古者士行修，而學校有裨於實用，率是道也。

今之時去孔子遠矣，鄉僻學者，至不能舉其世系，加以四配十哲、東西兩廡先賢諸儒之位次，偶入其中，固已瞻仰惶惑。又所爲籩、豆、簠、簋、笙、磬、柷、敔之屬，率皆近今所未嘗用。目覩焉，而莫名其器；手操焉，而莫成其聲。則雖日近夫聖師之廷，猶不能知夫禮樂之教人之意也。又況終歲未嘗一至，没身未獲一覩者哉！然則欲復古者，教人之方，莫若使今之廟如古之學，使人人皆能言聖師之所自出，而其禮物、樂律之備習於身，而日與之爲接，登其堂而如將遇之。夫如是，乃能灑濯其心，而不流於不肖。

惟然，則應城熊子所輯文廟崇祀録者，宜爲君子所亟取者乎。始熊子之爲是書，以今日廟學之尊，去聖久遠，末學小生不能講明其故。故其書備列先聖及諸賢先儒之本傳，而歷代所作之贊附見焉。禮儀、祭器、詩歌、樂舞，一取諸本朝金石碑記之文，並綴於後。而以六代之聖制冠於卷端。推熊子之心，固欲以褒崇之典，見聖道之日隆，實欲使天下之人得見是書者，皆如親炙聖門，而與七十子之徒上下議論。而又因以日習夫禮樂之故，使其愧怍不形，而姦慝不生。然則，欲復古者教人之方，而使今之廟如古之學，其必由乎此。余不敏，承乏是邦，固以教人爲責者，則見熊子此書，其能不忻然喜、肅然敬，而願與多士共受而習也乎？遂述廟學源流，而爲之序。

張氏說文諧聲譜序

言古韻者，江氏以前失之疏，段氏以後過於密。失之疏者，如以巨網絕流，蛇鱣蝦蟹時多逸出，而吞舟之鱗，其能漏而逃者尠矣。此用力少而成功多也。過於密者，如以隄束水，在處與水爭地，而又區其中爲某家之團，某家之垸。少有溢出，則多爲之防以禦之。故其疆界井然，條目周慎，卒也防之者愈多，而溢之者愈急，或至浸淫潰決而不可窮。是二者，皆不能無弊。

抑知必得三代以前之韻，始可讀三代以上之書。今三代之韻雖不可得，亦將就其文而尋其緒，則其可見者，未嘗不昭然在也。今論者復以陸法言之韻律之，至其不合，則分析出入以就之，而仍不敢改其二百六韻之目。此所以紛紜轇葛，徒足以瞀亂學人之耳目也。又其甚者，復雜以字母呼等之學，變亂舊文，一從新意。夫辨聲音之清濁，調脣吻之高下，音學、字學原非小補。然試思古人作詩之始，詎有是哉？且古今聲韻，代有不同，南北喉舌，不無差異，此以爲是，彼以爲非。深究所由，迄無定論。本欲辨晰，愈覺絲棼。是則不古不今，難爲典要者也。今欲斬其繁蕪，除其枝葉，莫若即古人所用之音，以求古人所協之韻。字與字相聯而音以具，音與音相應而韻以成。不拘牽於二百六韻之目，不旁雜以字母呼等之論，直截了當，開卷瞭如。此亦可謂破末俗之拘孿，極文人之所快者矣。

某受性愚惷，學殖寡昧，自通籍來京師，始知爲古文聲韻之學。因聚宋吳才老氏、明三山陳氏、本朝崑山顧氏、婺源江氏、金壇段氏、高郵王氏、武進劉氏、曲阜孔氏、歙江氏之書讀之。於王氏、劉氏集中，復知有陽湖皋文張先生諧聲譜之作，惜其書未刻，不得見。年來奉使武昌，始得就先生猶子仲遠令君讀之，知是書爲先生稿本。而嗣君彥惟卒成其業。以詩韻爲經，以說文爲緯，其於韻也，則絲聯繩引，如祖孫父子必有譜系之可尋。其於字也，則類聚羣分，如主伯亞旅，各有部居而不越。因韻以考其字之偏旁，而知同形者，古音必同部。因字以考其韻之通轉，而知異用者，古韻必異音。其部分標目，以詩中先出字爲建首，一洗紛紜轇葛之習。其書較段氏爲密，而不失之拘。嗣是劉申甫禮部有詩聲衍之作，分部較詳，然皆推先生之意而廣之，未有能加密於此者。蓋談古韻之書，至此爲集其大成也。

屬試事既畢，潦災見告，長日樓居，因取舊日所著音論續之，訂以先生之説，成古韻通説十卷。其大致不能越先生之範圍，中惟論入聲處，頗有異同。又先生所分之水部，彥惟所分之質部，其去入兩聲分合出入亦爲小異。好古苦晚，不能就正於先生父子閒，因仲遠令君將刻是編，竊幸得附名簡末，兼著拙書所以得成之由。自來言古韻者疏密之故，將以復於令君。令君博古有吏材，官於水鄉，其於隄防疏濬之法詳矣。觀前之言，其亦不能無慨於中也。

與益山房集序

歲庚寅，侍伯父紫垣先生於里門，始識春庭黃先生。先生談吏事，一言而善。余雖少，心識之。後先生起，復官山右。余亦隨侍，宦游湘沅間。逮通籍來歸，先生已乞身林下，因得修同館後輩禮謁見。顔沖以和，詞粹以温，往日雋傑廉悍之氣，隨齒髮俱變。於是歎先生之德之進，而吏材之不足以盡先生也。惜奉教未久，而余返京師，獨時時從鄉人問先生起居。聞先生主講秀峯書院，所裁成後學甚衆。不數年，先生歸道山。余適奉命視學楚北，先生嗣子恪齋以與益山房詩文集來示，且屬爲之序。

余謂先生爲民父母，爲人師，皆有所成就，不孤其任。少年好學，至老不倦，身隱道尊，所言皆歸於篤實，於聖賢心性之學，尤三致意。蓋先生之心，實有見於道，而非徒其文之爲貴而已。某不敏，昔承先生獎借，今無以〔一〕副厚期。讀先生之文，猶憶躬陪杖履時，窗外薔薇盛開，和光沖融，盎然心醉。日月更代，哲人徂逝，思之不禁邈然而增感也。

【校】

〔一〕以：底本作「似以」，「似」疑為衍文，據經德本改。

諶雲帆詩序

昔歐陽子謂『詩窮然後工』。論雖偏激，而理實如是。及觀於本朝，而其說乃爲不信。本朝詩人，如阮亭尚書之享美名大福者，固不具論，外此朱竹垞、宋牧仲、施愚山、沈歸愚、查初白諸人，類皆貴顯，或晚達成大器。嘗試論之，本朝詩人，其取精也博，其儲材也富，雖巨細長短不同，大約山海容納，物無不備。非僅如唐宋詩人，取工於一言一詠，褊嗇固陋者之所爲也。故言既昌明，而遭遇亦隨之，近日壇坫差不如曩昔之盛，士之負其能於吟詠者，乃時見於山陬草澤間。如漵浦諶雲帆，其一也。

始，雲帆爲弟子員，取舍多不與時合，故所遇益窮，然獨喜爲詩，人皆知其名而笑〔一〕之。雲帆益肆力爲之，不少懈。蓋積二十餘年，而得千有餘篇。今年夏，訪余於武昌，間出以示余。余服雲帆之才之博、氣之壯，將使詠歌廊廟，與竹垞、初白諸人追逐上下，或莫知其後先。卽不幸而抑塞阨窮，如唐之郊、島，宋之惠、崇，與時鳥候蟲自鳴天籟，以聳有力者之聽，而增其聲價，殆過之無不及者，而乃不一遇，僅以廣文黄先生知而好之。噫！可叡也已！

雖然，所貴乎詩人者，非取其排比字句、刻畫景物而已，必蘄合於風人之旨，而立言有補於世。此不可於詩求之也。多讀書以蓄其理，廣涉之事物以窮其變，而發於詩者特餘事焉。昔之人所以詞達而名成者，其在茲乎？夫境之窮達有不足論，而學之在我者，不可不自盡也。雲帆蓋視余爲直諒之友也，故以是進之。若其詩之極工者，則覽者當自得焉，不俟余言也。

【校】

〔一〕笑：底本闕文，據嶺西五家本補。

朱嚴溪忍字輯略序

忍之說，著於唐張公藝，其用之不能無弊，先儒論之詳矣。然古之言忍者曰：『必有忍，其乃有濟。』夫子亦曰：『小不忍則亂大謀。』蓋聖賢之所以制心，豪傑之所以處事，未有不由乎此者，視所以用之何如耳。越王句踐之於吳，漢高帝之於項籍，文帝之於趙佗，以能忍而得者也。魯以相忍爲國，晉懷湣忍於屈辱，南宋忍於偏安，以能忍而失者也。顧其用之於一身，與用之於國與天下，又自有辨。夫人之身，其朝夕聚處者，父子兄弟。其地不越乎階庭里巷，而其事細及於豆羹簞食，屐履衽席之間，往往爭之，則賊恩而未必其有益，而不爭則所全者大。故言忍之道，用之於國，則十得其五；用之一人一家之事，不啻十得其八九矣。

此忍字輯略一書，余亡友朱君嚴溪之所爲諄諄致意也。始，君遭時不遇，嘗試艱苦，而其朝夕隱微之地，尤爲人所難言。君處之若無事然，交游間未嘗見其戚戚。比疾亟，乃授此書於同里王孝廉，曰：『君其爲我刻之，且必得余同年馬君梅巖跋之，而龍君翰臣爲之序。』嗚呼！君之苦心具於此矣。此所以處人生之至難而無憾也。至不幸而無年，亦有命焉。豈其眞不能忍，以至於斯極哉！若夫徵引之詳博，議論之懇切，讀者固能知之。後之處家庭者，可藉以消鬱怨，養天和，則是書之爲益於無窮也。

余既不敢負君生前之語，又嘉王君能終人之事也，遂不辭而弁言簡端。道光二十有六年，歲次丙午，季冬月乙丑，同年生臨桂龍啟瑞序。

彭子穆遺稿序

往余同里交游，能詩者，有商麓原書濬、曾芷潭克敬、龔茂田一貞、關梅田脩四人，皆才而早世。平南彭子穆昱堯差後出。余時已舉鄉試至京師，子穆亦以舉人試禮部。子穆曩從學使國子監司業池公受業，學益開敏宏達，又從受古文法於鄉先生呂月滄璜。至京，介王少鶴錫振得交梅先生伯言。梅先生古文爲當代宗匠。子穆、少鶴暨朱伯韓琦、唐仲實啟華及不肖每有所作，輒相就正，得先生一言以爲定。而蘇虛谷汝謙、故茂田密友，在京閉門卻掃，與君談詩，學尤精邃。諸君自司業池公、梅先生外，皆吾粵人也。

方是時，海寓承平既久，粵西僻在嶺嶠，獨文章著作之士，未克與中州才儁爭騖而馳逐。逮子穆與伯韓、少鶴、仲實先後集京師，凡諸公文酒之讌，吾黨數子者必與語海內能文者，屈指必及之。梅先生嘗曰：『天下之文章，其萃於嶺西乎！』子穆於吾黨中，學尤博，氣尤偉，極其才之所至，可無所不到。乃自庚戌會試後，相見於里門。時潯郡多盜，君倉卒歸，卒顛連抑塞以死。君友劉少寅乃取藏稿於其家，乞余讀之，紙墨黯昧，篇葉殘脫。蓋其詩存者僅十之七，文之存則不及其半，大較經呂、梅兩先生點定，余爲之手自編校，汰其重複與不必存者，以爲致翼堂詩文如干卷，而子穆之遺稿始完而可讀。

君之詩初學唐人，游廣州後，始得力於蘇，語尤奇肆。文則早年似柳子厚未至永州前作，及見梅先生後，其神韻益近震川。蓋君之詩文皆分爲二等，每變益上，要充子穆才力所至，奚止於此？其竟止於此者，命也。天苟欲成子穆之學，則將畀以韓、歐、蘇氏之年，乃未至於子厚，而倏以死，詎不重可悲耶！吁，子穆已矣。其後子穆死者，獨伯韓、少鶴、仲實、虚谷暨吾數人在耳。比嘗與諸君言：人必有自重其生者，其在世，人或不知其可貴，而自視要不可褻。今吾里獨吾數人者存，如幸天假之年，以成其未竟之學，在子穆亦藉泯其遺憾，其可以目前之所得而自足耶？

子穆之詩文，仲實將擇其尤者，刻於涵通樓師友文抄。其全者，余爲之抄副，存仲實所，仍以原稿畀少寅，俾還其家。蓋凡余之所不錄者，皆不足存也。子穆與余交最晚，而期余有甚深者。今爲之釐訂其稿，亦藉以報知己於地下。獨惜少年同學如麓原、茂田諸君輩，其遺稿散失，不復可問，因爲之愴然以悲焉。編既成，遂以是言置之簡首。時咸豐癸丑月日，里人龍啟瑞序。

紹濂堂制藝序

自功業道德之儒不世出，而世遂以時文爲詬病。夫誠見乎雷同勦說，束書不觀，終日從事於臭腐熟爛之物，幾不知有古今天地之大，及措之於世，則茫乎不知所以爲。如是，謂時文之誤人也，亦宜然。

自有明以來，以制藝取士，國家因之。閱數百年，其間忠臣孝子、魁人傑士出於其中者，幾十之七八。今試取其文讀之，與其人無不相符合。雖功力有至有不至，然皆非世之爲文者所得而及焉。則信乎時文之不足以誤人，而人之有所見於時文外者，其文乃因之益重。嘗試論之，以爲古之善爲文者，其人皆不屑以文人自命者也。無論韓、柳、歐、曾、二蘇之儔，其立身制行，皆能卓有表見。卽時文中，如有明之唐、歸、金、陳，本朝之方靈皋、李安溪、陸稼書、張素存，其人皆不僅以時文見，而天下之善爲時文者，無以過之。然則，謂時文之不足觀人而達於吏事，亦鄙夫小儒之言，而未足與於疎通知遠之道也。

吾鄉周景垣先生，以庶常改知縣，分發河南，逮知湖北德安府事。凡所至，皆有聲。大吏於疑難事，皆倚君以辦。而先生暇時，獨好時文。凡書院課士，府縣考試，率皆自爲擬程。積之旣久，得若干首，並合前科舉時所作，都爲一集。謂某爲粗知此事者而見示焉。某因謂先生之才之學，其見於時文者，特其小小者耳，而已非凡手之所能爲。且又能處繁劇之任，而優游有餘；居高明之位，而誨人不倦。其施設展布，不又卽此而可見哉！今先生方觀察吳中，吾知其立身行道，必有希蹤古賢，爲斯文增重者。而世之以時文爲詬病者，讀是集亦將翻然悟矣。

朱約齋先生時文序

昔姚姬傳先生謂經義可爲文章之至高，而士乃視之甚卑，因欲率天下爲之。嘗精選名家文爲一編，以迪後學。乃自先生歿，未及百年，而時文之道日益衰。獨時觀二三鄉先生之作，固超乎流俗而多存古義，猶有姚氏之遺風焉。要其致此者無他，昔之人學，而今之人不學耳。蓋自有明之唐、歸、金、陳，暨我朝國初諸名大家，其人類皆學有本原，沈潛乎經訓，通達乎世事，發之爲文，僅一端而已。今不深探其本，而惟就區區之緒餘，摹擬形似，剽竊聲句，逮其倖得，則曰是亦爲文焉，否則曰吾固學先輩而誤者也。吁，文豈若是易易哉！先輩亦豈若是之誤人哉！

吾鄉約齋朱先生，以乾隆乙酉舉於鄉，時值海內經學之盛，而先生伏處偏隅，有志於學，無書可觀，僅得先輩所遺昭明文選、藝文類聚二書讀之。而先生之文，遂卓然有以自立於世。今其文，孫少香銓部所刻爲存眞堂稿者是也。吁！人苟如先生之嚮學，何患無書可讀！苟能讀書以積理，用之爲文，文奚有不工？不然，則昭明文選、藝文類聚二書於制舉何與？而先生讀之，因以通於經義，此其故可深長思也。今士人於制藝，既不肯竟學，其稍知取法者，則又貌爲先輩，而不究其所由然之故。如先生者，可謂知所從事矣。

夷考先生生平，以舉人得知縣，洊陞至直隸永定河道，所至皆以循良治行著稱。又知先生能緣飾經術，通達國體，而非拘拘於帖括章句者之所爲也。卽其不苟於爲文，信之矣。世有讀先生之文，而憬然於學之不可廢，則時俗不足相限，而文章之道乃益尊。余嘗欲用姚先生之言，以詔告吾鄉之後進。今讀先生之集，益見文之高卑，系乎人之用力。因爲士之自勵於學者勸焉。

通麋生所藏書目序

通麋生既歿之四月，友人龍子既取其遺稿於家，將梓焉。並屬其兄子世墀，錄其書目以示。於是讀之而泫然曰：嗟乎！此吾故人之遺蹟也。夫以當日好之之篤，雖聲色貨利不足以役其志也。其購之之勤，則飢寒勞苦不足以動其心。而其校讎之精且詳，則艱危困頓，未嘗一日或離乎手。故其所藏，雖未極於浩博，而切於學問者爲多。今若人已矣，吾獨綣綣於是目者，蓋吾友之精靈具在，將使其後嗣子孫，知前人聚書之難，而欲其守之勿替也。通麋生蚤時務爲繁博之學，逮其卒之年，始聞乎道。然則今之所存，抑又若人之糟粕也。雖然，吾之輯而錄之者，又發於情之所不能已也。

經德堂藏書錄自敘

余年少不知好學，稍長則溺於應制詩賦文字。是時雖有書，亦不暇讀。既來京師，古今碑刻之所聚也，則好法帖。閒朋輩贈答，又好爲詩。是二者之書，嘗聚而讀之，而於六經、史冊、諸子百家之言，猶未足以投其心而生其愛也。

年來百好俱息，稍喜從事於斯，而典籍浩博，家少藏書，欲有所觀，或不能具，假之於人，猝不可得，乃漸次求之於肆，或乞其副於師友之家。蓋迄今四年，而得書四千餘卷。於是以經史子集爲類，因所得之先後，録而存之。夫四千餘卷之書，比之於藏書家，或未能十一也。然較予前數年所見，則未嘗有矣。且由是充之，以至於萬或數十百萬，皆今日之積也。抑又聞之古之學者，將以讀書而求明道焉。道之不明，而徒務博於書，則惑矣。然未有能讀書，而終不明其道者也。夫書者，道之所存，而又爲余之所好，而將來未有所止也。則今日之爲是録也，其又安能以已乎哉！

聖域述聞後序

右聖域述聞一編，長沙黄虎癡先生所輯，家君宰黔陽時，爲之刊行者也。書成，郵寄京師啟瑞，俯而讀，仰而歎，曰：夫子之道大矣，不待言而彰也。後王者作，欲動民嚮學之忱，而顯示以隆重師儒之意，於是有褒崇之典，有秩祀之文。春秋釋奠，取弟子之賢者配焉，其次者又合食於兩廡。蓋自漢唐以迄於我聖清，廟學大備，而其禮樂器數，代有沿革。羣弟子諸儒生平行事，從祀先後，各有等差，非考之載籍，則不可得而詳。儒者束髮受書，白首而不知聖門之掌故，其可乎？雖然，如此者有二弊。習故蹈常，不暇深究，此自安固陋之失也。若夫淹雅之才，高明之士，方以矜奇炫博爲能事，涉聖賢無甚新異，又爲議禮所不急而置之。故周秦以來之鐘鼎彝器，及名公鉅人里居閭巷、生卒年月，博學者可考而知，而於此或問焉不能答。所謂昧厥先後者也。

是編之述，首歷代廟祀及位次，而尼山世系從而敘焉。羣弟子諸儒之從祀者，又從而敘焉。皆纂輯舊聞，述而不作，將以備後學之參稽，存膠庠之實録，可謂典而核，約而盡者矣。較之多識異物者，孰爲末，孰爲本也？昔太史公登仲尼之堂，觀其車服禮器，諸生以時習禮於其家，至低徊留之不能去。今讀是編者，雍雍乎如置身籩豆簠簋之旁，而爲之升降拜跪於其際也。肅肅乎愀乎如入鄒、魯、宋、衛之邦，而親見夫七十子之遺蹟也。其與升堂而觀其器物者，何如？其與觀諸生之揖讓進退者，又如何哉？世有聞先聖之風而奮然興起者，是則流傳〔一〕此書之意也夫。

【校】

〔一〕流傳：底本作『流傅』，據嶺西五家本改。

重刊朱子小學序

國家以實學取士，自十三經、四書外，特表章朱子小學一書。凡童生入學，復試論題，務用小學，著在律令乃行之。既久，或徒爲具文。承學之士，束書不觀。然則，古昔養正作聖之方，與聖天子造就人才之意，胥於是而不可見。

歲丁未，啟瑞奉恩命視學楚北，故友漢陽劉君茉雲寓書，拳拳勸重刻朱子小學。時以試事匆促未及爲，後二年始克成之。竊取其意而爲之序，曰：古者，小學教人之法，特詳乎灑掃、應對、進退之節，禮、樂、射、御、書、數之文。然是其迹焉而已。故聖人教弟子，先以孝弟、謹信，愛衆，而子游譏子夏之門人小子爲無本，豈非內以正其心術，外以謹其節文，弟子固當有所兼盡而不遺歟？秦漢以降，學校之政不修。古者教人之法，澌滅殆盡。其法學童試五千字以上，乃得爲吏。是既習古者之一藝，即可爲入官任事之階。逮及魏、晉、齊、梁，淫靡之詞興，詩書之教熄。聲律對偶，口授耳傳，父兄以干祿爲急，子弟以速成爲心。爰及五季之衰，其風蓋如一日。

有宋大儒朱子出，得聖賢不傳之道統於千載之上。既以其學注四子之書，使成童之徒知趨嚮。復輯曲禮、少儀、內則、弟子職諸書，定爲小學。原朱子之意，蓋以凡人之性，幼則易教，而入學之初，貴有當務之爲急。如射御之事，今非學人所用，書數則習而能之，其他禮儀應對之迹，又各有古書所載與時俗之宜，未可定著爲一編之論。惟此倫常日用之事，行之髦耋而不盡，教之孩提而易從者。其說皆散見於經傳，而未得其匯歸，於是總而輯之，以爲教小學者之明法。蓋其意思深長，而其方益切而近矣。夫文藝之事工，則躬行之誼薄；利祿之習盛，則學問之道衰。爲父兄者，不望子弟之砥礪名節，而惟取巍科、博顯仕之爲務；爲子弟者，日習熟於記誦詞章之學，不復以聖賢之道爲先。不知讀書而不通爲子爲臣之道，雖貴爲卿相，猶鄙夫也。爲學而身不齒於聖賢之林，雖多文爲富，猶無學也。然則，居今之世而爲古之儒，舍朱子小學，奚所從入哉？

啟瑞不敏，幼承家訓，頗習是書。通籍游京師，復博訪通儒如漢陽劉君者，爲之講明其義。此書舊行天臺陳氏註，頗病其缺略。劉氏舊藏有無錫高氏註本爲完備，因假得校讀之，並爲補正若干條附於後。惜書未及刻而君卒矣。此余所以務成君之志，而思教其鄉人者也。方今皇上廣厲學官，楚北之士又多秀良，知勉於學。讀是書者，感發而興起焉，安見今之人材不如古也。道光二十有九年秋八月，翰林院侍講、提督湖北學政臨桂龍啟瑞序。

四禮從宜序

古昔聖人，緣人情而制禮，依人性而爲儀。人情之所弗安，聖人弗能强也。記曰：非天子不議禮。此言世有先後，時有古今。惟聖人者出，乃能參酌乎時宜，而制爲經久常行之道，使其下畏而愛之，則而象之。然後家國和樂，教化行而風俗美也。三代以前尚已，其儀節之美備，名物象數之詳且悉，非好爲文也。不如是，而其心有不得盡耳。秦漢以還，始以爲無用，而一切去之。夫惡委曲繁重，而樂趨於簡易者，人情也。上無以導之，猶慮民之習而化；上有以導之，則民何憚而不樂爲！故古禮之不可復，漢文帝、叔孫通諸人之過也。斯民之去古也遠，三代上之文爲制度，不接於目。於此而欲强之以隆古之道，必拂人性而有所弗安。然遂任其簡陋疏略，荒忽謬悠，或寖至於悖棄典常而失其性，此有心世道之君子所以惄然憂之，而思挽末流、扶世教者，爲亟亟也。

清江楊文恪公，舊輯有四禮從宜一書，其言冠、昏、喪、祭，各爲一篇，酌古準今，通人情而適世變。余同年聊攝安大令，宰楚之穀城，憫其俗之不習於禮，乃與廣文蘄水蕭君復校是書而刻之，將以示邑之士民，而問序於余。余謂公之書誠善，二君之意誠美矣。雖然，禮教之不行於今，非一日之故也。婚嫁多蔽於家人婦女之說，喪與祭多雜以二氏之術，求其志乎禮者，十無一二焉。非毅然自拔於流俗者，莫能復古而爲衆倡也。二君其先講明於學校，而勸諭於世家大族，則閭閻之興起，或庶幾焉。

夫禮之用不同，其爲教則古今一也。今之儀較古簡矣，然大聖人化民成俗之意，實寓乎其間。士苟能體此書而行之，因博觀夫會典通禮之全，以推見夫聖帝明王不相沿襲之義，則斯民之興行有由，而古禮至今爲不亡矣。詎取其儀雲爾哉！

粵西團練輯略序

今天子初元，廣西羣盜之起，蓋數年矣。其芟夷撕滅，大小以數十計。比其訖事，恒得力於民間之團練。於是朝廷命順天府尹無錫鄒公鳴鶴，巡撫吾粵。鄒公因奏留今陞布政使、前廣西按察使調任甘肅按察使吳公鼎昌，偕今陞河南布政使、前廣西右江道嚴公正基總理團練。而以在籍紳士福建道監察御使朱琦、翰林院侍講龍啟瑞，聯屬其鄉之人使歸於率。先是，琦、啟瑞嘗受命於前中丞鄭公祖琛，董辦本邑團練。至是始設局省垣，遴柬紳士隨同委員周歷各郡，提點勸諭。凡數閱月，而通省之團務普成。於是章程册籍薈萃省局。啟瑞擇其規條之尤善者，與其公牘文字之有裨時務，及團名、丁壯、義烈事實可備他日掌故者，分以四門，彙爲一編，名爲《團練輯略》，爰執筆而爲之序曰：

自井田守望相助之法廢，而衛民者專恃於兵。自兵力之不足，始藉助於民間之團練。團練者，即古寓兵於農之意，而變通其法以適時用者也。然考諸古，自晉惠帝大安二年，鎮南將軍劉宏討張昌，始有義軍之名。同時周玘、賀循輩，皆以薦紳先生起兵於家，以討昌之黨石冰，卒滅之。南朝以來，如裴駿、魯悉達、周迪之屬，類以鄉兵捍賊取勝。開元後，府兵法廢，諸州始團結民兵。安史之亂，諸州皆置團練使。然當時之士兵，多爲武夫悍卒所訕笑。間嘗推尋其故，蓋有人倡率則治，無人倡率則敗。威令之迫於上者鮮效，義憤之激於民者有功，其大較然也。

今粵西團練，偏於外郡，無所强之而事成，有以導之而民從。其故何哉？被盜賊之患深，保室家之情切，而習於攻戰之事熟也。蓋自道光二十一年後，夷務起，粵東粤西鄰省毘連，地方大吏於梧州辦理防堵。事平後，壯丁失業，滑黠之徒相聚爲盜，煙販鹽梟之屬從而附和。又，外郡地多山場曠土，嚮招粤東客民佃種，數世後，其徒益繁，客主强弱互易。其桀者，或倡爲西洋天主教，以蠱惑愚民。用是黨滋益多，州縣官欲繩以法，則恐生他變；欲據實上陳，則規避處分而畏干時忌。逮釀成大患，則破敗決裂不可復治。而斯時之民，甚者或經十餘戰，次亦遷徙數四。弱者或流離轉死山谷，强者則率其父老子弟，與賊抗拒以保，聚於鋒鏑之間。蓋粤僻處荒裔，王師調發難以時至。本省兵馬各有守地，顧此失彼，輒不相及。卽及之而兵力不足，或用爲借助爲其嚮導，比比而是。然至是，而富家巨室捐資以助饟者，丁壯冒白刃膏塗原野者，紳士之督率奔走者，或轉戰破賊經歲不家食者，用民之力亦幾於盡。又得文武大吏，督兵壯剿除，然後地方寇盜幾於蕩平。聖天子軫念邊隅，嘉與粤西人士能自相捍衛，紳民有殺賊立功者，立予甄敘。賞過其勞，殆爲吾輩初意所不及。究其所以得此者，固非一朝夕之故也。後之覽者，知其所由然，則所以爲難之故，蓋可識矣。凡團練之精壯者，大抵見賊多處也。不然，則民力之富厚者也。不然，則得賢有司倡率之者也。三者不可得兼，而就今日已成之事論之，尤以賢有司爲急。蓋有司賢，則總團之紳士治。總團之紳士治，則分理之紳士治，而一方之團練可得而治也。有司不賢，則視紳民如外物，紳民亦從而外之。甚則用不正之人參預其間，雖已成之團練，可以復壞。夫民經流離散亡之後，幸而恃有團練。又賴賢大吏之力，始可勸底於成。至不幸有司不賢，則可以壞之，復歸於弊。

夫家有芒刃，人知戰鬭，用以殺賊，則可愛。反其道以行，則甚可慮也。事之弊，則爲吏者有以藉口，而斯民適受不韙之名，又豈今日始事之所及哉？然則是編之成，固有待乎其人，而非徒以成法待將來也。既以復於諸公，遂質之侍御，而弁諸卷首。時咸豐二年正月旬有一日，總理通省團練、在籍翰林院侍講臨桂龍啟瑞序。

是君是臣錄序

嘗觀古來之治亂，天必生一代之君，亦必有一代之臣。使有其君而無其臣，則雖爲善而無爲之贊襄，雖爲惡而無爲之附和，是猶未得爲治亂之極也。使有其臣而無其君，則俊傑將卒老於蓬茅而僉壬，或擯斥而不得志。要所以持其權者，獨有人君而已。君而賢，則以賢召賢，衆賢升而不賢者退，而治之形成矣。君而不賢，則以不賢召不賢，衆不賢升而賢者退，而亂之形成矣。故治與亂，豈有異術哉？賢否定於君身，好惡決於君心。然則人君之好惡，乃君子小人所視爲進退，而天下安危向背之原所從出也。

夫古來君臣之際遇至不一矣，其因際遇而成爲治亂之局者，亦不知其幾矣。然未有求治之君，而不欲其臣之賢者。卽未有臨亂之君，而不自賢其臣者。有明知其賢，而不能用之者；亦有明知其不賢，而不能舍之者。有既用其賢，而他人猶得以言辭閒之者；有既以不賢見棄，仍夤緣他事以得進者。夫不能判貞邪之界者，失在於多蔽；不能盡愛惡之量者，失在於自欺；不能割昵比之私者，失在於多欲。夫惟明察之君，有以辨人倫之臧否而不惑；誠篤之辟，有以盡一己之性情而不貳；嚴正之主，有以絕左右之讒說而不私。然後僉壬遠屏，衆正盈廷，而至治之馨香乃可翹足待也。故禹、皋、稷、契之奮庸，非若人之自致於赫懿也，明而揚之者之效也。共、驩、苗、鯀之見棄，非若人之自甘夫勦絕也，放而殛之者之力也。否則，泯棼之朝不乏忠良之佐，而混濁之世亦存彰癉之條。其如無舉而用之者何哉？

博稽史冊所載，臣之有待於君者恒多，而君之有待於臣者恒少。及其用之也，則能盡其才者恒少，而不能盡其才者恒多。而讒諂媚悅、傾險邪僻之人，又多乘閒抵隙，伺君子之盛衰而與時競進。此天下致亂所由易，致治所由難也。夫人君莫不欲享安全之利，而求免於禍敗之危，則宜思進君子以求安全，遠小人以防禍敗。然則，省躬以端好惡，脩己以正儀型，其諸爲取人以身之本，而帝廷賡歌交儆所爲重望於元首者乎？

某不敏，竊嘗考諸兩漢以來，以君爲綱，以臣爲目。目之中，分致治之臣若干品，致亂之臣若干品，人各摘敘其生平事蹟於下，簡而不繁。使後之讀者，知爲致治之主，則必有致治之臣應之，與治同道，罔不興。苟爲致亂之主，則必有致亂之臣應之，與亂同事，罔不亡。而爲臣子者，知取其所當法，去其所當戒。書成，竊取朱子釋中庸之意，名之曰是君是臣錄，謹撮其要旨於卷端，庶幾鑒古知今之助，而於保邦制治之本，實不無小補云。

贈序八首

贈潛山李大令序

潛之爲邑，處萬山中。桐城之龍眠、浮山，自東北邐迤而下。每夏秋積雨，溪水驟發，壞廬舍，侵城郭，衝盪漂沒。吏此者率日治水不暇給。歲甲辰，余奉使過其地，見其橋梁修整，溝渠清利，沿城護以沙堤，堤傍竹樹森映以萬計，城野居民〔一〕怡然有自得之色。

時山右李君善旭宰是邑，以地主誼來見，爲言初任時值秋初，霖雨彌月，僉言大水將至。君急召吏民，備竹籠數千百，實土石，視田中之高者培之，下者補之。水之可爲渠者疏之，原隰當衝決者堤之。前後四十餘日，晝則周行相度，抵暮露宿田野間，事甫集而水果至，得無患。言次，君引手自循其鬢曰：『今之皤然皓白者，皆旬月中之所致也。賴天子福，衆庶獲全，使善旭從容措手於疏濬蓄洩諸務。比三四年水潦歲至不爲災。今茲豐稔，倍於他日中田所刈之粟，使者尚其食之而飽乎？』

余聞之起而慨然曰：今天子以百里之命寄於縣令，出則傳呼辟道，入則放衙高卧，躭逸欲，嗜聲利，樗蒲飲酒。其賢者則又賦詩、作字、誇文。人結習以爲樂，事至不即問，或又從而生事者，比比也。焉有未事而預恤民之急，且不憚其身之勞至於是哉！如李君者，可謂今之所罕矣。方今河防待治甚急，九重日夜焦勞於上。西北議行屯田事，初有端緒，誠得如君者十數輩用之，天下事可坐而舉也。李君勉乎哉！因於其別而贈之以序。

【校】

〔一〕居民：底本作『民居』，據經德堂本改。

送顧太守〔一〕序

爲天子吏，守地數百里，丞倅令長之官，贊襄奔走於下，六職之吏抱卷册以進者，朝至夕不絕於庭，出則州縣供帳，訖於所屬之境。官至是，宜可以自行其權矣。然而上之藩臬之使，有以阻其勢而不得爲。又上之則督撫不假以權，使得自便於繩墨之外。於是州縣之吏，逆知其守之不足恃也，令行而違之，政出而訾之，而又欺其勢之稍閡於民，其至乎守之前者，皆不外乎我所已治者也。乃面從而心違，如手臂拘攣，不相爲用。故今之爲太守者，上之不能如督撫、藩臬之權，而體又不可自夷乎下。下之不能如州縣之自有其權，而民又不可使隔於我。如是，則接上難，而使下尤難。

雖然，上之人有疑吾攬權者矣，有疑吾自治其民，而亦不可稍予以權者乎！下之人有疑吾侵其權者矣，有疑吾與若共治其民，而或病於過用其權者乎！吾於權之自彼出者，則尊之，彼樂吾尊也，則相信而不忍忌。於權之與吾共者，則分之，彼感吾分也，則相愛而有所樂從。夫如是，庶可行吾志於上下之間，而爲吾之所欲爲。

道光二十有五年六月，某某出守潯州。先生名家子，留心經世。命下之日，兢兢焉以不習吏事爲慮，日諮詢吾鄉人之宦京師者，利弊纖細必舉以告。而又慮初出於外，事上接下之情有所未洽，不能自行其權以達其志也，而下問於愚陋無知之人。余謂先生慨然有志於古之爲吏，其肫然之志，殷然之色，有以感動於遠隔桑梓數千里外之人，而謂不足以孚僚屬而結於大吏乎？因爲言守之所以難，而歸本於誠之可以自信者，敬獻於先生。願先生擇其可行者，而遺其不可行者，則某之受治也，不已多乎！

【校】

〔一〕顧太守：經德堂本作「某太守」。

送王定甫南歸序

士之能立名行，著風義節概，取信於師友，不辱於鄉黨，寄之以萬金之貲而弗利，託之以六尺之孤而弗避，抑之至一介之賤而弗以爲辱，爵之以三公之貴而弗以爲榮。此其人，必有確然自信之志，百折不回之氣，艱忍決絕之行，激昂慷慨之心。其事之未著，則愚者笑，智者疑。雖朝夕親暱之人，終莫測其意之所至。而卒之事之立也，固卓然有以自見於天下，未嘗稍徇乎流俗人之意，而使其事之不必成。朱壽昌棄官而尋其母，韋元成僞疾以讓其兄，疏受辭榮以從其叔父。之三子者，皆有天親之愛。其視外之功名富貴，淡然若無與焉。豈夫慕利忘親者，所可同日語哉！

余同年生王定甫，少孤，育於寡姊劉氏，凡衣食學業，皆姊之力是依。比定甫成立，官部曹，獨不見其姊氏者五年。迹其心，蓋未嘗一日安乎其位也。日者，姊自粵以書來招之，定甫遂決意南歸，謂姊不來，將終不復出其身以仕。吁！至行卓絕之事，古之所易而今之所難。今觀定甫，其與壽昌、元成、受三子之意，豈異也！而蓄之數年而不渝者，豈非行堅守確，內斷乎己意而不亂歟？雖所至親暱之人，詎能量其意之所至也哉！夫定甫之自立者，其於古人幾無愧矣。若其振高風，挺鉅節，所信於天下，而傳於後世者，吾知必將以此一事推之也。余與定甫，蓋嘗命爲知己者也。故於其行，書此以寄余望焉。

贈呂介存南遊序

古之時，無所爲遊士也。蓋自其少時，則有鄉黨庠序之教。爲之師者，率皆閭師、黨正、鄉大夫、三老五更之屬，故學問之道，不出乎里門而自足。自小學、曲禮至詩、書六藝之文，世家多有。其朋儕之羣萃州處，則又以備其講習觀摩之具，使之不易其心而遷其業。暇則遊於鄉校，以議論學業之善否。有不率教者，則作爲青衿之詩以刺之。當是時，士之去其鄉而遠遊者，未之有也。

周道衰，學校廢，陵夷至於戰國，而遊士始多。然彼皆逞其辭說，以取一時之功名富貴，卒未聞以訪求道德爲事者。獨孔孟之徒，多遠涉異國，必求得當世之聖人爲之師。吁！孔孟而不遇時。使孔孟而遇時，則將復學校於成周之盛，又安肯率其徒，日僕僕於風塵內也。秦漢以降，教人之法愈失。士之有志於學者，或不得所師承。於是始執業遠出，思以博求當世名人，聆其所傳之緒。士當斯時，苟伏處里門，大率荒僻固陋，不爲當世齒。然則，士之遊而學，而非遊幾無以善其學者，豈非庠序之教不立，而師儒之官或名存，而實不足厭人意歟？

余友呂子介存，年逾冠。一日，忽舍其家人，來遊京師。問其求，曰：『無所爲』。問其行，曰：『吾沿湘泛湖，逾於江河，達於燕，將馳乎齊魯之郊，遂放乎吳越以歸也』。君之遊，可謂壯哉！迹其意，蓋亦將博求有道之人，與之上下議論，歸而就學，以補其不逮也。余之陋，無所可益於君，而獨以慨教人養士之法，今有異於古所云者，顧其異，又不自今始也。然則君之行，其安能以已乎？於其別，因書之以爲贈。

贈周熙橋序

歲四月，同年友周子熙橋罷禮部試，出都將行，乞余一言以贈。余竊惟古者贈言之義，所以交勉於道義，而補其不足也。余與熙橋別五六年，逮今日而會於京師。讀其文，高明伉爽，不爲沾沾自喜之論，視向之所業，固一變矣。又其素性褊迫，苦不能容物。比見，余未嘗不以爲言，意將欲改之而未能者。是二者，皆曩之所甚望於熙橋也。今既自治之矣，余又安能有所益於君？雖然，凡學問之事，始患其不知。既知之，患其不爲。既爲之，患其不誠。今熙橋之於文章行誼，信有以知其失，而勉於得矣。則曷不專心致志，毅然深造，以蘄至於必成乎？未至於誠，而欲其事之成，是舍我而求諸外也。祛其怠，刈其惑，則精力至而命之立者在我矣。於窮通得失之途，奚疑焉？請即以是贈。

贈唐子實序

自鄉舉里選之法廢，而文與行分。自時文取士，而文與文又分。士皆摹擬剽竊，務求捷徑，以投世俗之所好。其高者，則又鄙夷吐棄，喜託於好古之說以自便，而於是或有所不屑爲。夫今日而果行鄉舉里選之法，其不得士也，與校文者無以異。即進而求之古文、策論、詩賦，視時文詎有間焉。世變既極，明王之制，與時上下，使孔孟而生於今日，有不得不降心抑志，以從之者矣。何也？所託之道既尊，而所以制天下之術又甚，一也。

自童子授書入里塾，朝夕佔畢，非聖人之書，如古豪傑魁奇辯博之説，則盡斥而去之，父兄師保舍是無以爲教。美衣媮食，其奉養或出於細民之上，而人之所以尊崇之者，至入鄉不得與之齒。夫所以重之者，既如此之重也，而所以激之使進者，又如此其甚也。苟反是，則將爲不肖之子弟。而無事而食，且與凡民之游惰者，自弛其身，以坐受鄉里之崇奉。彼其心能無怍焉？

夫先王之道，不外以孝治天下，使四民各安其業而不亂也。今使人守其父母之身，以盡心於職業而無憾，所以自貴於天下者，而不務爲欺人之學。此卽古之時所謂德進者，吾知非是人莫屬也。卽有閎博通辯、好古多能之士，亦必將出於其中無疑也。

吾友唐子實，工爲科舉之文，以鄉舉領解於有司。既而，君之學益深，其爲文益不懈，而及於古所謂『古之爲士者』，君其庶幾焉。三試於禮部，不售，其於中，若將有疑也。余則謂今之爲人子，舍是無發名成業之地。獨有自盡其心，而不務爲欺人之學者，可卽今人之道，以求合古聖賢之心。若夫今文古文之一以貫之，則君早知之而自得之矣。將行，遂書之以爲序。

韋壽巖先生五十壽序代家父〔一〕作

士之遭時得位，所號爲馳驅王路者，率皆去其鄉邑。遠者數千百里，近亦六七百里。刑罰賦斂、簿書期會之勞，擾於其外，寵辱利害之私，繫於其内。壯歲而出，至老或不得歸，而欲其閒息世事，養天和，爭有限之歲時於搶攘囂塵之地，蓋亦難矣。

獨爲教官者不然。其流品不雜，故官小而望重。其除授不離鄉土，故得之者有以自給，而無奔走行李之勞。且又不與吏事，故往來迎送，繇役供億，有司方僕僕道途，而教官可勿問也。既世所以待之者如此，爲此者，乃得以其閒暇檢書、讀畫、課弟子、蒔花木以爲樂。其所往來，皆博士弟子，稱説道德，講論仁義。客去閉戶，蕭然無事，可以絕紛華之慕，養寧靜之神。故爲是官者，恒鉅德長年。蓋其取於世者薄，而其全於天者，不可謂不厚也。雖然，其爲之而能自得其志，與不自得者，則又存乎其人。

吾女翁韋壽巖先生，自食餼於庠，以例得儒學訓導。逮爲舉人，猶就之不肯去。蓋有所自得於此者。君配左孺人，又能自甘儉薄，佐君治家教子。長子詞臣，未弱冠，舉於鄉，余壻也。餘四人亦將有所成立。噫！君非得冷官而不遠出，安能教其子之賢若是？而異時之優遊暇豫，永享天年，觀於斯，益可信也。

余少時，隨先君爲教職於鄉，前後幾三十年。先君淡泊寡營，不以祿薄介意，日與吾母王太宜人以勤儉忠厚之道，身體口講，以教其子孫。故家雖貧，而恬然有自得之色。逮余爲州縣吏，日囂然以應接奔馳爲務。迴思當日情事，邈不可得，則見君之抱潛德而貽孫子者，安能不自視以爲不及也。歲乙巳八月，詞臣自浙歸壽其親，乞言於余，因書此授之，俾以爲階前侑觴之具焉。

【校】

〔一〕家父：底本目録作『家父』，正文作『家君』，從目録改。

座師王雁汀先生五十壽序

今朝廷職事官，其清且貴而閒散者，惟翰林爲然。故士人之與於斯職者，大抵皆閉門却掃，間從一二知好，杯酒言笑，相與講論文藝，切劘道德，起視他人之奔走道塗者，已則高卧靜坐，既不以公事問人，人亦無由告之。雖有繟緩偷懦不省事之名，世亦以其素未習肄也，而不之責。蓋藉是以卻外緣，養心志，居繁華之中，而享閒適之樂，固其宜也。然趨時喜事者，或不能安於澹寂之地。其懦者則一切弛置，而不思所以副朝廷重待是官之意，職業之不修，性命之失也益甚。

嘗試論之，人之身猶器。然器屢用之，則其敝速；不用之，則日就朽蠹而同歸於敗。今翰林職司清簡，於人世累心勞形之事，既可屏絶不爲，而其官職之所當盡，與夫用之異日而及今所當講求者，不得謂之無事。苟能愛其身以有待，則必有不敢過爲暇逸者，而清明彊固之體立焉。若我座師雁汀先生者，其深有得於此者乎。先生少年科第，官近職中，間奉命出使，繼而讀禮家居，前後迨七八年。去年先生以服闋來都，固將及古者服官政之年矣。約居自好，不爲齒急，不與世競，殫心館職，與日俱興。暇則左圖右史，丹鉛點竄，手未嘗釋。而我師母夫人又能襄理內職，以教育其子，使先生得盡心於其職，無內顧米鹽之慮。竊嘗謂先生之澹泊也如彼，其精勤也如此，儻所謂不以有事爲榮，而又不肯以無事爲福者耶！儻所謂自盡其職業，而務全其性命者耶！惟然，則先生裕無窮之基，亦有無窮之聞，異日佐吾君以致斯民於仁壽者，可於今之官翰林信之也。

歲二月，爲先生五十初度之辰，及門將介壽於堂，而屬某一言爲獻。不揣庸陋，因言翰林之職，與先生能稱其官者，既以自勵，並書之爲後進法。又舉先生之不懈益勤所宜享大名、膺多祜者，以諗諸君且爲將來耄耋之祝也。謹序。

書後八首

讀曹參傳書後

史稱曹參代蕭何爲相，舉事無所變更，一遵何約束。吏及賓客見參不事事，來者皆欲有言。參輒飲以醇酒，終莫得開說以爲常。世因以此賢之。龍子讀之而嘆曰：參之賢果僅及此哉？此去以私意亂法禍天下者一等耳，烏得賢？參果賢，當躋漢德於唐、虞、三代之盛，安肯幸其脫於區區之暴秦，遂恬然高臥而不知所有事也。參之時，天下未爲大治也。母后擅權於內，匈奴憑陵於外。凡後世賈誼、董仲舒所言風俗之未厚，經制之未定，禮教之未修，更化之未速，其流極至景、武之世，其源皆自參之時發之。參果爲天下材，當易其抵冒殊扞之習，改絃更張，遏絕亂源，修明儒術，佐少主光顯高皇之丕緒，而措天下於磐石之宗。其功烈，豈僅與刀筆吏比長而已耶！且天下之大，固未嘗一日無事也。堯之時曰萬幾，舜之時曰百志。古聖人處太平之世，則以不能久安長治爲憂。其身未盡乎一日，則必有數十百年之計。如參所爲，固足以自完其身而已。且參獨幸而薨於孝惠之世耳。使天假之年，得見呂后、産、祿之事，不知參將以歌謼日飲者治之耶？抑皇然慮患之不暇給耶？

或曰：參之時，天下新脫於兵革，元元之民莫不樂安於無事。夫有爲者，非擾民之謂也。朝廷震動恪恭於上，而百姓相與嬉遊於下，吾日事事焉，而天下不見有爲之迹。此非參所能及也。參之智僅足以自知，能不及何，故兢兢焉守成法，而莫之敢易。其與夫變法召亂者，固賢矣。後之人處有事之時，而託不事事之名以爲高者，其鮮不開天下之亂源也哉？

書郭玉傳後

傳稱玉爲太醫丞，多有效應。貧賤厮養，必盡其心力而醫療，貴人時或不愈。玉亦因有四難之說。余嘗讀而病之，以謂玉特世俗者流，淺之乎其爲術者也。玉誠精其術以濟世，則惟吾之所爲而必其效。而何富貴貧賤人之足易其志哉？玉惟不能内自決於必勝之術，故不能不震於外而失其故智。不然，何以羸服變處而一鍼即愈也？豈非技不能通乎道，其技固有時而窮耶？然人有疾，而使醫者不能自盡其意，則亦可危之甚者也。

跋蘇明允集後

明允著幾策二篇，首言審敵。其論宋之弊，謂以弱政敗强勢，必爲之强政，而天下之勢可復歸於强。竊嘗謂，當時無舉其言而行之者，苟舉而行之，則宋之亡可立而待，將求爲南渡之偏安而不可得。明允固嘗論天下大勢如人身，然人固有血氣衰竭，醫者誤投以蔘茸劇劑，卒燥其陽以至於不救者，往往是矣。今有人道暍而僕者，或以水飲之，立斃；有餓而僵於市者，立與之飽食，亦斃。非水之不可救暍，食之不可起餓，而用之者過於急也。以强政矯弱弊也，何以異此！

夷考古之帝王，處積弱之勢，而能自振拔以至於强者，惟周宣王一人而已。宣王中興事業，頗見於詩。今觀其詩，不過因畋獵而講武事已耳，撫流亡之民而安集之已耳。中國外夷有不馴服者，則命將出師以討伐之。初未嘗以繁刑嚴誅束縛斯民，而震讋之使必從也。夫以繁刑嚴誅用之於繟緩偷懦之後者，是猶積土石而遏湍水也。一旦潰決，則必至於浸溢漫衍，不可收拾，後將欲返乎一日之無事，而不可得也。

夫宋之亡，固積弱之弊使然。然尚得爲南宋偏安之局者，祖宗深仁厚澤，有以漸漬乎人心而不忍去也。今一旦而以尚威之説矯之，吾恐威未立，而人之畔而思去者不少矣。然則，遂因而任之如何？曰：惡乎可！先王之於治也，匪强其政也，而務强其心。心强則政强，如人身氣脈壯盛，而耳目百體皆爲之效用而不倦也。心之弱者，政雖强而亦弱，如懦夫呼叫跳踉於前，而識者知其中之先餒也。然則，强心之道如之何？曰：君者，天下之心也。奮發之氣自上始之，而朝野内外皆振動於不自覺矣。後有處積弱之勢者，得吾言而思之，亦庶乎其可也。

書歐陽子縱囚論後

歐陽子論唐太宗縱囚之事，謂其上下交相賊以成此名。善哉乎言！其於當世之情事盡矣。惜所以處囚者，猶未善也。

竊嘗推而論之，以爲既謂之曰囚，則決無可縱之理者也。如歐陽子之言，上既失刑而縱之，縱而來歸，則又殺之無赦。夫既存一必殺之心，則何必縱？既縱之，而有來歸之義，則又何必殺？此説之不可通者也。而又縱之而又來，則將何以處之乎？如因其實爲恩德之致而赦之，則安知前者之來，爲非恩德之致也。同罪而異罰，尚不可謂仁。今同罰而異赦，獨可謂之義乎？如又來而又殺之，是以民命爲戲也。王者不忍爲也。歐陽子亦知其説之無以處也，而歸之於必無之事。夫治天下者，安可因其必無而偶爲之？假因必無而偶爲之，則今日之偶者，其果合於義也；且安知天下之不倖吾偶，而以爲常者例也！然則如之何？曰：由吾之言，既謂之曰囚，則決無可縱之理者也。

王者之持政也平，故致罰惟求其當，而不示吾以可倖之恩。王者之慮患也深，故用法必守其常，而不望民以難得之事。夫以至平之心持政，而以至深之謀慮患，則唐太宗之事固有所不行，而歐陽子之説，亦有不必用者矣。然則，偶一行之，終不可乎？曰：偶一行之，是待今之縱者則爲寬，而視他日之刑者則不恕也。故論處因之道，必歸於無縱而後可。

書劉孝子傳後

天下事未及爲，而逆料其不成，與姑試爲之，而冀其成之有以相報，皆其事之必不成者也。其偶成者幸耳。若仁人孝子之於其親，則不然。舜之於瞍也，夔夔齊慄，未嘗料瞍之烝也，盡吾心焉耳矣。周公於武王之疾，至策祝以身代，天性之愛有不能已也。以余觀古孝子於其親，險難之事，勢處危絶，人皆以爲無可倖，而孝子者獨不忍幾微之無可倖，而遂置之。其成也，亦適如其志以相報，是不可謂天也，人也。

黔劉孝子尋親事，始於長洲沈文愨集中，讀所作歌。今於仲寅觀察處見其家傳，愈有以知其詳，而余嚮者之言益信。夫孝子以弱齡尋父萬里外，又無親戚故舊、好義如古豪俠者，輔翼而左右之，卒備歷艱苦，必得其親以歸。此直可謂無凡人之見存於中者矣。其能屏絶夫衆人之見者，乃能有以自盡其心，而全乎其爲人者也。人之盡而與天合，則彼之能得其親者，非天之所能主也。古忠臣義士，所以致身竭力而事終以濟者，蓋未有不出於此者矣。或曰：孝子出，輒有異人相之，若爲之導引者然。此則世俗傳疑之説，在天佑純孝子之人，容或有之，而非儒者之所敢信已。

蔣念亭先生蜀闈雜記册跋後

道光二十有六年夏五月，蔣子霞舫丁太夫人憂，將出都，手一册示余，曰：『此先人官蜀中，入闈分校時隨筆雜記也』。余受而閲之，見其於房考之姓字、籍貫，四書經策題之本文原委，無不備載；唱酬、擬程之作亦附著焉，皆一時率意爲書，而筆墨閒謹嚴有法。先輩之處事周詳隨在，不苟如是，其可敬也哉！觀此，而先生之存於心，措注於事，以施於民者，蓋不問而可知也。乃忌之者獨無端搆陷之，以入其罪，致九重聰明仁厚之主，雖追悔之而不能及。豈非命耶？彼其人，惟知快意於與己異趣者，安能爲國家人才計也！然能扼其一身，而不能掩之於萬人之口；能置其身於死，而不能禁其昌且熾於後之人。此亦可見天道之猶存，而爲循吏者之雖阨而無悔也。

先生以乾隆甲寅舉於鄉，於先王父爲同年。霞舫又與余同年進士，通家世好之日久矣。觀其遺蹟，肅然如親侍幾杖之側也。因爲敬識數言於簡端。太夫人隨宦於蜀，經先生之難，撫其孤以有立者也。其卒也，霞舫孺子之泣尤慟云。

鄒海岳先生忠倚殿試策題後

右海岳先生順治壬辰殿試策一卷，無錫中丞鐘泉鄒公所藏。先生於中丞爲高叔祖。自登第去今，且二百年矣。當時殿試規格，與今日微有不同。如讀卷官，今止八人，用墨印名於卷背。此用硃印銜名於卷後一葉，自洪少師承疇已下得十二人，且諸人名下不加標期。而卷中斷句，多用硃圍印其佳處，亦與今有異。行間長短，參差不一，取盡其意，不限程式。所陳皆按切時事，質直鯁亮。如所論賢者，必難進易退以全其節者也，不然則已諂；必有犯無隱以盡其忠者也，不然則已慢。身家之念重，則君父之謀必輕；利祿之心多，則廉恥之防漸佚。欲致天下之大治，必勵天下之人心。志一而智勇生，則一人且餘數人之才。誠至而朋黨消，則舉朝皆有指臂之勢。又謂帝王治本於道，道本於心。請日御經筵，擇通鑑、奏議有關治理者講說。簡宰輔、侍從之臣，用資啟沃，俱切實可見諸施行，當日之拔擢爲有以哉！爲有以哉！

逮後溧陽相國欲援先生，虛少宗伯以待。先生堅不往見，其風節已著於此矣。啟瑞不敏，科名幸從先生後。迴思當時廷對所陳，乃不啻天壤。蓄之未深者，則不給於用，豈功令之足以限人耶！觀先生此卷，未嘗不面赤汗出而增愧也。

跋鄒中丞鳴鶴所藏當世名人書札後

大中丞無錫鄒公，裒輯生平僚友往還書札，爲巨卷二，爲帙五，出以見示啟瑞。受歸卒讀，歎曰：美哉多乎！近今所罕覯也。惟公以名進士出宰河南，洊升郡守。凡其所歷，皆繁劇要地。中值開封河決，身捍大患，厥功甚鉅。公又才識敏斷，處決衆無有巨細，裁答往復，應猝若暇。故人之和之者，洪纖畢具，如山澤之富蓄萬物，而各極其用焉。

方是時，林文忠公爲廣督，以夷務謫，效力於河上，與公共事。尋復起戍所，擢督陝甘。而長沙李文恭公爲江督，以漕米折色事，力爭於朝。繼之者，沔陽陸公。公故直隸天津道預夷務。而今兩廣總督河南徐公，方以拒逆夷入城，建功不世。四公與公姻亞、故舊，所處皆天下重任，書札議論世事，洞中窾要。其間碩儒魁士，或隱於朝，或鳴於野，皆未能忘情當世，則有如伯言梅先生、滌樓宗先生、心壺錢先生、春木姚先生，長篇短札，博辨高論，一一肖其人之性情以出。其他名公鉅人，與夫山林隱逸之士，灑妙墨、振英辭者，尤不可勝數也。

夫人於古賢名蹟，往往知所寶貴，而並世者輒置之。如公所藏，非獨字畫可翫也，乃其所言，則尤可以攬時事之得失。後之人，將於此徵信焉。是何如其可貴也哉！咸豐初元，公由順天府尹擢撫吾粵。啟瑞以部民辱公知愛，謂其可與言天下事也，而以此示之，因欣幸奉持而爲之記云。

經德堂文集卷三　內集

雜記十六首

書周孝子復仇事

周孝子，楚之蒲圻人，父爲怨家所殺。孝子幼未之知，稍長，問於母不得，則時走空屋中涕泣。母憐其誠，告之，且曰：『兒年幼，彼强，未可以力取也。』十餘歲，孝子入塾受書。其仇周虎者，族人也。故與其師往來，心易孝子弱兒，子畜之。孝子亦終忍不言。會虎就其師計事，還，且暮，孝子挾利刃伏路傍，俟其過，尾之。將渡橋，呼其名，虎回顧，以刃投之中胸，格以手，斷其臂，遂僕。余同年生賀霖若曰：方余與孝子同學時，日暮聞人聲呼於野甚厲。衆往視，見虎負重創，卧林薄間，氣不絕如綫，僅能言：『周生實殺我。』衆歸而視周生，周生方坐燈下。問之，曰：『殺人者，我也。』出其刃，曰：『吾蓄此數年矣。殺某，死無恨矣。』會虎族人有訟於縣者，官憐其義，將爲之解脱，而孝子竟瘐死獄中。

龍啟瑞曰：毅哉！孝子之志於復仇也。方其母初告時，固已存一必報之心，而不復計其身與力之强弱也。觀其降心於虎，徐乃伺其隙而制其命，又何其深且巧歟！夫以深且巧之謀，而濟以堅强之力，蓋未有不卒成吾志，而無慮事之有甚難者。若乃謀之不精，力之不定，顧諉於事之無可如何，則惑矣。未嘗致其力與謀，而遂謂其事之必不成者，則尤惑之甚者也，亦終於不仁而已。余故因孝子之事而備論之，使夫後之求仁者，有以自證焉。

書潛山侯孝子事

潛山大令李君善旭爲余言：雍正年間，有侯孝子者，潛之負販者也。刲肝療母疾，腸胃盡出，遇人救，得不死。比愈，纍纍者中聯厚膜如帶，力作則負以行，飲食呼吸如常人。余聞之駭甚，謂無復人間所有事。君歷言其里居，年歲甚悉，且有坊表其事，良不誣。余因怦然心動，以爲聖人所謂孝悌之至，通於神明，觀於斯益信也。

人子於父母之疾，拜醫求藥，甚則禱祈，願以身代。乃若殘肢體，毁髮膚，冀獲救於萬一，君子或謂之愚。刲肝而至於出腸，則尤愚之愚者也。然終不害其生。不知天實哀其愚，而成其孝耶？抑將故示其奇，以勸夫世之爲人子者也？儒者讀書，好高談古義，於匹夫婦至行卓絕者，每以爲不合中庸而訾議之。不知去古蓋遠，世道日趨於薄，非有至性過人、形爲可驚可愕之事，不足以振末俗而警世。吾安得如孝子者，生與之並時，坐之通邑大都，觀其纍纍之狀，而令人孝愛之心惻然以起也。

孟子曰：待文王而興者，凡民也。聞伯夷之風者，頑夫廉，懦夫有立志。今天下凡民之頑懦者，固不乏，則侯孝子之事，其忍令其無傳也夫。

書李守備殉節事

國家仗節死義之臣，其平日類皆慷慨奮發，不回惑於勢利，不充詘於富貴。內以養其浩然之氣，而外以厲其操，非倉卒取辦於臨時而能之也。若其死之有益於事與否，又視其事之大小，以爲其死事之輕重。則亦有時焉，命焉。而論者或惜之，謂其一朝致命之節，有不如終留之以爲朝廷用。此非謂死節之不足重，而因死節而益以重乎其人也。

道光二十七年冬間，楚粵之姦民相煽爲寇，竄入粵之邊境。大府檄桂林營守備李君廷揚勦之，而予之左營兵三百人。君率以行，無難色。至則深入，以無援爲賊所困，中矛後，猶殺一人，遂斃。余友黎宗昉之言曰：『方吾識李君京師，見其輕財賄，重言諾，於友朋之急，未嘗不忘其身以濟。居平，獨喜談古忠孝節義事，與人交，必以此相期勵。會以江南京提塘任滿，部選得桂林營守備。京提塘美仕，外間守備十不敵一，或爲君難之。君曰：「吾不解人之代爲吾慮者何？守備雖貧，然吾不挈累以行，而又度其所入者而爲之制，則歲俸固將有餘，吾何患？若剋減軍糧以供揮霍之用，吾不能。即藉是以獻媚於上官者，吾尤不忍爲也。」某聞其言而敬之，不謂君果能全大節若是。』

余曰：「今天下承平二百餘載，閫外之將帥皆鮮衣美食，與膏粱子弟無以異。問其所得，則均不能不取之糧餉，及所屬各營之支應。上既違道以取乎下，則下得有所挾以傲乎上。兵驕而惰，職此之故，誠得一清廉克己者爲之將，則卒咸畏而愛之，天下之軍政乃可得而理也。如李君者，殆其人乎！天予之死，以成一人之名，又死之於甚微之事，此余所以重君，而愈爲天下惜者也。雖然，君之志節則不沒矣。黎君曰：『子盍書之。』遂書其事，以告後之任將者。

書孔母徐孺人守節事

今世間尟他奇行，惟婦節爲最多。自余所見聞，薦紳先生之家，下及閭巷細民，其可稱述者比比也。嘗謂婦人之節，較臣子之忠孝爲尤難。如甯武子之於衛成，盡心竭力，備嘗險難，雖聖人以爲不可及。乃余觀世之節婦，往往類是者，或名湮沒不彰，可勝慨哉！

安陸孔母徐孺人，方許嫁時，夫已患痰痺，兩家願寒盟，孺人不可，卒歸孔氏。扶持調護無倦容，甫十年，夫沒。孺人親紡績，鬻奩具，以養舅姑，視夫在有加。其自食者，草具不啻。噫嘻！可謂難矣。即較甯武子職橐饘全衛侯者，當不多讓。人生幸不值憂患，視天下之顛連困頓者，若無事然。試以身處之，而後知其苦之不能終日也。而不幸者，乃日日值乎此。此豈能執途之人，以相告告焉。庸何濟而卒忍而不悔者，內以自盡其心，而外無所希於世也。

夫臣之忠，子之孝，先王所立爲學校，師儒以教之者也。如孺人者，夫何待教！顧其所成，雖古忠臣孝子何以遠過！然則，婦之自全其戒〔一〕者，其可因世之多有是人，而謂其不足重歟？余因論孺人之事而廣之，俾談風化者有以勸焉。孺人有子二，長某能大其家業，次廣新讀書最賢，爲余所取選拔生。斯文之作，亦以慰其顯親之志也。

【校】

〔一〕戒：嶺西五家本作『節』。

雷惺齋藥丸說

余友雷子惺齋，當英夷寇廣州時，嘗隻身走千餘里至海門，觀其戰艦鎗礮之利，歸而求所以制之之術，著有成說。復隻身走七千餘里，將獻於闕下。會鄉人有疑而止之者，不果獻。復走而歸，以醫行於鄉里間，以其所爲辟邪丸者，寄余於京師，而重之以書曰：『吾之爲此，未嘗師古法也，然所活已數十人矣。』余得之而喜，以投於人，多因其向無成效，不肯服。

吁！天下之病，其日異月出，而不可案古法而治之者，固已多矣。以其藥之無成效也，而遂畏之而不肯服，因慨世無良藥，而疾之不可爲也，不亦悖乎？此君之書，宜其終卷於懷，而不見用於世也。然則，斯丸之不信，猶未可爲君之不幸也夫。

病說

客有患鬱湮之疾者，龍子過而問焉。見其兀然而坐，偃然而息，日飯三餔，食之盡器。龍子曰：『子病乎？』曰：『病矣。』『然則子何病？』曰：『吾苦腹疾而事圊焉。醫者治之三月而不效，吾憂之不知所出。輟吾業以治之，則疾益以劇。』

龍子喟然歎曰：『吁！吾乃今知子之誠病也。夫子之所謂腹疾者，是特飲食寒熱之爲患也。而豐而食焉，而華而色焉，乃其根柢固莫之能蠹也，竢之而已。而遂廢而事，而日槁而形，焚而心，終日慱慱，若人難之將至者，是子之神先敝也。疾何與焉？夫萬物生於神，養於神，故神聚則强，神王則剛，神衰則病，神散則亡。是以啜糟之夫，卧之巔厓之側而不墮者，其神全也。嬰娩之子，遇猛虎則折三尺之莛以毆之，虎猶不害。何則？心忘乎物之可畏，則物莫之能賊也。今子未甚病也，而日以病爲憂，夫憂者，實病之所從集也。子盍朝作而於於，夜瞑而蘧蘧，無懷無惟，以甯子居，疾其庶有瘳乎？』客曰：『善，將從子言。』三日試之，其病良已。

史讀

太史公作萬石君傳，狀其恭謹醇厚，子孫皆馴行，守其家法，官至二千石者十餘人。余讀而慕之，謂夫和與敬者，天地生人之性也。人能敬以持己，而不刻於待人，則吾身之所處寬然有餘，而暴戾乖剌之氣不作。此蓋天之所相也。及讀五代史·馮道傳，其終始行事，往往與奮相類，而其優游相位，老安於當代，亦卒得其力焉。

夫以奮之賢與道之愚，其不可相提而論者，猶日星之於土壤也。然使道從容於太平之世，老成寬厚，巍然人望，其聲名豈遽出奮下哉！所遇之時不同，至舉其生質之美者，而適以爲喪節敗名之具，則非天之不善全乎道，而道之不善全其天也。吁，可惜哉！

書村民廖鳳粲事

吾粵民受盜賊蹂躪，六七年未艾也。以迄於今，士之率鄉兵捍賊捐軀者，所在多有。余皆採之入團練輯略。至鄉民冒鋒鏑死者，則不可勝載。若守義不屈，或得死，與不得死，人亦莫爲之道也。

友人唐仲實，獨言其鄉小水村民廖鳳粲，方賊至時，以團丁守隘不得脫，一人遁之荒嶺上。逮晚伺賊卧，從陰晦蓊翳中匍匐潛下，掘田間山薯爲食，凡十餘日，賊退而鳳粲始歸。視田中山薯幾盡，其村無一人在。夫鳳粲特一田間民耳，使賊至而相從去，可不死。即未必雖生，而幾至不免於死，人亦未嘗以必死責鳳粲也。卒之堅忍以蒙險難，歷久而志不奪，即較之夷、齊，何以加焉？豈可以凡民而少之哉？

抑仲實又言：其團有草底村者，賊初圍之，不從，誘之降，不屈，賊殺其村四百餘人以去。此尤可爲難也。夫仲實以千餘疲敝之鄉兵，當巨萬環攻之賊，獨能搘持數月，力竭而至於敗。其散亡相隨，尚依依不忍去，此必平日能以忠義結人心者。宜乎鳳粲及草底村人之徒出於其鄉也。世之當大任、擁重權，而但謂民之無良者，觀此其可少悟哉。

勸學記

人受命於天地以生，不爲女爲男。既成人則有僮僕婢嫗之役使，父兄師友之督教。衣服飲食，一切日用，居處宴息之地，雖不大華，亦不至陋。出處進退，交接游宜，雖不能盡如其意，卒亦未嘗逼仄陝隘，使之窮而無所投。出則有車馬以代其勞，入則有圖史以娛其志，此其人固宜優游，漸漬以馴至於德成名立而後已也。否則，必其人之惰而無志也。

若夫布衣窮愁之士，自始生至孩提，其於生人嗜好有不能盡見。其居處樸陋，其養生之具朝不能計夕，倦而思臥，復有至不得已之事驅之使出，出又不能自得其意。此其顛倒屈鬱於身世之際者，宜其人不能一日以學，然學卒大成，舉世之學者無以過此。豈非孟子所謂『動心忍性，增益其所不能』者歟？夫以遇之豐，不足以有益於學。而學之成，又不必盡資於遇也。此予之所悚然，而不能自已也。予之幼也，承祖父餘蔭，衣食豐裕，於人無所求。自束髮受書，以至登朝之後，計非舟車道途之阻，慶賀酒食之會，未嘗一日稍廢乎學。宜所學必有以過乎人。乃自今觀之，不惟無以過乎人，其不及者蓋未可一二數也。余能無滋懼乎？

且夫小人之謀利也，得已而不已焉。君子之謀道也，亦得已而不已焉。故君子之於小人，非有異能也，能用其誤用之才與力，而一專於學則得矣。今人之才力，與古人不相遠也，吾之才力，與今人古人亦不相遠也。盡吾之所當盡者，而不求可止而姑止焉，吾之於學其庶幾乎？否則，溺情宴私，安於小就，日月坐廢，爲有志者所竊笑。是吾之懲於前，而不能無慮於後也。因書之以自勵云。

過繹山記

驛路自江淮過河北而東，逾於滕、薛、小邾之境，至於鄒山之最有名者，曰繹。繹之爲山，不甚高峻而聳峭特立，數十里外，即見其蔚然蒼秀之色。山形凡三變：初自南來視之，迆然而長，前仰後俛，如王者之憑玉几而負黼扆也。少北，值山之陽，如人悄然聳肩而立，穆乎其容，凝然如有所思。更北，則山下衡上銳，如覆笠於地，其峭削處，嶄絕不可攀陟，蓋山去孔道旁僅四十許步，其下有鄉俗譌傳孟子所生地云。

余奉使來往，兩過其地也。求所謂三遷故里者，實在鄒之近郭。欲一登繹山，觀秦始皇立碑頌德處。父老爲余言，茲山荒僻，不可以登。當年刻石遺趾，渺莫知其所在。道德之與勢位，其得失於後世何如耶？昔人謂孟子有泰山巖巖氣象，泰山吾未見也，若其剛毅正大之概，則繹山近之矣。

月牙山記

桂之河東皆闤闠也。市廛盡而石橋跨之下，有小水，春夏僅通舟楫，俗所謂花橋者也。橋上東南望，水際一山鬱然，紅闌朱閣，隱見峯腰林隙間。渡橋數十武，始得山門。門内寬平，地可一畝。漸上則爲陂陀，因乎地勢，或平或矗。委折而登行者，左扶山麓，右臨溪水。晴波映日，清瑩可鑑。石間有小徑，舟行之，客從焉，皆上達匯於寺門。寺分南北二室。北室供大士像，石壁環其後，若覆釜而缺其半，其高覆簷出者，可四丈餘。客來坐南室，望之愓乎，常恐怪石傾壓而下者，是所謂月牙之巖也。憶二十年前，曾一游山中。時凍雪初晴，山溜之凝爲冰柱者，寬可數尺，長幾丈，如是者五六，宛然玉龍垂髯。下瞰窗戶，正心搖目眩，鏘然落其一抵石上，若碎大甕，寺之檐角陷焉。歸而魂動者彌月。

今歲月屢易，景物非故，江干桃李芬馥可愛，無復向者恫心駭目之觀。而余適以清明上冢歸，偶一流憩，薄暮坐閣上，視花橋人影如蟻。循去徑下，恍惚若寤，惘然霜露之感也。

東鄉桐子園先塋記

桂林近郊多石山，惟灕江東北之垚山，負土而特大，江行百里外皆見之。山平起爲兩峯，迤邐南行，作疊浪紋者六七，則高峯簇起，嵯峨萬狀，偉如神人自天而下，儀從儼然。有植如笏者、卓如筆者、坦而委裘坐者、行者、顧者，勢皆自北而東。至其南，山勢將變，則右出爲兩峯，而以東峯之餘勢，衍爲岡阜，反顧而右環之。

吾高祖母易太孺人之塋，實當其址。方孺人之葬也，家甚微，地師林泉言他日必貴，且囑刻其姓名於碑。至是，而吾族之葬者七冢，然皆莫如高祖母墓良。葬後，叔祖克升公舉於鄉，吾祖繼之，伯父及先人又繼之。自伯父與先人同時作縣令，人始知吾家桐子園墓也。逮不肖以菲材謬獲高第，人之知此地者愈多。有裹糧來觀者，鄉人私割其近旁隙地以售，尚獲重價去。

夫物之佳者，往往得之於無意，而美報可食於無窮。聞諸尊老，地故明俸氏物，今其墓及華表在焉。因失穴而葬也，家日落。逮吾高祖時，俸氏之老一人尚存，與吾家有連，遂收而養之以善終。俸垂沒，以此地爲報。夫觀其地之所由得，則非汲汲營葬者之可求矣。況又竊取而依附之也哉！然則，不肖及我同族世世子孫，所以永念先德，敬承勿替者，其又安可弗講也。

襄陽張氏誌石記

襄陽席生方璘，得古人誌墓之石六於漢水之濱，皆唐張氏故物。張氏自漢陽王柬之以功名顯於武周之際，其子孫世爲襄陽著姓。今石所稱功曹參軍張公元弼及夫人邱氏者，王之父母也。處士景之者，王之弟也。新定太守朏，則王之猶子。豫州郾縣丞孚、河南府參軍軫，則王之孫也。孚、軫二石皆有撰人姓名。朏之石無之。景之銘，功曹君之序，皆王所自爲，疑卽王所自書。王書世不多見，此又完好，可寶也。

夫自六代以來，人之以石誌墓者多矣。近今出土者益衆。茲數石者，獨爲生所得，而與此邦人士寶而傳之，豈非以王故哉！然則，士君子所以顯其親，而芘蔭其子孫者，其必有道矣。

大岡埠團練公局記

嘗考周禮，州長、黨正有屬民讀灋之典，皆以歲時行之於學。而田獵、講武及守望相助之法，民自得以其意行之於鄉。秦漢以降，井田廢而鄉學不立，至不幸用武，則鄉民聚而爲社。如宋時定州有弓箭社。近日廣東禦夷，各鄉亦公立〔一〕爲社。至廣西盜賊蠭起，各府、州、縣官吏薦紳先生，率其鄉之所屬，日從事於團練。而各村、鎮、關、市，始有公局之設。睦婣任恤之風，一變而爲功利戰鬬。古所謂觀於鄉者，其若是耶！雖然，時之所至，雖聖賢不能執古道以繩民，惟豪傑有爲之士，能因時之所宜，以求合乎古。夫以廣西之盜蔓延數十州縣，芽孼乎十年之前，一發而不可治。今天子憫粵民疾苦，徵兵數千里外，轉餉數百萬，顧其力能及於盜之所至。而盜之所不至而將動者，與其既去將復來者，則必恃民之自爲捍禦，而團練之事急焉。獨吾邑地當省會，盜警緩於他邑，可以措理裕如。顧其事之實與不實，用之必有效或無效者，則以董事之人爲斷。故團練公局之設，徧乎一縣，唯大岡埠之在邑南者，以唐堯心先生得名。方事之初起，先生於其鄉設公所，聚衆期會，行之期年，什伍有法，少長有序，人知師律，無譁於鄉。大吏激賞爲諸團最。先生益奮志督勸，親執枹鼓。家之子弟咸編入伍，人是用和，盜賊益稀。蓋必如先生之團練，然後緩急乃爲有用；必盡如先生之團練，然後各鄉之公局乃不虛設。會先生之嗣，吾友仲實來丐爲文，因書此貽之。

吾嘗與仲實言：今之團練，名爲寓兵於農，而多失古意，異日風俗之害將不可究，如先生爲之，又何其善也！此卽因而復講讓修睦之風，而進以讀法講武，鄉田同井之治其又何難焉！書之以復於先生，其亦不能無蠟賓之感也。咸豐元年歲次辛亥仲冬月，同邑龍啟瑞記。

【校】

〔一〕公立：經德堂本作『分立』。

寓中小園記

將置其身於放浪寬閒之境，則必翛然而無所繫，傲然而無所警，神勌形敝，於是假他物以寄之。豪縱之士，寄之於飲酒、博弈、談論、歡笑。其好爲清靜者，或賦詩讀畫，翫卉木之佳蔭，樂魚鳥之變態，外以寫其閒適之趣，而內以導其情。

然昔人有云：得乎山林而樂者，將失乎山林而悲。惟知道之士，其樂自足於中，而不待外求。凡人所流連愛慕者，無論其麤細有無，皆不得與其損益之數。於是高談名理者，又將外形骸一動靜游心萬物之外，而寄情於荒誕寂寞之鄉。蓋自聖賢觀之，則溺於物者累也；自高行之士觀之，則溺於道者亦累也。道且不可溺，而況於物哉！雖然，道有卽物而寓者。顏氏子之簞瓢陋巷，曾點之風浴詠歸，彼非有樂乎物也，樂乎物與道俱也。苟遺乎道以爲樂，而其中實不能忘物以自勝，則將荒迷而失其志，必不如內足於己者，有無入不自得之心。

吾寓中有小園，寬廣僅一畝，古木蔥蒨，嘉藹霏映。職事之暇，輒攜一編，坐吟逍遙其下，雖非山林之樂，而所謂清靜閒適者，亦庶幾焉。詠於詩，傳於畫，亦將有得其一二也。夫余之無得於道久矣，而又不能寄情於荒誕寂寞之濱以自適，則將爲博弈飲酒、談劇歡笑，其安能有賢於此者乎？雖然，吾尚慮其徇乎物而溺其志也。嗜欲之不清，心氣之不寧，則寄非其寄，而吾之所得者亦僅矣。妹婿韋君亦學道而居於是園者也。既以作記，復書之以共勵焉。

江亭聞笛記

咸豐乙卯夏，余泛舟乎均水之陽。薄暮維舟隄下，登乎江亭，以翫夫沔北之山。客有吹笛於舷間者，倚而聽之，若遠若近，繚絞乎迴風，激越乎流波。於斯時也，天容沉寥，月色皓旰，禽鳥宵肅，響振林木，而萬壑相與爲寂焉。其諸類乎太古之元音歟？何感人之遠也。

往余遊粵東英德間之所謂觀音巖者，蒼崖罅裂，佛閣內嵌，而外臨乎江滸。余朝而登，夕而弭櫂其麓。中夜鉦鐃齊奏，梵唄交作，繁會之音與水石相激盪。濁者殷巖谷，清者徹雲霄，凝然浮於太虛，而不知餘音之所極。方斯時也，余不聽之以耳，而聽之以心，不求合於聲也，而求合於意。蓋歷乎天下，索之冥冥，而未一再遇也。今之所聞，其殆幾乎。

雖然，余今者以有形得之，未若昔者以無形得之之爲愈也。昔者以無形得之，未若來者以無形得之之爲愈也。則試反而之乎莽垠之野，以息夫寂寞之濱，雲藏四山，萬籟淵嘿，神風穆若，清泠起乎層巔，儵乎？夐乎？其希微乎？爲有聞乎？爲無聞乎？用是反諸人生而靜之初，以觀夫物感未交之始，其於聲音之道，庶其有合哉？因書之以爲記。

書十三首

上梅伯言先生書

伯言先生閣下：去冬在鄂，遭先君大故，倉卒南歸。瀕行於舟中，作書告哀於執事，並有所寄獻，未知何時得達？久未蒙賜教答，私心惴恐，不知所裁。臺從今歲果在敬亭否？頤養之餘，興居康勝，邑子談經，親知話舊，並足爲閒居之適，惟文字之飲，諒不如都門之盛耳。

某自春仲扶護歸來，荒疚餘生，不足爲長者道。前於舟中撰得先大夫行略一卷，謹繕本呈正。先人服官制行無慚於古之循吏，實心實政，美不勝書。所痛者，不肖之孤隨侍之日甚尠，大懼所聞者闕焉弗詳。若其有而知之，知而傳之者，則庶乎勉於誣之誚。伏維先生道德取信於當時，文章足傳於後世，而不肖又夙以文字受知愛於左右。則先人陷幽之文，非先生爲之而孰宜？爲道遠，不獲登堂稽顙請命，但望空遙叩而已。又先人葬地，原擬遵成命在祖墓側，因今夏雨水多，土近卑溼，術家言其不可用。今擬改卜宅兆，則葬期與地皆未能以遽定。請於文中暫從闕如。又先人任乍浦時，一日民喧，傳夷人將至，都統某公倉卒不知所爲計，先大夫告以某在，公無恐。夷人至，當以禮諭之。我輩一動，則兵民鼎沸，將內亂，乃出令嚴禁居民之移徙者。不踰時，而探者果至，言夷船已從海門徑度去。玉環民欠鹽課五千〔一〕餘緡，業經恩詔蠲免矣，而吏匿不出，歷任列入交代作抵。先人至，廉得其弊，自以夏楚擊經手吏胥流血，請於上官而豁免之，罷民賴焉。是二者，皆因有所避，不敢書於事略，未審可採以入文否？

伏維先生哀其昏愚，而恕其禮之闕略，使先人治績得藉以傳焉，則所以賜不肖之孤，而遺其子孫者，詎有涯哉！臨書無任哀感戰慄之至。秋涼，惟起居調適，爲道自重。

【校】

〔一〕五千：嶺西五家本作「五十」。

答張芾卿書

夏間承賜手書，未及作答，比蒙再書存問，甚愧！甚感！藉悉侍奉萬福。秋試又被屈抑，殊爲悶悶然。某爲吾子計，自有其遠者大者，又安見他人之得，而吾子之爲失乎？比來閒居，何以自適？儻能游心於道藝之林，是所企望。竊嘗論吾輩所以俛焉，日有孜孜者，非惟誼當如是，亦借是以却聲色貨利之緣，使此心不至於外馳，則所益固已大矣。足下以爲何如？

某今歲未得外出，亦無所憾。但目前不能遂迎養之志，而長安薪米之費，復不能不累及老人，惟此爲歉然耳。於讀書之計，則甚得也。近閱經籍，稍有領悟，惜不得良友一印證之。大作詩律，乃更老於前，亟欲作和，以信急不得就，下次遞中再呈。前歲奉使粵東，頗有所作，爲門下士索付剞劂。今輒奉呈一部，如能指其疵病，甚感幸也。

答李古漁書

接來示，知前寓書已於秋初得達，藉悉起居安適，甚慰！甚慰！羊城之遊，竟遲遲未果，此事本非兄所急，卽不去亦自佳。且兄所以作此行者計，惟是借助江山，將以掃滌塵襟，舒豁眼界耳。

然某謂文人筆墨之間，自有煙雲供養。要多閱古書，博觀名蹟，取彼氣息，蕩我凡穢，使胸中常有清曠超脫奇崛磊落之致。則凡邱壑林泉之憩息，皆吾畫境也；時鳥候蟲之變態，皆吾畫理也；村農野老之周旋，皆吾畫料也。又何必尋海内之高士，遠訪五嶽之勝蹟哉！鄙見如此，高明當別有會心耳。某近狀碌碌，惟清貧二字盡之。竊謂清者勝煩，則貧未嘗不勝富也。道遠，書何能悉。

致馮展雲侍讀書

前奉手書，諸務坌集，尚稽裁答。然每念肫然見愛之誠，與殷然下問之意，未嘗不縈洄於中，而不能自已也。計維職業清閒，詠歌不廢，慰甚！

竊嘗謂人雖至忙迫之時，亦必有一二刻之閒，可以安坐讀書。今之居館職者，終日翛然物外，無世俗之事關其慮，於此而猶不能博考古今得失、善敗之蹟，與夫禮樂、文章之用，以備他日當路而可以自見者，此與凡民之惰游者何異？然此何足爲卓然自命者道？能知所先務而不泛用其力，斯可貴耳。治經，自是學人第一要義，而求其有裨實用，則史籍較經籍爲多。荀卿子曰：欲觀後王之蹟，則於其燦然者已。今之史册是也。經術固不可不明，然行之貴得其意，如徒拘於章句訓詁，則是俗儒之學。若欲按其成法，推而行之於世，則如井田封建，用之於古則治，用之於今則亂。苟非其人，道不虛行，故空談經學者，正如夏鼎、商彝，無適於用。要惟約其理而返之於身，因以推之於世而不泥於其迹者，庶有當焉。然則今日之學，亦先學其有用者而已。

某智能寡薄，向爲無本之學，又中廢而不克自振。今僅用之以教人，尚支絀不足於用，則異日之施行於世者，可知已。因閣下殷殷垂問，故不祕其愚，而思有所贊於左右焉。伏惟鑑察，不宣。

致舒伯魯書

伯魯仁兄足下：都門得接高論，並讀大箸詩文，欽慕無似！人事匆促，不獲數數聚談。臺從不久又即出都，積歉之懷，至今莫釋。比維侍奉萬福，德業精進爲慰。憶在京時，曾滌笙侍郎轉述足下寓書，中多奇警偏激之句，抱負固所素裕。所望者，操持堅定，使外遇之欣戚不得入而相撼耳。高明當見及此也。詩古文詞宗法甚高，熟而操之，何患不至。以吾子之年之富，學之博，雖以中材得之，固可畏也。況天資亮特，高出流俗百倍者乎。某以菲材，謬膺使命。竊自念衡文取士，必修己者始可教人，有餘者方能及物。今自問率多所不足，又安能勝任愉快耶？望吾子有以開其蔽而警其失，幸甚！

貴縣詩人諶君雲帆，家君門下士。不遠千里，惠然肯來，賓從滿盈，不能久縻高賢之駕。諶君志在遠游，並言與足下聞聲傾慕之日已久，屬某以一言爲介，而達於左右。諶君才調，無俟鄙言，儻能於趨庭之餘，轉述一二，俾得安硯之所，以爲刻集之資，卽諶君亦自言無他望矣。此其志可憐也，幸閣下察之。

復楊性農

性農尊兄足下：　不晤忽已數年，遞中辱奉手書，並讀大集，垂念之厚，下問之謙，令人益慙且悚。

計維尊體動止如常，藏書數千卷，足以自娛。所作詩文，皆有標舉出塵之致，而古文，尤卓然爲今世之所希，大約古澹而味彌長，質直悽惻而情益永。蓋學臨川，幾得神似，而清微淡遠，則又震川學史記之文也。願勉力爲之，無少懈。姬傳先生言，今之才士能爲古文者，甚稀，如爲之，必傑士也。故觀足下之文，有以得足下之爲人矣。某學殖淺薄，近得師友講論，於此稍涉其藩，要其深處，了無所得。因足下殷勤垂問，輒復妄注鄙見與其佩服之語於行閒。其當否，則高明能自擇之。若專輒之罪，亦必能恕之也。秋涼，惟讀禮餘閒，千萬自愛。

致唐子實書

子實四兄足下：　別來改歲，碌碌，不及奉書相聞。去秋於少鶴處得見手書，知安抵里門，侍奉萬福爲慰。近日爲學何似？　里中閉戶靜居，與長安之奔走人事者有別，其精進當不可量。

某近喜讀書，而私有志於爲文，以此爲游藝之一端，將自攄其性情而已，非務與世之賢豪者並，而有意乎古作者之林也。然竊怪今之文，所以靡弱而不逮於古者，則亦有故焉。自漢班、馬、賈、董之儔，其人皆篤學早成，因以其餘著書而傳後世。故其文成法立，非有所規摹結束而爲之也。逮唐之韓、柳，宋之歐、蘇者出，其文乃始有法。然皆灑脱放曠，務盡其中之所欲言，且人人自爲面目，初未嘗畫爲一途，謂天下之文盡出於是也。自明歸震川氏出，而論文之道始歸於一。夫歸氏之文，其於韓、柳、歐、蘇者，誠未知何如，要可謂具體而微者也。特其生當有明文運衰薄之後，一二荒經滅古者踳駁敗壞之餘，於是尋古人之墜緒，而一一以法示之。彼其心誠救時之弊耳。然而其才或有所蓄而不敢盡也。繼歸而起者，爲國朝方靈皋侍郎。其於義法乃益深邃。方之後爲劉，爲姚，要皆衍其所傳之緒而繩尺所裁，齗齗然如恐失之。故論文於今日昭然黑白之判於目，犂然如輕重長短之決於衡度也。雖高才博學之士，苟欲倍〔一〕而馳，其勢有所不能。吁！後有作者習歸、方之所傳，而擴而大之可也。如專守其門徑，而不能追溯其淵源所自，且兢兢焉惟成迹之是循，是束縛天下後世之人才，而趨於隘也。

揆諸古人待後之意，庸有當耶？然其中又有不可强者。當歸、方之時，求韓、柳、歐、蘇既不可得，而況於班、馬、賈、董乎？而況於百餘年之後，守歸、方之義法，而聆姚、劉之緒論者乎？夫文之盡而至於無所用力，苟徒循文以求之，亦終見其勤苦難成，而居古作者之後已。此意未可與不學者道也。僕近所見稍及乎此，而愧其學之有不逮焉。足下如以爲然，願交勉之而已。

【校】

〔一〕倍：嶺西五家本作「放」。

答羅生書

自歸後，一接手書，知安抵里門，侍奉多福爲慰。省垣人事紛擾，不暇作復，既念足下，書豈可不復者？況僕又有不能已於言者耶！方今友朋道替，心非面諛，所言都不由中出。位望稍以懸絶，便不敢一加訾議，或向人前指摘過失，用快己意，而相見乃莫肯一言。此固其人之驕傲怙惡有以致之，然殊非朋友忠告之道也。足下乃勤勤拳拳，能指吾所不及，並告以持正用人之要，此固僕飲食夢寐所不能釋，而他人所習之而不及知，知之而不能言者。不圖足下一旦傾瀉肝肺，相愛之甚，至於斯極也，其爲惠益，豈有涯量。雖然，君子之於朋友也，不責以所苟難，貴因事以察其心，而知其萬不獲已之意。

方今人心，務在趨利，不知有義，作事不求實用，但務虚名者比比皆是。僕在此力求矯正，便已動相齟齬。不知者，謂爲氣量褊陝，事事與人爭論。然能諒其心之持正者，固不乏也。此亦足下所素聞，尚以我爲盡力周旋者何事耶！僕則何所嫌疑顧忌，而周旋何人也。又謂有論列於當道大臣之前，不免稍存趦趄囁嚅之態。僕於不知己之前，不欲盡言者則有矣，至其推心置腹以端人待我者，固未嘗不慷慨正辭也。僕於官，何所統屬而有所畏避而不敢言耶！至不在其位，不謀其政，所不當言者，又可盡責之於僕耶！讒佞貪濁之徒，屏而去之，此僕之所能然，能保其人之不出吾門而已。其出於他途者，吾力能抑則抑之，不能抑則以術箝制之，使無害於大局。欲盡鋤而去之，固力所不及也。

鄉邑雖大，人材可一二數，間有備員行事者，要不以置之重地。僕居鄉無尺寸柄，徒以當道信任，筦攝通省樞要事，又不無分任。豈能悉聽指撝？所指天誓日，力求無負者，唯公正二字，此心未之或忘。而暗中維持匡助，自問亦復不少。顧其中之委曲，則豈能人人告之？外間物議亦所當然。至於怨者之口，更不必說也。然聽言者，又豈可略觀大意，便謂其說之可據？如謂某有不善，便當求其事以實之。其事果實，又須求其致此之故。有迹非而心則是者，猶當諒之。豈可據空談之一言一事，便謂其有所不足哉！不知足下所謂物議者，亦曾察之否？近今朋輩，好爲高論，置身局外，侈口譏訕，視斯世無一可意。及引之當局，噤不發一詞，如是者，僕實恥之。願足下毋蹈斯習。

僕在省中，不敢以苛論繩人，蓋必此心所萬不敢出，及畀之我而力能舉其事者，始敢議他人所不足。反是者，未敢出諸其口也。足下之吏歷天下事希矣。及之而後知，履之而後艱，願他日無忘斯言。若乃吾道不行，拂衣逕去。此士君子立朝者之所爲。僕今日居鄉，何遽至是！且僕不願爲高蹈而有戀於此也。獨念上白九重聖主，下及地方大吏，孜孜以此爲事。異日播之國史，傳之遠方鄙人，當局或不無萬一之助。夫不樂聞足下之言，則可置之不辨。辨之詳，且欲實徵其事，僕之有意於聽言，而非敢於怙過也，明矣。繼自今有可言者，願足下言之，勿忽永安，是事非筆墨可盡。入春來，舍間自老母以下各平安。念足下不久當來，故不具白。

致曾滌笙侍郎書

月初六日，專人還，接奉手書，知前件遠蒙關注。某此事實出於萬不獲已，寸心可以對天地，質鬼神。若世之所謂謹默畏愼者，難免不以爲非，要亦不足聽瑩也。數十年來，士大夫以含容爲忠厚，以寬大爲美名。如有持正不爲苟同者，卽以刻薄之名加之。立見其僨事，而不肯得罪於同官，卽使其殃民，而不肯曲從夫清議。夫不忍於一人而忍於百姓，不忍於同僚而忍於吾君，其爲害詎有極耶！天下事所以流失敗壞，而莫可挽回者，孰非若輩有以釀成之也。

某平生實不肯以苟論繩人，卽今日作鄉紳，亦不肯不爲地方官設想。如使我當之，而力不足舉其事者，斷不肯責望當局。今日吾鄉之事，實爲此一二人所敗。如使盡其心力及早爲之，雖庸才亦必有以自見。受人之牛羊，而不爲之求牧與芻，且驅而致之虎狼而莫之省憂，徒束手號於衆曰：『吾無才。』則當其受牛羊之時，何不皇然自謝其不敏也？且今日之事又不止於無才而已。而又幸其主人之多難也，而忍從而欺之，顛倒是非有無，直以爲旁若無人者，彼其心之無君亦已甚矣。某雖不才，蓋亦廁身士林，略知大義，目擊此欺君害民之事，實覺於心不甘。如律以居是邦不非其大夫之義，則爲春秋時分土分民者言之。不才以王人而與公事，烏可以此爲例？又有謂所言雖是，但惜其晚而於事無益。某則謂不至今日言之，亦不見效。如謂晚而無濟，則他日言之更屬無益，不如早一日言之，更有一日之效。生平賦性愚戇，唯正直二字，自謂可以矢諸神明。嘗謂好惡如有悖於大公者，則生不可以立於大清之朝，死不可以入先人之廟。執事所謂邦之司直者，庶其聞而諒我乎？

北事承於續函示悉，感荷！以後如有所聞，更望寄示。天下大局，固已不堪設想，吾輩爲一日臣子，便當盡一日職分。主德仁明，民心未去，撥亂反正，安知不在今日？旌麾駐臨匪遙，鄰封受庇，瞻望風採，企羨無窮。

答李太史書 名德儀江蘇新陽人

小馨賢友足下：貴同年俞少冰、韓季海兩明府至，疊奉手書。中又一書，由雙坡兄寄達。計其遠者二三年，近者亦兩月餘矣。會遭時變，人事紛擾，又年來心跡非言所能盡，故舉筆輒止者數矣。儻不爲知我者責望也。

某自奉先大夫諱旋里，荒疚餘生，本不欲干預世事。適因鄉邦多盜，當事屬以團練鄉勇，遂不復能自脫。此事在今日誠不易辦，其要在合羣力以相助，倘有一不得當者，則遂壞而不成。其賞罰之權，又操之於人，而不得盡如吾意。此所以終莫能效一日之長以自快也。又終日與田夫野老，及數十輩拘文牽義、不通曉世事之徒雜遝座上，反復開諭，窮日竟夜，逮其成事，了不關家國大計。然當時或不與之言，或聽之不終其意，則大失物望，而其事可以立敗。

某居鄉，徒以名位從大夫後，所處皆朋輩等夷。如必別擇數人，專與若輩會話，而某爲之總其成，亦古人任人則逸之義。然此等通達事情者何可多得，非其人則不見信，即得其人而名位稍不逮者，鄉人亦未必相引重也。某於吾身所應爲之事，無論精麤巨細，自矢皆以實力出之，不似他人留其有餘。以此爲無益而不稍措意者，以爲苟如是，則可不肩其任也。故自受事以來，心所能盡而限於力不能至者，恒有之矣。若力所能至，而誤於心之未嘗盡者，則未之有也。最不可解者，一二當塗之子，了不以民生爲意。與之言，亦不見信。又顛倒其是非黑白，直視天下若無人焉者。僕於去冬，始不能不明目張膽，一爲吾鄉士民伸其直道。要於彼有何私怨？直是君臣大義，地方公論，有不能泯沒者。使僕苟可奉身而退，亦何必與當道齟齬！否則，同流合汙，爲一二親族交游謀一道地，可以挾持之，使不得不盡如吾意，而敢犯大難、結大怨而爲之也？現今制府未知如何覆奏，而籌兵籌餉尚能兼顧此邦，則僕之一言未嘗無萬一之效。方今出處進退，眞是萬不容易。道遠，惜不能一一爲足下言。總之，僕必有所以自處者，決不肯貿然而輕於一往耳。

臨清股匪幸已殲除，軍興以來最爲快意。阜城餘燼亦當撲滅。河北稍得安穩，而廬州、漢陽等處，仍復兇燄橫滋，非王師南下，大振軍聲，不足以褫其狂魄。而京外隨處患貧尤甚不可解之證。數年前，同在都門，安知天下事，遂倏忽至此！承平士夫尸位養望，視其官若傳舍，不復以豪末公事爲念。凡百墮壞至不可救，誠堪痛恨。近來人心稍有省悟，而時事已是萬難，即有賢才不知從何措手。足下留心世事者，當益厚其所蓄，有裨益時艱者，無嫌寄示一二。慈侍年來極安善，惟此可慰遠懷。旅宦清貧，何以爲繼？僕在此復不能相助，如何可言。

上梅伯言先生書（一）

伯言先生閣下：憶前歲春間，蒙賜先人陷幽之文，當即肅復，敬申哀謝。道遠，未知何時得達。

比逆賊踰嶺出，息耗益梗不通。聞先生陷危城中，曾作二詩感懷，未由奉寄。嗣於新之方伯處，知先生已脱賊自歸，移家黄墅，爲之欣忭者彌日。會粵西土匪益熾，牽於集鄉兵，議團費，終日卒卒，脣吻枯燥，逮晚不得休息。又地方官相與違難。噫，氣填胸肺間。因自戒執筆，恐發攄太過，以益時忌，故不能以一函詢近況，道欵曲，然依企之誠，則未嘗一日而寘諸懷也。

伏惟遯迹休閒，興居安善。金陵異族逼處，聞數十里外村落，尚可安居。未審近復何如？憂患播遷之餘，以道自勝，親近圖史，神明不衰，固當爲先生祝之耳。近年變端殊大，非前時意料所及。然先生文集中上汪尚書書已言之，良佩深識遠見。抑某竊有進者，姦民固非重州縣之權不辦。今州縣雖無權，然察一結盟聚黨之姦民，固力有餘也。特上之督撫，不肯擔代處分，又樂以容忍欺飾爲事。有一二能辦之員，且多方駁飭之，使逆知吾意而不敢爲。然督撫亦非眞以爲事之宜如此也，大抵容身固寵，視疆場若無與，苟及吾身幸無事，他日自有執其咎者。又上之，則有宰相風示意旨，謂水旱盜賊不當以時入告，上煩聖慮。國家經費有常，不許以毛髮細故輒請動用。由前之説，固非古大臣之所以事君矣；由後之説，其所以防冒濫，非不善也。然疆吏因此而不敢辦盜，殆其潰決，則所費者愈多。爲督撫者，類皆儒生寒素，夙昔援引遷擢，不能不藉助於宰相，如不諂而後行，則事必不成而有礙。是以受戒莫敢復言。蓋以某所聞皆如是也。

金田會匪芽孽於道光十四五年，某作秀才時已微知之。彼時，巡撫某公方日以遊山、賦詩、飲酒爲樂，繼之者猶不肯辦盜，又繼之者，則所謂窺時相意旨者是也。

當其時，馮雲山、韋振、胡以洸等，蓋無人不爲本地紳民指控，拘於囹圄者數月。府縣以爲無是事也，而故縱之。逮其起事，始以八百人聚於桂平之紫金山〔一〕。紳民知必爲巨患，集鄉兵千餘，自備口糧器械，欲往勦捕。具公揭於道府，但請委員督視，使知非私鬭，而殺人得免於抵償。蓋其時，粵西初有團練，而民之畏法如此。道府顧置之不問，紳民再三催促，始委一候補知縣薩某應之，而夫馬又不時給。委員因逡巡不去，賊聚黨瞬至巨萬，團練弱且嗛官兵之莫爲助，遂羣撤手而賊勢滔天矣！蓋某所聞於官中者如此，此不能不爲之太息痛恨也。

今天下州縣多矣，卽一省不下數十百餘，安得盡賢者爲之？惟督撫得人，則州縣不期而自治。督撫不肯欺蒙皇上，則州縣亦必不敢欺蒙督撫，此其勢然也。竊謂如先生之論，使州縣得入爲御史，固足以激勵人材，而建白不至爲空言。然列薦牘而上之者，督撫也。如使他人薦之，恐非時政所宜，亦未必遂公且明於督撫。州縣雖賢，安能違其意而自致於高明哉？惟宰相實有抑揚督撫之權，督撫皆得其一言，以爲事勢之輕重。故從古天下之治亂，未有不由乎宰相者。今粵西之始禍可覩已。此蓋先生文之所未及者，故某引伸其說以爲世鑒。先生其然之否耶？

數年里居，因團練事時與官吏交涉。竊見今之所患有甚於昔，殆親見前人之覆轍，而躬自蹈之者，如使一誤再誤，則爲憂更大。去冬曾據實瀝情入告，廟堂初意極爲愼重，浸淫爲持魁柄者所遏。彼人不能扼我而能忌我。又賊勢滋蔓，凡鄉團之良如唐子實輩，皆敗不肯出，某於是不得不奉母引去。忌我者亦不能留也。蓋某之所以出處進退者如此，其委折非言可盡。自十月十一日自家起程，今日始抵衡陽，將取道襄樊，以達秦中，謁見座師王雁汀中丞，擇便地安置老弱，再圖北上。今之時勢談何容易，況以空疏無據者爲之，其能有萬一之濟耶？倘容隱居奉母，婾得一寬閒寂寞之濱，則私願已足。先生其必有以教我。

滌笙侍郎一軍，居然近今豪傑。觀其起事之始，其氣足以吞川瀆、撼山嶽，而幕下人才，亦皆一往無前，淩厲蓋世，宜其有以懾凶頑而吐氣也。然自九江而下，賊愈悍，我愈孤。江北之蜂屯蟻聚者，其志量尤不可窺測，則恃蒼生之福命爲之。滁笙到此，則更爲其難矣。

前歲感懷二律，並今歲立春日寄懷近作附録呈正，先生文集曾否刻成，便乞以一帙見寄。今年在粤，與伯韓、子實裒集師友文刻之，而以子實居其名，命曰涵通樓師友文抄。先生文從伯韓抄本録出，近作則先人墓誌、黄個園傳皆與焉，頗有集隘不能盡登之憾。此外，月蒼、先生、子穆、伯韓、少鶴及某六人爲書九卷，先生及伯韓、少鶴皆二卷，而少鶴及同鄉蘇虚谷之詞合鄙作共爲一卷，凡十卷，今已裝訂印行。詩抄擬俟續刻，蓋貲與日皆不能給。而先生詩集從前未經録出，不知能以副本見寄否？兵戈擾擾，勞生僕僕，無補時艱，獨平日文章之好，結習未忘，嘗自笑且自憐也。獨以識一時師友淵源之緒，則先生或亦有取焉。道遠，書何能悉！

【校】

〔一〕紫金山：嶺西五家本作『金田村』。

上梅伯言先生書（二）

伯言先生閣下：去冬在衡陽，曾託至揚州軍營者，肅函上候興居，並述鄙況，未知何時得達？抵京後，始聞傔從，乃在清浦，兼得賢主人依倚。爲慰殊深。

年來時事變遷，江表人士流離載道，先生幸脱危險，良由德慧足以周身自防。尤幸者，耳目聰明，尚能豪吟作楷。比於少鶴處，見近箸詩文一卷，又知詩文全稿俱未散失，而至堂年丈復裒輯古文諸作，鋟之梨棗，使先生於亂離之後，親見是集之成。竊以爲天之篤先生，而俾之不朽者，莫大乎是。既爲先生慶，又深爲吾儕慰也。人生而知治古文者，鮮矣！能治古文，而並世之人有義兼師友質疑訂正者，則自退之、籍、湜外，蓋無聞焉。然則天畀先生以康彊之福，又使之出於險難，以成其晚年論定之緒。固吾儕所冀幸而未敢必得者，乃先生之得天獨厚耳。比嘗於少鶴言，繼自今，吾黨有所作，當一以寄正於先生。諒亦先生之所樂，而不倦於勤者耶！

某行程需滯，於前月初旬始得抵都，尚以翰林官候補。冀得暇日，奉母讀書爲樂。時務非空談所能見諸實事者，又良不易易，故未敢言也。嚴寒，伏惟以時珍衛，不宣。

上楊至堂年丈書

至堂節帥年丈閣下：十年前騶從以述職來京，瞻仰豐儀，雖未獲屢接言論，竊見其藹然之容，淵然之度，私以爲今之賢大吏如執事者，蓋未易數數覯也。別來既久，未克以一書通問於左右。前月入都，乃於同年少鶴農部所，得見惠大刻梅伯言先生文集一部。少鶴並述書中見及語，意思拳拳，感與慚並不可名狀，卽辰伏維順時節宣臺候萬福爲頌。

方今時勢遷流，不可思議。當局每皇然救過慮患之不暇，其他無問，得爲不得爲，皆一切置之度外。曰：吾將有待，以盡吾職也。既問其職之所當盡者，而仍貿然。卽其所待者至矣，仍頽然自放，以付諸無可如何之數。然則，其平日一切置之度外者，不且爲避事養閒之便，而有能者起，必不肯當其地，而遂漫無所作爲耶！今執事建牙河上，值時勢艱難之會，乃能篤念舊好，刊刻文字，存作者之苦心，示津逮於來學。此其心，殆不肯於無事之時弛置自便，又不肯藉口於吾方有事而無恤其他者。因是而推，則執事之所部無不辦治，卽他日遇可爲之事，亦必不肯聽諸無如何，蓋可知也。私心慶幸，不獨爲斯文賀。言翁於某，義兼師友，竊比爲今之杜、韓。而執事之用情故舊，則張建封、嚴武視之有慚德焉。然則，天下有一藝之長者，孰不願自效，以託於知愛之末也。

某數載里居，毫無建立。比者奉母入都，冀得侍養讀書爲樂，尚祈俯念年家子之末，時施教誨，則感且無既。有詩文數首寄獻言翁處，未及呈稿，非就正於大君子之義。如承不棄而賜教焉，尤幸甚也。

經德堂文集卷四　內集

傳狀六首

麻公家傳

公諱允光，字樂山，廣西臨桂人。祖錫珍，父福全，皆不仕。以公之子貴，並贈武功將軍。公生而善射，能以手彈矢射飛鳥立下。以乾隆丁酉科武舉，授湖南常德營千總，擢直隸宣化鎮葛峪堡守備。嘉慶二年冬，白蓮教匪亂。陝西大府檄公以本營兵三百人協剿，深入至沔縣，轉戰皆捷。賊偵知無後繼，復戰。公亟請徵兵來助，不果應。十二月二十二日，軍於定軍山。賊衆奄至，我軍殊死戰，賊復敗。既戰，公率將士拜諸葛武侯墓，且命之曰：『今日之捷，以寡勝衆，特幸耳。賊疾我甚，明當復來，賴天子威靈，戰而捷，地方賴之。不捷，我將從武侯於地下，爾軍士其盡力！』於是泣，衆皆泣曰：『誰非受公恩者？』次日，賊果至，先驅策馬立陣前呼公名，公自射之殪，賊稍卻。會其後援至，包我軍力戰。公手自盪殺賊數十人，親身卒不滿百數十。公弓斷，手自發矢，每一發輒殪一賊。賊驚顧以爲神。既而矢竭，火藥略盡。公登高阜，望援兵不至，曰：『不可爲矣。』遂引佩刀自裁。事聞，賜卹如典禮。公在軍仁愛士卒，每戰輒以身先卒，故人樂爲用。先是，賊所至焚民廬舍，殺老稚，驅婦女丁壯去，雖敗，益肆其毒。公追賊急，賊不獲逞。沔漢之民德公，聞公死，相率哭祭，爲祠於武侯墓側，從公志也。

公少孤，事母夫人以孝聞，疾病穢溺不假手僕嫗。母夫人嘗謂人曰：『有子如此，而長貧賤乎？』及居官，與人言經濟，必舉武侯以爲法，手輯武侯兵法陣圖若干卷，皆詳核可施行。子，長名國慶，襲公雲騎尉世職，官湖南衡州協副將，誥贈公武顯將軍，如其官；次，榮慶，廣西撫標左營千總；次，長慶，廣西平樂協副將。諸孫七，維紀、學謙、維綱，勇烈最著； 維緒，廪膳生，軍功候選府經歷縣丞，與余善。

維紀，字卓盦，守備君之嫡次孫也。兄學敏，有隱疾，以世職讓卓盦，辭不獲。少隨父衡州任所，嘗率五人入賊境，禽其渠帥。道光二十七年，逆瑤雷再浩倡亂於全州之西延，官軍敗，弟學謙死。卓盦痛之甚，與弟立齋募卒三百，率往助戰，逐賊越境。卓盦以是有聲粵楚間。二十九年，楚賊李沅發竄入粵，卓盦隨叔父平樂君及弟立齋往禦。比戰，賊卻退。當是時，賊見麻家旗皆反走。卓盦以是授廣西左江鎮右營守備，賞戴花翎。方入都引見，而武宣土匪陳亞潰之亂作。撫軍鄭公祖琛督師平樂，留卓盦襄其軍事，手批口答無少間，遂得瘵疾歸，未至其家卒。卓盦居家，孝友甚篤，與人言溫婉如處子。嘗有悍卒侮之，不爲校，比戰有功復賞之，人以是服其量。鄭公嘗謂卓盦有儒將風，逮其歿，哭之慟。後每與諸將帥語，未嘗不流涕而言卓盦也。

學謙字靜庵，衡州君之四子，少隨父征海疆，隸果勇侯、參贊大臣楊芳營。侯亟以忠孝許之，而惜其不壽。卒如其言，以功賞戴藍翎，擢行營額外委歸粵西伍。雷再浩西延之難，靜庵奮勇請行，隸左營守備李君廷揚。軍次梅溪口，賊阻溪立寨，勢張甚。靜庵取大木爲橋，執旗揮衆進，衆從之濟。靜庵舍旗持矛入陳，賊皆辟易。嗣偵知我軍三百人無後繼，遂集衆合而進。靜庵仗矛潰圍出。已而聞李君及把總馬君瑞春尚陷賊，乃復入，手自刺殺數十人。李君見急死，馬君揮大刀斫賊，深入不得脫，倉卒死。靜庵獨力戰，身受三十餘創，項幾折，自裂裳帛裹束以完，棄矛持短刀，徒步鬭賊。力盡，與僕胡廷魁俱被執。叱之跪，不屈。賊楚人有知其爲麻公子者，爲之請，將釋之，靜庵罵曰：『人豈受狗彘憐。』掇階下石投賊，遂遇害。廷魁乘間逸，始知靜庵死節事。大府以實入告，天子憫悼，逾格賜雲騎尉世職，敕諭祭葬。

維綱字立齋，少負氣，不屈於人，善讀書，然自以不能爲儒生，每讀未嘗卒業。援河工例，議敘把總。靜庵西延之難，與兄卓盦募義勇往助戰，生得其仇臠割之，敘功賞戴藍翎。道光三十年，柳州土民爲亂，立齋與叔父平樂君戰賊都咸堡，官軍敗績，扼溪水不得渡。立齋以其騎易叔父肩輿，而自持短刀步從，追者至，殺數人。後賊騎大至，平樂君以其騎濟，而立齋自投於溪。事聞，照把總例賜卹。初，君兄弟家居，以武勇著聞，人皆稱曰『麻家將』。不數年，君兄弟相繼死，而粵盜益烈，疊事壞。吾鄉之爲將者，亦幾於衰息矣。

論曰：余於咸豐初元歸里時，始得交衡州君父子間。時里中多盜，文武官吏狃於習故而軍政弛，衡州君以爲憂。維緒於其兄弟中獨善爲文，時就余述其家世義烈事，因慨然令人思將材之重。夫君家三世仕，而祖若孫之致命者三人，以死勤事者一人。雖不令終，未可謂爲家門之不幸也。然皆殂於壯盛，不獲以功名顯，此其尤爲可惜者哉！

何雨人家傳

吾鄉自逆泉倡亂，盜賊多而兵力弱，外州縣禦賊，率借助於團練。近年以鄉兵復城禽賊者，興安團練名最著，實吾友何君之力爲多。君諱霖，字雨人，邑北鄉長樂團人也。少讀書，入學爲廩膳生，抗志高厲，不屑屑治章句爲舉子業。性沉毅，有心計，嘗以術役致邑中貧富，人莫測也。

咸豐三年五月，興安土匪王狗滿、趙庭蘭等起事，據縣城，囚其令。君聞變，先以老弱藏鄉僻善處，而與族弟進賢急走省門求援，中途遇賊目，劫君入其營。君詭詞脫進賢，而身入見其渠帥。賊素知君名，聞君至皆喜，酌酒。君謬爲甘言，傾吐心膂，談笑飲啖自若。酒酣，因謂王、趙：『君等舉大事，而不先收人望，邑中如某某，皆巨族，能用衆，儻人心不附，其何以濟。』衆曰：『吾輩固亦念之，特招之不來耳。』君詭衆：『若假吾利劍一，良馬一，吾往說若輩如反掌。』賊帥大喜，如約。君詰旦即以邑中賢豪蔣方第等六七人至，皆詭說稱賀，歸心聽計。賊益喜，信君不疑。君因得就蔣君密約舉義。會官軍自靈川擊賊獲勝。賊分股攻全州者，亦不克而敗。數日間，脅從逃歸者無慮萬人。六月初六日晡，君見賊營中耳目非是，恐謀洩，賊將先發，乃乘閒歸告蔣君，夤夜集鄉兵縛諸賊之在北鄉者，而以餘丁分途守隘。君與諸豪帥鄉兵爲三路，攻縣北郭。初七日食時，將及縣而君前所約之西鄉團首岳峙、楊映蘭等，亦以其兵至，賊倉卒不及備，其黨率先期受君鉤致，或反爲我用。賊首王狗滿以下皆就縛，興安羣盜悉平。初九日，官軍至，獻捷。會有攘邑紳功者，故君之賞不時及，而君已於次年十一月戰死矣。惜夫！

君自以鄉兵復城後，口不言功伐，獨以爲鄉邑姦民多，官吏皆釀患不窮治，君與蔣君方第議捐助，設守備，中禁約，違者治以鄉法。父老知君意且樂爲助，而僉人輒不便，賊黨恨君及蔣君次骨。歲十月，恭城賊陷灌陽，君與蔣君各督所部鄉兵守邊隘，積月餘，賊不敢過。君方欲以計困賊，聞他賊有自平樂來會者，君與蔣君議，增調丁壯，移營前進遏之便。十一月二十日，師次茗田，賊大隊忽旁從大風坳出。鄉兵僅五百人，續調者迫未至，君與蔣君急麾衆抵禦，力盡遇害。賊遂由茗田陷興安縣城，文武官吏相率走避，而君室廬之在北鄉者，亦蕩然盡矣。初君禦賊時，其父某挈君之孤，避難於省門，故藉以得全。而蔣君之猶子從死者二人，北鄉團正同死者四人，丁壯陣亡者十餘人。吾鄉之述義勇者，必嘖嘖稱曰：『興安北團也。』

論曰：余於興安之事始識何君。君狀貌不逾中人，其機警靈變，則天性然也。方君與蔣君主其鄉團時，立伍伯，設名捕，鉤治匪人不少恕。或以苛察越職譏之。余寓書以詢，君復書侃侃持論不少屈。蓋其中確有所見，而不可以浮言奪也夫。議君者曰：越職行事，則居是職者之不能事事，可知也。今君死而尸位存焉，顧無人以越職議君者，何哉？

皮鞾和尚傳

和尚不知何處人，嘗居黔之桐木嶺，無冬夏，著皮鞾，世謂之皮鞾和尚云。桐木嶺者，黔貴築之西北鄙也。地故有聚百餘家。雍正、乾隆間，荒旱夭札，十去七八，存者戶十數，亦旦夕徙去。和尚至止破寺中，與其父老子弟約：若能聽吾言，一年可人飯一盂，二年衣食完，三年後可大富。衆窮促，則俱聽命。和尚乃案戶籍：其老壯婦稚，其家之歲入者幾何，用者幾何，馬牛雞犬之畜，犁鋤機杼之具，養若存者幾何。既則令男力於田，婦織於室，老人年六十以上，日織屨二雙，而令孺子持入市。和尚朝則出督其衆，夜歸然藁炬，閱諸家出入帳薄，計口授食，有餘，則各爲之扃鑰而加封識焉。衆不敢以請，亦不之給。暇則自植茶樹徧山坡下。山土燥，故宜茶。穀雨前採獲若干筩，筩售錢二百四十。黔人以桑皮紙爲筩，一筩蓋一觔也。和尚始爲約時，衆姑信之，久之覺其言驗，愈久則深信不疑。和尚亦樂爲經紀，無少倦。閒時輒聚其衆，教以孝弟、忠信、勤儉之道，使老者無相虐，壯者無相陵，其童子授以孝經、四書章句，口講指畫，若老學究。數年後計其所入，食浮於人，財餘於用，乃召其尤富者，指所藏而授之以其籍，令自爲謀。其稍歉者則又緩之，不數年，亦各持其籍去。則皆已成富室矣。和尚不持偈呪不傳徒。自初往至其卒，顔色未嘗衰老，衆呼之爲祖公。嘉慶某年月日，祖公死，衆即其寺立廟。其茶之植於陂隴閒者，蓋至今爲利云。

贊曰：余聞之黔劉慶埏曰，方和尚卒時，人有自楚來者云，自其爲童子時，見之辰、沅。寶慶閒，年八九十歲，計其卒，可年百餘歲矣。劉君長者，述其鄉里事當不妄。余獨謂和尚煦煦謀人家室，有古循吏父母斯民之風。世固有甚惡於僧徒，嘗欲掊而去之者，其於和尚，當何如也？

老僕秦壽傳

老僕秦壽者，靈川縣鄉人也。自爲童子時，已服役吾家。性謹愼，未嘗有過失，然戇直不能容人，同儕忌之，而無緣以攻其短。

方是時，先大父以舉人得教官，待缺里中，先伯父亦會試往來京師，老僕皆常從。伯父再試不售，憫其勞，將別薦之。老僕曰：『奴之隨主來，非爲利也。如爲利，奴將自求之，庸俟主人言。』卒從先伯父以歸。先大父之教諭於武宣也，地瘠苦，租俸所入，僅給八口衣食，老僕依之無慍色。闢學宮隙地爲菜圃，蓺瓜豆。先大父母食之而甘。老僕閒有所得，則用以酤酒飮，未嘗不醉。醉後依簷楹閒卧，酒氣蒸騰撲人鼻。先大父過其旁，以杖扣之，亦不知也。暇輒好讀稗史小說，立先大母前口講手畫。遇古人奇節至行可傷感事，先大母泣，老僕亦泣。

某孩提時，往往從旁觀之以爲笑。先大父遷柳州教授，不數年而歸，老僕仍隨役於家。然其精神益衰老矣。清明日告歸上冢，與其鄉人纏綿歡讌，數日後復來。自入門至中庭，逢人卽嘵嘵作鄉語，衆始不解其意，已而皆大笑，其眞率樸拙多此類。道光十年庚寅，以疾終於吾家，年七十一，無子，女一亦先老僕卒。始，老僕在吾家幾六十年，雖任事，然薄宦未嘗有以酬其力。逮家君及先伯父仕時，老僕或因遠不去，或已故不及事。事家君及先伯父者，多浮薄不可任，家君常悒悒念老僕不置云。

贊曰：自吾髫齔時，老僕常抱持入學，暇則導遊璧宮頖水間。余時幼，第愛老僕之能徇吾樂而已，豈知其爲賢哉。觀其不以主榮辱易志，此與士之立節者何異？余故表而出之，並敘其性情言貌，使吾家子弟觀之，猶有意乎其爲人也。

先大母事略

先大母，姓王氏，祖某，父某，世爲靈川縣人。吾舅祖昆仲二人，先大母其季也。先大父始娶同邑朱氏，生伯父及二姑母而歿。曾大母閔諸孤幼，非得長母撫字，恐不得幾於立。聞大母之賢而聘焉，蓋三十有二歲而來歸。歸之日，威姑在堂，姊姒方壯，諸小弱牽衣把臂，朝夕喧閧如沸。大母上事以誠孝，撫下以慈，而和以接於姑姊妹間。曾大母性嚴切，嘗謂諸婦曰：『自汝等入門，卽一帬帶之微，未嘗不以勞吾慮也。』先大母肅立聽之，無忤色。逮曾大母歿，先大父以大挑二等，爲本省教官。後數年，始爲吾父娶吾母，而挈其室以行。

方是時，先伯父亦以舉人大挑，出爲福建知縣。教官故寒素，而先大父素節儉，大母維持左右，朝夕饔飧之計，不求足於外舍。在武宣時，嘗於署後隙地，督家奴植果樹瓜華。大母時時策杖攜吾往觀之，以杖撥壕間野菜，命女奴捋採歸，煮以一釜，輒甘美可食。憶幼時，常從先大母食之至盡。今長矣，於人世珍錯無不嘗者，然獨往往憶釜香騰盈幾上時也。先伯父歲時，嘗寄俸供老人甘旨，先大母得之，未嘗以置簪珥衣服，常分以賙戚里之貧乏，蓋積數十年如一日。

道光乙酉，始隨先大父歸老於桂林。丁亥臘月，忽中風不能言，獨顧吾父微笑，遂一夕以卒。初，大母待年於家，比長來歸，老而見其子若孫皆有成立，嘗顧戚□女婦之年長者而言曰：『若勿憂，吾年三十餘始嫁，今何如也。』於是衆皆羨歎，以爲不可及。生平自奉尤儉薄，吾父母每謂吾：『吾今及汝之所食，皆吾母吾姑之所積也。』於是謹錄而次之於左。

先大夫事略

府君諱光甸，字見田，姓龍氏，世爲廣西臨桂人。自始祖慶誠公歿於康熙閒，始有墓在邑北飛鸞橋。中變故，莫知其籍之所自來。四世至府君之曾祖，貤贈文林郎，諱鎮海；祖，貤贈奉政大夫，諱翊，皆潛德弗耀。父誥贈奉政大夫，諱濟濤，始以文學起家。由乾隆甲寅恩科舉人，大挑二等，借補潯州府武宣縣儒學訓導，推陞柳州府儒學教授。始娶朱太宜人，實生伯父，福建屏南縣知縣，諱光輔。繼娶王太宜人，爲府君所自出。

先王父壯年，奔走衣食，府君時從先伯父授書。逮先王父選得教官，吾母黎太恭人亦來歸，遂攜其家赴武宣學署。先王父性剛正，訓課子弟尤嚴。府君晨興入塾，夜分歸寢，先王父弗勞而所業益精。然其躬素茹澹，勤儉自將，實遵王太宜人之教爲多。府君既天性質厚，又少年無紛華綺麗之習，惟知以發名成業爲事。嘉慶二十四年己卯，由附學生中式本省鄉試舉人，四與於禮部之試。道光六年，大挑一等，分發湖南，回籍候咨。而王太宜人於次年正月以卒。後三年十二月，先王父亦卒。

府君釋服，赴湖南，已逾咨取之期，故到省即委署辰州府漵浦縣。府君釋褐初仕，諸吏人、僕從皆蒼滑更事，屢以財賄相嘗試，且怵以不如此，則事難辦治。府君毅然一出於正，誓不染毫髮私，聽決精明，雖老吏不能過。要在不留獄訟，凡造於庭者皆德之。未逾月，稱神君焉。後數年，制府林公則徐，以閱兵過其邑。府君已移任黔陽，赴行臺謁見，漵浦之民張鐙綴彩，迎府君者所在成市。林公問得其實，遂大加賞異。則府君之施於其邑者，可知已。署漵浦僅一年，比受代晉省，士民扶老攜幼，攀轅泣送，有望舟帆弗及，坐江岸號泣不忍去者。大吏察知府君賢，復檄署長沙府湘鄉縣。湘鄉較漵浦尤繁劇，府君爲之不懈益虔，姦吏讋服，有清愼勤明之頌。屬旱災方告，府君亦以檄調武闈事入省，未罄厥施。當事益以府君爲能，留讞局逾年，審結京控案二十餘，他案數倍之。人有饋苞苴，求直其獄者，府君曰：『吾自爲州縣時，尚不肯於詞訟間取一錢，安可於讞局而倍其本心？』嚴卻之，卒治其案如律。以資序題補沅州府黔陽縣。黔陽與漵浦鄰境，府君在昔之政，咸所飫聞，至是則皆喜。府君一以治漵浦者治之。優游歲月，百廢修舉，農安於野，士奮於庠，婦人相從夜績，機杼聲相聞，外戶不閉。邑有妖神惑衆，以擲石爲戲，卽傷人，得不死。府君毀其廟，投其像於江。又龍舟會，聚衆無慮數萬，爭競鬨鬭，歲有死者。府君禁革其俗，大吏下其事爲諸縣法。府君在黔陽幾四年，利靡弗興，害靡弗除。暇則與學官弟子講論文藝，修復古蹟之湮沒者，如唐王昌齡芙蓉樓、明邱氏月沛園，皆率賓僚賦詩紀其盛。故邑之賢士多願從之游，府君益以此神明不衰。道光二十一年四月，調補常德府武陵縣，縣爲滇黔入都孔道，客使往來無虛日。迎候供億之繁，倍勞於民事。府君恒鬱鬱不樂，謂不如在他邑，猶得專意於民也。

始府君在黔陽，已爲湖廣總督長白裕泰公明保，至是巡撫吳公其濬又以大計卓薦，均奉部文調取引見，而不孝啟瑞亦以是年初入翰林乞假歸，遂侍府君北行。以十月初十日到京引見，越一日召見，天顔溫霽，訓勵甚厚。逾月，特放浙江乍浦海防同知，次年七月赴浙抵任。自英夷犯順，乍浦地經蹂躪。府君至，爲之愼海防，嚴緝捕，查戶口，以絕外來之姦匪，設班夫以安寄籍之游民，而於私貨偷漏出洋爲國課所關者，尤加嚴焉。由是，莞其利者不悅，群思有以中府君。蓋視事年餘，而果有調省審案之檄。乍民卽訴於當事，請留府君不得，則涕泣攀戀，如去楚之黔陽、漵浦時。比到省，撫軍梁公寶常以乍事相責譙，府君爲剖陳是非利害，切直不阿，撫軍默然而心善之，復予回任。次年正月，遂別委署玉環直隸廳。玉環與乍浦皆海疆，而玉環四至皆海。府君在乍浦卽得所以控御巡防之法，因而布之，民益以安。未逾年，復受代去。當事者既謂府君不宜於乍浦，而海疆人員例不便久閒，復委署台州府同知。先是，台州同知駐札其郡之家子鎮，然多在省不赴，即赴無公廨棲止。百餘年來，地大物衆，民不得治，姦邪以生。至是，士民合詞請於撫軍，以有官彈壓爲便。會實授者以事他去，大府既重府君才，且得有辭，不令回乍浦任也，遂被檄委署。府君心知其難，然不可辭，則姑試之。始至，寓鄉紳家決事，未三日，民望大洽，惟恐府君之即去也。府君亦自以爲在會城趨走無益，不如得一隅自效。況士民愛我，何忍去之，遂爲之改弦更張，諸事掃地赤立，不及半年而公署立，市廛橋道修，姦宄革心，寇攘屏跡，海物麇至，豐年穰穰。府君方毅然欲竟其治，而藩省又以卓薦引見來調矣。

自道光二十七年九月，不孝蒙恩命視學湖北，即請府君暫可乞身就養。府君諭：『以汝受恩深重，我年力壯盛，且處海疆要地，何敢退閒！』逮去年六月入都，偕慈人繞道來鄂，而不孝適蒙重留視學之命。府君遂以九月初六日自鄂入都，十月十五日至京引見。後五日出京，孰知至河南許州之丈地鎮，一夕整衣衾，無疾而終。嗚呼痛哉！憶自八月十三日到鄂，計就養署中者二旬餘耳。嗚呼痛哉！府君自爲舉人時，以館穀仁及親黨，黎太恭人復助成之。後官於楚、越，養族媏之孤寡者六人，與之餼者又五六人。遇設立書院義學，孤貧口糧，及修建橋梁道路，刊刻書籍，立斥多金不吝，而自奉樸素過於儒生。少年豪於酒，比作吏遂不近盃勺。又精於繪事，筮仕後亦屏絕不爲，恐以是妨民事也。性剛直，好面責人過，受之者當時或不能堪，久而見思其言。平居木訥，若不能言，逮聽受詞訟則剖決如流，與民煦煦，作家人語，善處事之曲直，得法外意，然不時觀律例也。嘗曰：『王道本乎人情，吾之心即律矣。』又曰：『吾爲吏無他長，惟不留獄耳。』每去官之日，銀餘於庫，粟餘於倉，斥候修明，廨宇鮮潔，後之人以樂爲繼焉。故湖廣總督長白公明保之奏有云：『居心醇謹，辦事精詳。歷任縣事有年，於詞訟案件隨到隨結，民無拖累，聿著循聲。』當時以爲知言。

府君生於乾隆五十七年二月十九日子時，卒於道光二十九年十一月初八日子時，享年五十有八。著有宰黔隨錄一卷，防乍日錄一卷，刊行問世；詩文集若干卷，藏於家。以卒之次年二月二十五日，葬於南關外崖陀廟橋界嶺之陽。子一，卽不孝啟瑞，道光甲午科舉人，辛丑考取內閣中書，以是科一甲第一名進士，授翰林院修撰。丁未大考，翰詹升授侍講。子婦劉氏。女四：長早逝，次適永甯州舉人韋世炳，次適同邑附學生況穎生，次未字。孫男二：維棟、維梁。孫女二，俱幼。

不孝自府君作吏後，恒往來京師，中閒隨侍聞教之日蓋寡，又臨沒不及親含歛，不聞易簀之言，抱憾終天，曷其有極！伏念府君受祿於公，盡心於民，雖沉淪僚佐，無日不以致身報國爲念。積年勤瘁，終於正命。稽諸古經，上應銘法，竊用强顏視息，恐先人之治績不彰，苫塊昏迷，覼述厓略，伏乞當代大人君子加之採覽，如蒙矜恤，賜以行狀、墓銘、哀誄，俾將來之傳循吏者有以考焉，則不孝世世子孫感且不朽。

不孝輯府君事略既成，太恭人讀之而泣曰：『嗚呼！汝父馳驅於外十有七年，於民事所當爲者，捐一身殉之不恤。其孤行己意，則生死利害之說弗能動也。吾事之久，故耳熟焉。汝小子敬志之，以補其闕。記在黔陽時，村民有楊姓者，僞稱其始祖某受明封爵爲溪侯，廟宇閎侈，黷亂不經，支祖之冕而列於堂者以百數。汝父稽之邑乘，黜其僭妄，收其像而納諸庫，去官之日聚而焚之。其族姓數千人，惕息莫敢動。乍浦姦民於海塘鑿人墓爲隧，漆身塗面，晝伏夜出，嗥而搏人，行者爲之戒塗。汝父夜巡至其地，諸役跪馬首諫，弗肯進。汝父叱退之，而自執一炬以入，盡得羣匃，寘之法。又妖巫自言神降其室，以藥草療人病輒愈，求之者坐其門如市，尤善爲女子按摩瘵蠱，其子因藉是逞不法。汝父親往禽治之，而以所得數千緡入公。蓋其生平務除民害，而不爲邪說所怵如此。其追捕盜賊，往往以身先卒，屢瀕於危，亦適有天幸得無事。每於宵分人靜，朔風慘慄，輒捕繫賊徒數輩還，盡夜鞫治，民之隨而觀者異口稱快。其鞫他獄，尤不辭勞瘁，退而歸寢，嘗手足僵冷氣蹙，終夕不休。吾甚傷而勸之，不吾聽也。於民則愛若子弟，與之言必於孝弟忠信。嘗對兩造反復開導，至感悟泣下，故獄咸得其情。朔望必宣講聖諭廣訓，有事四鄉亦如之。自爲木牌十六方，大書條目於上，遇講某條，則自捧木牌拱而立，大聲言：今日宣講某條。然後入坐。紳耆以次相敘。汝父爲之口講指畫，隨文生義，愚氓咸知感勸。用是爭訟寢息，盜竊日希，在官遇萬壽聖節及冬至、元旦諸令節，終日服蟒袍，如其期延賓僚飲讌，鼓樂雜進，歡愛見於顔色，曰：「吾儕一食，皆聖明之賜也。安可以今日而不同其樂乎？」台州巨盜某，最豪横，爲鄉民害，官莫敢究。汝父一日赴集場宣講聖諭，令幹役馳往捕之，倉卒就縛，當場械其頸歸，人以爲神。其因事用智，善爲民除患，多是類也。汝小子其志之。』不孝伏泣聽受，謹撮敘其事，綴於左，方俾我後之人勿忘，又將使世之爲吏者，或有取於斯也。不孝啟瑞泣血再述。

碑誌八首

兵部侍郎都察院右副都御史江南河道總督楊公神道碑

公諱以增，字益之，一字至堂，世爲聊城楊氏。以道光壬午進士，分發貴州，補荔波縣知縣。爲護巡撫吳公榮光明保，調貴築縣，再擢至興義府知府。爲巡撫長白公嵩溥明保，調貴陽府，歷升湖北安襄鄖荆道。丁先大夫趙太夫人憂歸，服闋，授河南開歸陳許道，三擢至陝西布政使。道光二十六年，巡撫林文忠公特保成廟，即以公後。林公回畺告警，命署理總督。捷書至，仍命旋陝。二十八年，授江南河道總督。咸豐元年，以豐功漫口革職留任。五年十二月十八日，薨於位。奉旨開復革職留任處分，照軍營病故例賜卹。嗚呼賢哉！

公起家縣令，敭歷膴仕，躬秉節鉞，人不以爲倖。三登薦牘，而人惟恐其遲也，不以爲濫。及居河督受譴也，人皆諒其忠且勤，而不以爲過。比其歿也，人皆思之。公少治經學，爲高郵王公引之所重。及仕爲令，先教化，後刑政，有兩漢循吏風。權長寨同知，日老吏一人常侍側，每訊一獄，輒首肯太息。比去任，哭而送曰：『小人年七十矣，未嘗見此慈父母也。』荔波苗號難治，君日坐書院，與諸生指授文字，而苗民俛首帖耳，爭就役恐後，同官驚服以爲神。居貴陽，清積牘數百，平反黎平府頂凶案，姦以不生。任襄陽，民婦有獨居而汙於盜者，無賴子戲詬其門，婦憤自殺。官繫詬者，掠治誣服。公察其冤，捕諸盜，寘之法。任甘泉，民有以子婦爲倡者，强之不從，笞死，而以忤逆告。公察其傷甚，鞫得其情，旌女而論某如律。時久旱，禱雨立降，人以爲祥刑之應。署甘藩，有履勘邊地之旨，君奏記大府謂：西陲瘠貧，地畝獲無幾，苟驟議加增，必民不堪命。大府雖不盡用，然升科復停者數十縣，卒賴公言。任陝藩，賑饑愼擇官紳，使互相稽核，惠得下究，流民用鳩。任巡撫，以三輔民俗樸厚，大災後元氣未復，諭屬吏務休養生息，毋煩苛擾民。蓋公自守令以至封圻，無日不盡心民事。惟宣宗皇帝知公實心實政，足以匡時濟難，故未幾卽有總督南河之命。方是時，海疆新用兵，府藏支絀。公滌除封靡，嗇縮將事，烈風甚雨，宵寢必變。蓋瘁心與力者七年。及咸豐元年，秋汛溢於豐北，天子卒知公，特予薄譴。議者持嘉慶初元成議，謂河北決，將不可塞。公卒不忍貽害於民，獨尅期以畚鍤趨事。隄方合而敗者再，公喟然深自咎責，謂不能保乂民，以致負國也於是。逆泉陷江甯，東南人心震動。公所駐清浦，筦南北門戶，平衍非扼守地。皖豫捻匪又搖足卽至。公徵兵召募，時勤訓練，寇攘屏迹，黔黎獲安。遂以積勞致疾不起。今天子聞之，軫卹有加，兩朝恩眷，終始備具。蓋自粵匪倡亂後，畺埸之事日益以瘁，衆始慨然於人才之難。顧一二慷慨激發之士，平時務爲恢張，以尋求名迹，疏於民事，而民亦不獲其利賴。逮時勢艱阻，輒俯首歎其無濟。然後知公之慤實安靜，不爲赫赫名者，果足以得人心而集事也。

公事繼母至孝，晚爲丙舍讀書圖，雖貴且老不忘其親。篤於師友氣誼，既仕，酬其塾師葉石農先生尤厚。上元梅伯言先生，公同年友也。亂離後，公迎養清浦署，刻其詩、古文集。嘗作志學箴，以求己依仁爲務。蓋其學有本原如此。

曾祖諱帝錫，候選郎中。祖諱如蘭，候選州吏目。考諱兆煜，嘉慶戊午科舉人，卽墨縣教諭。母和太夫人、繼母趙太夫人，三世皆以公貴，贈如其官。妣皆一品太夫人。公始娶徐，繼娶朱，皆一品夫人。子紹穀，雲南大理府通判，本籍團練加同知銜；紹和，二品廕生，咸豐壬子科舉人，内閣中書。女四人，劉蘭緒、李慶翔、鄔夢麟、劉廷恒，其壻也。孫保彝；孫女一人，適李孟甫。公薨之明年二月，歸葬於某鄉某原。紹穀等書來乞文，啟瑞以年家子不可辭，乃撮掇公名績之大者，揭於墓道之阡。銘曰：

吏乎儒者，惟古是師。燕處澄觀，先繩已疵。吏乎循者，惟民是毗。保我室家，如勤己私。公全體之，爲國藎臣。節鉞再秉，遘此艱屯。洪河潏蕩，齊魯之郊。公絀衆議，閔念劬勞。崇隄再圮，曰臣之罪。寇環於門，吁財之匱。公心用瘁，公疾弗瘳。以勤死職，歸神首邱。丹旐綠旟，於聊之里。纘戎昌後，施於孫子。

陳梓丞墓誌銘

君諱泰熙，字梓丞，臨桂橫山陳氏。祖鐘璐，太學生。父蘭符，嘉慶甲子科舉人。君爲諸生時，已有聲黌序中。道光十四年舉於鄉，二十一年試於禮部，揭榜前一日得暴疾卒，年四十二。君爲人内行篤實，德修於家。其自處以儉約，與人交，無少長皆敬而愛之，終日未嘗疾言遽色。顧自放於酒，生平所不如意，及世俗事之少可喜者，輒於酒酣時發之。人皆曰：陳君非鈍者，特有所歛而不肯爲耳。比計偕留滯京師，旅居閴寂，猶時時寄於酒以自適。有邀之飲者，未嘗不去，去或至醉。人皆謂君之有樂於此也。孰知竟夭其天年以死。悲夫！

橫山陳氏，自文恭公而始大，世所謂桂林相國者也。君於相國，爲族曾孫，能守其家訓，一言動必以禮法。作爲文章，寬博有度，使其表見於世，必有繼先德而無愧者，而卒至於此。惜哉！余少與君同肄業書院，君年長於余，而能不以所學傲余，余自視退若不及，以此兩人益相愛。既同爲舉人，同集京師，則相愛益深。乃余又與君同爲進士，而君竟不及見此，則可哀也已！

君夫人周氏，能食貧，佐君經理家政，前君數年卒。君以此忽忽不自得。有子男三人：敦仁、敦厚、敦書。敦仁聘同邑朱氏，御史琦之女也。女二人，次許字某氏。老母在堂，介弟先喪，黄髮稚齒，煢獨無依。其卒也，同年友及鄉人之官於京師者，皆竭力爲之賻，既以供其葬費，又將以餘者經紀其家。君卒後一年，余請假歸，詢君已葬於某鄉某里，尚闕爲銘，吾不可以不銘。銘曰：

孰謂其窮，而與於榮。孰謂其通，倏遘於凶。豈天之欲昌其後，而不使有於其躬！我銘俟之，繼嗣之隆。

誥封中憲大夫兵部職方司主事薌村呂君墓誌銘

咸豐五年乙卯十一月二十日，吾友呂子薌之尊人薌村府君，以疾卒於家。明年二月，訃至京師，啟瑞及鄉人吊子薌於館舍。及歸抵家，葬有日，乃以行狀來請銘。

案狀：　君諱崇本，字守初，別字薌村，姓呂氏。上世自閩入粤，爲鬱林之陸川縣人。祖諱啟善，考諱麗山，國學生。君九歲而孤，與母龐太恭人依倚爲命。豪强有陵逼吞產者，太恭人輒以計卻之，益勉君刻勵，振先世業。君幼承母教，不儕凡童，年十九爲學使熊公拔第一，補學官弟子，列優等食餼。比鄉試，數不售。充道光三十年歲貢士，候選訓導。以子貴，累封中憲大夫、兵部職方司主事。葬父歲盡一紀，至墓所猶哀感動人。居母喪盡禮，不延僧作佛事，曰：『吾母守節撫孤，可告無罪，何佛之靈？』女兄有既嫁而歿者，君收卹其子女，貧老者置膳田周給之。外姑與媳寡居，嗣孫幼弱，君爲幹其家事，使立門戶。七世祖安德公墓產虧課，族人多被逮，君別區田納官糧，使後無逋累。寡婦某子不肖，罹於法，君恤其飢寒，得不以無子憂死。嘗曰：『吾力緜薄，施由親始，敢望博乎？』蓋君行湻篤，尤以睦親收族爲務，非徒以朝夕緩急博一時豪俠名也。然里居排難解紛，肩鉅任怨。如修宗祠、建義塾、修城垣、表節孝、練鄉兵諸事，君見義必赴。不諉人過，不尸己功。歲時慶弔，必以身至。親賓過從，雞黍肥粲。穉齒未交，送必踰閾。鄉之人稱碩德長者。居平持身，以先儒格言、呂子節錄諸書，爲法於鄉賢陳文恭公，暇則讀書之言尤有警悟。至老，手一編不釋。教諸子，先品行後文藝。子鄭供職京師，手書誡以虛心努力，勿替厥職。嗚呼！君可謂慥慥君子矣。自古者選舉之法廢，士之賢而有才者，或終其身不得與乎一命之列，而猶幸其德施所及，可以式化一鄉，以補官吏政教之所不逮。如君者，所謂歿而可祭於社者耶！

君夫人鐘氏。有子男四人：長錫藩，道光己酉科拔貢生，授兵部武庫司七品小京官，洊升職方司主事兼司務廳事，子鄭，其字也；次錫秬，先卒；次錫旗，邑廩生；次錫瓚。女二人，皆適士族。孫男九人，曾孫男一人。語稱仁者之後必大，考於君，其信。子鄭將以某年月日葬君某鄉某原。銘曰：

呂祚於周，世有聞人。君實粵產，始家於閩。爰以子貴，既黻且佩。亦以德施，政猷攸遂。內竺而敬，外誼而恭。將榮厥胄，不偶其逢。石湖之津，荔山之側。峨峨佳城，鄉士是式。

穀城縣知縣表兄黎君墓誌銘

君諱椿，字樹堂，廣西靈川人。余外祖之嫡長孫也。外祖諱方暄，潛德弗耀。外祖母李孺人，實生舅氏，嘉慶癸酉科舉人，羅城縣教諭，諱元昌，君考也。才豐處約，未竟厥志，慶鐘於君。君幼有至性，母周孺人多疾，君扶持婉順若處子，孺人忘其疾。稍長，爲弟子員，名冠曹偶，與從父弟楷同舉道光己亥科鄉試。咸豐二年，守省城功，議敘知縣，賞加五品銜。後三年，銓得湖北穀城縣知縣。

余時奉母自桂林出，與君遇於襄陽。君慨然念家事欲告歸。余謂：『君儻欲歸，則無如前之欲出者何？且時地尚可爲，若歸恐無以爲出計也。』君用是中止，抵穀城任。余時以酷暑留滯沔北，秋八月，奉慈人省君於其署。君喜肺附骨肉見過，每談家事，至丙夜無勌容。而句稽公務，衡石自程，案無積牘，門不留賓，公堂內外，斬斬就緒。方是時，楚北下游及北路皆宿大軍，而以襄、鄖一隅完全之地資其供億。州縣勸捐抽釐，郡符承台檄下靡密繁碎，地方官欲盡爲之，則大不便於民，欲不爲之，則無以應上求而重獲罪。君審量事勢，補苴罅漏，家至戶諭，除煩去苛，民皆曰：『黎令君，儒吏也，是無以憲法苦我者。』民用大和，事以辦治。穀城俗好訟，而吝嗇趨便利，纖芥小嫌，輒鳴冤署後。君聞卽召伍伯提訊，立予判斷，民是以愛君之勤，而訴者滋益多。余竊謂之曰：『今之人情不古若矣！火烈之言可念也。』君不甚以爲然。秋風戒寒，署中人皆衣帛，而君猶服大布。余因規之曰：『君節嗇固佳，然致疾則於事廢矣。』君笑謝，不以爲意。自家居，見人無少長皆處其下。及居官，接物益致其恭，待他人僕隸若平交，卽馭其下，亦未嘗見疾聲遽色。人皆謂君是宜登大耋，膺多祜，而不料其不及下壽而竟死也。憶九月初吉，余奉母北行，別君邑北沔水上。余濟江中流，遙望君輿蓋猶竚立烟波蘆葦間，相視不忍去。及余抵京未逾月，而君凶問至。蓋以咸豐五年十月二十二日按部歸，得寒疾卒，年五十有一。孰謂天之報施善人而若此耶！

君前夫人朱氏，今夫人鄧氏，及令子某某某，皆遠在鄉邑，室中僅遺一妾。而經紀其喪者，君妻兄鄧孝廉開運，及幕客三四人而已。越兩月，君之長嗣承恩自家來，而以君歸葬，書來告哀，且曰：將祔葬某鄉之祖塋，願有述也。乃爲銘曰：

惟孝恭儉善所谷，既慈且惠衆薀育。有一於此俾戩穀，君全體之何命促。彼庸者昏日碌碌，撈捕歌嘑以相逐，或朘其膏肆敲樸。君視人趨爲大僇，如朝衣冠坐溝瀆。穹蒼黮闇暉匙燭，使善者懼惡不衄。我作斯銘存芳躅，君其無恫綏後祿。

先室劉恭人墓志銘

恭人姓劉氏，同縣人。父諱彪，以卒伍起家，積軍功至提標前營守備，題升都司。母林氏。恭人雖生將家，然文弱甚，常口不達其辭，自始至終如一日。年十八歸於我。太恭人治家嚴，先大夫方督余制舉業，恭人居室未嘗盡日樂。逮余進士及第，歸省武陵。至之日，賓僚歡讌，倡優文綺之戲，光彩溢目。夜分歸寢，恭人去章服，衣前時寢衣，羸敝垢膩，無幾微不自得狀，余終視之而不肯言。道光二十三年，自先人浙江任所視余京師。太恭人以似續之艱，命至京爲余謀簉室。恭人博訪媒氏，志勤以銳，殆視余什伯有加焉。逮事成，而其人殊不得當，恭人戚之甚。余方慰以恃吾兩人尚壯，可無憂。蓋自吾視學楚北也，恭人獨居署理家事，遂得瘵疾，而血氣始衰。歸粤後，疾益以篤，遂於咸豐二年八月初一日以死。傷哉！

恭人生於嘉慶二十年六月二十四日，得年三十有八。卽以其年十二月二十二日，葬於南關外橋界嶺先大夫墓側，而别爲之域。女一人，聘周氏。子三人：維棟、維梁、維章，又女一人，俱幼，妾顧氏出也。恭人溫溫然，於世無所取舍，聞人譽未嘗加喜，其毁之也，亦不加憂。無私媚於鬼神，無偏與於外氏，皆婦人所難者，而恭人行之，是奚忍不銘。銘曰：

黜其服，閟其徽。善則從，命有違。子生不樂，死何悲？卽汝玄宅，吁其歸。

妹淑墓誌銘

道光十三年夏五月，余父以咨取至湖南。未踰月，檄署辰州府漵浦縣，有書來取其家。余時將奉母束裝，而長妹以瘵疾卧牀蓐，慮行期不能旦夕就。妹若有聞者，言於母曰：『兒行愈，卽趣兄辦嚴可也。且終不以女故累一家。』母察其疾，似有瘳者，遂戒期行。時大暑，河渴，舟人日呼㗊搶攘，雖健者不可耐。妹之疾日益以劇，又中途無良醫藥，以七月十一日卒於興安縣之唐家司。蓋離家十許日，水路不二百里而近。悲夫！

妹性聰惠，於孝愛蓋若性然。幼時母教以內則、女訓諸書，能通其大義。比長，針黹之餘，尤嗜書學，獨時時就余問所不知。余既終鮮兄弟，家居復無朋友講習之樂。每夜分伏案，鐙火熒然，獨妹攜書册隨於左右。余視之若弟，而時以疑難相啟發，又良友生也。孰知天遽奪之而去耶？妹名淑，於本房居長，而同曾祖之姊三人，故次第四。歿之年十有五歲，初許字鄧氏，歿既二日，家二兄送其柩歸葬於伯祖母北鄉之墓次。後十有三年乙巳，兄某乃撮掇其事於都城寓舍，而寄以刻諸幽。銘曰：

汝以疾行而道殤，宜有憾於其兄。汝獨執余手而訣曰：『命也，何常？』嗚呼！汝其知此矣，尚安宅於泉壤。

善兒墓誌銘

善兒，余側室所出，第四男也。以咸豐三年十一月二十三日生於桂林，後二年六月二十六日，殤於均州之旅次，即以其日瘞於沔南山麓。

兒之生二歲矣，尚不能言不能步，終日以手指物，示意可否。席於地，則以兩足伸縮盤跚以行，遇他物僅能扶之而立。余蓋決其不壽，而不知其促如此也。兒生也微，而昆弟多。余又事煩，逮其卒，未嘗一抱。前一夜疾甚，余爲之中夜三四起，守之次日而不獲有瘳。蓋兒生五百七十日，而余知爲父之勞者，一日而已，痛哉！惟古器物成毁皆有銘。兒雖幼，是其藏。余又東西南北之人，不可以不誌也。銘曰：

生而不牢，既孽而殀，反汝玄宅求難老。

劉茮雲墓表碑陰記

劉君茮雲之卒，余既爲辭以哀之。其明年，梅先生表墓之文至自京師，會余以試事迫，又知其葬事遠，不即書。冬十一月，奉先大夫諱，倉卒南歸。既抵家，君之仲兄左甫，郵寄曾侍郎國藩所爲墓誌、趙編修昀書石搨本，且寓書言：『曾文中有兩漢字，何編修紹基以觸其先人諱，弗肯書。侍郎遂以趙易之。又茮雲囑葬祖墓側，立吾子世圭嗣。今世圭以夭折，而祖墓歷年被水，家大人不忍聽其言，命擇高阜，得柏泉山麓甘家墩之響塘凹葬焉。三者皆與梅先生文及茮雲遺言弗合，請志於碑陰，以釋來者之疑。』余謂茮雲之於生死之際瞭然矣。其有待於後者，不難及生而定也，而事與願違若此。儻有數存其閒耶？然終以使之不違其志，則人之有賴於賢父兄與良友生者，可感也。顧吾獨記茮雲以速葬爲屬，今需遲幾二年。是於天時人事抑有難言者，而吾竊謂茮雲之不得於地下也。

左甫書來，以今年九月爲葬期，將礱石以待。會先大夫猶在殯，以其事之不可遲也，勉爲書以遺之，且如其言綴數語於碑陰，從變例也。因以速其葬，而成茉雲之志也。

祭文一首

祭座主杜文正公文

嗚呼我公，學爲帝師。以一儒生，繫國安危。匪公能爲，帝實用之。惟奪之遽，是用興悲。昔在元良，青宮齒胄。選是疑丞，俾公左右。公處内廷，敕躬謹默。朝諮夕訪，以成聖德。聖固天縱，公棐亦篤，契於宣皇，顧命攸屬。

我始見公，澄懷之園。高山喬嶽，孕納蓄鮮。又如巨壑，長江深源。薰以德氣，不在話言。公所居處，華竹業深。嘉藹映波，夕陽在林。公退直廬，德車愔愔。升堂導語，溫如玉琴。於時海内，家門稱盛。尊公在堂，齒爵兼併。公值休沐，問膳扶輿。暮入子舍，親滌厠牏。雙珠競爽，爲國璠璵。長奉使麾，次曳朝裾。一堂之内，其樂舒舒。嗣皇繼聖，晉公太傅。旋正揆席，維賢兼故。密勿贊襄，造膝陳詞。功不外暴，譽不旁施。正笏垂紳，宫府用儀。粤有寇警，元輔視師。河決豐工，帝心弗怡。宣防有命，公節是持。公在朝右，功能孰多？帝豈遺公，用急民瘥。將以月計，歸朝則那。跋涉川原，蒙犯炎暑。醫藥無良，遂薨清浦。天何不弔？喪我元臣！九重震悼，士林聲吞。靈輀返京，親臨奠餟。哀榮備至，慰此耄耋。嶺右甿生，以文受知。恩極不報，飲痛天涯。自我之生，亹事孔棘。天下憖遺，俾相我國。公今逝矣，身泰名全。獨念我皇，暨我民人。靈其有知，叩於天閽。蘇民活國，其不有年。下士銜哀，薄奠具虔。伏維尚饗！

哀辭二首

劉茮雲哀辭

道光二十有三年，余因王君少鶴，始識劉君茮雲於京師。後二年，少鶴游粵東，瀕行語余曰：『君欲知學，則必交劉子茮雲。』余因是與茮雲爲密，凡余有疑，無不以問。茮雲有知，亦無不余告也。茮雲之學始於文字、聲韻、訓詁，而因求羣經之義理，細及於名物、象數，大則天文、地理、樂律、兵制、歷代興衰治亂之故，本朝功德制作之全，皆能舉之而悉數，學之而通其義。又皆折衷於孔孟、程朱之理，不爲灝汗無紀之說。蓋其深，余有不及知者，其能言者如此而已。

去年，余與茮雲別京師。今歲二月，茮雲乞假終養歸，余以試事在外不得見。逮歸，而茮雲以書來道相念甚，且謂病亟不能即來。茮雲素羸弱，居京師無一日不病。其病則以讀書耗心神爲戒，而有不能廢書。歸則處置家事，神日以瘁，故其疾益深。余之憂之也，亦愈於在京師之疾。比寓書一再不即復。後數日，其家以書來，而茮雲死矣。吁，可痛哉！其書勉余進德修業，爲之彌憾，及猶子世墀甚能嚮學，屬余誨之，使爲端士而已，不及他。夫余求友而始識君，君學固幾於成，而余之所恃以切劘者也。而天遽奪之以去，是豈惟君之不幸，而余之不沒於蒙而能自振者，其誰望矣乎？少鶴既以疾留滯浙西，將爲書告之。先作辭以抒余哀。其辭曰：

夫何斯人之抗志兮，信高世而寡儔。學桄熲以日進兮，業闇然以自修。迹孔、鄭而心濂、洛兮，用將化乎俗流。匪鞶帨之徒繡兮，惟實事之是求。懿閨門其備禮兮，處戚鄙而遠尤。眇軀榦之六尺兮，抱千載而爲憂。步踔踸如不及兮，常恐乎日月之我遒。余識君於壯歲兮，始知徑涂之是趨。羌望塵而逐後兮，何異夫駑馬與驊騮。方策蹇於十駕兮，君忽返乎故邱。吾離羣而獨處兮，學有疑而誰諏？聞道而夕死兮，君何憾乎蜉蝣。有猶子能繼志兮，婦又賢能潔羞。君雖沒而名立兮，豈等夫生者之若浮。不撫殯而哭墓兮，又無文以銘幽。聊抒情於此詞兮，永悲夫逝者之不可留！

李鼎西哀辭

嗚呼，鼎西而竟死耶！方余與君聚京師，當道光乙未、戊戌之歲。於時海寓安謐，人民樂業。京師故游俠所處地。余旅居多暇閒，從二三知舊走馬擊鮮，馳逐歌舞之場以相娱樂。君性嗜酒而不甚好游，然有召輒至，至必劇飲酣醉，使歌人擊其首以爲節，僮僕皆慍於色，君夷然不以爲意。時余與諸人俱年少氣盛，不知歲月之可惜。君日沉酣於酒，視世閒無復憂患事。逮癸卯、甲辰閒，余爲京朝官，君仍以舉人罷禮部試，出都贈詩，敘數年蹤跡離合。

辛亥，余奉先大夫諱南歸。君窮居里門，其胸臆間固不能如曩日之無事，而尊甫廣文君卒於隆州，喪阻於賊，不得歸。君館大岡埠唐氏，值洪逆自茘浦上，與巡檢張君伏巖中，三日乃得出。既過余，謀所以爲太夫人養者，貌癯然以爲憂。會同年劉韞齋閣學視學湖南，走書幣屬余聘一閱文之友，余因以君行。至則主賓相得甚。幕中少事，獨日飲，而君氣力益不可支，遂於咸豐乙卯秋八月得腫疾卒。劉公以喪屬君之內弟清泉、巡檢陳君鑑光，殯君於衡州府龍神廟之東廡下。後二月，余自家北上，始聞君之狀於劉公所。請於陳君，視其殯而哭之。乃作辭曰：

君何生而混沌兮，嬰世故而爲之鑿也。貌沖厚而行儻蕩兮，遭險難而爲之迫也。烹羊沽酒，飫燔炙也。賡詩射覆，命罰爵也。衆叫呶以爲歡，君獨邈也。舌鋒淬以横刺兮，君啞啞也。醉抱持而上車兮，加束縛也。復泥余而索醞兮，容不怍也。彼麴蘗之伐性兮，固乘人之强而敗人之弱也。不然君何異於今昔兮，廼一旦氣盡而神索也。嗟人生之百歲，誰不感乎迍邅！君一值而卽蹶兮，或運數之使然。獨以悲余之營營於世網者，將何恃以長年？

經德堂文集卷五　外集

論三首

古韵通說總論

論古韵寬嚴得失

論古韵者，自亭林以前失之疏，自茂堂以後過於密。江慎修氏酌乎其中，而亦未爲盡善。亭林規模已備，中間營衛未立，小小越畔時或有之。其攷據精確，則不可磨也。茂堂細筋入骨，分肌擘理。其分之、脂、支三部，能發前人所未發。餘所分者，求之古經，率多可據。其分配入聲，未極精審，不免千慮之失。然而分合周備，條理井然，可謂文而不煩，博而知要者矣。後之陽湖張氏、高郵王氏、曲阜孔氏、歙江氏諸子之學，皆博足以綜其蕃變，精足以定其指歸。要之，諸家愈分愈密，皆由茂堂氏精而求之，以極於無以復加之地。

閒嘗取其書讀之，則張氏之分爲二十一部者，與高郵王氏略同。其依據說文，折衷經韵，使人觀形可以得聲之誤，復審音可以定形之譌，而於通轉流變之閒，尤能言之盡意。蓋比近已來，言古韵之書莫善乎是矣。同時，武進劉申甫氏復有詩聲衍之作，其全書未刻，不得見觀。其文集中所載序論及標目部分，蓋亦竊取張氏之義而爲之者也。其論入聲同部異用，及異部同用，較諸家尤爲明備。覺段氏之精於說文，猶未見及。蓋於是而歎劉氏之書之爲至密而無恨也。皋文張氏有言：凡言古韵者，分之不嫌密，合之不嫌廣。惟分之密，其合之也脈絡分明，不至因一字而疑各韵可通，亦不至因各韵而疑一字之不可通。啟瑞不敏，竊嘗服膺是言。

故今之集古韵也，意主於嚴，而其爲通說也，則較之顧氏而尚覺其寬。其分也，有所以可分之由；其合也，有所以得合之故。皆爲剖而明之，不敢拘前人成說，不敢執一己私見。亦曰：參之古書以求其是，質之人心而得其安而已。

論平上去入四聲不可缺一及論古韵有某部闕某聲之誤

平、上、去、入四聲，始於永明，而定於梁、陳之世。當日沈約諸人，精通音律，製爲四聲，以括天下之字。蓋必有不可得而增，不可得而減者。今以三百篇驗之，平、上、去三聲多相通協，入聲輒多獨用。中惟上、去二音所辨甚微，蓋其高下抑揚之閒，亦如平聲之有陰陽也。而陰陽之分，如物之有表裏；上去之辨，如音之有節奏。表裏同是一物，舉其表而裏卽在；節奏非是一聲，欲廢其一，則音不全。此陰平、陽平之部可以不立，而上、去二聲，必不可得而併也。

近之言古韵者，每謂某韵有平無上，或有上而無去、入，或有去、入而無平、上。吾不知所謂無者，特就古人所用之韵，及說文諧聲之字驗之乎？抑將以四聲遞轉求之乎？如以四聲遞轉求之，則天下有有聲無字者，斷未有無字而竝無其聲者。試以等韵求之可見也。彥惟張氏曰：冬部之字，以今韵讀之，亦無上、入聲也。此言未解。慎修江氏曰：凡等韵所空之位，人以爲有音無字，夫有音而未製字者有之，若當此位屢無字，則非未製字也，當是等則缺此位，猶琴之泛聲當徽則鳴，不當徽則否，莫知其所以然也。案：此言亦未確。今試取江氏所列冬〇宋沃等韵讀之，其無上聲之處，皆未嘗無音也。以二合之字書之則立見矣。而又未嘗混入東韵也。彼腫韵之湩字，昔人既以爲冬韵之上聲，而說文冲讀若動，抑又何歟？如謂此字古不經見，或有此字而古未嘗用爲此聲，遂謂某部某聲理當廢絕，不知古人製字之時，原未嘗求其聲字具備，且如未有四聲之時，則平聲皆可讀上，上聲皆可讀平，去、入聲皆可讀若平、上。如離騷中惡字、能字，可舉爲例，類此者不可勝數。而又何有平、上而無去、入，有去、入而無平、上之可言乎？以四聲較之，惟入聲音節促迫，疑古韵中自爲一類。其與平、上、去三聲通用者絕少。說文偏旁之字，亦多與三聲不合，又有偏旁之字只有三聲而無入聲者。此入聲無正紐之說。又有得聲之字在此部，而其聲多轉他部者。此入聲有旁紐之說。故亭林顧氏謂古無入聲之說，不爲無見。入聲偏旁，又多從去聲而轉此，段茂堂古無去聲之說所由來。要而論之，以今音證古音，以古書證古韵，其所得者已十之七八。但言某部中古無某聲之字則可，謂某部中古無某聲則不可也。

論部分標目

舊之言古韵者，皆以廣韵標目。以其承習既久，人所易曉也。皋文張氏謂：部中建首之字，或改入他部，如尤字入之咍、庚字入陽唐之類。亦何取其虛目而存之？故所著諧聲表，皆以詩經中先出字建首。此言與鄙見大合。當未得見張氏書時，頗以此立論。既得讀其書後，遂不欲與之雷同。因念諸家分部之説，言人人殊。江之弟一部也，非段之所謂弟一部也；段之弟一部，又非孔、江、張之所謂弟一部也。其他皆如是。此不亦求之於古既不合，以示於今則難曉者乎？

今故仍以廣韵標目。其兩韵合爲一部者，則取其先見者爲韵。先見者本音應入他部，乃取其次者名之。如庚取耕、尤取幽是也。各韵之目，仍附於建首韵下，庶乎承學之士，不至迷於嚮方，而參攷鉤稽兼得瞭如指掌矣。引諸家論説中有雲某字應入某部者，其部分皆其所自立，各有不同。今皆以廣韵標目之字易之，庶省檢閲。

論方音合韵轉聲

凡詩韻中有明知爲韵，而齟齬不合者，如沖陰諶終，調同造士之類，顧氏、江氏以爲方音，或曰通用叚借。段則以爲合韵。三者之説，段爲近理，而未爲盡善。

夫言方音者，無論聖人修辭立教，何至於樂操土音？卽謂方音可用，如桑柔以東韵慇，小戎以中韵驂，雲漢以蟲宮宗躬韵臨。江氏以爲皆西周及秦之詩，當日豳中固有此音矣。何以夫子傳易於屯、於比、於艮，其用韵復與詩合？試思魯地去豳中千有餘里，果其兩地相同，卽不得謂之方音，此固不待辨而明矣。段氏分部最嚴，於古韵所不可通者，皆謂之合韵，不止於沖陰諶終等也。而皆不至如顧氏、江氏之無説，且其合韵多以異平同入爲樞紐，卽聲近相轉之例於文字音韵之理，實能洞見本原。至於立説有未當者，則不宜以合韵加之古人。夫古人之韵，吾既不得而見之矣，又安知何者之爲合耶？宜乎篤守亭林十部之學者，羣起而議之也。夫合韵不外乎轉聲，轉聲不外乎雙聲。今人所謂雙聲，卽漢儒所謂聲相近也。凡聲近者皆可轉，而不近者不能焉。

今試取三百篇之齟齬者而論之，有一不出於雙聲者否？段氏知此理而不肯以立言，顧樂爲合韻之説以自遁。

夫言韻則有一定之限，故出此入彼，人皆得以越畔譏之。言聲則遞轉而無窮，即何必以實係可轉之音，而樂就乎渺不可知之韵？故今之言古韻者，言方音不如言合韻，言合韻不如言轉聲。轉聲之説，自錢竹汀詹事發之。詹事聲類一書，近罕流傳，故其説人多不省及，而實開字學、音學之奥窔。蒙之爲古韻也，實竊取其義焉，而尚不能廢段氏合韻之説，則以今之分部太密，不得不爲是説以通之。實則今所謂合韻者，皆古人通用之韻。吾以是分之，則亦以是合之云爾。夫合韻者，吾之所得已也。若轉聲，則非吾之所得已也。

論詩以雙聲爲韵説文以雙聲爲聲

詩之以雙聲爲韵者，賓筵四章以呶韵傲，即轉呶之音如疑，呶疑雙聲也。呶不與傲韵，而疑與傲韵矣。谷風三章以怨韵萎，即轉怨之音如謂，怨謂雙聲也，怨不與萎韵，而謂與萎韵矣。桑柔八章以瞻韵相，即轉瞻之音如章，瞻章雙聲也，瞻不與相韵，而章與相韵矣。推之羣經諸子用難韵之處，無不皆然。

大抵古人作詩，兼用轉韵。試以時音譬之。如東、董、凍、獨既是正韵，則登、等、嶝、德即是轉韵。今人但知東、董、洞、獨可爲一韵，而不知登與東、等與董亦可爲韵，嶝、德與洞、獨亦可互通爲韵也。然古人用正韵之時多，而用轉韵之時少，即其可通轉者，亦必有通轉之法，而今皆不可識矣。尚可攷者，於許氏説文偏菊諧聲之字，往往得之。夫諧聲必取諸本韵，夫人而知之也。至有取諸轉聲者，小徐菊紐之説，略發其端緒。近日茂堂段氏注中屢言之。菉友王氏又於説文釋例中詳言之，而拘者猶未之信。試以數字明之，如曼冒聲也。冒音如帽，又讀如墨，帽與墨皆曼雙聲。今必謂曼不與冒韵，當從。又冒删聲字。則他處恐有不能盡删者矣。雚萑聲也。萑許書讀若和，而雚當讀如桓。桓與和雙聲也。今必謂此兩字當讀爲一韵，則未知當從萑入歌韵乎？抑從雚入寒韵乎？此兩文之異讀，固不始於今日矣。推之敁從古雙聲，近有謂從占聲者，其説非是。凡雙聲爲聲之字，較之叠韵尤爲親切。以叠韵是菊行其類尚寬，雙聲爲直射，其法更密。此非深思不悟。汃從入雙聲，叢從取雙聲，牡從土雙聲，莧從苜雙聲，戟從倝雙聲，汨從冥省雙聲，憲從害省雙聲，充從育省雙聲，怍從作省雙聲。神明變化之中，仍復條分縷析又可證者，凡或體中所從之字，多與小篆雙聲遞變。如䵒本日聲也，而或從刃作䵑，則刃與日雙聲矣。萉本肥聲也，而或從賁作黂，則肥與賁雙聲矣。玭本比聲也，而夏書從賓作璸，則賓與比雙聲矣。如斯之類不可勝言。

又凡古今音韻之流變，皆由雙聲遞轉。無論叚借通用，與夫習譌傳譌及五方言語不齊，皆可於雙聲求之。許書中有讀若、讀同之例，雖非盡三代以前之韵，亦非漢以後之音。其閒以雙聲遞轉者，如姐本且聲也，而讀若左； 橾本喿聲也，而讀若藪； 舠本刀聲也，而讀若兀； 䆐本糞聲也，而讀若靡。此亦可推尋其故者。凡漢儒解經，多通其音義以爲訓詁。鄭注禮器，撕之爲言芟也，芟與撕爲雙聲。蓋芟之本音如殊，有楈之讀若芟者可證。而芟之轉音又如衫，有䨟之讀若芟者可證。鄭注，若用芟之轉音，則芟撕疊韵； 若用芟之本音，則芟撕又爲雙聲。此亦如儀禮・士虞禮注，以禫服之禫爲導。攷工記旊，先鄭讀爲甫，後鄭讀爲放。蓋因禫與導雙聲，甫與放雙聲，可通借互用也。然此豈惟鄭注？許君說解固恒有之。如八，別也； 粵，於也； 木，冒也； 鼓，郭也； 倢，佽也之類，開卷卽是，不叚思索。又如打，本丁聲也，而今讀荅上聲，則頂與打雙聲也。西本先音也，而今讀入齊韵，則西與先雙聲也。推之喁禺、旂斤、笄幵、風凡之類，又無不皆然。昔者由本音而變爲轉韵，今也卽可由轉韵而知其本音。且閩人讀舉如鬼，讀人如靈。舉鬼、人靈雙聲也。秦人讀風如分，讀宗如租。風分、宗租亦雙聲也。凡南人入聲之字，今北人多轉爲去。由其所轉推之，固亦無不雙聲也。

故知雙聲之爲用不窮，然後可以推古音之原本，可以識今音之流變，可以訂方音之譌誤。讀詩而不知雙聲可爲韵，將有本韵而謂爲非韵者； 讀說文而不知雙聲可爲聲，將有本聲而謂爲非聲者。其誤豈小小哉！

論入聲四則

凡入聲字，用平聲菊紐，故凡有入聲之部，皆須轉音，然後得入。儻有入聲在本部，而與平聲爲正紐者，皆非其入聲字之正音也。以今音讀之，如之止志職爲正紐，則職當讀如摺；朱主住蜀爲正紐，則蜀當讀如濯之類。又如之部之直，支部之益，以今音皆與本部平上去三聲正紐。以古音求之，則二字皆爲去聲，以入聲字於本部無正紐也。餘竝仿此。學者於此求之，於入聲字思過半矣。

入聲，古所謂急語，又所謂短言。竝見公羊，何氏解詁。蓋其字多由平聲矢口而得，如登爲得、川爲祝之類。卽由上、去轉者亦然。如趣之爲促、害之爲曷，惡惡、度度之類，皆以兩字相切而成。中間更無樞紐，不經過上、去二聲，卽可由平得入。上、去二聲，由平聲長言詠歎，乃可識其節族。惟入聲則不然。又凡平、上、去三聲，皆可相引而長至入聲則戛然而止。此其謂急與短之義也。張氏諧聲表祖莊氏葆琛之說，謂四聲有正紐、有反紐。正紐者，自平之入；反紐者，自入之平。凡入聲字，反紐者爲韵，正紐者不爲韵。其說曰如灰之入爲職，蒸之入亦爲職，愚之入亦爲職，皆正紐也。就職發聲，呼而平之，則職之平爲灰。故職不韵蒸與愚也。以今音驗之，未能盡合。且入聲反紐，果可自入之平，則入聲亦引而長之矣，而又何短與急之可言乎？張氏又言：短言則不成詠歌，故必引而長之。果如其說，則顧氏以入聲通轉三聲，亦理之得者矣。而於入聲分配之，故仍未爲確也。

凡四聲相配，惟平、上、去可謂之疊韵，而入卽謂之雙聲。蓋平上去三聲之字，其形與聲皆相承而下。惟入聲字不然。故皆形在此而聲在彼者，爲其聲皆轉然後得，故謂之爲入。入者，言自乎此而入乎彼者也。轉聲之字無常故，可以數韵之平，而共此一韵。入聲之字，轉聲之用，又無定故，以此部之偏旁攙入他部，而不爲嫌也。凡平、上、去之偏旁，皆有自甲之乙者，必爲轉聲。以此推之，入聲之爲雙聲益信。入聲古與三聲通協者少，又其偏旁多不相蒙，故自來言古音者，每於此治絲而棼然。以轉聲之例求之，則當以聲爲主，而形在所後。故今於古人所通用者，卽謂爲某韵之入，而於偏旁建首之字，加一轉字以別之，竝箸其某韵之所在，以知其聲之所由來。若入聲之偏旁，有不與三聲相涉者，亦別而出之。以爲入聲偏旁所專用之字，必古與三聲通協者，今乃合之。否則別立一部，用高郵王氏例也。

蒹葭攷

案：蒹也，葭也，菼也，爾雅分爲三物。段茂堂氏據舍人『葭一名華』之說，以葭華對葭蘆爲一類，蒹薕對菼薍爲一類。郝蘭皋氏謂經傳無名葭爲華者，故移葭華上屬於葦醜芀，而蒹薕、葭蘆、菼薍三者自爲一類。參互考之，以郝氏之讀爲長。然此數者，種類既繁，而稱名亦易混。今爲類聚而別白之。

爾雅云：蒹薕。說文：蒹者，薕也。蒹下云：雚之未秀者。廣雅云：藡，雚也。郭注子虛賦：蒹，荻也。案：荻與藡同字。據以上各書考之，則蒹也，薕也；雚也，藡也、荻也，皆異名而同物，特分蒹與薕爲未秀之稱耳。乃郭注爾雅蒹薕下云：似雚而細，高數尺，江東人呼爲薕藡。夫當未秀之時，則其材必細。蒹與雚爲二候，非有二物也。爾雅又云：葭蘆。說文：葭，葦之未秀者。詩正義引李巡說：葭，葦初生。淮南·修務篇注：未秀曰蘆，已秀曰葦。據以上各書考之，則葭也，蘆也、葦也，亦異名而同物。特就其後言之，則曰葦；就其先言之，則曰葭、曰蘆耳。

爾雅又云：菼薍。說文：菿或作菼，雚之初生，一曰薍，一曰鵻。釋言：菼，鵻也，菼薍。夏小正傳：雚未秀者爲菼。初生與未秀相去無幾耳。而說文以初生爲菼，未秀曰蒹。夏小正以未秀爲菼，則蒹與菼共爲一物，許特分析更細耳。說文又云：雚，薍也。謂雚卽已秀之薍矣。薍，菼也，則與爾雅同。詩·碩人正義引陸璣云：薍，或謂之荻，至秋堅成，則謂之雚。據以上各書考之，則菼也，薍也，雚也，荻也，亦皆異名而同物。菿則菼之初字也。騅與鵻同，薍之別名也。而要皆今之所謂荻也，又與蒹薕共爲一物。自其初生言之，則曰菼，曰薍，曰鵻；自其未秀言之，則謂之薕。未秀較初生已堅實矣，故可以爲簾，因名之曰薕。同小徐說。秋既秀，則爲雚。至於雚，而荻之材成矣。以上皆荻之類也。

若夫葦，則今之所謂蘆，特古人分初生爲葭，未秀者亦爲葭。又曰：蘆而葦，遂爲既秀之專名。總之，蘆之名少，葭、蘆、葦三者。而荻之名多。蒹薕菼薍鵻雚藡，除□與荻重字不計，尚有七號。說文分析言之，各不相混。觀詩·騶蘆稱彼茁者葭。豳風曰：八月萑葦。以文考之，正與時合。惟秦風『蒹葭蒼蒼』，以季秋之時而舉其未秀之號，似爲不協。然詩人正卽其蒼蒼之色，而追思其暢茂之始者，曰：此非昔日之所謂蒹葭者耶？而今則既蒼蒼矣，與下句『白露爲霜』語氣正同。方知風人感物興懷之妙。故說文可以貫通諸經也。

蘦大苦解

案說文：苷，甘草也；苦，大苦，苓也；苓，卷耳也；芐，地黃也。許君劃分四物，而其字亦不類列，惟以『蘦，大苦也』廁入其中，則苦與大苦相複，而苓與蘦亦歧出而不類。段茂堂氏謂淺人據爾雅妄增，是矣。郝蘭皋氏爾雅義疏、王懷祖氏廣雅疏證，俱云苓與蘦同。孫氏神農本草經亦然。是欲援毛傳、說文以就爾雅，未爲不可。但郝氏據郭注，謂蘦卽今甘草也。並引說文『苷，甘草也；蘦，大苦也』於蘦字下，是已混說文之苷與蘦爲一。而又解之曰：注所云蘦似地黃者，地黃名芐，芐苦古字通，然則大苦卽大芐也。夫郭但云蘦似地黃而已，未嘗云蘦卽地黃也。因地黃名芐，芐可通作苦，遂謂與大苦之蘦同爲一物，不亦惑乎？

郝氏能合大苦與大芐爲一，必不能合甘草與地黃爲一，此決然可信者也。郭注爲蘦爲甘草，雖與說文違異，而其說固自可通。甘草本甘而名之以苦，此亦如以逆爲迎，以亂爲治，固不必引地黃之名以爲證。惟據此說，則說文固不當更出苷字，而詩人所詠，亦卽今所用以入藥之物，但決非生咸陽名芑之地黃明矣。王氏謂苦乃芐之叚借，非以其味之苦也，亦謂大苦卽大芐，而引爾雅『芐，地黃』之言以實之。是亦不劃分芐與大苦爲二物，而遂置地黃、甘草於不問。大抵皆郭注『形似地黃』之言誤之也。又考郭氏之說，本於孫炎。炎據本草以蘦爲甘草，而今本草無蘦名，安知其非孫誤？王氏以爲傳者失之。可知爾雅所謂『蘦，大苦』者，斷以爲卽詩之苓，而決非甘草之稱。是以爾雅與說文相較，則許君之說爲備。而誤合甘草與大苦爲一者，起於孫炎之說；並誤合甘草、大苦與地黃爲一者，則非孫、郭之誤，而王氏、郝氏之誤也。

序跋七首

爾雅經注集證序

爾雅一書，學者多苦其難讀。蓋其書止立篇目，不分科段，至於句讀，因以混淆，而傳習者復以近鄙別字亂之，雖郭景純、陸元朗之儔尚不能有所諟正。唐宋以降，其學漸微。國朝諸儒，潛心經學，始復表章此書。其中箋疏文義，以邵、郝之學爲尤精；訂正文字，以盧、阮之書爲最備。暇輒折衷數子，博採羣言，於發疑正讀之間，務求講明至是。諸說不同者，則擇取其至善，閒復參以鄙見，求析所疑。凡所易知及無關小學者，皆不復錄。以學者探抉閎深，自有諸家之全書在。此特爲家塾便讀之本，故無取其繁焉。書成，姑名之曰爾雅經注集證，用附本經之末云爾。道光二十八年十二月，臨桂龍啟瑞序。

是書成於楚北官署，就正於興國刺史、山左澤農潘君克溥。承君析疑正誤，資益頗多。今俱採其言入集證中。君所箸有經廚餘芳，惜未之見。兵戈未靖，友朋寥落，儻此後猶得從事丹鉛，與素心人往復辨難，詎非吾生之厚幸耶！時咸豐甲寅正月，檢校舊文，聊識數言於簡首。

小學高注補正序

高紫超先生所箸朱子小學纂注，較陳氏舊注加詳，於朱子輯書次弟、脈絡，尤能周浹融貫。前之論者無異辭。今年夏重刻是書，再三校讀，竊見其中猶不免千慮之失，訓詁文字或乖古義，不揣固陋，輯爲補正一編。於朱子原書豈能有助涓埃，或於讀高注者不無小補焉爾。道光己酉季秋月，臨桂龍啟瑞記。

古韻通說自叙

往余交漢陽劉子茉雲，始識古人聲韻之學，及國朝顧亭林氏以下之書。道光庚戌，視學楚北，會仍歲苦潦，室中乘桴行。長日樓居，始以姚氏說文聲系、張氏說文諧聲譜、苗氏說文聲讀表參互讀之，間以己意析其所疑，箸爲音論十篇。其攷訂之語，細書於册者無慮數萬言。

辛亥正月，扶先大夫柩歸葬。舟中讀禮，稍理舊業。歸，復侍先大夫殯於城北之李園，乃取舊說，排比成篇，撰古韵通說二十一部，發凡起例，原始要終，燦焉可目。雖不敢謂集諸家之大成，而自來言古韻者，於斯爲備。頻年寇氛告警，鄉居鮮暇，書成繕寫二本，皆不及細校，又乏如劉子者爲之諟正。今歲冬月北上，假館衡陽，始取前後寫本校勘一過，字句間有改正，文義不復增添，以俟自今以往之暇日及世之君子。惟是書之成，多在恐懼憂患倉卒狹隘之中。今茲較爲寛閒，又迫於行程，而不能使歸於無憾。蓋成書之難如此，後之覽者，庶其亮之。

咸豐甲寅冬十二月初吉，臨桂龍啟瑞序。

視學須知小引

學政一官，難而易，易而難。所習皆所用，所用皆所習，易矣。至於弊孔百出，人無一信，堂室之地，孑然孤立，生童塞其前，卷牘羅於後，心思耳目並用不少暇。則其責之專而事之繁，可謂至矣。又有甚者，處師儒之任，非得一二人才，何以報國？苟躬行無本，文彩不潤，焉所持而礲諸說命曰『斅，學半』、記曰『教學相長』也？然當居教人之位，而始勉於學，不已晚乎？故學政之道，始於防弊，而終於教人。雖然弊之滋也，嘗有隱傷吾教而牽掣不得行者，非拒刷廓清之，則吾受其蔽，而人轉樂居於偽。故爲學政者，明與仁貴爲兼用。要在識其先後本末而已。

某不才，幼承庭訓，通籍後幸得備員翰林。歲丁未，奉恩命視學湖北。聖訓諄諄，首以剔釐弊竇、作養人才爲先務。自維庸愚，既祇且懼，拜命之後，即走謁師友，敬求誨言，書之於策，到官後次第施行。復自以意斟酌時宜，量爲通變。竊念膺是職者，任大責重，雖精力足以貫晨夜，明敏足以察毫芒，猶未可謂之盡職。爰舉舊日所聞，及近所施行者，參互折衷，條分縷析，釐爲視學須知一卷。凡師友議論及往來書札，有關於學政者，編總論並箸於末。鄙作文檄亦附錄焉。非敢謂一時之事，爲可示諸將來，以中多良師益友之嘉言善政，而後之儒臣或有取乎此也。雖然，學政之官難矣，吾知其難，至其所以難者，則知而未能有萬一之盡也。語曰：如其禮樂，以俟君子。願當代之以人事君者，有以副焉。

跋己酉選拔生册葉後

道光丁未季秋，某奉恩命視學楚北。後二年，爲己酉選拔正科，得士共八十有六人。鄉試前期齊集會城，時業師王彤甫夫子乞假里居，以方册若干葉，命轉屬諸生爲之書。選拔之於字畫，特一端而已，故或工或不工，就得其工者三十有六人，裒輯成册，將以報吾師之命而就正焉。

憶甲午隨侍黔陽，因制舉業受知於師，以第一流相期待。今學業不加進，而幸獵禄仕，又奉使視學於先生之鄉。蓋凡所以居官奉職者，一本夙昔之教爲多。諸生雖未獲升堂講業，而得以楷法相質正，亦未始非文字之緣也。抑吾師以癸酉拔貢朝考，後官刑部，因事持正，受聖天子特達之知，由員外郎簡放湖南辰州府知府，政聲卓越，在人耳目間。嘗謂諸生，異日必庶幾如公，始足以副選拔之科而增其重，於字畫何有？然卽此一藝之微，而先生取而進之若是，則爲其鄉後學者，宜何如加勉哉！年月日，門下士龍啟瑞謹記。

書所選昌黎詩後

公古近詩四百一十餘首，所存最精。常語皆有光彩，淡語皆有古味，故能拔出李杜之外，而獨樹一幟。後之文人爲詩者，自公始，柳子厚弗能及也。有宋東坡才力傑出，縱横跌宕，然後文人之理無不可以入詩。詩之教至此而始大，其爲用亦於此始宏。較之有唐以專門名詩者，益覺其隘矣。而其源，實自公發之。公之揀辭造言，屈鬱盤勁，雖東坡亦不能逮也。舊選幾存十之九，今復閱汰其一二，要皆愛弗能割者。不如此，不足以存公面目，而饜後來觀者之意云。咸豐癸丑莫春初旬記。

跋楊椒山先生所書蘭亭卷子

右椒山先生所書蘭亭卷子，縱横激宕，不拘故方，一脫晉、唐已來書家積習。要皆妙造自然，不煩結搆，而準繩規矩，隱然寓乎其閒。其雄奇崛强之氣，尤爲絕倫，固知非公莫辨。薄俗小夫初學執筆，便憪然欲自成一種風氣，究之非俗則野耳。公之人固奇偉非常者，豈僅以其書云爾哉！此卷入國朝，有清獻陸公題跋。陸公不以書名，而行筆特超妙，於公固有沆瀣之合者。古來名人無不能書，信哉！清獻書尚有轍跡可尋，先生殆非可學而到。若於其剛毅不屈者求之，則思過半矣。時咸豐甲寅元夕，臨桂龍啟瑞謹識。

壽序一首

湯母蔣孺人七旬壽序

余與湯子厚交十餘年矣。壬寅在里中，與其伯兄子敘遊，益歎其昆季之賢，既與子厚言，則知皆出於母蔣孺人之教也。子厚之言曰：『吾不幸少孤。先嚴見背，時文模與次兄俱幼，伯兄稍長，以隨叔父在粵。凡所爲庀庇家器爲葬備者，皆吾母之力是依。逮教吾兄弟成立，復維持之無少閒。方其歸吾父也，家甚貧。孺人能以紡績佐其業。生平遇物以慈祥，而持身以儉，敬事尊章，惟恐不逮，教子若孫，一以禮法。戚鄙中有無緩急，未嘗不相通焉。故鄉里皆悅而稱之。』

余嘗讀詩，見昔人之善言女行者，曰：無非無議，惟酒食是議，無父母遺罹。作而歎曰：難哉！夫人不有可稱可頌之德，則必不能禁誹謗之來。詩人特以聞譽非婦人所宜，故特舉其所無，以明其所有耳。而又重之曰：無父母遺罹。此非家庭之間一無慚德，如所遇之不齊，亦能彌縫使無憾者，其孰能當此而無忝者乎？孺人庶其近之矣。世之言婦德者，多以奇節著聞，固時命所值而然。如孺人者，即庸行亦有過人者也。詩曰：釐爾女士，從以孫子。言女之有士行者，其子孫皆化其德，而天即予之以食其報。然則觀孺人之行，而子厚昆季之賢，其不更信矣乎！天之報孺人者，其庸可量也歟！

歲己酉五月下浣，爲孺人七旬晉二誕辰。子厚將自武昌歸爲壽，屬余一言以序之。余因本子厚之所自言，而傳以雅詩之義，且明其致福之由，並以爲孺人黄耇無疆之祝也。

書十七首

致唐子方護院

子方先生執事：大雨如注，宵分無歇，蓋天之庀斯民甚矣。某以閒官猶焦灼如此，則當局任事者可知。凡一切經畫之方，諒已籌之備矣。不揣固陋，稍陳其愚，書生之見，未知當否？敢條列於左，惟執事採擇。

一、祈禱宜專也。應天以實，不以文。然禳祈之法，聖王不廢，今固行之有日矣。鄙意謂宜再設專壇祈禱，齋戒禁屠。地方大吏步行從事，俾萬民知我司牧其相關切也。如此足以下固人心，上感天和。此雖尋常故事，而以賢大吏專誠行之，當必有效。

一、倉穀宜發也。城鄉米價昂貴，小民先受其害，衆口嗷嗷，不免於官是望。今一切便宜，雖未敢即行，而開倉平糶，俟將來有餘還倉，亦救急之一法，且以塞斯民之望。但經理全在得人，如爲吏役把持，勒價轉昂，仍無益也。

一、城垣宜守也。近江城垣多有浸水之處。府縣修築自必得力。然深夜之當防，尤甚於白日。曾否多派兵役，里正分段住宿，夜間巡邏周視，以備不虞。從前汴梁有黄河之庀，多拆毁空房古廟，抛甎城下以護城根。今可仿行否？或在内修築，即已得力。

一、科場宜改也。雨勢如此，貢院之不能遽涸可知。臨期車水，外間皆云無濟。更可慮者，轉瞬錄遺已近，士子陸續齊集會城，當添人二萬余口，米價必至驟增。縱望水退米來，亦不可得之事。可否將此情形入奏，隨行文各府，士子可以緩來。其於民食似非小補。

一、私賑宜先也。昨聞省城及漢口低窪之處，被水圍繞，民間孤弱者不能自存，往往束手待斃，實堪憫惻。今開賑自屬尚早，然或籌款些須，多備麨餅，令一二公正委員紳士，泛小舟於此等處，按口分給，勿遺勿濫，俾得度一日之命，亦仁心善政之餘。可以固民心而塞責望也。

一、入告宜急也。現今業已成災，且較去年尤重。如可彌縫了事，恐飢民別滋事端，將來糜費錢刀不可勝計。賑撫之方，自宜籌之於早。且爲民上者果存此心，亦足以格天召和。鄙意謂宜將此情形，據實入告。我皇上愛民如子，必當立沛恩膏。即請帑亦理所宜然，勝於爲國家愛惜金錢，而轉斯民於溝壑也。

再致唐子方護院

接復示一切並蒙聽納，且多已見諸施行。知賢大吏固早有經畫，且幸鄙見之略同也。別紙條陳二件，因執事有俾之盡言之命，是以敢竭其愚，惟審察而擇其中。

一、稽查保甲，平時尚屬可緩，現當城垣喫緊之際，更宜加意提防。夫狡焉思逞者，何日無之？竊意此宜分派委員數人，分管街道，設立門牌，責成保正，如有外來可疑之人，定須房主作保。其不敢保者，單人令其移居一處，多者即另記門面，加意稽查。各街卡房兵丁，須令其在卡住宿。嚴飭查夜委員，無分文武，務各盡心出力。客店中寓居者，令店主開導速行，有面生可疑之人，毋得容隱。如此，則奸宄無處藏身，而棲苴之民亦得安堵，並分別應賑戶口，亦可藉此周知。

一、刻下武弁兵丁，自宜加意整飭。將來萬一有事，不能不資其彈壓，須與制府言之。漢陽水師營亦宜準備，此先事預防之尤要者。

致蔣霞舫侍御書

京中五方雜處，實繁有徒混跡藏姦，較之外省更易。稽查保甲，較之外省亦倍難。然某謂今日思患預防，正本清源之方，莫切於此。夫地大物博，精神不能周徧，則當以分段之法治之。內外兩城暨圓明園，及各城外地方，此分段之大者也。內城、圓明園，則各旗參佐領爲之主，以滿漢御史數人監之，而於步軍統領受其成。外城及各城外，則司坊官爲之主，以滿漢御史數人監之，而於順天府尹受其成。參佐領司坊官又分段各爲之主，自於其段中延訪本地紳耆，及寄寓較久之有年德、通知時務者數人襄辦。保甲之事，有不職若不勝任者，步軍統領、順天府尹及滿漢御史不時訪問，及因公攷核，定其功罪、去留。官議功罪，紳議去留。

分段之法，因地制宜，長短適中，要以本段司事官紳，力所能及爲斷，其定各段官紳多寡亦如之。每段中額設書吏二人，差役壯健十人，執刑二人。分段既定，各官紳自持保甲簿，步行挨戶逐查，問其係何生理，有何保人。其迹涉可疑而無的保者，逐之。先期奏定示諭，現任京官取本衙門印帖，上寫某官係某省人，某年月日到任視事。驗收存查，以爲憑據。其候選人員，則由各御史片移吏部驗問，有無其人，在部投供與否。其有官職而未投供或寄寓者，取具同鄉京官保結，僕從廝役，仍由本員自保。皆於清查保甲時收納。違者，許本官司回明監察御史，再行傳諭。仍行抗違者，指名奏參。會試舉子驗其文憑。回批已驗者，面填日月，蓋戳爲記，防假冒重出也。寄寓寺觀者，責成僧道住持。客寓責成店主，會館責成值年首事，租客責成房主，皆令出結具保。如有匪人，許其首告，仍免從前失查之罪。徇隱事發，一並究辦。

每十家立一甲長，分街之左右遞數。除現任京官寓宅不計，凡土著商賈，一概編入。以一家之甲長，稽查九家。每月後復查保甲之時，許以第二家更換，以均勞逸。如女戶單丁，或宦籍客寓，不深知本地情形者，應準其作爲散戶，以第二戶承充甲長。京官宅內親友、僕役，皆責成本官稽查。如有匪人，事發後本官議處。仍一體給與門牌，許本街甲長人等公同稽查，杜祖護徇私之弊。保甲必立十家牌，乃爲周妥。如慮其煩重擾民，則每段中或聯數街爲一牌，或以一街爲一牌，擇生監商民之有年德者作爲牌長，專司一牌之事，較爲簡便易行。至夜間分段巡邏，及各街口仿照外省設立柵欄，以時啟閉之法，再當詳議，奏定施行。每段官紳會議，或就衙署，或賃寺觀閒房作爲公局，酌定薪水、飯食、油燭等費。事在初舉，不免以爲煩重難行。然規模已成，章程既定之後，則亦不覺其擾，而於輦轂地方必收實效。

夫今日逆匪居心叵測。外省方十餘里之城，尚可伏匿姦慝，況京師之大，人民之聚，十倍外省。非於保甲清其源，如有姦人，其誰從而查之？若以保甲爲州縣弭盜安良之法，帝王之都無事於此，此不然之論也。不知高明以爲何如？試驗之諸公又以爲何如？再，今年漕運必不可問。鄙意謂朝廷宜專遣妥員，於通州採買米石，請旨飭下山、陝各省督撫，採買小米豆麥，輦運至京。或許紳民捐輸米麥，折同錢價，給予官職，於倉儲亦非小補。煤炭、芻料，並宜加意積蓄。檮昧之見，未審當否？統希酌裁。伏處一隅之言，固未敢昌言於衆也。

致伯言先生書

伯言先生閣下：到楚月餘矣，未能以一緘上候興居，遞中辱惠手書，慇懃垂念，感愧曷極！

某於臘月十五日受事，歲晚務閒之際，無可見諸施行，尚得從容講肄。惟外閒官常習氣相視隔膜，求如京師朋友之樂，便是人閒天上。觀書遇疑義，無從質問。閒求一閒冷書籍，亦不可得。又其甚者，外間所謂詩文，多是横流別派，語以雅正之音，多不能識。然後知天下之文章，亦斷然必出於京師而無疑也。一昨王子壽過此，盤桓數日。黄子壽在此月餘，皆於前日解纜去，甚惜之也。伯韓尚未到，不知何處流連。蕙西詩境乃爾大進，殊令人羡。日前挈眷出都，終日塵土，兒女子喧攘滿前，令人心粗氣浮，無復詩趣，故未能有所寄正也。

復伯言先生書

伯言先生幾下：遞中辱賜手書，知南歸之計已決，未審秋後何日成行？比歸朝計不獲親杖履，悵歉何可言喻！惟祝先生頤志林泉，既壽而康，則所係於斯文者甚重，而裁成後進之日長矣，又何必爲都中二三朋輩惜哉！承示江漕節使處，皆可寄書並寄文就正，尤知先生之心之不忘吾黨也。留別詩，謹和一律呈教，亦自嗚瞻戀之意而已。不宣。

致劉茮雲書

茮雲賢弟國子先生足下：日昨匆促出都，未及暢談一再。然閒接言論與手書見示者，其意至深且厚。今思之，極不能忘。入春後，天氣暄和，所業何似？昨得蕙西書，云足下將以今春二月内南旋。果爾，則良晤在即，鄙懷爲之慶幸。貴省文風士習，未及採覽，竊見里閭之間，絃誦不絕，醕和之氣已見一二。鄙人以空疏無據之身，忝師儒之任，未知能有造於萬一否？隨時見聞之處，無妨先爲示悉。昨謂子壽比部避嫌之事，賢者不爲，子壽亦以不避嫌自任，將來領益，可卜闊多。願足下亦存此心，乃鄉黨之一幸也。道遠，書何能悉！

再致劉茮雲書

茮雲足下：春間承惠手書，知足下將以二月出京。此於出處之道，自有所宜然者。特非足下固未能内斷於中而無疑也。比因按試遠出，不暇作復，亦無從探知茮雲歸里以否？月初旋省，乃知足下已返里門。

昨得蕙西書，述足下致滁笙者，言抵家後閉門授徒力作，以奉二親。處置家事，具有成法。然後知足下之所以毅然自斷者，固早信其取必於己，而無求於人也。近世士夫好高談名義，於出處取與之間，多不明其際分。如足下者，吾何間然？從游之士，英俊不乏，有能傳經學而衍爲家法者否？某忝居此職，不能有所振作，私心惴恐。茮雲居鄉久，有宜見諸施行者，幸以見告，當虛懷而受教焉。人事稀少，望以時調攝。書此，不悉。

復邵蕙西書（一）

月初九日，接去臘手書，並與言翁唱和之作，及茮雲別紙，知諸君子夙誼之敦，見愛之厚。迴思良會，益難爲懷，輒勉成一詩奉和。昔人謂孟、韓聯句，孟即似韓；蘇、黄唱酬，蘇即似黄。此詩未知於二君子何如也？

茮雲誼篤鄉里，時時以正人心、厚風俗爲念。此實使者之責。節孝請扁事，楚北向嘗有之。由本地紳耆具呈教官，申詳學院，洵不費之惠。故有格於例而不得旌，及可旌而不克請者，似無遺於此矣。諒即霞九先生之遺法耶？左忠毅識史道鄰，此人何可多覯。況取人者，固先遜百籌。近日文風，日習於卑靡，承學之士，胸無積軸，家少藏書，求一二通敏可造之才不可多得。鄙意謂今日欲振興文教，當先於博文上用功。有博通淹雅之才，而後可得敦厚篤實之士。有敦厚篤實之士，而後可得經緯卓絶之人。否則，迂疏寡昧，未有於世有濟者。

前此書目之輯，亦教諸生先博學於文之意。初意只欲列爲一單，後乃書之成册，因欲頒給各學，遂率爾付梓。今復得兄二月初旬來書，允代倩同人爲之攷訂，私心感幸，曷其有極！目今秀才家，知識苦不廣大，見多蓄古人文集數部，便詫歎以爲奇僻。其父兄亦相率以爲怪。如今所輯，大雅見之，實覺至庸且陋，然已爲諸生開拓心目不少。如再加以辯別宋、元之版本，博考古書之正僞，則有心之士，固樂於聞所未聞，而鄉曲弇陋之子，必視以爲龍肉而駭然置之。書中不肯爲過高之談，亦是此意。

來諭中得聞生平第一快事，深慰於懷。我輩餘錢，須以供堂上甘旨爲第一，賙卹親友次之，購置書籍又次之。買古書畫器物，皆無用也。茱雲何日出都？其制行過高，到家恐不得亟見。考漢陽時，當造廬訪之。如茱雲者，誠楚士之尤，而邦人或不能識。流俗多以年輩論人，良可慨喟！本日舟泊石牌，距安陸百里而近，後日必當抵郡。此後昕夕從事，在拙者力有未遑。音信偶一踈濶，勿以爲怪，仍望不以形迹見責，而數數賜教焉。春和，伏惟道履佳安。不宣。

復邵蕙西書（二）

新正月十三日，奉讀手教，知去臘寓書業已得達。惟兄由子壽家信中寄一函，已爲唐方伯轉寄江南，未知中有要語否？子壽接其家信，即欲入京。方伯勸以由大江東南取道北上，攬山川之形勝，以增長學識。某亦贊之。計此時當抵金陵矣。

冬閒買書錢至五十千，可羨之至。前在京，惜不遇兄。此時終日相從，僕僕廠肆，傍晚登車，猶與賈人爭數十錢，至空手太息以去，殊令人恨恨。此閒書肆極寒陋，欲覓一專賣舊書者，亦不可得。然便中必爲留意。儻有能分寄友朋者，知賢於帕敬遠矣。某今擬一書目，凡學者應看之書，皆爲分門別類，使知欲從何處用功，便有何等書可讀。爲目百有餘種，凡過於浩博及無關正業者不錄。此爲鄉曲秀才開一用功之路。凡考居優等及新進諸童，各給一本與之，楚北書肆可因此生色矣。

復邵蕙西書(三)

使還，接八月二十三日手教，甚詳悉。如獲面談，甚快！甚快！地圖較王刻史記爲有用，某固不能忘情。吾子賤菽粟而貴珠玉，所不識也。通鑑考異、韓文考異雖善本，然非今日學者之急務。蓋此等書不過刊正訛謬，辯别同異，於全書大致無甚損益。在學業有成者，樂藉之以爲考核之助。否則，初學讀通鑑，便當明於治亂安危之故；讀韓集，便當學其卓然自命之志，超然越俗之文。卽不觀考異，未爲大失。近日考據家爭持於一字半句閒，往往逐其末而失其本。此二書經大賢先儒手定，固與凡經生書有别，然以云導引初學，有益後進，似尚未可也。

昨與茮雲言，近人好刻古書，而六經、四子苦無善本，甚不切於日用。異時欲攷訂羣經，精刻一板，以繼相臺岳氏之後。竊謂此志當見許於通人。朱石君、阮芸臺何可易學？然學之亦自有道。要不襲其迹而得其意，所謂魯男子之學柳下惠也。馬伏波固倜儻士，而晚年議論，獨有取於吾家零陵太守，豈無見耶？老兄必能察之。

復邵蕙西書(四)

茮雲已矣！今得其易簀時手書百二十許字，首尾完具，洋洋如平常。大旨以猶子鳳山爲託，令誨之爲端士，及勉以進德，爲之彌憾而已，不及其他。讀之潸然淚下！某於此何敢自謂盡職？然自念未嘗無一日之長，見效或在數十年之後，此意惟茮雲深知之。若人去矣！誰識此心，以助吾聲勢者？此所以尤痛心而短氣也。

十月二十四日，由德安試黄州，二旬而畢事。雪堂、快哉亭遺址，皆在太守署中，按試畢得一登覽。瀕行，諸君送於赤壁下，少寓目焉。所異者，登雪堂時，前後兩日皆大晴，惟此日午後北風釀寒，傍晚羣霙飄灑。歸來雪晴月上，江城十里有光搖銀海之觀。次早，晴風送帆，迴望武昌、樊口諸山，凍綠如畫。私心竊幸以爲疇昔之夜，坡仙特爲吾作玉戲耳。肩輿中，口占一首錄呈，以博千里一粲。

復邵蕙西書（五）

得初五日手書甚詳，感慰之至。茮雲猶子世墀，縣學生也。前數日來，聞茮雲臨歿時語，並鈔示遺囑一卷，讀之潸然。其遺稿，茮雲囑寄京，求滌生先生及諸同好是正，再爲刊行。此時正鈔錄也。鄧孺人前數日已回母家，亦茮雲促之去。遺命以仲兄子世圭嗣，甫十歲耳。鄧孺人能撫育之甚善。某前接茮雲書，知孺人之賢，卽爲茮雲危懼；以爲言翁聞之，必與鄙見不謀而合。今得足下書，乃知言翁已發此論，某不敢自幸其言之中，而益以悲茮雲之阨於遇也。徧刻羣經，誠爲願奢難副。書發後，輒悔之。今得兄縷晰見教，則狂言不爲無益。爾雅經注已付刻，無可如何，抑子產有言曰：吾以救世也。既不承命，敢忘大惠？他日當爲兄詳言之。

致姚子楨書

前數日，鄉人張地山至，接誦手示，並寄到音學五書舊本，拜惠多矣，感何可言。知已遵捐米例留用江蘇，此於迎養自便，殊企羨也。某大考後，叨擢數階，實夢想所不及。比來職事甚閒，惟日觀古書不倦。每自歎前十數年，弊精神於時藝，不復知有萬物之多，天地之大也。今既得此暇日，而不務讀書聞道，以補其不足，不幾爲宇宙間之敝人耶？所以購書於數千里者，誠不敢束而不觀，以負我良友也。道遠，書何能悉！

致俞子相

發書後，檢讀尊函，內詢及督率教官一節。此等人，大率謹願畏事者多，輕率妄動者少，明練曉事者十之一二，闒茸廢職者幾過半焉。考校時，不過於初到旅見一次，場中監試不便接談。某定爲發落諸生畢，復延見一次。遇事訪詢，俾下情得以上達。外此因公進謁者，大率寥寥。其平日訓迪，則爲使者所不得見，勤否亦難定。以課程懲勸之方無可爲力。卽遇其賢不肖者，回省時原可對督撫、藩司面言，甄別一二。然如此者安能數覯？且本衙門例不出考，而所言又有聽不聽之分。名爲屬員，而實不甚交涉。名爲上官，而實不能操縱。其難有如此者。

至論崇儒、優老之意，則禮節容貌之閒，不嫌過於溫霽。其平日已爲他人所簡賤，若使者視之不值一錢，則斯文掃地矣。故監場時，衣服飲食皆宜留意也。督率之法，細思惟認眞舉行月課，爲朝廷功令，而於諸生亦不爲無補。仍按季考月課之成法，季課或由本院出題，間以詩賦、策論。課卷俱令該學批改，按月呈送。其明敏者手書奬勵，怠玩者嚴札申飭。屢列前茅之生，歲科考時必拔置優等，當堂奬勵，則士率其教，亦不沒其終年訓課之苦心。如此，則闒茸者亦思振作，學校將有起色矣。此等課卷，須專延一幕友代司其事，而已總其成，庶不勞而事舉。惟高明擇之。

致孫渠田學使

月日得留視學政之耗，以手加額，幸逾在已。鄉邦之慶，豈有窮哉。伏惟閣下本躬行心得之餘，敷爲文章教化，其設施必有大過人者，遠人自當傾耳聽之也。亡友劉茮雲見勖有云：『學政約有三要，一曰防弊，一曰厲實學，一曰正人心風俗。』防弊，則尋常自振厲者能之。厲實學，則如朱竹君、阮芸臺諸先生能之。至行事出令，處處爲正人心風俗起見，則非祖述孔孟、憲章程朱者不能。某不敏，實有愧於斯言，乃不能不以望之閣下也。

敝省士習向稱安靜，惟見聞苦其陝隘。閣下以經古之學振之，必有爭自祓濯者。教澤之深且長，收效當在數十年後也。某在此二年，毫無裨益，乃荷聖恩，重申使命，彌切悚慚。自揣前事尚復碌碌，則後此可知已。尚望吾兄有以策勵之。前數日，有人回粵，特寄拙刻四種就正，萬勿吝教。子相於經籍舉要中增訂數條，某今日尚佩之勿忘也。

致蘇虛谷

某見近之爲學使者，大抵皆以全副精神注於防弊，而於栽培士子、振興文教，轉視爲第二義。蓋因聲名所係，一爲衆人所共知，而易於得謗；一爲士林所默受，而難於見功。輕此重彼，亦事勢不得不然。某固不敢遽違時議，而亦欲加以變通，使夫弊去其泰甚而不必深苛，教行於隱微而不求速效。此私心所欲盡而未能者，我兄以爲然否也？子實近爲其尊人禁不出門，大是妙事。此君三年閉戶，何患不爲傳人。逮學成，然後再如司馬子長之遊會稽而探禹穴，猶未晚也。

致劉鳳山

鳳山足下：昨日談次，見足下氣質醕和，趣向甚高，知將來必能自立，而令叔之篤愛爲不謬也。遺囑細閱一過，淚下不忍卒讀。賢昆季自能守之，令叔當無所憾。閱至『藏書不許借人出門』一條，竦然汗下。尊府因某而破此例，恐逝者之意不以爲然。竊念令叔在日，於某借書殊無所吝。臨歿手示，猶謂『兄所借書，吾皆有之，緩緩可向鳳山轉索。』因此不敢自外，且使某得稍有進益，亦茉雲之志也。但某每次所借書單，足下可錄副存記，將某所書焚於令叔靈前，異日還書亦如之。有便渡江，無嫌進署一談。不宣。

經德堂文集卷六　外集

書十四首

復翁惠農年伯書

接誦賜書，詞謙以抑，氣和以溫，始知賢人君子，老而好學之心、與人爲善之道，固如是之甚厚而無窮也。瑞以寡學，肩茲重任，夙夜惴恐，懼弗克勝。竊念朝廷設官，莫不各有其本來之意。學政之職，大之在於正人心，厚風俗。卽次之，亦當振興文教，講明經術，使承學之士知所嚮方，而不至爲鄙賤固陋之學。則其於稱職也，庶幾焉。然自愧平日所積未深，譬之潢汙行潦，不能澤物，而躬行之閒，復多未盡。苟以之設教，則內顧不能無慚。於是不敢過言高遠深微之道，而就其力之所可及、學之所能至者，與諸同學之士共勉焉。復念六經、四子書爲文章學問之本，士人苟專其業，則心不外馳，內行可蘄篤實，卽一旦見諸施行，不至空疏無用。

楚北人文最勝，而求其根柢磐厚醇固茂密者，信如來諭，不可多得。及今祇求英俊之才與狷潔之士，冀其願力猶可取材焉。及巡閱所至，求如此者，亦復寥寥。而鄖西治經之士，僅有三人，則信乎善教者之隨地得人，而盛德之必以類從也。楊生旣以選拔中等，夏生見挑入江漢書院肄業，獨顔生尚未得一見，然使其炙門牆，則勝於走通都、適大邑遠矣。鄖陽僻在楚之西北，爲明季以來用武處，宜其文獻彫落，鮮所承傳。然六邑之士秀良者，所在不乏，風氣亦醇實可愛。竊以爲地方官吏，得藉手以施其教育者，此其近者焉。校士時，曾有告諭一通，勸諸生入省肄業。然鄉曲之士，類多牽於時俗，未知能聽從否？肅復，敬布區區，惟照不宣。

致何願船

願船仁兄執事：前奉手書，並惠寄靈石楊氏新刊韻補，古書精刻，可愛之至，多感！多感！尤中未及裁荅，又承伯言丈轉寄一書，相念之情溢於楮墨。在京華者猶如此，在外更可知也。某前上言翁書，謂回憶友朋之樂，便是人間天上。固知有心人亦同此情耶。

此間科試已畢，於經古之學無能振作，至躬行實踐之功，更非以身率者莫能相勸，豈區區不才所勝任哉！甚矣，稱職之難也！吾兄奬借之言，適增顔汗耳。言翁決意南歸，不勝惘然。伯韓侍御在家作秀峯山長，夢白中丞復刱立孝廉書院，延坐皋比，里中後進均受其益，較其爲官時自樂。茦雲忽爾徂謝，此人當爲天下惜，而尤可悲者，則某近失一畏友耳。茦雲若在，其能補不足者，豈小也哉！已矣，無爲爲善矣！茦雲疾革時，諄囑刻朱子小學，以引掖其鄉後進。渠向見某有明呂氏家塾讀本，係大字而無注。昨讀段氏茂堂先生集，謂此書以高注本爲最善，仍茦雲家借得讀之，較陳注實多所發明，亦時有未安。不揣固陋，爲之補正數十條，擬附刊本書之後。見鈔呈訂正，望勿吝教也。

致杜繼園書

某在此二年，毫無建樹，幸得賢者受代，爲之彌縫其闕，欽幸無似。

楚北人士，知禮尚文，鼓舞之方，自易爲力。惟根柢之學不講，是近日讀書人通病。某在此專以經古之學振之，拙著有經籍舉要一書，頗示學者以讀書學古之法。板置江漢書院，匆匆未及以印本呈教。又刻有小學高注一種，校對甫迄訖，即遭大故，未得頒給，板存漢陽之崇正書院。此書院係本年新建，因該府舉人鄔履謙等，在本署及府縣衙門公稟請，以該處圈門官房一所改建義學，當即批府飭縣照稟遵辦。該縣正擬通詳，而鄙人卸事，深以經費無著爲慮。彼時鹺商致送賻儀五百金，家慈以此爲受之無名，不如公之與人爲善。即代該商捐入此書院。將來勒石，仍以商人等出名，某不敢掠美也。每年山長束修，生童膏火，計需銀二百金。以一分息計之，需本銀貳千，便可作長久計。今已得四分之一，此後繼長增高甚易爲力。漢陽海令勇於任事，一切經畫便可專委也。初時，某定學規數則，亦未及頒行，今具以呈教。鄙意此書院原爲培植正學起見，故不以時文之學限之。所請山長，業經該首事訪聞確實，並與該府縣議定興國布衣萬玉虹先生名斛泉，此人軌步繩趨，身體宋儒之學，鄉黨從授小學者甚衆。上游既能提倡，則人知重道尊師，不慮俗情驚怪也。區區未了之心，於此事幾居十之七八。諒大君子必能同志，故敢布以腹心。

又所刻小學，校對未精，歸家讀禮之暇，當續校寄求是正。近思錄一書本與此書相輔而行，昨始議刻。王文恪師相重刻江注本，未及鳩工。閣下將來能爲續了此願，亦江漢間人士之厚幸也。某留任告示已登稿簿，後附取士條規，未及鈔入。此用羅茱生前輩底稿，微有增删，今並寄正，或可參用一二也。

復閔鶴子書

鶴子仁兄足下：　遞中辱奉手書，並惠讀詩經大義一卷，快慰之至！計維興居康勝，課士之餘，得以經籍自娛。大箸一編，實能好學深思，窺見古詩人之意旨。大約攷古而不泥於古，從今而不蔽於俗。所謂詩之失愚者，此宜可以免焉。某學植寡陋，於是經無能爲役。意有所疑，或可以匡助於足下者，輒逐條注於簡端，伏候採擇。

竊謂自來說詩之家，厥有二道。漢世諸儒，多墨守經師之古訓。宋後儒者，始務競心得，掃棄舊說，而以己意測古人於千百載之上。其能得古人之意者，固時有之，而其空疏爲據者，亦往往然矣。自朱子集傳出，乃克薈衆說而折其衷。觀其集中與門人言作書之大意，實與孟子以意逆志、不以文辭害志者，若合符節。舉凡漢儒膠固拘滯之敝，是書出始一洗而空之。有宋諸儒之說，亦至是始得所論定。故自春秋以來，善讀詩者惟孟子，而善會孟子之言者，則朱子一人而已矣。後之言漢學者，以其毁斥小序過甚，又解詁多不從古義，遂至不滿之詞。不知朱子當日精擇詳辨，於漢儒之堂奧固已足履而身寢之，特其所見以爲如此，聖經至重，不敢遷就以自成一家之說。然其教門人看集傳者，必兼讀古注。見語類中，沈杜仲所錄。是知朱子之心，原未嘗因己有成書，而遂廢儒先之說。乃欲人並習儒先之說，以知己求是之意也。

近世學者，於毛、鄭傳箋概置高閣，不知古賢傳受淵源具在，而朱子取舍之義，亦藉是以識別於其間。緐擬輯爲一書，以朱子集傳大旨標舉於各章之下，復引小序而下漢儒專門之說附焉，使學者知集傳之外，古說詩者之家法如是，又可知朱子慎擇之意之所存，名曰詩經今義證。牽於人事，又治他書，未卒業，故不暇及。

今讀足下書，大足以起發鄙意，故不恥淺露而自竭其說焉。士之能讀書者希，讀書而又能治經者，希之希者也。願勉爲之，毋少倦。所未見書籍，亦有他可借否？某在此碌碌無所長，外閒尚無異論，然於學校中大有所振作，則愧未能也。惟讀書之志不敢懈耳。道遠，書何能悉！

上某公書

某自仲春下旬歸里，本擬居家讀禮，屏除外緣。乃因粵省近日盜風甚熾，湖南新甯逸匪竄入邊境，游魂轉徙，去會城僅六七十里間。省垣士民，緐不知兵，一聞戒嚴，頓生驚怖。城中五方雜處，姦匪尤易潛蹤。在省紳耆僉議舉行團練，捍衛里閭。本邑紳宦無多，不得已亦以墨衰從事，實因官兵調發且盡，故爲此以壯省垣聲勢耳。

見在諸軍並力會勦，計不難盡數殲除。所慮者，此賊向由山徑下出剽掠，我兵居平原曠野，則無由見敵。踰山越嶺，則彼得用其所長，亟肆罷我，多方誤我，難於取勝。尤可慮者，外府州縣土匪結黨，屢數千人，白晝公行劫掠，村市壯健爲之裹脅，老弱盡於死徙，號哭載道，雞犬一空。春耕之時，牛種無存。比及賊退，欲耕不得，勢將束手就斃。此等情形，大約桂林、平樂、潯州、柳州、思恩、南甯所屬州縣，在在有之。地方大吏苦於兵力有限，經費無多，顧此失彼，倉皇無措。竊念粵西今日情事，如人滿身瘡毒，膿血所至，隨卽潰爛，非得良藥重劑，內扶元氣，外拔毒根，則因循敷衍，斷難痊愈，終必有潰爛不可收之一日。

現在封疆大吏存心仁厚，揣度賊勢，控制亦頗周詳，但苦經費別無籌措，復因目前無陷城失守之事，不得以請調大兵爲辭，糜費太多，又將懲往事以爲戒。此間土匪，情甚詭譎，明知攻陷城池，必爲王師所不宥。故所過皆擄掠鄉井，草芥無餘，復不甚與官兵對敵，以得逞其來往横行之計。其實慘毒之形，蔓延之害，倍有深於陷城失守者。大吏晝夜籌畫，兵多則餉絀，分守則力單。始欲節費而少出師，則力不足以相禦。繼因添兵而多糜餉，則費已不可勝言。且食不足以給兵，則兵怨；兵不足以衛民，則民怨。又匪徒滋事以來，從未大經懲創。草莽之間，狡焉思逞者，卽無事之區亦將乘間竊發。聞諸父老之言，桑梓之隱憂未知何日已也。

某自憾弱劣書生，不能荷戈從戎。復愧家無寸田，不克毁之以紓國難。惟歸來見聞所及，實有萬分危迫之形，用敢縷悉上陳，儻荷明公垂念偏隅，神功及物，於以上贊廟謨，下裨畺務，則鄉邦之幸，豈有窮哉！

上李石梧宮保書

月日，某頓首上書宮太保閣下：自旌麾出省，未獲以一椷上候興居，每於伯韓前輩書中，輒辱注念。性既疎懶，又無深謀至計可以益聰聽、備採擇，是以不敢有所陳於左右，非敢置明教於度外也。昨讀致伯韓書，尤復諄諄致意，私心揣恐，不知所云。以爲明公如是，其愛之深，期之厚，而終秘不肯竭其愚，是失可以言之時，而終負盛德也。

方今事勢，以籌餉爲急。藩庫空虛，非復尋常可比。省垣百姓多聞習事，卽地方官極意安撫，而此等情形久在目中，人惶惶如失所恃。又甚可慮者，各兵勇率多凶頑獷悍，平時按名給與口糧，尚有睊睊狼顧者，一旦廩給不繼，則狂譟瓦解，何以禦之？計今庫項已不能支旬日，而此外又無剋期可待之款。捐項日無起色，卽有亦非目前可待，萬一因此潰決，則執其咎者，豈獨專司儲運之一人耶？

伏惟明公以忠勤體國，每事必籌萬全。及今無可措手之時，不得不權宜以通其變。昨聞截留黔餉十餘萬，此今日所萬不得不然。況將來歸於黔省兵食仍屬無礙，而移彼注此，外可以彌非常之變，內可以安士庶之心。入告後函致制軍，諒中外更無異議矣。伏願明公奮然獨斷，究觀事勢成敗，則闔省兵民必蒙再生之福。明公以寒素儒生，蒙兩朝知遇，身爲大帥，畺事安危定在呼吸，必不肯拘泥形迹，坐失機會，而貽將來之戚也。

某迂儒小生，何知至計？然博稽衆論，方今切時要務，於此蓋莫之或先。明公儻納用其愚，而又諒其心之無他，則隨有見聞，不敢不竭知畢慮以報也。又聞外間輿論，頗謂使節宜駐近潯州，使諸帥得所稟承，而調和自易。計伯韓侍御至此，必能爲執事言。又賀縣陣亾之署都司郭爲標，平時極得衆心，臨陣捐軀亦不草草。平樂人言之多流涕者，此於例應得賜卹，如明公使之從優而速，亦激揚士心，召號忠義之一助也。恃愛放言，誠惶且恐，惟明公採擇其要，而無取之於形迹。春雨寒暖不時，惟善自珍攝，以益鈞重。不宣。

復唐子實書

子實四兄足下：圍城中屢接惠書，極知尊人暨賢昆仲捍衛之勞，中有不待書而始悉者，則於平日固已信之也。使吾鄉團練皆得如君輩者爲之，足制逆賊有餘。

勢固難盡如吾意耳。嗣有四鄉聯團之議，曾渺數行奉達，倉卒中詞不逮意，復承足下惠書反復辯論，深維其事之不易而究極乎？所以集事及古者用兵之法，高識遠見，匡我未逮。雖至愚不敏，敢不敬佩！

然某竊維今日之團練與用兵者道不同。兵者，朝廷有糧餉以給之，而專爲民衛者也。團練皆鄉民自食其力，一旦臨敵，責之以必死，而要之以不逃，此非平日以恩信結之，臨事以忠義激之，雖頗、牧爲將，猶未可也。豈鄉大夫德化所能及耶？必如君家父子兄弟，督一團之衆，以身先率，誰敢不從！然使四鄉皆於此，亦未可矣。又各鄉所謂團練者，雖名位卑甚，實皆吾輩等夷。或其齒有與吾父行者，如此而罰之，其任受耶？雖公議無所逃，不過使之避位而止。而暗中主謀唆使，力足以壞吾之事，吾又可以扼其吭而制其命耶？環顧目前，孰有助吾聲勢者，以孤立之身而犯鄉黨不韙之名？雖至愚所不肯爲，力亦不能爲也。至團長、團丁見賊逃者，遂將論以軍律，此於情理事勢皆有所不能。又不在紳士之無權也。今之軍營賞罰何如者，果能賞功罰罪，則此賊何足辨，安恃區區之團練爲？否則，獨不畏此刁滑詭譎、倖功避事之徒，有以議其後而撓吾法耶？

足下每欲吾罰不公正之團長一二人。請試思之，將何以爲罰？如罰之而不行，誰爲吾助而使之終致吾罰也？嗟嗟子實，天下事固未易言。士生三代後，卽使乘時得志，其能不委曲遷就，而欲徑行其意以求事之有成者，亦寡矣！況吾人欲有所爲於鄉黨之閒耶！雖有不得志，不當以枉道論，此非好爲苟且之説以自便也。至於凡事須求實濟，此更不待言。足下亦知某於平日非好爲虛飾者，乃今不能不以此相責望，顧此閒亦籌之熟矣。苟欲從實，則如尊諭籌經費、製軍器。自軍興以來，朝廷竭天下之餉以供轉運，贍兵勇之不遑，又安所有餘以贍吾鄉兵？且鄉兵誠無望朝廷養畜之理，則仍不能不責於四鄉之捐助。瘠苦慳嗇之區，所得幾何？竭其力，僅足以製器械耳。有器械而不練，與徒手同。至於練，則費不可勝言矣。足下能以其鄉先之，而期其事之可必集耶。苟不能如此，則所謂明訓練、習坐作、備糗糧、築關隘者，今皆不敢遽言。

某於古人兵書非竟不寓目，卽宋元以下言鄉兵者，不下數十家。閒亦瀏覽一再，非有所遺忘而置之不議也。謂議之而不行，則空言不如其已也。足下乃謂有章程與無章程同。前之章程，誠爲未盡，然篇末已言之矣。今所定有加詳者，而於此仍未敢切實道及。事有甚難而行之有序。省中總攬全局，與一鄉一團之事不同。如使稍有隔閡，則令不行，人不信，且又蹈虛而無實之咎也。比歲以來，吾省之爲團練者數十州縣，得力者未易一二數。其所爲章程，吾皆得而讀之，俱無新奇可喜、高遠難行之論。今採錄分爲若干條，足下觀之，其以爲然耶？否耶？盡耶？猶有未盡耶？有見及者，無嫌增損一二。其不能通行四鄉者，則不妨存爲貴鄉科條。要使人易知易從，而仍不忘乎每事踏實之意而已。然則如今日之所爲，敢信其有效乎？曰：烏乎！敢知其無效，何如不爲？知其難爲，何以不去？曰：勢有不得已也。朝廷之事，可以去就爭，鄉黨之事，不可以去就爭。

某自任事以來，人之以此相屬者，未嘗不汗發色變。與鄉人當道談者，吾皆俛首斂氣出之，無幾微自得之容，誠萬有不得已也。今日之事，將因一鄉而累及一邑，因一邑而累及一省，此非有人維持調護之，則外郡枕戈被甲之士抑鬱不揚。某在局中，自信所補非無毫髮，而名聞所失幾若邱山。此巧於自謀者不肯爲。而姑隱忍以就此者，家國之義不容徑去。盡吾一日之心，以求一日之效而已。見今餘盜潛匿，土匪横滋。壯勇之散遣無歸者，所在剽掠，卽逆匪不來，而可慮者甚衆。及今整飭，足以消患未然，抑所謂不得已而思其次也。足下如以爲然，願勉之，毋忽。

致唐子實書

子實足下：連日公私叢碎，未及走候興居。昨承見諭諄諄，並致城鄉諸君再三挽留之意。某非恝然於父母之邦也。如肯恝然者，何俟今日？且亦何必自鳴孤憤，而結怨於地方大吏如前者之爲也？蓋於去年卽知事勢必至於此，誠不忍聽其潰決，故及可以補救之一日而亟言之。今於大局仍無所益，卽留此終歸罔濟，不過以身殉衆人而已。使某果能籌萬全之策，於地方有所利賴，卽鞠躬盡瘁，所不敢辭。

足下試思，吾於今日其能建一策，而必人之見用否也？剿賊重於兵餉，方今時勢，從何籌畫？當事者果能用吾言，何至今日而留吾身？苟不能用吾言而留吾身，亦有何益？然使能留吾身而聽吾言，卽今日亦未嘗無萬一之益也，但不卜能聽否耳。彼直是屈於公論，未必能有心相下。外閒議論，謂某先宜屈節俯從者，此其人誠不知世閒有廉恥事。使某果如此，亦復何足爲重。此祇可爲吾子實言之，他人蓋未能悉其一二也。

四鄉團練，較前稍有振作，然使其一律完整，亦非易易。共事者或時以偏徇壞公義，又不願人規其過失。僕之直道恐不能行於鄉，此尤可爲寒心而短氣者也。承諸君相愛甚厚，然不可無以處僕。公呈斷宜緩商，因僕處嫌疑之地，將有人疑爲指使者，此大不可也。

致唐子實

子實四兄足下：去冬潘僕旋里，曾奉一書，計早得達。伏惟里居賢勞，南鄉諸盜清釐有緒，足見賢者處事與人不同也。某在長沙，聞漢陽警耗，遷延月餘，二月始開帆，歷涉湖江，三月十一日抵襄陽，宿其城中。襄樊前月曾有戒心，因賊竄德安，總督退保隨州。賊竄隨州，總督退保棗陽。棗陽去樊一日程耳。紳民慮大府爲賊褻視，懇襄守詣營力爲勸阻，總督不至，賊亦不來。而飾詞入告者，乃以回顧根本爲藉口矣。見今陝兵三千，及僧邸派撥之數，陸續可到。賊之北竄，殆無足慮。而南出於楚，亦大可憂。京口大營時時有乏糧之患，且只能專顧水路。湖南兵餉支絀，必將撤防堵兩粵之大半以赴下游，復難保上游能否無事。

久未接家信，不知吾省暨東省是何情狀也。私心計之，吾鄉以相忍爲國，即以今之人行今之法，又得賢者彌縫補苴，省垣或可相安無事。至諸賊之起伏，則又視天心之悔禍與人心厭亂，而非人力所能確有把握也。如使人力有用，向即不至如此敗壞。今已敗壞，即人力無可復施。況復不易其人，變其道以治之，事未有能濟者，深賴足下之委屈求全而已。比見天下事類如此，尤令人悒悒。世變愈大，而人心愈不可問，則豈眞無轉移之機耶？滌老自克復田鎮後，兵將屢勝而驕，輕進無備，爲賊所乘，焚其舟者二次。至今日竄漢口之賊，則因總督畏葸失律，咎無可逭。賊將乘勢牽制曾、塔，使之內顧。

滌老分兵援鄂後，仍駐豫章，修理戰船，期明春水發，與塔俱進，洵壯志也。去臘之敗，論者甚爲惜之。大約氣一盈，則必干造物所忌。勝之高唐，殆亦猶是，而傳聞又有甚焉。方今人材實難見，一稍能自立者，如人踐薄冰渡河，旁觀共爲齒擊，而斯人乃不知自蹈於危地也。菲材固未必爲時用，即用亦未必能有所立。儻有所立，即未知能不自矜異否？所以然者，徒爲天下惜人材而已。

旅中乏事，藉得清理舊業，較里居叢碎爲樂。尊處舊藏唐張漢陽王家墓石。此間有廩生席方璘者，亦好古士，年來購得王父子兄弟墓石共七片，嵌於襄之漢陽王祠。足下如還此石於席生，亦一段金石佳話也。數日前苦雨，今晴霽，而陝兵過境，羸馬缺乏，須四月初乃能成行，將取道太原以達京師。中有不得已之故。足下詢之家信自悉，來書望寄至少鶴處。須緘秘，可必達。公尤，惟順時保愛爲鄉自重。

致劉玉衡書

曾滌老一軍，關係天下大局，中外人心，視爲安危向背。今時事至此，曷勝浩歎。推原其故，或屢勝之餘，疎於防範耶？抑賊實能軍，彼之致我確有把握耶？流俗多以成敗論人，某未敢信其必然也。

少鶴來書，屢有望我爲滌翁之言。其意固厚，惜於事理曾未加察耳。滌翁德性才幹，固非某所敢比肩萬一，而其區區爲國之誠，與夫磽磽不缺之概，自揣尚爲近之。前歲越分瀝陳，自待具有此意，乃事由中下，迄未按覆。於斯時也，當事以怨毒忌我，旁觀以腐儒目我，纖人以禍機中我，流輩以危言怵我。某於此時，實有岌岌不自保之憂。然自矢此心，百折不回，卽使堅强如滌翁者，處此殆亦無所措施。況以菲材根柢淺薄，豪無憑藉，事勢又彌近破壞，莫可收拾。斯亦明知其無益，而不至適與禍會也，鮮矣！是以迄今默默，不復有所動作。爾時卽知愛如吾兄少鶴者，固未敢以滌翁望我也。以滌翁望我，則早已決裂而無餘矣。夫昔日不欲以滌翁望我，而今日乃欲以滌翁望我耶？以滌翁尚不能爲之事，乃欲氣力憑藉百不如滌翁者，而責以所必能耶？人之所處實難，如某何足道。古來英雄豪傑，處萬無如何之時，卒堙抑其材，使與庸衆同歸於泯泯者，蓋不可勝數也。人生精神意氣，恒在壯年，稍有屈抑，輒復消阻。於此而能不自餒者，幾矣！某於此蓋愼持焉，老兄試以此質於子實諸君，當必以爲然也。

致官秀峯將軍

襄陽得陝西大錢當百者九萬串，現分二成配搭使用，尚已通行。惟陝錢砂重料薄，恐難行久。當百大錢爲利已重，工料復不結實，是開私鑄之門而爲姦民倡也。卽日日嚴拏而重禁之，庸有濟耶？且如此，則姦民必銷制錢而爲大錢，將來大錢必多而制錢益耗。制錢日少而貴，大錢當日多而輕。逮其不能暢行，則官中必盡賸大錢，而無益於用。此非計之得者也。

愚謂今日鑄造大錢，只可至當五十而止，果能暢行，獲利已多。錢貨取其流通，國家多鑄一錢，民閒卽永遠得一錢之用，成本雖重，功效則深。不在今日鑄過幾爐，得有若干息錢。又不在急於多鑄當百大錢，且不求其精良，致滋流弊也。卽當五十之大錢，亦須案照部頒成式、銅色、分兩，一一具足，方可各省通行。曩日制錢，所以能流通無滯者，因各省所鑄大小厚薄無甚差池，小民一見便知其爲官錢也。如今日所鑄之大錢，分兩、銅色不一，安望其能行遠耶？

復官秀峯制軍

承示剿賊方畧，水陸並進，自以大軍策應居中，指日掃除德安，直趨武漢。彼時會同京口大營，南北夾擊，定可光復鄂土。翹詹豐採，欽羡曷窮。

某因奉母北行，肩無旁貸，不能躬陪帷幄，親領運籌。惟有遨聽捷音，紀之鐃歌，用附韓碑、柳雅之末耳。並云及現在兵單餉絀，支持不易，誘使芻蕘之見得以上陳。自顧書生未嫻軍旅，況以目前局勢，較之往事兼倍爲難。然竊嘗謂：事之難易，視乎其時；才之長短，視乎其心。時勢原有萬難，此心無不可盡。果能於人事有挽回之術，則天心亦或有轉移之機。

自廣西軍興已來，某不敢言躬親，然未嘗無目覩。但由偏裨以至統帥，由大吏以至羣司，苟其人能盡一毫之心，則必有一毫之效。蓋有旋至立應者，因此歎古來能建大勳業之人，未有不以方寸爲之主也。至目前軍餉，固難隨處飽騰，但可均勻分派，不致枵腹，於盡心籌畫之中，仍示以甘苦與同之義。若輩具有天良，未必不聞而知感也。向來帶勇員目，於請領餉項多有積弊，於此稍加核實，務使實惠均霑。糧臺諸員洗手奉公，使帶兵帶勇之員無所藉口，則兵勇亦將不約而自奮也。況又有賞功罰罪，必求其當，集思廣益，示之以公，則萬人聯爲一心，呼吸通於一氣。以此臨敵，庶乎制勝之道在我矣。凡此皆節下所優爲，所以區區見諸語言者，聊以上酬知愛，用副虛懷下問之意而已。溽暑，伏惟順時自重，以慰下懷。不宣。

復馮展雲學使書

前數日，劉吏寄到復書，所以訓勵之者甚厚，感何可言！惜相離較遠，未能親侍教於下執事也。比維職業悠閑，丹鉛不廢，編訂大集已有成書。甚盛！甚盛！今日治此，誠非所急。然執事與鄙人幸值此暇日，舍此別無措注，固未嘗湛溺其中而不知返耳。某在此日讀通鑑一卷，將採自漢以來，以諸帝爲綱，諸臣爲目，人約舉事蹟賢否於下，大要二十餘門。使後之人觀其臣，則其主可知；觀所用之人，則世之治否亦無不可知也。擬命之曰是君是臣錄，蓋本朱子中庸章句之意。宋以下則取他史鑑足成之。今尚未暇爲，初脱稿者，六代以前而已。如有成書，必當就正也。

貴同年殷小東州牧誠佳士，前眎以拙著古韻通説。見謂不惡，已命人鈔錄副本。小東於六書形聲之説，特有所見，輯爲數十條，往往有精確不磨者。然某竊謂説文之所謂形聲者，以他物形容其聲，使人讀而可識。蓋凡物莫不有形，偏旁之字以聲爲形。其曰形聲者，猶言形其形、聲其聲云爾。過求則傷於隔閡矣。執事以爲然否？軍務近益不振，蓋無賞罰而能用衆，不以身先率而能制下，事無古今大小難易，蓋未有能濟者。此又不止於楚北軍務爲然也。

復王少鶴書

少鶴同年足下：遞中奉到手書，始知二年餘之旅況，貴恙顛末，欣慰無似。刻下諸證漸就平復，惟足瘍乃爾纏滯。計或氣血稍損，調攝便可就痊。收效遲，則其成功也固，固當徐而俟之耳。不宜求速效，轉滋他弊。閒中作小詩慢詞，亦是一適。承示詩中功名、時會二語，評量城北恰得分際，此某意中之言也。倚聲多綽婉可誦之語，見寄一闋尤勝。近有江南耆宿在此，深於此道。某乃時從爲之，見謂不惡。去秋九月，每夕作二三闋，積之一月，遂得二十餘首。今春又得十餘首，中有奉懷兩闋，謹呈拍正，識者以爲可與於斯道否也？近之詞家，專取曼聲弱字，以爲不如此，則不得謂之當行。此亦如古文家之拘守繩尺，異己者則謂之不工也。安得一才力大宗法正者，起其衰而返諸古乎？詩文近皆少作，大都爲人事所分。比來於經學稍涉其藩，然殊無得當處。

此邦才華之士固自不乏，而經學躬行殊少，概見如王子壽、劉茮雲者，誠未易鼎足也。最可惜者，茮雲自去歲請假歸來，本擬閉門授徒，以事二親，並傳其所學以教鄉之後進。而沈疴展轉，氣體靡弱，時歷三季，遂不能支。易簀時，力疾手書，囑諸友進德修業，爲之彌憾。嗟乎！如若人者，豈今世所易得哉！得不爲之潸然以悲耶！足下聞此，當復何如？言翁有秋後南歸之語，或得相遇吳中。永安尉孫君乃未識何人，便希示悉。

雜著一首

粵東紀程錄

道光二十有四年五月丁卯朔，越十有二日戊寅，啟瑞既受典試東粵之命，翼日己卯，謝恩於朝。

辛卯自京寓行，以僕五人從，宿良鄉，與正使何公桂清會。良鄉爲京西南首邑。故事，使臣至，驗符給傳，過者去，宿者留，留則宿於驛館。他邑以次相受。壬辰抵涿州，雨甚。癸巳逾新城，抵雄縣，積潦深數尺，肩輿涉水，慄慄如墜。甲午逾任邱。乙未逾河閒，宿獻縣。六月丙申朔過交河，其驛曰富莊，宿阜城。丁酉宿景州。戊戌至德州，宿恩縣。己亥宿高唐。庚子至茌平。辛丑經黃山麓入東阿，遂宿東阿之舊縣。壬寅食於東平，望泰山，宿汶上。癸卯過兗州，宿鄒之北郭。甲辰入於鄒，謁孟子廟，道旁見繹山，逾滕。乙巳渡運河，宿銅山之利國驛。丙午渡河，至徐州，欲訪東坡先生黃樓遺蹟，不果。丁未宿宿州之褚莊。戊申逾宿州，抵花莊宿。己酉宿鳳陽之王莊驛。庚戌渡淮，宿臨淮故縣。辛亥宿定遠。壬子宿合肥之店埠。合肥爲廬州府治所，地廣而多山，夏苦旱。癸丑入廬州府宿。甲寅宿派河驛。乙卯逾舒城，宿其南驛，曰梅心。丙辰宿桐城。丁巳至濳山，道傍望天柱山。戊午逾太湖，宿松，宿楓香驛。己未宿黃梅。庚申自黃梅行，驛路爲江水所漫，以舟濟五十里。

辛酉渡江，至九江府宿。壬戌入廬山，憩東林寺，訪香爐、蓮池諸勝，宿通遠驛，在石耳峰下。癸亥宿德安。甲子宿建昌，縣令始以人代馬負囊橐。乙丑宿安義。七月丙寅朔宿奉新。丁卯至瑞州府，館於試院，院左側屋三楹，是爲蘇文定之東軒。瑞於北宋時爲筠，文定故謫監州酒稅也。戊辰至臨江府。己巳至新淦。庚午渡贛江，宿峽江。辛未宿吉水。壬申至吉安府。癸酉宿泰和。甲戌宿萬安。乙亥宿贛之攸鎮驛。丙子渡贛江，宿贛州府。丁丑自贛州行，渡贛江而西，又渡而南，又過江，宿南康郭外。戊寅宿大庾之北驛。己卯至南安府。庚辰過大庾嶺，謁張文獻祠，遂抵粵之南雄，館於江干。辛巳易陸而舟。始入舟泊城南五里之高塔。壬午泊始興江口。癸未至韶州。乙酉過彈子磯，遊觀音巖。丙戌至英德。戊子過中宿峽，遊峽山寺，訪黄帝二少子隱處。己丑至清遠。壬辰至三水。甲午泊廣州河南。八月乙未朔入於廣州，寓於公室。

故事，使臣至，扃門不得與外賓客相見。巡撫使者設關防。越六日，庚子赴巡撫署。謝恩畢，入貢院，闈就試者七千五百餘人。丙午始閲卷，凡薦卷八百九十有奇。二十四日而蕆事。九月乙丑朔六日庚午揭榜，徹棘出。故事，使事畢，因得攬其山川巖壑之美，風土之宜，諮訪鄉先生風俗利弊，所以備輶軒之採，使者職也。余以疲於應接，間涉一二，怱怱未及詳焉。其愧於古者多矣。

丙戌自廣州行。十月甲午朔逾清遠，重遊峽山寺。戊戌再遊觀音巖，補遊水月觀，皆題詩記其勝。壬寅過韶州。庚戌踰大庾嶺，登舟泛贛江，過十八灘。積雨新漲四尺許，舟行晏然。十一月甲子朔乙丑至南昌，仍舍舟從陸。壬申渡九江。乙酉至徐州，欲以大車易騾馬載服物，既而弗果用。十二月癸巳朔越七日己亥還京師。庚子恭復恩命。

是役也，往返幾七閲月，中在途者五月餘，在廣州者月餘，入闈校閲僅一月而已。自京師至粵東，所歷凡七省五千六百餘里，而自良鄉至景州爲直隸。自德州至滕爲山東。值江南之州一，曰徐。自宿州至宿松，爲安徽。中間湖北之縣一，曰黄梅。自九江至大庾爲江西。逾大庾而南皆粤壤也。四瀆渡其三，曰江、曰淮、曰河。五嶽望其一，曰岱宗。其爲嶺一，曰大庾。山之名勝者，曰繹、曰匡廬、曰中宿峽。皖之桐城，豫之萬安，其巖谷叢繞處尤幽秀，皆迫於使事不及往。

祭文二首

祭先室劉恭人文

嗚呼！維我恭人，秉性柔嘉。其婦職之修於內者，雖未能無缺，然心之所能盡者，則不敢不勉也。屢空矣，而無怨尤之色；驟貴矣，而無矜恃之心。古所稱女有士行者，恭人庶足以當之。德豐命蹇，而左右之人，復與其素志不合。吾嘗謂恭人，若輩何足忌，顧恃吾有命在耳。不意恭人竟以身殉之。此其可悲者已！恭人之生也，於世途無愛戀之迹；其歿也，蓋若得所止而休焉。惟是威姑在堂，弱息五人環前泣後，存者視之，曷能爲懷？恭人於此，其必有不能恝然而捨去者矣。撫棺一慟，恭人其知之否耶？悲哉！尚饗！

再祭劉恭人文

恭人去我，月幾再周。音塵如在，邂逅末由。殯於堂室，呼莫余酬。慈姑弱女，坐對增愁。我之顧此，而敢淹留。將速毋遲，爲正首邱。古雲族葬，後以術求。我信其理，俾良於眸。相山陰陽，觀其泉流。近郊十里，地偪人稠。遠則予棄，願竟不售。歸問高堂，尊老朋儔。僉雲暫厝，後始綢繆。我初不忍，復慮衆尤。東南震郊，明神所都。廟側有屋，深窈如舟。卜是子宅，夜有扞掫。是不得已，曰久則不。我憶子存，處樂不媮。足不出戶，膽怯心柔。今將去矣，適彼郊藪。荒塋日莫，野燐啾啾。我憶子存，病弱難瘳。涼風見告，先擁衾裯。今將去矣，棲於城陬。空山皓月，寒飆颼飀。清明良日，誰共子遊？淒清獨夜，無與子儔。子宜知此，其死也休。宅此而安，以相厥幽。余時來視，是桼是髹。行將卜吉，何豫〔一〕何猶。誓於北上，先爲子謀。廿日卯時，吉良既諏。輀車將駕，祖道聿修。子其聽此，强食無憂。尚饗！

【校】

〔一〕何豫：底本脫漏，此據嶺西五家本補。

駢文七首

跋長沙黃虎癡先生所藏顔帖後

顔魯公，宗聖裔孫，有唐元老。壯歲遏祿山之焰，義激丹心；晚年陷希烈之庭，志甘白刃。固已名傳竹帛，氣作山河。揭日月以常行，共乾坤而不朽。夫豈類丁眞、永草，恃一藝以成名；亦安在柳骨、顔筋，作千秋之定論。然而書因品貴，技以人傳。本之於義膽忠肝，發而爲銀鉤鐵畫。況公世工篆籀，學有淵源。近承長史之親傳，遠接山陰之嫡派。絕去經生習氣，鼠尾蠶頭；居然大雅風裁，蒼松喬柏。即雲妙墨，價本無雙；況屬名臣，品居第一。宜其手蹟之流傳，自有明神爲呵護者矣！

長沙黃虎癡二丈，藏富墨林，學窮筆陣。秦漢之桓碑、彝器，盡入籤題；晉唐之樂石、祥金，都歸品藻。就中癖嗜，厥有公書。經搜訪者三十餘年，萃精華於五十九種。或豐碑，或斷碣，細大不捐；或拓本，或雙鉤，精神悉見。蓋先生客中遊覽，每具氈椎；暗裏摩挲，便題齏臼。訪古於長安肆上，探奇於故紙堆中。卒更觀索靖之碑，因而駐馬；李約見子雲之字，取以名齋。故能極希世之珍藏，爲專門之賞鑒。裝池以出，臨風色煥縹囊；韞櫝而藏，入夜光騰芸案。景行斯在，拱璧何加。

啟瑞入鄴侯之書廚，曾蒙見示；慕米家之畫舫，從乞借觀。正笏垂紳，展視而神皆煥若；忠臣烈士，臨摹而意更肅然。因劃沙印泥之難能，知立德踐行之未逮。然而小子竊有慨焉。夫美男擁後，則正士失姿；姹女當前，則高人寡色。誰見茂漪之迹，格競簪花；侈談急就之章，書不及草。以端勁彊直爲惡札，以睢盱側媚爲名家，是謂瞽談，厥由心害。又或筆眞似虎，墨更如豬。活句不參，而觚棱透露；藏鋒雖貴，而體態模糊。此更誤入迷途，適足滋夫訾議者也。

先生志存尚友，愛書而實重其人；名謝揮毫，不學而能通其義。費半生之心血，存百代之典型。因於趙璧之還，聊附蘭亭之跋。狂言肆意，敢雲結翰墨因緣；釵股漏痕，願永作弓裘世業。

跋龍標芙蓉樓王少伯詩刻後

唐詩人王少伯，以相如題柱之才，抱賈傅懷沙之憾。初由秘書而尉汜水，枳棘空有鸞棲；復自金陵而謫龍標，雪泥偶經鴻踏。後來〔一〕遷客，不廢嘯歌；自古逐臣，偏工怨誹。盼雁影於衡陽煙外，人遠長安；聽猿聲於湘浦月中，夢懷鄉國。況橙黄橘綠，一年多好景之時；芷白蘭香，三楚本騷人之地。宜其豔分屈宋，揮毫而珠玉隨風；秀挹沅湘，落紙而雲山生色者矣。無如劫灰久冷，斷碣難尋。訪送客之江樓，朱闌蘚沒；問乞詩於蠻洞，錦字煙消。夫客到孤山，問訊逋翁之遺稿；人登峴首，摩挲叔子之穹碑。今無以傳，後將何述？

爰檢全唐之集，摘鈔尉楚之詩。川原則信而可徵，情事則慨焉如見。東方朔吟哀時命，不無落拓之懷；陶淵明賦歸去來，大有逍遥之致。高樓既築，樂石斯鎸，存一邑之風騷，助千秋之憑弔。庶使貞珉耀彩山巔，明月齊輝；妙墨流香江上，芙蓉共豔。誦劉夢得竹枝之調，雅韻猶存；登白太傅琵琶之亭，流風未墜。聊存梗概，敢云探得驪珠；用誌遺蹤，亦愧窺同豹管。

【校】

〔一〕後來：嶺西五家本作『從來』。

龍標芙蓉樓登高唱和詩序

從來豪士，對酒當歌，況值良辰，登高必賦。潘大臨滿城風雨，名傳七字之詩；王子安一色水天，才豔兩言之序。風流不墜，寄託何常！儻將白腹對人，幾致黄花笑我。歲維己亥，節屆重陽，天高而一雁初來，葉落而千峯獨瘦。夕陽烟暗，汀洲橘葉新黄；夜月霜濃，浦漵蒹葭盡白。於斯時也，遊山蠟屐，恒多望遠之人；臨水送歸，大有悲秋之客。晉張翰蒓羹鱸膾，鄉思風前；楚鄂君沅芷澧蘭，佳人天末。莫不嬋媛寄慨，斐亹含情，欲藉良遊，共攄夙抱。且夫河山者，大造之奧區也；文酒者，風人之雅集也。玉山藍水，杜少陵藉以成詩；苜蓿江蘺，李義山因而感舊。假令藐茲丸邑，難尋勝地以遊敖；必將闃爾足音，豈易羣賢之羅致。

今則人逢佳節，地矗危樓，當古蹟之重新，正盛筵之伊始。碧城十二，中天之闌楯玲瓏；珠履三千，上客則衣冠齊楚。覩秋蓉兮宛在，悵仙尉以何之！於焉釃酒臨江，憑闌送目。淒風冷雨，盡憑絃管以吹開；爽籟纖歌，半入江雲而不散。既觥籌之交錯，復煙墨之橫飛。刻燭催詩，擘箋授客。搆巧思於競病，矜捷得於尖叉。投以滿囊，鈔而成帙。夫王右軍蘭亭修禊，人半無詩；石太尉金谷賞春，客多罰酒。館商飆而蘚沒，譙賞寥寥；臺戲馬以雲封，詩歌寂寂。何圖今日，得與斯文。爰編觴詠之新詞，用誌苔岑之雅契。此日香浮菊盞，涉江而遠道興懷；來年錦繫茱囊，分韻而詩豪繼響。

貞節梁母呂太孺人序

素娥青女，耐天上之寒宵；玉露金風，試人間之勁草。遂有海枯石爛，之死靡他；鏡破鈿分，於生何忍。痛夫征之不復，哭去城崩；悵予美以云亡，望來石化。歷觀史册，代有芳儀。然皆名正義從，且遇時窮節見，豈有方諧鳳卜，遽折鴛行。盟白水而非寒，誓黃泉其相見。守符終老，憑採幣爲堅城；繡佛長齋，視鉛華如塗炭。斯人可作，自古爲難。其惟梁母呂太孺人乎？太孺人毓自名門，幼嫻內則。溯侍郎之家世，未絕徽音；壯別駕之門楣，常隨宦轍。太孺人祖熾，官禮部侍郎。父培緒，官江南常州府通判。膝前婉娩，既儉亦勤；閫內周旋，終溫且惠。晨起而箴書女史，紙薄桃花；晚涼而詩誦關雎，才輕柳絮。當其奉母家居之日，逮夫侍父歸里之年。養能致敬，無懈問寢者三；喪必思哀，幾欲滅身者再。蓋以誠違班室，早歲已輟於蓼莪；痛比曹仁，中年更歌乎薤露。乃家人始則謂魚鰥堂上，豈可徇母而傷父心；繼則謂卵覆巢中，尤當撫弟以延先祀。太孺人用是強存視息，勉入水漿，殆純孝本諸性情，而幽貞嫻於禮義矣。

然其初也，郭氏紅絲，早諧佳偶；楊家白璧，用締良緣。謂坦腹之有人，豈齊眉而無日？何意玉樓作記，召還天上謫仙；遂令銀漢支機，慘絕橋邊織女。望婿鄉於何處，桂水雲封；入子舍以潸然，松江日暮。則有憫其孤苦，作爾蹇修，以合巹之未成，縱改絃其何害。太孺人矢諸皎日，凜若秋霜。謂婦人從一而終，敢以未婚爲解；儻女子十年乃字，除非死者復生。人自多言，天非不諒。既而阿翁殂謝，服婦絰以奔喪；嗣子夭亡，繼孫枝而爲後。太孺人身則常居外氏，心則恒念汝家。時享蒸嘗，無廢蘋蘩之薦；歲歸省視，克修榛棗之儀。蓋教弟姪者，即以教其孫；而全孝慈者，斯能全其節。故兩家子姓之成立，皆太孺人教育之力爲多也。爾乃歌傳寡鵠，雖同室罕聞其聲；繭製哀蠶，即比鄰難窺其面。厨下進伊蒲之饌，供養若斯；燈前誦般若之經，幽閒如許。蓋緣空業淨，固將白首同歸；而地老天荒，惟有丹心不改。悲哉，蘇武十九年尚得生還；寡矣，陶嬰五十載終成死別。此則從容尤難於慷慨，婦烈且遜於女貞者矣。嗟嗟！草解忘憂，木能連理。非無梁孟，式好瑟琴，亦有姬姜，工嚬粉黛。孰若太孺人之生而薄命，歿身不識所天；死亦完人，執手無慚入地者哉！

然使當日根非盤錯，魄本團欒。既約指以定情，遂同心而偕老。亦不過傳夫人之禮法，生色笄珈；又安能動織室之悲吟，爭光日月！是知名者實之歸，奇者正之至。淒風苦雨，儻易時而仍變和甘；獨鶴孤鸞，縱別調而總歸雅正。顧或謂女而不婦，人盡可夫。少乖中正之宜，微覺陰陽之戾。然則臣皆率土，未委質而猶非；女既許纓，復見金而不有。是何言也，庸可訓乎！

啟瑞居鄰杜母，引企風前；交契元卿，同遊日下。辱一編之展示，肅百拜以陳詞。謂太孺人苦節可貞，則庸行翻爲餘美；幽光自閟，知潛德無俟虛聲。然而松嶺孤標，雪霜斯阻；柏舟一賦，神鬼皆驚。即今諭旨榮膺，綽楔千秋式煥；叢祠列祀，馨香百世不遷。書竹簡以如新，起藁砧而無憾。又孰非太孺人辭之所不得辭，而報之適如其報者哉！於戲！典無忘祖，是當年資政之女孫；德足裕昆，式此日孝廉之大母。

徵和芙娉女史絕命詩啟

夫使媧皇鍊石，補完離恨之天；精衛銜沙，填滿相思之海。綠珠井畔，泉影常圓；紫玉墳邊，烟痕亦活。將絲彈別鶴，聞之未必傷心；曲譜孤鸞，作者亦爲多事。無如佳人命薄，少女風淒，蓋自古而已然，復於今而更甚。如芙娉女史，則有可感焉。爾乃一詩旅館，兩字閨名，未辨何年，不知誰氏。雖墨痕將淡，宛如薄霧迷空；而怨氣難消，猶共奔精照夜。加以館人解事，爲護餘芳；過客憐才，開書逸句。知其椿庭隨宦，梓里牽絲。橋待渡以鵲塡，筐未承而鵠寡。遂乃燕臺一騎，送以於歸；將同秦國三良，要之臨穴。古人云：生死亦大矣，豈不痛哉！

所異者，冶豔華年，淒涼遠路。餞荆卿於易水，豈有生還；送蘇武於河梁，眞成永訣。而乃安閒就道，慷慨登車。楊太眞環上羅衣，占來此日；薛靈芸壺中血淚，乾罷何時？雖脊令之在原，奈子規之啼樹。以故瓊花夜半，墮地無聲；楊柳春殘，飄風有絮。幽思縛繭，憾三起而三眠；彩筆鉤心，腸一迴而一斷。若非識字，招忌何來？設使多情，彼蒼亦老。此蓋憐生顧影，故作不平之鳴；愈知節誓撫心，無異靡他之志矣。

然僕於此尤有惜焉。夫其玄豹一斑，吉光片羽，已覺薫香摘豔，黃絹斯稱。若教累牘連篇，玉臺何讓。倘令嫁王昌於早歲，歸元相以終身，允宜名擅頌椒，才工詠絮。卽使凰求不遇，鳳侶仍孤，以衞女之兩髦，守陶嬰之七歲。從容就義，苦其節而節亦亨；婉娩全貞，死者生而生不愧。則更爲絳樹之雅話，彤史之幽馨已。豈知玉質恒碎，蘭香易摧。公主琵琶，魂空歸於月夜；才人鸚鵡，血竟染於芳洲。此絲絃所以多變徵之音，織室所以有愁容之繭也。

僕哀頑感豔，自覺情深，拂壁籠紗，頓增心重。鈔陽春於一紙，和巴曲之四章。敢告同人，共賡妍唱。庶使徐陵操選，佳製堪傳；杜集編名，彼姝不朽。假九原可作，方幸知已有人；料一寸已灰，敢怨他生未卜。

正藍旗護軍統領富僧德祭文 翰林院撰擬

詰戎制勝，爰資將帥之才；加禮飾終，用顯勤勞之績。念干城而望邈，俾泉壤以光生，聿考彝章，載頒寵綍。爾正藍旗護軍統領富僧德，素矢篤誠，夙昭果毅。

初登宿衛，驅馳歷有歲年；繼典戎行，敭歷兼乎內外。當分旄於玉壘，遂移鎮夫金城。耀池水之旌旗，壯邊城之鐍鑰。再登朝籍，復掌禁軍。陪都則用試師干，內秩則嗣膺翊衛。身依輦轂，心歷久而彌勤；卒練京營，位屢遷而弗懈。洎乎出關秉鉞，分陝建幢。六城之枹鼓稀鳴，麗譙風暖；四扇之關門不閉，畫角霜清。中雖罷職以還朝，旋即賞官而入侍。海疆防守，蜃氣潛消；禁旅統司，鵷班仍晉。方冀老成之倚畀，忽膺末疾以淪徂。錫以嘉名，命之『武壯』。既荷頒金於內府，復申奠醱於崇筵〔一〕。緬鶡冠宣力之勤，隆茲典禮；篤虎旅奉公之節，視此哀榮。靈而有知，庶其歆格！

【校】

〔一〕於崇筵：底本脱漏，此據嶺西五家本補。

題明茶陵陳氏文選補遺後

昭明文選一書，擷七代之英華，集諸家之翰藻。秦漢以下，蔚爲大宗。雖辭多排比，義聚鋪張，音則雅鄭不分，人則賢姦並列。江都三策，不與於篹綴；右軍一敘，或歎乎遺珠。然而體裁緐密，詞條豐蔚。約舉片言，風雅斯在。隨指一篇，門逕可尋。意專餉文士以膏馥，故非貽哲王以高龜鑑也。古之述者，意各有指，不託虛美，以溷名家。

陳氏此書，意在正蕭氏之闕失，補斯文之脫漏。然既襲其名號，便當挹彼芬馨，使後人知俎豆不祧，波瀾莫二，斯爲賢已。而乃體製多歧，淵源互異，不以能文爲本，而以立意爲宗。事異篇章，義乖準的。又況搜羅之富，未盡乎辭林；注釋之精，復愧乎書簏。是猶絓牛鼎於纖枯，綴狐裘以羔袖也。然而磨厲人心，標挈政軌，方之前哲所得爲多。平心推論，陳氏此書，但當別爲一集，而不當廁於蕭氏之後。至於詩賦頌贊，蓋無取焉。評騭諸詞，更加商搉。庶乎觀文化成，不讓前人以專美矣。今輒於校讀之次，刺舉疑義，列於眉端，復揭全書之得失於左。

經德堂文別集上

書檄二十二首自此至下篇經籍舉要後序皆視學湖北時作

到任告示

爲剴切曉諭事：照得朝廷設立學校之官，所以培養人材，以收異日得人之效也。故必有以導之於先，則規模可得而立；必有以防之於後，則弊竇可得而除。本院恭膺　簡命，視學斯土，自惟譾陋，竊以不克勝任是懼。惟是父兄師友之訓，所淵源而漸漬之者，固亦有年矣。又科名於諸生，有一日之長，用以舊所聞知者，爲諸生童告，且爲之申明約束，將以保全於先事而不犯者，爾生童其詳聽之。

夫所貴乎讀書爲士者，貴其有高乎四民之節，非取其美名以厚自崇奉也。爾生童自入塾受書以來，凡宗族交遊，無不以讀書之人相待，即爾亦儼然以讀書之人自居。然試問，爾起居飲食之閒，所爲不負此讀書之名者，何在？毋亦煖衣飽食，與蚩蚩之氓無以異乎？夫將欲盡此讀書之實，則必身體力行，以求爲孝弟忠信之人而無憾。即淺而言之，既生爲天地閒一日之人，必當辦天地閒一日之事。今試問，爾閒居終日，不耕而食，不蠶而衣，於區區所得自盡之職業，尚不能自問無愧，此直閒民之遊手者而已。返躬自省，能無汗顏？故今欲策勵爾等，於學必當以立志爲先。此志一定，則聰明材力俱從此出。夫志慮衰於逸欲，而精神生於勞頓。苟能以勤振之於始，以恒要之於終，將見德成名立，天下無難爲之事矣。器識既定，則文藝乃可得而言，文無今古，一以貫之。頗側之夫，矜怪僻而自喜；庸陋之子，守殘缺以自安。是在閎通，皆所貽誚。夫十三經、廿二史，固宇宙不刊之典，乃學人必讀之書。或慮注疏奥博，鮮所折衷，全史浩繁，難於覼記，則有欽定諸經，各學俱有頒發。及司馬氏之通鑑在。以資治通鑑原本爲佳，坊刻之鳳洲綱鑑及綱鑑易知錄，簡陋不足讀也。至若漢儒之訓詁，宜首通說文解字之書。東漢許叔重撰，近日金壇段氏注者爲勝。宋儒之義理，宜先讀小學、近思之錄〔一〕。二書皆朱子所輯，先輩於小學皆能成誦。近則罕有讀之者矣。近思錄以江愼修氏注者爲勝。然後毛鄭解經，毛名亨，漢人，作詩傳者。鄭名元，字康成，漢末人，諸經皆有注。程朱講學，謂語錄、性理諸書。成書具在。博考非難，格致誠正之功，固同條而共貫矣。若夫宋王氏應麟之困學紀聞、國朝顧氏炎武之日知錄，又讀書考古之鈐鍵也。近日嘉定錢氏之十駕齋、養新錄，高郵王氏之經義述聞、讀書雜志等書，亦攷證經籍、殫治見聞之助學者，所當朝夕覽玩者。外此如老、莊、管、荀之書，舉四子以該諸子。韓、柳、歐、蘇之集，蘇氏父子三人，益之曾氏、王氏，所謂古文八大家。非惟覽其雄文，適亦資其名理。六代而降，選學最尊。謂梁昭明文選。要其沈浸醲鬱，亦自成一家之學。苟能擷其菁華，亦終身用之而不盡。若乃漢魏古風，文選備矣。唐宋佳什，杜、韓、蘇、黃諸大家全集，能涉獵更佳。其選本則謹奉欽定唐宋詩醇作圭臬，足矣。陶性淑情，固學者所不廢。苟登高能賦，庶不擯於大雅之林。以上諸書，皆學人所必由之路，特爲爾生童舉其大概。其餘應觀書籍，可循序而自得之。

本院素所肄習，及今日考試爾等，俱不越此諸書之外。爾生童有能讀書者，所宜加之熟復；有未讀之者，所宜勉於方來。乃者塾師過崇簡略，經傳則每從刪節，史鑑則多未寓目，其他子集更所略諸。抑知文藝不從經史而來，便如强得易貧，無本易涸。且讀書既少，則才識卑陋。今日既爲樵夫所笑，異時豈於家國有裨？士不通經，果不足用，此賢父兄之責也。萬一生長僻鄉，師承或寡，亦當使其子弟遐稽古籍，博訪通人，廣彼見聞，宏茲器識。使夫出則可爲華國之材，處亦可爲潤身之具。要於科名，亦必有得無失也。望實兼美，不亦善乎！至於制藝、試帖、律賦、小楷，乃本朝取士之典，尤文人進身之階。託名於中，而不能自精其業，是惰農不力穡而望有秋也。

試思應試而來，所挾持者何具？如以有司爲有識則眞賞，固難以倖邀；如以有司爲無目則盜竊，尤覺其可恥。且聖賢之學，首宜執事敬。今士人以應試爲事，較之尋常日用，其鄭重當何如？　而乃以悠忽剽竊之心掉之，若如此可謂盡心焉者，則其虛浮詐僞已不堪自問，乃欲以欺考官而竊名器耶！　苟能盡其實心，則文藝皆爲有用。　蓋於我所當爲之事，皆以實心實力緯乎其閒，推之事事，莫不皆然。　則此生之學問經濟，其建立必有可觀。　此尤本院婆心苦口之言，指示親切之理也。　凡茲大節，所宜究心。　本院平日所聞於父師者如此，今爲爾生童告者卽以此。　要之事則切而不泛，功則簡而易從。守我良規，庶幾佳士。　若乃譸張爲幻，僥倖爲心，在爾等既以不肖之行處己，則本院亦將以不肖之心待人。　作僞孔多，數難更僕。　其大約有懷夾、槍替、聯號、賄囑諸弊。爾生童萬一有蹈於此，便爲不知自愛，自陷於法網之中。本院親承聖訓諄諄，以除弊爲務。　凡茲數者，有犯必懲，言有在先，誼無後悔。　若夫招搖驖騙之徒，其造作可無所不至。　爾生童求名念切，或至墮其術中，抑思本院忝竊功名，備員侍從，嘗酌水以勵志，可焚香而告天。　至於幕友家丁，早以嚴爲揀擇，必無姦宄不法之輩。　爾等如遇此匪人，信以爲眞，在青蠅點璧，固無傷本院之名，而清晝攫金，亦慮損爾等之實。　一有訪聞，定與招搖撞騙之人，一同鎖拏嚴辦。　要之本院既愛才如命，亦嫉惡如讎。　若寬法網於作姦犯科之人，是長倖進於造士興賢之地。　過存寬厚，必所不爲。　教戒之言，至此爲悉，或從或去，能者詳之。　夫教之而不明，使者之罪也；　言之而不從，爾生童之責也。　是邦鐘靈江漢，代有偉人，兼沐浴國家二百餘年教澤，人文淵藪，莫盛於今。　爾生童有志自立，必有能輝映先達、領袖後進者。　本院首之以培養，申之以約束，庶幾造就人材，期爲我國家收得人之效。　區區之忱，實盡佈焉。　爾生童各宜凜遵毋忽！　特示。

【校】

〔一〕近思之錄：卽近思錄，『之』字為作者所加。

隨棚告示

爲申嚴約束事，照得本院自蒞任以來，早有剴切曉諭一通，類行各屬。　其詞繁而不殺，所以致其諄切之意也。　但於勸學育才之意多，而摘姦發伏之詞少。　在有志自立者，因此得率循之路；而行險僥倖者，或仍存希冀之心。爲此再詳示爾生童知悉：凡作姦犯法之人，本院早深燭其僞，一經訪獲，斷難免於法網之中。又文人輕薄苟賤及市俗刁健詐僞之習，尤爾等之所當戒者。今特條列左方，用備良箴，以昭炯戒：

一、讀書以立品爲先，士有百行，方正其尤要也。向來生童考試，每因朋輩衆多，三五成羣，穿街插巷，窺人婦女，又有假尋覓寓所之名，因而闖人室家，佻達之風至斯極矣！更有鬭牌觀劇，酣歌羣飲，小則因口角而滋事，大則徇嗜欲以忘身。試思應試而來，所當爲者何事？如此自甘汙下，與屠沽市儈何殊？既爲齊民之所不爲，豈尚得以斯文自負？本院如有訪聞，及爲他人指告，生員則抑置劣等，童生則佳文不錄。若其情節較重，定加以應得之罪。

一、生童只須恪守學規，閉門攻苦，出而應試，以爲顯親揚名之地，不宜干涉外事，與人爭訟。既爲安靜讀書之人，人必不敢欺負於爾。即萬一有橫逆之來，亦須甘心順受。蓋我輩之所爭者大，豈屑與蚩蚩者逞一朝之忿乎？又有憑權藉勢，出入公門，假排難解紛之名，爲武斷鄉曲之計，此等揚揚意氣，只能欺哄鄉愚，不知上則爲國法之所誅責，中則爲有司之所簡賤，下則爲里閭之所唾罵。干謁酬應，究有何榮？本院隨處訪察，爾等如有自恃斯文，尋人爭訟，事不干己，暗地主唆，好結交官場，與平民硬作干證，及爲人代作刀筆，著有訟師名目者，定分別從重斥革究辦，以清學校。

一、地丁錢漕，國課攸關。無論新舊，各宜依限早完，斷不可延宕拖欠。既已身列黌序，即當爲民表率。若爾等尚如此藐法，則愚民更罔知畏懼。本院於此等風氣，疾之最嚴，儻有恃符抗欠、鬧漕包糧等弊，立即從嚴究辦。

一、考試爲朝廷拔取眞才之地，若使僥倖得以濫列，則名器因之而輕。乃愚昧之人不知攻苦於平日，祇欲倖獲於一旦，或懷挾舊文，或倩人槍替，甚則行賄買囑，墮入招搖騙者之術中。試思考官出題，千變萬化，爾即捆載而來，亦難望其倖合。且程文亦有佳否，未必盡能命中。萬一搜出責辦，何顏歸對父兄？求榮反辱，莫斯爲甚。至於槍替、賄囑，其身更爲行險。不惟本院稽察嚴密，爾等難以倖逃，卽同考之人皆得摘發於爾。一經犯出，罹於重罪，毀傷形體，汙辱門戶，豈不可懼可哀！若夫父兄境處殷實，愛其子弟，當勉以平時攻苦。苦心之人，天無不福。如行險僥倖，無論犯出獲罪，卽幸而得計，外人詈罵者愈多，自身則陷於至愚，子弟愈流爲不肖，卽因此而得封翁之號，祇增其醜，未見其榮。至於槍手之人，本皆用功寒士，但以饑寒切身，急何能擇？不知天下事，有至於餓殍而不肯爲，乃愈見讀書人骨氣。貧者，士之常也，豈遂可犯法營生？且榜上多一冒進之人，卽學中少一眞才之士，寒畯致身之途，自此而塞。故槍手最爲學校之蠹，本院益深惡而痛絕之。要之，此輩果自謀科名，何患不出人頭地？較之爲人作嫁，所得孰多？而乃舍己芸人，惟利是視，彼既爲人竊國家之名器，而冥漠中卽以伊所應得之名器折之。試觀自來槍手，其爲人無不獲雋，而本身必至潦倒場屋，子孫斷絕書香。蓋天與聰明而誤用之，其受罰必較他人更甚。本院深願爾回首迷途，自致其身於青雲之上。如其作惡不悛，訪獲後定當盡法懲治。平日憐才愛士之心，萬萬不施於此。爾等其戒之！慎之！

一、自來考試之時，招搖撞騙之徒所在多有。此輩百出其術，以爲騙人錢財地步。或妄稱本官密友，或濫認本署舊人，或稱與家丁幕友相周旋，或稱與內署官親相識認。譸張爲幻，不可勝窮。爾等但當深信本院而不疑，則此輩自無置喙之地。如本院尚爲此貪汙不法之事，必將爲天地所不容。至於幕友、官親、家人等，亦隨時稽察，再三約束，必不至以如此之人置之署內。深願爾等早絕妄念，以免貽累僉人。察湖北爲粵省進京要道，本院當日公車北上，或多識面之人。今茲戚友南來，不乏故鄉之客在。本院向所認識及親朋來投者，決不肯爲此作姦犯法之事。深恐姦人假冒，爾等墮其術中，本院除按臨所至諄囑地方官嚴密訪拏究辦外，特先行諭知，無貽後悔。

一、生童既爲應試而來，定須心和氣平，沈潛安靜，則輕浮因之以除，智慧因之以生。入場作文自然充暢活潑，機法俱到，其於命中十得八九矣。若乃浮燥囂陵，逐物妄動，或因開門之始，聚衆而肆其喧嘩，或因點名之時，乘勢而競爲擁擠，甚囂塵上，皆所不辭。不知開門自有時刻，點名亦有次序，喧嘩擁擠，但見其苦，未見其益，徒使心麤氣浮，文思迷亂，豈非於自己進取之途轉有害耶！又有不守場規，移席换卷，丢紙説話，顧盼攙越，抗拒犯規，吟哦不完者，謹照學政全書刊刻十印，犯者印於卷面，文擯不錄。幸勿自誤！

一、凡考武生童，爾等既名爲習武，平時弓馬衣服之費，花消父兄錢財，較之考文者所用尤多。更須用心巴結，謀一進身之路，方可爲人爲子。如因得逐隊觀場便爲體面，終日閒遊放蕩，全不思練習武藝，愛惜有用之身，將來爲國家出力，則爾等所考者何事？爾父兄有如許之錢，供爾花用耶？且既無事閒游，必至成羣結黨，横生口角，如犯出使本院聞知者，定行從嚴懲戒。

一、向來學政之與生童，誼等師生，無不聯爲一體。本院忝爲讀書之人，豈有不存此心。蓋常譬之如塾師，然其徒有與人爭競者，無論事之曲直，但當嚴飭自己之生徒，使他人聞之而自愧。若又助其徒以與人爭競，卽使其直，豈不長囂陵之風，而爲他人所竊議乎？故爾等有干預外事，與人爭競，本院衹知嚴懲，決無袒護。此實先事預防，愛惜同志之苦心，因不憚再三致囑，愼勿以爲過刻而疑之也。

右所戒八條，皆學校中向來同病。爾生童生長名邦，承父師之教誨，其於此病犯之者，自當或寡。然猶恐其中立脚未穩，比匪有傷溺向來之積習，逞一朝之意氣，迷途自誤，蓋不免焉。一經犯案鎖拏，本院卽痛切肌膚，亦不能以三尺之法，爲爾生童曲恕。因此不憚重申教誡，冀畏法者愼之於始，悔過者改之於先。爾等安分讀書，束身寡過。如經此次曉諭之後，仍有作惡不悛，犯吾所戒者，定當盡法懲治，決不姑寬。凜之愼之，毋違！特示。

責成派保示

爲申明舊章事，照得童試設立認保，原以稽查童生舞弊。本童如果犯法，廩保無不知情。本院先有責成認保認眞稽查之諭，爾諸生既得見之矣。復查功令設有派保，以廩生補廩先後，按照童生府考名次，照數均派，周而復始。原恐認保及本童通同作弊，更難摘發，是以復設派保以爲糾察。良法美意至周且密，通行天下，罔敢不遵。本院風聞襄郡考試，該童私立派保，不遵提調及教官照例所派，公事私辦，實爲向來陋習。本院執法從事，豈容長此澆風！業經訪聞，合行先爲示諭。爲此示仰該派保廩生等知悉：

爾等須將名下所派之童，實力稽查身家清白、有無冒名頂替。儻有此等情弊，許爾等派保先行出首，或點名時當堂回明。如其事有根由，本院定將認保本童治以應得之罪，且將爾察出之派保提優等。如其扶同作弊，定與該認保本童一體究懲。本院令出惟行，如該生童等有因其礙難作弊，造言阻撓，或仍復視爲具文，是玩視國法，而不遵本院之條教也。定當按律嚴懲，決不姑寬。凜之愼之，毋違！特示。

嚴禁夾帶示

爲嚴禁夾帶事，照得文場夾帶，例禁森嚴。本院欲拔眞材，先剔弊竇。深慮爾生童等自甘僥倖，求榮反辱，合行先爲示諭。爲此詳示爾等生童知悉：

本院無論四書、五經，及詩賦策題，決不命割裂書理、隱僻險怪等類，務使爾等不必定閱講章，而後可以下筆。萬一詩賦題有稍有隱僻者，本院必於題下注明出處，使爾等了然於心，自能了然於手。儻有工夫結實學問淹雅者，自可於所作中見之。爾等若私帶講章及類典諸書，誠爲無益。至於小本時文，其中所擬之題甚熟，其文惟取其備，不取其佳。爾等帶之未必倖合，即合亦未能必售。作偽心勞，徒自苦耳。試思勝敗乃文家之常，即不考優等不入泮，於我固覺無傷。有志者，事竟成，將來誰得限量？如作此犯法之事，一經敗露，其受辱豈可勝言！本院深慮爾等無知，自陷於法，羞及爾父兄師友，不忍不教而誅。經此次曉諭之後，如有不自愛惜，尚圖僥倖者，本院惟嚴飭差役搜檢，無論片紙隻字，當即照例嚴懲。爾等其戒之愼之！爾父兄師友亦宜預先教誡，勿待法及於身，而悔之弗及也。特示。

嚴禁匿喪示

照得匿喪應試，例禁森嚴。推其忘親求名，最爲風俗人心之害。本院職司教化，豈容稍長此風！昨據襄陽府詳報，襄陽縣武童尚光典、尚定泰，伊父武生尚學仕於去歲九月病故，伊等並未呈報丁憂，自請扣考。直至生員張福雲等公呈舉報，傳訊該童，始認丁憂屬實。試思院考在卽，萬一未被該生等舉發，該童等豈不朦混應試，棄天倫而藐服制，其心尚可問乎？本應按律嚴究，姑念其未過院考，且或陷於不知，未經呈報，是以從寬免究。因思此外武童，及將來科試文童，保無有仍蹈故轍、自罹法網者，除仰該府隨時查明詳報扣考外，合行曉諭。爲此示仰該屬文武童生知悉：

爾等如有服制在身，斷不可赴郡應試，一經地方官查出詳報，或被他人告發，本院惟按律懲辦，決不姑寬。爾等自思罪當何條，應亦凜然生畏。復念忘親者不可爲子，更覺於心何安？一遇此事，卽當赴縣報名自請扣考，以防他人冒爾之名，私行應試，將來株累不清。至此次生員張福雲、竇作相，武生張得祿、朱連三呈報得實，應於此次歲考時提等示獎。該童認保張宏錚等，業已罰停餼廩示懲，並諭各屬廩保知之。爾等具有稽察之責，如有此等情弊，本院亦難輕恕於爾也。愼之，毋違！特示。

嚴禁匿名揭帖示

爲預行剴諭事，照得匿名揭帖，例禁森嚴。犯出之後，其獲罪亦甚重。本院案臨襄郡，訪聞此郡士習素稱安靜，文風亦多可觀。惟匿名揭帖之風，向屬不免。此種造言生事，誣害善良，誹謗官長，其居心甚險，其詐僞亦不可勝窮。本院明知此不肖之事，斷非爾郡中安靜讀書人所爲。然而非爾郡中之人，亦孰肯甘心爲此？此等惡習，深爲爾郡人之恥。本院深願爾等束修自愛者，廣爲勸諭。更願無知犯法者，力洗前愆。試思爾等匿名揭帖，於人何損？而暗則必遭冥譴，明則蹈於國法，有何益哉！本院不忍不教而誅，合行先爲示諭。爲此示仰闔屬生童人等知悉，經此次曉諭之後，爾等如有仍蹈故習，不知自愛者，本院已面諭地方官及各學教官等，一體嚴訪密拏，獲日照律懲辦。爾等當加倍懍遵，毋蹈於法。至爾父兄耆老及知事生童，如能將本院之言廣爲勸戒，以期共革澆風，尤本院之所厚望也。毋違！特示。

復試告示

爲預行曉諭事，照得本院衡文校士，原貴識拔眞才。是以槍冒頂替，卽嚴禁於未發之先； 搜檢稽查，復慎重於臨場之際。務期姦僞盡絕，則英俊可卜其彙征。然猶恐行險僥倖者，竟出於所防之外，覈實之方安可不嚴查？向例文童新進，設有復試一場，如有筆跡不符，文理荒謬者，照例扣除究辦，誠爲鄭重人才起見，非樂於既與之後而復奪之也。本院意存覈實，於此等復試，尤不視爲泛常，必終日親爲巡視。如有作僞之徒，斷難倖逃於其閒。卽經查出之後，必破除情面，立予扣除，並嚴究正場槍冒及通同作弊之人，以憑核辦。深恐爾等見正場取進，卽視爲已得而意氣揚揚，則一經扣除，其情形必更有難堪。合行先爲曉諭，爲此詳示爾新進童生知悉：

爾等如自揣得之非分，雖正案有名，慎勿欣喜，或舉家相慶，及飲酒讌客等事。萬一既得復失，何顏處於鄉里之中？本院執法嚴而慮事周，實爲國家愛惜名器之心，於勢不得不然。而慮爾等無知妄爲，致被扣除，猶復受人訕笑，亦哀矜之情有不能自已也。慎之戒之！特示。

復試臨場示諭

諭新進童生知悉，照得復試一場，所以嚴覈眞才，杜絕冒僞，使僥倖於正場者，無不敗露。於是時，本院於此等考試，尤不視爲泛常。是以有預行曉諭之言，爾諸童既得見之矣。深恐爾等能文之士，欲救人而實以自誤，若不先爲教誡，則犯法尤屬可矜。爲此，示仰新進諸童知悉：

凡正場以舞弊倖獲之人，遇復試之時，倩爾等代爲執筆，或以不通文稿求爲删潤者，必不可聽其情懇賄囑。如有此等情弊，經本院查出，定將爾等代作代改之人，一並扣除懲辦。爾等慎勿以已成之名，毀之於他人之手也。特諭。

曉諭生童講求音韻示

爲諄切誨諭事，照得朝廷功令生童考試，設立試帖一首，將使之揚扢乎風雅，陶淑乎性情，恬吟密詠，以漸進於溫柔敦厚之域而不自覺也。楚北向爲風騷之地，先賢餘韻留遺至今。襄陽又孟浩然、皮襲美舊鄉，風雅之宗於是乎在。本院昨日考試，見生員試帖多有可觀，工緻者亦不乏人。乃童生正場，其試帖頗多劣句，並平仄不調者，幾於十之七八。因思爾等入塾受書之日，豈竟未將此事肄習？抑或父兄師友具有傳受淵源，而爾等置若罔聞？因而場中率爾操觚，村俗之氣殊不可耐！遂有佳文，坐此擯斥者非一。本院深念爾等陷於不知，並非有心之誤。觀此時文兩藝匀稱，卽詩中失黏一二字，尚不能不勉强取進。因思明歲秋闈伊邇，爾等若尚不知改，則因此被斥，豈能歸咎主司？卽本院科試在卽，爾等如再沿此陋習，亦殊非鄭重場屋之道，合行剴切曉諭。爲此，詳示爾應考文童知悉：

爾等當謹照欽定字典四聲分韻之法，於平上去入字音，平日熟悉講貫，且於試帖名作熟讀多看，則口角自然流利，音韻自然調協。場中閲看，其於取中之道，必能相助爲功。本院忝居此任，以培植士風，振興文教爲專責。但當取爾之長，何敢形人之短。深願爾諸童潛心講貫，共成彬雅之才。復望爾生員以教讀爲業者，講塾中尤宜以此爲先務。在爾生員等見聞較廣，豈可以己之所知所能者，而於後進獨秘而不宣？儻能戶誦家絃，使承學之士不貽譏於鄙陋，用以繼爾鄉先輩之遺風，而無負聖朝文明之化。區區之意，有厚望焉。凜之，毋違！特示。

勸諭鄖陽府生員入省讀書示

爲廣行勸諭以育人材事：照得良材不擇地而生，而英靈亦積久必發。故庸流多自棄於無聞之地，志士每奮迹於寂寞之鄉。風會視人心爲轉移，人心之奮發，實風會有必開之漸。司化導之權者，不過提挈之、引翼之而已。樹風聲而破積習者，顧不在豪傑之士哉！

本院忝以詞曹，持衡楚北，按臨襄鄖，爰及於茲，始聞道路紛紛，多謂鄖陽地方向來偏僻，文風在楚北爲最下，士習樸陋皆無足觀。乃先於塗次接閲各屬觀風課卷，見其詩文亦頗彬雅可誦。下車之後，接考生童經古正場、復試各件文藝，亦多斐然可觀，始知外間之言未盡足憑，而英儁之材所在多有。顧檢閲志乘，見其登賢書者，二百餘年中不過十有餘人。細思其由，不能自解。豈眞文藝之拙，較他郡莫之或先？抑亦風會所開，在邊隅輒居其後？夫善賈必集於五都之市，而高談恒萃於稷下之門。非其性然，其所處之地良也。古之英傑，有生其地，而不囿其地者矣。未有不離其鄉井游於上國，而可以發名成業者也。本院思爾郡科名闃寂之由，得非地處偏僻，師承尠少，因之見聞寡昧，不能得風氣之先，縱有美才，亦湮沒而無以自振。昔公孫丑遇孟子之賢，尚致『子誠齊人』之歎，況於今之人士，又何怪乎？

本院深惟陳良北學之風，竊仿文翁教蜀之義，欲令爾諸生之才質尤異者，肄業省城江漢書院，冀得博觀約取，收事賢友仁之功。蓋見聞由茲廣博，而器識亦因之閎遠矣。至於文字，涵濡漸染，功候成熟，必當易易。科名之捷，更無難焉。儻遇本院駐節省垣，或傳爾等進署面課，詳悉講解，必不視爲泛常。膏火之資，待與各大憲籌款，從厚資給所選生員。起馬前，再爲牌示，卽不在選中而願去者，自屬有志之士，本院亦當視同一律。卽或選中而家有父母，不令遠出，或須以館穀營生者，亦不勉强。抑更有慮者，省城爲繁華奔競之地，諸生閉戶習業，當無暇更及其他。如有不自檢束失身卑下者，是本院教育之苦心，轉足爲長浮華、壞心術之漸。一有訪聞，卽交該監院教官勒令回籍，注劣示懲。爾父兄等於子弟進省之時，尤須以此諄諄教誡，無令務其末而忘其本，使爾湻樸之地，致開浮靡之風。

夫時地之說，庸流之所以自限，而豪傑有志之士，所樂乘之以自見者也。諸生苟能奮然興起，卽方之古人，尚不多讓，何況於並世之士哉！行矣，勉旃！異日有學成名立，而歸於鄉里者，是爾父兄之所大願，抑亦使者之所甚快也。毋忽，特示。

牌示

照得本院前有告示一通，勸爾生員等入省讀書，誠爲培植爾郡中人材起見。所有挑取生員，合行牌示左方。諸生可即赴該管教官衙門，自言可入省讀書與否，以便由學申詳，本院再札行江漢書院監院，使爾等到省之後得所依歸。至此外各生有志赴省者，即赴該學報名，一律辦理。諸生當力圖上進，無負本院培植之苦心。勉之！特諭。

勉勵不得選拔諸生示諭

照得選拔一途，將取通今博古之才，以備國家之用。士之得預選者，較之鄉薦，人尤豔之。蓋以歷年既久而始遇，而得之者又出於衆目昭著，非可以倖獲也。是以功令既定爲十二年一次，而其額則限以府學二人，縣學一人，但許缺數，無許濫充。朝廷慎重遴選之心，斤斤若此。無如科目向有定制，而人材日見奮興。襄陽爲古來形勝之區，士之鐘靈秀於山川者，代不乏才。

本院校閱各學考拔生員，除遵照定例，俱屬足額，及按照前院朱所辦定章程，不取陪貢外，如襄陽縣學之應考生員劉漸逵、張起靜，宜城縣學之魏湋，南漳縣學之劉組青，穀城縣學張恒泰，均州學之陳、童梓類，皆潛心績學，各件尚佳，實因每學額定一名，而悉心校閲諸生，較現在所取之人，亦不能無一日之短。是以割愛，姑從舍旃。此外縱不能各件俱佳，而詩文或有一長者，亦不無其人。要之，戰勝於棘闈，則摸索暗中得鹿者，未知誰手。而衡文於試院，則光明白地獲雋者，要自有眞。本院公正存心，潔清自矢，諒爲士林所共信，不慮誹謗之横加。今所以不忘諸生，而復爲是曉曉者，恐諸生因此小失，輒銷鋭氣，轉致明歲秋闈伊邇，自弛厥功。夫士人出身正途，自當以鄉舉廷對，爲致身青雲之地。今乃舍寛就窄，一發不中，便生退葸，或形怨尤，豈不負此大可用之材，而爲豪傑之士所竊笑乎？本院恐諸生或蹈此失，不憚諟言，用當忠告。所期諸生無忘已能之業，加以日益之功，先窮經以厚其本原，多讀書以擴其識見。古所稱歷金門而上玉堂者，吾知非生等莫屬也。目前區區之得失，何足介意乎！勉旃毋忽！

月課書院示

爲曉諭事，照得書院之設，原爲培植人材起見。但行之日久，不免視爲具文。每逢課期，多有倩人槍替，或一人冒領兩卷，及聯坐私改文字，僥倖優取。亦有擁擠喧嘩，臨場東西亂號，或高聲笑談。似此惡習，既失先輩講學修業之意，亦違朝廷崇儒造士之心。

本院隨在務挽澆風，亦每事須求實效。此次月課業定期在院扃，試場規略仿正場。毋許爾生童仍蹈從前諸弊。或有敢違拗不遵教率者，於其初犯，姑提出面加誨諭，再犯之後，定行戒飭，重者革出書院。爾等如謂本院故爲多事，立意過嚴，則國家設立書院之意，豈容有此蔑禮犯義者於其中！抑思爾果能恪守規條，本院豈有苛求之理。其生員取列超等、童生取列上取者，於出榜之日，即示期再進院面試，以期眞才之得以自見，而作僞者莫能倖邀。如復試託故不來，即將其優取扣除不計。爾等之懷才待試者，當甚願本院之嚴切，斷不怨本院之煩苛也。慎之毋違！特示。

曉諭書院生童示

爲曉諭事，照得國家書院之設，所以培養士林。而士之萃處於中者，固將以事賢友仁、收嚴憚切磋之益，以成其材也。然而立法既久，或名在而實不相符；聚處既多，或益少而損將彌甚。本院昔爲秀士肄業其中，稔知書院風氣不齊，莠良雜出。要之能自立者，雖入汙而泥不染；苟自敗者，則先腐而蟲乃生。精於勤者，日起有功；荒於嬉者，自貽伊戚。是以歷陳其利害得失，爲諸生童詳告之。

諸生童既肄業院中，便是勤苦讀書有志上進之士。平日父母兄弟所屬望於我者，莫不以顯親揚名爲重。儻不盡心攻苦，努力向上，自問何以爲子，何以爲人？科名本身外之物，然一念吾親屬望之心，則不敢不視爲分內。所謂人子體此，而以父母之心爲心，即是孝道之大端也。諸生童苟能刻刻常存此意，則立身制行，自不至流入不肖。而讀書作文，精神必益加奮勵，志氣必不敢怠荒。一念之善，天牖其衷，諸福之源，由此而集，何患所業之不成，所志之不就哉！如其萎靡不振，防檢不修，則羣萃州處之中，正可爲談笑嬉游之地。呼朋引類，觴酒往還，浮華相尚，奔競日開，甚而恃衆陵人，議論蠭起。凡此諸弊，皆本院於他處確有見聞。楚北素稱多士，諒能不染澆風。但使者愛才爲心，見人之失，如己之失，教誡之方，不得不防之於早。總之，爲不肖之人，便是天奪其魄。聖賢於不可與有言、不可與有爲者，而謂之爲自暴自棄，見得彼只是不知自愛而已，於人何與哉？又曰：天作孽，猶可爲；自作孽，不可活。人苟自甘頽廢，汙下不辭，則貧賤艱難便是自己所招，理所應受。以最淺最顯者言之，如見人應試發科，便曰彼誠有命，豈由攻苦而得，我卽攻苦，其如命何？不知爾不能攻苦，便是爾命當窮餓。苟能奮然興起，則卽此一念，便爲將來顯達之徵。推之惠迪吉，從逆凶，罔非此道。故學者之立志不可不預也。

諸生幸處太平無事，家中麤有衣食，便當返己問心，過一日盡一日間應爲之事。每逢官師課期，所作文藝不必預期其善否，但當盡我心力爲之，功候成熟，必有效驗。平時伏案讀書，務思開卷有益。本院所刻經籍舉要一書，言之備矣。窗下不知積累，臨場空疏無據，雖悔，其可追乎？至於院中朋友雖雜，大約賢者多而不肖者寡。總要自己慎於出入，遇匪人則遠之。使若冰炭不投，安能浼我？居恒所往來者，同心之友，毋過二三，專取直諒多聞，助成德業，此乃眞能收朋友講習之益，而不愧爲書院肄業之人矣。諸生童由此則利，不由此則害，循是則得，反是則失，願身體而力行焉。

本院出棚在卽，不能親課爾等。夏間回轅，必訪問山長及監院學師。爾等如能慎守學規，專心誦讀，本院之所甚幸也。如有不遵教率，犯前所戒，經本院體訪得實，定當分別戒飭，用示薄懲，重則革出書院。夫以養士興賢之地，而果有此事，亦使者之所不忍言也。爾生童諒能自愛焉。勉之毋違！特示。

與書院諸生論文諭帖

近時文章通病，大約經籍之溫習未熟，史册之探討未深，專於時墨數篇，尋討生活，以故根柢淺薄。所作之文，卑者則塵俗腐爛，不堪入目；高者亦不過機局流暢，皮膚光華，細索其中，有如醫家所謂蔥脈外浮中空，按之毫無實際。楚北鐘靈江漢，黄岡、鐘陵，並峙其間。其文之精實雄厚，夫復何如。近日風會所趨，實有今不如昔之歎。

本院忝司文柄，細思文風與世運相維之理，良用惕然。深願文風之日進於博大昌明，則世運乃日見夫鴻龐敦厚，而此中相維相繫之旨，則必以諸生之作養爲先。因此下車之日，即諄諄勸諸生以讀書爲務，並詳示入手用功之法。今觀諸生所作之文，大都華而不實，囂而不靜，浮而不切，淺而不深。此皆由平日絕少爲己之功，疲精役神於務外徇人之事。本院聞武昌省城中，最重生日喜慶，酬酢往來，此固風俗之克敦古處。而以讀書人爲此，大有妨於誦讀之功。深願有志者鍵戶下帷，毋爲時俗所誤。又書院陋習，多以一人頂作兩卷，以致筆機剽滑。品望既卑，名場亦遭擯棄，圖小利而忘大害，更爲愚焉。果有潛心伏案之士，便當溫習經典，瀏覽史籍。士人雖貧，然七經與綱鑑諸書，不過數千文可得。稍省日用，便可獲益終身，不當枯守高頭講章、臭爛時文，以致場中極意經營，不過成爲千手雷同之技。且平日根柢培植深厚，下筆自有理實，有理實則有議論，有議論則有光燄。即用詞藻，自能擷經之腴，不致拾人牙慧，陳陳相因。兼且文心靜細，無甚囂塵上之習；氣脈沈實，有岳峙山安之象。文風既振，則民俗之歸厚即在其中。庶幾代聖立言，乃有裨於實用矣。

本院竊惟朋友相交，尚有忠告之道。今明知諸生之失，而不舉以相告，揆之使職，殆有缺焉。如曰務人之短，以炫己長，則殊非本心之所敢出也。願諸生無忘其已能者，而益勉其未能者，則使者有深幸焉。

考古牌示

示諭考古生童人等知悉，本院閲爾等觀風之賦，多未識體裁，今將易犯各病開列於左。場屋其自檢之，毋違，特示。

一、既作古賦，不得用四六排調，用四六排調，便謂之律賦。律賦中，不得用五七字句。

一、五七字句乃六朝俳賦體。既作俳賦，通幅皆不得用四六聯。

一、作古賦末段可用『歌曰』、『亂曰』，律賦則斷不可用。

一、律賦每段起處，不得用四六長聯，即四字句雙排亦不可用。

一、賦句雖長，無過七字。若八字九字，便不相宜。惟段末收束兜裹之筆，則不論。

生員考古草率牌示

爲曉諭事，照得科試選拔在邇，此朝廷科名鉅典，自宜拔取眞才。諸生有志向上者，更宜用心巴結，以爲出身之地。而經古等場，尤足覘其宿學。乃昨日考試經古生員，有經本院於觀風時取列前茅者，此次竟以草率了事，與其前卷如出兩人。此等若非觀風卷非其自作，即昨日場中代他人執筆，因而勢難兼顧。試思爾等皆可望取拔貢之人，何爲舍己芸人，自誤若此。又考拔場中，向有幫貢陋習。本院惟擢取眞才，果係本人自作，雖未能盡佳，亦屬可取。如出於衆人幫助，即幾於美善，亦所不錄。爲此先行剴諭知之，以便爾等於考拔時，專心用功，作己之文。而明日經古復試，尤宜各盡所長可也。懍之毋違！特示。

補取經古童生牌示

照得前日考試經古，有襄陽縣童生朱元岱，本院復閱試卷，各件俱佳，不肯諱言衡校粗心，致令埋沒。朱元岱着補入正取一名。仰原廩保帶同於　日　刻進院復試，毋得遲誤。特示。

扣除考古荒謬童生不准入正場牌示

照得昨日考試童生經古，內有天門縣童生童某一卷，直作戲而不作文，詞意尤荒謬異常。本應嚴傳重責，姑從寬免究。正場著不準其應考。該廩生左莘衡，如再濫保此等不肖之徒，定行從嚴斥責。特示。

責成廪保牌示

照得朝廷功令，設立廪保，原以稽查童生舞弊。本童如果犯法，廪保無不知情。本院欲除考場諸弊，自當以責成廪保爲先。爲此牌示各學廪生知悉：

爾等如查得某童生不甚的當，着卽將保結掣回。他廪保知情，許當堂首告，並責成派保一體稽查。如果舉發得實，本院定優加獎勵。儻敢扶同作弊，定照例加倍嚴懲。至正場點名之時，尤當認眞。本童高聲答保，愼勿視爲具文，釀成弊端，以已成之功名，毁之於不肖童生之手。毋忽，特示。

獎勵舉發槍冒及懲戒認保槍冒之廪生牌示

照得前日東陽童生謝登翰，雇倩槍手咸寧童生王用賓，頂冒伊堂弟謝登青姓名，入場換卷。經該廪派保等當堂囘明查出，業將該童等枷號示衆，照例嚴辦。此外各屬應考諸童，當知所儆戒矣。惟是童生舞弊，廪保無不知情。今該童謝登青之認保謝樹模，雖據當堂囘明，惟在假冒者應名接卷，及該派保等舉發之後，當其答保之時，已屬失於覺察。謝樹模着發學戒飭，此後永不許派充認保。至該童謝登翰之派保靳燡、謝登青之派保張名衎，當堂指出其中情弊，實屬稽查得力，持正可嘉。靳燡已應考，着於此次科試提等。張名衎未經科試，着於賞賚日進院一體聽候獎賞，以示鼓勵。爾廪生亦當知所儆戒，毋蹈於法，自毁其前程也。特諭。

嚴飭認保槍冒之廪生斥革究辦牌示

前日襄陽府學吴教授、萬訓導當堂囘明：廪生張誠肅向不的實業，於府縣考時諭令不準充保，乃該生抗不遵諭，仍保人至六十名之多。本院因事在臨時，不便當堂更易，是以姑準充保，隨將該廪生面加申飭，諭以所保之童如有取進者，定行從嚴另提面試。並着落該教官諭令派保等實力稽查，乃於點名時，隨被廪生席方璘舉發槍冒一人，卽係該生張誠肅所保。是該教官之先事預防，不爲無見。而採聽得實，尤屬可嘉。府學吴教授、萬訓導，着各記大功一次。

此後各屬教官，務於考試時認眞稽察，如有廩生向著濫保之名，即於府縣考時諭令不準充保。儻該生抗不遵諭，即行申詳革辦。所認之童，責令另行取保。至此次張誠肅濫保槍冒一案，業經提調官訊，係知情，應於定讞時將該生加等重辦，以爲廩生扶同舞弊者戒。查科案新進文童，並無該生所保之人，前諭嚴行面試，並令該教官及派保等著實稽查一層，應毋庸議。特諭。

經德堂文別集下

書檄十八首

諭生童來郡應試各宜安靜牌示

照得諸生童來此應試，理宜安肅清靜，方足以昭功令而崇學校。除嚴行申諭外，合再牌示。爲此，示仰闔屬應考生童知悉：

凡一切茶樓酒館，爾等卽係讀書之人，毋得濫入生事。各人在寓，安分守己，所有衣服文具留心照管，庶免遺失，致生口角。如果恃衆滋事，本院亦斷不寬徇。爾等務各束修自愛，無負本院教育之心。凜之，特示。

扣除不另補牌示

照得此次科試，東陽縣學復試筆迹不符，致被扣除者二名。查皆系廩生史某所保，雖據詰問時，力稱進場俱係本童，並非槍冒頂替。惟該縣學額僅有十五名，而此次以筆迹不符扣除者，竟有二名，且係該廩生所保。是該生平日之濫交，臨場之濫保，已可概見。姑從寬罰停餼廩二年，用示薄懲。着該學註册存記，下次如再有濫保實蹟，卽回明後任學院斥革，加倍嚴辦。

至此次東陽應考文童，臨場雇人頂冒者，則有謝登翰；復試筆迹不符者，又有唐文銳及楊正煥二人。該縣士習之不安靜醇正，卽此可知。此次楊正煥扣除之缺，業不另補，使該縣缺額一名，以爲士習偷詐者戒。本院將來仍移知後任學院，於下次考試時細查該縣生童。如再有此等情弊，定將該縣撥府名數，盡行移歸別縣，以儆澆風。爾縣士子當知所儆惕，無蹈於法。而各屬廩生尤當知所創懲，毋待法及於身而悔之弗及也。特諭。

嚴禁武童技勇夾帶示

照得朝廷設立武場考試，原期得勇力之士，用備干城。若使冒濫者得以倖邀，則眞材無由自見。本院聞近日武童考試技勇，多有私帶皮條。上至手腕，中緣腰膂，下蹠至足。凡遇開弓之時，可以偷助氣力至十餘力、二十力不等。似此僥倖存心，實爲試場之害。本院早知此弊，復念襄陽府武風向來稱盛，未必有此弊端，然不可不預防其漸。爲此示諭武童等知悉：

明日考試硬弓，本院查看形迹可疑者，必令差役搜檢，如帶有皮條等件，定行罰跪責逐。爾諸童慎勿求榮反辱，自取罪戾。至開試硬弓，亦須自量其力，不必勉强。凡力量中平者，只須先請二號。既開二號，力量有餘，再請頭號，或請出號，不得冒昧妄請。如妄請頭號而開不能脫，或不能平者，本院亦不計算。慎之毋違！

特諭。

馬步箭不入格不必考試技勇牌示

照得勝敗乃兵家之常，至於射箭之中否，更難一定。特是名場取士，不能不觀一日之短長，以爲去取之分。爾諸童中，如有馬步箭全行落空，及馬步箭共計不及三條者，自難僥倖錄取。明日考試技勇，俱可不必觀場。不惟本院空費目力，而爾等亦白賠辛苦。但須趁此青年，力圖上進，下屆考試，必可成名，不必以今日之終場爲體面也。特諭。

武童技勇牌示

諭應考武童知悉，本日考試技勇，諸童等上堂先行報名，便行請弓。或請頭號，或請二號、三號，或請出號。只須三字，不必多言。既開弓之後，便下舉刀石，再行報名接卷。又開試硬弓，須各自量力，不必勉强。凡力量中平者，只須先請二號。既開二號，量力有餘，再請頭號，或請出號，不得冒昧妄請。如妄請頭號、出號，而開不能脫，或不能平者，本院亦不計算。慎之毋違！

特示。

嚴飭新進武童復試玩延牌示

照得本日武童復試，延至戌刻尚未齊集。現據襄陽、穀城、均州三學教官稟稱，有新入各該學之武童某某等，竟不邀同廪保，親身赴學。該學飭門斗往傳，並不採理。兼有本家及教師人等赴學把持，出言辱及學師。似此目無師長，豈尚可爲學校中人！照例竟予扣除，亦爲伊等應得之罪。今時已至此，不便再延。本院視升堂時無該童印卷，定行扣除。並許該學將把持之人卽行稟明，以憑究辦，庶足以整學校而革澆風。特示。

發還月課卷札

爲發還課卷事，照得全書內開載，教官每月課試士子，仍將課期及取列優等試卷，按月按季報解查覈。是定例月課之文，原歸教官評定甲乙，然後解院覆閱，所以察勤惰而肅綱紀也。今該學解到月課卷，並未詳加評閱，取定等第，殊屬違例取巧，厥職不修，合將原卷發還。爲此札仰該學，卽將原卷詳加評閱，取定等第，剋期解院，以憑查覈。毋違。

頒發五經詩題經解札諭

照得本院有五經詩題及經解題共一紙，發給歲試一等各生，及凡生員之有志上進者，俾於窗下肄習。爲此札仰該學，文到卽將發來題紙，先分給一等生員。其餘願作者就近傳抄，作與不作，各從其志。其卷務於科試前申解呈閱，亦準於案臨時就近呈送。本院將培植諸生經古之學，該學毋得視爲具文，草率了事。尤不許書斗於傳送題紙時，藉端滋擾。毋違此札！

經解內徵引書傳，用小字雙行注於句下。不能實指爲出於某書者，不閱。（以己意論斷者，不在此例。）引及策學纂要暨經解斠等書者不閱。

嚴飭鬧糧阻考札

爲札知事，照得考試爲朝廷大典，自宜整齊安靜，方足以肅學校而振士風。凡生童中有抗糧阻考等弊，尤爲律所難容。誠以身列黌序，更當奉公守法，以爲愚民觀聽也。

本院前據通山縣及該學教官稟知，該縣定期考試之日，忽有鄉民張斗一等宣言阻考，以致該廩保童生爲其所惑，不肯投結畫押，業已照稟俱行批示飭遵在案。因思該生童等來城應試，人數自屬衆多，何遽聞一鄉愚之言，遂至爲其所動？此非該生童中有與謀之人，樂於隨聲附和，卽係陰藉罷考爲抗糧之計，以致觀望不前。此等惡習，深爲學校之害，除嚴飭該學教官，密查有無滋事生童，據實申報。如實係該生童等不安本分，挾制官長，本院卽會同督撫兩院，照例奏辦外，合行札知。爲此，仰該府官吏，文到卽轉飭該學加意約束，該縣地方官亦有整齊士習之責，著一並轉行飭遵。本院以防微杜漸爲心，不得不嚴諭之於早也。切切毋違此札！

又

爲嚴札飭遵事，照得考試爲朝廷大典，必須整齊安靜，方足以肅學校而振士風。凡生童中有抗糧阻考等弊，尤爲律所難容。誠以身列黌序，更當奉公守法，以爲愚民觀聽也。

本院前據該學稟知，該縣鄉民宣言阻考，諸稟保童生爲其所惑，不敢投結畫押，業已批示飭遵在案。因思該縣生童來城應試，人數自屬衆多，何遽聽一鄉愚之言，逐至爲其所動？此非該生童中有與謀之人，樂於隨聲附和，卽係該生童等陰藉罷考爲抗糧之計，以致觀望不前。而該教官等巽懦無能，不復嚴行飭諭該稟保，聽其扶同玩視考試。此等惡習，大爲風氣所關。除業經照稟批示外，爲此札仰該學，札到卽明查暗防，此案中有無生童扶同造言生事。如有一人入該鄉民之黨，卽據實申報，以便斥革嚴辦。本院現與督撫兩院商酌，如查實該縣士習有如此不安本分、挾制官長者，卽會銜照例奏辦。該生童等須自顧前程，毋蹈於法。該學有約束之責，亦不能當此重咎也。切切毋違此札！

幕友條約

敬啟者：某以菲材，忝膺重任。惟是衡文校藝之事，所以識拔眞才，禁絕姦僞者，深賴諸君子襄助而贊成之。但取材不厭其從寬，防弊無嫌於過密。敢以鄙慮所及，質諸左右，伏祈採納而擇其中。如爲鄙言所未及者，尤望隨時示知，以匡不逮，則受益無量矣。謹將所擬各條開列於左：

一、閲文以淘汰爲先，沙礫既除，金玉斯見。固不必心存汜愛，轉致妍媸迷目。然輕於棄置，亦恐倉猝之際或有遺珠。今擬生員正場諸先生所閱之卷，仍案一二等之數分爲三束。其可以備取一等者，即置諸二等之前，擬取一等之卷，仍不必過多。至生童考古及童生正場，則分正取、備取二種。正取卷每百本無過五卷，備取倍之。如其佳卷實多，則備卷不限以額，而正取仍不過五本之數。備取而外，皆其必不可進之文，則一經棄置，便無足觀。要之兄弟文章，場屋固自不乏。但當就其一藝之長，節而取之。如次藝優於首藝、詩字優於文之類。其餘平平無奇，無足多道，從而擯之，不爲過矣。

一、眼力高下，本與作手無關，故昔人有眼高手低之說。且眼力亦隨時變易，即以一人之身，而情有欣厭，地有明晦，時有迫暇，其眼力即因之而移。某前在闈中衡文，有夜中擯斥，至旦閱之，而實見其佳者，因汗流浹背，嘗恐暗中負人不少。今敢爲諸先生告，試倣大場搜落之法，於閱完時將打落之卷，互相復看。其復看時不必動筆，亦不必全閱，但將其要害處畧觀一二，便可望氣而知。如其滄海遺珠，無損於離婁之明也。儻因此見錄，亦愈見我輩虛公之意。諒愛才者必不以爲嫌也。其某位交某位復看，送卷單上早爲注明，閱完時照單轉送可也。

一、落卷不必盡點，而首藝似宜點完，次藝亦須點完前半，試帖必須全點。如遇大不通及大違礙之處，即以一大點住之。以後無論多少，皆可不閱。雖甚不通，不必加以塗抹。非的知其誤，亦不必加以批語，恐轉得執之以爲口實。卷首總批尤宜加意，無防寬泛，不必過作貶辭，亦不必加好字面及惋惜語。又文中不經見之字，難保其不出於僻書。此種故爲詭奇，似博實陋，惟從旁加點，則彼必謂因此被斥，適以長其荒誕之風。苟非確知其謬，即存而不論可也。

一、幕中爲校閱重地，關防尤須嚴密。某非敢疑諸君子有他，但以僕御多人，亦爲是非出入之地。儻防檢有一不到，不惟於某之聲名有礙，諸君亦從而受垢焉。今除到棚之日，手諭家人、閒雜人等，無許一人闌入幕中。此外，如諸先生缺少應用之物，即開條酌發管門、管廚家人剋期送到。其送物入幕之人，只許於堂前傳語，不得進屋逗留。凡送卷入幕，包封上俱有親筆花押，如有拆裂形迹可疑者，煩諸先生卽爲追問。幕中送卷亦如之。亦要有包封花押。凡送卷之時，煩諸先生面爲收取，點明卷數，卽將自備圖記印於卷背，以備遺失混亂。凡送卷入內之時，亦須囑紀綱到籤押房當面送交，或遇公事外出，卽交籤押房看守家人，以便登簿掛號。並將送卷單上印一收字繳還，以爲憑據，包封仍不許擅拆。茲事所關甚重，不得不過爲嚴密。至閱卷之時，尤防他人偷看坐號。或遇外出，卽將卷匣封鎖。晚閒仍置於枕旁，諒諸君子必能愼之又愼，固無俟區區之鄙慮也。卷初進而未閱時，及已閱而將薦時，尤宜愼。又凡未送閱之卷，某必不於其上加圈，特先爲告知，以杜冒僞。

右所擬四條，所言未必盡當。卽所防，亦未必能周。諸君子有深謀遠慮，能書以示我者，當卽揭於左方，與同人共相參酌，遵而行之可也。

致家中親友書

啓者：某得此差事，固蒙祖宗餘蔭，亦託賴伯叔兄弟及衆親友之福。某惟有益加謹愼，務爲公正廉明，始不負朝廷使任之意，以貽宗族鄉黨羞。今不揣冒昧，特有一言告白。

以某在此處忝居風憲衙門，凡署中人等出入，俱有關防。因思我親友中，豈無有與某暌別多年，思念之深，前來看視。此衆親友愛我之厚，某豈能不感切於心！但念學政署中，最是嫌疑之地，無中生有，造作多端。我親友若在此出入往來，萬一被招搖撞騙之徒造言生事，不惟於某之聲名所累不小，卽我親友懷好意而來，得惡名而去，自思亦覺不直。兼且此處不比各項衙門，除通文墨者可延請分校，餘人到此別無位置。勢必來而復去，使我親友奔走道途，自心亦覺難安。某雖不才，夙承祖父之教，刻刻以敦睦九族，矜恤貧困爲念。縱不能如古人廣立義田，贍給親族，乃於初得外差之始，卽寄信回家，攔阻親友之來，且目下並未知有人肯來與否，而發此無情之語，反躬自問，幾於不近人情！然實有不得已者。天下事與其無情在後，不如有言在先。衆親友或不知學政署中，防範如此之嚴。某不直言相告，及至來時後悔莫及矣。

復念我親友本多寒苦，某所素知，卽令遠來投奔，原非情所樂爲。然而山長水遠，程途往反，花費孔多。某即從厚佽助，及到回家所餘無幾。欲長留在署，又復無事可辦，欲別求薦書，某又不能徧給。則得意而歸，自屬勢所難必。左右思維，不如某於一年三節，畧分廉俸，從重相幫。在出之者既不費力，而得之者亦沾實惠。如有誑言，明神鑒之！某於親友中，斷非刻薄寡恩之人，知衆親友必不以我之直而疑我也。至於孤寡老弱孑然無依，親友中如有其人，某更當周恤於格外，必不因其不能遠來告訴，遂置之於不問不聞。或因某離家許久，一時偶然忘記，尤望各親友以書來告，莫令我暗中負疚，將來有憾於心。

又如我本家伯叔兄弟，雖房分有親疏遠近，而水源木本一體相關。某今日固當加意優恤，更望諒我苦衷，不必遠來跋涉。待某兩年任滿，叨庇平適，則廉俸所積，除花用外，亦尚有數千金。某必倣照古人祭田義莊之例，稍置恆產，分潤宗族。儻有盈餘，以資戚友之貧窮孤苦者。志雖如此，敢謂其事之能成？原不當先事而言，使人謂願奢難副。其所以言及於此者，亦願我親友知某非專利自封之人。今日之寫信攔阻，實有萬不得已之苦衷。異日當自知其詳，必信我爲非忘根背本之人也。梓鄉在望，敢告腹心。某謹白。

約束家人手諭

字諭衆家人知悉：爾等隨我遠出，無論或新或舊，無不願長久在此。我亦願爾等長在我處，將來俱爲我舊人。但主盡其恩，僕亦當遵其教。既在我處，而不能聽我約束，豈能望長久哉？今特將我教訓於爾者，一一詳說，爾等各宜遵守。如有干犯，定行責逐不貸。有言在先，萬一爾等不知自愛，勿謂我無容人之量也。爾等其敬聽之：

一、學政衙門，最貴弊絕風清。凡跟隨於我之人，大抵皆小心謹慎，不至作奸犯法。但恐他人以錢財誘爾，爾等心貪其利，遂不顧天理良心，不管我主人聲名，不計你長久衣食，爲其所動，跟着他人一同作弊，或在外招搖撞騙，此便是自絕生路。我主人斷難姑容，一有訪聞，定行從嚴責逐，無論新人舊人，事同一律，爾等第一所當警！爾等試思，爲此等之事，所得之錢雖多，然一犯出來，不惟脫了飯碗，且慮陷於國法，何如長在我處。將來通盤計算，所得之錢豈不比此更多？且此等不義之財，爾得之亦不安，必有飛災橫禍，暗中折損。凡各種錢財，皆當如此看，方可望有收場。

一、跟主喫飯之人，最要安分守己，勤於辦事。爾等有不知自愛，或吸大煙、嫖娼聚賭、酗酒滋事、故意尋人口角、好喫貪睡、唱曲吹笛者，此數事以吸煙、嫖賭、酗酒爲最重。爾等如犯此病，經我訪有實據者，定行立刻斥逐。其尋人口角及好喫貪睡、唱曲吹笛者，若教訓兩次不聽外，亦行擯斥不用。

一、凡衙門內外，多因酒食談笑，嫌話最多，不若禁之於先，方免犯之於後。爾等既在我處，須各遵禮法。即派門上簽押之人，較之衆人微有體面，亦不許向官親師爺們時常往來。官親師爺們是我一輩的人，你等有見面或同辦事之時，須以禮相待。萬一聽有嫌話，我必不依。

一、凡在省在外各衙門，爾等如有朋友親戚，只許考罷一爲探問，不得以酒食來往。若在考前，斷不許爾等出去。各宜留心防範，勿待我訪聞，致干斥逐。

一、凡衙內書差，外間鋪戶，不許爾等往來酬應。書差如遇辦公之時，伊等自須入內尋你管事之人。爾等無事不可到彼閒談。書差如有公事面稟，門上須立刻傳見，不得攔阻。

一、凡兩人同管一事者，有事須齊心商量，不可各執己見，致生口角。如有一人不講理者，此一人便從直回我，我自有主張。如管事之人不能得力，恐致誤我之事，亦許爾等不管事之人明白告我，我再教訓於他。假若他不遵教訓，或轉憾爾等告訴者，我必從嚴斥逐。爾等如挾嫌妄告，亦必斥責不貸。

一、凡遇我出棚後，所有留省家人，更要誠實妥當。此必我所信心之人，因以此重事付託。爾等勿謂留在省城，便是置之閒散，尤當謹慎自愛，終日在署中照應，不可外出。晚間小心火燭，謹防門戶，乃是爾等專責。我回省時，若聞爾等失於照應，以及在外走動各情，必將爾等應得之項，立行扣除，以示重責。

一、內跟班人等，只須常在上房門外聽候呼喚，傳遞飯食茶水，不許爾等時常在外，或早眠宴起，以致呼喚無人。亦不許爾等將外閒之事，往裏傳說。更不許爾等代老嬤、丫環常買物件，或花錢買無用之物與少爺姑孃等。若聞知，必行斥責。

一、凡遇闈門考試之時，不許爾等下大堂一步。如在堂上見有犯規越號者，亦須立刻囘我，不得裝作不見。

一、凡遇考試之日，無論已閱卷、未閱卷，俱不許爾等到師爺處說話。送卷之人，非我分付，亦不得去。爾等須各避嫌疑，庶無後悔。

一、我主人雖仕宦之家，而向來自安儉薄，並不愛穿好的、喫好的。爾等既跟隨於我，亦要與我癖性相同，衣服不可過爲華美，飲食不可過求豐盛，非爲省錢，亦可惜福。留有餘錢寄囘家中，養活父母妻子乃爲正道。若混花混用，將來必無下場。各宜切記。

一、凡我教誨之言，皆爾等到所當盡之道。爾等須時常記誦，不可以爲口頭空話。我素來無難伺候之僻氣，亦斷不虧負於人。我今日既對你細說，若不能遵守，將來被我斥逐，我主人之道已盡。如有冤屈，可以交之於天。我向立志要做好官，亦須爾等幫助。若能聽我的話，便能幫助於我，我必加恩看待。主僕同心，豈不美哉！爾等其凜遵毋忽，特諭！

留任告示

爲再行剴諭事：照得本院督學於茲已二年矣。俛焉孳孳，惟不克稱職是懼。比者猥承恩命，重留使節，清夜以思，益增慚悚。私維人文蔚起之地，值多士奮興之日，復得假手歲月，以觀厥成功，亦使者之厚幸也。期望之心，曷其有極！除一切讀書學古之法，及關防條件，已於初任時剴切曉諭外，爲此申諭闔屬生童等知悉：

楚北士習文風，向稱醇茂，輶軒所至，始得目驗斯言。比年已來，淫潦爲災，而鄉邑之閒，民氣恬然，盜賊稀少。雖蚩氓習尚敦龐，亦爾多士之表率與有力焉。夫士人讀書，首當以行義爲重。不能敦行於門內者，則於父母昆弟之閒，必多閒言。不能立品於鄉校者，則於宗族鄉黨之中，必招物議。人於父母昆弟之閒無閒言，則其於朋友之交可知矣。人於宗族鄉黨之閒無遺議，則其立乎朝廷之上可想矣。以此處爲修士，出爲良臣，豈非表裏如一而體用兼備者乎？多士既列名學校之中，上焉當以千百年之名士爲期，次之亦當以數十載之完人自命。果其辱身賤行，何顔自立於衣冠？即使饑寒切身，窮愁交迫，正天與以磨鍊英雄之路。動心忍性，必不當悔而之他。如使分外營求，往往利則未形，而害已先見。

又文人氣骨必不可卑。降志相從，所損實大，此中兩誤，在貧者多迫於衣食，而富者又害於夤緣。或則攀援聲氣以希榮，或則鑽營捷徑以求售，不知倖得之後，受他人指摘唾駡，固嚴於斧鉞之誅。又況天網不可倖逃，敗露之時，毁傷及於髮膚，羞辱貽於父母。此所以作姦犯科之事，即比於不孝不弟之尤也。總之，諸生童顧名思義，既自以爲束修之士，必不肯居不肖之名。而且閉戶窮經，晨昏定省，惟日不足，尚有他念及於營求，餘閒干預外事耶？

本院以諸生童生長名都，文章之事代有承傳。所殷殷致望者，尤以敦崇品學爲先務。品端學裕，則文藝何患不工？今既刊刻朱子小學一書，板置漢陽崇正書院，將於優等新進生童中量爲頒給。多士有聞風興起者，如能先爲肄習，於考試古學時，面試默寫小學數段，或作小學論一通，必加優獎。蓋以此書爲蒙養之始事，作聖之階梯。諸生童果能依此而得，雖不敢望至於聖賢，必不失爲端人正士。於國家化民成俗之道，學者守身保祀之方，不無裨益。如其罔知自愛，束書不觀，干犯規條，圖謀非分，國有常憲，律不容寬。本院必不至勤於昔而怠於今，尤不敢嚴於前而弛於後。爾生童其戒之，勉之！毋忽！特示。

附取士條規

一、治經學。作文根柢端在羣經。近來趨重時墨，輒荒經典，不知爲時文講章所囿，識見安能廣大？場屋焉有佳文？爾生童有能於考經古時，淹通漢儒注疏，旁證諸解，或能精熟許氏說文及宋五子書、朱子小學、近思錄等書，皆許專門報名求試，本院定加拔擢。夾帶鈔襲，面試自窮，不必希冀。若能默誦五經或七經、十三經、小學等書者，亦先赴該學報名。果有可觀，生員必列優等；童生正場通順，加意取録。其各及早精研，以備臨場之用。

一、治史學。鑑古知今，諸史爲備。果能博觀廿四，何難雅擅通才。即務其所先，如史記、前後漢及司馬氏通鑑，雖寒士不難家有其書。熟而復之，大有裨益。本院於考古場多以此命題，有能扼綱舉要，儷以宏詞，定高列以示鼓勵。

一、熟文選。靈均嚮微，漢京再振，魏晉以降，雖趨卑靡，而富麗雅潔，古質猶存。昭明茲選，誠納圭璧於寶山，收珠璣於海藏也。唐宋名手，咸資取材。本院樂與多士追漢魏之鴻裁，儲許燕之鉅制，用備他日館閣所需。考古場有能塡注擬選體詩、賦、駢體文者，提堂面試，以擢鴻才。

一、重經策。明經射策，古有專科。我朝遞經更定，始著令試以五經五策。歲科小試，先發其端。前輩入場，俱精心結撰，蔚爲大文。時手漸趨簡易，不知是皆苟道。焉有君子而肯以苟得乎！本院秋闈曾膺分校復典文衡，所有振拔儁異，多從留心而得。多士其勿蹈故習。儻有典贍詳明之作，斷不負爾風檐苦心。凡屬通材，定當踴躍。

一、肅場規。本院生平嚴毅自持，作生員時，跬步不苟。因此見偭規越矩者，嫉之愈深。今日奉使督學，考試正場，必終日堂皇。一卷未交，不敢入內，所以防弊竇、盡職也。爾生員中謹飭者尚多，童生或未諳例禁，如有出題以後下位越號者，查出定提堂照例嚴懲，決不姑寬。諒鑑前車，毋貽後悔。

一、重武場。國家設立武學，原以收果毅之才，備干城之選。本院前任，閲過三府武場與文場，一並盡心校閲。凡中步箭者，不惟記其中否，兼圖其中之高下左右，以爲制勝之分。凡開硬弓者，不惟記其幾力，兼記其開之平滿分數，以定挽强之量。其餘馬、箭、刀、石，無不細心觀看。爾業武者，其乘時肄習。然力有强弱，原難勉强，亦不可不知自量，致病傷身。至於平日務須安分，臨考勿釀爭端，更當自愛，毋蹈國法。本院於爾等認眞從嚴，亦使爾早知師律，不枉爲學校中之人也。

督行季課札

照得朝廷功令，整齊學校，設爲季考月課之法。士子之勤於其業，教官之能舉其職，胥於是而可見。本院既掌恩命，重留視學，觀風之舉，不必再行。今特申明季課之法，酌命數題，卽作爲明春季課。爲此札仰該教官知悉：

文到卽傳齊諸生，面加課試。其卷彙齊，仍由該學批點改削。因本院出棚在卽，不能更閱多卷，且該教官原有訓迪之責，本院亦欲藉此覘司鐸之明通。務各秉公持正，盡心校閱，酌列爲超、特、壹等。一學兩齋者，各注該員之姓，某閱於下，以覘得失。本院於考試餘閒，必詳加披覽。其卷仍發回給諸生取益。該教官等務各盡其職，以收成己成物之功，毋貽不明不公之誚。此外月課仍照例舉行，毋忽。切切，此札。

經籍舉要後序

右所舉各書，皆於諸生有益，所宜置之案頭，以備觀覽。其爲目，多而不繁，簡而不漏。由此擴而充之，可進於博通淹雅之域。卽守此勿失，亦不至爲鄉曲固陋之士。謹查聖諭廣訓：地方官朔望宣讀，列在學宮，諸生平日自宜潛心講肄。又如欽定諸經、御批綱鑑、御纂性理精義等書，暨列聖御製集、今上御製集，覺世牖民，允爲藝林矩範。但業經頒發者，各學俱有藏書，諸生志切精研，無難敬謹借讀。其未經頒發者，外間書坊亦無其本，非諸生所得購置，今故不敢以著於錄。又如欽定大清會典、大清一統志、皇朝三通等書，尤講求經濟、通知世事者之所必及。但以卷帙浩繁，坊間難於購覓，諸生異日讀書中秘，自能窺美富之全，茲亦不復及焉。要之道德文章，本同原而共貫。諸生但爲弋取科名，則揣摩之書歸於簡練，原不必博觀羣籍乃爲得之。然而事貴求其本原，學必將以實意。時文、試帖、律賦，其根柢豈能離經籍之中。果能胸有積軸，用之舉業，斷無不利。惟空言高古，橫肆粗才，不能平心靜氣以就範圍；或自矜博洽，流於險怪晦澀而不自知者，亦難望其入彀。乃不善讀書之過，非書之足以誤人也。且既身列膠庠，則平日之所事者何事？於此等有益之書，尚不能讀，則其人之悠忽怠惰可知！欲望他日有益於國家難矣！

今以三年大比，計之諸生於此等年分，不能不以十分精力專注舉業，無暇更及羣書。若遇閒年，正當於此時講求根本之學。根本既立，則舉業乃其枝葉，自有暢茂條達之象。屆期再講求規模格式，較之沾沾用功於時文者，自必事半而功倍矣。或謂此等書籍，寒士力難購買，而堆書滿案，亦慮有妨正業。則請倣讀經之例，各就其性之所近者習之。有志聖賢者，宜先讀宋儒義理之書；留心經世者，宜博觀諸史已然之迹。推之詩、古文、詞，能執一藝者，卽爲過人之技。文字、音韻，能精一業者，俱爲有用之書。凡茲舉其大綱，乃爲導以先路。果能剛讀經而柔讀史，卽爲今與居而古與稽。願學者貴盡其全功，未能者且俟之他日。如此銖積寸累，自見富有日新，而又何鶩廣而荒、好博而雜之患乎？

夫文運與世運相維，而欲文教之興，未有不從讀書始者。本院自維寡薄，未嘗學問，自忝竊科名以後，恒悚惕不安於心。今復恭膺簡命，視學此邦，實與同人講求讀書之日，因舉夙昔所聞有志而未逮者，與諸生共講明而切究之。諸生異日有能因博學以進乎篤行，本文章而發爲經濟者，則移風易俗，胥有賴焉。使者之榮，莫大乎是矣！若夫鴻博之君子，則是編誠無足道。有寓目者，諒無誚諸。

勸諭通省團練文

蓋聞無平不陂者，天地之運也；而有害必除者，帝王之法也。我粵西地處偏隅，向稱樂土。況蒙聖朝生息休養垂二百年，人懷忠敬之心，户有可封之俗，庶民老死不見兵革，山穴之民遇乘輿冠帶之客，垂手侍立如嚴天吏。爾日之民俗，何其古歟！比者，乃有外來不逞之徒，煽惑我鄉人，籠絡我丁壯，導之以殺人奪人之事，而誘之以好貨好殺之心。故今之名爲渠魁者，無論其爲會爲盜，大率非吾粵西產也。雖然，彼荷戟而從、擔囊而走者，豈皆異人哉？毋亦吾鄉人動於利、脅於威，彼得誘之以可欲，而迫之使不得不從耳。夫天地之道，不外順逆兩端。順天者存，逆天者亡。聖賢所言，決無不應。

我朝列聖，深仁厚澤，無以復加。皇上鼎命初基，卽普免道光三十年以前旣過奏銷民欠。復於粤西被過兵州縣，分別蠲緩本年錢糧。凡所以體卹巖疆者，尤爲至優且渥。而若輩自外生成，行同豺虎，貪淫殺戮，獲罪於天。□僞作逆，肆其狂吠，毁謗縣官，凡厥所爲，曾狗彘之不若者。今試觀自古以來，亦有公然作賊，而能享受江山、終成大業者否？彼漢之黄巾張角，隋之王世充、單雄信，唐之黄巢，宋之宋江輩，其人無不骨與灰飛，形同煙滅。而惡名被於天壤，童婦指爲至愚，豈不哀哉！況彼之蜂屯蟻聚者，較之黄巾張角輩，其能事又相懸萬萬也。夫知游魂之不可久，則良民之志自堅。觀衆志之可成城，則守望之心愈固。我鄉人素多急公好義，志切同仇。雖在窮居僻處之鄉，俱行保甲團練之法。蓋保甲所以清内姦，而團練所以禦外侮。無事則聲息相通，暗絶賊人覬覦之漸；有事則呼吸立應，可無召募徵調之煩。現今羣盜如毛，勢方滋蔓。若處處待官兵之至，便時時有不保之心。何如先事預防，同心合力，使其聞風遠遁，不敢犯我邊圉，上也。否則，豕突而來，我已整兵相待，以主制客，以逸待勞，以義勇誅逆賊，以父子之兵勦烏合之衆，何敵不摧！何攻不克！亦上之上也。夫人卽不愛其鄉里，未有不愛其身家，但使人人存一捍衛室家妻子之心，則士氣不約而自奮。故一鄉有保甲團練，則一鄉之賊無所容。推而至於一省有保甲團練，則一省之賊皆無所容矣。所爭者，在辦理之得其人，而凡事必求其實際耳。

方今聖主深憫吾粤之苦，因嘉與吾民被賊蹂躪猶能舉行團練，殺賊立功。舉凡擒渠奮勇之紳耆，皆蒙恩破格獎勵，見於詔旨。卓哉煌煌，誠吾人肝腦塗地，未能報其萬一，而豪傑有志之士，可以建功立名之日也。今因逆賊尚稽天討，特命相臣來粤視師，添調皖、蜀、滇、黔官兵，俱挑勁旅，復多籌餉銀，源源接濟。凡此議兵議食之政，無非救民水火之中，使之兵精餉足，鼠賊決無不破之理。

近復特簡大中丞鄒公來撫吾粤，循良幹濟之才，允孚人望。中丞謂今日守禦之計，與將來善後之方，莫如保甲團練爲急。現今飭諭各府州縣，督率地方紳耆實力舉行。我士民側聞聖主之憂勤如彼，親見中丞之號令如此，有不感激奮發，爲國效命者，豈情也哉！所願俊傑識時，秀良知義。富者，無擁護金錢之見；貧者，無愛惜筋力之心。庶幾兩有所資，團練之成，更當生色。如有微勞，已奉中丞鈞諭，地方官自當秉公持正，一一上聞。此外或設計招攜賊黨，或用閒捆獻賊酋，果能建立奇功，更無不膺懋賞。即彼中有去逆就順，歸命投誠，在中丞體聖主好生之德，亦必寬予自新。苟能擒賊自贖，便與立功無異。

凡此皆我等仰承教命，遠布風聲。別有恭刻上諭一編，凡皇上之軫念吾民，鼓勵團練者，敬謹備載。我粤民觀之，尤可以奮然興起矣。夫粤西者，我聖朝之土地；而粤產者，皆聖朝愛養之黎民也。豈容鼠輩肆其荼毒、恣其蔓延者哉？今若輩運窮數極，惡貫滿盈。王師所至，即奏捷音。所願先固藩籬，爲之向導，同敦誼氣，敢布腹心，相望之情，曷其有極！

致各府紳士書

啟者：竊自去夏鄒大中丞蒞任以來，奏諭普行團練。業將章程各件，函致闔屬。續據各練局函復，現在辦理情形，一面由地方官稟報，業經中丞札派委員，並總局紳士分府查辦各在案。大中丞於振作團練，不遺餘力，以爲規模，雖已從新，而條件隨時增立。章程行之既溥，或怠玩日久潛生，此中持恒經久之方，貴有振作日新之法。除前次頒發團練章程十四，則已遵照普行外，今又續定整飭團練章程八條，刊板通行。前當立政之始，重在團以一衆心；今則普成之後，重在練以收實效。至於變通盡利，鼓舞盡神者，仍聽本地官紳自爲酌裁，永遠遵守之弗懈。

夫團練之道，不外乎官民一心，但使正氣盛，則邪黨自衰，亦必上德宣而下情乃固。今既蒙大中丞諄諄以此爲務，各大憲及地方公祖父臺加意振飭，將來永絕盜萌，長享乂安，未有不歸於我團練之得力者。然善後之法，條緒繁多，欲求確當乎事情，必貴諏咨於衆論。某等忝居省局，自可知無不言。今特奉詢貴處地方，其土俗民風若何？何者爲利所當興，害所當除？向來錮習爲害，在於何處？藏伏盜根，在於何所？小民衣食之源，何以廣開？今就其切要者言之。

墾荒一法，雍正年間巡撫李公紱行之著有成效。此後久未議行，或謂吾鄉地土磽瘠，開不及尺，便多沙礫。其說信歟？然則廣東、湖南、江西、福建客民，在鄉墾荒者不乏。彼皆獲其利以去，毋亦客民勤而土民惰歟？又謂稻田必資水利，今凡有水之地，無不開荒，餘者多高亢無水。夫有水之處，方可種稻穀。無水之處，未嘗不可種雜糧，以至栽植蘿蔔、薯芋等物。豈必盡資水利。且今之未開墾者，豈盡無堪種稻田之處耶？惟開墾荒田，自應丈量荒地，以便計口分給。但地有官荒，亦多土民管業。何以清釐得法，於民不擾而有裨實用。至搭蓋棚廠有費，籽糧牛具有資，始事自須官爲分給，需用經費必當預籌。或利多而弊少，又豈得顧惜而不爲歟？布帛之利，偏於天下，惟吾鄉所出者甚希，豈眞土物之不宜？良由倡導之未豫。查今日貴州遵義紬通行各省，推原其始，實自乾隆年間，遵義太守劉公爲山東歷城人，見黔地山桑，其葉可飼山蠶，與山東所產無異，乃捐俸遣人至山東買取繭種，雇覓蠶師，廣爲教導，期年有成，至今利賴。查山桑爲槲樹，有大葉、小葉之分，又一種名橡樹，又一種名柞樹。吾鄉地氣和暖，於養蠶種樹最爲得宜，可仿而行之否？然雇覓機師，教習村民子弟，自須官爲設局。或於各練局之自願學習蠶桑者，赴官聘請，自籌經費，將來游手之無業可歸，藉以養活多人，以補農業之不足。其可行歟？茶茗爲利最大。廣西所出者，多運至廣東售賣，洋賈以爲奇貨可居。夫茶性宜於山陂石隙，粵地多山，處處可種。如岑溪四鄉，皆有茶廠，其運至城外樟木墟售賣者，每年出息不貲。採茶焙茶之時，養活閒人無算。各處仿而行之，豈非衣食之原耶？

此外，又有害所當革者，如賭廠爲藏姦招盜之媒，煙販爲匪徒出沒之藪，以及私賣硝磺、拐帶人口者，向有其區。各郡地方，類此積習，恐亦不少。其何法禁之以清盜源？團練興，則姦民不作。往往有團練得力之處，鄰境匪徒來此招馬，本地無賴因有所箝制而不敢發，其盜首之歸團者，亦不敢復出生事。固其明效大驗也。此後大股削平，各匪有悔悟自新、逃亡歸業者，應如何分別收錄、箝制，以堅其向善之心。夫物腐者蟲生，而景直者表正。諸君子清潔自矢，正直無私，不受非類之營求，永絕入團之規費，則自新之民歸之如流水，而戀之如樂郊矣。豈非保障桑梓之盛業耶？

古稱設險守國，吾鄉山嶺最多，隨處可立關隘，除業經修築卡樓，照數登册具報外，今寄到册式一紙，務祈照式填寫，語不嫌詳。其應增設關梁、徙紮兵壯者，務擇其尤要者言之。至生監之爲團長者，禦賊捐軀，業經本局具呈撫院，懇請入奏，照外委例議卹，蒙恩旨允準，今將事實册式寄去，遵照填寫。如有聯名請卹公呈，應由地方官轉詳，另録一分寄本局備案。如未經賊擾，及曾經禦賊，而生監團長未有損傷，便稱吉祥盛事。此項册式無庸議焉。總之，前所詢各條，務望諸君子博採旁稽，勿掉輕心，勿執己見。所期建白，有裨於實際，庶轉達不託於空言。至團練原以自衛身家，但使賊去民安，便爲地方之福。有功必録，大憲豈無眞知。萬一稍有遺漏，本地公正紳耆、團長自當上聞。如紛紛聯名請獎，遞稟爭功，此則近於挾求，殊失辦團自衛之本意。此外關涉地方官聲名事迹，及他項詞訟案件，與團練善後兩層無涉者，便可不必形諸紙墨。既非居是邦之義，亦忘農有畔之箴。想諸君子必能深維至計，宏此遠謨，副大憲虚懷求治之心，答某等諮善爲謀之願。此啟。

浣月山房詩集卷一　內集

辛丑二十四首

贈蘇虛谷

大星一夜飛入口，化作詩人膽如斗。銅琵鐵板聲滿天，山精藏遁蛟螭走。蘇君贈我好詩句，奇氣紛拏無不有。昨來獻賦長楊宮，與君馳逐名場中。升沈顯晦各有數，男兒豈必悲途窮。昔君再出山東道，足踏岱宗觀日曉。盪胸不覺滄海寬，入眼眞教衆山小。今年重渡蘆溝橋，草枯雪盡風蕭蕭。青錢三百沽春醪，長安市上相招邀。座中王郎少鶴亦奇士，酒酣拔劍歌何豪。下筆仙語復鬼語，薄視漢魏窮莊騷。多君才調有如此，神物豈合汙塵滓。但恐高堂年鬢侵，暫辭金闕還鄉里。方今遐荒正多故，英雄所貴諳時務。讀書萬卷不知兵，乂安宇宙終無具。君家老屋清且幽，歸來圖籍供冥搜。整頓乾坤如有意，肯抱陰符甘白頭。

黃河四首

濁流終古此汪洋，西下龍門萬里長。星宿水源通上界，朔南天氣判中央。春來波浪連淮口，日暮風塵接大梁。獨上郊原看井邑，漢家底績重宣防。

今年盛漲入郊墟，積水城西幾丈餘。百萬蟲沙歸澤國，一時魚鼈占民居。元戎幕府空籌策，使者輶車自簡書。誰使至尊免南顧，保安全在未危初。

金隄千里〔一〕浩無涯，歲費洪纖入度支。輦去金錢爭土價，泛來蘆葦等山移。防川自古無長策，經國終難免漏卮。解得吾君宵旰意，忍將膏血付沙泥。

洪波日夕向南侵，禹蹟茫茫不可尋。夷險動關天下計，憂勞獨繫聖人心。竹流秋盡知無恙，桃漲春來最不禁。水國由來居釜底，安瀾從此慮方深。

【校】

〔一〕千里：嶺西五家本作「萬里」。

新鄭過子產祠墓下作

列國紛爭日，輿人誦德時。至今溱洧上，猶有大夫祠。政息萑苻盜，風懲蔓草詩。墓門喬木在，千載使人思。

雪夜次虛谷韵

旅館寒燈盡，征人夜索衣。響驚枯竹折，影息凍禽飛。萬瓦曉煙溼，遠山樵徑稀。不知風雪裏，天末幾人歸。

李將軍射虎行

將軍射石不射虎，醒後空驚石沒羽。至今眞虎晝食人，南山居民受其苦。黄蘆葉短風蕭蕭，入山不用持金刀。手搏白額須臾死，始知周處眞男子。

潁亭懷古

我行日以倦，策馬登潁亭。日暮見新霽，山色延空青。緬昔沈寂士，高蹈栖巖扃。緇塵視軒冕，豈以勞心形。優游造物外，長揖謝明廷。玆亭臨潁水，馳驅道所經。愧彼宦遊子，塵鞅何時停。寒瀨石齒齒，流水風泠泠。高人不可作，大塊空蒼冥。

述懷兼寄諸同好

余家本儒素，少小親林邱。里門概跧伏，勵志耽旁搜。結茅桂山頂，俯瞰清江流。臨風發長嘯，巖谷多清幽。抗懷古賢哲，恨不從之遊。弱冠來湘浦，蘭茝搴芳洲。遐哉屈與宋，斯人不我留。駕言徂京國，馳驅徧中州。燕齊及趙代，冠蓋若雲浮。風塵豈物色，私心徒悠悠。計偕凡五上，三北非吾憂。上第雖幸竊，虛名或貽羞。仰視皋夔侶，俯懷伊呂儔。作室資棟梁，濟河待方舟。愧無匡時具，何以應所求。盛年匪足恃，日月忽我遒。潛心玩竹素，努力追前修。時哉弗可失，愛此春復秋。天涯歲雲暮，入室寒風飀。燈火照簡編，此樂難復休。典型誠不遠，夙志當見酬。寄言同心友，庶以慰綢繆。

汝橋

數點閒鷗狎浪花，汝南橋畔響輕車。行人久厭風塵苦，一見舟帆似到家。

古詩五首

遠山如高士，可望不可攀。時有蒼翠色，飛撲來眉端。我欲往從之，石徑麤且頑。何當假斤斧，一爲劚巑岏。誅茅黄葉頂，結廬白雲間。放懷〔一〕陵孤鶩，長嘯招鳴鸞。安期與角綺，時時相往還。長生有靈藥，芝術或許餐。

文章雖末藝，貴與情性俱。眞性苟一灕，千言亦爲虛。君看揚子雲，識字論五車。失節事新莽，千古爲欷歔。試觀劉越石，文藝頗麤疏。歌詩只數闋，浩氣陵八區。春華豈不貴，秋實誠相須。被服苟不完，焉用雙瓊琚。骨格苟不稱，焉用曳繡裾。寄言摛華士，根柢當何如。

崑岡產美玉，合浦出明珠。滋生各有類，至寶天所儲。求之苟以道，妙用良不誣。古來賢哲士，歌嘯甘茅廬。請業者踵門，所至或成都。德輝應星象，善氣充里閭。河廣潤始深，道立勢不孤。惜哉荆山下，獻璞非吾徒。

老松卧巖谷，幹直陰蒼然。人影所不到，有鶴巢其顛。飢食百草子，渴飲飛來泉。清露有時降，一聲聞九天。

踆烏躍東海，耀景都邑中。都邑何鬱鬱，邸第相交通。朱甍百餘尺，輝映羅綺叢。門前多喬木，嬌鳥嗁春風。美人捲珠簾，一笑山櫻紅。朝車正歸來，駿馬如游龍。家童進美酒，琉璃金珀鍾。冠蓋爛如雲，入室生光容。幸生太平世，此樂將何窮。

【校】

〔一〕放懷：經德堂本作『放情』。

舟行晚眺

遠市夕陽中，歸帆趁晚風。廚烟穿樹白，漁火渡江紅。水落聞清瀨，霜晴見碧容〔一〕。客心最先覺，側耳聽征鴻。

【校】

〔一〕碧容：經德堂本作「碧空」。

曉發唐河

久向風塵感倦遊，臨江忽喜泛扁舟。朝雲乍捲山如畫，晴雪初消水更流。獻賦相如還作客，思鄉王粲幾登樓。明朝漸近襄隄路，試問垂楊似舊不。

途中遇雪示同行諸君

大風吹雪黑雲翻，茅屋四捲燈爲昏。曉來千里淨如洗，銀海爛漫光無垠。是時行子正早發，苦寒不覺重裘溫。凍泥未消馬蹶滑，車輪碎碾冰花繁。顛搖簸盪無時息，心驚目眩手自捫。車行一日不數里，往往投宿無人村。同行諸子各憔悴，挑燈靜對心爲煩。側聞是邦土宜麥，冬來得雪春苗蕃。乃者祥霙厚盈尺，田夫野老歡相喧。居人衆多行人少，此情當爲天公原。若使冬行不遇雪，旅人雖喜農人怨。征途遲早自有定，忍使無麥傷黎元。詩成天曉雪亦止，忽見樹上明朝暾。

襄陽舟次贈別盧谷

落拓風前季子裘，還鄉更買洞庭舟。家無負郭難終隱，囊有新詩足壯遊。歲晚歸情湘浦月，天涯別夢薊門秋。那堪歧路重分手，不盡離心漢水流。

漢皋樓題壁

交甫遺蹤豔至今，碧波芳草寄遐心。當年解珮人何許，漢水東流日夜深。

欒鄉關

曉發欒鄉關，殘雪光在地。錚然馬蹶響，亂踏層冰碎。初日照山脊，晶瑩動鼇背。突兀梵宮聳，峭與孤塔對。餘霞斷猶赤，老柏洗逾翠。晴光入草木，萬物有新意。隆冬變春容，倏忽參詭異。念我懷歸人，征途恐遲滯。出門見朝陽，心顏輒一慰。且喜庭闈近，家門不日至。衣錦未足榮，承歡庶可貴。日暮沽美酒，聊用博微醉。

偶成

積雪初晴欲曙天，清霜疑霧復疑煙。征人離思歸何處，都付朝陽雁影邊。

途中紀所見

我行百里餘，洪波浩如海。孰知汪洋内，尚有城郭在。城郭何蕭索，殘堞空磊塊。泥沙壓人屋，尺地無爽塏。窟穴逼蛟龍，誅求盡魚蟹。側聞父老言，被水已三載。兹邑本窪下，衆流爲之匯。田園俱漂没，陵谷亦遷改。曩者萬金室，一朝成凍餒。貧病走四方，溝壑難久待。我聞心惻然，斯民竟何罪！天災固流行，人事或荒怠。隄防苟不預，幕燕巢終殆。手此流離狀，吾將訴眞宰。

壬寅三十一首

題徐作之歸耕圖

人生當學張騫傅介子，立功絶域生封侯。不然負郭之田五十畝，歸來可作逍遥游。安能奔走萬萬里，坐使田園蕪穢成荒邱。徐君大隱得此意，圖中預作歸耕計。黔婁有婦能甘貧，解變時妝作椎髻。春來相餉緑畦前，看攜鴉嘴鋤春煙。晚歸茅屋飽且醉，牛衣擁鼻方酣眠。桃源風景在人世，眷屬可以稱神仙。多君雅抱有如此，胡不歸兮向桑梓。君家老屋東海濱，側聞戰卒今雲屯。王師自不擾廛市，肯使耕鑿妨居人。安得隻手扶世宙，要息羽檄清邊塵。舉世再返羲皇湻。退歸林下易初服，與君同作耕桑民。

湖上三首

喧聲鵜鶘囂，腥氣蛟龍惡。嗟爾湖上民，生涯於兹託。水去暫棲止，水來旋漂泊。生兒水中大，了不解耕鑿。蘆葦種成田，秋老供簾箔。時見水草間，炊煙寒漠漠。但有遷徙勞，未卜安居樂。同爲太平民，生計彼何薄。

去年築新隄，積水蕩爲墟。今年修舊隄，增高幾丈餘。年年事畚鍤，何時得安居。湖身半泥沙，所在憂〔一〕停淤。春水四溢出，浩渺漫田廬。古來膏腴地，至今成沮洳。濬河尚有術，濬湖無成書。撫字在良吏，保障當何如。

憶昔秋夏過，積水與簷齊。至今沙土痕，漸覺茅屋低。田舍有新阡，村徑無故蹊。東屋挂秧馬，上滿塵與泥。豈無二頃田，那得將鋤犁。童稚來乞食，骨瘦氣慘凄。投之以勺飯，爭食若羣雞。家僮叱不去，令我心神凄。此亦人子耳，安忍忘提攜。

【校】

〔一〕憂：經德堂本作「尤」。

洞庭

我昨遊中原，平衍莽無界。及兹泛洞庭，頓覺坤軸隘。洪波浮日夜，激宕聲澎湃。南來匯湘沅，細大收衆派。雲夢吞幾許，於中絕芥蔕。大江流不盡，水勢何由殺。湖中小洲百，細若浮粃稗。君山渺一髮，審視力已憊。想彼造物心，以此雄南戒。浩蕩含元氣，奔騰露光怪。月夜起魚龍，聲如聽梵唄。古皇張樂地，流風迴超邁。我行蓋已屢，每見輒一快。乾坤幾須彌，納此舟如芥。作詩忝挂漏，聊償雲水債。

紀事

二月初吉日正午，我時挐舟向湘浦。春行夏令鬱且蒸，皿蟲觳飛象爲蠱。南風三日不得息，吹噓未快天猶怒。不知大聲何處來，但覺洞庭百里之間哮如虎。江豚拜天不可見，驚起馮夷擊天鼓。蚩尤旗捲白浪飛，橫灑江干作急雨。是時天氣明而晦，黑雲堆墨暗窗戶。舟人檥舟聲亂喧，倉卒那能施柔艣。岸側有洲急爲進，勢如驚魚避網罟。後來地隘無所容，往往巨浪隨掀舞。客子起看推孤篷，心搖目眩聊傴僂。山木時與船低昂，枕席但隨波仰俯。乃知利害在俄頃，唯天有怒誰敢侮。挂帆直進豈非計，遇險而退無乃鹵。宵來買酒樂長年，卧聽高歌起樓櫓。

湘源紀行

古木森蒼崖，飛雲掛石屋。南風三日程，吹送湘水曲。諸山若屏障，秀色疑可掬。時維暮春初，晴暉散平陸。蘅蕪雜蓀荃，細碎紛衆綠。山花如有情，時炫遊子目。遙看白鳥下，徑就陂塘浴。淨極不容唾，況敢濯我足。當年子屈子，行吟想芳躅。至今湘水流，不共江河濁。海洋爾何山，（湘水發源興安縣之海洋山。）靈源此中蓄。何當訪幽勝，一就峰頂宿。

題李星門丈（熙垣）松陰讀畫圖

眼前不見眞山水，描摹峰巒徒爲耳。胸中不識眞古人，下筆終與塵俗鄰。星門李丈隱於畫，一生水墨精絕倫。壯年冠劍走萬里，匹馬遠逐京華春。薊門煙樹望不極，居庸叠嶂開嶙峋。西上潼關去天尺，黄河萬里連砂磧。回身却望太行山，元氣冥濛盪秋碧。歸來圖畫滿胸中，筆端縹緲爭神功。尚恨古人不可作，無人共語雲山蹤。晴日明窗動幽興，小卷大軸紛横縱。摩詰已後作者幾，三王秀出今南宗。一一展閲心相印，置身恍惚登雲峰。疎簾清簟未爲美，健人炎夏惟長松。憑幾淨若無筆墨，紙上颯颯生清風。天與煙雲作供養，畫圖須眉劇蕭爽。會將妙筆窮雕搜，卧遊圖就恣歡賞。吾鄉山水天下奇，嵯峨蒼玉前人詩。都嶠諸峰更殊絶，洞天福地仙靈嬉。其中煙霞日百變，遠勝雁宕兼峨眉。惜哉荆關董巨不見此，畫圖千載無人知。星橋羅子辰老好事，尺幅細寫心神疲。頗嫌筆意尚繁碎，有如凡骨無仙姿。先生老筆近神品，山靈豈合含嗟咨。小阮況足繼家學，（謂展之同年。）名山寫照今其誰。還君此圖三歎吁，莫令米老但有陽朔山水圖。

由靈川至興安道中作三首

新涼人意爽，客子去閒閒。月出萬峰頂，風生羣樹閒。魚龍方大澤，猿鶴自深山。遙想白雲裏，幽人應閉關。

北上有天險，嚴關莫與爭。半空惟鳥過，絶頂少人行。草木春山合，人煙古戊〔一〕横。由來荒徼地，不敢倚時清。

喬木滿山路，怪禽聲似歌。野田繁紫芋，茅屋補青蘿。遠道日邊靜，亂山晴後多。故鄉從此去，何日復來過。

【校】

〔一〕戊：經德堂本作『戍』，當是。

題呂麗堂太守恩湛射虎圖

昭陵山中有眞虎，道旁過者無敢語。何來太守勇且英，麾騎叱咤山神驚。長風捲松百谷動，霹靂應手雕弓鳴。一矢貫吭僵不伏，目睛入地光猶緑。當年只遇射彪手，怪爾横行到山麓。宏農太守今所稀，封邵食人疑是非。安得使君射虎箭，坐使巖谷收雄威。即今畫虎陳空迹，想見探穴神奕奕。歸來却笑李將軍，醉餘空射南山石。

棄婦詞

燕支山下花滿天，嶺南末利不成田。東家有婦方盛年，一朝棄置吁可憐。憶昨於歸十六七，顔色如花耀君室。金屋藏嬌尚畏風，玉臺專寵非論日。此時兩美同一心，滄海不如郎意深。却笑長門當日事，區區一賦抵千金。誰知人事須臾變，黄姑織女不相見。因風柳絮比郎心，帶雨梨花羞妾面。妾面自知今日老，郎心不比當時好。出門却憶初嫁時，滿地桃花今白草。回首殷勤重致詞，賤妾已去郎勿思。却念門前桑柘樹，春來莫翦最繁枝。繁枝手種高如許，窺牆猶禦鄰家侮。但願新人故不如，爲郎端正持門戶。時物從來有變遷，秋風紈扇未應捐。歸來夜夜妝臺畔，悵望天邊月再圓。

題沈友陶雲龍册子

六月燒空火雲赤，雨工酣卧無處覓。入眼忽覺風霆生，海霧連天黯將夕。沈翁畫龍古無比，尺幅變化含千里。生材本爲霖雨用，一一鱗甲皆奮起。我聞天用莫如龍，屈伸隱見無常容。公從何處貌神採，無乃妙筆參元功。頗疑當年作海客，採珠常近驪龍宅。歸來信手寫蜿蜒，展向晴窗動心魄。或者前身爲雨師，春雷出地鞭蛟螭。手扶天上眞龍子，風浪怒作鱗之而。故獨寫眞在人世，肯使凡筆羞神姿。方今海國民畢逋，東南暑雨桑田枯。會見靈虬起潛蟄，倏忽變幻風雲驅。時雨既降民其蘇，雲兮龍兮遇合固有數，安得好手再繪商霖圖！

秋懷一首和張芾卿

秋氣如醇醪，近人先自醉。秋懷如中酒，未倦輒欲睡。蔌蔌涼風起，紛紛衆葉墜。依依旅雁鳴，嗷嗷夜深至。那堪凄警時，更感别離思。造化本無心，慘舒有時異。人生百年景，速如奔泉驥。甘以寸心微，受此俗緣累。天公應大笑，蟻視人間世。君詩何磊落，讀之壯人意。勉此貞松操，愧彼桃李媚。貞松匪不苦，勁節得自試。桃李匪不妍，紛華衆所忌。和詩聊自廣，仰惜年華逝。各抱歲寒心，索居以相慰。

洞庭中秋待月作

一年一度今宵月，獨向江頭照離别。幾年客裏過中秋，每對蟾輝悵鴻雪。今宵胡爲在洞庭，水色山光正晶潔。亭午南風飽片帆，徑度湖心如電掣。靺鞨半天霞彩絢，琉璃萬頃波紋纈。遠岸無烟蘆葦荒，時見漁燈半明滅。須臾白氣升東山，遙露玉環剛半玦。天公不合釀微雲，坐使清光現如瞥。江頭鐵笛黯無聲，湘女湘妃共愁絕。素娥深意良可感，知我離人怕佳節。故將霧縠障冰輪，未遣羅襟飄露屑。人生聚散要有常，也似金波遞圓缺。明年烹茗玉堂中，回首江湖思清切。

詩成月出因疊前韻

陰霾無端妒華月，姮娥暫與湘妃别。三更捧出白玉盤，擲向湖心濺飛雪。鏡影新磨似更明，練光再浣還加潔。何事更然牛渚犀，碧海長鯨坐堪掣。幽人蓬窗夜不寐，靜對湖光揩眼纈。遠吞雲夢目已了，細讀離騷燈可滅。遙想高寒十二樓，仙風吹響飄環玦。青天碧海幾何年，盈虧過眼風花瞥。廣寒何日不中秋，强立名字眞癡絕。故知客懷不可貯，要使傾瀉逢佳節。會當梯雲到碧宇，細嚼桂子霏香屑。奪取吴剛玉斧還，月本無圓復何缺。夜闌忽聽波浪湧，柁樓絃管聲淒切。

岳陽樓

岳州城南三放舟，往來未上岳陽樓。樓中仙人應大笑，醯雞安可談陽侯。茲來天氣正八月，涼雨一洗湖山秋。肩輿乘興決獨往，要使千里窮雙眸。君山對我如舊識，雲鬟風鬢煙中浮。靈旗捲波作飛霧，縹緲或恐湘君游。長空飛鳥去欲盡，望眼直到衡山陬。壁閒樓記誰所寫，玉虹（謂張文敏）筆力清且遒。希文不作子京逸，俯仰誰抱斯民憂。是邦形勝踞湖頂，中貫南北爲咽喉。東流竹箭去如駛，玉粒香稻千船收。萑苻雖靖蒙帝力，水潦未殺終神羞。春來萬葦綠如海，但見鳧雁來沙洲。澤國甫田荒者幾，那得婦子安鋤耰。祇今誰是滕公儔，斯樓已舊煩重修，使我望遠心悠悠。

答朱伯韓前輩去歲見贈詩一首

余生鮮兄弟，爲學常患獨。每見同志人，重之逾骨肉。辛歲始識君，聯鑣戰場屋。雄文富波瀾，浩氣吞岳瀆。余時齒尚少，見面頸輒縮。弱冠遊京華，計車正相逐。籋雲不我待，先騁騏驥足。是時長安居，得共聯牀宿。河漢轉夜闌，清談時翦燭。君言天下事，擔荷在吾屬。康濟正需才，同心願相勗。又言古人交，期許重心腹。詎徒尚聲氣，外華鮮中樸。側聞長者言，頓使雄心伏。平生金石性，未遽諧流俗。感君敦古誼，得以雁行目。去歲對大廷，甲科蒙首錄。蕓館有先型，蘭臺步芳躅。貽詩厚相勵，高誼見忠告。翰林儲材地，匪徒修邊幅。禮樂及兵農，經濟當預蓄。昔者陳文恭，斯言可三復。日昨東南來，凶夷恣慘毒。長鯨走岸旁，吞噬飽所欲。安得倚天劍，迅掃妖氣速。備員忝侍從，倉廩盜微祿。誰使至尊憂，要亦吾輩辱。吾兄匡時志，覩此眉應蹙。行將列諫垣，豐採覘奏牘。上益聖主聰，下爲生民福。賤子實不才，敢和陽春曲。前修願交儆，良箴時往復。庶幾雷與陳，交情老愈篤。

山行道中作

衆山鬱氤氳，蒼冥逼諸天。平野豁然開，下有陌與阡。人家傍山澗，繞屋飛流泉。新晴融地脈，草木增清妍。鳴雞互相答，喔咿破朝煙。山翁晝出汲，挹露拾秋緜。顧我輿蓋客，咤歎驚神仙。人生有定分，豐嗇理難全。安知奔走勞，詎若安居賢。吾方私愧汝，未謀二頃田。

黄陂道中作五首

百里黄陂縣，蒼茫落照西。斷流朝渡馬，深巷夜鳴雞。野盡收薯蕷，人多市棗梨。南來波浪惡，莫上灄湖隄。

百穀登場日，農閒方在茲。終年勤婦子，一飽到孤嫠。餘粒雞豚得，閒疇鳥雀嬉。安居華屋者，風景那能知。

野老依山住，風塵不到門。有閒唯種樹，隨意自成村。留客榻常掃，呼兒酒重溫。田家風景好，不敢傲華軒。

兒家何所住，生小大江邊。蘆葦編成席，緜花種作田。機絲鳴夜夜，茅屋補年年。不學商人婦，高樓望客船。

隔里逢村落，橋西得幾家。水菱圓聚葉，山竹暗藏花。宿鷺棲煙定，歸鴉背日斜。便邀老人語，攜手看桑麻。

過信陽何大復先生故里

大復山前路，詩人故宅存。山川餘藻繪，文字寓精魂。明月篇誰繼，風騷道自尊。元音消歇久，惆悵與誰論。

過彰德

秋來策馬渡清漳，入眼蕭森柳萬行。客夢半醒殘月上，村炊乍熟晚風香。鄴中諸子空文藻，河畔高臺自夕陽。千載霸圖留不得，西陵煙樹鬱青蒼。

曉發邢臺大風作

天門晝啟靈旗軒，帝洩其怒巽二奔。紛紛砂礫來驟雨，滾滾煙霧疑黃昏。東來已愁渤澥溢，南下更恐河源翻。行人伏車不敢語，待掃黑霾看金盆。

以水仙花贈錢萍矼同年寶青疊韵二首

水仙本花王，素豔羣卉伏。娟然如靜女，無言自清淑。惟子與此花，對影稱雙玉。惟我與夫子，臭味實一族。甆盆手自蓺，淨極若新沐。中有小白石，細寫秋蘚綠。晴暉照窗牖，莖葉抽簇簇。我齋實荒陋，得此春意足。因念君子室，寒霜團老屋。北風吹海棠，蕪穢雜衆木。君性好海棠，曾手植焉。榮華有時謝，舊遊那忍觸。不有綽約姿，何堪媚幽獨。移根得善地，是亦花所欲。聘錢豈必費，佳客來不速。遙知清夜裏，靜展離騷讀。屋暗燈火寒，漏永幽香逐。清如和靖梅，韵勝子猷竹。會當踏雪來，對坐領芬馥。

羣芳鬭香國，倔彊未肯伏。竊意太眞豔，未若江妃淑。仙人海上來，翦此一叢玉。與梅雖異類，香豔乃同族。肌膚結冰麝，容華屏膏沐。憶生沙岸旁，晴波漾空綠。靈根得灌溉，嫩蕊紛欑簇。不遇搴芳人，汀洲老亦足。一朝入城市，供養珍華屋。託根盆盎閒，棐幾藉文木。俗工强位置，凡手競相觸。誰知草木情，厭衆常喜獨。幽賞固所期，喧嘩諒非欲。甘爲北枝後，恥效唐花速。何修近君子，得伴芸窗讀。晨昏對清影，永謝紛華逐。想見空谷姿，日暮倚修竹。歲寒君勿怨，閒居守芳馥。

城南看花和王少鶴錫振並邀姚子楨輝第錢萍矼寶青同賦

寒鴉曉啼日在東，輭塵不起天磨銅。城南花市春融融，長安貴俠連錢驄。車前載花如遊龍，我亦逐隊驕春風。勝遊樂與三子同，入門香霧霏冥濛。蘆葦小屋形如弓，胚紅孕紫藏窖中。海棠睡起嬌欲慵，水仙妃子清而丰。俯仰山茶紛纖穠，未若老梅冰雪容。白石瘦倚蒼苔封，頗惜市人皆奴傭。盤屈直幹成疲癃，炙以獸炭金爐烘。繁花一夕交蒙茸，縱極人巧非天工。攜歸老屋陪歡悰，聘錢雖貴難辭窮。華筵自壽金珀鍾，我儕年少如終童。朱顏足傲春花紅，京華旅宦時相逢。人生聚散如飛蓬，他年月落空山空。應有好夢隨秋鴻，作詩繼聲二客從。願如此花盟其終，隨風開落莫悤悤。

癸卯七首

人日贈王少鶴時少鶴有南歸之意故末句及之

去年今日逢人日，洞口桃花上客衣。去歲歸省武陵。別夢難尋芳草路，鄉心猶戀釣魚磯。六街煙雨連年換，九陌香塵撲面飛。待得春來花事好，天涯莫羨雁先歸。

遊春

春遊無定處，遠近隨馬蹏。十日不出門，春草綠已齊。柳色如黃金，昨枯今始稊。東風陌上來，十里開棠梨。海棠及文杏，露重垂欲低。獨有野藤花，寂寞傍荒畦。恰似田家女，淡泊甘鹽齏。安知桃與李，無言自成蹊。數年遊京國，久與家山違。去歲暫歸來，言訪漁郎溪。夢中桃源洞，仙路今未迷。撫時感物候，歲月難久稽。僑居道院旁，卉木如林棲。曉日上疏簾，又聽山鶯啼。及時當行樂，常恐朝陽西。同心二三子，勝遊相提攜。歸來花樹下，莫負清樽期。

讀平湖劉烈女遺事作

城頭巨礮聲震天，鬼奴傍海飛腥涎。東家西家走且顛，遇之於塗或殲旃。女聞而起心慨然，展轉走匿行復旋。依依執手慈母憐，樓下古井泉涓涓。俯身下就方及咽，阻之不得心則堅。女身可捐節可全，海氛騷動胡蔓延。蟲沙猿鶴均焚煎，何山冰雪埋芳鮮。貞魂一縷隨飛烟，乘風上訴蒼者天。帝命列缺揮神鞭，迅掃醜虜清瀛堧。安能更化精衛填，投沙委石無窮年。

秋日作

微風釀薄寒，輕雲冪林表。翛然無客至，庭院深以悄。牽牛花已過，尚賸霜藤嫋。時於籬落閒，扶疏見紅蓼。高槐噪蜩螗，急響今漸少。寒鴉亦知警，飛鳴自昏曉。靜觀感物化，榮枯互相繞。造物本無心，羣動自紛擾。君看霜中柏，蒼鬱插雲杪。又看野塘内，菰蒲亂青縹。人生天地閒，賦形殊幺麽。安得隨時變，悲鳴雜風篠。方知騷人輩，所見猶未了。

獻姚石甫先生卽以贈別

十載滄溟外，崎嶇未盡身。人心厭驕虜，天意諒孤臣。別思千山月，歸途萬木春。征衣惜輕浣，知爲帝京塵。

未了看山願，城西住少時。夢猶京闕戀，歸爲友朋遲。黄葉聲中酒，蒼葭閣上詩。東瀛一回首，揮涕萬人知。

老矣猶茲健，風塵想據鞍。艱危緣世變，摧折見才難。卧虎滄江靜，冥鴻天宇寬。願公珍晚節，歸路雪霜寒。

甲辰五十九首

奉使粵東出都門作

積雨逢初晴，郊原澹溽暑。草木含新意，快如目未覩。夙昔西山色，延望在庭戶。逶迤沿其麓，石髮紛可數。林開霽色見，峰淨雲容吐。晝長蜩始鳴，晚熱蚊猶聚。念彼僕夫勞，喘吁氣如縷。王事有程期，遲速難自主。清風何處買，作詩聊慰汝。

過河閒獻王墓

嬴氏愚黔首，羣經遂遭燔。菽粟委塵壤，聖道不復尊。炎漢挈天綱，六籍光幽昬。王生際平世，儀彼先聖言。皇皇曰華宫，文士供駿奔。掇拾灰燼餘，刮磨如彝尊。維時周禮經，成書貢天閽。大哉聖人道，朗若扶桑暾。廣川產鉅儒，王實開其源。吾門有傳法，功與十子論。如何千載下，籩俎不復存。我來重憑弔，壞土餘荒墩。鬱鬱松柏樹，青青拱墓門。石馬雖已折，佳氣被無垠。斯文其在茲，來者永無諼。

沙隄行

君不見道旁沙隄白皚皚，涷雪融盡無纖埃。春雨一洗十丈裂，砯崖轉石聲轟豗。行人失足易傾跌，策馬欲進終徘徊。乃知易築旋復潰，古來金隄安在哉？

道旁見田家一首

余生在廛市，未爲郊隴行。賴於客旅閒，得知田野情。稍能辨菽麥，兼喜問雨晴。茲役維仲夏，原隰騰炎精。二麥已登場，文雉驕不鳴。高粱及晚稻，蕤蕤含金英。瓜田繁紫芋，翠葉紛縱横。朝陽擢寸穗，夕露抽尺莖。時見野老來，荷鋤如春耕。問之何其然，辛苦歲有成。田家婦子閒，城市尠所營。耕饁得自盡，飽此粥與羹。用茲勞筋力，行與壽考並。豈如彭澤翁，尚以善自名。對此私用愧，吾亦拙謀生。

憶昨出都門，禾黍青離離。漸入齊魯郊，穎粟紛葳蕤。及茲過淮泗，壓隴黄雲垂。感彼華實異，如覺經旬時。旬時尚云爾，歲月亦如斯。嚴律轉孟冬，茅屋迎朝曦。新糧已入甕，陳粟亦在炊。遥知此物候，正我歸來期。今年雨暘若，高下恰相宜。時哉及秋穫，場圃築毋遲。歸來當賀汝，爲汝歌京坻。驛路多好花，紅紫紛高枝。時物易變換，我行胡逶蛇。但使慶有年，餘事安足知。

東阿道中

碧嶂參天影四圍，松林一徑破煙霏。朝行石磴看雲上，暮入山樵送雨歸。景物漸宜鄒魯近，峰巒欲認楚黔非。乘槎更有滇南客，謂何根雲前輩。悵觸鄉心十載違。

固鎮題何氏別墅

妙得林亭趣，簷楹敞更幽。疏花微見日，高樹遠含秋。隱幾山光接，開軒野色浮。征途苦塵土，爲爾一遲留。

渡淮 時中牟大工未竣黃水迸入於淮書所見作

爲問長淮水，頻年更若何。舊流歸海疾，新漲近城多。自可吞羣派，焉能受九河。會當分濁浪，還爾舊時波。

廬州

我行廬州夏六月，火雲燒空四山熱。早禾割盡晚禾枯，老農踏車汗流血。開渠引泉亦何濟，昨日有水今日竭。行人下馬驛亭裏，一飲清泉冰到齒。問之致此路幾何，云自村南十餘里。憶從兩月皆大旱，近井泥乾無滴水。淮北諸邑地苦低，春漲灌田田成谿。淮南諸州亦沃衍，黃流泛溢侵畦畎。是邦形勢占高原，南來坡坨似陟巘。餘波不及未足倖，亢陽偶遇知難免。深山旱魃胡跳梁，平地蛟龍易偃蹇。我今作詩爲汝告，要與赤子蘇殘喘。夜來涼雨飛高松，雷聲隱隱東南峰。嗟爾民兮慎勿苦，擊鼓吹笙報田祖。

新晴行山澗作

川原新雨後，驅馬復行行。日薄數山影，天空一鳥聲。遠林散煩燠，曲□洗幽清。獨有芙蓉渚，遙遙芳草情。

晚宿店埠

客途苦炎熱，征輿困息偃。行行日已暮，詰屈下山阪。喧聲鳥雀散，暝色牛羊返。繽紛古澗藤，歷亂幽花晚。隱隱聞輕雷，迢迢隔雲巘。欲宿投何處，野闊人家遠。華燈照古驛，蒼苔閉深苑。蕭然一雨來，清風動羅幰。離懷度長夜，欲寐側復反。長路無書札，何人問餐飯。

大峽關

入山天冥冥，出山風泠泠。出山入山各異態，平原芳草長青青。千巖萬壑不知數，何年琢就蒼玉屏。長松百尺誰所種，一一偃蓋皆龍形。深林雲日含變幻，騰躍光怪藏精靈。峰頭積霧晝疑雨，髣髴尚帶龍涎腥。石滑尚愁行旅過，徑仄或恐猿猱經。道旁野藤花，歷落含芳馨。老鴉銜子種巖谷，霜根蟠結餘千齡。一翁賣茶貌何古，終日宴坐惟茅亭。鶴髮非仙亦非隱，得毋內視存黃庭。我生日夕在塵世，勞勞軒蓋何時停。他年待訪赤松子，有緣無慮雲巖扃。

桐城

桐城山色遠連天，萬疊嵐光落馬前。幽澗藏花迷野寺，小橋通竹隱人煙。秋藤處處青圍屋，晚稻村村綠滿田。惆悵簡書多促迫，未能佳處便流連。

黃梅江漲以舟濟五十里阻風不得行榜人進香稻白魚甚美詩以紀之

陸行更乘舟，放眼輒一快。方覺五十里，所見未爲大。孰知片帆發，適與飄風會。停舟倏不前，小憩猶可耐。日午饑腸動，筋力稍覺憊。水村遠城郭，欲市苦無賣。榜人大解事，壺餐具不戒。玉粒淨可數，銀絲細堪膾。精鑿去糠粃，鮮潔謝葱芥。食罷思更索，老饞無乃太。行廚致珍膳，圖飽難一嘬。豈知眞味存，美在芻豢外。吾鄉近澤國，魚稻家風最。他年瀨水旁，蓑笠尚足賴。此飯未可忘，此地儻能再。

題潯陽驛館

南去悠悠天塹長，郵亭駐馬玩年芳。閒門有路侵幽草，高閣無人送夕陽。江到湓城聲漸大，秋來彭蠡氣先涼。琵琶消歇誰堪問，獨向風前一引觴。

過廬山遊東林寺

我從江北來，已見匡廬峰。天門晃蕩射初日，赤霞照耀金芙蓉。渡江覿面無咫尺，秀爽使我清塵胸。潯陽旅舍偶一駐，夢想勝概精魂通。山靈爲我助清興，曉行未遣頑雲封。老松蕭蕭俛絕壁，石徑獵獵驅長風。千巖萬壑不可計，攀陟有願知難窮。不知香爐之峰在何許，但見往來雲氣飛冥濛。羣峰負地皆湧出，靈鼉掉海羣魚從。鱗甲鬚鬣〔一〕了難辨，巨脊突兀撐青空。我疑鴻荒渾沌誰所鑿，得毋神工鬼斧精磨礲。萬年元氣老不死，出沒光怪含清雄。天臺雁蕩果何似，未知奇奧當誰同。遠公蓮社有遺跡，小憩一一稽靈蹤。老僧爲我指林岫，辨別名字分南東。開先棲賢俱不到，雖有二勝無由逢東坡先生有廬山二勝詩。我生日在山水窟，當門桂嶺青巃嵸。探奇往往薄目見，浪說泰岱誇衡嵩。茲山之遊十日耳，倉卒未得攜枯筇。乃知人生侈遊覽，及其既至心轉慵。却尋驛路滿斜日，陂陀掩映林光紅。歸來應更山下宿，待識眞面難匆匆。

【校】

〔一〕鬚鬣：底本作『之而』，據經德堂本改。

曉發

宵柝遞急響，晨關啟嚴扃。僕夫趣我駕，吏卒候郵亭。披衣攬帷幕，曉色辨窗櫺。斗室貯虛白，樺燭光猶熒。危檐掛殘月，破壁見疏星。主人治離筵，桂醆傾綠醽。對此不能飲，馳心入郊坰。郊坰滿初日，雙旌鳴和鈴。霏微草露溼，繚亂林花馨。飛蓋上長坂，仰視天杳冥。寓目有奇賞，躡足無昔經。朝逐纖御返，夕共羲轡停。寄語林棲子，無爲嗤勞形。

東軒 瑞州府試院左側蘇文定監筠州酒稅時所作

幽軒下夕陽，庭宇森衆綠。古人遊息地，遺芬在卉木。卉木豈昔栽，沿砌補修竹。牆東李與桃，嫩葉青蔌蔌。緬昔次公賢，宦〔一〕小志不辱。抽閒簿領餘，退息茲焉足。阿兄黃州來，十日假休沐。依依老兄弟，握手話幽獨。蕭瑟夜雨涼，黯淡寒燈續。室有犀角兒，詩句清如玉。傅家賴汝賢，歸計可預卜。爲指夙昔心，信美嵩山麓。茲軒特寄耳，鴻爪驗芳躅。我來風雨夜，更翦窗前燭。空庭悄無人，影動花枝簇。新詩猶可繼，古道那能復。惟有檐閒月，曾照對牀宿。

【校】

〔一〕宧：經德堂本作『官』。

明珠篇

明珠棄道旁，光耀人不識。賈客東海來，見之三歎息。世人浪說明月璣，肉眼安知魚目非。石家百琲矜言富，唐宮一斛空爾爲。漢皋煙草斜日暮，仙子淩風去不顧。由來交甫未識眞，棄言祇恨江妃誤。千年寶氣在江干，化作芳蘭綴秋露。潭邊昨夜老蛟鳴，深林月黑飛鼉精。白蚌潛波玉蟾沒，萬里秋空無復明。始知奇寶在人世，鬼物震盪天神驚。古來荆山之璞和氏識，豐城之劍雷煥是得。噫！珠兮珠兮，我能拔爾出泥中，置爾光明之桂宮，使爾劍珮相磨礱。但恐宵來望氣驚驪龍，風雷攫去迷無蹤，我欲拂拭將安從！

發萬安行山溪作

遠山延空青，近壑俯寒綠。縈紆一石徑，細如腸在腹。清陰古檜蟠，奇氣蒼松鬱。幽花每倒垂，怪石故斜出。平皋露野田，晚稻青簌簌。時見遠人村，環繞山之麓。牆頭引瓜蔓，門外補修竹。下有雙板橋，溪流瀉寒玉。我來乘清曉，佳氣滿巖谷。天風吹雨雲，前後互相逐。村雞破午啼，煙散聲喔喔。賞心極清曠，引興在幽曲。一覽焉可窮，十日良未足。樂哉此清景，游蹤謝樵牧。

道中雜詩三首

路轉山溪深復深，何年古寺陰沈沈。老僧飯飽鐘磬寂，門外野風吹竹林。

天際黑雲掃不開，山風吹雨撲人來。馬頭忽訝數峰失，村女田中收麥回。

江頭夜雨新漲濶，秧田放水聲活活。十里桔槔靜不鳴，入耳羣蛙強喧聒。嶺頭黃日高三丈，馬首紅雲低一抹。山翁汲水烹苦茗，道旁誰解行子渴。

大庾嶺謁張曲江祠

東山西山雲氣濛，馬前忽見青龍嵸。不知梅關突兀在何許，絕頂尚有人煙通。贛南諸山顏盡赭，奔走荒原亂如馬。天教留此作崇墉，瘴煙隔斷蒼梧野。曲江相國命世英，作事能使山神驚。不然螺旋山磴二百里，炎荒萬里無人行。桄榔葉密天欲雨，古寺空垣走飢鼠。一代宗臣濟世心，千年祠廟荒山主。廟前梅花三百株，花時氣壓蠻雲龘。相公風度猶想見，令人不憶孤山逋。南來奉使六千里，眼見雲山幾如此。攀崖緣壁不須驚，嶺南風物故鄉情。歸時正及南枝發，待向祠堂餐玉英。

南雄江上

遠水蒼茫一葉舟，乘槎眞作海南遊。綠橙過雨香初透，丹荔含霜晚未收。極浦蛟龍潛永夜，深山鸞鶴起高秋。南來欲問弋船事，畫角西風滿舵樓。

夜泛

近水急如箭，遙山去若浮。祇應明月影，不共大江流。

觀音巖（在英德縣）

峭壁遏奔流，屹若千仞鐵。何年六丁斧，斫此一線裂。驚移老狖巢，走避潛蛟穴。龍宮浮羣木，湧現金銀闕。上絡天梯通，下懸地維絕。中有長明燈，萬劫光不滅。我挐小舟來，探彼雲水窟。初若虛牝投，漸覺幽扉閉。乘燭造深迥，緣磴趨拗折。軒豁見禪堂，小憩忘盛熱。石壁本天成，潦倒古碑碣。卻觀窗檻外，遠揖三峰列。更上古佛龕，隨山露凹凸。當檐滴石乳，幾瓣青蓮綴。欲墮不墮時，狀若箕噏舌。靈境吁可畏，幽芳猝難擷。下巖理歸棹，靜聽迴湍咽。頗聞水月觀（在巖西北），與此風景別。惜哉咫尺地，欲往不敢決。迴首巖閒樓，但見香篆結。夜來孤枕上，鐘聲盪斜月。茫茫煙水際，清夢不可越。曉風吹片帆，妙想參寥泬。

峽山寺 在清遠縣

昨遊觀音巖，已識峽山寺。朝來鼓枻往，脚健意頗鋭。仰觀衆山合，似束奔流勢。石根浸沈綠，倒插疑無地。突見金碧宫，聳若淩雲氣。捨舟入寺門，老衲拱而侍。西堂引客坐，軒豁掃塵翳。長風捲江流，俯視心轉悸。是爲凝碧灣，妙語坡公記。西北循曲磴，歲久蒼蘚膩。捫壁見古藤，石罅霜根利。上連老杉栝，雲日互虧蔽。何處大聲發，颯然風雨至。飛沫濺巖壑，餘潤侵山袂。巖閒瀑布落，奔驥猛難制。僧言此泉好，佛土資灌溉。引澗通山廚，何用缾罍致。亭前烹苦茗，甘冽快一試。盤姍復再上，山半得小憩。松陰覆石牀，側度清風細。似遊太虛境，聆此鸞鳳吹。却觀古飛來，縹緲青林際。遥遥帝子居，白晝巖扉閉。仙蹟縱難尋，半塗安敢棄。淩虛造幽夐，取徑愈深邃。參差玉宇出，燦爛丹霞被。何年舒州來，飄若流星墜。壁閒古碑碣，詎有六朝字。相傳寺於梁時自舒州飛來，有神人夜叩眞俊禪師語其事。兹山神仙宅，頗具煙霞秘。老僧一何愚，荒怪託山魅。轉令二禺祠，千載失位置。二禺祠乃祀黄帝二子者，今寺僧建佛像於中，而移二禺祠於山麓。更聞歸蝯洞，遺事尤詭異。仙人久不出，山徑亦蕪穢。我欲窮其勝，餘勇賈難繼。逡巡赴歸途，力倦時恐躓。回觀舊遊處，一一雲煙逝。東行逕禪房，南與高峰對。微陰連暝色，江樹動蒼翠。歸船猶惝恍，清境入夢寐。

歸猿洞 世傳孫恪袁氏事即此

幾日修眞隱石關，暫時游戲向人閒。曾隨帝子偷丹訣，又向高僧返玉環。别後蘼蕪怨遥夜，歸來鸞鶴嘯空山。即今洞口蒼雲滿，採樂靈峰還未還。

三水縣

南匯三江翠嶂連，浮家初見蜑人船。寒流夜漲潮通海，急雨秋來霧滿天。林際酒香椰子熟，嶺頭日落荔枝然。西來已飲吾鄉水，欲覓雙魚何處邊。

三十六江樓在三水以三十六水匯於下故名

卅六江流勢盡吞，危樓過雨瘴煙昏。估船不待西風起，直趁歸潮到海門。

花田廣州城西南十里南漢劉鋹宮人名素馨者居此歿即瘞焉素馨較他處更盛

廣州城南香作國，千載靈洲瘞芳魄。五更晴絮吹曉風，滴粉搓香萬株色。芳華苑裏花無主，豔桃穠李爭相語。蓉城窈窕瑤英家，玳瑁爲梁珠作戶。誰知原是此花身，陌上歸來暗惹塵。金燭銀屏雙照影，玉顔珠字兩宜春。宜春別苑仙人住，畢竟芳名被花誤。紅雲夜醉綺羅春，碧月秋驚煙草暮。昔年名花變香骨，十里幽馨黯不發。至今香骨還作花，素豔娟娟弄秋月。樓船簫鼓付滄波，南漢繁華掣電過。何似停橈江上路，清芬還比舊時多。

瀕行諸生餞於花地即花田**賦此誌別**

是邦豈吾土，小住已彌月。諸生四方志，行將赴京闕。聚散詎有常，跬步視燕粵。胡爲一樽酒，意等灞陵別。憶昨歌鹿鳴，上座余幸竊。峩峩青袍彥，濟濟在行列。大僚走相賀，茲榜盡時傑。執贄至階下，覿面始清切。會城賓客衆，典謁無時輟。倉卒問行第，坐席不得熱。今朝喜再晤，姓字猶恍惚。深秋鴻雁來，嶺路梅花發。悠悠行子心，劍氣衝霜雪。長安壯遊地，城西盛簪笏。策蹇儻肯來，問字尚能說。茲行勿相送，來日多於髮。

黄生子璣績學士，辛苦三十年。唐生承恩耿介者，囊中無一錢。譚生瑩實奇傑，文字富千篇。我觀諸子中，莫如三子賢。覿面始一再，衆美知難全。我才實粗疏，忝此一飯先。常恐志節墮，科名重無緣。諸生始得舉，視此若登天。孰知造其途，有如尋常然。名至實不充，戰慄時恐顛。人生祇百歲，時事多變遷。當世尚無述，來者何由傳。勉矣千秋業，毋爲虛名牽。

茲地號花田，種花如種穀。耕耘所不事，利可專菽粟。想當南漢時，佳麗侈金谷。珠樓連道左，畫舫張羅縠。香風捲地來，紅翠紛簌簌。憶昨承平久，闤闠頗豐足。笙歌夜成市，燈火照華屋。天道本惡盈，何當縱人欲。比年海氛肆，繁盛非始俶。招禍固有由，此理幽可燭。諸生念桑梓，訏謨想預蓄。寂寂煙月地，風景何由復。他年論時事，夜坐應更僕。

今年秋典試羊城徹棘後疲於應接知有詩人張南山先生而未暇一訪挂帆後悵然久之舟過清遠峽遇王恭三明府同年手游仙唱和詞一卷見示蓋先生首唱而黃蓉石比部和之余愛其詞因題七絕四首寄正

織就登科記一篇，匆匆忘訪老張仙。誰知卅曲鈞天夢，觸動靈心五百年。

玉詔分茅佐紫宸，碧桃花底過千春。雲端一笑君知否，綺語消除現在身。

絕調初平有繼聲，泠泠鳳管和鸞笙。霓裳舊譜分明記，暫欲拈毫怯未成。

碧宇飆詞唱夜闌，紅雲遮海曙光寒。人間不敢尋常讀，歸去瓊宮洗眼看。

舟中雜詠六首

海珠臺上海珠浮，十五娃兒解放舟。船裏織將花絡買，也應勝作石城遊。

曉樹陰森帶露腴，荔枝灣裏翠縈紆。祇因未識楊妃面，贏得芳華（南漢苑名）十萬株。

三江口外織風梭，圓樣輕浮穩似螺。草長斷汊人不識，往來應是蜑船多。

韶石江頭尚巋然，泠泠風起誤鳴絃。（峰名在英德南。）誰知寶瑟淒涼曲，輸與衡湘一派煙。

中宿峽中潮水來，潮來經宿復潮回。於今江上潮無信，野老山葱任意栽。

海表功名孰破荒，風流人羨曲江張。嶺頭尚有祠堂在，消受梅花是鐵腸。

中宿峽

雙峽辟山門，滄江勢盡吞。鳥呼黃葉下，蝯去白雲存。古刹餘鐘響，秋江落漲痕。山僧知許事，採藥自朝昏。

補遊水月觀

游山不盡山，意如索逋負。豈必所歷勝，懷疑終欲剖。昨來觀音巖，石洞秘深黝。沈陰壓虛殿，驚視不敢久。頗聞茲觀殊，軒敞出其右。覿面不一到，既往吾則咎。北歸纔兩月，巖扉幸得扣。小舟接石磴，仰面見窗牖。拂衣識水蕉，納履辨山韭。虛堂鑑江色，高潔不容垢。岸前諸翠鬟，肅立若頫首。長吁盡煙霞，高據失培塿。壁閒蒼霧出，丹崖塞其後。古藤纏石罅，一一皆瓊玖。茲地實奇特，與巖爲先後。吾欲書摩崖，光怪字如斗。來者慎勿笑，靈宇神所守。

秋懷四首

夜深江月照人寒，淼淼煙波水國寬。昨見曉風披綠葦，近傳宵露溼紅蘭。西窗舊約論刀尺，南浦秋心怯綺紈。欲賦離情且拋却，嶺雲原不見長安。

我有高堂浙海濱，一家分作宦遊人。暫勞定省惟諸妹，且喜康甯未老親。望遠豈無烏鳥思，懷歸應畏簡書頻。近聞澤國安魚鱉，萬里馳驅慰此身。

瀟湘驛路洞庭舟，十載重湖感舊游。書授伏生誰惜老，謂黃虎癡學博。詩成平子但工愁。謂張哲堂茂才。未看別後書盈篋，可憶登時月滿樓。欲向西風問消息，澧蘭沅芷不勝秋。

西江原自桂林分，曉日蝯聲嶺上聞。斥堠遠連番長國，樓船空憶伏波軍。荒荒瘴霧迴炎海，渺渺知交隔暮雲。猶喜故園無恙在，晚來松菊自繽紛。

喜晤王恭三同年至韶關又言別賦此以贈

客舟岑寂甚，相見爲顔開。芳草秋前盡，碧雲天外來。江月迎詩舫，燈花照酒杯。早知行客意，度嶺首重回。

晚望二首

茅屋欹斜野老莊，數叢秋柳抱寒塘。夕陽一片疏橫影，知道前溪夜有霜。

尋常一樣江頭月，照作秋光分外寒。酒後花前等閒事，未應留向客中看。

十八灘

贛江之水利如鐵，觸石爭撞勢將折。奔流劃轉怒有聲，三尺雪浪將舟齧。何人鑿就十八灘，江心巨石紛簇攢。至今此險滅不得，長年三老增愁歎。我來積雨添新漲，石角嵯岈沒高浪。中流迴轉作盤渦，舟人指視猶惆悵。北望江湖深復深，老鴉嘑徹古榕陰。造物設險蓋有意，對此可鍊行人心。蘇子南來說惶恐，壯志消磨詎爲勇。我今海上攜明珠，光耀足使江神趨。夜來寶氣徹幽都，風前莫怪灘聲麤，然犀相照非吾徒。

泰和大令沈槐卿同年衍慶泛舟相送至廬陵賦此以贈

與子遠離別，掉舟相送徐。莫言一日聚，終勝數行書。中澤苦鴻雁，長江多鯉魚。近聞書下考，守拙意何如。

連日北風起，天涯將歲寒。滄江向晚急，遠樹入雲團。客久思歸切，宵深話別難。明春桃李月，相憶在長安。

過黃梅紀所見作

淼淼長江北，孤城舊日經。凍來山更綠，雪後草終青。衆木餘生意，群峯儼畫屏。沙明去鳥蹟，隄起伏龍形。曉霧冰花坼，朝陽露葉醒。菜畦寒轉茁，菊圃晚猶零。走馬莎痕亂，多魚水〔一〕氣腥。浮家依短棹，寄蹟等飄萍。稚子窺牆立，鄰翁擁壁聽。故衣形黯淡，窄巷影伶仃。憶昨車初過，洪湖漲正渟。頗勞具舟楫，何處覓郊坰。漁網蒙高閣，篝車挂遠汀。殷勤問疾苦，漂泊閔生靈。歲晚災方濟，旌回馭暫停。隴添新版築，田認舊畦町。撲被投荒店，披衣上短亭。早餐人二餔，薄醉酒雙瓶。俯仰關民命，周游感使星。生涯憐細碎，肉食忝芳馨。願附輶軒採，歸陳黼座銘。降康惟樂歲，長此頌堯齡。

【校】

〔一〕水：底本此字脱漏，據經德堂本補。

余於辛丑歲請假南歸同行為蘇君虛谷旅館對牀征車把襼唱酬自適商訂多資良時難得計相距已三年餘矣追思我友悵然久之

每憶吾鄉蘇季子，朗吟佳句挾飛仙。秋風匹馬看山出，暮雨荒村對榻眠。歲晚幾回驚遠夢，夜寒何處聳吟肩。行囊無恙花箋在，惆悵天涯月正圓。

乙巳十五首

春夜

檐前丁香初發花，游峰喧鬨朝成衙。盆中海棠更嬌絕，一枝綽約臨窗紗。主人出游歸每暮，粉牆上月驚棲鴉。近鄰香氣襲鼻觀，解酲安用龍團芽。燈前倩影呼不出，時掩翠袖嘶嬌娃。憶昨來京寄道院，當春卉木猶可誇。二花丰韻並殊絕，開時燦爛如明霞。道人種花不護惜，往往攀折隨鄰家。我時獨居感幽興，撫樹躑躅恒咨嗟。良辰美景豈易得，年年芳草天一涯。當時觴詠二三子，聚散久如鴻踏沙。祇今對此憶疇昔，未免匆促憐韶華。花顏窈窕尚可復，飛輪一去誰能遮。對花酣臥豈有極，欲覺恨無晨鼓撾。

戲贈唐子實

唐子讀書氣欲腐，夜宿中庭不閉戶。短檠照室寒且深，箱篋圖籍交撑拄。有惡緣牆下窺矙，龐然一橐牛腰巨。公然攫去出不謝，不信扞掫有牧圉。吳綾著手冰繭滑，越練臨風玉花舞。先生畫出長安陌，儒服稱身何舉舉。醉中顛倒不自惜，酒痕狼籍汙塵土。豈期胠篋一朝盡，青氈僅存抑何苦。朝來日色澹沖融，處處游春醉羅紵。先生當晝恒假寐，朋儕邀約惟堅拒。浪說綺思今掃除，口縱强辭心可覩。伯韓侍御妙語言，謂子佹失天必補。塞翁失馬縠亡羊，待釋褐衣親衮黼。鯫生有說不謂然，亾弓固楚得亦楚。若雲小損當大益，此意貪天天不許。勸君出鏹買新衣，陌上看花過好雨。

送唐子實歸里二首

親知如北雁，一一向南飛。漸覺鄉音少，尤傷同調稀。關河恨修阻，景物惜芳菲。招隱向何處，桂山深翠微。

唐子有書癖，歸裝論五車。名爭一字巧，才富萬言虛。知己贈長劍，旁人嗤蠹魚。不能上薦達，相送意何如。

登高望遠海

登高望遠海，落日天際黃。風塵黯原野，衆山鬱蒼蒼。極視大漠北，下斷飛鳥翔。忽覩玄雲來，起自窮髮鄉。隨風舒素雯，四散紛飄揚。照作丹霞幄，燦爛金色光。羣峯排中天，華萼成文章。須臾斂暝色，四散如頹牆。氤氳蕩元氣，恍惚難具詳。焉得兩黃鵠，陵虛叩天閶。

偶成

榆槐交綠草痕侵，四月風光小院深。睡起不知新雨過，但言今日是春陰。

朱伯韓先生新鐃歌題辭

芳塘夜雨香發荷，小閣兀坐驅睡魔，書鐙如豆供吟哦。鄰雞無聲夜蟲寂，乃讀朱君所箸樂府新鐃歌。鐃歌五十章，偉烈陳頗多。我朝先皇楙神武，以古相較百倍過。君從國史見舊本，私家簡牒供爬羅。芸窗晝賦日五色，雲錦織字龍騰梭。鼉擲鯨呿露光怪，氣燭北斗聲流河。金石刻畫固史職，君之才識難同科。外人相賞在文字，豈識大義懸羲娥。頌含規誨著古昔，觀此猶念陳卷阿。國家開創在武略，瀋陽奮起揮天戈。興王要當本仁義，亦有將才兼牧頗。承平數世猶肄習，旗營勁旅紛番番。攻無不克戰必勝，剪除巨憝同幺麽。百年安飽餘痼習，耳聞金鼓言已訛。憶昨海氛肆狼籍，東南震盪滄溟波。幾令我皇重宵旰，年來沴氣方消磨。樓船下瀨爾何力，回視褒鄂慚冠峩。多君具此大作手，宦職又到金鑾坡。大唐中興有元子，尚紀崖石書擘窠。斯文光燄韓柳亞，況紀聖德逾元和。願征瞽矇被絃管，取彼國子相研摩。後來觀此念大烈，定有殷武賡猗那。罷讀危坐三距躍，應知此意無蹉跎。

秋日二首

誰云秋日至，使我心神驚。炎官方授節，幾日東南行。倏忽變素色，發此清商聲。夕陽高樹閒，尚有蜩螗鳴。響急調復促，爲飲瓊霜清。蕭然羣動閒，萬景增虛明。物類既如此，吾心復何營。

方春待和氣，遲遲未言歸。及茲涼秋至，應候翻無違。立秋纔幾日，已卻葛與絺。夜深掩團扇，明月入牀幃。涼飆送虛警，摵摵搖窗扉。感此坐無寐，起整貧女機。及時不爲謀，歲暮將無衣。

七夕

姮娥夢破秋雲冷，碧蓮開徧天河影。黄姑織女作佳期，一夜西風動金井。星宮露涼仙漏永，天船無聲繫修綆。珊瑚爲鞭起靈鵲，架作長橋渡清迥。別長會短情苦多，仙語丁零夜方靜。人閒兒女競傳說，欲覓龍梭探寶訣。銀鍼彩縷玉盤中，贏得蛛絲千萬結。雲錦七襄苦費心，天公不識離情深。

天河

爲問天河水，雙星奈爾何。縱然風浪少，終竟別離多。

送彭子穆歸里

乙巳秋八月，彭子將南歸。自言上書客，久與家山違。去年寄汝陽，骨肉相因依。來止蕭寺中，幸無臣朔饑。朝出步廠肆，不顧貝與璣。剔蠹讀古書，勘別論是非。插架懸牙籤，難逃目所睎。我忝校書職，所好亦庶幾。招邀故紙旁，遇人甘笑譏。所得各攜去，丹墨無停揮。謂言得久處，賞析研其微。誰知未半年，倏此驅驂騑。我居固惆悵，子行尤嗟欷。白露方改節，涼風吹裳衣。歸心如秋鴻，已逐南雲飛。子歸固可樂，學道當自肥。留子安可得，待子及春暉。

雨夜〔一〕

獨坐東堂上，宵深暑氣微。窗前新雨過，竹外一螢飛。腐草溼霑徑，老荷香染衣。遙憐北牆下，葉葉海棠肥。

【校】

〔一〕雨夜：嶺西五家本作『雨後』。

中秋對月追憶舊遊柬蔣霞舫達年丈 蔣於次日續絃故未語及之

平生壯觀能有幾，洞庭湖裏中秋月。一從假館春明門，夢裏煙波三載別。去歲乘槎到南海，玉宇瓊樓望清切。海濱雲彩如黃龍，半夜吐珠氣猶熱。碧城天上捲簾看，遙指花田花似雪。今宵復此對冰輪，小閣幽窗靜相悅。娟娟涼露侵羅紈，炯炯清輝照環玦。六街車馬闐成塵，鳳蠟魚燈光可滅。緊余兀坐渺秋思，舊遊湖海誰能說。豪情勝概亦偶然，回首風花去如瞥。蔣子當年好遊興，亦有美酒酬佳節。知君乞桂待嫦娥，欲往邀君且中輟。

八月二十三日一首

閒官何事趁朝車，史館歸爲退食餘。薄海共安無事福，故鄉新得有秋書。雷聲不共秋蚊斂，是夕聞雷。霜影惟看古木疏。但使擁書便高卧，敢言今日異皇初。

浣月山房詩集卷二　內集

丙午十七首

人日同人小集梅伯言翁寓齋席間有懷少鶴言翁肴饌精美不俗時比之古文家望溪一派因稱為桐城風味云

人日開筵酒滿缸，桐城風味妙無雙。敢誇詞客春鐙宴，暫免朝官玉珮撞。喝道近知司隸貴，伯韓新署京畿道巡城。談詩難得舍人降。蕙西近勇於爲詩。此情爭使王郎覺，嚴鼓深鐙閟茜窗。少鶴時就婚於衛輝府署。

夏夜

夕曛聚鬱氣，繞屋炎如烝。枕席雖昵人，欲睡苦未能。況此攖蚊蚋，既寢仍復興。陰陽熾巨炭，膏液鑪中凝。祇疑北海旁，冱結無陽冰。大星照屋角，閃掩光有棱。不見玄雲來，但覺涼月升。餘炎晚猶健，清露安能勝。天乎豈吾爲，念此黎與蒸。何惜降滂沛，萬枕酣瞢騰。

六月十二日黃魯直生日也蕙西見約不赴既以詩見示聊復和之

苦熱燕燕晝居室，良友招邀不肯出。誰知勝會非尋常，恰與涪翁作生日。涪翁去今七百年，江西宗派何人傳。具體漫誇陳無己，苦心惟愛任子淵。君今作詩好生澀，如舉雙碓壓蔗汁。瓣香私祝知有在，分甯法嗣茲其嫡。鯫生近復學老坡，波瀾莫二江與河。要挽橫流鎮滄海，肯與俗手分謗訶。當年滑稽老蘇子，詩成亦效山谷體。君今學黃得大都，我才辦與蘇作奴。淵源自與凡子異，莫倚門戶論精麤。今朝惜欠涪翁拜，得見君詩翻一快。待坡生日我主之，爛熟花豬飽君喙。

寓中小園順德梁生信徵攜子誦讀其中賦此以贈

莫道檐低足礙眉，疏窗短榻與君宜。適來廡下鴻堪寄，自閉帷中董不窺。春館檢衣思母處，秋鐙攤卷課兒時。相期更宿瓊林上，暫是安巢借一枝。

高齋竟日擁書城，更喜君來得友聲。旅館光陰催客子，朝官風味是儒生。欲知節物看瓜蔓，莫厭常餐只菜羹。況有佳兒可人意，朝陽喜聽鳳雛鳴。

偶作

車中頓磨臂生疥，日旰歸來如負債。窗前故紙漫爬梳，暫得新知翻一快。心中百事如棼絲，十不一記九已遺。空使旁人笑書癡，官職未繁身未老。抽閒讀書須及早，鶡雞一唱霜天曉。

秋夜

夜深涼月半牀明，落葉兼風作雨聲。霜柝漸繁蟲語寂，怕逢秋是此時情。

蕙西舍人兄賦諸朋好詩以一章見及因仿其意用工部飲中八仙歌體合賦一首其人以在蕙西處曾共讌談者為斷故視原作有損益焉

宛陵先生梅伯言翁老爲郎，縷列道妙成文章，圖籍飽飫如膏粱。南豐翰林吳子序前輩善三禮，滔滔辯說車翻水，高坐談經顏不泚。誰歟健者馮敬通，魯川比部閉門獨宿稱齋公，仰屋但恨詩能窮。吾鄉侍御朱伯韓前輩無言說，一卷文書對冰雪。衆中寂坐若不聞，有時議論長風翻。舍人蕙西傳經味道腴，中有所恃神不枯。美哉黃子子壽進士羅書廚，問年雖少學有餘，曼膚緩步神蘧蘧。何郎願船比部奧博窮坤乾，劉子椒雲學正竟日勤磨研，城北養靜如枯禪。嶺頭梅花行未已，楚澤詩人卧江水。歲雲暮矣風雪深，我所思兮兩王子。少鶴子壽兩農部。

小園

去日讀書處，小園花亂開。三秋容易過，十日未曾來。露積蒼苔徑，風翻雨葉堆。禦寒應早計，蟋蟀漫相催。

得家書作

錢塘去京幾千里，更向錢塘渡江水。海濱風月對高堂，日下煙花送遊子。遊子辭親三載餘，但願平安常寄書。眼穿南雲望不得，祇怨江頭雙鯉魚。昨日書來報安好，更言海國秋寒早。八月龍風吹瓦翻，震盪滄溟駭魚鳥。天涯更比北方寒，想見紅鐙語夜闌。團鑪細共家人說，更對鐙花子細看。

少年行

長安二月桃李新，紫裘駿馬驕青春。不知官寺在何等，亦擁繡幰乘朱輪。道旁瞻望無所惜，意氣高於十丈塵。薄暮入酒樓，連聲喚供具。酒家驚怖不敢前，似笑欲言更瞻顧。博得今朝一醉歸，明日索錢府中去。歸途相遇何匆匆，車前儻遇諸葛豐。

讀唐史四首

安業坊中夢雨回，龍漦入室夏廷衰。綠衣妒寵謀終拙，自遣雲車召夜來。

夜半宮中一斛珠，逢君休怪李貓諛。司空亦誤公家事，枉費當年翦帝鬚。

顧命元功遠遯荒，冶容佳士兩相妨。可憐垂歿君王詔，不敵宮中娬媚娘。

往事吳王訴帝閽，黔中投老亦無言。潭州再謫緣何事，劉洎由來未是冤。

東坡生日集劉寬甫侍御宅分賦

老坡當年衆所嫉，海濱無地容築室。誰知到今八百年，更與老坡作生日。江山風月長如此，玉局仙人元不死。東海桑田旦暮閒，化身入世今誰是。彭城侍御風流伯，心與古人稱莫逆。朝來熟釀甕頭春，要爲蘇公徧觴客。褒衣大帶笠屐圖，惠州石刻衡山摹。東坡七集世罕見，玉軸壓架香盈廚。鞠躬再拜敬展視，望中雲鶴款可呼。他時江海供嘲弄，可憐田嫗譏春夢。峴首應懷叔子悲，潭邊大有湘纍痛。命宮磨蝎理或有，未礙名山躡飛鞚。我今舉白欲浮公，與公追逐爲雲龍。赤壁磯上不易得，試問此樂將毋同。座中名輩晁張敵，談辯機鋒如電激。往事今情那足論，從公飽賺花豬喫。

魯川比部以歙石見贈為報以詩

鯫生弄筆墨，文字喜馳騁。常苦堆案煩，匆遽不能整。石墨相磨研，見拒如骨鯁。每思良硯材，獨抱心耿耿。馮子磊落人，目光射清炯。相石能見骨，不獨照斑癭。書齋斥其餘，贈我伴佳茗。蕉白澀而膩，琴式端且靜。試之頗宜墨，香汁發俄頃。便當了十扇，勢欲飽千穎。惟我卞急性，遇此始得逞。比之濟時才，質地或粗獷。有懷坡老言，寬饒未嫌猛。作詩報嘉貺，褊性亦自省。

丁未二十四首

秋鐙課讀圖為馮小亭培元編修題用吴笏庵前輩韻

馮君騎馬天街走，奪得錦袍歸拜母。鄰里今知學子榮，棗梨空記羣兒醜。當年破垣沈劍氣，已動良工覷星斗。誰知國器妙陶鑄，母德師資蓋兼有。秋堂露冷鐙如豆，夢回書味猶在口。壯志爭看鬐鬣前，苦心幸酬荼蘖後。玉堂母儀談歐柳，想見含飴今白首。承歡膝下家有婦，喜君更得閨中友。

上元

新年忽忽花前過，又見今宵作上元。晚市漸聽人語闐，鄰兒爭逐爆聲喧。遠思堂上陳餻脯，猶憶宵分共話言。今歲浙鐙應更好，最關情處是諸孫。

買書

千金買好花，春盡花自落。萬錢沽美酒，飲罷興亦索。千金買侍兒，色衰恩愛薄。不如買好書，相對無今昨。日與古之人，來往相酬酢。我興日在東，書味散簾幙。我睡月在西，書鐙光灼灼。有時良友去，風雨增寂寞。開函召之來，相對頗不惡。有時黄金盡，兀坐少歡謔。展卷讀其閒，忘彼藜與藿。是爲持健方，亦號醫俗藥。人生貴適意，靜躁欣有託。敢向道塗者，傲我閒居樂。差勝游俠兒，繞牀呼六博。

邵蕙西舍人同年以正除六品官不得與禮部之試作詩自解其言聞者足戒且深有動於余心者賦此答之

阿婁弄孫錢滿地，卧閣晨粧耀珠翠。日高三丈擁黄紬，出有快車從有騎。丈夫得志有如此，焉用文章取科第。邵君本是廊廟才，欲以經術弋高位。十上春官不見收，世自失君君不愧。會從樞垣得膴仕，遂辭藜羹親鼎食。誰知正除六品官，一朝斷卻南宮試。人皆誚君畏三北，我獨善君擇兩利。虛名那如美官好，得者況難失者易。佗竊帝號聊自娛，晉失王官巧相避。穴中羞爲兩鼠鬬，壁上漫觀羣兒戲。長篇大紙放厥詞，十載鬱湮吐腸胃。賤子分在嘲罵中，如棒當頭水澆背。科目誤人害己久，悉數其弊難一二。大都務名不務實，買櫝還珠知幾輩。言雖過矣匪無由，世實有之焉用諱。賤子亦是磊落人，墮地已有幽燕志。海濱偶學任公釣，豈意六鼇隨手至。學則不稱君所恥，時以古訓相磨厲。庶藉君言用自勗，反脣相稽諒無謂。君有一失故當省，知白守白道家忌。玉不自獻庸何傷，多言嘵嘵定非貴。黄雞正肥春釀美，會當就子博一醉。

寄懷王子壽

悵望春來鴻雁音，片雲飛夢楚江潯。似聞邑子傳家法，誰與先生伴苦吟。懷舊豈無招隱賦，歸田猶有濟時心。太倉分粟成何事，羨子高飛不可尋。

贈蘇虛谷

古有眞詩人，遒然具高旨。清夜聞歌聲，棖觸不能已。低迷萬柳條，水面微風起。菡萏抱秋香，清露來相洗。娟娟涼月上，照映淩波子。可遇不可求，君才固相似。四載家園道，音訊遲江鯉。春風吹客來，高步踏燕市。臭味別芝蘭，容光耀桃李。相思阻重城，渺爾隔千里。文書青鳥至，酒食烏鵲喜。何時攜新詩，顧我啟玉齒。

贈李鼎西

名場舊伴今餘幾，總角論交惟短李。短李聲名二十年，詞壇鞭弭相周旋。自言本是謫仙後，一飲斗酒詩百篇。燕臺雪花大如手，蹇驢破帽郎當走。扣門相過尋主人，覓得香醪便入口。巨觥相酬未厭頻，凍僕僵卧何嫌久。出門酩酊便不知，明日過從更呼酒。此人當世不可無，此樂今朝難復有。幾日春風送計車，追思往事十年餘。風塵萬事不挂眼，惟有飲酒豪如初。君不見豪華第宅須臾變，長安歲月如奔電。眼前舊好如晨星，落落他鄉各異縣。花前執手宣南坊，春星夜落清琴張。書堂共此鐙燭光，家貧酒薄君其嘗。狂奴故態今勿忘，明日看君馬蹏忙。錦袍狼藉宮花香，會當一飲連十觴。天末故人遥相望，應難頭顱今日强。末句用本事。

偕唐仲實兄韋詞丞妹婿家雲程兄同游城南誠氏花園有作

長安塵土窟，出門靡所向。頗聞城南地，遠眺極清曠。朋戚二三子，骨肉同輩行。披衣動游興，微雨未相妨。西南出城郭，所見已殊狀。東風吹萬綠，高下淨如浪。晴光動葉背，偏反自相宕。寒蔬護短籬，茁露鮮且壯。地平失險轍，樹遠得高望。扣門無主人，清景若相貺。朱欄渡小橋，驚起游魚漾。春波作明鏡，差足浮畫舫。芰荷出舊根，蒲菰冒新漲。頗懷湖山游，但少漁兒唱。憑虛得水亭，勢出衆邱上。丹碧紛在眼，俯視無盡藏。是時新雨過，流鶯引圓吭。隔牆聞歌聲，寓目見耕餉。依依野煙起，汩汩秧水放。遙知雞犬樂，近喜魚鳥暢。却思在城市，眼界失高亮。茲游得勝地，一覽神宇王。惜哉遠城市，未得移家傍。亦知非吾有，坐久行復悵。數君固多暇，乘興當復訪。

和蕭山相國游龍杖詩

游龍本小草，爾雅困箋注。秋花爛漫敷，狼藉委霜露。一入相公眼，不共蓬蒿僕。培根老其材，用作扶持具。拂爪鏗有聲，皮堅節不蝨。修若頳虯尾，勁比蒼鶴跗。邛竹遜輕矯，流憩得健步。誰知蕪穢餘，有此良材寓。細思物之生，見用蓋有數。何憂衆木棄，但得良工顧。葑菲採下體，凡卉欣榮遇。我公廣大主，門下羣材鑄。神奇化臭腐，深意憐寒素。遙知千載後，奉杖起餘慕。

飛雲洞圖為潘星齋（曾瑩）**同年題**（圖爲戴滔士師寫）

憶昔龔子滇遊歸，我心已有飛雲洞。（同年龔靜軒癸卯曾典雲南鄉試。）西南天險不易到，洱海諸峯會入夢。君今使節行萬里，大異張騫祇鑿空。歸來寫向畫圖看，雲氣輪囷鬱高棟。乍驚飛翠冪林表，細覺輕煙生石縫。行客蒼茫駭玉龍，仙子聯翩跨白鳳。前言在耳知不妄，奇觀到眼猶能共。我昨曾登大庾嶺，一線奔流繞章貢。是時清曉旭景升，天半羣峯開霧淞。橫空白氣如匹練，勢束青袍端且重。錦屏芝蓋森欲移，風檣陣馬紛相送。曲江丞相招我遊，縹渺仙祠引飛鞚。頗惜當時無紙本，靈境已逝誰能控。多君得此荆關手，象罔冥搜萬奇貢。異時我作梅嶺圖，應請吾師發墨甕。黔南江右兩如何，留待龔子評伯仲。

六月二十一日歐陽文忠公生日也蕙西同年召集其齋拜公遺像同人即席分賦得章字

去年山谷作生日，邵子好事賓筵張。維時火雲冒朱鳥，未肯觸熱來奔忙。今年復此壽永叔，遲十日耳天已涼。千載維公可人意，一雨煩暑生清商。南榮正敞風露入，紈扇不用蠅蚋藏。主人愛客公所予，復有淨室凝清香。歐齋（蕙西直廬中奉公像處）遺像奉晨夕，撫琴撰杖知難忘。公之斯文在萬古，海嶽壽並星日光。當日聞聲夜作賦，秋氣早入讀書堂。蕭然易朽念形質，如草木矣衰何常。乃知賢達感物化，掩抑未異騷人腸。及其致身在朝列，奮筆彈枉干風霜。臣之頂踵固不計，虛名歿後眞秕糠。夷陵滁州雖再謫，卒登政府棲鸞皇。文如韓蘇命則勝，豈慕庸福趨平康。長目美髯世難見，幸有元氣存篇章。座中嘉客宛陵裔，餘與張尹（謂堯夫師魯公七交詩所首及也）相頡頏。作詩壽公儻不惡，醉翁一醉歸帝鄉。

奉和伯言翁中秋憶昔遊之作

滾滾年華逐水流，故山仍憶桂香稠。鯤鵬自擊三千里，鸞鳳應棲十二樓。曲巷笙歌宜永夜，玉堂燈火自清秋。饒他風月繁華地，付與詩人感勝遊。

桂山秋曉圖蔣譽侯前輩屬為尊公黃閣太夫子賦

桂嶺如簪江如玉，吾廬正在江之曲。高樓捲幔乘清曉，岫色波光照人目。憶昔我公持節來，（黃閣公以嘉慶己卯科典試粵西。）袖有新詩奪山綠。詞曹高致渺湖海，試院豪吟掩坡谷。敝邑裝無千金贈，爲戀山水看不足。及門呂子（培）知此意，描取秋光入卷軸。金躞長隨使節歸，玉堂舊伴仙人宿。館中先輩兢題詠，老郭春山企芳躅。風塵回首覓飛輪，三十年來如轉燭。淵源我亦繼升堂，（家君以是榜鄉薦出公門下。）況對煙霞憶故鄉。羊公一去風流盡，秋雨庭階生夜涼。

目疾廢讀賦此遣悶

吾生本書淫，效用惟在目。一日過萬卷，於願蓋不足。朝來紅紗幛，礙我光明燭。趨暗而惡明，閉一難用獨。（時疾在右目。）終日但危坐，展卷不能讀。方其內熱時，如饑對粱肉。又如好飲人，渴卧憶糟麴。人生百年內，何者非嗜欲。愛緣暫相染，邪正實一族。何當盡屏去，內視守眞樸。庶幾還本來，瞭焉清如玉。

書齋夜讀

十年席帽走風塵，到此方知道味眞。夜雨作寒詩境界，孤燈照讀字精神。尋書肆上無虛日，得句花前不負春。但願太平無一事，未妨薄宦是清貧。

朱伯韓前輩將請假歸里出其尊人詩卷索題勉成此章卽以贈別尊人分守韞山公嘉慶十八年林清之變以知縣守濬城有功德於民者也

公昔持刀出殺賊，意態雄豪百夫特。歸來奮筆寫新詩，猶是淋灕盾頭墨。長箋投贈者誰子，故紙仍歸衮師得。觥觥臺省稱二難，想見還書遵教敕。卷中系贈某太守詩，有『我有衮師嬌養慣，多君指點出蓬麻』之句，卽謂侍御與其弟容安比部也。遺墨飄零萬金重，英光晃蕩三辰逼。長君西臺不稱意，潞水蒲帆挂秋色。會當藉此壓歸裝，江上一椽知舊德。異時家集儻編成，寄我全窺豹斑黑。

贈何子永慎修**舍人同年二首**

城西古寺無車音，中有高人襲蘭襟。閉門寂寂子雲子，雖處城市如山林。長安冠蓋不挂眼，惟有傳癖兼書淫。宋鈔元刻手自校，典衣購置無兼金。眼力坐費不自惜，偶得一義珍璆琳。邇來謂我有同好，時復枉駕相招尋。細談文字契軒頡，掃除障翳開盲瘖。先儒詁訓有成說，實爲六籍鉤其沈。有宋諸儒最晚出，錯雜水陸登炮燖。令人飲水知水味，功有並至難獨任。妄分門戶競排軋，未解博採收蕿苓。吾儕讀書貴融貫，如飲羹湆能平心。不然撐腸五千卷，白首豈異書中蟫。所嗟努力失少壯，未免歲月來相侵。繙書疑義信手得，往往掩卷思沈吟。朱墨點竄未盈紙，起視日脚流花陰。君言至此我怵惕，吾亦志學方自今。劃分漢宋詎肯爾，勉策駑鈍良難禁。見君不恨聞道晚，要使萌蘖成高林。他年從子問奇字，歎息始識阿蒙深。

寠人置身賈胡側，珠貝耀眼神先惑。村兒忽饗八珍筵，未審下箸將何食。半生苦恨不讀書，到此讀書了無得。世間能有幾少年，對酒吟花自雕飾。不然埋頭故紙中，老作雕蟲兼篆刻。眼看東流不復西，心知白髮終難黑。惟我與君方壯盛，生天幸有良知識。要須植灌成菌芝，勿使蕪穢生荆棘。君不見洛陽名花燦如錦，荒年豈足當稼穡。珠樓少婦繡龍鸞，不如貧女機中織。勞多工少亦可愛，總勝高眠費日力。往不可見來可悔，後有能者當自克。知君更爲子孫計，要使一經堪華國。

北河

當年曾此聽燕歌，逆旅還知舊客過。兒女滿前詩興減，庭闈方遠旅懷多。重陰連日天將雪，大澤生寒水不波。敢向征途怨勞苦，風塵回首醉顏酡。

歲春夏之閒河南北大旱赤地千有餘里乃者道經斯地見田閒二麥葱蔚知秋閒已得透雨用是糧價騰貴而人心帖然豈眞民氣之醇樸乎抑聖心之感格有以致之耳欽幸之餘遂成斯詠

今歲河南北，深爲旱魃憂。恩言方夕降，甘醴已晨流。詢之官吏云：恩詔甫下，即得澍雨。二麥初成種，三田預有秋。誰言天道遠，與聖適相酬。

正爲軍儲慮，時彊有安集延布魯特之警。頻聞賜賑金。要知綏遠急，不及愛民深。舊日門皆閉，今朝突轉黔。雖難免流徒，終足繫人心。

陳忠愍遺研歌為方伯唐公子方題並序

硯爲明末順德陳忠愍公諱邦彦故物，左側有『雪聲堂』四篆字。方伯爲孝廉時，隨侍粵東，假館羊城，得之市上。時尊人自清遠受替歸舟，夜有偉丈夫來謁，曰：『余生平有心愛物，今在君家。』既而，尊人至羊城，語之以夢，適與得研之日相符合。清遠爲忠愍殉節處，其英靈不昧若此。余既從方伯獲觀是研，因爲詩以報之。是日同觀者，爲王子壽比部，郭雲仙、黃子壽兩太史云。

吾聞今人中，乃有唐子方。一官强項去不顧，大吏避席翻慚惶。開藩到楚年五十，精神健悍須眉蒼。平生萬事不挂眼，但寶一研千金强。故明忠臣有遺蹟，兵火劫盡餘堅剛。羊城市中信手得，魂夢已搆孤舟傍。英雄到死百無戀，爲愛片石留滄桑。隱然託付到君手，藏之豈異雪聲堂。我思當年伏闕來上策，揮豪落墨多慨慷。又思流離奔走兩粵地，飛書馳檄何倉皇。忠肝義膽凝爲萬古不壞之拳石，上與日月爭晶光。不然山崩川竭九鼎徒，此研應與塵劫同銷亡。試觀『妾辱子殺之六字』，公手札中語。身後微物焉足當。豈非鐵石心腸亦有寄，況是埋血之所精魄猶相羊。多君家世累清白，要使閲人傳世常芬芳。我初未識君，宛陵謂梅伯言爲君道其詳。今朝識君見君研，宛然太古之石直而方。坐中三客皆豪雋，林宗之外黃與王。酒闌燈灺同聽雪，撫物吊古思□芒。

送黃子壽同館自江南入都

黃子於書無不讀，三萬牙籤藏在腹。體充行步更舒遲，誰料清齋食無肉。平生自有四方志，要覩雄飛恥雌伏。邇來命駕作南遊，欲走炎荒窮地軸。昨宵堂上附書緘，兼寄新詩淚盈掬。男兒萬事有輕重，肯縱遊心忘鞠育。居停方伯妙解事，謂子盍歸詎當卜。嶺南鸞駕未宜驂，江左雲帆差可逐。渡淮飽喫春菜美，還京好趁櫻桃熟。豈惟遊子快桑蓬，亦使高堂安水菽。別酒剛從雪後斟，扁舟已向沙頭宿。我見君行轉生羨，飽看名山關眼福。黃州雪堂天下少，採石高樓古今獨。曉日尋幽彭蠡煙，晴風送響匡廬瀑。西湖水色如人面，苕霅山光近天目。心遊神往幾何年，今讓先鞭惟子速。況我高堂在越海，萬里雲山羈宦躅。家寄天臺雁蕩閒，夢回娥水胥江曲。羨君歸去共朝車，羣紀班行看立鵠。東游如看浙江潮，好寄平安當報竹。

送朱伯韓前輩

黃葉飛時君始歸，方謂遠別從茲始。誰知今日武昌城，我作主人君過此。人生聚散豈有定，偉哉造物眞奇詭。我持使節辭燕市，昏宿晨趨少停軌。君乘大舸江上來，看盡東南好山水。丈夫壯遊乃得意，歸帆可傲軒車美。多君有才號國器，經濟博通世無比。臺垣矯矯鳳朝陽，諫牘泠泠霜入齒。聖恩寬厚容戇直，臣心淡泊思田里。憶昨朋儕開祖餞，幾輩太息中坐起。惜君無計可相留，梅老新詩見深旨。我亦窺君隱微意，獨未相從勸之仕。負郭雖無田可耕，傳家幸有書堪理。峩峩講堂秀峯下，學徒莘莘盛冠履。君歸邑子得模範，定見英髦相繼起。況君好賢本天性，突過昌黎薦侯喜。比者同舟得二陳，毅叔廣夫兄弟。稱道名聲溢我耳。吾鄉自是不乏才，能左右惟君所以。梗枏蔽日不天生，往往噓植由尺咫。君才未竟霖雨用，定有陰功到桑梓。我送君行頗自慚，名山事業安能擬。遙知天外望冥鴻，翹首東華歎者幾。

戊申三十六首

和邵蕙西同年大雪懷友人詩

憶昨飛雪圍征驂，我持使節初來南。輿前抱負小兒女，黃綾裹首如春蠶。懸想京中早朝客，凍入兩鬢紛□鬖。誰知直廬有幽興，咀嚼險韻聲喃喃。長篇細字書示我，如諫果澀能回甘。梅老深情有同契，追君逸步爭趁驔。可憐佳會感寥落，或赴絕塞趨江潭。歸焚諫草者誰子，我亦出使疏朝參。人生惜別畏一再，至五六矣情何堪。豪鳴縱有大鳥二，望益已失羊求三。知君難韻互往復，聊藉冷事當雄談。我來鄂渚未三月，已覺別味能深諳。朱伯韓王黃兩子壽子遞相送，遠望江湖歌採藍。外間良友更難遇，不比京國猶盍簪。今來使星溯襄漢，桃花兩岸春波涵。讀二君詩頗心醉，曉甕不御香醅酣。

舟中閱文有作

日長堆案强磨礲，喚雨鳴鳩識楚風。文字豈無江漢氣，佳人應在蕙蘭叢。談經劉子謂椒雲今無敵，拔劍王郎謂子壽二君，皆楚士之尤也。句更工。常恐淵源負知己，夜窗重剔小燈紅。

贈羅生汝霖平樂人

羅生三年遊燕都，長日閉門惟檢書。城南里巷多笙竽，過之不留一好無。肯來同居味寂寞，案頭從事墨與朱。我時官閒百無事，靜對六籍窮朝晡。寓中小園頗幽邃，羅列卉木清而虛。順德梁生信徵喜相就，捲書襆被攜其雛。生得同志更怡悅，如魚處涸以沫濡。深宵涼月照窗樹，卧聽書聲來貫珠。夢中惟憶總角事，醒看燈影猶模糊。忽然槐黃滿九衢，梁生負笈歸海隅。生亦去我適厥居，時來過從文字娛。誰知天道巧作合，南服奉使乘軒車。生來入幕無忤色，談經問事時起予。行廚公膳亦儉薄，殘盃冷炙無愁吁。夜堂燈火共分校，難字過眼纔須臾。風前忍聽雁北鄉，音信久與高堂疏。未知眠食果何似，雲山滿眼空踟躕。人生至情有難遂，我猶反哺慚慈烏。願生學成歸里閭，襴衫紵帶行于于。黑頭翁姥爲軒渠，還策驥足來馳驅。我時當返承明廬，髯梁上計或與俱。厥子幼學亦璠璵，芝蘭我以一室儲。仍開藝圃交耘鉏，新知舊得恒相須。安能退之籍湜如，師友名分爭區區，生其識此無忘初。

舟夜聽雨

澤國春深縠雨時，艣聲帆影楚江湄。故園應報山茶熟，十載征人未得知。

阻雨

日日江頭繫使槎，蓬窗厭聽雨如麻。傍隄人放秧田水，隔岸風翻野草花。驛館山蔬肥筍蕨，野橋燈市賤魚蝦。平生慣領煙波趣，清夢常依楚水涯。

安陸賈翰生太守築護城月隄方成而余適至喜而賦此以贈時隄未有名余謂他年當採白傅蘇公故事名之曰賈公隄此理之可信者也太守方待王子壽比部為之作記並書以諗之

古來賢守白與蘇，築隄捍水錢塘湖。至今名姓在人口，野人游女還相呼。賈侯治郢分虎符，郢門地形如仰盂。漢水直走城西隅，大隄百里交縈紆。秋來盛漲或相踰，直灌郊野入其郛。五達市中行舳艫，人家溝瀆生菰蒲。求魚往往緣枯株，吏民驚走牆上趨。公堂治事乘筏桴，或怖而隕及泥塗，如此月餘患始除。君度地形籌遠謨，南山有石野有蘆，築以桑土堅城如。椎聲隱隱偕千夫，始於農隙畢春初。長虹百尺延周阹，春流曼衍防不疏。居民萬井安其廬，南門夏屋成渠渠。或搆其旁爲官租，脩築可備十年餘。時隄新成，居民知水患既息，可免遷移之苦，南門外新建屋十餘椽。君又議即署旁隙地爲官屋，出賃以作隄工歲修之費，誠美政也。願君沿堤植芙蕖，間以楊柳羅前途。行春五馬閒且都，路人遙望手加顱。賈公使我常厥居，獻以美名頌非諛。白蘇往事君無殊，王子作記當董狐，試諗我言良不誣。

孟亭亭在太守署中王摩詰過郢州畫孟浩然像於刺史亭因曰浩然亭後刺史鄭誠謂賢者名不可斥更署曰孟亭事見唐書本傳府志以王維爲李白以鄭誠爲皮日休無稽之言未足爲據也

不見孟夫子，亭前空復情。好賢傳小像，懷古易新名。雨過襄山遠，風來漢水清。明朝度江峴，應訪鹿門行。

贈幕中諸友

鑠院深深長綠苔，游絲百尺傍牆隈。不遨坐瘦非無肉，黄山谷試院詩：『坐窗不遨令人瘦』。共賞多奇只愛才。但有文書驚客睡，已忘花鳥報春來。何時得放青驄騎，桃李風前酒一杯。

贈劉生葜青鍾祥人

人子貴知醫，求藥躬拜禱。刲肝與割股，虧體親所悼。古人制禮經，未敢垂常教。惟天鑒至誠，庸衆安敢斆。我昔過皖城，侯氏有奇孝。刲肝幸不死，事往名猶噪。頗惜人已沒，無因訓頑驁。乘軺來楚澤，郢士首登造。頗聞劉生賢，守令繼相告。謂其遇親疾，割股以爲療。天爲全其痾，今健猶未耄。青衣困童子，小試屢罷氄。我聞極詫歎，物色私自料。謂吏若生來，先覿幸相報。果於堂下立，遂識醱蔑貌。直樸溢面目，被服罕光耀。始知至性人，跬步亦糙糙。文章乃末技，大節誰能到。我忝司使職，意欲風學校。巍然置榜首，崇重比珪瑁。方今大聖人，錫類宏覆燾。生賢應徵聘，宜舉貢天廟。顯揚文字力，磨鍊需稍稍。神將介爾福，通顯進非冒。異時著宮錦，洗腆當用釂。

襄陽古樂府二首

野鷹來劉表治襄陽築臺沔水南好鷹嘗登此臺歌野鷹來曲其聲韻似孟達上堵吟見水經注

野鷹來，江之側，殺氣蕭蕭生兩翼。野鷹來，臺之下，攫搏摧拉有餘怒。平原淺草曾幾時，秋風颯颯吹棘枝。草間狐兔覓欲盡，野鷹颺去家鷹飢。河北有妖鳥，九頭而善鳴。夜飛洛城旁，使我兒童驚。汝獨過之不敢顧，偃然晝睡闔其睛。野鷹來，飛來空歎息。羽毛豐滿自高飛，安能從汝相求食。

上堵吟魏文帝以孟達爲新城郡太守治房陵縣縣有白馬塞達嘗登之而嘆曰劉封申耽據金城千里而更失之乎爲上堵吟音韻哀切有惻人心今水次尚歌之見水經注

晨登白馬塞，北望見中原。伊洛百戰地，萬古煙塵昏。匹夫得尺土，植荆爲藩垣。牧我豕與羊，狼虎不敢吞。如何千里金城地，一旦功成還與人。我今一歌上堵吟，當年遺老爲悲辛。

襄陽懷古詩八首

隆中

卧龍山勢走蜿蜒，末漢宗臣古蹟存。功業自知關氣數，英雄何日整乾坤。奇才可冠三分國，遺憾終齎五丈原。魚水君臣空契合，蒼茫天意轉難論。

仲宣樓

通侻才人可自如，平生漂泊感爰居。雖然畫餅中無實，豈料囊錐志竟虚。末世名流半羈旅，府門多士幾軒車。知君早定依曹計，惆悵臨風浩歎餘。

夫人城晉朱序鎮襄陽苻秦入寇母韓氏登城履看謂西北當先受敵自率百婢築月城於内寇至外城果陷退保月城卒賴以全後序以失計陷城没於虜淝水之戰從而逃歸仍都督襄州軍事

百婢喧騰萬杵音，預防西北計何深。試從淝水歸來看，應愧阿娘枉費心。

黄叔度墓

東漢尚節義，羣材鬱貞姿。黄生生慎陽，矯如鳳來儀。置之流輩中，不激亦不隨。所以太原郭，目爲千頃陂。旁人勸之仕，笑應初不辭。暫時來京洛，素衣曾未緇。不知幾何年，卒葬茲水湄。或云訪王逸，此事容有之。我觀漢川水，瑩徹鑑鬚眉。宜與生量同，澄攪無增虧。是以樂此鄉，投老甘棲遲。鳳皇異雕鶚，隱見固有時。他年陳仲舉，白首含餘悲。

宋玉宅在宜城

冠世才華後所師，渚宫舊宅兩傳疑。芳鄰異代邀王逸，同學當時陋景差。入夢豈關神女事，悲秋如覩變風辭。江流難盡騷人淚，除卻三閭那得知。

龐德公故居

峴南高士地，千載繫人思。不答邦君顧，惟耕沔水湄。但欣衡宇接，時與素心期。相過無賓主，歸來莫厭遲。

習家池在峴山南晉侍中習鬱舊蹟

魚陂千石未全貧，暢好園林漢水濱。異代尚留山簡醉，侍中豈是獨醒人。

峴首

典午名臣今可數，堂堂事業推羊杜。軍容整暇見裘帶，大敵倉皇鎮樽俎。勳業文武必兼資，聞望後先堪踵武。試思彼於身後名，何異鵷雛視腐鼠。胡爲登山與沈石，意恐泯滅隨邱土。兩公鑑人如水鏡，詎有身後難逆覩。至人雖善不矜伐，何用憂心生仰俛。乃知賢達有深意，特藉高風曉愚魯。峩峩豐碑相繼立，當時過者觀如堵。陵谷變易三千年，廟食穹窿鎮江滸。英雄用意誰復知，人世悠忽自今古。

過鄖縣南諸灘作

浪花如白馬，前後互淩跨。怪石如羣羊，頭角分相亞。衝突自不平，跌宕曾未暇。兩雄猝相遇，百戰莫肯下。陡立似驚駟，噴薄如怒駡。轟豗集衆響，餘噫雜悲吒。而我挐舟來，翩如投其罅。譬彼兩敵鬭，閒道聊可借。鏗然一篙落，瞥爾輕舠下。當時意甚壯，回首吁可怕。因念西來時，寸寸挽强弝。及今出茲險，猛箭脱弦乍。難易固有時，水性安足詫。灘神爾何靈，日用費酒炙。

舟中苦熱

六月三伏晝如火，船上兀坐甘薰蒸。清風向不一錢買，至此始識箕伯能。北海層冰安可得，日傍蓬窗看水色。漁子嘯傲溪潭深，我欲從之白鷗側。

贈龔生名鯤颺宣城人

昔者尼山之言豈欺我，孝弟之至通神明。古人已往不可作，世有賢者推龔生。龔生少孤殯在堂，江流暴溢聲湯湯。咫尺洪波避不得，無人哀救涕泗滂。腰絙坐繫棺之側，回頭却望門前路，已覺江深不可渡。精意當由人感通，蒼茫自有神呵護。孤兒始學方成童，儒冠峩峩來泮宮。至行早出儕輩上，文字豈與流俗同。拔萃之科古所重，我欲得生備時用。朝廷養士有如此，何用區區誇記誦。龔生龔生四十餘，驥足屢蹶今其舒。科名天若巧相儲，我挈而予何力乎。人生忠孝爲本圖，大節立矣該其餘，生其寶此明月珠！一瑕亦足掩全瑜，下帷有時還讀書。益以古訓宏遠謨，龔生乃今眞醇儒。

舟行漢沔閒有作

重湖相隔水連天，百里長隄一綫牽。澤國居民渾慣見，半年滄海半桑田。

獻陶鳧薌前輩樑卽送其升任甘臬入覲

文字有因緣，館閣重前輩。一十八科名，尚有典型在。先生老詞伯，名字溢海內。早年張三影，妙手已無對。一朝辭帝闕，出守銅符佩。宦途有升沈，時運遞顯晦。紛如浮雲過，此心了無礙。惟有晚香詞，到處盛盤敦。先生有晚香和詞，蓋守大名時取韓魏公句以名其聯吟之作，自是宦轍所歷無絕響焉。昨持漢黃節，卧擁臨江隊。詩人得善地，丰采據可愛。卓薦方未行，申命忽又逮。陳臬到甘涼，老材鎮邊塞。我時輟試事，良晤喜一再。咨訪到故實，評量翻夾袋。事有今昔殊，悉數發屢慨。先生觀物眼，閱世如蒼檜。紛華久已卻，壯志難自廢。留別有新詩，熱念吐肝肺。以此嘉謨告，一氣符沆瀣。西北國要服，刑憲兼教誨。公材本鎮靜，法令蠲瑣碎。懸知使車來，羣頌甘雨溉。政成邊氓靖，懋賞膺帝賚。他年老充國，朝端見風概。

答邵蕙西買書見寄之作

曩作朝官闕書癖，黄塵踏偏長安陌。日旰難教負手回，滿載時嫌敝車窄。君如賈胡頗識寶，謂此所遇皆糟粕。眼高值錢市者難，或計寸錢遺尺璧。誰知愛緣不易斷，往往歸來復自惜。憶從奉使出都門，孟浪揮金失此客。君得休沐便入市，沙裏遺金妙柬擇。敗篋破紙時遇之，購得其一抵千百。作書告我詞近夸，亦料巧偷難奮翮。夢想琳琅插架閒，一一睹勝誇新獲。寶山回首富煙雲，頷下驪珠幾人索。宛陵先生造平澹，五車富捋楊雄宅。新詩爲子戒多藏，考古實資二三策。賤子貪頑豈易除，閱寶終上波斯舶。他年歸去擁百城，看子虛室坐生白。

送羅聲谷旋里

涼風一夕起秋心，旅館朝來動越吟。爲有高堂留不得，離懷空寄楚江深。

晚坐

署冷如冰頗自宜，晚衙人散漏聲遲。遥聞野寺鐘鳴後，靜對高樓月上時。雨後雜花黏老樹，風前落葉捲秋絲。玉堂寂寞神仙宇，欲採芳蘭寄所思。

黄州試畢客有欲訪東坡赤壁者賦此贈之用蘇公定惠院寓居月夜偶出原韻

堆案文書警晝眠，畫堂官燭悄長夜。坐看蛛絲走檐隙，卧聞飢鼠鳴牀下。扃門校士兩彌旬，渴懷思向雲山瀉。區區一幕容衆賢，新詩足繼陶韋亞。玉局老仙去我久，黄州風月肯相借。赤壁跨江咫尺耳，不往空笑游山謝。試登高閣望東坡，想見誅茅安旅舍。明朝試畢放山行，待尋佳境如啖蔗。陳迹已往吁可憐，巉巖一登喜復怕。道旁儻遇遺珠客，罣眼紅紗任譏罵。

遊者為言東坡赤壁諸勝惜不得往賦此記之

玉局仙人舊遊處，山川草木含清光。齊安古郡大如斗，斯人一去留餘芳。我來試事苦匆促，蠟屐欲往焉能詳。諸賢於此興不淺，幅巾出入容倘佯。披圖指點爲我說，令我興發思微茫。赤壁近江若培塿，伏黿下飲低不昂。栖鶻危巢幾曾見，何況餘烈誇周郎。安國尋春訪遺迹，賸有花木圍禪房。老僧閉門晝何往，木魚傳飯聲殷廊。東坡回望滿斜日，細草亂拂黃茅岡。臨臯亭空何所見，木葉下共飛鳥翔。想見髯翁好游興，淮西丘壑即吾鄉。老饕但有千畝竹，結習未盡三宿桑。自適其適在我耳，豈知百世之後憑弔來荒涼。吾儕望公若騏驥，簫雲一往趨天閶。下視泥中所踏處，尚令跛鼈來奔忙。君不見當年潘邠老與馬正卿，相與奔走營雪堂。至今名姓編在集，尚有齒頰留馨香。江水不洗凡眼肉，何年佞骨飄風颺。我雖未游神已往，仿佛夢見鬚眉蒼。明朝渡江望城郭，但見雲海翻浪浪。

試畢至太守署中登雪堂堂為後人移建非當年舊址而據有江山之勝是日獨雨雪宵霽次日清晨渡江宿江夏境燈下有作

昨來登雪堂，片片瓊花落。坡仙喜客到，爲戲頗不惡。當年大雪中，雪堂如此作。誰知五百年，青山換城郭。長江帶其下，檣影窗中錯。遙望武昌山，清寒露崖崿。北風初釀寒，飛絮紛漠漠。朝來忽放晴，檐間語乾鵲。道旁老竹根，一一開新籜。渡江吾何往，路指西山腳。不聞鼓角聲，但聽寒宵柝。默坐詠尖叉，一杯爲公酢。

贈胡生（名南薰，蘄人）

胡生老學究，閉門窮九經。誰知破屋中，藏有書連楹。晚遇朱司業（謂久香學使），所學乃益精。專治古尚書，著論稽鑿形。茫茫大荒服，神禹之所營。方域錯雜出，判若渭與涇。禹貢乃專門，布圖如列星。置之矮屋中，妙論筆不停。斯文脫秦炬，壁藏徼聖靈。微言復中絕，伏老無遺聲。遂使梅賾姚方興輩，僞學滋蝗螟。南宋產鉅儒，閩學擷菁英。尚疑格制閒，眞贋無由明。生今治此業，明辨祛瞀營。何當爲余說，妙議發鏗鏗。嗟子晚聞道，獨學恐難成。明當館我室，切磋爲友生。插架萬卷書，任子翻縱橫。庶以探討力，見聖於牆羹。無爲斗筲子，漢宋徒紛爭。

送妹婿韋詞臣還里

歲暮涼風吹客衣，天涯行子念庭闈。舟迎鄂渚寒波上，影逐衡陽旅雁飛。文字消磨人易老，雲山迢遞夢先歸。明年霜雪催征騎，陌上看花計莫違。

王子壽主講荆州書院歲臘必歸省其親道過武昌主唐子方方伯信宿乃去今入臘數日矣而子壽不至賦此寄懷

歲晚人歸盡，孤帆尚遠征。梅花前度約，旅雁昨宵鳴。杖履高堂夢，樽罍北海情。官閒無俗事，相待爲詩盟。

初五日夜小雪二首

寒光漸逼讀書燈，起看堆鹽卻未曾。好護茅根煨菜甲，遙憐溪水凍漁罾。褰帷斗覺風如刺，落紙方知筆有稜。願祝天公賜三白，要看宿麥長新塍。

黃昏兼雨細如篩，漠漠輕寒溼翠帷。晚去園林歸凍雀，秋來塵土灑枯枝。熱腸但有詩能潤，龜手應無藥可醫。莫笑烹茶舊風味，自燒榾柮煮蹲鴟。

歲暮書懷

短景寒天歲已闌，匆匆猶作小年看。消磨日力憑堆案，慚愧風人儆素餐。學注蟲魚終磊落，待追雕鶚且盤桓。俸錢優厚成何補，難免商君笑蝨官。

己酉十六首

贈武陵楊性農

去年夏潦紛滂沱，兩湖南北湮洪波。我時乘舟返襄漢，臨流坐歎夫如何。君家武陵古樂土，横流尚徙蛟龍窠。武陵山水劇剽疾，揠刷廬舍淩坡陀。君從棲苴更幾月，寄愁無地空吟哦。裒然成集遠相寄，欲取砥礪交切磨。昨來既見殊快絶，不以彈糾生譙訶。新編出袖如束筍，仍取付我砭其痾。騷人陳情例危苦，下士發憤羞媕娿。我讀斯文尚顔汗，况乃朝右冠峩峩。筆端掉舌餘事耳，貸粟焚券衆所歌。書生活人有成效，豈恃辯口如懸河。方今水伯歲爲虐，江湖已化千丈坡。疏泄成法苦難用，隄防補漏功徒多。君居澤國所見夥，單郟論述兼揣摩。經國鴻文此其最，好陳當事無蹉跎。

漢沔閒雜詠七首

鶗鴂先鳴屈子鄉，茂林芳草閒篔簹。春深兩岸無花樹，晴日風來自在香。

漢水西來勢本紆，千回百折竟東趨。人言此水天生曲，迸入長江寂若無。

曉霧空濛水氣滋，醉人煙景不多時。傍船時聽丁丁響，漁子臨江抛網絲。

隔岸人家語笑聲，晚炊初熟野煙生。横江一艇衝波急，知有時新夜入城。

颯颯東風吼怒雷，臨江六鷁倒飛回。誰知弱柳寒煙外，猶有清溪水一隈。

鎖院深沈馬受羈，朝來人事亦嫌疲。不因挂席春江上，那得雲山洗眼時。

晚風初起雨雲低，帆影分紅落照西。近水小魚迎月上，投林飛鳥傍煙栖。

由漢川至江陵見隄閒居民有作

漢水發源隴山腹，峽口金牛萬峯簇。紆縈蕩潏下秦關，十里川流幾九曲。鄖陽搜山村木盡，春雨洗沙日萬斛。乾隆、嘉慶間，川廣教匪滋事，遁入楚之鄖陽山中，王師過而殲之。深林密箐焚刈殆盡。自是山民墾荒作田，春雨一洗，則泥沙俱下，下流因之壅塞矣。障淤作田利粳稻，一歲四收貪土沃。宣鬱導滯百不知，官隄未斷私隄築。約束奔流改故常，江心斗上如平陸。比年淫潦大爲災，城市村墟泊艑舳。居民習慣了無苦，移家競向漁舟宿。懸將網罟當桑麻，收致魚蝦比菽粟。故家大姓半彫零，末利微生日轉逐。冬來畚插動千夫，無異補瘡先剜肉。君不見大江九穴十三口，金隄築斷高連屋。當時共說秦渠利，沒世空悲潁水濁。大江旁舊有九穴十三口，以洩水勢，自明江陵相國爲其鄉里計，始築太平隄障之。當時以爲利，至今江流漲塞，職此之故，此與漢川某氏之事正同。皆得諸父老傳聞，不可謂無據也。往事由來不可追，童謠尚解陂當腹。古人上策誰復知，悵望江頭兩黃鵠。

贈張生效先江陵文忠公十世孫

江陵當國日，厥勢靡敢抗。鴻才際時會，任事勇無讓。振刷方見賢，忠藎猶騰謗。捃拾隱僾閒，苦志誰復諒。生沒異榮辱，破巢增感愴。忠良有遺澤，門戶兼將相。堂堂別山子，桂嶺百夫防。別山先生名同敞，文忠曾孫，明末以兵部侍郎督師桂林，與巡撫瞿公式耜同時殉節。螳臂當車轍，身隕節逾壯。相國有此孫，足使家風王。我本桐鄉人，永念朱邑葬。別山先生墓在臨桂，邑人歲時上冢，會者率數百人。歲時供享祀，遺憾寄幽壙。今來見雲礽，緬想鄱陽狀。衣冠頗寒素，詩禮存習尚。不有吹噓力，誰致青雲上。是邦王民部，功德未可量。山長王子壽比部始訪求文忠後裔，得生及其弟紹先，命肄業書院，今歲生得入學。頗惜石首楊，文定公溥。末裔遂彫喪。表彰愧無術，望古徒惆悵。荊山帶江流，地脈雄且放。英才閒時出，迨今恰宜當。生其念祖德，努力下帷帳。忠孝本家傳，歸求如發藏。庶幾祠堂內，禋祭永無曠。

題張別山先生詩集後二首

大節流傳一卷詩，壺山墓草已多時。先生墓在桂林水東村壺山下。忠良未覺家風遠，慷慨空傷國步移。破碎河山餘淚血，艱危師弟共鬚眉。謂瞿忠烈。百年留得風霜在，故國秋深八桂枝。

豈有心情撰玉臺，亦非騷怨楚臣哀。英雄不被多情誤，忠孝原從正氣來。苦語連篇難寫憾，丹心百刼可成灰。江城日夜波聲壯，不見靈胥白馬回。

重午舟夜獨坐

少年喜佳節，未至心已數。清明寒食過，幾日得端午。龍舟何處來，兩岸競笳鼓。羅衣新製成，舉袂風爲舞。腰間佩桃劍，插鬢並艾虎。欲縱一朝游，償此九夏苦。自從通朝籍，鄉風斷角黍。米鹽籌細碎，奔走困腰膂。不如小兒輩，猶得分果脯。今晨劇閒暇，地僻無官府。六七幕中客，忘形相爾汝。鄰舟不往來，渾穆存太古。因念總角時，栗棗紛求取。庭闈今尚遠，甘旨得幾許。挑燈動懷抱，獨坐無人語。

亭午

亭午陰陰鬱氣蒸，晴雲翻作雨雲升。暫收宿麥芽生瓮，旋浸新秧水滿塍。澤國族居蛙黽似，江城物價米鹽增。關心解作流民歎，欲救哀鴻恐未能。

四蟲詞四首

癡蠅攢故紙，出頭良獨難。不如飛將去，洞門天宇寬。

春蠶吐色絲，作計衹自縛。安見衣帛人，一絲不曾著。

飛蛾撲燈火，附明還自煎。醯雞飽餘瀝，處暗乃得全。

螳螂方捕蟬，黃雀乃在後。戎心一以起，平地生岡阜。

次梅伯言先生秋後南歸留別都門諸子原韻

文字相鐫越有年，幸忘年輩得交聯。一從使節辭都輦，已少清談共悅研。書至早聞歸隱計，退耕不讓昔人賢。他時儻遂升堂願，記取桑園老屋邊。

辛亥三首

恭送夢白宮傅師奉諭回籍五十六韻

高密傳經日，文翁授學年。試從歸老後，直溯在官前。桂嶺開藩迥，榕湖擇地偏。時清無案牘，晝永有歌弦。汲古沾膏馥，磨丹效悅研。鑑衡心似髮，點竄筆如椽。掇拾徵唐疏，爬羅聚漢箋。英髦思砥礪，藻採競聯翩。蘂籠咸收矣，楞材幸與焉。人師知仰誕，國器忝名淵。一自隨親署，何由侍講筵。林飛還五鳳，堂現已三鱣。閩嶠移旌去，苕溪奉母旋。忽驚海氛惡，特起折衝便。慷慨曹江上，倉皇日注邊。誓師餘淚血，傍枕即戈鋋。命早鴻毛擲，身猶雉堞堅。十旬資保障，闔境得安全。和議持畺吏，棲遲比幕員。爲霖看再出，作楫佇超遷。行省方臨陝，分圻更撫滇。瀛東曾式化，粵右復來宣。桀戟兒童識，襜帷父老褰。桃蹊增舊陰，棠舍結新緣。重與論文細，依然愛士專。回春書帶草，分俸孝廉船。鈐閣猶多暇，宵衙亦晏眠。姦萌起南楚，警備又西延。蠢爾城狐掘，封同〔一〕苙豕牽。謂當翦荊棘，長此靖烽煙。蔓草除須盡，萑苻稔不悛。齊憂常際魯，郢說漫迻燕。對食煩投袂，乘風快著鞭。總期消鬼蜮，詎惜費鷹鸇。授首窮途易，論功懋賞遄。外虞欣暫息，內患遽相連。慣腐將蟲木，難防驟決川。關情憫塗炭，力疾御櫜鞬。庶以擒渠捷，終能辨賊竣。紛彈啟朝論，失職固臣愆。聖主原觀過，殊恩或議賢。元戎留贊畫，特旨諭歸田。軍旅肩雖卸，瘡痍慮尚懸。詩章哦款款，忠藎寓拳拳。繾綣依營柳，淒涼泛水蓮。挂帆謀迅速，飲餞極喧闐。遙想鳴珂里，爭迎玉局仙。湖山標信美，林木寫清妍。世澤冰兼玉，家風粥與饘。功名抛夢幻，豐嗇陋夔蚿。獨此停驂會，難忘別憾煎。幾時趨絳帳，倏及送唫韉。痛輟蓼莪誦，曾芟月露篇。師門尊若父，帝德大於天。誌感因成詠，消魂託扣舷。登堂期異日，杖履喜蹁躚。

【校】

〔一〕封同：底本此二字脱漏，據經德堂本補

輓李石梧宫保

三見前軍落大星，自軍興以來，歿於事者公與制府林公、軍門張公爲三。潯江風雨夜沈沈。督師正作三軍氣，報國空留一片心。死戀春暉猶有憾，生憎遊虜未成擒。時平更下英雄淚，故壘荒涼草木深。

題鄒中丞鳴鶴所藏林文忠公詩卷

林公辦賊機如神，筆下卓犖生光晶。公之治河如治兵，萬衆憑藉爲堅城。兩公相印惟一誠，迹有離合常心傾。間以文字求友聲，三百余字耿元精。紀莫大績逾勒銘，西南睒睒攙槍明。將星道隕天爲驚，公猶後至畺事攖。赤手要挽洪流平，林公所志公其成。祗今人材不易得，長歌罷讀寒風生。

壬子十四首

詠朱伯韓前輩院中紫薇二首

先輩庭中紫薇樹，三月花開直到今。只爲登陴疏賞讌，故應留取伴閒吟。

芭蕉展袂天然綠，顯得花光分外紅。不似階前小桃李，只將顔色鬭春風。

秋夜城樓紀所聞

一從兵燹後，絲竹已無多。時亂婚姻賤，人歸笑語和。危樓先見月，深巷更聞歌。遙憶田家者，燈前話晚禾。

夕響

夕響罷清碪，秋堂晚更深。西風萬葉脱，永夜一蟲

吟。行旅有歸思，園亭生舊心。自憐孤枕上，弦絕不成音。

南郭晚歸途中望獨秀峯作

巋然一柱矗雲霞，此下遥知擁萬家。近郭峯巒如竹筍，夕陽樓閣似蓮花。秋田禾熟村舂鬧，晚市人歸笑語譁。遊覽川原知不盡，黄昏城禁徑須賒。

遊風洞歌

我生足跡幾萬里，淮南嶺海兼北燕。探奇賞勝無不到，獨於故里心茫然。兹山在闤闠，少壯未嘗陟其顛。頗聞巖穴中，別具一洞天。炎雲赤日遮蔽不可見，好風自來清若弦。迤邐石門開，晃蕩天光圓。𤫟瓏變怪匪人世，拍手但覺仙乎仙。此景昔聞今乃見，恍惚靈秀增眼前。入門石徑何蜿蜒，黄葉露積蒼苔鮮。十月陽生氣恒燠，時見遠岸青芊緜。山中無風晝亦好，匪直買夏冬亦便。豁然中洞爲奇境，渾沌疑有神斧鐫。洞南可攬城南諸峯之聳翠，洞北可眺城東萬頃之原田。近山歷歷青若拳，近水不動平如淵。鳧鷺數點聚還散，行人偶語來沙前。世間奇景那有此，頗惜荊關畫筆無由傳。憶時攙槍起兵燹，附郭萬瓦隨飛煙。琳宮紺宇半沙礫，山童石赤吁可憐。兹山猶幸在城市，未染妖魅飛腥涎。佛力山靈兩則有，得此拄杖皆前緣。吾徒宦轍豈有定，鄉邦勝蹟須流連。明夏招涼更誰至，壁閒記我鴻泥篇。

贈李古漁廣文同年二首

從軍不得意，辛苦戀儒官。入瘴孤城遠，擔書旅色寒。生涯歸後得，畫理靜中看。儻得山林趣，無嫌暫挂冠。

別君幾十載，消息尚相關。覿面書中字，卧游屏上山。幸從軍旅後，復[一]得故鄉還。宦轍分飛易，應憐此會慳。

【校】

[一]復：底本此字脫漏，據經德堂本補。

書所輯漢書分類小記

一字千金值，七年書未完。勞多因冗雜，廢不爲饑寒。忍棄同雞肋，分形亦鼠肝。異時將覆瓿，莫忘綴來難。

送孫渠田學使同年入朝請假歸覲浙中

江梅萬蕋舒寒芳，蒼梧直下煙水長。冬月陽生雁北嚮，君獨何者飜南行。三年提學困周走，欲盡嶺嶠窮炎荒。是時剽掠徧州邑，探丸赤白紛披猖。儒官清寒盜所棄，只有圖籍輝琳琅。道旁斜睨去不顧，固知此輩猶尋常。昨者省門鳴巨礮，衆鬼白日爭跳梁。城頭置軍萬戟立，密緻足斷飛鳥翔。得勝之盔衣短後，賤子已易戎臣裝。儒冠峩峩衆驚詫，獨以局外趨徬徨。虎臣競欲師樊噲，蝨官得不譏商鞅。賊退城完幸不死，天意敢以人力當。蜀將楚兒好身手，輦致金帛牽牛羊。試思首禍者誰子，忌醫諱疾何由臧。書生謀事眞畏葸，遂使猛士神揚揚。不然範韓可再得，坐鎮已足維苞桑。早知事急念頗牧，未若安坐談龔黃。君之持論與我合，往往坐對增惋傷。嘉謨入告儻有意，好聽翽鳳鳴朝陽。我今征鞭尚遲滯，北望觚棱思玉堂。感君紆道得覲省，王事有程須速將。攙槍待掃未安宅，要使民隱通天閶。

感事

了事事愈多，惜日日愈速。不知善與惡，所爲固不足。往余方少年，慤若未雕璞。見人面常赬，厭事頟屢顣。弱冠步京華，稍稍露頭角。朋輩皆儒冠，誤身在局促。賤子實矯然，獨往僵不伏。以玆疑與鉅，往往時見屬。舉足雖蹣跚，救人猶匍匐。朝出或戴星，暮歸常爇燭。忠諒多見許，壯往亦取辱。伊余豈爲名，自反固能縮。冷官抱熱性，獨處驚衆目。兩年典學校，儒官徒碌碌。奉諱始歸來，伏處向家塾。米鹽親瑣細，猥鄙見鄉俗。方期得閉門，三徑理松菊。誰知萑澤輩，椎埋競相逐。白晝戲探丸，戈鋋徧山谷。邦君重保障，守望資董督。謂余本州民，用聯我邦族。小民懼非常，固難強所欲。諄諄煩誡諭，勉勉就約束。中有秀而文，巧悍劇滑熟。見告雖面從，私議莫心服。常年廢百事，中道行僕僕。野老時造門，家人厭剝啄。居恒撫心歎，此事何能淑。人心去古遠，鄉黨尚親睦。但此夸詐子，飾智誘寵樸。納汙肯學川，忍痛終螫蝮。省垣屹重鎮，民未見鋒鏃。幸賊不果來，觀望志早蓄。縱令脣齒敝，敢望金城矗。今春虎出柙，腥沫省門撲。雄師尚奔潰，村衆敢抵觸？天幸全一城，衆志匪余獨。論功膺懋賞，撫已增慚恧。三年困趨走，何事差可錄。終日百營營，無一稱心曲。磨丹案已塵，書字筆恐禿。竟欲舍之去，義不虧始俶。以此暫羈留，黽勉親簡牘。憂時鬢早星，知味口不肉。勞生已强半，坡言可三復。何當辭轠絆，江頭築老屋。客至多閉門，農書行可讀。竈前赤腳婢，戶外蒼頭僕。與世無往還，蹤跡溷樵牧。此願待時清，吾祈將用祝。

十一月二十四日

坐忘久欲學心齋，俗冗難教此願諧。頗愛昨朝風雨裏，更無剝啄到門來。

冬夜校彭子穆遺稿因題其後

翦燭窗前更幾時，忍從遺稿理棼絲。燈昏字劣余能識，簡脫編殘子詎知。但使名山償夙願，肯教樽酒負前期。池公不作滄翁死，地下能無異世思。先師池籥庭學使、先達呂月滄郡丞，皆子穆所嘗受知請業者。

題灌陽范氏古墓碣搨本

灌水之陽招義鄉，川原明秀神所藏。中有馬鬣封若堂，表以翠砥何直方。有宋戶曹監錢場，範氏二龍長最良。少有文行兼慨慷，長游太學聲載揚。遂中丙科冠沅湘，卅餘年破南天荒。仁孝欽篤性則臧，力田致富非販商。四十二祀年不長，子五次能踵厥芳。孫南十四爲家祥，葬花石原文可詳。作者劉汝名半亡，七百年來置荒岡。一朝剔翳驚電光，摩挲文字分豪芒。先正典型世所望，豈伊後嗣珍琳瑯，邑乘數典俾毋忘。

浣月山房詩集卷三　内集

癸丑二十七首

山寺

山寺出雲梢，春潭鎮老蛟。崖深靈氣入，碣古斷紋交。溼蘚藏蝸迹，枯松露鵲巢。神明本清肅，村覡莫相譊。

元夜聞燈市喧闐有作

風前猶憶鼓鼙聲，又見春燈爛滿城。幸脱蟲沙聊自喜，初聞簫管亦堪驚。繁華厭薄年應長，里巷棲遲感易生。不爲烽煙在江漢，只貪閒寂對孤檠。

里居

里居人事厭喧譁，暫學丹鉛願恐賖。習静祇知書是藥，避人翻欲旅爲家。偶貪早睡妨來客，閒踏春山喜見花。卻憶輭紅眞樂地，但將文酒送韶華。

無聊

無聊復無聊，默坐長太息。我心迫以煎，對案不能食。我身不能飛，我影不能匿。家事慮米鹽，出門畏荆棘。方寸受豈多，百感填胸臆。彼蒼生我才，我才果何益。

韓翁齋中賞牡丹賦贈二首

芒鞋踏春山，覓徧桃與李。誰知傾國豔，仍在高門裏。吾鄉非洛陽，此卉珍無比。種者六七輩，十九不見蕊。君家養太和，花木亦欣喜。重臺玉樓春，壓倒黄與紫。花朝放始足，大於盤敦似。殊色吐光芒，目不敢逼視。作詩形貌耳，出語苦不綺。

往年崇效寺，雕鞍跨春風。階前數十株，一一看嬌慵。芬芳襲環珮，光豔生簾櫳。少年不自惜，相遇殊悤悤。別來幾六載，心逐北飛鴻。時事異嬴縮，此景知難同。豐臺芍藥花，槐寺丁香叢。頗存昔好尚，各抱今顔容。吾徒幸一隅，無事貪天功。但期樽酒滿，莫負花枝紅。

山中聞笛

何人吹笛破蒼冥，巖底風回響乍停。恨不乘船當月夜，更來橋上水邊聽。

嘲遊人

遊人無數出城來，爛漫風前酒一杯。折盡桃花攀盡柳，春光能帶許多回。

三月三日獨遊獨秀峯三首下臨貢院爲明藩舊邸

一自永和修禊後，幾逢癸丑暮春初。誰將觴詠酬佳節，況對江城入畫圖。乘興偶來非有約，名山清賞未嫌孤。莫將盛會論今昔，但得清游自可娛。

勝國雄藩三百年，登臨遺蹟故依然。苔荒玉砌經新雨，樹入珠樓鎖暮煙。寶牒已隨宗社改，瓊華空爲昔人憐。何如太守書巖畔，尚有篇章動後賢。

繞郭爭看百堵新，忍將兵燹記前春。誰教鬼魅窺吾圉，幸免蟲沙有此民。刦後川原終黯澹，難餘生計亦酸辛。留將滿眼旌旗恨，此日登臨未厭頻。

逆賊陷江南感懷伯言先生二首

一從郎署鬢毛斑，投老江南始就閒。豈意風塵驚講席，更隨鴻雁出鄉關。田園難仞陶彭澤，文採空悲庾子山。看取王師復吳會，青氈舊物亦應還。

文繼方姚合起衰，乾坤無術老奇才。承平往日盤敦盛，離亂空山猿鶴哀。舊友幾人星易散，秋風何日雁先來。多應繭足增愁疾，相憶花前罷舉杯。

賞薔薇呈韓翁

杜鵑已開紫藤落，海棠無花筍飄籜。先輩庭中殿好春，不有薔薇太蕭索。紛紛密葉錦堆成，一一低枝翠絲絡。細抽碧玉攢並蒂，濃醮燕支破初萼。晨妝頮面宮粉團，夜雨濯枝火珠錯。仰覷花天十丈明，旁開錦地三弓拓。憶昔黃家驚捌見，壬寅歸里，曾賞此花於黃氏宗祠賦詩紀事。十年夢想空京洛。不無紅紫鬭紛綸，殊少豐姿夸綽約。忽到高齋眼乍新，翻愁晚醉春無着。樽前復憶去年事，旁午軍書壓高閣。晚春花事太匆匆，莫怪東皇顔色薄。今年等是去年春，入眼花光嬌灼灼。一杯到口豈尋常，人意驚憂變安樂。天涯何日洗兵戈，要使穠英徧崖崿。捷書莫較信風遲，踏架飛飛兩乾鵲。

秋夜雜感八首

西風吹雨入江城，靜對寒檠百感生。古劍夜迎星斗氣，鄉關秋老鼓鼙聲。歸來黃菊幾回見，夢裏青山俱有情。天與斯才果何益，會將耕釣待時平。

平生百事恥輸人，但有戎行苦未親。事急武夫推上座，時清康濟失元臣。草閒狐兔終須盡，雲裏鷹鸇轉易馴。願把勳名歸李郭，恨無英傑起風塵。

雲物蒼茫八桂秋，北來兵氣未全收。有情花月頻添恨，無那風煙爲少留。作賦未忘招隱士，浮家將欲泛扁舟。碧漪翠篠瀟湘路，何日開帆紀勝游。

萬里封侯意想中，書生空有氣如虹。遙聞閫帥多持節，不見天山早挂弓。時至範韓應將相，古來羊杜亦英雄。飛書馳檄尋常事，要使兵戈洗盡空。

嶺嶠當年少祝良，湟池今日尚披猖。未嘗避世無箕潁，但恐深山有虎狼。庾信江關最蕭瑟，陶潛松菊且徜徉。不材敢向林閒老，欲把浮生叩彼蒼。

金陵浩刦付飛煙，三月鶯花劇可憐。隱隱樓船東到海，昏昏鳴礮遠連天。瓊華觀冷藏梟獍，桃葉江空罷管絃。二百年來生聚力，但看圖畫亦淒然。

清霜先釀北風寒，鼓角聲聲轉夜闌。半日棐書聊自遣，百年身世强相寬。窗前舊竹移都活，枕上新詩補未完。但使承平終有日，吾生安敢避艱難。

玉堂天上久尋思，跧伏家山更幾時。獨處匏瓜知夜永，每懷芳草覺情移。鄴中諸子晨星在，鄧尉名山曉夢追。欲向賓鴻問消息，楚雲燕樹渺難期。

贈內六首

千秋名豔玉臺詩，占斷春風屬掃眉。昔日心儀今眼見，人閒端合免情癡。

機頭錦字爛如雲，讀史評詩並不羣。誰料紗幮來講易，吾家今日有宣文。

蓮房風雨事多磨，賴有仙緣卻外魔。從此身如連理樹，一生長住小鷗波。

卄年花裏閉門居，繡閣餘閒但讀書。我乏牙籤三萬軸，添妝慚愧女相如。

金鎖銀匙秘獨窺，自饒神解不關師。書生豈有封侯相，愧殺妝臺卻扇時。

風塵澒洞敢爲家，每恨端居負歲華。功業未成羞綺語，願君珍護筆頭花。

甲寅十四首

感憤

兵戈久未息，謀生道愈窘。斯民常苦飢，獨食良不忍。繄余本寒素，稼穡知髫齓。時維國家盛，民物頗豐偆。齒肥到廝養，餘粟積官囷。誰知殷阜時，物力用已盡。盈餘召殃禍，慳嗇致災疹。嗟彼紅巾輩，不靖越茲蠢。腥涎噴鯨齶，弱肉飽梟吻。使我田閒氓，荒穢徧畦畛。騷然動天下，厥禍深可憫。致此雖匪余，慚痛及幽隱。畺臣誤泄沓，俗吏託拘謹。蹉跎失不治，遂用及顛隕。斧柯不我假，旁睨心愈憤。誰歟使吾君，膳樂不懸簴。誰歟使吾民，菜色常茹堇。嗟余豈當路，亦自愧不敏。承平苟可待，吾欲飽蔬筍。

春日雜感八首

江上桃花懶不看，西風猶作早春寒。因憐鬢影臨清鏡，肯爲鶯聲倚畫闌。萬里旌旗悲遠道，十年車馬憶長安。碧波芳草皆顔色，付與詩人感百端。

又見高樓燕子飛，江鄉離亂舊巢稀。春風綠野耕牛盡，落日荒原戰馬歸。爛額枉矜前箸好，徙薪終與夙心違。百年未了齏鹽分，老去吾將覓釣磯。

但見鳩形滿路衢，春來難得病魂蘇。茫茫炎運當元二，晪晪妖星照一隅。避地難爲賢者次，移山應類古人愚。不知有益蒼生否，贏得旁觀笑腐儒。

北望觚棱曉夢清，風雲長護舊神京。芙蓉露暖栖鴛沼，楊柳春深繞鳳城。一自烽煙驚絶徼，頗聞簫管減歌聲。舊遊把酒論詩處，誰寫紅箋記姓名。

慷慨諸賢大節同，要從多難識英雄。危疆百戰關天命，史筆千秋本至公。夢裏承平空黼黻，生前遺恨在沙蟲。從來意氣論山嶽，莫怪看花泪眼紅。前廣西巡撫鄒公鳴鶴，安徽巡撫江公忠源、提督瞿公騰龍、總兵馬公隆，湖北按察使唐公樹義，中書舍人鍾君淮，廣西全州牧曹君燮培，湖北江夏令□君繡麟，皆效命疆場，其與余不相知者，不在數内。

門外交親問起居，花前尤幸奉安輿。幾年風鶴驚心處，滿目煙塵寄慨餘。妹解歸家陪母飯，婦能執筆課兒書。儒生豈解論家國，久欲還鄉賦遂初。

誰爲王孫賦遠遊，萋萋芳草滿汀洲。蒼松古柏難爲豔，媆柳夭桃未解愁。野店人家誰唤酒，春潮渡口自横舟。傷心一片無人識，目極溪塘水亂流。

海寓難言况梓鄉，關情無計是耕桑。眼看稚子分梨棗，卻憶飢兒覓稻粱。賈誼書陳唯痛哭，監門圖繪盡流亡。何時整頓乾坤了，手挽羲輪照萬方。

傷亂

人生亂離世，迴憶昇平年。譬非疾病日，安知無病賢。嗟彼流離子，其情實可憐。虎狼踞人屋，竄身巖穴間。蹤迹覓輒得，號泣聲相連。慈母失愛子，老父尋幼孫。日暮倚高崖，遥望焚何村？仰天唯涕零，難對官府言。更遇風雨夕，燈燭不得然。松枝蔽其頂，蓬茅圍其身。足底聞流澌，擁樹如窮蝯。遠聆兵馬來，疑是賊營遷。紛如鳥獸散，既定復來還。尋聲以相識，時復觸尻肩。日出望里閭，所至無炊煙。共言賊徒散，始復還家門。牛豕肉狼藉，雞犬無一存。犁我田中禾，發我窖中錢。生計一以失，性命如倒懸。不若從賊去，尚可旦夕延。人生愛軀命，貴賤何殊焉。寒衣飢則食，惟恐不自全。少小離懷抱，出入恒相牽。長大各有業，家室乃得完。奈彼椎埋者，刈之如草菅。帝閽高九重，視汝不得援。司牧求芻盡，袖手停其鞭。我亦州民耳，去汝一寸閒。感歎作變風，因心以成篇。夜聞寒雨聲，躑躅安得眠。

寄内時避地衡陽

朝吟夜誦兩相親，忽賦將離詎有因。避地難爲萊婦隱，賃舂翻羡伯鸞貧。黄花細雨秋三徑，浩月清湘美一人。何日扁舟重料理，與君歸老五湖濱。

十月十一日自桂林北上四首

一入山林竟五年，寇氛何事苦相纏。懸知爝火難經日，豈料煙塵竟滿天。籌策自來關氣數，江湖隨處覓才賢。寒燈振觸觚棱夢，起視風雲爲悵然。

曲突當年計未工，出山翻悔不匆匆。近郊鴻雁難安宅，大海爰居且避風。桂嶺巑岏無恙在，湘流清淺舊時同。巖疆咫尺沾王化，莫負斯民本效忠。

大戟長槍世所須，乾坤何處著迂儒。陳情令伯心原苦，請試長沙膽太麤。清貴一官榮已過，踉蹌諸子勝於無。板輿長作看花客，豈羡淩煙畫老夫。

回首枌榆景物非，荒塍零落菜苗稀。川原近楚皆生色，草木逢春有化機。望歲還祈羣盜滅，憂時何願一人肥。澄清總賴乾坤力，爾日歸田始當歸。

蘇三娘行

城頭鼓角聲琅琅，牙卒林立旌旗張。東家西家走且僵，路人爭看蘇三娘。靈山女兒好身手，十載賊中稱健婦。猩紅當衆受官緋，縞素爲夫斷仇首。兩臂曾經百戰餘，一槍不落千人後。名聞軍府盡招邀，馳馬呼曹意氣豪。五百健兒聽驅遣，萬千狐鼠紛藏逃。歸來洗刀忽漫駡，愧彼尸位高官高。君不見荀崧之女劉遐妻，救父援夫名與齊。又不見譙國夫人平陽主，閫外軍中開幕府。汝今身世胡紛紛，盡日乃與豺虎羣。不然黛作秦州吹篪婢，尚有哀怨留羌人。徵側徵貳交阯之女子，送與矍鑠成奇勳。汝今落拓乃如此，肝膽依人竟誰是。草間捕捉何時休，功狗功人無一似。記曾牙纛起邊營，專閫聲名讓老兵。書生顏面已巾幗，況令此輩誇崢嶸。汝今何怪笑折齒，疊事向少男兒撐。道旁迴車遠相避，吾儻見汝顏應赬。

輓蔣春山何雨人兩茂才二首 蔣名方第何名霖俱興安人督鄉兵死難

古無戎馬賴儒生，今捍枌榆仗老成。雒下聲名推劇孟，秦庭倉卒殉荆卿。離披鄉國關天運，慘澹川原雜鬼兵。要作健兒應有命，爲君援筆氣難平。

何君本策士，設計等曲逆。失身陷賊中，談笑翫刀戟。去夏逆匪陷縣城，君爲所得，尋在賊中設謀反正，厥功甚偉。反正若轉圜，危險冒咫尺。功成無人議，物望在疆埸。胡天不憖遺，投鼠碎拱璧。茫茫茗田村，君戰死處。殺氣騰沙石。妖氣何自來，鞣蹈紛狼藉。此賊不足平，此人誠可惜。邈焉一靈臺，入地光猶射。春草翳陳根，何處尋君碧。

衡陽閒居雜詠六首

避地來湘浦，思鄉在桂林。喜聞耕釣語，怕聽鼓鼙音。定亂應無術，憂時但有心。幸辭韁絆累，來此一閒吟。

不泛湘江櫂，於今已五年。溪流迴到海，嶽樹長參天。問客鉏新藥，尋僧訪舊泉。方知塵世外，高蹈卽爲賢。

楚粵土風近，百需惟所求。泥香新筍茁，池淨晚蓮收。鮮鱠充晨膳，寒蔬薦夕饈。此身慚候雁，猶有稻粱謀。

夕陽閉門早，城市卽深山。本是孤雲出，翻同倦鳥還。求書門限破，避客酒樽閒。暫得閒中趣，一編親古顏。

出處渾無定，余懷不負初。續臨難肖帖，補校未完書。幌月經寒近，山鐘入夜疏。乾坤如許大，何處著吾廬。

閒居愧溫飽，每睡輒捫心。吾道難兼濟，異鄉還獨吟。天涯風景暮，客館歲華侵。不是無安土，江湖感正深。

合江亭讀昌黎詩刻張子南軒書

湘水北流蒸東注，亭子飛跨淩其隈。兩江之水淨如練，照見詩筆驅雲雷。韓公雅游故可耳，想見命樂華筵開。承平老守劇得意，尚喜觴詠誇樽罍。賓主風流易消歇，千年履迹生莓苔。南軒大書頗好事，留此二絕光瓊瑰。曷來挂帆幾過此，但見水面蒼雲堆。江山寓目如昨夢，良辰倚杖方獨來。西南隱隱見鄉國，柔艣聲閒征鴻哀。川原樓榭十八九，零亂刼火生蒿萊。五年匆促擲駒影，游觀未了名蹟摧。今來見此那忍別，幾欲圖畫兼氈鎚。北望芙蓉七十一，雲表羅列高崔巍。行當訪公舊宿處，題詩寺門相追陪。明朝打槳又亭下，期此蠟屐尋仙階。

立春日將買舟赴長沙寄懷梅伯言先生二首

先生虎口誤儒冠，術可周身幸自完。舊識容顏應老瘦，漸傳消息果平安。移家黃墅三冬近，老屋桑園萬卷殘。海內文章眞碩果，暮年蕭瑟且加餐。先生舊居江甯城內之桑園，前見贈詩及之。

攜家作客楚江頭，南戒煙塵望未休。遠負菊花彭澤徑，近尋芳草仲宣樓。水軍鐵鎖聞新捷，人日金樽感舊游。君國情深知己思，併隨春意入扁舟。

十二月廿一日自衡陽放舟作

客中還小住，別去似離家。世路原無盡，吾生詎有涯。故山思桂樹，江渚訪梅花。但有漁樵夢，行程未厭賒。

村居

城中苦塵事，稍可是村居。自種當門竹，常邀近水漁。山僧古須髮，田婦儉妝梳。不必論高隱，相逢即太初。

謁嶽廟

帆席江頭幾度經，偶從仙籙訪眞形。昌黎詩好人難和，神禹碑深路易冥。日出倒窺滄海綠，雲開俯視衆山青。他時待了澄清願，直上峯頭更勒銘。

舟中玩西洋千里鏡歌

遠山視人人在目，高者爲樵下者牧。岸人對舟瞪不語，三五行行自相續。山巔草樹如毛髮，葉葉枝枝辨青綠。古廟無人門虛掩，時有飛鳥出簷屋。閒江漁子抛網絲，倏起盈尺雙白玉。片帆忽壓窗際來，舵尾炊煙氣如撲。咫尺秋毫乃可辨，雲煙過眼吁何速。我生明目異孔顏，每對山川苦局促。登臨翹首望天涯，往往指視勞童僕。年來澒洞煙塵昏，極望東南幾頻蹙。何時薄海淨氛埃，杲杲闕山照春旭。會當持汝上高明，看盡遐方與幽曲。

紀事

國家世神聖，邊氓樂耕桑。誰知七葉餘，羣醜恣跳踉。揆厥所始禍，乃自姦民倡。微小不復治，浸淫成巨創。雖曰天意然，人謀胡不臧。我欲陳此書，痛哭安能詳。隱默失不言，世誡無由彰。試將董狐筆，託爲萋斐章。事實詞不隱，來者鑒爲常。憶當殷阜日，兩粵通輿航。魚鹽逐貨利，水陸誇豐穰。招徠羣不逞，聚此爲池潢。僞託耶蘇教，竄遠來西洋。黠桀誘愚魯，禍福親祈禳。潯鬱染番俗，採風知客强。語邪信者衆，積漸成姦萌。是時邕管閒，巨盜方要降。張加嬙以連勝官兵七次而招降，粵西羣盜之橫始此。文無三面仁，武乏七擒剛。遂令竊鉤輩，藉口紛披猖。張固帳下兒，梧郡巨盜張釗，綽號大頭羊，本廣州夷人。滋事時，巡撫梁章鉅防堵梧州所用壯勇頭目。陳亦田閒甿，陳亞潰，武宣東鄉麻介人。當道卧猛虎，橫水黿長鯨。頗憐鄭夫子，輿疾來出防。青山荔浦地卷旗走，乘勢封羣羊。陳亞潰敗於荔浦，擒於桂平。道光三十年事。金田煽妖火，劍及潯之陽。舟師未汔濟，水賊矜陸梁。臨陳忽易帥，機宜失倉皇。招攜弱其黨，作計安能長。鄭中丞罷職後，而繼之者遂招降，大頭羊因阻潯江水路，與金田暗通聲氣，招徠以弱其黨，亦事勢不得不然。蜀將有向寵，四捷入粵疆。提兵西北來，謂宜搤其吭。德量慚子儀，雄略非武襄。向矜己淩人，與雲貴諸鎮將及副都統烏蘭泰不和，復不用鄉兵引導，故屢及於敗。事機遇難再，奇功墮大黃。咸豐元年正月，向軍與賊戰，賊詐敗，預壅溪水，俟追急，決而灌之，向軍大敗。二月二十八日，大黃江之戰，賊焚輜重，走武宣，官軍如速追，可盡殲。向鑒於前事，遲二日拔兵進，賊已至東鄉立營矣。有自賊中出者言，賊去大黃時，其頭目皆哭自來受官軍挫衄無如此役者。惜緩追之，而使其勢復熾也。痛惜林文忠，將星隕閩漳。天若遺此老，鼠賊安足當。長沙本書生，齊帥尤老傖。跋扈與乖厓，調劑難爲雙。憂國志莫展，誓衆神已傷。以死勤王事，蓋棺鬢若霜。是時武象閒，如蜩螗沸羹。朝議用重臣，勁旅揮天狼。神機發健鋭，賜劍來紫光，謀士既岔集，勇將亦軒昂，建旗出都門，煒煒何煌煌。妖星倏退舍，天威驚肅將。賊自武宣擾及象州、中平、羅秀等處，聞賽相督師至桂林，乃退還桂平之新墟。當日如乘此軍威，統帥進駐潯州，親督諸將，則烏向兩帥不敢不和，士卒無不用命，殄滅鼠賊不難矣。丞相古視師，何必親戎裝。恨無李愬將，勝敗羣觀望。既少司馬法，又非調和良。譬之麟與鳳，焉能觸不祥。鬱鬱雙髻山，矗立天中央。其石若虎牙，其道若羊腸。負嵎作後戶，新墟爲前堂。緜延數十里，土穴叢飛蝗。是時烏與向，二將稱觥觥。蜀將勇自任，攻堅必擒王。精兵五路入，狐兔魂已恇。轉戰出風門，去險得康莊。咄咄都護營，羣帥胡方徉。穴中鬬已困，壁上觀猶瞠。羞憤成忮刻，勇決亦周慞。向自任以麾下卒及武宣鄉勇頭目劉孟三等，攻雙髻山賊巢，請統帥飭烏都護各鎮將自新墟攻其南。五月初一夜，向以精兵五路入奪山隘，逕從風門坳出，與新墟各營相去不數里，諸帥忌向首功，莫肯策應，終不能克。六月蒸火雲，炎歊散沙場。朝食行十里，未至飢欲僵。鳴礮聲轟雷，擊鼓音彭彭。彼賊甚狡獪，伏匿疲我兵。或出數百人，兒戲不成行。坐此持三月，將謂絕盜糧。遙遙七校士，計期歸神京。倏於閏初九，烽燧驚江。蕞爾無外援，尚知與城亡。愧此螘子官，臨變猶慨慷。署州牧吳江。水竇來援師，後矣空踉蹡。官村復敗衄，喪斧嗟彷徨。烏軍以城破之後日抵永安，向則因新墟追賊太鋭，又不用土人鄉導，誤陷賊伏中，軍械全失，幾不能軍。故其援永安也獨後，是所謂官村之敗也。向之喪師失律，未有甚於此者。大軍赴陽朔，知非願所嘗。委重北路師。縛絝親裲襠。潮州募健兒，日用糜千鏹。諒非素節制，飢附飽乃颺。東勇尤狡黠，與賊爲弟兄。更於陳前立，土音操其鄉。苞苴互相投，煙焰何茫茫。東勇於陳前以白鹽、洋烟拋擲與賊，賊以白鏹報之，點放空槍，不著鉛子，烟焰中彼此往來，習以爲常。濛江有張魯，張釗守濛江，實通賊接濟。此疾實膏肓。賫寇乃爾力，頓兵虧吾芒。烏帥軍其南，近賊頗撞搪。如何兩庀庌，未覩合圍方。攻城闕一面，奇謀探智囊。惜哉仙迴嶺，四竄如鹿麞。賊據永安數月，官軍不能克復，遂定計缺昭平古東沖一面，誘賊東竄，賊果由是踏官兵營盤而去。於時建星中，城烏鳴且翔。官軍入永安，追奔何必忙。黠虜委輜重，及其贏與尪。殺人數千餘，流血波道旁。謂言當大捷，獻俘堪鋪張。謂擒洪大全解送京師，實非賊中要領。兵勝不貴驕，銳進須能量。悍然都護軍，一往徒倀倀。高崖墮賊伏，敗竄如頹牆。是時月十九，毒霧風沙揚。咫尺不見人，閒以深林篁。下有百丈溪，上有千仞岡。將卒自顛隕，血肉盈溝坑。桓桓四將軍，斷脰歸天閽。二月十九日大洞之敗，官軍大衄，賊遂從此北竄。其日大霧，咫尺內不見人，向固不欲行，烏自以其軍獨出，向不得已，牽率從之。四鎮將邵鶴齡等，皆歿於陳。彼賊禍始烈，北竄飄風狂。曩非向老力，焉得還金湯。烏軍繼入援，已及城南廂。開門無夾擊，中股血染韁。雲慘將軍橋，敗卒爭逃藏。向於二月二十八日從間道疾馳，先賊一日至桂林，烏後賊二日至。二將不和，彼此不相策應。烏以孤軍進至南郭將軍橋，與賊戰，中槍傷股，遂同陽朔殞焉。賊退犒楚師，筐篚羅酒漿。衆情脫水火，大帥輕寇攘。遂令全州士，力竭爲國殤。聖朝二百年，忠義報始償。世俗論成敗，何異聾與盲。骫骳兩儒子，焉足污鋃鐺。賊由桂林竄全州，州牧曹燮培留赴調軍營之湖南，都司武昌顯以鎮筸卒四百人竭力固守，城中男丁登陴，婦女煮粥和松脂以沃嬰城之賊。賊忿甚，穴地道攻之，城遂陷。官幕及楚兵四百人無一降者，民閒男婦殉難者尤衆。先是，桂林解嚴後，向以病不能追賊，檄劉長清、余步雲二帥，率兵勇萬餘人去，逗留全州境，阻賊十里，而軍曹牧以血書求救，不肯應，卒亡全州者，此二人實使之然。虎兕既出柙，攫搏靡不戕。江湖潰隄坑，橫溢恣溯滂。承平弛武備，文吏矜趨蹌。州縣營其私，剝削資逢迎。是以強寇至，無人執斧斨。念此堪痛恨，吾詎非冠裳。緬昔芽蘖初，易除若苞桑。初但一令力，立致死敲搒。繼亦一旅功，兇燄安得橫。金田八百耳，翫寇自貽殃。先年馮雲山、韋振、胡以洸等，皆爲本地紳民指控，拘於囹圄數月，府縣及大黄江司莫肯究詰，使其漏網。逮起事之始，則以八百人聚於桂平之金田村，紳民集團練欲往剿捕，具公揭於道府，請委員督視。道府莫爲意委員，夫馬不時給，遂藉口不去。賊聚黨瞬至萬人，團練撒手不可爲矣。上行下則效，風旨承巖廊。始禍者誰子，厥罪彌八荒。所恃吾皇聖，憂勤感穹蒼。宵旰志乎民，詔書語蒼涼。是以傾危閒，得此方搘撐。嗟爾在位者，覆轍鑒毋忘。顧彼尸位人，厥後難熾昌。詩人戒靖共，正直神所康。鄙儒懲禍本，外此知未遑。語質不顧怨，但願聽者明。澄清儻有日，吾其釣滄浪。

乙卯四十首

元日避風易家灣作

旭日新年放舳艫，又看風色轉檣烏。但除塵壒闢天意，不受波瀾即坦途。報曉兒童驚爆竹，買春村市當屠蘇。遲回江浦吾何忌，正擬扁舟向五湖。

泊舟長沙遂遊岳麓書院朱張兩夫子講學處壁閒聯句有憂時君子心之語

獻歲來楚澤，弭棹湘江潯。新陽氣恒燠，芳蘭襲幽襟。溯洄翫已久，及此登高岑。茲山實嶽麓，曠奧神所臨。羣峯湊其南，洞庭沃其陰。吐納孕靈怪，涵育兼飛沈。載沿石逕入，楓楠鬱蕭森。廣廈何代修，規模敻且深。二賢講學地，泉石留遺音。如何千載後，邪說恣哇淫。遂令黄巾輩，縱斧相窺尋。莘莘學徒居，化作豺虎林。書幃集羽鏃，藝圃揮霜鐔。至今破屋垣，尚有荒苔侵。時方盛干櫓，誰解收璆琳。載詠先賢詩，憂時感余心。要當倡微言，庶幾覺盲喑。吾道詎有窮，作詩稔子衿。

岳麓古松

喬松依古寺，峻極罕人知。嘯月層霄上，栖烟六代時。清陰神所託，直榦世爲儀。要顯當風力，淩虚少護持。

正月二十二日泊舟長沙城外是夕大風作

北風吹江江倒流，浪花飛撲如白鷗。或大如屋隆如邱，鬬如哮虎荒山陬。倏如千軍萬馬沙場急，掣旗擂鼓無時休。又如黄鐘大鏞生遠響，四山林壑鳴相酬。雲霧溟濛鬼神出，天吴震盪魚龍愁。我生湖海三十秋，久翫風潮成狎游。今夕作劇乃爾虐，蓬窗驚卧牀打頭。憶昨熱汗揮征裘，萬錢難買涼風颼。亦知炎涼勢必反，豈有夏令干春柔。冬來亢旱陽不收，凍雷出地驚龍湫。嚴寒鬱蒸兩相搏，致此災沴非常儔。但願霄雪變霖雨，使我農圃安鉏耰。退飛六鷁聖所修，大難丙公知問牛。

江干一首

江干兩月漫停橈，北望氛埃尚未銷。客路最難當月夜，雨聲容易到花朝。烽煙鄂渚飛書急，文酒燕臺別夢遥。願逐樓船看掃盪，鐃歌清響和春簫。

二月十七日舟中自輯漢書分類小記成再題一首

泛宅行千里，鈔胥近十年。細書憑眼力，小識落言詮。歲月催人老，江湖託地偏。敢雲闢典要，辛苦那能捐。

荆州懷古

坐談高枕大江頭，玉帳牙旗鎮八州。練甲治軍千鬬艦，軒車入幕半名流。英雄但數劉玄德，生子何如孫仲謀。惆悵人生幾得意，莫令狐鼠上荒邱。

宜城道中作

泥濘猶在道，征輿底事忙。春晴未忘雨，客夢不離鄉。芳草自天末〔一〕，野花空夕陽。舊曾行役處，攀折幾垂楊。

此地昔兵燹，尚多喬木存。鼓鼙雲外戍，雞犬路旁村。野寺僧常拙，荒郊鬼亦尊。見祠石居士，靈怪每難言。

【校】

〔一〕末：底本作「未」，誤，據經德堂本改。

我本閭巷士一首

我本閭巷士，幼習在斯文。堆案有孫吳，瀏覽不復存。憶當承平時，里衖通娃媏。孟公來下榻，稚季時造門。衣被符百客，醇醪餉千尊。謂言重意氣，豈慮遭艱屯。昨歲軍書來，鄂渚煙塵昏。幕府下伍符，召募出襄樊。教令率之去，辭讓豈能陳。名卑分微薄，計畫無由申。同舟共安危，勢敗則驚奔。招集散亡衆，半載還鄉園。鄰里載酒來，爲我歌招魂。少年頗好事，解衣視創痕。國賊尚未滅，鬢鬢若霜繁。常恐寶劍缺，無由剸鯨鯤。功成良不易，長揖非空言。

襄陽寓中四首

曾是山公持節地，主人除館劇多情。道旁桃李多相識，猶爲春風管送迎。

門外高楸萬萬枝，雨中花葉亦離披。路人不解清陰好，但爲芳華坐少時。

深院梧桐鎖暮春，喬柯經雨淨無塵。懸知此後清宵月，爲爾吟秋定幾人。

淡月朦朧隱碧幢，數聲嚴柝悄蘭釭。綠陰一片風吹雨，多少春蟲夜打窗。

南陽懷古

下江諸營如螻蟻，兒戲築壇立天子。帝王廢興各有命，抗威不拜司徒死。昆陽曩事眞英雄，談笑大敵成奇功。滍川橫溢虎犀走，萬瓦如葉鳴天風。九千人破百萬衆，偉略足使雲臺空。繡衣御史進玉玦，焉知日角爲眞龍。至今汝南雷雨夜，想見酣戰留餘蹤。慘淡風塵徧今古，擾擾毛羣奚足數。成名豎子亦闞天，任喚狂生登廣武。

襄陽送友人回粵

自笑此身如賈胡，每到一處行趦趄。荆及衡陽二千里，兩月行有三月居。襄陽宿桑猶戀戀，况得主人親掃除。漢北諸軍踏泥塗，搜索羸馬供薪芻。館人謂公行且止，已解官駟牽儲胥。皇天留客復久雨，使我不樂思江湖。東風昨夜吹庭隅，梧桐葉大楸花疏。文杏綴枝紫金彈，石榴破蕾紅珊瑚。天涯芳草亦如此，杜鵑鶗鴂鳴相呼。朝來越客思敝廬，篋衍不上言兵書。辦嚴揖我逕歸去，意有不足君其無。湖上之烏尾畢逋，江頭列營擁萬夫。蕭然行李一孤雁，稻粱尚有非難圖。流行坎止今殊途，風日暫好聊自娛。吾欠峴山一游耳，繼此策馬當行乎。

大風十六韻

颯颯復颮颮，繁聲集近郊。驚蓬穿幕入，急雨打窗拋。聽遠疑虛喝，騰空忽大呶。旗翻千丈腳，屋捲數重茅。高樹疑龍鬪，荒原駭虎虓。炎涼天頃刻，闢闔戶呀庨。廣漠洪鐘應，深崖勁騎鈔。喬松波攪海，枯竹箭鳴髇。破壁掀窮巷，寒灰振族庖。天容回慘淡，人語雜喧譊。漢祖歌何壯，昆陽戰始交。斷蘆吹折柱，栖鶻叫離巢。江漢應橫溢，熊羆亦怒咆。奔忙童伏枕，瞭望士登轈。月麗箕三宿，蓍占巽二爻。陰陽自相搏，作賦等詼嘲。

襄陽過張漢陽王祠而歎之

迎仙宮中晝伐鼓，南牙起兵誅二豎。天生了事白頭翁，手提乾綱還故主。殿前不見控鶴人，牀上驚嘑老鸚鵡。是時産祿眞纖兒，有如血膂在刀俎。旁人作計然死灰，當局寬心擲腐鼠。雙陸御牀親點籌，可憐密約來房州。政權已解誰復問，穢牓一出終見收。區區鐵券宥十死，不如御史殺人如殺囚。尚惜兩翁已物故，未備毒楚快所仇。當年五龍坐相喟，風雷掀空晝冥晦。夾日〔一〕精誠妙感通，回天事業須時會。中興宿曜不重明，清狂天子眞無對。撫牀彈指知奈何，斬草留根終自礙。宮裏蓮花玉貌彫，門前桃李新陰悴。未了梁公一片心，何如姚相千行淚。武后移宮時，姚元之獨泣送，因出爲許州刺史。陳迹唐家掣電過，功名獨數漢陽多。淒涼異代業祠在，蕉萃炎州黄髪皤。

【校】

〔一〕夾日：經德堂本作『來日』，當是。

四月二十一日舟發襄陽將至均州作

厭向山城聽鼓鼙，挂帆直泝漢江西。殘春細草縈鄉夢，舊日繁花滿大堤。灘上長年忙勝客，道旁村叟醉如泥。浮家泛宅吾能事，但得幽深便可栖。

夕陽

夕陽欲下蒼山深，炊煙裊裊出空林。牧兒牽牛度嶺脊，漁子舉網抛江心。新晴潮落鳧雁喜，夾岸草多蚯蚓吟。行人檥舟及未晚，愁見天際生輕陰。

均州一首用陳簡齋將離均陽詩韻

山城元氣猶未彫，江漢下視星動搖。中原軍士困轉粟，夾岸人家多緯蕭。身似犁牛困鞭策，卻戀雲山久爲客。此生何處不爲家，猶爲老農占月額。

余以五月一日移寓於均將兩旬矣而梁間雙燕忽至感其經歷險遠大有類於余者乃為賦之

此燕如遷客，愆期五月來。海鄉無恙否，江路亦悠哉。花柳殘春過，煙塵遠戍開。舊巢堪重掃，及爾共徘徊。

淨樂宮在均州

南京羣祀眞武一，九月九與三月三。眞主崛興有神助，懷柔效順夫何慚。燕兵靖難說本屈，道衍和尚親戎鈐。其師應眞實羽士，將毋符籙傳寇謙。太平眞君北方輔，傳以玄武神所監。北魏道士寇謙之嘗言，太平眞君輔佐北方，此後世以北極爲眞人之始。淨樂王子何爲者，道家妄說誠可芟。吾聞天之所興誰能廢，想見利劍揮龍潛。神功冥漠那能識，定有皁纛催裝嚴。萬人圍中十餘騎，壯士駭愕韜鋒銛。夾河之風白河水，黨匪陰助恒危阽，討逆伐暴事有異，乘時翊運應無嫌。功成報祀易易耳，艮隅廟與金陵兼。北京廟祀艮隅，南京則自洪武時已有之。武當名號符在昔，遠尋靈蹟來荆南。五龍紫霄廢已久，張僊留處空茆庵。富有四海天子力，事不稱意非至諴。三十萬人費百萬，要六五嶽魁精藍。千里荒山致木石，五月汗血流丁男。此宫地處九宫一，已覺雕峻非常凡。豐碑刻詔有守吏，清齋薦福來羣閹。承平九世物力厚，範取金像輝嵒巉。一代興亡付流水，千秋廟貌依塵龕。乃知鬼神盛衰猶人世，不如出郭拄杖看晴嵐。

九月三日將由穀城北上留別邑令黎樹堂表兄

吾兄今儒吏，綰綬古穀國。賤子挈家來，東道欣暫息。外家日蔚起，阿母喜動色。登堂劇歡讌，談笑閒悽惻。憶昨里衖居，烽火在門閾。咫尺迫性命，跬步有荆棘。誰知千里外，復此占衎食。圉隸得沾丐，囊笥親拂拭。客中遇親眷，飛鳥增羽翼。惜君只苦留，程限我已逼。秋風漢陰來，澄波望無極。感我行子心，慕彼高鴻弋。君本牛刀手，制行有邊幅。近尤洞物情，精可鑒鬼蜮，吏才要天授，能事在庖謳。矧茲時會艱，軍儲復孔亟。取民戒其盈，自用莫如嗇。觀君著大布，醉飽當能克。何忍塹相累，日膳飫豚特。燈火照離筵，星月動銜勒。詰朝將戒行，握手珍頃刻。殷勤霍家意，努力念先德。

長沙懷舊二首

張哲堂拔貢掝

學詩廿載前，浮湘見吾友。磨礱故相就，畦畛復何有。余少未知學，寡薄尠所受。君爲發其藏，導我羣玉藪。時時誦佳句，稱道不去口。亦復細爬梳，疑滯爲析剖。相期道義交，文字猶培塿。清風生幾席，坐對每忘久。隔牆聞呼聲，新月在窗牖。歸來對高堂，此友誠當取。中亦閒合離，終未廢繩糾。一別長沙城，歸帆逐南斗。坐此音問乖，時又遭陽九。烽火幸安全，微生困奔走。道梗書未達，忽聞正邱首。方欲舉寢門，執訊憑誰某。天涯知己淚，積恨若罔阜。春風滿江潭，景物變榆柳。感此念神交，寂寞翳荒朽。登堂拜白髮，龍鍾感阿母。令子好眉目，書卷儻能守。遺詩尚可理，吾當訂然否。悠悠千載事，九原不相負。

黄虎癡丈本驥

江夏吾父執，得見髮已白。才名五十餘，忘年爲我客。其地古龍標，賸有騷人迹。欣從長者游，談笑薈帬屐。儒官本寒素，器局不促迫。雖無麴櫱好，觴客備清醳。羅列諸少年，花下出歡劇。莘莘媚學子，問字親研席。至今餘講堂，人士思教澤。賤子少爲詩，出語無揀擇。丈人不予棄，裁以就繩尺。平生期許意，珍重愈珪璧。沅江一分手，渺矣音塵隔。昨者衡陽書，密語吐肝膈。誰知竟莫覩，噩耗驚易簀。玉樹早彫零，緗帙復誰惜。頗聞桐鄉葬，遺命治窀穸。懸知百年後，俎豆奉宗祏。遠道乏生芻，風義愧夙昔。遥望岳麓峯，孤松拄天碧。老成不可見，雲黯江上宅。淼淼沅湘流，扁舟逝安適。

介邱

驅車上忌坂，言念介子推。古人重廉讓，至死甘若飴。慈母愛子名，不顧祿養私。竄身林莽閒，絓組同塵泥。俠氣先聶姊，高風起萊妻。如何禁煙節，陋俗傳無稽。徇名烈士腸，忿懟焉所施。害母以求名，無異於梟鴟。晉國亦霸國，肯受兒童欺。吾惟信盲左，偕隱無贅辭。至今緜上山，高與首陽齊。壺餐見德色，薄俗良可嗤。奉璧者誰氏，要君空爾爲。載念鴟夷子，感歎龍蛇詩。

郭林宗故里在介休

陳蕃志天下，不肯事一室。林宗宿逆旅，掃除去乃畢。兩賢道則殊，澄清志若壹。林宗在東漢，如華之有實。不爲詭激論，而有善全術。斯人既云亡，邦國復誰恤？空懷李尹舟，不負中郎筆。是邦古太原，遺蹟聊可述。道旁漢時槐，高陰蔽天日。或有手澤存，封植期勿失。想見墊角巾，小憩茲抱剏。茫茫風塵內，誰覩金玉質。旅館秋月涼，夢寐古眞逸。

柳子厚故里在聞喜縣

幼年曾瞻柳侯祠，壁閒暗誦羅池碑。稍長能讀河東集，歎其巉刻非人爲。千年雲龍不復返，尚有遺蹟留在茲。子厚登朝正少壯，及其貶謫乃在南天陲。故知平生釣遊處，定有魂夢相攀追。人生壯觀貴適意，豈論鄉井兼天涯。柳州之山巘崿而峭厲，永州之水清激而漣漪。鴻荒以後無人到，天遣慰此長愁羈。退之有言未肯以彼而易此，我知子厚聞此當解頤。頗疑文中憤激語，亦如潮州之謫生憂悲。二子豈爲一身得失計，但痛不可傳者泯滅而相隨。鬱鬱柳城柳，蒼茫神所依。澮澮愚溪上，煙波似往時。朅來憑弔舊游處，恍惚夢見天人姿。河汾山水忽到眼，悵望同抱千秋期。瓊琚玉珮眞賞在，黃蕉丹荔鄉人知。招魂何日歸故里，定有空山猿鶴來。

萍矼大李同年以樞垣拜賜哈密瓜見餉率賦報謝

㒒直思君異味嘗，分甘包貢浥天漿。綠沈遠帶流沙色，纖冪仍沾御案香。每念時新供賜果，應知疆索在遐方。江南橘柚還兵燹，可望聯翩入帝鄉。

少鶴以言翁近作詩歌一卷見示

先生入世得丹訣，名利如吹劍頭吷。水火吾見蹈而死，至人不濡亦不熱。危城萬衆污羶腥，脫身離亂誰能說。餘生悲詫寄蟲沙，半夜高歌出虎穴。紙筆荒殘故物盡，頗喜天尚存吾舌。昌黎且乘下汴船，杜老正望擒胡月。英雄自古有屯邅，但藉豪吟破愁絕。先生況有賢主人，楊至堂河帥。建封嚴武非其列。殺青爲了名山事，主講更有皋比設。天留此老豈尋常，要使斯文不杌隉。吾儕風義重平生，章句刮摩尚疏節。努力相期保歲寒，異時登堂歌耄耋。煙煤一卷值萬金，得共王郎詠冰雪。

陳蓮裳同年鴻壽齋中消寒小集賦得望雪限鮮字

歲晚田事畢，陰晴亦關天。雖非農家流，所願在豐年。宿麥正葱鬱，揚塵欲滿阡。曩者得雨膏，潤下不及泉。民依念我皇，崇壇惟吉蠲。同雲降暗藹，修靈出連蜷。庶因天鑒微，慰此羣望懸。憶昨經寇氛，稍覺農業艱。儻非倉廩實，井閭胡晏然。吾徒幸不耕，要自來田間。殷勤望歲心，努力為民先。會當賽滕六，里社從擊鮮。

晚黎樹堂表兄三首

平生寡兄弟，中表最相親。豈料經時別，翻成隔世人。寄書猶未達，傳語恐非眞。為有高堂在，悲君暗愴神。

客中留我住，秋後別君來。草色仍歧路，花光尚酒杯。多情成永訣，歸計恐遲回。遙憶栽桃處，明春更不開。

故鄉八口在，生事一官微。室冷遺新妾，囊空賸舊衣。賓僚看狀泣，父老助錢歸。儻若論天道，君家自得肥。

冬月

窗光射兩目，凍月小如丸。照影豎毛髮，清吟徹肺肝。殘雪看欲化，嚴霜皓已團。寄言茆屋子，無衣良足歎。

賈浪仙祭詩圖為王少鶴同年題

古人有眞詩，字字見心血。著紙成丹砂，精氣不可滅。浪仙本佛子，頗不躭禪悅。索句或經年，冷峭如削鐵。亦復珍敝帚，除夜牲醴設。持用補吾神，無使天機歇。古人成一藝，天全技乃絕。郢斤鼻不傷，庖刀刃無缺。南華養生主，此理實一轍。我生苦勞形，吟興近少劣。便合賣癡獃，聊用貪哺啜。因君見此圖，亟當瓣香爇。

東坡生日集林穎叔壽圖樞部齋中限用定惠院月夜偶出詩韻是日僕不至聊和此章

玉局老仙眞天人，下視人間一晝夜。千載風流赤壁間，九秋星月臨臯下。平生尚有笠屐在，入地精魂水銀瀉。揮斥八極逍遙游，太白騎鯨此其亞。吾徒文讌夸歲閒，一日更向坡翁借。新聲快作鶴南飛，紫裘青巾悵徂謝。主人閩海多好賢，更向城南闢精舍。賤子朝酲猶未醒，療渴正思三節蔗。爇香一瓣私自憐。百罰深盃吁可怕。待從後約作追逋，俗物且任先生罵。

除夕二首

十載京華世態新，團欒燈火復相親。久經戎馬身將老，纔說鶯花氣便春。廊廟可無經遠略，江湖猶有夢歸人。辛盤餽歲渾閒事，且放詩豪膽似囷。

兒時光景記婆娑，雙鬢星星可奈何。海內朋交誰最少，眼前詩債未還多。清愁合向兵戈滅，客路空教歲月磨。要與天公乞閒暇，好將文史補蹉跎。

除夕理二十年來詩稿感賦

便得千篇也算癡，且將老大當兒時。無能鬭捷頻拈韻，幸未因人强作詩。窄徑把牢防逸足，堅金鎚碎肯留皮。廿年心血分明在，獨望千秋有所思。

丙辰二十四首

申甫京兆同年前輩雪中過訪立夫少尹世年丈長歌往復情詞兼美喜而奉和此章

去年祈雪眞見雪，喜遇朝車馬蹶沒。今年立春兩日晴，又見沿街飄玉屑。官梅野店初吐香，良醞欲暖龜手裂。畫眉京兆劇多情，出訪同官坐相悅。黄麞肉美羔味肥，廚傳咄嗟供大啜。笑余烹茗舊家風，捧盌難效蛾眉列。盛筵蹉跎心頗歉，好句傳觀氣先折。頗恨老饕不解事，踏雪追歡未排闥。歸來好作阿母遺，廚下親觀中婦割。豈惟韻譜鬬尖叉，復許吟闈授衣鉢。用本事。我生頗慕廣平公，手賦寒花心似鐵。醫國拙謀鬢欲絲，感時孤憤腔盈血。二君相待足青眼，往往懸榻邀特設。憶昨十載各天涯，入夢湘山青齾齾。寒燈呵手作細字，紙短難解積思渴。寸心幾作繞指柔，旁人笑看鹽車折。以茲縮手論成敗，內念飲冰不敢熱。充隱甘爲朝市居，攜家恨少山林窟。春明同調二三子，南望烽煙共愁絕。兩君才調眞瑜亮，會見秋風起雕鶚。江南蟻聚尚成堆，楚北狐蹤未離穴。時艱匡濟正需才，坐使兵氣銷日月。平淮擒蔡何足多，萬里金湯鞏無闕。天心助順百穀登，陽和頓轉羣妖滅。本朝中興賴我皇，摩崖更剷浯溪碣。萬羊充膳尋常事，要養此身觀國活。

春初侍飲壽陽師相寓宅承賜和霞舫少尹同年步韻舊作詠雪詩見示謹復和二章

鄉園清讌闕春燈，此日歸朝得未曾。紫陌泥香新燕壘，滄江夢老舊漁罾。豐年兆入花千片，靜夜寒生月半稜。重到程門親杖履，勝遭泥飲向畦塍。

小院空濛竹影篩，知公猶下讀書帷。愁生鐵甲嚴兵地，喜見瑤階寶樹枝。共保寒香珍晚節，更教不藥當中醫。公近養痾，已占勿藥。登堂便許凡將問，雪夜仍來送酒鴟。

附師相原唱

大雪春窗話翦燈，年來此會幾人曾。天邊旅雁仍排陣，冰下寒魚未挂罾。深巷重過迷舊轍，遙山一帶見高稜。草堂應記題詩處，鄰舍花開即馬塍。

檐角朝晴日影篩，小山朗朗透書帷。雲開已有龍銜燭，風定先聞鵲噪枝。夢覺春回如啟蟄，病緣寒減不關醫。知君掃逕延三益，載酒還容借一鴟。

題汪仲穆同年睞藕漁詩鈔

才名三十載，今見古詩人。匠物雖云巧，傳心定是眞。中年常作客，佳句不嫌貧。老卻鶯花眼，來看帝里春。

奉題少鶴同年近歲詩稿二首謹次壽陽師相題辭原韻

高青邱王漁洋髻綺浸淫閒，中歲韓蘇合抗顏。宣室不教對前席，年年拄笏看西山。

春明曾約比去聲鄰居，戎馬歸來强箸書。一事與君俱退舍，未能談笑靖鄉閭。

聞粤中今歲可辦秋闈矣欣幸之餘慮其不信爰賦此章

鯨鯢豺虎鎮相尋，省識蒼蒼厭亂心。荆棘盡教生赤地，誦弦直欲廢青矜。似聞叱犢耕桃野，可有飛鴞集頖林。暫閱家書增喜懼，幾曾消息到而今。

三月四日集少鶴同年寓齋補修禊事是日為少鶴初度自顔其齋曰玉池西舫用元人納新詩意也作此賀之

早過清明苦未知，匆匆又及採蘭時。偷閒一日從天補，獨抱千秋與子期。別後幾逢春似海，花前莫遣鬢成絲。他年壽世楊雄宅，應記今朝會玉池。

莫春耕藉恭紀二十韻

聖代粢盛備，春郊典禮崇。四推遵祖制，千畝肇田功。祈麥諏元日，清塵應協風。青壇開自北，翠幙敞從東。普淖明禋肅，精虔抱蜀通。鳴鑾過帳殿，弭節降齋宮。俶載親芟柞，嘉生獻稑穜。洪縻仙露裛，黛耜曉晴烘。畇列畦痕靜，膏流地脈融。深耕資帝力，學稼亶天聰。佝僂農扶耒，蜲蛇瞍奏公。採旗楊柳外，玉輦杏花中。野服施龍衮，秧歌入鳳筒。臺登咨保介，班進命臣工。播穫維其始，先勞本自躬。環觀胥耇老，抃舞到兒童。畢事神於穆，歸途氣鬱葱。艱難知白屋，肹蠁答蒼穹。暘雨徵時若，倉箱慶屢豐。願銷兵甲氣，含哺樂龐鴻。

春日寄妻兄劉玉衡廷機**時以鎮江經歷寓居丹陽**

郡曹僑治等懸車，吳會春來感索居。無處可沽京口酒，何年更食武昌魚。巾箱甒盡經淫雨，袴褶磨穿有斷裾。髀肉漸生應感歎，流光催老竟何如。

四月三日葉潤臣閣長名澧**孔繡山舍人**憲彝**招集諸同人於慈仁寺展禊賦詩僕以有事不至賦呈一首**

朱明啟初序，陽暉散平陸。人如山陰會，地異流觴曲。二妙張廣筵，復此嘉辰續。緊余挂塵鞅，未暇陪高躅。緬懷羣公讌，溫其美如玉。勝引紆廣場，琳宮快遊目。何必山與林，城市有空谷。何必管與絃，天籟當絲竹。朱葩敷榮條，鳴鳥嚶灌木。感此大化遷，悟彼春華速。功名未及建，儒冠尚雌伏。仰古殊觥觥，俛時增碌碌。志士惜寸陰，達人知止足。靜動本難齊，趣舍互相觸。耿耿夙昔心，時哉去不復。良會忝佳招，作歌報君辱。

六月初四日蒙恩補授通政司副使感述二首恭和壽陽師相南齋奉母補官日紀恩原韻

清班轉綴五雲西，半級欣看九列躋。仙劫已隨丹鼎換，世謂翰詹大考爲神仙小劫。冰銜劣與玉堂齊。關心朝右論嘉肺，署有登聞鼓掌達窮民。入耳天南厭鼓鼙。敢信儒官能報國，要將民病起蒿藜。

金鑾珥筆喜瞻天，三月論思近講筵。出處一官惟愛日，功名幾輩到淩煙。傳衣忝附師門盛，返哺同邀帝鑒憐。臺省本非藏拙地，樗材幸和紀恩篇。

寄內弟何鏡海應祺**從軍漢上以詩文見示二首**

試問從軍樂也無，鼻端呼吸走於菟。清朝拔戟千人閧，靜夜防身一劍孤。江介功名輕渾濬，陣前談笑失孫吳。元戎自是矜裘帶，應怪儒冠膽氣麤。

天教戎馬鍊儒生，文筆於今老更成。橫槊賦詩聊復爾，飛書馳檄底須卿。娵隅語險宜相笑，競病才高恥自鳴。射獵讀書俱夙願，可能歸去待時清。（曹孟德言，少年時欲秋夏讀書，冬春射獵，作二十年規，待天下平，然後出仕耳。）

歐陽文忠公生日林穎叔比部王少鶴同年招同人集楊椒山先生故宅松筠庵敬禮穎叔所藏文忠遺像分韻得扣字

舍人昔在京，曾作（去聲）歐公壽。（道光丁未，邵蕙西舍人兄曾闢歐齋奉公遺像，始集同人爲公壽。）風塵幾十載，良會一朝又。故交散江湖，文讌尚耆舊。選勝松筠庵，異代有同臭。當其移書責，詎殊抗章奏。堂堂朋黨論，正直衆所詬。遭逢有坎坷，於公特邂逅。至今傳畫圖，靨輔見豐厚。山水入胸懷，風月在襟褏。摽然鸞鶴度，諦視不敢驟。頗疑晁子言，遺似取神搆。大賢去已久，此意吾誰扣。如誦廬山謠，雲外緬高秀。尺幅眞宋筆，天章耀奎宿。流落經兵燹，至寶從子覯。吾徒感今昔，至人猶宿留。積雨生新涼，秋聲瀉石溜。愧乏醉翁曲，聊假芳樽侑，寄詫歐齋人，夢周行當復。（圖中有李端叔、晁說之兩贊，眞宋物。晁贊有『大賢在是，何必其似』之語。乾隆間，尚書裘日修進呈，御題，因以刻石滁州。蕙西舍人所奉者，即石刻本也。此圖尊藏滁州庫中，比來寇亂，流落人間，今歸林君，神物之遇，合非偶然矣。）

學紡圖四首為孔繡山舍人尊姫題

朝見棉花發，暮拾棉子歸。將花治作棉，織爲身上衣。

案頭一疋布，機中千縷紗。誰見貧家女，秋風鳴紡車。

東鄰工織縑，西鄰工織素。不如阿儂家，日課一疋布。

令人高門女，持此論家計。何必七襄機，素風聊可喜。

寒宵稱藥圖為繡山舍人賢母作

停匀包裹赫蹏方，燈火寒宵遠寄將。幸不愆期姑待哺，還如飲藥子親嘗。北堂蘐護三春草，老屋烏嗁五夜霜。堪歎勃谿成薄俗，繡絲乞與細評量。

瓢城餞別圖為繡山舍人尊甫年丈題年丈官直隸之鹽城有循聲以糧艘守凍鑿冰愆期八日被議革職圖中多彼地紳民贈送之作亦詠歌德政之遺也

瓢城水，何清清，長官來，安我民，我民安，長官去。鑿冰冲冲抑何苦，我民不力，致官詿誤。官曰徐之，毋傷我民，我去爾邑，如瓢之輕。民曰官乎，如何忘我，羣訴而留，吏不我可。層冰皚皚，高船峩峩，冰開船駛，當奈官何！圖以永思，是用遂歌。

陶鳬香少宗伯前輩以初秋遣興詩見示是日適談錢竹汀宮詹王述庵司寇軼事皆先生師門也勉和一章呈教

名山萬卷有書藏，耆舊如公始足當。晚歲愛才緣宿好，早秋索句趁新涼。日行千步身恒健，恩遇三朝老未忘。若向錢王論衣鉢，十年前已魯靈光。

題孫駕航閣長楫薇郎春讌圖

畫省含香舊舍人，盛筵猶憶曲江濱。眼前豪雋紛紛在，日下鶯花歲歲新。佳話聯翩留館閣，英才談笑出風塵。淩煙圖畫皆吾輩，傳語仙郎肯負春。

江漢歸舟圖為葉潤臣閣長題

武昌官柳初飛緜，漢南春水高拍天。嗚鉦伐鼓遞相和，市樓歌管聲喧闐。夾江城郭半隱見，沈沈萬井騰炊煙。夜來月上波浪息，畫艇葉葉如秋蓮。紅燈照我過江去，遠聞黃鶴〔一〕一笛來飛仙。商婦倚船弄絃索，估客買醉拋金錢。人間風月幾曾見，定與吳會爭新妍。壯遊十載不到此，遠聞一炬焦可憐。披圖令我慘不樂，知子有意歸無緣。憶昨金田起妖鳥，烽火遠照湘灘閒。一朝燎原勢莫止，坐令鄂渚飛腥涎。跨江爲梁豈天意，艨艟大舸遭縶牽。叢臺歌舞晝寂寂，荆棘屢變桑麻田。疆場無人貔貅老，毒霧不散龜山巔。即大別山。金陵東望亦如此，繁華浩劫眞相連。春風汀洲花欲然，碧波芳草紛蔥芊。

眼前好景歸不得，卧遊凝睇空潸然。鰥生三宿心拳拳，亦有梓里遭時蹟。何年置身圖畫裏，一櫂徑刺瀟湘船。

【校】

〔一〕黄鶴：經德堂本作『黄河』。

七月初五日提督向忠武公榮卒於軍詩以輓之

蒼茫天意竟如何，百戰功名困枕弋。早見據鞍來馬援，幾會遺矢誤廉頗。沈沈夜壑聽妖鳥，擾擾沙場起病魔。贏得英雄空灑淚，何年遺憾洗江波。

半壁東南戴二天，陰功何止活人千。穰苴門蔭諸孫在，葛亮香煙萬戶連。毅魄有靈終殺賊，忠臣得死即登僊。九重莫更聽鼙鼓，回首風雲已黯然。

江西蔡小霞封翁八十而誦蓼莪不輟喆嗣梅盦太史前輩乞言賦此以贈

玉堂清閟本宜仙，更有靈株歲八千。彭澤舊尋高隱傳，匡山猶憶讀書年。蓼莪句熟渾忘老，華黍風高足象賢。欲倣東坡壽安道，愧無鐵杖壓詩篇。

壽陽師相出示江天極目圖蓋為介弟幼章中丞金陵殉難事作敬賦一章

噫嘻乎悲哉！癸丑二月金陵事，未解人謀殆天意。疆臣見賊即驚奔，上游雄關眞坐棄。歸來閉牙乃三日，不飲胡爲遭此醉？巨萬白金齎盜糧，五百紅衣輸利器。平時口舌賣神通，臨事干戈等兒戲。飄然一舸出江陰，呂姥蕭孃更相繼。巧婦難爲無米炊，空城即是埋憂地。忠良得死勝登天，噴血岧嶢身早致。致身者誰方伯公，平居木訥眞英雄。鄂州救災有成績，嶺海破賊惟孤忠。當時若用軾爲將，未必長江萬里驅艨艟。不然安坐爲子守，亦足激勵士衆當賊衝。奪其憑依致之死，遇人不淑眞天窮。時危始識巡遠力，命蹇未奏睢陽功。抉目要覩吳寇入，異代孤憤將毋同。是時黑雲蔽江郭，嗚咽聲乾墮烏鵲。風起白波戰氣腥，帆連黃浦妖氛惡。裹革應深故老思，覆巢尚有英靈託。忍見中書老令公，羽檄驚飛淚先落。寄書未達況休兵，陡摧棠棣罡風虐。封圻恨少百夫防，門第先看一個弱。江天極目不勝悲，畫圖寫意空寥廓。中原幾日概才難，休怪迂儒掩卷歎。未必鷹鸇眞得路，可憐裘帶早登壇。武昌自是無陶侃，江表何緣有謝安。昏昏毒霧三年在，擾擾江關半壁寒。當年鑄錯果誰手，至今武士羞儒冠。九原若起公等輩，庶使狂寇驚範韓。令公家國事如此，撫圖未解憂心慱。陰兵殺賊會有日，鐃歌破陣行當看。

食蠏和王少鶴

我生山水窟，方物獨無蠏。時新首魚蝦，蔬食雜苦蕒。亦讀爾雅書，未得蟛蜞解。時時觀畫圖，持用詑童騃。多足夔憐蚿，銳螯角觸廌。鼓腹肖蜘蛛，突睛類蟇拐。粵人名蝦蟆爲蟇拐。卻疾厲鬼怕，入夢閨人駭。老饕獨流涎，欲往從脫躧。廿年江湖遊，芳鮮致溟澥。異種辨蠔蟶，珍味習酪嬭。朝來食指動，筮卦恰得解。薑橙辛可芼，醯醢香宜灑。橫行固可耳，餘怒猶獬豸。獬豪强貌，見丁度集韻。家庖斥不御，食單有程楷。專享吾已厭，復進可無買。每思攫搏際，水石聽擊䮞。彭亨饕蝨頑，蹣跚跛鼈矮。跳免爾何能，縶烹强拉擺。口腹豈吾事，小鮮安用夥。允懷坡老言，江岸從放罷。持此和君詩，問字親鉉鍇。

伯言先生詩集刻本題後

北宋名家吾已許，丁未都門讀先生詩稿，即以北宋名家相許，先生以爲知言。先生聞此意欣然。秖因時妝廣半額，故學老漁烹小鮮。一代文章有眞賞，千秋名論要相鐫。弄風桃李爭春笑，落落人閒無古弦。

浣月山房詩集卷四　別集

癸巳七首

春日訪友人村居

花外暖煙橫，尋花曉出城。君家居栗里，幾日看春耕。不識郊原路，惟聞雞犬聲。林間見衡宇，握手笑相迎。

黨人碑歌 碑在柳州融縣南渡時黨人沈千之孫暐所刻

今春有客玉融至，開篋惠我黨人碑。元祐去今七百有餘載，乃有諸賢姓字照耀南天垂。古雲沈公清節後，勒之巖石增光輝。碑爲三尺字徑寸，後有跋語紛珠璣。溫潞兩公實弁冕，餘人三百行列齊。南渡以還弛功令，翻刻詎有國法治。邇來陵谷又幾易，尚無剝泐沈沙泥。空山月白秋雨洗，魅魎走避神扶持。摩挲此紙長太息，徽欽喪亂誰實爲。巨奸擅國盜國柄，玄黃顛倒無是非。借名紹述傾善類，死者追奪生編羈。小人快意那有此，一網打盡無孑遺。大書刻石布州縣，蔑視四海如聾癡。長安石工不肯刻，莫謂直道斯民微。正直感天應星變，詔令除毀傳遂稀。此碑可毀名不滅，言出彼口終何迷。豈知人心正復如君意，惟恐此籍缺無稽。碑立旋僕僕復立，流芳遺臭今爲誰。又如張曾諸人雖謬列，水清石見原纍纍。其他碌碌半皆史，無傳幸附驥尾傳。來茲奸邪有知當氣奪，此石翻似銘功辭。屈之一時伸萬世，徒與論古增欷歔。君不見洛陽啼鵑兆亂本，人亡邦瘁悔可追？

江樓晚眺有懷

滄江昏欲暮，燈火萬家然。夜色不沉水，鯆聲遙在煙。游魚驚岸側，歸鳥過窗前。無限思君意，樓中待月眠。

斑竹巖

杜宇嗁煙猿嘯谷，流水潺潺數間屋。叢篁掩映夕陰早，月上湘靈不曾出。蒲坂平陽路幾千，南來帝子終不復。至今血淚灑江干，細竹蕭森爲誰綠。荒林夜夜雨和風，鸞鳳叫裂陰青蔥。翠旂卷波作飛雨，精魂暗泣空山空，蒼梧雲斷悲重瞳。試看此竹閱千載，古暈斕斑色猶在。樵夫牧豎日摩挲，凍雨凝霜終不改。巖前風景何淒清，多少行人江上行。君不見古人誠意貫金石，誰言草木獨無情。

江亭

寒雁下蒼冥，人來江上亭。草含秋氣白，山入夕陽青。遙望蒼梧野，空悲帝子靈。巖深斑竹裏，風過水泠泠。

將至橋口泊舟後登岸晚遊

忽見江頭鴻雁飛，白蘋初放柳條稀。炊煙幾處人家晚，新月一聲漁笛歸。誰解招魂悲屈子，曾聞鼓瑟怨湘妃。殘霞斂盡西風起，欲採蘅蕪香滿衣。

登華蓋山

華蓋亭亭逼翠微，天臨遠勢鬱崔巍。荒苔雪盡野猿下，晴日山空羣鳥飛。桃谷北來連地脈，廬峰西望接煙霏。荒城斗大無多景，贏得嵐光滿袖歸。

甲午十五首

舟中即景二首

兩隄煙柳碧如絲，忽間薔薇三五枝。牧童閒睡溪邊石，過盡行舟總不知。

白鷺斜飛一點明，村家屋背曉煙平。疊山層嶺不知處，風落時聞瀑布聲。

柳青青曲

柳青青，花冥冥，越溪女子揚空舲。揚空舲，江之滸，子規亂啼梨花舞，習習東風吹作雨。日暮兮片帆，愁絕兮湘山，待夫君兮不至，任江頭兮往還。

贈馬六

瀟湘兩月未曾歸，同向江城泊夕暉。爲訪鄉音勞問訊，蓬窗招手白鷗飛。

望衡

日照芙蓉面面開，雲邊高峙祝融臺。天垂楚越南荒盡，地壓瀟湘左折回。祭秩尚沿虞典在，登臨誰讀禹碑來。何時絕頂攀高閣，一爲靈宮闢草萊。

東郭行

出行東郭橋，健盧逐飢鼠。翳翳秋蓬閒，老翁共兒語。試問語者誰，答言老人女。生小在膝下，從未相離處。去歲靖州苗，逆氛震南楚。舉家逃倉皇，朝夕寄逆旅。荆妻大勞頓，昨已謝塵土。只此一塊肉，嬰嬰口尚乳。老人行且邁，奔波閒寒暑。微軀且不保，兩口難支拄。常見大家門，蛾眉教歌舞。香車碧油幰，侍從或三五。踏青曲水湄，春風醉羅紵。行廚進珍膳，牛酥及鹿脯。自度生貧家，何如役繡戶。得錢數千百，亦可充庾釜。覩君好骨相，必是貴家主。願攜此兒歸，廁之婢妾伍。嬌頑不如意，大德自寬撫。區區牛馬心，價直惟所與。回頭顧女言，我非忍棄汝。汝隨我奔走，糟秕不得餔。何如事大人，衣食自華膴。長大聽婚嫁，更無煩筋膂。我終聞此言，愴然摧肺腑。方今大聖人，德澤八方普。老幼貴有終，鰥寡必得所。何爾兩父女，獨此罹愁苦。投狀告有司，授廛爲爾處。春風萬里來，共登仁壽宇。

由全州抵武岡道中三首

路入深山裏，諸峯盡倒垂。澗留秋後雨，藤掛古來枝。店遠投常早，村荒睡每遲。巖居行客少，相顧莫相疑。

辭店聽雞鳴，晨星屋角明。巖關隨月度，古驛共山行。露冷靈蛇蟄，煙空野鶴橫。輿人攀陟苦，安坐豈忘情。

半日逢村落，桑麻別有天。獠人橦布熟，蠻女卉衣鮮。趁市來朝日，歸炊起暮煙。忽驚人語響，逐獵翠微顛。

晚宿連村二首

夕陽已滿山，征輿猶未歇。晨吸水上煙，夜枕峯頭月。野曠人家遠，泉聲弄幽咽。隱隱聞吠尨，投宿客心切。炊煙已在目，趣途尚九折。敲門見主人，湫隘不得說。僮僕相環卧，燈火照明徹。寒風西北來，森然萬籟發。撫枕一高歌，殘宵破清絕。

喔喔晨雞鳴，征人思遠道。出門試眺望，空色看未了。幽鳥自鳴山，繁霜猶在草。平皋露野田，絕澗秋藤繞。時見數農人，行歌出木杪。相逢問前路，語罷諸峯曉。

古寺

古寺郊原外，年深半薜蘿。豐碑遺字少，喬木古陰多。池暗蛟龍窟，簷空鳥雀窠。誰知荒寂處，靈爽尚撝呵。

武陵夜泊

江風吹下管弦聲，五夜扁舟泊月明。一樣清歌同聽處，遊人爭識旅人情。

代內子見寄

一自君行後，江城增暮寒。不知前夜雪，相隔幾重山？

舟人行

水澌澌，石齒齒，江上寒風吹墮指。舟人負纜效蛇行，短衣四挽雪沒趾。冬來水落復逆流，日行不及三十里。舟中狐裘誰家子，清酒一壺膾雙鯉。鎮日金爐獸炭紅，苦寒不到篷窗裏。薄暮維舟作晚餐，猶恨行遲瞋不已。大呼催迫舟人起，起來風勁篙無力，舟人辛苦行人喜。

乙未七首

經劉氏二孝女墓

孝女明萬曆間人，養親不字。墓在河南正陽縣南馬鄉，相傳卽昔所居處也。有碑載其事蹟甚詳，過此敬賦。

道旁並耕者誰子？後者妹，前者姊。首無簪環，身無文綺。路人嘖嘖稱曰孝女之里。一解。女同懷兮六人，中無兄弟兮，上有白髮親。惟二女守貞不字兮，侍吾親以終天年。二解。飢何以爲老人粟，姊荷犁兮妹叱犢。寒何以爲老人衣，妹績麻兮姊鳴機。三解。兒餟糟，親含哺；兒敗絮，親絲紵。阿爺笑謂阿娘：『生男不如生女。』四解。天爲翻兮地爲覆，淚乾血盡兮不可以身贖，欲葬無棺斂無服。五解。五寸兮白茅，三尺兮堂坳。煢煢雙息女，醊泣甘寂寥。六解。空房夜聽慈烏鳴，疑作爺娘喚女聲，思我二人淚縱橫。七解。親無子兮，兒何必夫？生當奉親麥飯盂，死當隨親黃泉廬。八解。驅車墓門兮，宿草青青；豐碑卓立兮，俯誦遺馨。緊二女者，豈爲女中之賢兮，抑千秋孝子之型！九解。

楊柳枝

去年折楊柳，江頭贈遠人。今年人不見，楊柳又經春。向日舒金縷，因風展翠顰。玉關無此樹，免使更傷神。

道中雜詩三首

香河河畔岸痕低，雜沓泥沙上馬蹏。纔過夕陽新雨後，亂流春水不成溪。

店前薄冷上征袍，驢背分明曉色高。積潤未消塵不起，草青煙白過南皋。

聞說高唐古善歌，千年遺調感陽阿。車中亦有知音客，欲聽爭如別恨多。

家書至

久客盼家書，色笑入夢寐。侵晨得一紙，喜極轉疑僞。雁奴催我書，有書早却寄。明窗展尺箋，寫我遊子意。方其未書時，中有千萬事。如何當執筆，不能成一字。平安祇兩言，已慰門閭思。

送王春濤同年下第歸里

爲有家庭樂，君行未可留。春晴太行雪，月滿洞庭舟。我亦思歸客，翻教賦遠遊。南行湘水上，有句寄懷不？

丙申十五首

寓居保安寺贈閔鶴雛一首

清宵散步出迴廊，微雨初晴一苑涼。閒看樹搖知鳥宿，靜聞風過辨花香。春寒似水流難盡，客意如絲理更長。惆悵小窗同翦燭，說詩仍記夜聯牀。

漢高祖宴沛宮圖

老嫗夜哭大蛇死，沛邑龍飛赤帝子。三尺迅掃神州定，千騎萬乘還鄉里。佳氣蔥蔥繞故鄉，芒碭之下煙雲翔。兒童但望旌旄影，村叟來依日月光。道旁俯伏不敢仰，口稱臣民悉稽顙。此時快意那可論，却憶當年作亭長。家庭置酒重盤桓，浩歌一闋天爲寒。舊日韓彭復誰在，旁人未識吞聲酸。長安西望春日曉，惆悵翠華歸太早。復民世世傳子孫，德意區區留父老。君不見天目山前霸主歸，大樹將軍亦錦衣。

擬塞下曲二首

塞下逢健兒，黄昏荷琱戈。行人相借問，但云戍交河。一言聽未畢，躍馬如飛梭。征塵不識路，大將今爲何？始皇築長城，役夫起謳歌。李牧守代郡，牧馬不敢過。强弓與勁卒，得人不須多。

朝辭鄉里行，暮宿榆關下。狂風振沙漠，蕭蕭作黄雨。鳴雁西北來，山前逆驕虜。殺敵只一箭，成功無再鼓。手提血髑髏，軍門擂大鼓。

過竇店

垂楊不與繫征騑，十里青青送客歸。落日淡含山影瘦，晚風晴養豆苗肥。老農田畔分秧出，稚子村前打麥圍。多少五陵年少客，道旁車馬自光輝。

漳河懷古

漳河東畔魏王臺，銅雀遺基隱草萊。慷慨中原餘霸氣，蒼涼樂府見詩才。荒陵誰識當年樹，片瓦難尋劫後灰。滿地黄沙明月夜，漫疑歌舞美人來。

岳陽樓

岳陽高枕洞庭波，壓檻君山擁翠螺。郭外人家秋雨淨，湖邊鷗鷺晚涼多。東行估客趨吳會，南下征帆作楚歌。俯仰未忘憂樂意，漫憑風景弔湘娥。

黄陵廟

碧水微波岸草齊，翠旂來往傍江隄。祠前雨過湘蓮靜，檻外春深翠竹低。月夜幾聞珠珮響，花晨時有野禽嗁。當年未識蒼梧道，何況江峯望欲迷。

中秋對月呈王鵝池姑丈及家縠士兄

去年今夕在長安，酒肆狂歌踏月還。今夕長沙同玩月，長安復有幾人看？

寄周受田蜀中

燒燭劇談猶昨事，趨庭蜀楚忽天涯。清秋得句風生竹，良夜思君月在花。巫峽有雲來五嶺，湘流無路去三巴。階前愛日同珍重，莫爲離居悵歲華。

朱少香詮部同年歸省晤於長沙賦此贈别

一别都門道，重逢湘水湄。未來思累月，相見語移時。豈以服官始，而忘將母詩。欲留還不敢，應恐倚門思。

風急白波寬，征帆下楚灘。近鄉爲客易，無友送君難。鳴雁不知處，數峯相對寒。前途方雨雪，行矣願如〔一〕餐。

【校】

〔一〕如餐：經德堂本作『加餐』。

重陽步王鵝池姑丈韻

重陽秋色徧天涯，涼意瀟瀟向晚加。自可放歌傾綠蟻，肯教陰雨妬黄花。幾年作客增鄉思，舊日登高感歲華。北望燕山懷旅蹟，晚風吹送雁行斜。

擬玉階怨

金井梧桐樹，無人知可憐。多情一片月，夜夜到階前。

擣衣詞

東鄰擣衣女，夜夜無停絕。枕上側耳聽，其聲淒以烈。借問何太苦，寒宵大風雪。答言妾二十，來作君鄰婦。半月見夫壻，即戍遼陽口。遼陽阻且長，未識在何方。音信相隔絕，衣物難寄將。年年鶗鴂啼，預拂中堂機。年年秋蟬嘶，便成新絮衣。新衣費刀尺，舊衣莫棄擲。汲彼古井水，拭此空階石。着我舊羅襦，圍我纏腰帛。風乾石響燥，桐虛手力薄。一聲復一聲，秋月照人明。定知今夜月，別恨滿江城。城邊多宿鳥，飛鳴帀木杪。城下多蟲吟，幽咽如難任。寒衣幾日到，霜雪愁相侵。遠人何時返，長夜含苦辛。妾心何所似，似此擣衣砧。清砧不改音，賤妾不改心。願言謝君子，鑒此區區忱。

丁酉二十八首

古詩四首

皇風扇八極，流芬被歌頌。虎觀儲羣材，珥筆親侍從。彬彬儒雅林，海宇知絃誦。我生西南隅，奮翼追鳴鳳。八桂擷秋英，芳華腕間送。長遊屈宋鄉，山水恣吟弄。古人雖已往，遺編得錯綜。道以名理超，文因儲實重。悠悠千載餘，此意知誰共？

白玉易爲瑕，素絲易爲緇。絲玉豈不貴，皎皎非所宜。衆人善謠諑，美女憂蛾眉。英華不自愛，垢辱時隨之。優游本吾道，何乃自苦爲。卓哉老氏言，退讓守其雌。

淮陰行仗劍，出胯等侏儒。子房遊下邳，納履執區區。古來將相才，降志夫何殊。一朝際時會，志與風雲驅。將卒負前弩，王侯載後車。功成垂永久，忍辱甘須臾。當其俛首時，俗士嗤其愚。不能爲處子，焉能爲丈夫！

古聖有制作，文明開鴻洞。明堂及清廟，立意殊慎重。崇儀載方册，其數恒錯綜。陵谷既已遥，文獻亦無統。茫茫尋墜緒，徒抱刼灰痛。豈無糟與粕，汗漫充梁棟。精意苟不存，空文復何用。惜哉議禮儒，紛紛如聚訟。

題路華甫先生秦淮水榭圖

先生生長屈宋鄉，口吸元氣吞瀟湘。先生壯遊登桂嶺，灕水澄清看倒景。平生未作故鄉居，獨念秦淮風景殊。夜夜簫聲和月度，家家柳色映樓疏。金陵虎頭擅三絕，慣將彩筆描風月。手寫家山贈故人，要與煙花慰離別。晴窗撫圖縱吟眸，此身似載秣陵舟。指點溪橋及水榭，仿佛紙上聞清謳。憶昔此水經秦鑿，五百年間王氣弱。往蹟匆匆送六朝，金粉餘風恣歡謔。臨春結綺久成塵，野鶴空歸舊城郭。更有當年白練帬，後庭一曲同蕭索。不見江頭打槳人，但見潮生復潮落。只今全盛富鶯花，白下青溪半舊家。門第漫將王謝比，風流不數頓揚夸。由來勝蹟人爭豔，況是阿儂舊鄉縣。圖中便作卧遊身，蓴菜秋風未堪羨。我生雅抱湖海情，揚州三月夢思縈。何年買棹秦淮去，團扇歌中載酒行。

又題莫愁湖圖二首

舊蹟城西打槳遊，平分煙月占風流。江南本是無愁地，豈獨湖名有莫愁。

當年艇子繫西東，楚尾吳頭悵碧空。指點煙波似眉黛，分明人在畫圖中。

送春

陽春如佳客，欲去安可留。春風亦舊識，遠別不相謀。紅葯日以繁，綠竹日以修。落花經雨漬，細草隨風柔。巢泥倦乳燕，林雨歇鳴鳩。手攀楊柳樹，目送江水流。江水阻且長，春意與悠悠。迴首問春歸，春歸定何處。門前芳草迹，他日來時路。

五月十二日夜紀夢

春山瑤草紛蔥芊，掬之不起如蒼煙，諸峯突兀撐青天。夢中不識巫峽與三島，但見雲霞縹渺淩飛仙。仙人騎白鶴，招我往視玉洞飛來泉。明珠百斛瀉滄海，腥氣疑雜蛟龍涎。青天滂沱萬萬古，溼霧不散蒼松巔。中有一人酌天酒，飲我瓊卮酣滿口。坐我蒼茫十二樓，的爍星辰繫雙肘。但看塵世走元駒，那識浮雲變蒼狗。我欲從之學長生，仙人笑指青霞城。君不見唐李鄴侯，又不見漢張文成。男兒大事身未了，金鼎刀圭誤殺人。我聞此言意非薄，迴首雲山見飛鶴。口中猶帶瓊液香，曉日殷紅動高閣。

易貞女行

女，湖南湘陰人，許字同里朱氏。未嫁夫沒，女聞訃欲往奔喪，父母難之，未逾月伊鬱以終。邦人競爲詩美之，因賦此篇。

湘流飲恨不得泄，北走洞庭聲嗚咽。貞魂夜泣黃陵宮，楚些含酸斑竹裂。易家有女年十九，納吉已卜諧嘉偶。但知蔦蘿施喬松，豈料霜風摧弱柳。兒身未入朱氏門，兒義已爲朱氏婦。易服奔喪堅欲行，阿母愛女難爲情。中流空挽柏舟住，日暮幽閨猶哭聲。此時姑姊同淒惻，衣箱鏡匣無顔色。豈無鴆酒與金刀，貽累耶娘計非得。形羸志隕朝復宵，老烏啼血風蕭蕭。天遣九原見夫子，肯留人世悲兩髦。乃知女兒亦有從容死，金石成性逾男子，我欲書之冠彤史！

自君之出矣

自君之出矣，蘭室無容光。思君如絡緯，日織不成章。

贈張芾卿四首

余昔泛沅水，舉目眺川原。芳洲無雜草，惟有芷與蓀。今茲來湘浦，假館託朱門。主人何磊落，故里家風存。相見快夙昔，慷慨發高言。清風驅溽暑，月出臨前軒。褎中攜新詩，開卷共討論。去取戒唯諾，賞析忘晨昏。豈伊世俗態，務期古道敦。古人師一字，況乃千璵璠。從今佩蘭臭，永矢無敢諼。

廣陵抱遺響，高絃常獨彈。不惜音節古，但恐知者難。空庭發浩歌，思來如無端。仰企追陶謝，俯懷悲杜韓。斯人久不作，元氣忽彫殘。願言同心者，彌縫使之完。進爲升庭芷，退則滋畹蘭。勉矣千秋業，吾道從所安。

君家承世德，幹濟兼文武。嚴君大方鎮，建牙督南楚。雄威震諸苗，遺澤懷舊部。後起蓋有人，非子莫敢許。荆衡在懷抱，湘漢滌肺腑。遺詩勉令名，高誼逾縞紵。賤子愧實深，感君交道古。何以酬君意，請卽用君語。世夷貴穎脫，運蹇方囊處。濟川非一楫，擎天非一柱。願君紹前哲，相期作霖雨。

吾鄉多桂樹，託根南山陽。鬱鬱百里閒，柯榦何青蒼。綠葉挺春露，丹華凌秋霜。結實辛且甘，氣淑逾椒薑。鴟梟屢回顧，鸞鳳雙翱翔。地僻道且遠，誰爲挹芬芳。折枝贈君子，締以芙蓉裳。

將之龍標留別張芾卿一首

離亭十里芰荷香，暫欲開帆更引觴。此去芙蓉樓上望，沅江流盡是瀟湘。龍標有芙蓉樓，爲王江甯遺蹟。

喬口

落日洞庭西，孤帆去鳥齊。林深知霧重，江遠覺天低。野色連吳盡，春痕入楚迷。年來江水上，芳草幾萋萋。

沅湘竹枝詞二首

綠蘿山上芳草肥，綠蘿山下鷓鴣飛。芳草鷓鴣年年有，郎在吳江歸不歸？

江上老翁已白頭，一生未出楚江遊。年年自種江頭柳，付與行人綰莫愁。

桃源

人生豈必學神仙，丹竈何若桑麻田。桃源山人得此意，洞中一隱輕千年。長城役夫萬人急，相攜競向深山入。兒孫生計半漁樵，鄰里衣冠但簑笠。中原逐鹿何紛紛，物外優游兩不聞。道旁過者那得識，惟見前山多白雲。流水桃花苦多事，溪頭誤引漁郎至。方知漢魏歷三朝，不信嬴秦終二世。居人鶴髮半童顔，相對眞如隔世看。仙源有幸留不得，漫尋熟路歸塵寰。歸來更遣偕人去，但見桃花香處處。清境空迷咫尺間，便疑遠隔仙人路。君不見酒陶日月老柴桑，田園之樂眞羲皇。山水自清風日美，桃源風景亦如此，南陽高士君誤矣！

晚泊一首

長途半已暝，餘暉戀絶壁。仰視林薄間，人煙何歷歷。新月海上來，寥空破幽寂。千里無微塵，疏煙淡如冪。何處漁舟來，隔江弄秋笛。

清浪灘

石根蟠江底，千形露倔僵。十里作雷鳴，波瀾怒相盪。扁舟溯逆流，顛簸隨俯仰。去石不盈咫，取徑安能廣。勢懸一纜直，力齊萬篙響。默坐但屏息，形神增惝怳。平生江與湖，及茲失泱漭。焉得鞭石術，驅之東海往。利涉盡坦途，江水平如掌。

鸕鷀謠

有鳥有鳥名鸕鷀，呼羣結隊江之湄。紫褐爲衣碧玉觜，終日乃受漁人羈。沒水取魚心計巧，專爲漁人作牙爪。大魚賣盡小魚烹，何時見汝得一飽？

即景

漁樵居止處，山徑任橫斜。秋草碧千里，夕陽紅數家。澗雲還作雨，巖樹自開花。愧汝幽棲者，閒中閱歲華。

辰陽舟中

亂山如馬走黔西，千里苗疆靜鼓鼙。斜日人家疏雨外，青藤花發野煙低。

將北上呈黃虎癡先生兼留別二首

岳麓有古松，言植自六朝。涼風振枝葉，獨立何蕭蕭。下則盤幽谷，上則淩層霄。化龍有直幹，棲鶴無凡條。工師不敢度，匠石不敢雕。本心一何勁，歲寒焉能彫。我來撫美蔭，長嘯高空寥。大才自千古，榮名非一朝。天生此晚節，豈爲桃李夭。所以偃蓋姿，凡木仰孤標。

朔風送寒氣，行子生遠心。出門試眺望，飛雲鬱高岑。僕夫趣我駕，四駱何騤騤。壯遊豈不貴，惜別良難任。朝發瀰陽渚，夕宿枉川陰。因念君子室，清牀橫素琴。良晤方未久，川原阻且深。依依臨路歧，踟躇發清吟。懸知南來雁，定多別離音。

潕陽舟中聽雨

北風吹雲墮江水，下入深潭起龍子。倒吸江流飛上天，一雨傾盆疾如矢。是時蓬窗正高卧，嚴寒未敢披衣起。驚魚半躍寒波面，宿鷺亂叫蘆花裏。坐覺打篷千萬聲，羯鼓紛紛差可擬。何必定種窗前蕉，即此已足清俗耳。年來强半在江湖，未覺煙霞氣味疏。但使扁舟富魚酒，推篷偃卧眞良圖。

聞雁

汝正南飛我北來，年年相遇楚江隈。半天風雪蘆花夜，驚醒離人夢幾回。

戊戌十八首

漢陰阻風

百尺奔瀾怒欲鳴，兩舟相盪忽砰訇。江妹明鏡宵無影，河伯靈旗晝有聲。隔岸樹隨沙陣失，臨江雪雜浪花生。由來漢廣眞難泳，莫怨風波滯客程。

寄懷張芾卿

寒重識更深，挑燈尚苦吟。無眠疏短枕，獨坐對清砧。誰與共幽賞，伊人邈素心。欲依明月影，飛夢楚江潯。

和芙娉女史題壁絕命詩疊韻四首

女史不知何許人。戊戌春，予與北上諸君宿邯鄲旅店，見壁閒小洲氏詩跋，知女史有絕命詩一首，在褡褳店旅壁閒，又清風店壁有與其兄期雲唱和之作，小洲並得見之。且疑女史爲南中閨秀，隨宦京師，許字故里，未婚而孀。其兄送歸壻家，投繯以殉。今讀其詩，殆信然也。次日道過褡褳店，停車訪之，果得於所謂河南店之東壁，窺其情詞淒惋，書法端麗，定爲閨閣手蹟無疑。爰步韻成詩四首，屬諸君共和之。

猶從壁上留題處，想見當年掩淚時。憔悴那堪爲女子，從容原自勝男兒。春蘭已盡無多露，秋柳猶餘未斷絲。添却眼前多少恨，行人拂拭誦新詩。

守義已拚身一死，小鸞羞說返魂時。人憐薄命同秋草，天妒奇才到女兒。賸有淒涼題錦字，誰將哀怨譜琴絲。此行惆悵清風店，不見聯吟柳絮詩。清風店壁之詩已爲俗子所污。

宛轉柔腸將斷日，分明心事未歸時。由來寡鵠難爲女，故遺明駝遠送兒。弱質自憐身似葉，苦吟爭奈氣如絲。傷心棣萼重經日，忍和牆陰墮淚詩。期雲北旋後環見此詩曾有和作題於壁閒，小洲猶及見之，今亦爲店主人堊去。

徒聞海上成仙日，女史清風店遺句云『金玦已成千載恨，玉環難得再生期。』已是曇花過眼時。大地無人容作女，老天何事定生兒？空餘殘雪留鴻爪，無復喬松施兔絲。惟有芳名知不朽，待誰重選玉臺詩。

附原唱

四千里路還家日，廿一華年絶命時。入戸羞稱新媳婦，懸梁誰惜女孩兒。身如秋燕都成客，死到春蠶尚有絲。多少行人應墮淚，讀儂題壁數行詩。

峴山

曉日連巴國，長江浮楚天。爲過襄水曲，言陟峴山巔。不見遺碑在，空懷叔子賢。登臨知幾輩，蒼翠故依然。

舟次沙陽將由此歸省龍標留别同舟諸友

懸知明夜江頭月，分得清光送客歸。漢水雙帆向東去，沅江一雁傍南飛。前途採葛應相憶，後約看花諒不違。從此離居應努力，天涯莫怨寄書稀。

對月有懷周受田歸省蜀中李卓峯歸省閩南周稻村閔鶴雛李鼎西旋里

分飛鴻雁各天涯，極目關山隔暮霞。千里相思惟對月，幾人作客未還家。春來遠道迷芳草，别後豐臺感落花。料得舊遊堪念處，一時回首望京華。

晚眺

北斗依山静，滄江入夜深。時聞幽谷裏，清絶野猿吟。游子看雲思，佳人採藥心。思鄉與懷遠，惆悵兩難任。

過沅江諸灘

亂山勢束江流高，浪花飛撲如桔橰。巨石當之不肯讓，激作百萬軍聲囂。江心自廣石爲隘，往往逼仄難容刀。舟人習慣知水性，迴旋宛轉隨飛澇。漫言使船如使馬，驅策但藉篙工篙。山頭負纜勢絶險，雙足健捷過猿猱。捫蘿目眩易失手，頃刻性命輕鴻毛。中流時有老蛟吼，深林但覺飢鼯號。巨靈擘山世無有，惟天設險安能逃。吾儕要當本忠信，直視巨浪同濮濠。扁舟曾過洞庭上，一枕靜聽狂風飍。

舟中遇雨作

疾雨從東來，峭帆正西去。中流迅且深，勢急不得住。鏗然萬篙落，力戰蛟鼉怒。四顧陰雲合，俄頃失朝暮。驚雷忽送響，急陣洩如注。奔風橫截之，雨脚颯然駐。忽作翻身射，萬弩齊奔赴。須臾風雨霽，維舟浦前渡。舟人向余說，此景甚可怖。風浪無定期，陰晴有常數。詩成掛帆起，紅日照高樹。

擬古樂府六首

陌上桑

朝出城南隅，陌上多春光。春光匪游冶，提籠行採桑。何期使君來，五馬立道旁，枉顧問名字，攜手邀同行。妾本秦氏子，委身於王郎。門戶自微薄，恩愛兩相忘。文身乏羅綺，耀首無紅妝。不足供績紡，焉足充嬪嬙。湛湛長江水，上有雙鴛鴦。鳥宿各有偶，水流各有方。使君且歸去，妾蠶飢欲僵。

長干行

妾本長干人，生小長干里。灼灼春日花，含英照江水。父母重比隣，與君結婚姻。一朝共衾枕，萬事如埃塵。良時正三五，君行洛陽賈。但道歸期速，敢言別離苦。織妾機上絲，作君身上衣。明歲新絲出，君行當旋歸。君行日以遠，歸期日以緩。客路多垂楊，繫君不得返。昨得一紙書，聞君在桐廬。桐廬江上水，能到秦淮無？深閨不識路，無計尋君去。門前春草深，已迷送行處。手持妝鏡臺，祝君歸去來。東風兩桃李，猶自待君開。

大隄曲

襄陽城邊多楊柳，春來遙連大隄口。隄邊兒女燦如雲，日傍高樓看馬走。郎君走馬向三秦，但願歸時正及春。不見年年隄上路，惟有飛花遠送人。

烏夜啼

黃葉村前烏臼樹，夜夜棲烏啼達曙。樓中思婦望郎歸，剝啄聞聲疑是非。碧雲望斷無消息，愁見明窗破鏡飛。

湘中絃

斑竹成陰岸草齊，蒼梧南望轉凄迷。江頭帝子歸何處，落日野煙猿亂嘑。

獨漉篇

獨漉復獨漉，泥多溪水濁。泥濁尚可渡，水深没吾足。玄鳥南方來，征鴻亦北去。我欲附書與遠人，恐其中途不相遇。飛螢自照，衹及一身。烏獲雖勇，難敵萬人。明月皎潔，寒星在空。中庭獨立，時來悲風。千金駿馬，骨相權奇。誓立功名，以報主知。邊塵未滅，何以家爲！猛虎晝出，風生草間。豺狼斂迹，歸隱南山。

己亥七首

寄懷孫芝房

秋近山城水色澄，懷人洲渚採紅菱。沅江日夜東流水，直寄相思下武陵。

新秋二首

颯颯商聲起緑陰，微涼應自怯羅襟。莫教吹上雕梁去，恐動將歸燕子心。

扶疏窗竹曉晴時，冰簟銀牀睡起遲。昨夜畫簷風露冷，夢回鸚鵡最先知。

龍標芙蓉樓懷古

危樓傍江水，一覽盡沅湘。名好因仙吏，花開自夕陽。灘聲秋欲吼，石骨暮還蒼。萬古風流尉，神遊定此鄉。

沅州風雅客，少伯古無倫。詩似李供奉，官同梅子眞。遠來夜郎國，長占五溪春。此日登臨處，清風寄白蘋。

寒雨吳江夜，曾經送客舟。如何沅水上，復有古時樓。勝迹因人補，詩名到處留。當年吟賞地，橙橘滿芳洲。

憶昨趨庭至，茲樓幾度過。風前一回首，江水已微波。煙雨吳閶遠，蘅蕪楚澤多。誰當繼前哲，倚檻獨高歌。

庚子二首

送蘇虛谷歸里兼有山左之行二首

吾黨有蘇季，風流近所稀。清明不得志，杖策且言歸。年少名偏盛，才多命豈違。願君養毛羽，莫作遠鴻飛。

爲有高堂在，青齊暫一過。（時尊人在濟南，君便道往省。）重來芳草暮，相送故人多。（君去歲曾遊山左。）踏雪曉登岱，淩霜宵渡河。新詩能寄與，爲爾和燕歌。

浣月山房詩集卷五　外集

癸巳一首

清明

繞郭新煙雨乍晴，風光天與作清明。春從白楝花時過，人在青山空處行。野店微風衫影細，平原芳草屐痕輕。閒情欲寄渾無那，陌上吹簫學賣餳。

甲午三首

楓木山在武岡

仰視峰插天，忽疑無出路。却見山上人，蒼蒼拂雲樹。輿人氣爲奪，舍輿而徒步。初行足躡蹻，目不敢回顧。漸行途始闊，兩足踏煙霧。晨風襟下颺，飛鳥腕間度。深篁吟蟋蟀，往往疑狐兔。一綫通天門，到此行且駐。整襟坐石磴，納履剔泥汙。四望山徑曲，細若羊腸布。嶺首斷復連，山腰隱忽露。前如深淵臨，後如奔流赴。側耳萬籟號，不知起何處。振足下巖巒，蹭蹬不如故。勢順每防滑，身高常恐僕。在山神若迷，出山神若悟。迷悟人自爾，山靈豈相妒。

贈榜人

我行買舟湘水湄，操舟一老白鬢眉。語言質訥風貌古，清流倒影寒松姿。觀其骨相似有異，細心詢及平生事。自言年始二十時，步行奪得蠻兒幟。蠻兒煙塵動五溪，紛馳羽檄辰沅西。南征大將智且勇，旂壘整頓戈矛齊。軍前十萬射雕手，深夜貔貅靜不吼。原上青燐避虎符，天邊涼月射刁斗。一日王師唱凱歌，將軍帳下戰功多。期門策勛大張宴，青銅白鏹紛駢羅。男兒報國非爲賞，掉頭不就百夫長。尚有生平未了緣，遂作江村釣徒想。歸來買取一葉舟，七澤三湘自在遊。即今年華已遲暮，曾泛江湖五十秋。江湖風雨開船早，薄酒三杯足傾倒。人世風波閱歷多，何如水國煙波好。壺頭山下暮雲晴，有時岸上踏歌行。歸來夜枕寒潮臥，猶作當年戰鼓聲。

洞庭湖

昔聞洞庭湖，周遭八百里。盛夏羣流匯，氾濫無涯涘。輕舟簸白浪，搖蕩靡定止。我行冬之暮，湖水平如砥。潮落吐高岸，煙平露芳沚。晴風送片帆，飛行快如駛。倏爾風色逆，觸浪鯨鼉起。噴薄大可畏，顛駭殊難已。憶我初來時，我母提我耳：『風波良可虞，無過洞庭湖。湖水冬雖涸，浩渺亦無殊。』我初聞此語，竊笑以爲迂。及今歷茲險，禍福在須臾。方知慈母心，過慮安得無。日暮抵湖口，境過猶嗟吁。明朝掛帆席，風波愼前途。

乙未三首

寄內

宵深細數雁聲過，知向衡湘來更多。彩鳳雙飛猶翼短，牽牛獨處奈愁何。離懷那更牽詩思，旅夜無須警睡魔。若問長安何日到，五更風雪渡滹沱。

夏旱上親祈雨即日甘霖降敬賦此詩

去年深秋微雨滋，冬雪積地如凝脂。今春嘉雪得何遲，大麥方長青離離。天公大旱三月彌，田中龜坼縱橫施。熱風吹倒良苗萎，老農束手不救饑。我皇仁慈念民依，禱於川嶽神與祇。修躬潔慮通兩儀，蛟龍起蟄豐隆隨。沛然膏澤原野肥，草莽之臣頑而癡。不識聖德軒與羲，但見甘霖應禱祈。竊謂聖誠天鑑之，自今嘉禾成實米如泥，我皇壽考我民嬉。

鴛鴦戲蓮沼篇

鴛鴦戲蓮沼，無有亂羣時。一朝入羅網，逼我混雄雌。雄雌那可混，貞節性所持。都門美優伶，學歌名早馳。百金娶新婦，旖旎傾城姿。歌師太不良，作計欲居奇。朝夕相逼迫，鞭撻將橫施。新婦聞此聲，洞房雙淚垂。歸房謂阿婦，卿意一何癡。我今實累卿，便當長別離。卿歸卽再嫁，勿嫁優伶兒。若遇富家子，春閨畫蛾眉。綺羅得自專，遊宴多娛嬉。我死卿猶全，永訣從此辭。愛惜好容華，無復相顧思。新婦聽未畢，流淚沾裳衣。同心已彌月，此語君何爲。再嫁與爲娼，失節無參差。君既爲我死，黃泉誓相隨。黯黯黃昏後，寂寂人語稀。可憐並蒂花，竟作一夕萎。墓木自連結，孔翠相環飛。誰信貞烈死，共疑魂魄歸。歸來語世人，同穴安足悲。

丙申八首

田家詞

大家騎馬來鄉村，催禾禾米如雲屯。小家割禾向田畔，一莖一粒惜血汗。今年原屬大有秋，秫稻滿車麥滿篝。農民終歲事勤苦，有穀豈爲無錢憂。香秔淨研白雪粲，清晨入市肩盈擔，聞道豐年穀價低，一升減卻昔年半。昔年穀貴倉無蓄，今年穀多價不足。晚市依然負米歸，落日荒煙幾茅屋。

題張氏達觀草堂

世人患不達，幽居常苦喧。吾心苟習靜，所在皆桃源。武陵有高士，結茅城南村。長松掃屋瓦，深篁蔽牆垣。一泉泠且清，流漱秋石根。草木發新霽，雞犬鳴朝暾。農人各在隴，野老時到門。共言今年熟，青青稻有孫。其實甘可釀，春酒酌盈樽。親戚相過往，外事無復論。陶然愛餘醺，靜養識天恩。那知道旁客，僕僕空朝昏。

放雀以詩二首祝之

薄翼疏翎尚整齊，開籠各自散東西。平原淺草多羅網，好向園林深處棲。

此後飛鳴何處尋，曉風旭日樹成蔭。縱承他日銜環報，不是今朝祝網心。

菊

九月東籬下，從君覓晚香。徑深常帶雨，秋老不知霜。自有神仙骨，何須富貴妝。儻無彭澤老，誰可挹芬芳。

無題

簷外忽傳烏鵲音，羅幃强出步花陰。閒情只恐鸚哥識，好夢難教鳳子尋。十月蔗漿甘到尾，九秋蓮菂苦含心。蜀江自濯文君錦，悔聽相如一曲琴。

論詩絶句

立意求新還是舊，開函怕讀古人詩。崔郎漫賦樓頭句，恨我今來已後期。

衡岳禹碑歌

我聞衡山縣連七十有二峯，峯峯矗立青芙蓉。西南岣嶁更殊絶，上有神禹治水之遺蹤。山高地僻人迹少，時見寶氣烱爍雲霄中。朅來數載瀟湘道，眼看列岫江天杳。遺文未得手摩挲，傳刻安肯珍棃棗。趨庭今歲至長沙，岳麓古寺搜煙霞。徘徊山谷見石本，摹刻完好無訛差。捫苔剔蘚露節角，煙雲恍蕩蛟龍拏。大海迴風海波湧，冰雪錯落長鯨牙。精神流逸參動宕，枒櫱老幹生春花。當年蒼水通神夢，金函玉字紛來送。五嶽眞形俱在掌，八年已定中州貢。南極歸來重紀功，別有眞靈秘笈封。名山遠鎮無人識，惟有此石傳洪濛。神物那受椎剝苦，鎮古崖壁懸青空。遙憶荒苔埋迹處，雨淋日炙朝復暮。世間碑碣知何有，鸞飄鳳泊形如故。深林月黑山鬼走，太乙在旁六丁護。世儒好古皆徒然，搜索萬轉翻迷路。我得此碑苦不識，釋文遍考多鉤棘。有明二陽用修、時喬兼郎廷瑛沈鎰，參差同異安能悉。斯文歷劫數千年，字畫遠出蝌蚪前。商彝夏鼎後無述，那能臆讀羲皇篇。後人學書宗小篆，結繩未解洪荒天。古王功績遍寰宇，記載豈必關言詮。江城日暮秋煙出，卻瞻百里峯嵬崛。安得訪致蘭臺中，好爲皇家備法物。

丁酉十四首

春柳三首

昨夜東風展翠條，江南江北路迢遙。曾憐霜影披寒渚，又寫波痕上板橋。齊殿風流猶在眼，楚宫婀娜半垂腰。誰教鎮日濃煙裏，一例春愁鎖未消。

緑水紅橋舊夢非，柔絲踠地忽依依。年光惜别歌金縷，眉黛嬌春試舞衣。殘月曉風人已去，碧波新草燕初飛。陌頭不是鶯花好，綰住長條未得歸。

清明村店酒旂斜，漠漠青隄間白沙。隔岸馬聲嘶遠道，臨風鶯語喚誰家。翠樓望斷芳菲節，江水生憎楊白花。惆悵渭城攀折處，相思還比去時加。

四月十五夜月

中庭見明月，滿地白煙起。恍如銀潮瀉，晶瑩射窗紙。掬之不可收，清輝澹盈幾。去年今夜月，狂歌在燕市。綺閣然華鐙，飛觴動緑螘。朋儕三五輩，磊落各自喜。今夕同心人，渺渺隔煙水。相思不易寄，隨風幾萬里。前歡未遽陳，後會良可擬。願作明月光，莫作流雲駛。月缺有時圓，流雲無定止。長歌酬浩魄，因之貽彼美。

題香雪閣遺篆長沙黄虎癡先生繼配陳孺人作

我聞吳彩鸞，白日夫婦升青天。又聞管夫人，鷗波偕老如神仙。自古書家多壽考，不比詩窮文窮迂可憐。況乃閨閣幾人作，小篆竟與紫玉悲成煙。香雪夫人好詞翰，能將璽印模秦漢。于歸江夏得名流，金石圖書堆滿案。琅邪繹山舊拓本，嚮搨雙鉤恣把玩。直將妙墨跨斯冰，俗格簪花何足算。畫堂旭日春風輕，落花入硯飄簾旌。揮毫輒盡數十幅，大如盤盂細如粟。方圓肥瘦各有態，力摹蒼古出凡俗。鐵葉裹限爲踏穿，書出書家已駭目。儻教臨池更十年，軒頡遺規坐可復。誰知識字招天忌，奇文肯洩人間事。上界應書碧落碑，遺篋僅賸零星字。從茲手蹟重千金，錦篋收藏寶墨新。豈徒玉臺思故劍，要與藝圃珍球琳。憶昨扁舟發枉渚，西上雄灘怒如虎。巨石觸舟舟欲穿，箱篋傾倒難悉數。中有光燄徹重淵，馮夷鼓浪將欲取。拔劍下與蛟龍爭，解衣怒共黿鼉拒。定教合浦還明珠，漬得波痕色更古。始知夫人之書奇若此，震驚神鬼蓋有以，波撇笑殺俗男子。君不見釵頭鼎足筆力遒，弱腕乃與千金侔。優曇本自無住相，衹此一百四十三字已足傳千秋。

題黃葆儀女史茶香閣遺草三首

筆底生花舌底蓮，紅閨慧業定生天。絳帷欲聽宣文講，恨我遲來已十年。

古調空悲卅六灣，尊甫花耘先生著有卅六灣草堂詩。父書能續羨曹班。留將一卷幽蘭在，陶令多男亦等閒。

當年病沈素生抱琴過，一撫朱絲妙解多。此際瀟湘水雲裏，定添逸韻伴仙娥。

題錢氏霜月吟草

妾不死，夫有子。妾有詩，夫不死。姬姜紈綺伊何人，白首倡隨如嘉賓。一卷乃作哀蟬鳴，女兒識字憂患嬰，吁嗟造物何不平。

舟發桃源寄懷孫芝房

我入武陵原，欲訪秦人迹。世無問津者，道阻將誰適。遙峯散空翠，江浦漾虛白。懸知雲樹間，定有佳士宅。所患無良媒，咫尺於茲隔。好風江上來，言覿風騷客。

客從湘浦來，趨侍沅水前。青雲妙年子，風致何翩翩。傾仰在夙昔，覿面憂其慳。今茲幸執手，轉覺心茫然。仿佛記顔色，相遇在何年。静對無一語，默證三生緣。

良緣何匆促，判袂在須臾。本期與同舟，時會不克俱。新婚亦人情，豈便歌馳驅。行客重侣伴，遊子戀門閭。明知會日長，安能忍區區。臨風悵相送，遵路執子袪。

執袪聊踟躕，黯然驚我心。君卽自崖返，余亦入浦深。朝發桃源渚，暮宿枉川陰。扁舟泊蘆葦，江月寒相侵。時聞宿沙雁，遥和清猿吟。思君不成寐，感此别離音。

别離當語誰，撫心長太息。中夜起傍徨，百感集胸臆。僕亦弱冠年，遊蹤貫南北。交遊匪不廣，知心良難得。得之苟無緣，交臂復相失。明春燕臺畔，定結芝蘭室。下榻待徐孺，坐談欣促膝。永言著斯章，寄君遥相憶。

戊戌一首

觀競渡作

遺聞誤傳説，古禮近兒戲。悲戚變忻愉，無乃失本意。當年楚靈均，痛念宗國敝。誓葬江魚腹，憤激孤臣義。時維日重午，相沿以爲忌。掉舟投角黍，奔走來老穉。尚恐蛟龍攫，彩縷穿瑣細。千載存遺俗，頑懦頗激厲。鄉愚習既久，誰能達其意。雕龍既增華，剪綵亦糜費。喧闐水之涯，光明耀旂幟。當其角勝時，歡笑嗚得意。詎知重淵下，忠魂泣憔悴。或雲避災沴，此説尤無謂。長官果清明，災沴安能至。我知靈均靈，不受俗情媚。緊惟湘澤閒，大夫舊遊地。願得賢長官，一爲除茲弊。祠前盛蘭芷，用以招魂祭。

己亥八首

路華甫先生齋賞蘭

山城地溼蕃草木，繞砌莓苔長新綠。幽蘭遠自明山來，迥如高人出塵俗。疏莖落落抽紫瓊，密葉森森翦蒼玉。侵晨帶露韵尤洽，入夜聞香遠逾馥。人閒何物杜蘭香，洗淨鉛華見清淑。先生佐治百無事，閒取離騷對花讀。蕭齋得此助清興，良朋歡賞亦雲足。探驪得句珠在手，摘蕊歸來媚堪服。我聞國香比國士，羞伍衆草爭林麓。此花何幸脱荒野，得藝珍甆貯華屋。所嗟來此僻陋鄉，只許同心賦空谷。焉得置之貢玉堂，用比菁莪與棫樸。彼蒼愛惜有深意，要使芳情久愈篤。天涯道遠秋氣多，美人不見空躑躅。花前勝會安可忘，且賦南陔共相祝。

七夕四首

迢遥碧漢鵲橋通，無限幽情此夕中。珍重天雞遲放曉，明朝相望又西東。

莫怪人閒不羨仙，金風玉露怨年年。如何雲錦終朝織，猶遺黄姑負聘錢。

誰家兒女得金梭，惆悵宵深望渡河。我願天孫休賜巧，巧多難免別離多。

舊事唐家記也無，驪宫瞥眼變荒蕪。可憐月裏長生殿，辜負三郎與玉奴。

龍標行

紀周侯殉難事作也。侯諱文華，浙西海甯人。順治五年宰黔陽，甫三月值靖州，降將陳友龍叛，率民兵固守百日，卒以無援殉難。眷屬賓從八十餘人，同時偕殉。事詳湖南通志。

龍標城頭烏夜嘑，老梧葉落風凄凄。周侯埋血金橋西，至今雲慘天爲低。當年巖疆初底定，降將負嵎思搆釁。妖氛直突黔江濱，憑陵氣欲吞孤城。侯時視事甫三月，慷慨登陴誓忠節。大聲叱賊賊披靡，怒目橫戈眥爲裂。人視賊兵有如虎，侯視賊兵有如鼠。矢石嬰城百日中，裹瘡析骸未言苦。食盡援絕可奈何，獨出强兵氣堪鼓。那知遊魂未遽絕，欲建奇功天不許。頭顱擲去何足道，留取丹心報吾主。是日赤地飛黃埃，甲戈滿市聲如雷。闔門恥汙賊奴手，爭先致命風雲摧。一日王師清四野，遺民拜倒山城下。九重追思死事臣，褒忠祠近枌榆社。乾隆閒入祀名宦祠，道光五年追贈靈佑伯，黔民祀侯於社。侯之撫此無多時，況復鼎革經瘡痍。書生將略乃如許，坐令土堡堅金隄。設使成功有天幸，會見一鼓殲鯨鯢。惜哉力竭臣身殉，轉教奇節成鋒刃。不朽忠良一片心，百年化作甘棠蔭。侯死於今春復秋，靈爽還爲斯民留。

古柏吟 柏在黔邑聽事旁相傳即周夫人殉節處

祠前古柏高百尺，翠葉森森勁如戟。天教留此慰幽靈，豈與凡人供花石。寒碧搖空引香霧，惡鳥驚飛不敢顧。中庭月白悄無人，時有青禽自來去。

方池吟 祠前有池相傳為八十餘人殉節之所

方池半畝白石欄，中有原泉清且寒。時見錦鱗跳波面，未敢攫取供盤餐。世人莫誤嘉魚穴，乃是英雄舊碧血。滄海有時成陸陵，茲池之水終無竭。

辛丑八首

探花詞五首

金門漏轉鶯聲曉，紫殿風和雉影開。廊下侍臣皆鵠立，玉臚宣出五雲來。

笙璈簇擁出天閶，白玉絲鞭拂袖長。莫怪路人多識面，舊時曾作紫微郎。

生紅七尺映宮緋，入座郎君盡錦衣。寄語人閒鶯燕侶，等閒休向樹前飛。

二百人中數少年，孫郎雖美不如錢。更教輸卻王郎好，未卜誰家玉鏡圓。孫君鏘鳴年二十三、錢君寶青年二十一，且未婚，皆浙人，吾鄉王君錫振年二十四，猶未聘也。

長安門外輭塵香，騎馬看花爲底忙。卻笑當年孟東野，春風一日費平章。

南歸留别内閣同直諸君二首

清班常是接綸扉，猶憶分曹向紫微。宮漏每從花底聽，彩雲多繞日邊飛。詩成珠玉應同調，春到蓬瀛肯别歸。館閣由來俱禁近，舊時仙侶豈相違。

風前幾日慶彈冠，忽聽驪歌作别難。欲把宮袍當綵服，暫辭金闕買征鞍。白華采處當遙寄，紅藥開時好再看。記取明冬尋勝約，玉梅寫就待消寒。吳清如前輩、何廉舫同年俱約明冬至此作消寒會。

張烈婦歌

妾持家，夫業賈。夫出門，妾獨處。豈知惡奴通老婢，入室敢作穿墉鼠。媚我以甘言，怵我以危語。謂汝不從，吾將殺汝。是時天黑人影稀，天不得聞人不知。妾身一死何所愛，僥倖惡奴徒爾爲。好言謂惡奴，吾今惟汝聽，厨中有美酒，將來共汝飲。惡奴聞之喜復驚，一飲大醉呼不譍。明燈在房，利刃在手，舉刀亂斫，直抉奴首。老婢聞之心膽悸，入門未言刃先刺。天明傳報良人知，纖纖素手湔血衣。吁嗟乎，一時能誅二奸死，智勇俱全眞男子，鬚眉巾幗應愧此。

壬寅二十首

題潘芝亭指畫古松歌

畫中難畫惟古松，氣象不與凡木同。畢宏韋偃古亦少，近來乃見芝亭翁。絶藝成名蓋天授，自言始學方兒童。濡墨吮毫便酷似，已覺蒼古非凡庸。邇來年老技益進，手力倔彊心猶雄。興酣潑墨不用筆，十指颯颯生長風。潮聲翻空白日静，釵形滿地陰雲濃。高堂素壁風景暮，倒挂忽見雙虯龍。巨鱗長鬣亂無數，諦視皆可尋其蹤。我昨訪勝嶽麓寺，六朝舊蹟陰青蔥。枝柯偃蹇更殊絕，有如高士無塵容。翁之粉本無乃是，正直已合羞秦封。方今廟堂要梁棟，搜採巖壑資良工。楩楠杞梓用雖盡，豈無閒氣天爲鐘。安得眼前突兀見此木，置之朝右如崇墉。惜翁善畫只是畫，令我概想喬木思無窮。

長沙口號

春城何處定王臺，又向沅湘買棹回。芳樹成陰如有待，野花臨水自爭開。還家始識萊衣好，對策終慚賈傅才。且喜湘流無恙在，高歌莫效楚臣哀。

與蘇虛谷論書

人之能書者，如婦之有容。修飾豈不貴，端麗乃爲工。所辨在肌膚，不約亦不豐。綽約天人姿，舉體蘭氣充。憶當羲獻來，斯道若發蒙。惜哉簪花格，妙手徒空空。世俗喜甜俗，習尚爲癡濃。有如市門女，塗抹兼青紅。安知姑射仙，冰雪滌心胸。或貌古勁裝，規矩失折衷。無異農家婦，插鬟花〔一〕蓬鬆。僕也十年來，於此耽研窮。所慚適時態，未盡稽古功。更恨腕力弱，心手難相從。每效西子顰，醜態嗤吳儂。君筆本娟秀，得自王與鐘。此道苟中絕，扶植須文雄。常恐金玉飾，敗絮實其中。願如周南女，窈窕歌國風。無爲桃李花，零落隨飛蓬。

【校】

〔一〕鬟花：經德堂本作「花鬟」。

月沛園歌有序

邱君式耔，楚之黔陽人。明鼎革時，以諸生爲桂王招撫使，衰衣大帶往見鎮帥，慷慨發論，無所撓避。鎮帥怒，械送武昌，刑於市。家有園曰月源由沛，在黔之煙溪，子孫世守垂二百年，泉石雖存，遺構就圮。道光丁酉，家君來宰是邑，倡議重修，落成於庚子重九日，集幕僚邑士及邱氏子孫之能文者，觴詠其閒。余時旅遊京華，未預斯會，學長黃虎癡二丈，遠寄余邱君臨刑自祭文，且謂不可無詩。余讀邱君之文，浩然忠義之氣，當與文信國正氣歌並傳。茲園蓋因邱君而重，然則，余之詩豈不附邱君而傳也哉。歲月淹忽，今歲歸來，沅湘舟次始成此篇，將寄虎癡二丈。且勉書一紙，寄邱氏後嗣，俾留之家園，用誌欽仰，固不以不得親至茲園爲恨云。

噫嘻，烈哉邱君！君既不若文文山，老臣重望傾朝班。又何不作楊鐵厓，異時歸去仍黄冠。胡爲一書生，致命傾危閒。使君鄉里不得返，田園不得安。松桂失主人，圖書辭古歡。至今園中老松樹，清陰搖月長風寒。猿吟鶴唳子規叫，精魂夜夜時來還。我昔入龍標，未識煙溪路。習氏池臺舊有名，蒼松白石今非故。維時家君正作宰，鳩工重爲封嘉樹。惜哉上計春明門，落成未與登高賦。山谷好古訪遺聞，遠寄邱遲自祭文。絕似盧陵衣帶字，皭然冰玉含清芬。空庭雪滿讀且走，坐覺夜郎西畔生愁雲。君不見瞿公草堂東皋下，中丞第宅堪盤馬。孤臣桂嶺殉烽煙，狐狸鳴階鼠竄瓦。又不見拙政園中山茶花，花時遠近蒸紅霞。海昌遼左幾萬里，主人雖在難還家。遺迹雖留付誰賞，徒令過客長咨嗟。勝蹟流傳信非偶，二百年來子孫守。聖朝宇宙自寬大，首陽未妨夷齊有。誦君文，憶君園，羨君雕虎之堂戛玉軒。古來山林以人重，何況先生浩氣今猶存。願書此文字如斗，勒之崖石昭乾坤。誰與貽者君後昆，庶幾來者爲駿奔，應勝宋玉歌招魂。

黄春亭前輩暄招賞薔薇賦此却寄

江城草緑帬腰斜，雨聲連夕聽鳴蛙。曉來羣豔忽當眼，烱如睡起看朝霞。先生愛花如愛士，攜鉏徧訪山人家。手闢名園種喬木，誅除凡卉留仙葩。此花品質未殊絕，掩映亦足稱穠華。非草非木蔓而衍，緣牆附砌根紛挐。半日新霽忽大放，羯鼓縱有無庸撾。團團火齊珠，一一黄金芽。華清妃子曉出浴，肌膚玉暎無纖瑕。初日照耀難諦視，紅潤欲透中單紗。舊名姊妹一何綺，顔色詎向昭陽誇。花前來謁者誰子，被服儒雅聲無譁。我來幸入談經室，絳帳迴顧驚吴娃。坐中歡賞得名輩，同座者爲廖萃堂先生重機、蔣申甫前輩琦淯。申甫前琦。蕊榜先後同衣麻。酒酣却憶曲江宴，紅紫照耀天一涯。南北花事豈殊異，俛仰未足成咨嗟。主人課花老猶健，過眼塵劫如恒沙。愛花結習苦未了，噓咈枒蘖生枯槎。此花幸植桃李側，聲價奚止百倍加。從來樹人如樹木，又見先生養士如養花。

同人遊山寺晚歸一首

晚從蕭寺歸，斜陽淡將夕。迴看山月上，漸覺衣露積。犬吠柴門靜，蟲鳴松徑僻。時見野草間，螢光動深碧。

讀芝龕記傳奇得秦良玉**沈**雲英**二女帥詩各二魏費宮人詩各一二**

英雄蓋代出釵帬，愧殺鬚眉有此君。卻恨淩煙高閣上，當年未畫女將軍。

奮呼弱臂請長纓，再造唐家志未成。千載錦江城外水，桃花流作戰場聲。

血淚殷紅濺雪衣，倉皇奪得父屍歸。木蘭儻佩將軍印，萬里巖疆合解圍。

手馘梟頑快復仇，女郎大義熟春秋。歸來自設宣文帳，不羨書生萬戶侯。

昭陽院裏望烽塵，倡義從君尚有人。不見玉河橋畔柳，貞魂長護漢宮春。

黃虎營中劍影寒，妖星夜隕陣雲寬。隱娘匕首今何在，應化英雄一寸丹。

旅次雜詠四首

東渡黃河落日殷，一鞭遙指太行山。心隨馬首飛雲遠，夢逐天邊旅雁還。

隔院秦箏永夜彈，旅窗驚醒夢闌珊。搴帷忽見楊枝影，滿池清霜夜月寒。

卧聞宵柝隔牆聲，萬里江關動客情。惟有三更茅店月，深宵長送旅人行。

合沓西山擁翠屏，煖浮佳氣入郊坰。皇恩近日知多少，九月深秋柳尚青。

春草四首和王少鶴

曾向芳塘問訊無，春山迴首又平蕪。舊遊江浦聞鵑路，往事秋郊放馬圖。曉月半窗迷蛺蝶，香風十里送帬襦。天涯無限瀟湘意，三月桃花水滿湖。

客裏偏驚物候新，泥香風送早知春。誰教曉夢蘇寒雨，爭把流光換輭塵。金谷酒闌鶯語醉，玉樓人遠雁書頻。芳痕應被離情引，籠水籠煙分外勻。

桃洞清溪隔萬重，仙人巖壑翠雲封。綠蘿影動波閒月，白芍春生水上峯。燕子來時香徑輭，鷓鴣聲裏野煙濃。朅來辜負青鞋約，欲寫鄉心寄短笻。

大隄楊柳共滋榮，歲歲風光說賣餳。謝客池塘清夢遠，王孫歸路碧雲橫。玉階仙露容消受，蓬島靈根易長成。何日芷蘭江上路，馬蹏香裏看春耕。

甲辰十二首

偶坐

鄉愚尠知識，未見輒疑怪。高軒偶一駐，比鄰鬧若沸。癡騃突不避，老弱走相會。攀緣壓牆壁，填擁礙旌旆。鼠伏或幽隱，狙伺極狡獪。環觀如得雋，疏立若預誡。後至意猶歉，先覩心始快。姑姊互奔告，童稚猶跪拜。嚶咿作村語，私議不敢大。我行朝至暮，筋骸甚矣憊。安能及此暇，觀聽困若輩。呵叱誠已過，驅除苦無奈。方慚居處便，笑嚬不自愛。

舟夜寄懷

河漢無聲夜自流，西風獵獵送行舟。朅來遠渚思鴻雁，却憶深宵話女牛。好夢易圓滄海月，微霜新警薊門秋。封侯嶺表平生志，肯爲乘槎悵遠遊。

闈中即事八首

校閱殷勤帀月期，西風香滿桂林枝。寶山獻璞何嫌早，濁水求珠豈厭遲。五色漫迷開卷後，一鐙猶憶讀書時。十年辛苦分明在，敢道今朝便不知。瑞四入鄉試，五赴禮闈，中間辛苦場屋者蓋十有六年。

木天偉望幸追陪，衮衮羣公未易才。謂根雲前輩及同事諸君子。文字夙緣千里合，海山晴色一堂開。願移明鏡當空照，會有珊瑚入網來。知否青袍門外望，五雲高處羨蓬萊。

馳騾文壇大合圍，回思往事興遄飛。健兒百戰年方壯，同學諸人賤者稀。誰向崆峒倚長劍，更隨時世換新衣。近來曾否翻花樣，獨覓窗前舊錦機。

暗決朱衣許已迂，平生不受古人愚。早經雲海淘沙礫，深恐璠璵閒碔砆。文士苦心從此見，矮簷風景記來無。可憐踏徧槐花路，半世升沈定一夫。

百粵巖疆啟尉佗，山川靈秀近如何。風流丞相梅花嶺，文教昌黎荔子歌。遠物豈惟珠玉貴，良材應望杞楠多。相期力挽文河水，洗盡滔滔瘴海波。

牝牡驪黃到眼眞，敢言伯樂是前身。玉如可琢無妨玷，錦不成衣未足珍。每念文章關氣運，肯教英傑老風塵。祝他白屋青鐙客，平步丹梯志早伸。

憶昨新乘使者軺，風雲萬里護征鑣。兹遊幸得江山助，迴首方知道路遙。驛館頻仍官膳致，行囊豐渥帝恩邀。向例試差準給盤費。不知鎮日冥搜裏，可有涓埃答聖朝。

鏁闈忽忽已秋深，試事將闌歲月侵。海國煙波游子夢，家大人遠宦浙中，未得便道往省。河梁風露使臣心。雲梭已織登科記，月府新成下里吟。待寫情懷莫匆促，鴻泥他日重知音。

滕王閣

千秋江上滕王閣，不朽文章信有之。勝蹟祇今猶在眼，才人到此始伸眉。兩言眞景工難匹，萬里長風會豈遲。帝子英靈還撫掌，雕欄終古似當時。

大雪憶庾嶺梅花

我昨大庾江上住，夜夢梅花向我語。朝來特遣一枝開，爲帶好春過江去。披衣起拜丞相祠，靈旗晝〔一〕卷風絲絲。國香忽放四五朵，始信山靈不吾欺。摩挲古碣時偶耳，過眼已失千瓊枝。十八灘頭坐三板，深林月出鳴鳶鴟。是時天氣已十月，楓葉黯淡如凝脂。滕王閣下舍舟去，凍雲黑壓江之湄。更來石耳峯下宿，大風拔木沙揚箕。嚴寒到枕錦衾薄，鐙燭無暈青光微。玉龍脱甲知幾許，凜慄未敢窗下窺。曉看爐阜在何處，但見白波萬傾堆琉璃。卻憶百株嶺南北，風前十日過花期。疏林欲迷皓月影，冷豔自濯澄江漪。歲寒千里豈有異，遥想玉屑團冰肌。青帬縞袂不可見，魂夢欲到空山陂。眼前茲景縱奇絕，惜少瑤蕊飛參差。南來驛使好問訊，玉妃有約應相思。明日渡江踏晴雪，又對江城悵離別。

【校】

〔一〕畫：經德堂本作「畫」。

乙巳五首

題洪樂吾前輩知吾之樂圖

至人貴忘我，乃有不忘時。當其靜中趣，所得惟獨知。孔顏觀道妙，飲水固不辭。歌聲出金石，曾子不吾欺。衆人享太牢，攘攘何熙熙。焉知淡泊中，至味甘若飴。卓哉樂吾子，妙理得微窺。身隱朝市閒，志與濠梁期。寂寥揚子宅，阿誰涉其籬。大哉鳶魚趣，乃爲一己私。吾聞範氏言，憂樂有良規。與人當與衆，務在宏其施。願君推此懷，在遠庶不遺。悟彼圖中人，聞言不吾嗤。

晚坐

落日霞光重欲殷，高枝時見暮禽還。淡黄屋角初見月，濃綠樹閒疑有山。白日展書知晝永，清時息事覺官閒。何人秉燭來相訪，纔得新詩稿未删。

偶成

月照檐閒烏鵲驚，萬竿老竹健爭鳴。淒迷夜色含秋色，颯沓風聲誤雨聲。枕上琴書應有意，天涯湖海未忘情。自憐不是悲秋客，猶向涼宵百感生。

嬃砧課讀圖為王少鶴同年作

涼月高高星在樹，積雨空庭老煙樹〔一〕。鐙火青熒四壁深，舊是王郎讀書處。王郎有姊如女嬃，下幃課讀窮朝晡。貞筠早對三冬冷，寸草應憐六尺孤。攜卷挑鐙心飲泣，書聲纔罷砧聽急。未了高堂地下心，遑辭寡姊閨中力。幾日槐黄逐計車，龍城風雨望江魚。五年塵土長安陌，喜得泥金有報書。報書來自通明殿，清切曹司最堪羨。姊願今朝可暫償，姊顏何日得相見。羅池荔子换光陰，庾嶺梅花道阻深。誰知夜夜金臺夢，早逐棲鴉返舊林。男兒功名亦易得，未忍天親遠相隔。清秋南雁附書來，望弟曹昭鬢將白。風前隨意檢歸裝，驛路夭桃二月芳。老姊迎門應色喜，今來付汝舊青箱。

【校】

〔一〕樹：經德堂本作『霧』。

次韻梅伯言翁贈陳頌南給諫即以送別

聖朝何敢託清流，離別應增我輩憂。歸夢豈能忘日下，故鄉應是望並州。數椽老屋惟當〔一〕掃，二頃良田暫可謀。惆悵金門留不得，白雲相送海東頭。

【校】

〔一〕當：底本脱漏，據經德堂本補。

丙午三首

送黎枚丞宗昉南歸

京華留滯幾年春，太息儒冠有此人。久別難爲兒女計，窮途終賴友生親。追攀鸞鳳非無計，得失雞蟲詎有因。籬下豈君終老地，黑貂雖敝漫言貧。

感事

殃及池魚詎有因，桃僵李代亦酸辛。孔融無計藏張儉，王導何心負伯仁。深愧老謀防曲突，敢論薄罪汙車茵。由來治國從輕典，未免中原有幸民。

故劍歌為劉椒雲學正賦

君家挂壁有長劍，寒光凜凜如匹練。祇道荊卿一片心，誰知曾照春風面。故人當日好身手，豪氣不居隱娘後。長鋏先偕琴媵歸，深閨不用青奴守。兒女心情壯士顏，神仙風月離筵酒。中有俠腸世不知，人懷奇氣天難壽。一自音容感去思，摩挲故物不勝悲。茂陵風雨瀟瀟夜，獨對青鐙伴故帷。菱花掩月無光彩，眉筆青螺顏色改。惟有秋霜百練精，出匣光芒鎮長在。吁嗟乎！男兒報國一身輕，要當入海刳長鯨。憑君善解故人意，勿使匣中掩抑空長鳴。河漢沈沈夜光紫，三尺青銅神不死。微時恩義去時情，大是劉郎好孫子。

丁未一首

姚子楨同年輝第以王荆公唐百家詩舊本寄惠賦此報謝

去年遠寄尋佳本，且喜春來得手書。兩字平安親署後，一編香色舊藏餘。學能誤宋緣官禮，詩獨宗唐戒毁譽。賴有前賢心法在，爲君裁錦賦雙魚。

附錄

（一）經德堂文集序

自古有載道之文：六經四書，沿及宋五子書是也；有因文見道之文：莊、列、馬、班，沿及唐宋八家皆是也。因文見道之文，八家中惟王、曾兩家得其醇；韓、歐且有軼出者，柳與三蘇則醇駁參半。若上溯莊、列、馬、班，則多與道背，而皆並存於天地間不廢，何也？道之大，原出於天；文之大，原亦出於天。天之中氣，爲景星慶雲，爲和風甘雨；得其偏則爲恆陽，爲恆陰，甚至災沴疵厲，諸物不詳，莫非此氣之推遷變幻，無所不包也。文以見道，而或得其中，或得其偏，或且偏之甚而與道大背，亦如是而已矣。其並存不廢，亦如是而已矣。然天之氣，有中，有偏，有偏之甚者；而天之理則常中。天地位，萬物育，被六合，亙古今皆此一中也。吾黨生古人後，不能不取莊、列、馬、班諸名家之文，泛濫遊衍，以窮其變，而盡其奇；而欲以見道者闡道，且求合乎載道之文，則必去偏以適中，且必擇精守約，極深研幾，以得其至中。斯於道爲小補，而不愧爲文之醇者也。吾友龍君翰臣，每作必衷諸道，其論性、論學諸篇，深入理奧，擷宋五子之精，而衍其傳，眞得文之醇者。視世之馳騁以爲雄，抄胥以爲博，復贅僻澀、可解不可解以爲古，相去直霄之於壤焉。斯道久晦，文體亦雜甚矣，猶得此至中至醇之文而讀之，吾道其不孤乎！錫山愚弟鄒鳴鶴謹題。

錄自復旦大學藏光緒四年刻本經德堂文集。

（二）經德堂文集跋

嗚呼！此先方伯所箸經德堂文內集四卷、外集二卷，蓋在咸豐丙辰年官京師時手所釐定，大要始於道光庚子、辛丑，訖於咸豐丙辰而止。丙辰而後，如是君是臣錄、諸帝論及官通政司副使米捐奏議各稿，皆不入此集。

先方伯平生好學嗜書，箸作最富，成書已刊行者，小學高注補正、古韻通說、南槎吟草、粵闈唱和集、經籍舉要、字學舉隅、粵西團練輯略七種。書成而未及刊者，爾雅經注集證、是君是臣錄、班書識小錄、通鑑識小錄、諸子精言、莊子字詁、昌黎詩選、眉山詩選、山谷詩鈔、遺山詩鈔、浣月山房隨筆、視學須知、味道腴室制藝、霏碧軒詩賦，皆藏於家。若春秋古禮輯鈔、春秋列國年表、天下金石文字記略、金石待訪錄、談益錄、談藝錄之類，尚多皆存稿，而書未及就。先方伯學術品望，至今士林見思，而政事勳業被於湖北、江西人之口者，數十年如一日。繼棟少壯無成，不克收拾墜緒，頻年南北奔走，靡有暇日。今幸於京師留滯有年，始克盡取家中遺稿校讎寫定，首刻此文集六卷，詩詞各稿次第梓行。伏思先方伯丙辰而後，詩詞有韜帚集，散體文於殘稿內檢尋不一二首，而官江西布政使時，逆匪踞東南，江西僅省會暨一府未沒於賊。先方伯籌餉籌兵，心力交瘁，以此致疾不起。則當年蓋漠魁畫，宜必有見諸文字可傳於後者，而繼棟時年十四，在署勵五閱月，以致遺文多半散佚，未從搜輯，蹈有美不稱之誚，則尤繼棟所每懷而永痛於心者也。先方伯手定文稿本三集，別集爲視學湖北時政書。今故遲梓。又文一類中，而其事疑所先後者，以經手定，今亦未另次第。駢體文自富僧德祭文、文選補遺題後之外，皆少作，中有闕文一二字，皆原稿爲鈔胥所脫謬，無可校正，故悉從闕如也。光緒四年夏六月，男繼棟百拜敬識。

錄自華東師範大學藏光緒四年龍繼棟京師刻本經德堂文集。

（三）清史稿　儒林三　龍啟瑞

龍啟瑞，字翰臣，臨桂人。道光二十一年一甲一名進士，授翰林院修撰。二十四年，充廣東鄉試副考官。二十七年，大考翰詹二等七名，以侍講升用。七月，簡湖北學政，著經籍舉要一書，以示學者。又以學政之職有三要：一曰防弊，二曰勵實學，三曰正人心風俗。三十年，父丁憂回籍。咸豐元年六月，廣西巡撫鄒鳴鶴奏辦廣西團練，以啟瑞總其事。二年七月，省城解圍，以守城出力，以侍講升用。六年四月，授通政司副使。十一月，簡江西學政。七年三月，遷江西布政使。八年九月，卒於官。

啟瑞切劘經義，尤講求音韻之學，貫穿於顧、江、段、王、孔、張、劉、江諸家之書，而著古韻通説二十卷。以爲論古韻者，自顧氏以前失之疏，自段氏以後過於密，江氏酌中，亦未爲盡善。陽湖張氏分二十一部，言：『凡言古韻者，分之不嫌密，合之不嫌廣。惟分之密，其合之也脉胳分明，不至因一字而疑各韻可通，亦不至因各韻而疑一字之不可通。』啟瑞服膺是言，參之古書，以求其是而已。其論本音、論通韻、論轉音，皆確有據依，而以論通説總之，故以名其全書焉。他著有爾雅經注集證三卷、經德堂集十二卷。

録自清史稿·儒林三。

王拯集

點校　汪長林

整理説明

王拯（一八一五—一八七四），初名錫振，字定甫，號少鶴（或少和），别號龍壁山人等，廣西馬平人。王拯甫周歲而孤，七齡又遭母喪，遂由其大姐養育成人。十一歲從塾師秦昌岐先生學，『六年，受四子書及諸經』，在秦先生的幫助下，得應童子試，次年獲『食廩餼』（秦先生哀詞）。道光十七年（一八三七），舉鄉試。道光二十一年（一八四一年）成進士，授户部主事，充軍機章京。後累遷至通政使，署左副都禦史。同治三年四月（一八六四年），以直言見忌，爲薛煥所誣劾，被『降三級調用，並毋庸在軍機章京行走，以薄儆』（東華續綠・同治三十三）。次年旋乞歸養，主講於桂林榕湖經舍、秀峰講舍。同治十三年八月十六日未時①，病逝於家鄉桂林。

王拯居官，於感時慷慨之際，能師法包拯（甚至改名以自勉②），通達政事，敢於直言。咸豐初年，隨大學士賽尚阿視師廣西，期間，出謀獻策，『慷慨思有所建白』（清史稿本傳），惜其不爲時用，終成談兵。同治二年王拯奏誅捻軍降將宋景詩，未被當局採納，結果宋景詩終以叛亂被誅。同治間，曾國藩議於廣東籌餉，後朝廷委任兩淮鹽運使郭嵩燾出任廣東巡撫，以整頓百弊叢生之厘務，此舉即出自王拯之建議。今觀其擬辦粤西賊匪策、復唐先生書、上壽陽師相書諸篇，及其力救達洪阿、姚瑩之擬上某尚書書，彈劾侍郎董恂、薛煥等人爲『僉壬』之奏疏等等，其洞徹時事之深，直面現實之切，均有獨到之處，遠非泛泛書生之所能爲。且字裏行間，其報國之志，拳拳情深，亦不時溢於言表。

在文壇上，王拯工詩詞，善書畫，爲桐城派古文『嶺西五家』之一。詩歌方面，他自稱十餘歲就好爲詩，初仿王維、李白，後喜韓愈、孟郊、歐陽修（龍壁山房詩集自叙）。論詩主張『本之性情而可達政事』（林穎叔方伯詩序），不喜袁枚、趙翼等人的媚俗，認爲這類詩『適以導人食色之性』（陳心薌詩序）而已。其傳世近千首詩中，除了一部分屬文人間酬唱贈答之作，内容單調，工於形式外，其遊歷懷鄉等作品，仍能飽滿含情，深切動人。尤其是一部分反應現實，感時傷事之作，更有跌宕蒼涼之境，如書憤與自題灤陽日乘卷後百韻、擬古十二首等，『皆不愧一朝詩史』（晚晴簃詩匯·詩話）。續修四庫全書提要甚至認爲其詩『戛戛獨造，意深而詞粹，兼有蘇、黄二家之長』。

王拯的詞作，多因『宣幽導鬱』、『往往情不自禁』（茂陵秋雨詞·自跋）而來，故所作或纏綿清遠，或瀏亮渾脱，多重於意境，落筆清空，不求句摘。其懷古傷今之處，或可『力追北宋』（夏成業跋茂陵秋雨詞）。時人即將他與龔自珍、張惠言等並稱，目之爲清詞『後十家』③之一。

王拯的古文，先受教於翰林池生春，以爲『詞章之學，靡訓詁之學迂。士之爲學，必將明體達用，而後居則能有所守，爲潔修砥行之儒；出則能有所爲，擔荷天下，而不憂於無術』（池司業廟碑）。繼而師事桐城古文之嫡傳呂璜先生於桂林書院。官京師後，又深得上元梅曾亮之賞識，時相過從，師友事之。又先後與當時古文名家諸如朱琦、曾國藩、祁儁藻、邵懿辰、龍啟瑞、彭昱堯、李宗瀛、周之琦、範泰亨、蘇汝謙、張金鏞、馮志沂、王柏心、錢應溥、宗稷辰、孫依言等人，相互往還切劘。淵源所致，故其所爲古文，多能淬厲精潔，雄直有氣，且淳正有法，『淵雅古茂，爲世所重』（清人文集别録）。錢基博認爲王拯之文，『雖詞筆未臻潔淨精微，而氣調則頗倜儻岸異，在唐宋八大家當中，氣體於柳子厚、蘇東坡爲近』（讀清人集别録）。今集中如陳將軍畫像記、答彭子穆書、書歸熙甫項脊軒記後等等，均不無新意，且生動可讀。其婁磵課誦圖記，被續修四庫全書提要稱爲：『沉痛已極，發於至性，真乃神似歸有光。』

王拯雖『抗志在夙昔，少小氣蓋世』，通籍後亦時時心系民瘼，關注時勢，以國運安危爲己任。然而，一介書生，身歷世艱，既不能『蹈海剸鯨鯢』（南交有一士篇投湯海秋郎中鵬），而籌畫時世之策又難爲當局所用，蹉跎之中，便只好『曹司作中隱，祿仕但云寄』（示內），澹泊心志，優游文史，以託其四海之志。其一生著述甚富，主要有龍壁山房文集、龍壁山房詩集、瘦春詞、茂陵秋雨詞、歸方評點史記合筆等。

王拯文集傳本主要有三：一是龍壁山房文鈔二卷，咸豐四年臨桂唐氏涵通樓刊刻（簡稱咸豐本）。一是龍壁山房文集五卷，經梅曾亮訂正，光緒九年由善化向萬鑅所刻（簡稱癸未本）。一是龍壁山房文集八卷，光緒七年由河北分守道署刊刻行世。一是龍壁山房文集四卷，光緒二十四年由謝元福輯刻，爲粤西五家文集（又名粤西五家文抄）之一。其詩集傳本主要有：一是龍壁山房詩草十二卷，咸豐九年，由桂林楊氏博文堂刊行。據王拯庚申集自序所言，同治壬申（一八七二），作者又將自己從咸豐庚申（一八六〇）到同治庚午（一八七〇）間，所作之詩結集爲庚申集續刻於後，這便成爲後來的十七卷本。一是龍壁山房詩集十七卷，光緒九年由善化向萬鑅重刻。其後諸如嶺西五家詩文集本、續修四庫全書本等即據以收録。其詞集傳本主要有二：一是瘦春詞一卷。此本結集時間已難確考，但從道光庚戌（一八五〇）秋曾在山陰示於陳祖望，是年底又於邗江示於周騰虎，周騰虎稱爲『近作』，乃『少鶴臥病三年所得』（龍壁山房集詞・跋），則其結集當在道光二十九至三十年之間。咸豐四年（一八五四）唐啟華刊刻涵通樓詩友文鈔，其第十卷即合刻龍啟瑞、蘇汝謙、王拯之詞，由唐啟華與龍啟瑞、朱琦共同校定，其王拯詞凡六十三首，即名『瘦春詞鈔』（簡稱唐本）。一是茂陵秋雨詞四卷。該集原爲龍壁山房詞草（版心作『龍壁山房集詞』字樣）二卷，扉頁作『咸豐己未嘉平京師寓廬編草』，刻成於咸豐『庚申（一八六〇）之秋』（茂陵秋雨詞・自記）。同治三年秋，作者又將續作收集爲二卷，附刻於庚申所刻之後，並更名爲茂陵秋雨詞，凡四卷，與庚申集一道刊刻於同治壬申（一八七二）。後嶺西五家詩文集、清名家詞等王拯詞即據以收録。

本次整理王拯詩文集，其文即以河北分守道署刻龍壁山房文集爲底本。詩則以善化向萬鑅重刻龍壁山房詩集爲底本，該本重刻時，各卷題名不一，卷一、二、三、四、十七題作『龍壁山房詩草』；卷五、六、七、九、十一、十二、十三、十四、十五、十六題作『龍壁山房集』，卷八、十、題作『龍壁山房詩集』等，本次整理統一署名作『龍壁山房詩草』。詞則以同治壬申刻茂陵秋雨詞及涵通樓詩友文鈔之瘦春詞鈔爲底本。上述各本中，詩與詞文字出入不大。唯其文，則各本文字多所出入，爲存底本原貌，除少數影響文意處據它本改動外，其餘均仍其舊。

限於水準，本書在點校過程中難免有不妥之處，誠乞廣大專家學者批評指正。

汪長林

二〇〇八年十一月

【注釋】

①關於王拯之卒年，以往均作光緒二年，今據郭嵩燾日記同治十三年十一月初九日云：『張月卿過談，語及王少鶴凶耗，爲之淒然，不能自已。』又王氏族譜：『同治甲戌十三年，八月十六日未時，錫振公卒。』則當定於同治十三年。

②劉聲木萇楚齋續筆引藥禪室隨筆說：『定甫獨無桐城末派之弊，嘗服膺包希仁（包拯），故更今名。』

③徐珂清稗類鈔·文學云：『詞學名家之類聚，後七家者張惠言、周濟、龔自珍、項鴻祚、許宗衡、蔣春霖、蔣敦複也。合以張琦、姚燮、王拯三家，是爲後十家，世多稱之。』

目録

卷五……四三八

卷六……四五七

龍壁山房詩草（一—十七卷）……五〇九

卷六　己未集甲寅……五七六

卷十 己未集戊午己未 …… 六三三

卷十六　庚申集己巳

龍壁山房文集（一—八卷）

龍壁山房文集序

陳寶箴

龍壁山房文，百有二篇，次爲八卷，凡八萬四千餘言，馬平王定甫先生錫振之所撰也。先生一字少鶴，以文行名一時。既歿，而遺文放失，不可復睹，師儒閔焉。歲己巳，余居京師，嘗從敞肆得先生今稾，手所羼易累半。既官湖南，懼遂淹淪，思永厥傳，以曉學徒。光緒庚辰，改官河朔，迺以授刊，明年九月而工竟。爲之敍曰：

自有明歸氏擅歐、王之傳，獨以古文辭義法推重於世人，國朝方先生苞，文之以經術，其言益尊於時，其鄉劉氏大櫆、姚氏鼐之徒，申引推大，煽而痡張，海內宗之，所稱桐城宗派是也。方、劉既殂，姚先生巋然爲老師，徒黨相和，桐城家之言幾徧天下。後數十年，上元梅曾亮氏最稱高足弟子，復守姚氏之緒，講藝京師，四方魁桀篤敏之士萃焉。當是時，梅先生之學大昌，頗踵跡姚氏，先生亦與其鄉朱氏琦、龍氏啟瑞，治術業相高，且於梅先生游處講習，最號爲有名者也。

竊以文章之不敝，亦不敝於其心之所至而已。涵諸古而不誣，徵諸己而不餒，其一時興廢盛衰之間，類曹好曹惡，異同攻尚之習，競以爲勝，非君子所汲汲也。桐城家之言興，相獎以束（於）［手］於一途，固已嚴天下之辨矣，而墨守之過，狃於意局，或稍無以厭高材者之心。然而其所自建立，究其指要，準古先之言，皆足達其心之淑懿，條貫於事物。倡一世於物，則樂易之途，以互彈其能，而不爲奇衺詭辨，淫志而破道，階於浮夸之尢，傳曰言有宗，『出辭氣，斯遠鄙倍』，蓋庶幾有取焉。

先生早孤，育於姊。通雅練世事，既位於朝，益務自見。咸豐紀年，寇亂起鄉里。先生憤切，從軍湘粵，間所畫策，時帥不能用，寇以鴟張，而先生亦由是棄去。及以部郎入直軍機也，凡平寇方畧詔旨所規設，多先生手製以進。其言愷明，爲益天下大計甚鉅，識者以謂先生非僅文士而已。然先生之所爲文，雖若斂邏無瑰瑋桀特之觀，而類情指事，嘽諧通恕，肖其心之所自出，而寓於不敝，以眎桐城諸老儒先所得之美，未有以異。此殆百世而可知，非余一人暖姝之所私言也。

光緒七年辛巳九月，義寧陳寶箴敘。

卷一

周平王論

天下之强弱，存乎人主一心之强弱而已。人之身，四肢百體，耳目口鼻，皆不足恃也，所恃者其心。心欲其自强，則四肢百體，耳目口鼻，皆效其令，有起廢痿而爲壯佼者矣。爲天下之具，府庫、甲兵、百司庶事，皆不足恃也，所恃者人主之一心。人主之心欲其自强，則府庫、甲兵、百司庶事，皆舉其職，有轉虛弱而爲盈泰者矣。吾讀書至文侯之命，未嘗不歎平王者，其心蓋不自强，而周之天下亡於東遷之日也久矣。

幽王被弑犬戎，文侯修方伯之職，援立平王。犬戎者，平王所與不共戴天之讎者也。乃其命文侯，未嘗一言及之，而獨追述文、武。而文、武之盛德大業，所爲憂勤惕厲者，亦未有聞，獨以爲先正左右謀猷，俾先祖『懷在位』，而望文侯以恤其躬、綏其位者而已。然則平王固以其天下爲可懷，而興師復讎之事，所甘以爲不能者也。文、武之得天下也，戡黎遏莒，討密伐崇，始壹戎衣而定天下，而平王顧以爲『懷在位』。尚書三代君臣相戒勉，未有不以憂勤惕厲，而獨平王有『懷』之一言。

夫宴安酖毒，而懷安敗名。周公之誥成王曰：『其克詰爾戎兵以陟禹之迹，方行天下，至於海表，罔有不服。以覲文王之耿光，以揚武王之大烈。』斯時天下大定，獨淮、徐未平，未嘗有深讎大逆如犬戎者，而周公警戒成王若是，平王獨不聞邪？王相被弑於寒浞，而少康以一成一旅復其師。句踐創於吳，以甲楯五千人棲於會稽，臥薪嘗膽三年，卒報吴讎。平王雖處積衰之勢，猶有能修方伯之職若文侯者，獨不能與少康之一成一旅、句踐之五千人者比邪？且能用其民戍申國，獨不能用其民討犬戎？其心蓋可誅矣。嚮使平王以戍申之卒，爲征犬戎之師，吾知其民之勞怨者，將轉而爲踴躍同讎之不遑。

主天下者，强以用其民，則民强；弱以用其民，則民弱。何則？人主自强，則君心與民心順，易所謂『犯難，而民忘其死』者也。人主自弱，則君心與民心逆。孔子所謂『未信，而以爲厲己』〔一〕者也。其民能忘死，雖使其處憂危杌隉之勢，而斷不至於敗亡其民以爲厲己；雖使其崇攄高悠久之業，吾慮其禍有隱然而不可救者矣。宋高宗之南渡也，事與平王類。當其時，內有李綱、趙鼎之臣；外有張、韓、劉、岳之將；中原父老，簞食壺漿，日夜以候王師之至而歸命焉，雖興國之臣民，何以加茲？而高宗卒用偏安，苟息以懷其位。

嗚呼！周喪於東遷，而宋亡於南渡，非人主之心之自以爲弱者邪？抑吾觀周之東遷，有洛邑之基，而處封建之世，諸侯藩衛，世守其職。宋之南渡，有長江之險，而爲金人北師之所不能及。東周、南宋猶得共位於數百年，亦天下之幸事耳。天下之幸事，夫豈可以爲古今之常道也哉？

【校】

〔一〕此爲子夏語，見論語·子張：『子夏曰：君子信而後勞其民；未信，則以爲厲己也。信而後諫；未信，則以爲謗己也。』

叔孫通論

事有當其潰敗，蹙然不可以終日者，莫爲之拯，則恐淪澌以至於盡；或將拯之，又必熟計萬全以求無弊。苟徒張皇補苴，以爲猶愈於彼而苟安焉，不若莫爲之拯，猶將有待於後之爲愈也。三代以來，禮樂之興，至周大備。嬴秦暴虐，蕩棄先王之禮法，斯時禮樂之潰敗極矣。漢高以馬上得天下，上首功而輕儒術，悉去秦儀法爲簡易。當其殿上飲酒，羣臣醉，或爭功妄呼，高帝患之。吾嘗讀書至此，以爲禮樂興復之機，未有便於此時者也。及觀叔孫通承高帝之旨，襍用古禮與〔一〕秦儀法上之。惜哉！自漢迄今數千百年，三代禮樂終不復見於斯世者，叔孫氏之過也。

人之病也，當其先元氣內固，焦爍朘削，而自不之病，雖有告者，其中漠然。及其困痼，始岌岌然不可終日。書曰：『若藥不瞑眩，厥疾不瘳。』庸醫不明，苟爲之劑，使不至死，病夫帖然，遂以苟安。向之焦爍朘削邪穢之人，始以深於膏肓之間，盧、扁復生，莫之能出。嗚呼！叔孫氏之爲禮樂，何以異於是哉？使高帝之時，未有通吾謂一代之禮，必有能作之者；即無能作，以至賈生、楊雄、董仲舒之徒出，必有能舉先王遺法，以定其制於無弊者。不幸而有通之禮，而後世主帖然可以苟安，雖有爲之議者，而乃謙遜以爲弗遑。世不再傳，天下禮樂之數已蕩然矣。自是以來，天下治日少，而亂日多。有其治也，有政而無教；其亂也，民唯知利而不知義。有政而無教，奢淫邪蕩，以天下之力，供天下之用，而常恐不足；知利而不知義，兵戈謀奪，父子兄弟至相殘賊而不知返。嗚呼！禮樂之亡，禍亟若是，其孰能挽之哉？

或曰：君子之責人也恕。叔孫事高帝，帝方厭棄儒術，使通卽欲復古，高帝必不能用。昔孔子先簿正祭器，不以四方之食供簿正。聖人行事，相時而動，必伸其勢之所得爲，叔孫氏亦相時之所得爲耳。

余謂不然。孔子先簿正祭器，非簿正之而已也，將以爲之兆也。使孔子久於仕，豈苟焉而遂止於是？且高帝之資，非實闇弱不可引之當道。觀叔孫定禮之日，竟朝寘酒，無敢讙譁失禮者，高帝始喜，以爲『吾乃今[日]知皇帝之貴[也]』，然則向特不知禮之可貴耳。由此而導以先王之法，安知其不興起而可與有爲邪？不此之圖，而覬人意旨，自貶損其道以求合。

或謂叔孫生能識世務，吾未知其識世務者。方通始儒服降漢，漢王惡儒服，通乃變服楚製。夫一衣服之微，而因人俯仰如是，世有因人俯仰之人，而可與之言禮樂哉！

【校】

〔一〕與：底本作『興』，據癸未本改。

董仲舒論

三代以來，學術之歧也，自管夷吾始也。三代以後，學術之明也，自董仲舒始也。

三代盛時，天下無異教，竝無異學。自周之衰，而管夷吾獨以其權略智術，稱雄天下，於是天下始有異學。彼言功與利者，實肇端焉。孔子生春秋，立大學之教，爲萬世法，而道不行於時。老、莊、申、韓、孫、吳、儀、秦、商鞅、李斯之徒，各以材智剏立異學，爭鳴於世。至於漢興，蕭、曹刀筆吏佐漢帝，匹夫頑鈍之資，翦强秦而扼暴楚，尚用黄老申韓之學，而先王之跡泯焉。當此之時，孔子之道，其與夫老、莊、申、韓、孫、吳、儀、秦、商鞅、李斯之學，或未嘗判然也。武帝雄才大略，欲高百王，崇尚儒術，於是公孫弘、枚生、徐樂、嚴助之徒，襍然竝進。董仲舒獨以其天人王伯之理，對策大廷。觀其進戒之言曰：『諸不在六藝之科、孔子之術者，皆絶其道，無〔一〕使竝進。』大哉斯言！自有孔子以來，未有推崇若是之極者也。

然而仲舒之學，武帝不能用也。何也？武帝之心，功利之心也，而仲舒之言曰『正其誼不謀其利，明其道不計其功』，是卽孔子之言之所謂『誠意』焉耳。堯、舜、禹、湯、文、武、周公，唯意誠也，故與民絜矩而同好惡，身修而天下可平也。彼管夷吾唯意不誠，故挾仁義以圖功利，老、莊深取而厚與，申、韓切切，孫、吳耽耽，儀、秦、斯、鞅又骫譎加暴肆焉。戰國之世，孫、吳最先用爭城奪地，而禍亂生。儀、秦繼之，合從連衡，禍又甚焉。商鞅、李斯整齊嚴酷，秦人用之以一天下，十餘年間，四海大崩。彼其所學，非一無所效也。而有所效，卽有所弊；且其所效，不勝其所弊。術唯孔子不弊，則其誠意與堯、舜、禹、湯、文、武、周公同也。然則欲行堯、舜、禹、湯、文、武、周公之道，舍孔子何由也？顧人挾其功利之心，欲以從於孔子之道，末由也。

嗚呼！仲舒之言，武帝不能用。孔子之道，則自孔子以來，猶未之能用也。且自周秦以降，儒者之言，其斷然擯絶於功利之心者，舍仲舒其誰哉？

【校】

〔一〕無：漢書・董仲舒傳、癸未本作『毋』。

汲黯論

余讀史記至汲黯傳，未嘗不愛慕其爲人。及觀其不用以死，則重惜之，惜其有諫諍之資而無術也。

今夫盜之入於室也，閉而執之，則必勇鬬至於傷人。或啟其戶，則棄而去之矣。水之發於川也亦然，川壅而潰，傷人必多。善治水者，（峻）〔浚〕爲之，防以遏其流，必先廣爲之洩，以殺其勢，勢有所趨，自不至於泛溢衝突而不可止。黯之仕也，武帝方招懷四夷，窮兵絕域，神僊、土木之事竝作。爲黯計者，方將爲帝陳唐虞之政，講三代之法，興學校，談禮樂，省刑薄斂，凡二帝三王之所以治世而立極者，以歆動之，使知陳兵耀武，神僊、土木，皆非所以爲治之具。苟大有爲之，君必將睪然思，翻然改，油油然而興自悔，易其所爲，而用吾之所學。君心可格，而天下可圖也。

今黯不然，徒以天子置公卿輔弼之臣，不可以從諛承意，故湯、弘之不可用也，則毀之； 四夷之不可瀆也，則阻之。天子方號召儒術，崇尚文學，然其心多欲，不足以施仁義，則揭之而已矣。未聞一言以寤其君於二帝三王之道，使之易其心思，而有所執持也。且人君固當善用其欲，昔武帝嘗曰『吾欲』云云、『是欲』云云者，固將以六五帝、四三王，不於此時因勢而利導之，徒曰是非其君之所能爲，是閉盜於室，而壅水於川，其不至決然而傷人不止也？

蓋黯之學，吾知之矣。黯學黃老，其爲治責[一]，大指務在無爲，以爲君人者，必將如文、景而後可。夫以武帝之材之略，其能一無所爲，而穆然居位者乎？抑將無以束其身，而不能不傀然思逞者乎？且君人者，固甚欲其有爲。以文帝之恭儉，吾猶以其不能修復古先聖王治世之具爲憾。如武帝者，乃不導之有爲，而顧欲其無爲邪？當漢之時，二帝三王之道不行，而人皆以黃老爲學，雖黯之賢，固未免也。夫古稱諫臣龍逢、比干，以忠直顯。然龍、比遭桀、紂之主，當傾覆之時，有大不得已之事，故當挺立不顧，捐生以殉之。若黯之時，與龍、比異，不得以爲比。

且獨不聞孟子之仕齊乎？以宣王之惽，而堯舜三王之道，日陳於前：王好色，則導之太王。王好貨，則導之公劉。王好勇，則導之文王、武王。至於省耕、省斂、養老、教民之法，未嘗去諸其口。武帝多欲，其與宣王之惽，必有辨，奈何不聞孟子諫王之術，而顧欲黃老之爲邪？太史公之傳黯也，述武帝之言曰：『人果不可以無學，觀黯之言也益甚。』嗟乎！負其伉直，爲天子諫諍臣，固可無學乎哉？

【校】

〔一〕責：咸豐本作「者」。

郡縣井田論

竊觀古今爲學之道，莫善於大學，而古今爲治之法，莫備於周官，兩者相須而後備，闕一焉不可也。大學之教，由家以推之國。周官之法，「凡造都鄙，制其地域而封溝之，以其室數制之」，由百畝以至二三百畝，「乃分地(域)〔職〕，奠地守，制地貢，而頒職事」。又聚之以「荒政」，養之以「保息」，安之以「本俗」。乃施教法於其所治民，令五家爲比，五比爲閭，四閭爲族，五族爲黨，五黨爲州，五州爲鄉，使之相保、相(愛)〔受〕、相葬、相賙、相賓，然後頒之職事。教以三物，糾以八刑，防以五禮、六樂，於是大祭祀，大賓客，大軍旅，大田役。凡國有大故、大荒、大札，胥於是令教焉。此所以家齊而國治，古先聖王治世之法，未有或出於此者也。

唐虞尚矣，夏商貢助之法，實周人所監視，至周官而法始備。司徒之職，六官所基，而凡百職事之所從出也。周衰，井田之法弊。春秋之世，唯管夷吾、蔿敖、國僑，猶能行之，彼夫「軌里連鄉」之制，皆井田之法也。法之久而將弊者，必有以知其弊之所在，而斟酌損益之。審其時宜，因勢利導，載之以先王之法之意，而後吾法可行，而於世爲有功。彼懲於法之弊而裂之，與明知其法之弊而强欲復之者，皆所以益法之弊者也。

故夫井田之弊之必爲郡縣者，勢也。何也？民生之日繁也，侯度之日愆也，豪强之日多，而兼并之不可止也。使於井田既壞之後，而必復爲井田，毋論先王經界之必不能正，即能正之，而丁戶之不齊，不待十年，强弱小大之間，必有糾紛，而不可治者矣。

然而郡縣之弊之又必還取法於井田者，理也。何也？民心之日澆也，吏治之日媮也，豪强兼并之不可挽，而小大弱强之不甘於相役也。使一唯郡縣，而不思所以還取法於井田之意，毋論侵吞暴奪，禍患之相乘。即使天下晏然無事，而農夫盡力於田畝，困於租賦之擾，而情不能以訴。人主惻念於閭閻數行蠲卹之典，而澤不得而下施。天下富强之資，隱然盡歸於中飽，而自公卿大夫，而執事，以至游手逐末之民，皆鮮衣而美食。計一夫所耕，而十夫食之；十夫之耕，而有不足以供於一夫之食者，則食者日衆，而人之所以求食者，必日新，羣天下而爲游食巧蠹之民，而如周官三百六十之屬之事，莫不冥冥隳壞而不自知。一旦猝然而有意外之憂，吏不知其民，將不知其兵，士卒不知戰陣，倉庾有財穀而不知所以藏，山川有險隘而不知所以守，雖有人民土地，而羣委而去之。民之不得已，而棄其室家，而鳥獸散者，紛紛然。而揭竿斬木之豪，必將有横恣焉，而不可制者。

然則如之何而可也？曰：於郡縣之中，而行之以井田之法之意。伍相保也，什相連也，百相屬也，財力相資，而耕戰相習也。省事與兵之冗，而簡而精之，以助民之所不及；去科與例之煩，而約而要之，以示民之所可循，如是而已。於是天下之人民、土地，乃可以犂然視諸掌矣。兵、農、學校，理財用人，一切刑政，卽今天下所以爲治之典要，莫不本於井田之遺，而不必其驟變也。由漸焉以去其泰甚，事皆有減而無增，人皆有闕而無補。以數人之食供一人，則食將各足；以數人之事責一人，則事必就理。合之爲天下之法卽教之，皆一鄉一里之所自興，使民以〔一〕各衞其身家之心與力，而集之以赴於公家之事，吾得而斷之曰：平天下之端，必自此始。

吾觀商鞅之用秦也，令民什伍，相收連坐，猶是周官之法。而阡陌開而井田壞，乃懲於法之弊而裂之。漢之新莽，宋之安石，又一泥於法，而强復焉。是皆所以助法之弊而已。夫有治人，無治法。孔子論政，曰『食』與『兵』而已。而其告曾子以明主治民之法，則曰：『必別地以州之，分屬而治之。』及一爲中都，至攝相事三月，而羔豚弗飾，男女別塗，道不拾遺，客至如歸。孟子之於齊、滕，一則曰『王道之始』，再則曰『(仁)〔忍〕人之政』，而告『畢戰問井地』語尤詳焉。謂孔、孟得時而行道，法有出於井田之外者哉？雖然，春秋、戰國井田雖壞，猶未盡失，猶或可以復其制也。降及漢、唐，郡縣已久，其法盡失，則唯有行其意焉而已。吾觀漢韓延壽、魏李沖，五長、隣長之設，皆見施行。而朱子之於南康，陽明王氏之於南贛，尤較大著。聖王有作，必有能行其法以致泰平者。

大學之言曰：『自天子以至於庶人，壹是皆以修身爲本。』其本亂而末治者，否矣。又曰：『君子有絜矩之道。』安得『修身』『絜矩』之君子，而與人爲國家哉！

【校】

〔一〕以：據癸未本補。

保身論

昔子思子論聖人之道，推之至於高大極天，發育萬物。又言凝道之所由來，以謂『君子尊德性［而］道問學，致廣大［而］盡精微，極高明［而］道中庸，溫故［而］知新，敦厚［以］崇禮。』大哉，極矣！至其言修德凝道之功，至『於居上不驕，爲下不倍；國有道，則言足以興，國無道，則默足以容』，謂聖人之攸往，咸宜如此也。獨又引詩，而究歸之於明哲保身之一言。

余嘗惑焉，以爲聖人之道，夫豈唯以保其身云爾哉？求其說而不得儒先之言，乃有爲聖人之道，有時殺身而以爲保身之說者？余究未能，以爲其〔一〕說之未〔二〕必當於聖人。日聞范子百崇之說，而乃曉然於子思之言『保身』者之義大，而後儒之言『保身』者義猶小也。范子之說曰：『唯聖人必保身，且唯時中之聖人，爲能明哲以保其身。古之聖人殆唯文王、周公、孔子足以當之，下此而伯夷、伊尹、顔、曾、閔、冉之流，殆已不足以語此矣。』蓋身也者，人之所以爲人，而與天地參焉者也。人之所以參天地，必自盡其性者始，盡性必保身。全而受者全而歸，此人性之固然，人未有戕其身，而猶以爲能順其性者也。夫人身之所處，居上與下而已；身之所遇，國有道與無道而已。彼篤信好學，而守死善道者，誠是也。至於危不入，亂不居；天下有道、無道，而身爲之隱；見時之與地，皆處焉而得其中，而至道之極，必若文王、周公、孔子，夫焉有不明哲以保其身者哉？

或曰：『如范子言，然則聖人辟之者邪？』

曰：『然。』

曰：『賢者辟世，其次辟地，猶賢者也。若聖人之道，自不至於其時與地，而又何辟焉？』

曰：『然則易之所謂介石之貞邪？』

曰：『然。易不云乎？「知幾其神」，然猶聖人之一端。吾嘗觀於易之全矣，通易之卦六十四，通易之爻三百八十有四，唯中者無凶，不中雖正，而猶有凶。中者，聖人之道，唯修德凝道之聖人爲能得之。』

范子，沈潛士也，所言保身之義若此，余又因或言而申以己說。雖然，此聖道之極，不可不明，而不可以人人明〔三〕之也。孔子曰：『中人以下，不可以語上也。』彼不知聖道之極之不可能者，將持吾說而便乃身圖，則得皋於守死善道者多矣，亦將有爲而爲之者邪？

【校】

〔一〕其：據癸未本補。

〔二〕未：據癸未本補。

〔三〕以人人明：底本作『夫人能』，據癸未本改。

定齋〔一〕說

天下之事，萬有不齊也，聖人爲之物以齊之。衡以齊天下之重輕，度以齊天下之長短，而悉本於黃鐘。本黃鐘之管以爲分，分十寸，寸十尺，尺十丈，丈十引，而度成。本於黃鐘之龠以爲十二銖，銖二十四兩，兩十六斤，斤三十鈞，鈞四石，而衡成。衡、度非强，天下之不齊以爲齊也。銖、兩、斤、鈞、石、寸、尺、丈、引，製皆一定而不可易，而天下之數受齊焉。

天下之理，其輕重長短，猶天下之數也。聖人者，亦有以齊之。大學言『格物』，物者，盡天下之理之輕重短長，而區而分之者也。其言格物之方也，則曰『定』、『靜』、『安』、『慮』、『得』，得其格物之理而已。而所謂『定』者，有物焉，必其志之有所嚮而不遷，先立其體，如衡度之製於一定者然，然後天下事物之蹟之萬有不齊，縱極顛倒迷惑，而皆不足以亂吾之明。夫唯天下事物之蹟，顛倒迷惑，皆不足以亂吾之明，而吾乃能區分其輕重長短之理，反以决於吾之身心。故言大學，必自定志始。志定於吾心。心者，人所受於天，而天下之理之所從出，猶黃鐘者，亦人所則於天，而天下之數之所從出也。今夫立五都之市，不定其衡度，則一市閧，況將以吾身求入乎聖人之域，而出以當天下之事者哉。

友人聞吾說而韙焉，以『定』名其齋。復要余爲文，而書以歸之。

【校】

〔一〕齋：據癸未本補。

大學格物解

大學之教，先誠意，而誠意必先於格物致知。

夫格物者，何也？

曰：『天下之物，皆格之，本末、終始、先後之理得，而知乃至焉。』

然則安得天下之物，而皆格之？

曰：『格一物，而其理得，而天下之物皆格。』

然則格一物足乎？

曰：『格一物而得，而因以盡格天下之物，而無不能得者。天下容有未極之物，而吾心固無不至之知。大學之爲教也，曰「在明明德，在新民，在止於至善」矣。爲大學者，必先知至善之所在，則志定、心靜、身安，遽得此格致之所有事也。』

夫其所謂得者，何也？

曰：『物，本末也。事，終始也。爲格致之學者，必物得其本末，事得其終始。又推焉以求其盡，而知其所當先後。至是而物既格，知既至矣。持是以誠意，而正心，而修身，而齊家、治國、平天下，蓋由吾身，以至於家國天下，皆可以物觀也。天下之物，不能盡極，求物之至大者而極之。於天下，吾此之物極，則天下之物固未有不能皆極者矣。而物之與天下對者，唯吾身。自天子以至於庶人，壹是皆以修身爲本，而家國、天下爲末矣。由身以推之家國、天下，而終始、先後之序出焉，故曰其本亂而末治者否矣。家之不齊，而何以言治國？故曰其所厚者薄，而其所薄者厚，未之有也。凡此皆言格致，者也故曰此謂知本，此謂知之至也。大學之言格致如此，不已明乎？故曰格至也者，非也。木長之謂格，故木各爲格。解之者曰：「樹高，長枝爲格」。古之庋物者，嘗有謂格者矣，格則有以區而別之。故曰格者，度也，量也。故格有正之義焉，書曰「格於文祖」是也。有安其所之義焉，詩曰「神之格思」是也。又曰：「格〔一〕者，桐也。桐有天地，所以推陰陽，占吉凶也。」則格之義不可推乎？或曰：「格，扞也。格去外物之謂格。」亦非也。

禮言「扞格而不勝」，言扞於格，而不能勝，猶物之各異其區，而不能以相及耳。則或謂「去其心之不正，以全其本體之正之爲格」者，亦非也。且如或言，大學一言「誠意」足矣，而何以言「物格而後知至，知至而後意誠」也哉？』

【校】

〔一〕格：蓋爲『栻』之訛。廣雅：『栻，梮也。』栻爲古代占卜器具，即星盤。

卷二

擬上某尚書書

某頓首，謹上書某閣下：

某邊隅寒畯，忝居門下二年矣。逆夷狡逞，海疆多事，中外洶洶，閣下司天喉舌，入贊機樞，於國事是非利害，誠未可知而不言，言之不用而婞婞以終也。某愚屢欲有所進言，伏思草茆愚賤，驟忝朝籍，豈宜妄議國之大政？今乃不能隱忍，終欲一剖其誠。

某自未釋褐之日，熟聞閣下仁明誠慤，一代之偉人，國家之楨榦也。曩者，奉使東南，還朝之日，海夷甫經蠢動，即嘗越位讜言。今兹晉位益隆，居地益密，正當多事之秋，必當有所斡旋，爲國家出萬全之善策。方去年六七月間，逆夷攻陷鎮江，東南震恐，戰撫之議，待決旦夕，朝廷幾不自安。閣下堅持正論，力阻佞言，退食之餘，憂憤感惻，至於流涕。某聞感激，以爲國有人焉，誠前聞之未誣，而一介至愚，獲出於大君子之門之爲私幸；而又引領跂望閣下之言見用，庶朝綱立而國勢張。厥後無議，既成朝廷委曲遷就於外臣之請，舉朝人士，莫敢一言諫止。

某不才，椎胸頓足，中夜感憤。維思朝廷念生民塗炭之苦，大天地生成之量，破千百萬之帑藏，以充凶夷之橐，而淡其禍，此亦皇上仁慈苦衷，大臣權宜至計。使逆夷獲此，凶燄遂戢，四海晏然，長享太平，豈非臣民之所禱頌，奚必願朝廷重兵革之禍，以成悻悻之怒者哉？乃至於今，不數月耳，邇者凶夷駛船臺灣，經臺灣鎮道達洪阿、姚瑩等，出力剿殺。事聞之日，朝野僉賀，以爲國體淩夷，有此一方振作，逆夷當益知感聖人覆載，明中國非誠弱於彼小邦，或者由是凶燄衰，而前盟可守也。孰意逆夷逞不靖之心，挾陰狡之計，重至閩省，請於督臣，奏懇將姚瑩等治辠，以洩其忿。此天地所不容，神人所共怒者。微官踈賤，未知朝廷何以處此，延頸久之。不料外臣疏至，竟有以姚瑩等妄殺冒功，請置於辠者。朝廷飭下閩浙督臣渡臺察訪，內事秘密，未知督臣復奏云何。

竊謂大君子在朝左右，所以盡忠而謀國者，斷在此時。伏思逆夷犯順，爲中國禁販煙土一事耳。前督林則徐在廣州時，圍困夷船，燒銷洋土，逆夷見其防禦嚴密，乘浙江不備，攻奪定海。守(臣)[臣]未能剿辦，即時恢復。逆夷沿海投遞夷書，求將林則徐治辠，而索其物價。朝廷誤信其言，徑將林督罷任，繼以治辠。自是虎門失守，大遂所欲。旋復亂浙江，破廈門、寧波、乍浦、寶山、鎮江。唯臺灣一區，兩獲勝仗，彼逆夷莫之誰何。夫臺灣海外孤縣一郡地耳，較之江浙閩廣，勢有難支。達洪阿等以一旅之師，儼然不喪一卒，不折一兵，而全郡晏然，此其忠勇材略，宜有大過人者。使沿海守臣有如若者十輩，夷禍何至於此？方林督定辠之日，朝野上下，凡爲君子人者，靡弗同聲慨惜。然辠之者，猶得有詞，謂廣東燒土，釁所自開。逆夷牟利，今毀其貨貝，而不復其工本，則無以折其心，而滋擾無已時。不知今於臺灣之事，又何說也？豈其『冒功』、『妄殺』之言，果足信哉？自夷船駛犯內地，隳城破邑，傷殘百姓，殺害將士，亦已多矣。一遭內地捦獲，則自稱難夷，謂我妄殺。以海外之孤城，逆夷屢至窺覦，而凶鋒叠挫，四方守臣，皆如瑩之妄殺冒功，朝廷又何忌哉？

且愚以爲今於達洪阿等，不當問其妄殺冒功誠否有狀，而當問其所領之士卒有無折傷，所守城池有無失陷。果其師完而守固，固宜有賞而無罰。大抵臺灣，地素膏腴，形勢可據，逆夷所覬羨耳。今數駛船其地，守臣拒之不力，則凶夷取其地而有之；拒之力，則又可請於我朝廷，使治其辠，將不幸而爲守土者，必如何而後可？我皇上神聖英武，義當大整甲兵，詰逆夷之貳懷，益加重賞達洪阿等，以重一方之守。就令二人者，誠有下於吏議，上瀆皇仁之事，竊猶以爲功可奪，級可鐫，甚之辠律可加，而臺灣之地萬不可使去。非唯二人由此披瀝膽肝，其報我聖明者，必有激發其平時忠義之氣，而天下臣民，亦可曉然於朝廷愛才重士之意，外邦醜類，亦可凜然於國家立法之無枉，而馭將之有方。烏有以敵人之片詞，輒自疵瑕其所柄任之人，而去其位者？第慮睿謀未定，或有顧瞻前後，怵於利害之臣，復以聖明爲天下蒼生惜命，何吝此一二人而失前此委曲議撫之心？且或曲加媒孽，輒謂達洪阿等果有妄殺，果有冒功，不顧全勢之屈伸，而斷齗於尺寸之長短，萬一聖慮俯從，則何達洪阿等之不可置辠者？逆夷繼此駛船佗境，雖有智謀忠勇之人，又孰肯執干戈，擐甲冑，爲國家社稷保衛者哉？某非爲達洪阿等負屈，而爲四方之爲守臣者寒心；非爲臺灣惜築，而爲國家惜天下之人材，與二百年來之士氣也。逆夷之爲是計，猶是去林則徐故智耳，豈前事班班可見，而猶不之寤邪？

今日之計，唯有明諭狡夷，開誠布信，曉以天朝禁販煙土，本爲百姓吸食戕生。前此彼國不識禁令，乃因外臣毀其貨物，閉關遏糴，致令怨叛。天王軫念小國，償以物價，宥其前愆，令各省通市和好如故，允宜各安貿易，仰戴天朝仁厚之德。若輒駛船妄犯佗境，彼地方官有守土之責者，出兵捦勦，職所宜然，雖我朝廷不能禁止。如其有意敗盟，復生窺伺，是彼自尋禍亂，猶將申諭各守臣，復整王師，以彰撻伐。逆夷雖屬凶頑，或亦聞之愧服。至於沿海地方，必當嚴爲之備。彼逆用間不行，必且稱兵臺灣。臺灣不能逞志，必又駛船閩廣江浙，各處騷驛，以相脅耳。前者林督未去，而廣州無恙，禍在浙江。林督一去，而廣州禍作，漸且及於廈門、寧波、上海、鎮江，非前車之覆，而後車之鑒邪？

且愚以爲二人者，非唯朝廷用戰守不可去，即朝廷用撫亦不可去。彼夷逞凶肆詐，苟先無以戢其凶而破其詐，豈有能遽服其心者？昔司馬文正有言：『今日之事當以和好爲權，宜戰守爲長策。』方今之務，何以異此？夫朝廷明知林則徐之可用而去之，既覆乃事，今知姚瑩等之可用，而又將去之，坐畏戰守之乏策，思蒙昧以苟安耳。竊謂夷雖凶餤鴟張，隳城破邑，實外臣將帥不善守禦，非夷之必不可當也。或謂：言者易而行者難，江浙閩廣失守，諸臣未宜盡爲怯懦，且如牛鑑在江，裕謙在浙，始皆鋭欲破賊立功，而竟坐失陷，此其已事可見。不知此特一隅之見。胡林督之守廣州，姚瑩等之守臺灣，而獨不見之也？懦夫見千人之登崇阜，而熟視不睹，見一夫之蹶平地，則惴惴而驚。承平日久，民見亂不常，將卒知兵者希，人情大抵然耳。

某愚，謹就見聞所及，凡逆夷之不足威，中國之可以制勝，至明曉而易識者，請一畢其説焉。夷之所恃以逞其凶者，船與礮耳。彼船雖堅，不可以陸行。礮雖利，不能以百里，此理甚明。且彼船礮皆利於用大，所稱火輪船者，身重能壓颶風，礮轟不碎，誠於涉海爲宜。至於沿海港汊，或有沙淤淺狹之處，則必易用三板船，既小於火輪，數千斤之礮不能載放，而亦不足當一炬之灰。今欲駕銜尾之舢艫，以與角於汪洋巨浸之中，是用吾之短卽彼之長，果非勝策。若堅壁以待其來，凡彼大船所可至之境，大抵海壖寥濶之區，宜稍息偃以避其鋒，及其易船以入吾隘，則據險而與之敵，勢力均耳。至再進而登岸，則彼船與礮皆不能施，彼人猶吾人，彼器猶吾器耳，惡有中華全力，而反爲島夷深入之孤軍所困者哉？此愚昧之所憤切，斷以爲不足威也。

至於中國之可以制勝者，一在募義勇。自彼夷倡亂，與官兵接仗，所在獲勝，而廣東、福建，乃數困於鄉民。前歲江浙閩廣，欽差四出，各省徵調互繁，最爲失策。韓愈氏有言：『徵兵滿萬，不如召募數千。』蓋中出之將，本不知兵，又不熟悉外省民情地勢。所謂之兵，離其父母妻子，以爲人捍難，跋涉數千里而來，既懷咨怨，又重困疲。抑且客兵遷地，弗能爲良。是以覩海波之蕩蕩，聞礮聲之隆隆，一夫狂奔，萬衆坐潰，徒費國家帑藏，以張敵勢，重民困耳。往者，三元里之事，廣東民勇，曾將夷目圍困，幾不得脱。近者，廣州夷館又被民人焚燒，彼逆皆莫誰何，此亦足見吾民之可恃矣。今者，唯宜號召此衆，擇其尤爲魁傑者，予以恩施，俾領其衆，分之各處險要碉堡，以當防禦。其餘沿海各府州縣，行用保甲團練之法，布之號令，予之器械，申之賞罰，無事依然比戶，有事一呼立集。富民殷戶有能出資財充餉饋者，略用各省捐輸之例，量加恩賞。百姓各有身家，各有祖宗邱墓親族里黨，人心既固，各出死力以相守衛，安見各省海疆，而獨三元里之民之足用乎哉？

一在扼險要。各省海疆山川奥阻之區，天之所以限中外也。自昔談海防者，以堵海口爲要策，如直隸之天津，山東之登萊，江南之狼山、松江，浙江之黄巖、溫州、寧波、定海、象山，福建之福、寧、廈門、漳、泉州，廣東之香港、碣石、虎門，稽之輿圖，參之聞見，攷之前人論說，皆爲有險可守。比年各處失機，如虎門者，直内地自行撤衛，而後夷船駛進。鎮江之破，圌山關最爲要口，防兵僅數十人，逆夷乘夜以來，守兵施礮，彼猶逡巡未敢卽進，迨至遲明，探悉守兵寡弱，然後連檣徑駛。由此言之，苟非棄藩籬，敵固末由逞也。今於各省海濱，夷船進口要隘之處，或憑山險，或擇海汊，設立碉堡，安置礮臺，屯駐大隊精鋭義勇，於其易船進口之時，施礮轟擊。卽使其間有或地勢稍夷，或逼近海滑，無高山峻嶺屏蔽，爲彼船礮所可及者，竊謂宜稍徙易以避其鋒，度其船礮所不能及，然後布之精鋭，以扼其衝。彼夷見空岸之可肆行，一或登陸，則彼不能逞，而我技可施矣。至於天津畿輔之地，逼近京邑，商賈輻輳，逆夷之期至者數矣。吾唯有籌可以禦之之策，斷不能有幸其可以不至之方。

某愚，又料夷之計亦窮矣。當鎮江攻陷之日，或謂彼當卽駐京口，斷五漕道。或謂彼必馳取江寧，據爲窟穴。揆其時勢，彼盍無不可爲而竟不之爲者。逆本小國貿易之徒，計止射利，攻奪之地，唯恣擄掠，飽則颺去，非敢長據一地，有佗冀倖之心。天津所以久而未至者，特置此一區爲震脅我地耳。果能熟籌備禦，義當望其速來，決一死戰。就使地利天時，或不可測，津門距京師陸地二百餘里，彼遂能牽舟而騁至者哉？一登岸，則爲捡甚易耳。至登岸而不可捡，則中國必虛無一人焉，可慮者，又豈唯一英吉利？故察地險，尤要也。人心固而地險據，是在能簡守臣。

某愚，以爲朝廷無善守禦之法，唯在沿海各省督撫，得沉謀忠勇者數人，以爲中國之長城。各省亦無善守禦之法，唯在沿海各守令，得沉謀忠勇者數人，以爲一方之保障。唯於進退舉劾當機之際，必當假以權宜，重之威勢，然後出能有功。語云：『閫以外者，將軍主〔一〕之。』

前者浙撫劉韻珂所奏，請將鹿澤長、舒恭受二人暫停治辠以任寧波、定海一疏，誠懇明切，實中機務，而朝廷未允。議者輒曰：『其人辠固無可逭也，例固無可宥也。』夫功辠者，爲治之大綱。然朝廷所以明功辠，爲萬民勸懲耳。今如劉撫之奏，則二人者，實爲百姓所深感戴天。以百姓所深感戴之人，朝廷能棄其辠而用之，較之明區區之功辠，而重失百姓心者，所去不止一籌矣。

至於例之一定，可守之於太平無事之日，不能泥之於四方多事之時；可用之於尋常供職之人，不能限之於奇傑非常之士。昔秦用孟明而爲伯主，唐用魏徵而爲興，王千金市骨，則千里之馬至。故今日小之如鹿澤長、舒恭受，大之如姚瑩、林則徐等，皆當釋其徃議，略其微疵，以資柄用。誠使各省處置得人，朝夕而講守禦之方，上下一心，內外合力，周子曰『果而確無難焉』。伊古以來，爲國家持大計，定大難，未有不出此者。若夫賞罰之出，必速必信，賞不當而罰不嚴，則人思詭遇，而求倖生。今上寬仁不殺，盛德邁古皇矣。唯用兵之事，神武必先，列祖列宗成法具在。昨者，余步雲之戮市，奕山、奕經等之治辠，誠典刑至當。獨惜治之不早，藉令鎮海攻陷之日，馳數行之命，梟余步雲首於軍前，其一死之堅吾軍志，而壯我國威者多矣。志曰：『置之死地而後生之。』將卒無死心，而能成大功於疆埸者，未之前聞。諸葛武鄉侯有言：『成敗利鈍，非臣所知』，『鞠躬盡瘁，死而後已』。爲人臣子，當以此告於君父；爲人君父，當以此告於皇祖。精誠至，而神鬼通也。若猶怯懦畏葸，志於苟安，怵於目前之勢，不顧理之是非，而顛倒失執，一旦決裂，至於不測，生何以對於君父，死何以告於皇祖哉？

某愚且暗，陳及守禦之策，實見達洪阿等之必不可以爲辠而使去耳。今日不辠二人，逆夷之禍卽作，天下勢猶可支。今日辠二人等，逆夷之禍不作，天下隱然渙矣。道路之言，有謂瑩等已有旨治辠者，有謂已解質北來者。竊以皇上聖哲，左右大臣有仁明誠慤之君子在，斷不舉措如是。萬一有之，是自毁其牖戶而召侮，予敵人長驅而入吾之四境，其禍將兆於今日矣。詩曰『民之訛言，亦孔之將』，所以挽回維持之者，實唯閣下。大臣謀國，有能誠懇悱惻，以回天於無形者，上也。諍之以去就，誓之以死生，事之濟而不任其功，事之不濟而不任其過者，中也。下，無責焉。狂瞽愚惑所言，或有失次，而不能終默然於閣下者，冀蒙鑒督，以無忘其朝夕近侍，積誠感格之意。或者傳聞失實，朝廷無有是事。或者言未及陳，而閣下已嘉謀入告，能預用其旋乾轉坤之力，而世不之覺，則尢愚昧之所禱祀以求者也。

某不勝區區之誠，肆言瀆聽，唯教誨焉。某實幸甚。

書成未上，聞已有人先投書某公者，大抵所見略同。後見其稿，特未能暢所言耳。嗣是達、姚二人逮京，未及於臯，此書乃遂置之，姑存以誌一時意氣。局外論事，後多弗應。卽姚老其人，亦大不逮書中所陳。並存以見知人料事之難，而倖倖者誠未足憑也。自記。

【校】

〔一〕主：史記·張釋之馮唐列傳作『制』。

與彭子穆書

子穆仁兄足下：

前月得汝陽書，卒卒未復，而懷想積深。比來體中攝衛何如？來書過自卑。抑足下行身爲文，如賈誼、鼂錯，縱弗敢自居，若子瞻兄弟少年到京師時，量當之綽然，是何患其不成而與古人相追逐者？

足下知僕最深，竊謂知足下深亦未有如僕者。蓋吾兩人志趣同，而性質少異。僕負氣僻鶩，身弗能自檢攝，而多責人，於人寡所歡。足下與人常坦坦，隱懷用世之心，常欲夷其所學以卽於時，與人不少備，而能屈曲得行其意。是各有所得失，不知子穆聞之以謂或然否也？

僕秋冬來，漸少疾厄，乃精氣常未復，而肝膈時滯。日有所事觸，卽壅逆饔飧，或不思食。對客酬酢，往往神倦。官中事幸頗不煩，蚤暮休閑閒，弄書史，或强爲文章，以自突兀，獨未終篇，輒欲屏去。疲愞多睡，夜分或瘖，腰脊酸楚，如中寒熱。吾生受氣良薄，顧自數歲疊遭閔凶，困孤愁苦，至二十餘，未嘗知有疾病。唯以狂放，飲酒佚遊，不忌寒暑。又性僻褊中，往往四方奔走，人事違忤，則多怫鬱憂懣，以動搖其心精。或復縱肆，任情妄爲，事過輒悔。已復蹈之，重自怨懟。積幾時日，因於去歲釀成大疾，幾隕厥生。幸而獲全，又不能自保愛。今年三十，憊疾之狀幾如五六十人。

人之生世，不過數十年。憶前五六年時，與足下同客桂林，日夕過從，抵掌言天下事，頗欲有所樹立，未肯泯泯與氓庶同歸。及今觀之，人必先自治有餘，而後可以治人。且一身之弗自理，尚何足與言天下事？竊觀古人，凡二三十時，要必已有所能立，而後異日得以成就。今自問其行能，誰爲可以信於心者？京宦貧薄，生事焦勞，然既未能自簡嗇，又不善爲理，恐終爲累。

往時讀書向學之道，自謂小有所窺。及數年來，頹委殆盡。當其心神失所寄泊，以詩書自溷耳，開卷如有所會，未終卷而怳然失矣。及今如是，雖有後日，尚何望哉？尚何望哉？間對博聞敦行之士，相與莊然揖讓，而中自踧踖，如身行泥淖中，見人車馬遊康衢，祇自慚茶而已。

又僕自祖父來，單門一身，年幾三十始有室家。而自室人慘亡，今未有後，一年餘矣。山陰，先世所居，僕生未曾歸省，祖先邱壟將爲牛羊芻牧之區。即桂林先代新塋，僕所自營，比亦聞有圮損。南中一老姊，五十寡獨，僕自幼孤，依以成人，而今相隔七八千里，寄食戚家，未能輦之以北。思欲竟棄此官歸乎，則耕無負郭之田，居無半畝之宮。欲遂凷然居此，則憂愁莫釋，壹切惰廢，日憒憒〔一〕然如昏夢中。

足下愛僕，其將何以爲之策也？吾生倫紀多闕，嚮唯二三師友扶掖。比年彫落，或遭中道變更幾盡，如足下者，未易一二數焉。風便自陳，蓋有非吾子穆所不可告語者，故盡言，冀足下詳吾狀，而有以進之。

冬寒，唯珍衛自愛。不宣。

【校】

〔一〕憒憒：底本作「憒憒」，據癸未本改。

與朱伯韓御史書

六月二十九日，錫振頓首寓書伯韓仁兄御史執事：

廣州讀邸報，見閣下以俸滿保薦郡守，引見仍留諫職。甚慶！甚慶！即日得宗丈滌甫書，謂閣下不聽友朋規戒之言，致以彈章不實見絀。蓋錫振在都中日，宗丈嘗見謂：『伯韓樹立偘偘，宜且韜掩，不當時時瑣屑進言。』錫振深韙其言。今書所稱『彈章』，不識何指？豈謂閣下所奏甘省事邪？

御史，五品官耳。郡守官高數級，有地數縣，俸入充羨，出則乘輿張蓋，入則高堂洞房。視閣下爲御史，敝車羸馬，惡衣菲食，蕭然坐斗室中讀一卷，自謂高天下，而妻孥惴惴憂飢寒，僮僕睢盱左右，有不得志。其官肥瘠，奚翅千萬？顧郡守職領一郡事，有督撫司道數大官於上，有數州縣牧令於下，手不得握尺寸之柄，徒日奔走，承應於簿書期會之間。御史立天子殿陛，得執簡言朝政得失，從容諷議天下事，則其官伸屈，又不與肥瘠均。歐陽永叔言：『坐乎廟堂之上，與天子辨可否者，宰相也。』『立乎殿陛之間，與天子爭是非者，諫官也。』『宰相、諫官繫天下之事，亦任天下之責。』顧不重歟？世顧不察，儼然居是職者，冀得一郡，如拔宅而登僊；一見絀，則垂首喪氣，若將不得爲人。匪獨御史，在京師得所居翰林曹司官者，未嘗不然。

烏虖！士夫處世叔季，大抵勞苦墊隘，有所不得已，故嘗由肥瘠去就於其官，而不知所伸屈。在京日，與閣下論此義者，詳矣。閣下毅然挺節，思以其身示天下，爲不愛爵禄，不干勢利之人。又能躳自刻勵，使不至於有所不得已，而撓其志氣。昔漢武帝，以汲黯爲淮陽〔一〕守，黯辭以謂不勝繁劇，乞留闕下補闕拾遺而不可得。然則今閣下留此職者，是汲黯所求而不得也。朝廷所以用御史，未知何如於錫振之所云然，今之所以留閣下，亦未知何如於錫振之所云然。然士君子居其官，則思其職，必問世之嘗我何如，一有施報之心，而忠孝已衰矣。國士待我，我國士報之。衆人待我，我衆人報之。亂世游俠之言，豈賢哲自待者之所宜設心哉？宗丈之言，期閣下尤遠，且大弗如錫振知閣下深耳。願閣下皆存其說，而慎擇之，蓋君子之自處審矣。

錫振自出京師，於今年春首，自河北而南，沿流襄樊，浮洞庭，泛瀟湘，至四月八日始達桂林。先墓小有修治，亡室亦就厝，濡滯兩月餘。歸郴州復十餘日，鄉中樂土，年穀順成。唯潯、梧上下江路，盜風滋盛，比來粵東此患尤劇。南北行路萬里，妄思有所閱歷以裨聞見，而聰明阻塞，依然空空如手中垂橐耳。世所患害，竊慮以吾當之，亦復束手不知所出。畏閣下風採，不敢妄有所陳。錫振老姊衰矣，比復多疾，將奉北行。瑣瑣牽掣，不知何日始能就道。

外間靡所駐足，終當歸守其官。旅遊濡滯，殊自不憀。念前兩三年在京師，與閣下輩時時過從，日有友朋文酒之樂，若不知所慶幸。念閣下一出守，則錫振蚤晚還京師，交遊中求如閣下之相敦契者，方不知誰何。而今閣下留此職，則錫振充然無復顧慮，是又匪爲閣下慶，獨以爲錫振一人者之所私慶云爾。

風便奉陳，臨書神溯。唯爲道愛攝千萬。

【校】

〔一〕淮陽：底本作「淮南」，據史記·汲黯傳改。

復陳冀子丈書

冀子先生十丈：

鄉中人來，獲惠書，悉起居。辱念肫然，感荷！感荷！

念自丙春衛郡，甫得一月親炙。別後思詠，未嘗或釋。丁戊之間，臥病鄉城，屢瀕於死，傳聞吾丈遠客汳中，亦頗抱恙。私謂餘生當永相望，不期傔從來歸，惠然存顧，以垂死之身，於牀蓐間，猶得一見長荷〔一〕顏色，亦深幸耳。

屬乃就醫吳中，牀輿狼狽，牽率以行，亦未獲一告別。到吳以來，將已兩年。吳醫庸陋，甚於越中，而尢加貪屢。以孱羸重困之軀，試其不聊僥倖之術，勃溲舛褋，鍼石紛綸，病夫坐是，乃益無窮痛戚。兩年之間，困頓萬方，明知無益，而有不能不姑從事，以冀幸其萬一有效。卒之其效茫然，而害則屢見，天下事，大抵如是，不欲覼縷長者聽聞。時時仰天自陳，願求速盡。隣家孤子，數日不汗，遽爾夭殤。衰癃翁姥，蚤暮痛號，獨令病夫聞而歎羨，視若僊蜕。

秉質鈍拙，尤疎方技，倉、扁遺言，研究末由。世傳靈素僞書，嚮不寓目，當兹良醫既不可得，不獲已，枕上取而稍涉。乃復躁率，殊不見其綮要，祇益迷悶，又復屏去。憶在鄉城，荷示風毒一方，數欲試用，祇以其間藥物多不易致，鍊製九艱，再四逡巡。今春寧君自粵入都，枉道此間，攜來海濱醫人所製風藥，中襍砒汞。施用一切，適與吾丈示方十同七八，用之乃竟大效。三兩月間，身之痿潰數十餘所，已愈十之七八，諸所患苦，祓除幾盡。唯脾胃猶復多痰，而兩足惡瘍重傷，所出血瘀，計以斗斛。又爲諸醫藥所毒害，筋絡拳曲，猝不得舒。比雖日漸有瘥，猶未能蹶起行立，不知繼此究可復常否耳？此間非可久延，祇欲病已，稍作遷延，仍返京師。又恐足疾竟成長廢，寧君北旋過此，或當坿之歸粵。彼雖廬畞蕩然，一二親知猶任扶掖。且冀粵醫誠勝吳中，餘疾能皆拔棄，未可知也。

生世三十餘年，行能無狀，此身之存，直幸免耳。獨單門兩世，嗣續靡託，每一念此，輒不甘死。平昔於世寡合，其中枵然瓠落，就使幸而材老，亦於世何所用？唯於所好書史文詞，數有述作，略不見絶。於先生長者，老學清修之士，用是亦時自奮，欲一雪吾言於世俗耳目間。就如吾丈生平於人，詎嘗輕可？乃以歸休辟息之餘，身自疾恙，屢惓惓於不材病棄之人，來書心重語長，讀之感惻曷已？

鄉大饑之後，當卜屢豐。天時漸暑，唯希善衛。側聞體中心氣稍虧，不任纂述。但爾游泳墳籍，以適志趣，莊周有言，『可以養生[二]』，『可以盡年』，天毋將以病先生者康先生邪？大集聞已剞劂有人，甚慰。文孫頴異，亮荷世德。奉懷一詞，春間所爲，坿録呈教。

此間居久，觸處思孟餘，更觸處思吾丈也。行止搖搖，餘疾未捐，率布數行，爲報身不遂已。舊鄉或當復至，再親謦欬。唯以自祝，更祝康勝千萬。不宣。

【校】

〔一〕荷：癸未本作『者』。

〔二〕養生：莊子·養生主：『可以保身，可以全生，可以養親，可以盡年。』

與梅伯言先生書

伯言先生閣下：

錫振卧病越城，妻孥自京師來，傳聞先生垂念盛心。感極！感極！

去年秋，得位西都下書，言先生南歸。冬初，姚大令子箴沿檄江寧，屬訪消息，乃得行李到家，起居安善，欣慰曷極？江城潦害，又聞哲弟嬰疾，歸休不免家事相關，抑尚不煩慮否？先生明德達材，挂名朝籍，當世未嘗不相知聞，猶將僅僅以文人著，以錫振當時親見，曾不能明其所以然，何況後人懸思遥度數十百年以前？雖於先生進退綽綽，顧不免爲後之論世者之所深歎息耳，何況當時親見，又且一二奉教如錫振哉？

錫振乙冬南歸，在桂林僅兩月餘，即赴廣州。廣州居乃一年，以一老姊在彼，欲輦北來，稍申報養。竊謂此世人，常有事不期瑣屑牽掣，不得遂志。丁秋，自粤旋京，枉道越中，思一省親舊鄉隴墓。到鄉兩日，輒中惡病，困不能起，在彼一年。戊冬，乃復牀輿就醫吳中，比又一年餘矣。三載牀蓐，風痺疵癘，頹挫萬端，誠不欲一二以塵清聽。葢其間瀕死者數十，而痛苦呼號，籲天求盡，則無不然，人生到此，百念灰燼。每一回念京華，故舊交遊，邈若霄漢。平昔植德不堅，忤物狂縱，戾氣所積，鬱爲奇殃。大抵微生，直自棄耳。

春來，粤醫傳一風毒奇方，試之殊效。及今數月，諸所患苦，十九湔除。唯兩足惡瘍重傷，筋力拘攣，經兩載餘，雖日漸有展舒，猶不自任行立，不識繼此能否復常。兩足未廢，猶當遷延圖返京師。若迄不痊，當坿所親，行歸粤中，覬彼醫藥勝於此間，或能竟起沉痾。不然，亦當自彼迤而西旋桂林鄉井，彼間一二親知猶任扶持，且爲稍以文墨自活。微生致疾所由，悔艾奚及？凶貧憂弱，唯天所命。

竊唯錫振十五六時，抱志自强，而材略短淺，輒有意於董仲舒、汲黯之爲人。長，又竊慕昌黎、盧陵文章。及濫通籍，從官曹署，卑微散宂，端居多暇，時時竊讀而仿效之，顧自鄙陋，匿不敢出以示於人。在京師日，獨嘗録寫就正先生。遽不鄙夷，誘掖揚導，屢舉勝朝歸氏熙甫文相況許。夫熙甫之文，昌黎、廬陵而後，本朝方、姚氏未出之先，葢數百年一人而已。蒙如錫振，詎足望其一二？毋亦先生教誨盛心，就其資之所近，而欲進之者邪？抑或如莊周所謂『去國日遠，見似人者而輒喜』〔一〕邪？深恨當時未能屏棄百爲，專一致精，朝夕親炙，以成其業。數年以來，頹廢盡矣。性剛才拙，志意高而行不克敦，重以疾厄，疲曳之餘，復何敢言妄自樹立，就欲垂空文以自見？而精亡神喪，中已失其浩然之氣，猶欲出其高世駴俗之言，以網當時、欺後世哉？顧其身未卽死，中所鬱勃，不能自藏，積習漸染，猶復時自尋討，間亦發抒有作，藉以達其胸中生氣而已。至若行立萬物之表，言爲天下之則，若昌黎、盧陵所爲，當世亮不乏人。國朝二百年，繼有明歸熙甫氏起者，唯方氏靈皐。靈皐之後，獨一姚翁惜抱。彼其所爲，皆上承先聖所遺，中有關於一世人心、學術之大，而下可徵於後世。惜抱之歿，數十年矣，斯文未喪，非先生其孰歸？

錫振自出京師，所爲文亦數十，未能悉寄，且恐煩擾，謹卽病中所爲一二求教，斷不能進，不識猶能如在京師所爲與否？唯教之而示以所宜然。風便坿此，以報拳拳，且一揚其平生淺陋之懷。坿去藤杖數珠各一，唯冀賜納。如病良已，將旋京師，必道揚州，以一相見。倘承惠書，乞寄子箴轉遞，蹤跡較易聞也。

率具不宣。

【校】

〔一〕莊子·徐無鬼：『去國數日，見其所知而喜；去國旬月，見所嘗見於國中者喜；及期年也，見似人者而喜矣。』

復唐先生書

堯心先生吾師：

侍史去年抵桂林日，卽荷賜書，垂問殷殷，並及軍事所以教策之者甚厚。軍中鮮暇，且不敢妄以書問通人，而事之紛綸，尢非可以數行相報，僅於致子實函中坿問興居。

今年春夏，軍中事乃日非，同事諸君，大半散去。昕宵奏記，以孱病之軀，獨力當之，殆不可支。前月相隨帥節，由衡至長，望後五日，帥印替交，旬月稍獲安閒。帥相卽日逮京，隨帶文武，有旨交徐帥察看，分別去留。日內未奉飭知，日坐危城，思歸綦切，未識能否脫然去耳。

憶自道光十四五年間，吾師教授郡城，錫振方爲弟子員，深荷誘掖。當時學使楚雄池公，志欲以古人學校之法，行之今日，吾師於羣相蔽匿之中，獨肫肫然蘄以實心實事相應。每思楚雄公遺敎不妄，益念吾師當時策勵厚心於不可承。顧十餘年間，粵中人士之盛，其登甲科，躋顯仕，著名稱者，姑不具論，卽數年來，各郡邑盜賊蠭起，其以衿耆船執干戈，倡率團伍，各爲鄉里禦灾捍患，甚至臨危仗節，以書生而授命疆場，所在有之，大抵出於楚雄公之門，孰〔一〕謂三代盛時良法美意之必不可行於今之天下？

錫振於粵人士，受知楚雄最先，而沐敎於吾師尤切。年踰少壯，德不修，學不講，名業不能自立。當此偏隅，小醜蠢蠕，致朝廷赫然命相出師，調兵數省，籌帑已逾千萬，卒至勞師縻餉，一年有餘。而賊氛轉肆，隳城陷邑，前後十餘，擈及桂林、長沙兩處省城，逆燄鴟張，至於此極。國家當此大用支絀、百廢未修之日，使此幺麽横肆，積成大患，不知繼其事者之能否尅期掃蕩？以上紓宵旰憂勞，下慰閭閻愁盼，中亦藉得稍逭前事譽尤。帥相蒙恩辠逮，錫振等隨從之員獲免譴責，至爲厚倖。獨捫心清夜，未嘗不痛自憤恨於庸劣之不能自奮。一年餘間，負疚隱衷，往往事機坐視，誤失之辠之爲不可逭也。

國家承平二百餘年，民物恬熙，政刑衰弊。自嘉慶年間，川楚事平，各省敎匪餘孽，多未盡除。及道光初年，粵中卽有所稱天地會者，到處流傳。至庚辛之歲，而朝廷以申禁鴉片煙，致海夷不靖，頗損兵威，遂令天主邪敎，因復煽行各省，隱憂滋大。顧其敎與前此川楚敎徒所習，及粵中天地會，皆絕不相蒙，且猶以爲其患未卽發也。

錫振旅病江南，幸而未死。庚戌〔二〕殘冬，病起還京，道路傳聞粵匪爲亂，時猶以爲潯、梧南郡，盜風之横，已非一日，不過打單開闔，如前者所辦陳亞潰、李元發〔三〕等湘匪云爾，大兵一集，宜卽殲除。唯是國家武備久弛，軍威不振。又當事者於招募團練、解散脅從之方，多有未悉肯綮之處。在京師日，屢承當軸以粵之人詢及粵事，不揣淺末，採録當時輿論及成事可仿者，作爲數條以塞諏諮。其中亦有因當時成局遷就爲說，欲使其言之易行者，爲前協揆杜公密陳黼座。不期逆泉以會匪萬衆，特起桂平，此與錫振所條陳者，情勢固已不同。以前所陳乃爲湘匪言之，而會匪與游匪之不可以相提並論，則固夫人所能知也。前帥李公，及周權撫軍，督辦數月，未能有功。當時陳奏賊情頑惡，亦未深明其所以然。論者徒以事權不一，諸將未能齊心用命，以致事機多有誤失。朝廷乃以賽相樸誠，位望素尊，命爲督帥，特賜遏必隆刀，以彰寵異。錫振以本部司員隨帶，竊於賽公平昔未有立談之雅，徒以多言爲人所推，又當時隨從十餘人中，本最冗末，數欲引辭。而鄉人敦勸，同儕慫慂，既以桂林邱墓所存，老姊適在，每聞盜氛擾逼，輒思歸視，詎有儼然奉使，而又裹足不肯自前？於是公誼私情，輾轉於中，遂不自知其非材，而勉爲此行。而猶謂窮鄉鼠輩，大兵圍剿，縱不能卽成，不過師勞餉費。而又孰知兵戎大事，當局一用不得其人，一誤致其事之決裂至於此極也？

賊之初起，自於金田。洪秀全、馮雲山，籍皆廣東花縣，而浪游於潯之紫荊山一帶。雲山先至，課蒙爲業於新墟曾姓家。平時最狡黠，與逆泉雖皆花縣人，而實本爲嘉應州種，以傳徒習教，煽動潯之鄉人。其說尊奉上帝，謂上帝而外，世間一切神佛皆妖，卽儒家經傳，亦與道釋之言，同歸詆斥。凡有受其教者，非唯不事神佛，卽其家之祖考，亦自毀滅。誘惑既多，氣燄稍熾，遂有焚拆隣村社壇等事。武宣諸生王作新，曾覺其奸，將雲山捦送於官，守令不察，轉相開釋。

雲山復出，而其黨日盛，乃推逆泉爲教主。以泉有妖術，能於空際與人語，問荅如平常。妄謂此爲上帝臨凡，命之人〔四〕世間。鄉愚信嚮，而楊秀清、蕭朝貴，最先坿之。適貴縣等屬來土之案，方與潯郡所屬搜拏陳亞潰餘黨。又因金田邨民韋正薄有家產，因其父老民韋元蚧爲鄉里凌辱，遂傾其貲，以與秀全、雲山，藉端起事。其始謂聯邨相保，以拒差徒之誣犯而已。於是貴縣、博白、象州、桂平各鄉，所嘗入雲山等教者，挈其老幼婦女來歸，遂已萬人。

時方伯勞公、觀察楊公皆在潯，雲貴新兵四千甫至，以之剿捕，勢且不敵。提督向公方以湖南鎮筸勁軍及粵本省兵，由柳州、慶遠，轉戰横州，軍威殊振。陶旺、索潭匪徒，迭就蕩平。勞、楊兩公，飛書亟請赴潯。軍門以潯郡戒嚴，所關甚鉅，遂不得已捨横州之賊，以來於潯。馬鹿嶺之軍與賊始戰，鎮筸兵爲中隊，僅足衝其一面。左右滇黔兩隊，遽已敗奔，喪其軍械以資於敵。軍門知此賊之未卽辦也，於是堅持坐守之策，率雲貴兵同營於馬鹿嶺。及賊率衆出撲，乃大爲我敗，斬馘數百，軍威復整。軍門方請於李、周兩公，添調新兵，俟我軍力稍厚，期於一戰有功。

斯時李公駐柳州，周公擕數百卒至武宣縣城。賊撲向營，不利，乃突走，由間道以逼武宣。向軍亦倍道疾馳至武宣城，賊猶未至。及其前隊驍悍數千，由縣之三里墟而來，而向軍已列城外，賊遂相持不敢復進。此其當時所以有『賊畏向軍，一見黑旂卽走』之説，傳於四遠也。賊於是走寺邨，又走廟旺，又走中平、百丈。向軍僅以數千之衆，專力扼其前衝，而烏都統、李、王等鎮，分布四周。周撫軍因亦發爲坐戰之説，其實猶本於向，未嘗不有所見，獨以斯時兵力猶未足耳。羅鏡淩逆之平，曷嘗不以此哉？

賽相之出，朝廷第以軍前將帥不睦之故，爰以上相大臣，重其事權，冀其威令足以用衆。且賽相之爲人，仁廉樸厚，頗爲時所稱仰，出都之日，中朝士夫屈指而訂期。論者或以粵中股匪太多，未可以日月期。或謂元戎非濟變才，亦未必能卽時有功。顧亦未有料其爲禍之至於此烈也。

賽公抵粵以來，粵之股匪就平，殆已十八九矣。獨此會逆，凶狡實異尋常。方賽節抵桂林之日，而賊適自中平、百丈回竄紫荆，似亦未嘗不稍震疊。斯時桂林、川、湖之兵接踵至者，絡繹赴潯。向軍桐水尾賊，以至雙髻山下。雙髻山者，紫荆之後戶也。賊竄紫荆，其前路爲新墟。斯時烏都統領滇黔諸軍軍其南，以達都統之川兵合之。向軍領楚粵兵軍其北，以巴都統之川兵合之。達與烏不相能，一戰致敗。巴於向雖未有不相惬者，而事多爲所牽掣，自向軍攻奪雙髻山，賊不敢屯紫荆，全數以出新墟。斯時若非巴之葸懼牽掣，向軍乘勝，即日遂由雙髻直搗賊之中堅，掃其花雷茶地賊巢，賊將瓦解，而渠首可擒也。雙髻既破，賊得從容以出新墟，於是備北軍倍嚴於備南軍。向軍復破風門坳，以出攻新墟，而南路烏軍等營乃尚屯於二三十里之外。向乃密陳相帥，請飭南路移營進紥，半月之久，支梧遷延。向、烏之隙，由是遂成。賊由新墟復竄而出，向軍拔追，由北而南，繞道數十餘里，猶及賊前。官村一戰，向老憤極，意將一鼓而悉殲之。此即嘗在烏營與向爲仇隙者論之，未嘗不如是。不謂地既冒險，天復驟雨，大不利軍。而其預調南路策應之軍，又逾時而不至。而使我以屢戰屢捷銳氣方長之兵，一挫幾於全覆，此則事機之一大可惜者也。

竊聞向老自言生長兵間，數十年未嘗見此賊。自辦此賊，大小亦數十戰，未嘗有此敗。於是思合殘敝，自保平南縣城。憤切之餘，瘁癘並作，痢瘧未已，胸疽又發。自平南數百里，纍然負疾以至桂林，進謁於大帥，眾未測其意之所欲云何也。而斯時大帥飛章嚴劾，接見之餘，不容有所陳說，飭令往守昭平小縣，眾亦未測其意之所欲云何也。向乃自是病居平樂郡城，兩月有餘，堅臥不起，賊遂得以乘間而取永安蕞爾孤城。一副將與其州牧率兵數百及其城之紳團守之，猶三日而後下。奏報中烏都統率追兵數千，首先及賊，然時已在永安城破數日後矣。猶幸劉、長兩鎮軍，受向教令，扼賊於永安城外十餘里之古排墟，當賊北路，爲桂林屏蔽。而烏軍當賊南路，駐營文墟，又在永安二十里外。

斯時按察姚公奉大帥令，南北兩路總理駐於永、荔兩邑交界之新墟。竊聞賊之始破永安，荔浦民情洶懼，其時適有委辦團練之委員王君，與其縣尹，立招本縣閩勇千餘，乘其未定，而往撲之。此勇皆福建客民，素稱强健，且與賊仇，一經官爲倡率，殊甚踴躍。九月初三之戰，幾復州城，惜劉、長兩鎮兵，未能助之以成此功。當時桂林，一日之間，數傳永安克復，實由於此。不期姚公虛聲士耳，耄昏荒怪，與其官民大相齟齬，致令閩勇爲之閧然而散，至竟不復爲用。此亦事機之一小可惜者也。

自是之後，南北兩軍各營，一二十里之外，日報勝仗，動稱擒斬數十百人，而實則我軍馳至，見賊即走，賊膽日張，而軍威日褻。賊踞永安北，自龍眼潭南至莫村、水竇，前後二三十里間，襟山帶水，高壘深溝，姚公與南北兩軍，非但莫如何也，直熟未之察耳。朝廷切責賽帥，日久曠持，自駐陽朔，距賊太遠。向軍門以屢邀寄諭垂詢，並懸其廣西提督員缺以待，乘病甫痊，勉力復出。大帥亦漸伸羣論，慨然畀〔五〕以北軍統率。維時軍民萬衆踴躍，以望向軍之捷。向老亦殊感激自奮，果自古排前後十餘戰，破賊龍潭兩山營壘，移軍進逼，直至永安城外三里許之夏陽洞，而南軍猶駐軍文墟也。及至大帥親駐夏陽，而南軍始移營〔六〕團嶺。獨賊溝壘已成，又於飛鵞嶺及塔山等處，皆爲礮臺犄角以守。我軍數以力攻，賊雖竄伏不出，而未能破之。

方春淫雨，彌月兼旬，我軍日夜造置梯衝，購覓眼線，並以大礮對城轟擊。賊突已自古東山路全數竄出。方其將竄前數日間，古東口外黔兵及東勇營盤，被賊焚撲，請救甚亟。時蒙在大營聞之，力慫必以勁兵相應。大帥命前鎮軍李瑞徃探，又命向軍以提標勇三千人與之。不知何以賊竄，而此軍已先調回也。古東亂山叢襍，單邊一徑在上，山下澗之賊由此鋌走實死地，果及其竄而擊之，賊可滅於此也。

賊二月十六之夜已竄，原駐守兵寡而久疲，爲所衝潰。我軍追者，至十八日及之山峽之中，斬馘實踰千數，賊之後隊已盡。第其前隊，及賊首先行已出山峽之險，而屯集於山崗數村落間。南西北面皆荒山峻絶，唯東一面路通昭平小縣，賊可徃得，顧得亦不過一永安耳。我軍前後合圍，相機進擣，彼勢日窮，而我軍日鋭，即昭平可不使得據，賊計莫能施矣。而烏軍輕於一進，當數日夜雨水，濘滑，山蹊險惡之間，士卒日夜饑疲困乏之後，留焉與此窮寇扛廹於有進無退之地，使賊得以逸待我之勞，猝然大挫，四鎮皆亡，我軍損折數百，賊氣又復大熾。永安半載合圍，養精蓄鋭之功，廢〔七〕於一旦。此又事機之大可惜，而尤堪爲痛哭者也。

至若桂平良勇之徃守天平嶼，過期不至；荔浦練勇之久屯；莫邪關忽已被裁；省城九塘天險之遠築臺，置礮不能禦賊，而轉爲賊所得，顛倒錯失，不堪悉數。於是賊由荔浦直撲桂林矣。桂林當時實未有備，幸而獲全，不爲賊陷，實由向老倍道疾趨，先賊而來，數旬守禦之功，此夫人知之，吾師諒亦稔之矣。賊去桂林，而撲全州。州牧曹君亦僅有兵數百名耳，能與城之士民，嬰守十餘晝夜，賊攻此城，喪失尤多，不可謂非健者。卒至孤城力盡，陷屠被禍最烈。當時領兵赴援之人，擁數千衆而不能力救。卽發兵往援之人，亦僅予數千衆，而不思力救。此其爲辠，豈容擢髮？

賽帥以向軍門之病，擇於諸將，而使和鎮軍復領省城餘兵數千往統全軍。逮其至，全城守已失。和君卽日移營城北，當賊之衝。賊卽棄城思遁，而爲我軍圍逼。又於河面預置樁杙，阻其駛竄。簑衣渡之戰，賊屍蔽江，自焚其船，遺其輜重、婦女，倉皇東奔，爲賊從來未有之憊。獨惜東岸缺兵一路，致賊又脱耳。方張國樑之勇四千餘衆，自南邕至陽朔，時錫振適從帥節駐彼。一聞賊自桂林復竄，卽命此勇由陽朔取道恭城、灌陽以赴全州，此東岸之路也。計其自陽朔行，至是已一月期，而何不至？及賊走矣，而三日又至，此皆所不能解者。事已往矣，又何責焉？此又事機之一大可惜，而可爲太息者也。

於是賊方自粵而竄楚矣，楚邊諸郡邑，向爲〔八〕李邪匪叢集之區。道光二十七八年間，李沅發、李嘉耀等，皆由楚而侵粵，而誦習符咒，持齋結會之徒尤衆。元年，衡州拏獲左家發，卽稱與逆泉聲息相通。楚督程公防堵經年，於沿邊險要之處，未聞有所布置經營。賊一至境，相距尚數百里，卽由衡州捲旆，返走長沙，楚省民情大爲惶惑。賊既於簑衣渡大衂之餘，前不得逞，而後復不能有所駐足，不得已而旁竄道州。由永至道，百里之間，雙排、蛇陂等處險隘，幾與古東相等，使有精鋭數百，前後夾而攻之，賊可立盡。而永州守將庸懦，不敢一兵發追；道州文武，亦不敢一兵出擊，俾賊得以從容踰險，而取州城。及和鎮等兵及賊，而道州又已儼然雄據楚邊，羣匪斬木揭竿，起而應者，東安、寧遠皆然。雖卽時撲滅，而千百爲羣，往歸賊者不一而足。和鎮始亟，道州猶謂其城攻克易於永安，及周歷之，而知其不然。其所領兵雖及萬數，率皆由粵以來，漸形疲乏，圍攻一月，未能有功。楚省又復續調新兵數千，比其將集，而賊又遁。

由是嘉禾、桂陽、連城不守。郴州匪黨尤多，又產硝磺。賊踞月餘，又遣其黨分撲長沙。所過永興、安仁、攸縣、醴陵，又復連陷。

其間我兵此扼彼竄。大抵賊之前後，皆其裹脅，而死黨數千居其中間，是以我兵迎擊其前，或追躡其後者，間有斬捡，甚至盈千累百，不過此等老弱流亡，非於事機有關也。賊之始至長沙，分黨未多，而我城中兵勇數千，未能及其勢分而先殲之。又陝甘新兵駐於城外，被賊一到，即行計陷，死亡甚眾。

是時賽帥駐營衡州，催督各路援軍俱集，而賊之大夥又由郴續至。向老維時亦由桂林奉帥營檄調而來，賊自桂林、全州兩處攻城未遂，頗重傷其驍悍。乃至長沙，專欲計攻，所踞南城外數里民居，其地穿穴殆遍，南城數被穴道，用藥轟塌，我兵堅守得完。唯賊大夥一到，分踞西岸嶽麓山腳一帶，將十餘里村莊。我大兵全集東岸，已成長圍。而西岸圍紮未易即周，向軍僅以五千餘卒，駐其西北之漁網洲而已。

賽帥蒙恩皋逮，適徐帥由粵以來，所帶粵之兵勇六千餘人，又福建新兵亦到三千，合共萬人，以之長圍西岸，勢已足用。向老力陳圍定後剿之策，徐帥亦頗謂然。獨於我未圍定之先，蒙嘗〔九〕擬以簡出奮勇精兵三千餘名，分爲數隊，預伏長沙、寧鄉百里之間。賊由此竄，則循環相替，節節而擊之。賊知我伏，而不復竄，則我適得以從容圍紮，徐圖進剿之策。或竟困之，使其自斃。而竟不能從，此錫振所面陳於向老，而又嘗致書於徐帥大營，浼人密達於帥前者。何期閩粵之軍，圍紮未成，而賊又已從容去也。徐帥到衡受印，至此將一月，即其由衡前至湘潭，亦半月，而粵閩之兵到長沙西岸，且數日矣。向謂徐制軍之爲人沈毅有謀，而此次衡湘及閩粵兵之移營，未能奮迅，則雖有欲爲之諉其過而末從者，此又事機之一大可惜，而可爲痛哭，不知其禍將胡底也。

軍旅之事，錫振誠所未諳。而將不知兵，兵不習將；鄉團不整，則民心未固，而賊之所至，望風奔潰矣。招勇不精，則士氣多襍，而賊之所向，爭爲避趨矣。賞罰不能立予破格之恩威，則軍民感激畏憚之心不生。費帑已踰千萬，大都虛糜，任其事者，但以廉潔自明，而殊不知所以預爲樽節之法。又其初務爲寬大，使人得之，視爲固然，不知感奮。其繼窘於發給，使人不得，又將觖望，而使國家匱乏，後將不知所繼。主帥本不能謀，而又多疑忌，多失人心，當事勢日益艱，則智計日益絀。凡此皆軍行所大忌者也。

賊爲會黨，其心堅而氣悍。又始事卽踰萬衆，恃其强横，加以狡譎，尤能忍久。其戰能包抄伏應，守以高墻深溝，廻異他賊。顧其長伎，亦不過爾。而我之守戰愈弛，則彼之智力愈張，卽如方今賊在寧鄉、益陽之間，我軍偵探多不確，而軍令又不嚴，以致追兵歧出，或由湘潭，或由湘鄉，獨向老一軍數千人及賊耳。其果能繫之使不得前，以待諸軍之及邪？抑其前州邑能遂拒敵使不得逞邪？賊固徜徉從所欲爲而已。昔人有言：『天下事容幾誤乎？』賊躪楚粵，所至如是，使其再前，恐並有求如楚粵而不能者。卽皆如楚粵，而此禍其將何所底也？志曰：『圍師必闕。』又曰：『先三伏設而後解圍。』錫振自隨營來，卽持此議，迄未能行，雖日在軍中，帷幄之間，不過謹軄牋奏而已。事之有所見，而能言者，已十二三。言之而能行者，則並知其能十二三否邪？一年餘間，獨媿未能決然去耳。然當事局一壞，同行大半引去，則又何能去就與巧於趨避者同？矧至主人就逮，而錫振等猶得脫，然不罹譴責，卽屬至幸，尚何敢致怨於吾謀之不用邪？以吾師之親愛至隆，所以未能一二默，未可爲人道也。

錫振前在京師所條陳，不過爲辦游匪，如往時粵中所稱天地會諸痞棍之徒築耳。以辦此賊，情勢固已不同。然其中如『整軍威』、『勸鄉團』等條，何嘗不足用？楚省鄉團，遠遜吾粵，賊至而脅從之衆，與城邑之不能守，率由於此。當賊撲桂林過六塘時，距貴鄉不數里，以大岡堡數鄉團練千餘之衆，嚴爲之備，賊卽不敢犯，以此見其事之大可爲也。承平久矣，百度廢墜，非唯民不知兵，卽兵亦不知兵。四方所徵調者，平時本未敎練，卽臨時亦未一簡閱，如塗附然。其有一二稍知行律，非但不與之熟謀，又從而猜忌之。人心如此，天運可知，其奈之何？

錫振年已逾壯，碌碌靡所成就，兹行尤自慚恧，不知所以覆。蓋追維曩昔楚雄公與吾師期許之心，中夜起立，頳顏汗背。旅京師後，散亢依然，將欲引去，而四方蹙蹙，不知所騁，人生勢位富厚，蚤已付之冥漠。唯祖父單傳，隻身孑然而未有後，當茲擾攘，蕭然數口不知所歸。吾師聞此，何以爲我策之？子實禮闈，能否卽行？甚相跂盼。

承吾師書問，經年未荅，時歉於中。行將北旋，覼縷此書。屬有鄉人避亂者，歸途經此，坿達左右。鄉中四境犕安。天氣漸寒，伏唯起居萬善。不宣。

【校】

〔一〕孰：底本作「執」，據癸未本改。

〔二〕庚戌：癸未本作「庚辰」。

〔三〕陳亞潰、李元發：癸未本作「李元發陳亞貴」。按清史稿·忠義·夏鑾亦作「陳亞貴」。

〔四〕人：底本作「八」，據癸未本改。

〔五〕畀：底本作「界」，據癸未本改。

〔六〕移營：據癸未本補。

〔七〕廢：底本作「慶」，據癸未本改。

〔八〕向爲：底本作「爲向李」，據癸未本改。

〔九〕嘗：底本作「堂」，據癸未本改。

上壽陽師相書

日進見，蒙垂詢軍事，諄然並諭。以所言覼縷，及或未盡之處，條列以陳。

連日邸抄，竊見武昌、漢昜，又相繼陷，憤切於中。竊以身從行役，將及兩載，而賊未平，逆燄鴟張，一至此極。當賽帥長沙被逮之日，嘗自忿恨，擬請留營，以爲身在行間，不能破賊，雖自卑微，莫能比數，分死軍中，不欲覥顏歸也。獨先世祖父單傳，及振之身，而未有後，每於軍中瘁病之餘，一念及此，恆自惴惴，未能輒忘，以是隱忍，纍然而歸。自維譾劣，忝居門下，夙邀知遇，踰於泛常。出佐粵軍，心與事違。又復尺寸未能自樹，狼狽而歸。垂蒙寬優，不棄鄙夷，轉復殷然，加之諮度，此宜何如感激披瀝，以蘄得當於百一者？顧當時事之艱，竊恐一二所陳，未必能遂有所裨益，詎不獲已，謹卽素所見聞，作爲軍中忌宜及防堵之要八條。詮次不文，書寫麤率，唯有以採擇而教誨之。幸甚。

一、我軍忌多戰與急戰。夫兵勇及賊，坐視賊之營築，甚至任其從容他竄，此情形之尤堪痛恨者也。然使兵一及賊，留焉與戰，未有謀算，鮮得利者。甚且傷亡日多，則軍心餒，而賊氣轉張矣。當賊守備方堅，我軍奉令，肉薄先登，此皆吾軍之英，千百之中或數人，或數十人，一有損拆，其餘更怯而不前矣。唯朝廷寬爲督責，專其機權於將帥，愼爲謀畫，養其精鋭，於士卒不務計期浪戰，報勝以塞責；不事尅期督戰，徼倖以成功。當兹武備久弛，平時未嘗訓練，亦必臨事加之簡閲，使將卒羣相講求於坐作進退之方，務使吾軍出戰，人人皆知其所以然，耳目膽識，自然齊一。大謀既定，同力同心，斯一戰而大功可成。卽不然，而一戰有一戰之利，我軍自化怯而爲勇矣。

一、我軍宜審機事。不當其可而勉强用力，希圖意外之獲，非徒無益，而又有損。如前此圍賊永安，及賊據長沙城外之時，逐日攻剿，非但無所擒戮，卽有擒戮，亦豈能得其要領哉？此等時，其用命者，不能有功，賞不勝賞，不賞則人不鼓舞。其不用命者，亦未嘗貽誤，誅不勝誅，不誅則人不畏懾。軍令日褻，軍威且日弛矣。古東、寧鄉之竄，我軍不能併力擊之，以平日既疲於屢戰，臨事又不能踴躍用命也。賊據地善守，未易攻奪，唯向不死踞一地，卽踞亦不過委之其地土匪，此易與耳。雖武漢雄都，意賊猶將顧而之佗。朝廷責成當事，必籌一如何能了此事之策，以待可乘之機。或竢其隙而攻之，或因走而擊之，或困之於檻穽之中，而使之不復能出。平時聽其從容布置，臨事則如雷霆風雨，禁止令行，縱一爲之不成，及於再三，有不破賊者邪？

一、我兵宜策應。賊不輕出戰，每出，必有包抄埋伏。我軍則各營統計若干，按成出隊若干，出則均出，其不出者則眞不出者矣。賊覘我之虛實，一目瞭然。當其分隊互相抵拒，彼之包抄埋伏一出，則我無有策應之者。卽於各隊調度策應，其氣先奪，其勢已挫矣。宜於出戰之時，我軍簡齊精鋭，預備策應，斷不可以全軍一出而盡。至於進攻賊巢，及賊竄時，追剿截擊，尤須預爲策應之。軍先期探確徑途，申明期約，如賊竄所必由之路，預爲伏兵數處，俟其賊首及其輜重婦女，乘輿張蓋，從容而過，急擊勿失，乃可有功。第此等兵，尤須平時擇出勁旅，陰以生死結之，又以勇略將領統習，而後臨時乃可指揮如意，所謂『大將軍必有私人』者也。或一戰而成功，或數戰而後能成功，其兵可勝，亦復可敗。賊即凶横，及遇數伏，未有不亡魂喪膽，迷罔失勢者。古善用兵，莫不以此。賊至此時，驕肆極矣，用之儻其時邪？

一、我兵宜合謀。全軍將士，唯大帥能陶冶而調劑之。臨事密謀，大帥運之一心，復與羣僚謀之，與諸將領謀之，並與全軍兵勇謀之，使自偏裨以至厮養，皆出其心思聞見，以相參合。而帥心所運，則又有一軍所不能悉喻者，或與其親任一二人密籌。至將卒之所有事，則務使人各能明其所以然。

軍前將領，向提督威望冠一軍。乃軍門自言少時隨楊忠武麾下，忠武賞其誠樸勇往，而歎其不知將略，大抵猶是勇而寡謀耳。其次如總兵和春、常祿、秦定三，副將鄧紹良、瞿騰龍，叅游以下至千把韓世禧、米興朝、朱占鰲、全玉貴、張國樑、傅振邦等，皆將材也。總兵和春，實於諸將爲優，爲其差有識耳，軍門亦首稱之。張國樑本出投誠，亦能用譎。唯賊之凶狡，似猶非數人智勇所能勝者。且運謀必在帥心，然後全軍可得指臂之效。

長沙易帥，徐宮保與向軍門皆欲圍定後剿，所見適同。惜圍紮未成，而賊竟已窺之復竄。長沙賊竄，必由寧鄉，夫人皆能知之，而竟未能設伏要擊，此賊合未亡也。粵盜如毛，唯羅鏡賊淩十八股，亦屬會匪伎倆，情形略與此賊相似。徐、葉二公，亦以圍剿平之。聞羅鏡合圍數月，至賊糧盡，僅以稗子充饑，我軍猶未進攻。比賊窮急，出撲數次，均被擊回。然後探由一路，三次進躡而後成功。徐公軍令頗嚴，當時在事文武，奉其教令唯謹。葉公繼事，亦能用其成畫，不妄更張，而持之益堅，此其謀之所以成也。洪逆之黨，較大於淩逆，然當在永安、道州時，剿之之法，亦莫有善於此者。惜當時賊踞皆能得地，我軍長圍，人力有未足。長沙地勢可圖，人力亦已足用，稍一遷延，賊又兎脱，要皆誤於爲謀之不早也。

不意長沙復竄，一陷巴岳，再陷漢陽、武昌，凶燄遂如此大張也。攄地更大，裹脅必更多，圍剿之法，非復從前之可比矣。非易一地而困之，則及其再竄，而預謀伏擊。語曰『好謀而成』，是在軍前之主其事者而已。

卷三

擬辦粤西賊匪策

粤西之賊匪爲患，自道光初年，各府州縣已有結盟聯會，匪徒隱成黨與，私逞强梁。至道光二十五六年間，左右兩江及府江，接境廣東等處，盗風滋熾，行旅戒途。於是刼物、傷人、擄人、勒贖之事，所在有聞。被禍者雖經控告，而冤屈莫由得伸。守土者既艱捕緝，而申詳又多掣肘。大抵覆匿，轉相蒙蔽，官威漸損，賊勢乃張。

向來粤西凡遇搶刼重案，賊首大半粤東匪徒。去年五月間，遂有粤東英德、清遠一帶搶匪，竄至平樂府屬懷集、賀縣地方滋擾。七月間，遽至修仁、荔浦，縣城相繼爲賊攻破肆掠。南寧賊首張家祥，最先聚刼南寧城外館戸船隻。若使其時調兵剿辦，猶或可以速就殲捡。乃當事者，不思翦滅，唯圖苟安。總兵盛筠首爲招撫之議，俾張家祥投誠，賞加六品官銜。其實賊黨陽爲歸順，陰肆狡横，或仍盤踞河干，要官給銀；或乃四出邨墟，多方荼毒。於是寧明、遷江、永康、明江、龍州、⿰土道纛、龍憑等州縣廳營，所在陷失。賊匪多至數十股，每股有渠魁。南寧則張家詳、張家復、姚有高、寧牛仔等；潯州則大頭羊等；思恩屬之賓州，則陶老八、顔亞有、徐亞汶、文亞英等；横州則謝江店、方亞庭、楊連芳等；梧州則鄧立奇、鄧亞八等；平樂則陳亞潰等，衆率千餘人以至數千人不等。所有被害之處，如遷一縣，三被賊掠，官民括盡財物，與賊求和；上林縣，官被執，勒贖；武緣縣官，賊至，自裁；來賓，官吏逃亡，監獄盡脱；滕縣，城守自縊，知縣被傷；柳州，偪近府城，都咸堡地方賊至，與官接戰，殺死武弁八人，兵丁數百；太平知府王志和，被賊偪死；龍州同知王淑元父子殉城，此皆去年夏秋間事。自是以來，賊視攻城剽邑，及與官軍對壘，幾如反手。

凡賊自廣東來者，曰廣匪，又曰廣馬。出本地者，曰土匪，又曰土馬。廣馬率多悍勇凶横，土匪半由裏脅坿從。凡至一處，必先投書地方殷富紳商，勒索多銀，號曰打單。打單不遂，及至羣鬥，搜括財物，號曰開閤。賊魁身裹紅綢，腰圍褡包，不著衣袴。最爲驍惡者，號曰挂招。餘衆，或裹藍綢，或裹黑綢，身帶利刃，號曰大貨。其與官兵、鄉勇相接，首先迎戰者，左執藤牌自蔽過身，右執藥包奮力擲遠，號曰先鋒。鎗礮、旗幟諸物皆備，其中長杆丈餘，杪縛鐵尖尺許，每以二人前後交持，恒於鎗銃互施煙燄之中捲至中人，洞胷穿脅，號曰軋鋮。打單、開閤，遂其所欲，安然而去，號曰過閤。稍或不遂，慼焉焚殺，號曰洗平。大抵賊之肇端，皆由會匪所以平時散在民間，及至起事，一呼立集。其中凶頑如挂招、先鋒及長杆之輩，多爲廣匪。大都每股不過數十百人，甚至百餘人而已。其餘亦皆土匪坿從，以張其勢。然此數十百人，必皆異常獰惡，悶不畏死之徒，所以官兵、鄉勇往往所向不能有功。

自平樂、南寧等府州縣，經其破掠，賊心日益侈，而賊黨日益多。粤西一省，目前自桂林、柳州兩府，各城邑猶有安謐而外，餘不遭其蹂躪之區，蓋亦僅矣。朝廷命將出師，現任提督向榮，身先士卒，從柳州、慶遠，轉戰橫州、賓州一帶。索潭、陶旺等處，連獲勝仗，陳亞潰、張家盛、覃香晚等，迭就殲擒，賊勢稍平。乃前欽差大臣林則徐，道卒提督張必祿繼歿，貴州所調之兵，既頓鋒於金田，雲南在途之師，又失利於果化。目前賊勢萃於潯州，金田大股特起，横踞大黄江者，號稱萬人。南太鴟張尤甚，嘯屯十萬山者，跨連數郡。

當此新任巡撫、欽差大臣甫到之日，誠宜沈機審慎，銳力殲除。唯恐調遣紛紜，將卒疲弱，使軍聲再挫，賊勢愈横，不唯一方之縻爛可憂，抑且禍結兵連，佗省蔓延，尤爲可慮。謹蒐撮見聞，揆度情勢，臚列五條，冀當採擇。

一、整軍威。方今天下兵威不振，非一日矣。各省皆然，而廣西此時爲尤甚。兵械既已不精，衆情又復不固。賊易兵，而兵反畏賊，其氣更爲不揚。夫至此時，而方共咎其訓練之不良，技勇之不熟，不可及矣。顧用之道，唯作其氣耳。昔宋狄青平儂智高之亂，視軍之日，按律殺敗亡將弁袁用等三十人，全軍震悚，余靖、孫沔皆爲股栗，崑崙一戰，遂成大功。明韓雍破大藤峽賊，亦兵至桂林，先斬失機指揮李英等四人。志曰『置之死地而後生』，將士苟無必死之心，而能僥倖一日之功者，於古未聞。

從來專閫臨事之權，誠有宜操之將帥者。且軍中之律，犯者必死，非若平時案獄，必須往返詳慎，以成信讞，而務恤刑。比閲邸抄，如署廣西龍平營都司譚永德，湖南、桂陽營參將李英，皆嘗失律，如果犯情的實，當執事大臣能以便宜卽時就地軍法從事，必能以一衆志，而肅軍情。其有軍前出力梟賊捡渠，以及文武員弁臨難捐軀，嬰城殉命者，尤當逾格大爲褒揚，使吾軍將士皆有赴難必死之誠，而無偷活苟生之路，然後軍威大振，未臨戰陣而賊氣已先奪矣。

又目前粵賊情形，誠有非專恃乎官兵所能有功者。如祇多方調動，屢出喪失，於事非徒無益，而又有害，必不得已，而思徵發。竊謂辦粵西之賊，莫善於廣東之兵。彼其性情伎倆，平素相習；利害忌宜，彼此周知。唯當廣東有事，兵力或未能分，然如惠、潮一帶清平，陸路諸營宜猶有可徵應之處。其次則福建汀、漳、泉郡之兵，湖南辰永、鎮筸之兵。誠以粵中匪徒平時鬥狠，唯見閩、湖之飄忽，往往爲之氣奪，此其五方氣類制伏，竊所親見，而未易驟明其所以然者。若雲、貴之兵，性習山箐，往往剿辦苗猺之亂，自能得力以辦，目前粵賊或有未宜。且閩、湖兵至粵西，大半水程，與滇、黔之奔馳山路而來，勞逸又當有間。故調兵雲、貴，弗若調兵閩、湖，調兵閩、湖，弗若調兵惠、潮。選調之方，亦整軍者所宜講也。

一、募精勇。古云：『徵兵滿萬，不如召募數千。』粵西本省兵力既不足恃，卽各省調至，如雲、貴之兵，迭次挫損，非獨兵力之不壯也，衆寡之不敵。爲今之計，本省官兵唯當用以守護地方，卽佗省調兵，亦止宜以爲策應，所專用以剿賊者，唯募精勇爲尤宜。傳聞粵中殺賊官兵，弗如鄉團，鄉團弗如壯勇。果於壯勇精加選練，不過一二千人，以長於謀勇之將弁官紳數人，分一二隊領之，勢宜足以辦賊。要在始招之日，厚其養給，弗吝與以資財。既募之後，編以行次，稍明示之紀律。及其臨事，則預爲花紅羊酒以犒之。或有死傷，則務爲祭埋、醫療以恤之。又按其功級，而立予之賞，必皆有以得其死心。

唯昔韓雍有云：『賊已蔓延數千里，而所至與戰，是自敝也。』以一省數十股之賊，而欲立皆掃蕩，所至搶戮，尅期奏功，勢必有所未能。故當精勇既集，必合用之，而不可使分。擇賊之最大股而尤凶横者，先專力以剿之。以次唯賊所在，轉戰搜擣。雖數十州縣二三十股之賊，氷消瓦解，不過半年數月之間，可以靡遺。上年楚匪李沅發滋事，粤西堵禦，曾有募勇百餘，而抵賊數千之衆者，實爲明效。唯此等精勇，向來雇募，按月給工，大概每人每月約銀四五兩至六七兩不等，較於兵餉銀爲多，然亦不過二兵以爲一勇之用。使調兵一萬，固可得勇五千。以一千之勇，按名計之，每月給銀，雖七千兩，一年之費，亦不過八萬四千兩。二千倍之。果以一年十餘萬兩之餘，能得二千飽騰敢死之勇，以成全功，較於四路調集官兵，宜用財省而得效速。苐聞目前廣馬之中，大半卽爲廣勇之徒，或疑其中未可信恃，然其所以爲廣馬用者，亦不過利其雇值之多金，剽掠之分肥而已。如前所陳，奪其所憑以爲我用，不唯以賊攻賊，而賊情先得。抑且多一勇，則少一賊，而勢自孤。且彼均之得，值其去而從賊爲此饑寒不得已之謀，何若召而爲勇，必更踴躍效順之志。二千之衆，數旬可集。同力之師，一將可領。老謀而後動，沈慮而一發，果其委任之得人，竊宜指顧以奏功也。

一、勸鄉團。往時川、楚教匪，爲亂多年，獨以堅壁清野之法，始能蕆事。今之粤匪，實大有類於此。葢賊滋事以來，焚刼鄉村，攻掠州縣，唯以東西竄亂爲其長。計今一省數十股之賊，卽有一二千之精勇，轉戰追剿。而處城鄉不有鄉團，將賊游魂所至，皆能得食，隨在可以藏蹤，將急則挺走，未易於蹙搶；緩則潛散，又難於尾跡，此非鄉團之力不可。

鄉團之法，昉於保甲。城邑則官紳董之，鄉邨則耆老首之。其有荒僻不能自團之處，亦必以小團坿於大團，或數小團爲一大團，或數十團爲一總團。各處情形稍有異同，責成本地平日公平明幹紳老，遍曉居民，各自保其身家閭里。不歛錢，不抽丁，不令出境。平時分團以自守，有事合團以殺賊。碉堡必堅，丁壯必精，期約必信，稽諸法，合以今情，而尤必有待於勸者。傳聞粤匪滋事以來，各處鄉團頗有足恃。嘗與官軍協同堵剿，乃往往失利，則團勇實當其禍； 得利，則官兵竊據其功。自近日武緣之龍母墟一處，斬獲賊匪多名，曾經申奏外，如從前之象州紳士韋姓，曾以本地團勇殺賊數百，地方官僅薄給賞錢，遂至鬨散。博白亦有鄉兵踰境殺賊之事。貴縣鄉團最固，與賊深仇，而以官兵不能救應，殊切自危。南寧、宣化縣境蘇村一處，團勇至數千人，與賊力拒數月，卒以勢孤，爲賊合股掃平。

所以勸之之道，必自大臣疆吏，剴切張諭： 或聯絡以揚其銳氣，或獎詡以動其忠誠，或親行按視以賞罰，而加之策勵。至於歉薄之區，素罕殷富之族，一二稍有餘資，又或厚藏而多吝出，使能舉其事者，有所格而不得行。此輩少遠慮而忽近憂，無足深責，又唯官爲申諭詳明，示之大義，誘以殊恩，曉以目前事勢，當亦未有不能激發戮力同心者。獨是粵西究多瘠土，潯、梧、鬱林數處，猶或勉而自完，柳、慶、思恩等郡，斷不足以自給，則其間有爲賊所必衝，而又實貧薄不能自衛者，必官爲倡捐以助之。或偕撥以資之； 或徑稟大臣疆吏，酌發官帑，許其力効以免償，抑竣事而徐繳。至於其中或有爲賊所誘，貪利喪良，至有形蹟可疑者，許衆團公稟，立加翦除。總期忠義相孚，保伍相助，出入相稽，患難相恤。

夫使數十州縣，以至各鄉鎮市邨莊，數月之間鄉團齊舉，彼其奸(究)[宄]既無所容，即裹脅之衆，亦且大半歸於團中不能從賊，並有不願從賊者，於是土匪自然已消其半。其尚有不悛而爲賊者，必皆積猾之會黨，與恃惡之凶渠。彼所至既無頓息得利之區，四方將有窮蹙靡騁之勢，然後精勇覘其所向，而銳力剿之。所在鄉團與官兵，四圍以相策應，料彼烏合，有不魚遊釜中者乎？

一、察地形。粵西地形，潯州實居其中，爲四達之區，最爲扼要。目前賊勢又聚，其間勁軍痛剿，莫要於此。

南寧，左江重鎮，太平、泗鎮毗連，山嶺叢襍，目前賊勢亦甚猖獗。所稱十萬山者，東連欽州，南界交阯，其中阻深，並有海道，爲羣賊所自起，此亦必須勁軍痛剿之處。

梧州，接壤廣東，爲賊自東來，及其竄蹙東竄，所必由之路。又粤西三江，至此合流，江步最寬，闤闠叢集，商賈駢闐，亦賊所必覬覦。顧與廣東輔車相屬，且肇慶峽地險，最易控扼，似宜廣東一將領兵由肇慶西來，以與潯州勁軍相應。

唯柳州，提督駐劄，向爲全省重鎮。乃其地瘠苦，弗若潯、梧殷庶，目前賊勢又稍不及，似乎情形猶非甚亟。然欽差大臣現駐於此，因其地而用之，亦甚可有爲者。爲其踞潯州之上流，通南寧之陸路，又與桂林聲息相通。春水方生，勁軍畢集，竆晝夜之力，不三日間，直達潯江。所謂建瓴之勢，猝若雷霆自天而下，潯賊所聚，當一鼓而殲旃。然後乘勝之軍，溯左江以上至南寧。復能自柳州，再出官軍爲奇兵，由陸取道來賓、遷江，以達南寧之永淯等處。再出奇軍取道慶遠、思恩，以達於南寧之隆安等處，以與潯州乘勝之軍相合。南寧既平，搗其十萬山賊巢，然後披剿泗鎮、安餘匪於此。或當會合雲南、貴州官兵堵截。大抵以所傳說，合諸輿圖，未有不先辨潯州之賊，而能辨南寧之賊者。未有不辨潯州、南寧之賊，而可以偶勝佗處小股之賊以爲功者。

至於桂林省會，賊勢稍遠，大吏嚴鎮，紳官練守。出其有餘，於潯州剿賊之時，直下陽朔、昭平，以達蒼梧。與廣東西來之兵，左右勁軍，搜捕梧州、鬱林及與廣東連界欽連等處，賊當靡不就戮者矣。

一、務解散。昔人有言，天下之患，『在於土崩，不在瓦解』。方今天下大勢，如前數年海夷爲亂，雖爲當世患，殊不足慮也。我國家二百年來，深仁厚澤，雖法制久而弊日生，生齒繁而財滋匱，然而民心永固，邦本不搖，雖不免於瓦解之憂，斷不至有土崩之患。粤賊羣醜跳梁，夫何足爲深慮？獨以民生日蹙，以至盜賊日興，非唯被害之良民大堪憫惻，即此脅從之黨羽，亦足哀矜。甚至元惡大憝，其始貪利恃横，已罹於刑辟，而務自全，其卽怙惡習奸，遂甘於强暴而爲大逆。皆要起於不自聊生。又有倡爲邪僻之教者，啖之以利，誘之以術，以喪其本良。當世大患，孰亟於斯？又孰有可哀憫如斯者？大臣疆吏，誠宜廣張示諭，剴切開明。其有實因竆困不得已而從賊者，能自歸其鄉井，求保里隣，首於官長，概予自新，不復追究。於是鄉團既歸其裹脅之徒，而有以相保；　召募又分其驍悍之眾，而轉以爲良。大股之賊滅，則小股者自懼，然後能收其悔順之誠。已成之賊破，則未成者自消，然後徐行其保查之法。

或謂鄉團召募，皆有易聚難散之虞。不知此日之鄉團，卽爲異時之保甲。至於召募之眾，一俟軍事告竣，或賞功而補之卒伍，進而以爲弁員；　或因事而分之調發，久亦歸於馴擾。唯其賊首，必須痛懲顯戮，方足以伸國法，而靖人心。卽於張家祥，雖號投誠，理宜置法，要當使其立効自贖，方免死刑。不然彼陷惡者，稍無懷臯之心，卽歸誠者，安有感恩之實？　至誠斯能格物，善戰莫若攻心，唯在當事善用其權而已。

防堵四策

一、凡賊鋒所向，必須城鄉團練一律整齊。團練本一事，而團與練實有分，蓋先有團，而後有練。

團者，城廂分段，先編戶口，每戶丁壯幾人，按名登薄，每段分派本地紳者一二人爲團長掌之。大鄉分段如城廂，小鄉則全鄉爲簿，以坿於大鄉。而每州縣又擇一二素有聲望老成公正紳耆，爲若州縣總團長，通掌之。州縣必立總局，各鄉大者，每團各立分局，而必籍其簿於州縣總局，州縣總局又籍其簿於各省府總局。省府州縣團長，平時聲息相通，局中量各城鄉自爲捐貲若干，歸團長爲局中費用。或官爲倡捐若干以先之，而不與其出入之數。唯槍礮、刀矛、旗幟、鉛藥等物，必官爲監置。取法軍前，延請教師演練，以期有用。團中不歛錢，不抽丁，不調出境。平時本地自爲稽察，毋使奸宄得以溷跡，卽本方匪類，亦不能容於其間，賊之綫路自然斷絕。大凡賊所到處，未有不先與其地之痞棍勾連者也。計每一州縣團成，丁壯雖極寡弱，率以萬計，大家聲勢聯絡，便已壯盛，所謂團也。

無事之日，農工商賈，各安本業。或以時修浚城濠，築立堡柵。有事則於此丁壯中挑選精銳，大抵數千百人，總可一呼立集。且皆本地親戚族黨，聲氣素通，情誼相聯，各有身家互相保衛，殆未有不同心戮力者，此謂團丁。若其地稍殷實，捐貲充裕，能預於無事之日，練出九精銳者數十百人，配給器械衣幟，派從教師，演習技藝，各令嫺熟，以備有事，則謂練丁。蓋團丁臨時挑集，練丁先期教演。一經挑集，便須口糧資給，棚帳棲止，故有練丁必須其地稍爲殷實者也。

賊自出永安後，尤與團練爲仇。所過，廣張僞示，稱爲『妖團』，危言恫嚇，並有所到首先搜殺團長之事。然城鄉團練堅定不可動搖者，賊往往避其地而不由，緣賊專與官軍爲難，而欲愚我百姓以爲煽惑之方。如果團練普律辦成，賊氣已先爲之奪。內患既清，外奸自斷，即至賊來，不致紛紛逃散，官吏猶可與守。

粵西一省鄉團大致已成，而練猶有未能。然各府州縣小股湘匪，亦已有官率團練自爲剿滅，不假外來兵力者。唯此會逆大股，自永安竄出，所至未能抵禦。當時粵之紳民，未嘗不自咎責。但賊攻桂林月餘，城鄉及所屬脅從，歸賊最鮮，一踰楚境，則匪黨朋興，爭趨若鶩。固以楚南邊境，向多不靖之徒，而亦各屬鄉團未能如粵省稍有規模故也。

一、各府州縣，每設防兵一二千人，賊至必不能守，而新調之兵，新招之勇尤甚。

新兵未曉賊情，不知戰陣，當此賊氛方熾，未有不聞賊至望風奔潰者。守土官吏，當兵民逃散一空，而賊衆麕至，彼稍知自好者，不願自辱，有死而已。楚南北地方團練，動稱衆有千百，乃實攷之，大抵官紳所招壯勇。蓋其地方本未成團，安得有練？官紳奉行故事，率以有用金錢，苟集游手豪無根據之人，千百爲羣，給之軍械、號衣，敷衍塞責。不知此等無賴，無事，虛糜經費，擾害地方；有事，鬨然而散，甚且爲賊所賄賂勾引而爲之應，此最各處防堵之大弊也。

必如前條，先成團局，於衝要地方，預期教演練丁，以爲備禦。而酌派兵丁一二千，或精鋭者數百，互相協守。新調之兵，乘其新鋭，宜令歸於軍前，使隨勁旅經歷行陣，而更換軍前征兵之日久稍疲猾者，使爲各處防兵。其兵疲猾得歸防所，稍資安息，宜知感奮。而久戰之餘，洞悉賊情，賊來不至紛然猝走，又可以與本地團練講習預期修築及臨時守禦之方。如或軍前無可抽換，則防所新兵，每隊亦必須擇於軍前將備之，能悉賊情，稍有勇略者領之。有城池處，先將舊濠清出，加浚深廣，城垛黏補整齊。其兵必令登陴楯，止帳房，預備滾木、礧石、土囊、砂袋等項守具。至於扼要鎮市，無城池處，則又必擇形勢，劄立營壘。向軍門有言：『兵必先營而後戰。』可謂要言不煩也。

一、水路防堵，宜先清船隻，預於要口設立礮臺、礮船。

賊自全州擄船二百餘隻，勢欲浮湘直下，如黄巢故事。及爲我軍剿刜，僅於東岸缺兵一路，賊乃焚舟由此而遁。比至永州，瀟江盛漲，守吏將江面船隻盡撤，下游賊不得渡，又復鋌走，以取道州。是時永州防兵甚單，而城又不高堅，賊勢時雖稍蹙，使得全渡，則事亦未可知，故永郡之得全，撤船之力也。

嗣是賊由郴州，出撲長沙、永興、攸縣，所過支江阻隔，而皆得渡。長沙賊又得船數十，用能分占西岸郕莊，及造搭浮橋。然其竄自寧鄉，又復捨舟去矣。不意至益陽之桃花江，而又得船渡。此皆地方之未能實力撤船也。

此時賊據江漢，船隻必多，如其東下，則必聯檣以進。若趨北路，則又未嘗不可捨而去也。淮、徐、汝、潁，地漸近北，船隻不多，宜官爲經理，預期約束，一有警信，立卽撤之。此等地方，果能實力未有不能行者，往往機宜坐失，尤堪痛恨。

至於長江，水面寬廣，沿江設立礮臺，多恐賊船乘風順流而下，兩岸礮不能及，此宜擇地之居要，而口岸稍狹之處爲之。凡礮臺多費工程，徒飾觀瞻，多有臨事不能得濟。軍前設立礮臺，率用竹絡編成巨礮式樣，中實土石，圖長不過丈尺，縱橫疊砌，雖千大礮，亦不過十餘巨礅爲臺。甚或數十小者，以次遞減。工程既省，臨事咄嗟而辦，又且易成易毀，並易移動，我用便利，而不患於資敵。唯每設礮之處，必有我兵營壘守護，賊卽水陸並進，欲奪我礮，必先攻我營。凡對岸設礮之處，各立二營，大約有兵二千能戰陣者，又得一二勇將守之，可以不敗。一處立營，兩岸可安礮數十，沿江據險，營礮相望之處，如有數重，賊又豈能飛渡者哉？

礮船可與礮臺相輔。前此長沙城外，礮船十餘，皆不甚大，頗能爲用。又造之甚易。此十船卽在永州時，因調廣西張釗礮船不至，而旋造者。劃槳不過十餘，船中安礮，亦不過數位，特轉捩輕捷，較爲易使。聞船之水勇言，礮船利於溯流，上攻以小不利，而轉柁下流，迅疾如飛，敵不能及。若賊船爲我轟擊，雖欲返走，逆水不能便利故也。

一、水陸防堵。於賊所必趨，及經過之處，有鎮市邨莊，居積繁多，我兵勢難徧守。且其地勢不能守者，必須遷移焚毁，免以資敵。而省府州縣城外，坿郭街市屋宇尤甚，非但其中儲積恐爲賊齎，而其屋宇，賊一據之以爲巢穴，可以攻我，而拒我攻也。

賊至江漢，恣掠百貨充牣必矣。獨火藥宜漸少，非若廣西、湖南，所至出產硝磺。又漢鎮雖繁富，而穀米向少屯積，若能棄此與之相持，耗其糧藥使盡，此一甚可爲之機也。唯北之黄陂、孝感，號小湖南，向來産米。東之黄州，所屬亦甚厚儲。如其團堡堅，而兵力足，我能固守，使賊不得恣其搶擄，固爲上策。

固守之法，必先立寨，四圍濠塹，其中兵練有可立腳，乃能時日與之相持。而賊四外靡所食息，自不能以久攻。其各小聚落邨莊，必令遷移，歸於大寨，或使入城。從前川楚之亂，清野之法卽此。其間或有人心不一，而艱於營築，營築未成而賊至飄忽者，必不得已而焚毁之。或以精卒數百預期覘賊所向，設爲游兵，賊如大隊而來，我兵不敵，許其返走。於居民商賈逃避已空之處，凡所積儲及屋宇尚存，趣行焚毁。倘有存畱磺藥，則急火之。計賊所至，靡所喙息，縱使其能裹糧而行，若徑數百里間，原野一空，亦必枵腹而不得前。且其磺藥之日用日少，亦事理所必然。迨其槍礮利器不資，倉卒窮餒之餘，大兵後躡，摧枯拉朽而已。

卷四

存恕堂遺詩叙

存恕堂詩二卷，孝廉商君所作。

余生桂林，即與孝廉家比舍居。時先大父老矣，先妣在，煢煢寡弱，唯孝廉家常左右之。五六歲出就塾，見孝廉孝友文學，心即慕之。後别去，不相見已數年。年十餘，省大父桂林，詣孝廉，見所爲詩歌，殊愛好，孝廉喜爲詩以贈。又數年，成辛卯鄉試桂林。孝廉相見尢喜，日攜出遊，凡桂之數十里間，高巖巨壁，無不之者。又與盡見其所交遊名俊。是時孝廉方起聲名，友朋最盛。大府徵爲書記，咸愛重相推引，而孝廉顧弗屑，負其高才奇氣，論議鋒穎，殆欲以豪傑自樹立。又數年，余往來桂、柳間，孝廉數遊京師，拓落以歸。每相違歲時，則見其意氣不如前。獨勤學弗勸，羣經皆手自寫，丹黄珞琭，旦夕鉤提，寒暑弗輟。家素貧，孝廉少困饑寒，長始以筆札傭值，稍稍富。及遊京師歸，而親年日高，家又多故，所入漸不充，則重鬱抑。日館事暇，仰屋長悲。夕不能寐，必爲詩歌自溷。詩日多，則病日痼，如是數月。一夕，遽以不謹於飲食死。

嗚呼！國家以科舉求天下人材，粤西最邊隘，鄉試歲舉四五十人，禮部試亦歲進士五六人，或八九人。孝廉之材，其與夫日月變化登高第擢顯仕者，豈或遜？乃七試而舉於鄉，三試而黜於禮部，而孝廉已死矣。使孝廉不爲此，優游橐筆，以養其親，或不即死耶〔一〕？然以其材，又揆諸其親之心，孝廉乃必就是死耳〔二〕。

嗚呼！人生意氣最盛，由少逾壯，不過十餘年間，行身一不遂，勞苦顛頓，戚嗟怫鬱，非士有道，鮮不爲所摧奪。夫以吾見孝廉之材，平居嘗爲人出忠謀，解患難，使得爲世用，日伸長之，必有異於尋常萬萬。而天嗇其遇，使中道殂，雖人生死有數，而不必以爲通塞。獨天既材之，而又阨之，獨何心哉？

歲之丙午，余重至桂林。孝廉死數年，其所交遊亦幾盡。訪孝廉家，其妻攜其幼子煢然，堂上老姑，年八十餘。憶與余〔三〕家及孝廉比舍居時，孤弱之狀適同，尢悲痛不能自已。自數年來，欲爲孝廉傳志，弗果。檢此遺詩，録而弆〔四〕之，並系其事之略如此。余生師友之間，於孝廉最早，恩義又重，今其家蕭然，獨對其幼子，檢其篋笥之零落者，而未知所以擠之。人之觀余於孝廉者，其謂之何？

孝廉名書濬，字麓原，臨桂人。道光辛卯科舉人。其先籍山陰，明大學士文毅公後也。孝廉著述皆未成。詩非其所精業，然已清俊，足傳於世，世必有識之者。

【校】

〔一〕耶：據咸豐、癸未本補。

〔二〕耳：據咸豐、癸未本補。

〔三〕余：據咸豐、癸未本補。

〔四〕弆：底本作『棄』，據咸豐、癸未本改。

族譜後叙〔一〕

王氏之先，於傳有稽者曰太原、瑯琊。其先周靈王太子晉，以直諫廢爲庶人，時人號其子孫『王家』。京兆河間，其先周文王第十五子畢公高之後畢萬，封〔二〕魏，後分晉，爲諸侯。至王假爲秦滅，子孫分散，時人亦號『王家』。或曰魏至昭王彤生無忌，封信陵君。信陵君生間憂。間憂生卑子。秦滅魏，卑子逃於泰山。漢高帝時，召爲中涓，封蘭陵〔三〕侯，時人以其王族，號曰『王家』。此皆姬姓之王也。出北海者，嬀姓之王。其先爲齊諸田，國既滅，齊人號曰『王家』。出汲都者，子姓之王。其先王子比干，所出既繁，則有不可攷而知者。

而吾先人稱郡望則曰太原，其來舊矣。王子晉之後，八世孫錯，爲魏將軍。錯生賁，爲中大夫。賁生渝，爲上將軍。渝生息，爲司寇。息生恢，封伊洛君。恢生元，元生頤，皆以中大夫召，不就。頤生翦，仕秦爲大將軍。翦生奮，封武陵侯。奮生離，封武城侯。武城侯生子二：元、威。威，其後居太原。元爲中尉大夫，避秦亂，居瑯琊。自秦漢以來，天下氏族淪〔四〕滅久矣，而於今日欲溯之數千載之前，其說多荒遠不可詳，顧人各稽其受姓所從來，則相沿於舊說者，又胡可以不攷也？

吾家譜圖載始祖正一府君，生子二：兆廠、齡廠。

四世後乃失傳。其四世載如圖，兆齡生文憲，文憲生仕榮，仕榮生廷柱、廷椿。廷柱乏嗣。廷椿字懋所。溯懋所府君以上，凡四世，僅載於圖。而事皆不傳。懋所府君子二：夢麟、夢鳳。夢麟繼廷柱，生子一，瑞英。又乏嗣。夢鳳字九苞，以歲貢生官富陽縣教諭，譜所傳九苞府君也。府君生二子：奇英，字子偉。熙英，字子雍。子雍生二子：孝文、孝武，皆乏嗣。子偉府君生明季，當我國家定鼎之秋，隱居不出，生子五：孝治，字以先。孝沖，字行先。孝標，字繼先。孝思，字則先。孝存，字慕先。孝沖子二：友義、友禮。友義子一，睦隣。孝標子一，友智。孝思無子。孝存二子：家棣、家相，皆乏嗣。以先府君嘗赴舉，未第，遷其業於律例之學。生我高祖府君諱友仁，苦學未達，赴順天鄉試，歿於京師。子三：長睦賓，山陰縣學生，有聲庠序，數薦鄉舉，晚游於幕。字柔遠，不幸乏嗣。次睦卿，蚤卒。次我曾王父府君，諱睦九，更諱作朋，官雲南江洱縣尉，遷廣東新會縣福永司廵檢。子三：我伯祖書盤公，諱朝媚，出嗣柔遠府君。始以世業幕游粤西，家焉。子四：任道、任賢、任官、任勳。任道生子錫傳，蚤歿，乏嗣。任賢子二：錫善、錫禮，亦中歲殂。錫善子二：文煥、文輝。以文煥嗣錫傳。錫禮子一，文燿。任官，又名任臣，子四：錫章、錫昌、錫恩、錫誥。任勳子二：錫瑩、錫祉。我王父府君諱廷媚，更諱唯新。從兄幕游粤西，生我伯父任洪及我先考府君。伯父蚤卒。我先考府君亦習世業，而我王父晚自悔其所爲，禁弗得竟學，乃遷其業於書記，年四十卒。我先妣袁太宜人，生我兄弟四人：長兄溥，次兄濟，次兄渭，皆蚤歿。不肖錫振，僅以姊氏劉撫育得存。而我叔祖國媚，子一，任鏞。任鏞今生子錫雲，獨居於先人之舊鄉。

溯吾美政坊之族，自懋所府君而下，綿延一髮及數世，唯我高祖有後。自我高祖而下，及我兄弟纔十四人耳。而吾兄三人蚤世，從兄三人又繼歿，僅各有後。今吾從兄弟僅八人，合諸兄子兩世，十一人耳，又溷籍異鄉。叔父任鏞守先人故土，復貧弱不自存。自叔父而下，唯錫振於兄弟爲長。念祖考遺德，以有此不肖之身，忝竊科第，不德而祿。虞先人之澤之弗克以承，而溯先王父以下，又唯錫振一人僅存，則尢惕然，旦夕恐懼。

我曾王父嘗爲家譜一卷，授我先王父。王父録而弆〔五〕之，系圖立傳，簡而有詳。自叙之言曰：『吾先人之不譜也，先世單微弗能以族，冀後世子孫日將滋盛，而後爲之。又家再燬於火，遺墨鮮存。歷年久遠，尢慮荒失，故即所知爲兹譜，草剏其概，以爲吾子孫備纂述焉。唯吾先人，孝弟敬恭，相延歷世，而久積弗施，不肖弗克有其先德，唯吾子姓有能覽觀遺訓，恪共謹守而弗失者，必將保世以滋大。』

今自立譜以來，又二世矣。謹即先王父譜加輯録焉。用山陰劉子宗譜之法而小變之，圖系以世相及祖父，各詳其所生，子孫各系其所自出。上以隱存宗法，下以收族姓之蕃衍於無窮，庶幾不背吾先人之訓，而足以俾吾後嗣子孫永守之云。

【校】

〔一〕癸未本題作『族譜序』。

〔二〕畢萬封：底本作『畢封萬』，據癸未本、左傳·閔西元年改。

〔三〕陵：據癸未本補。

〔四〕淪：據癸未本補。

〔五〕弆：底本作『棄』，據癸未本改。

先大父端溪研説〔一〕後叙

先大父端溪研説一卷，嘉慶初年時作。時端溪方採石，大父嘗櫂一舟，自桂林數百里至溪〔二〕購石以歸。家畜匠氏，斲研甚夥，自藏其精者十，號所居曰『十研齋』。以其聞見所合，與其工用之所自得而可據者，著爲此説。一刻於桂林，遭家播越，刻板毀失。所謂『十研』，亦不知其流落何所，小子抱深戾焉。

竊唯天地精英之氣之所毓發而爲物，以供人生之日用者，粟米、布帛之常，金玉、象貝之珍，貨財、泉源、百寶之流通，於人網不給焉。端州當中土之南，東西兩粵之交，桂林、蒼梧，萬峰簇攢，呈鈹露鍔。一束於羻羊之峽，灘、牂諸水，匯而中流，渟泓浩瀚，以出趣海。嶺海雄奇之氣，蜿蜒鬱積於此〔三〕，而獨孕爲端溪之石，其用幾與粟米、布帛、金玉、象貝、貨財、百寶之屬相等。唐宋以來，千百餘年之久，中官外使所貢獻，騷人文士之所探求，巖洞屢闢，而珍奇畢見。迄至於今，三巖靈秀之產，漸亦銷藏閉竭於山砠水涯間。有採伐，而新坑不如舊坑，東洞不如西洞，將天地精英之氣之有時而盡者歟？

五行百產，唯天所寶，持情用順。不愛其道，膏露醴泉，器車河圖，以時而出。弗敝其居，婺徵慢施，始泰終約。踐虐狼戾，靡強不弱。竭澤之水，魚鼈不生；燎土之原，金砂不成。天心與人事相感召之理，凡物且然，奚獨一端溪之石邪？

先大父此書，一時論說所集，研材不講，宜世好者稀。今年夏，余小子遊廣州，舟經肇慶，端石所自出也。偶出此卷示人，間有好者，付工剞劂，冀廣其傳。至其說之精詳，小子不肖，不能逮養大父，昧於先人之所聞知。唯自宋人研譜之作，以迄於今，著書者多且備矣。大父一家言，辨聲辨〔四〕色，與衆言同異相半，列於衆說，必有采焉。

【校】

〔一〕說：據癸未本及下文補。

〔二〕至溪：據癸未本補。

〔三〕於此：據癸未本補。

〔四〕辨：底本作『辦』，據癸未本改。

懺盦詞稿叙

騷賦興，而三百篇之作者亡。『河梁』五言作，而騷賦之作者又亡。風氣代殊，體製各異，獨其眞意往往寓乎其中，則自三百篇以至騷賦、五言之作，其義一也。

唐之中葉，李白沿襲樂府遺音，爲菩薩蠻、憶秦娥之闋。王建、劉禹錫、溫庭筠諸人，復衍推之，而詞之體立。其文窈深幽約，善達賢人君子愷惻怨悱不能自言之情。論者以庭筠獨至，而謂五代孟氏、李氏爲襍流所肇端，秦觀、柳永、黄庭堅、辛棄疾而下，罕所直矣。吾於庭筠詞，不能皆得其意，獨知其要眇爲製最高。而於孟、李及蘇、辛、柳氏之倫，讀其至者，一章一句之工，則含咀淫佚，終日不能去，蓋吾以得吾意之所慊而已。

道光二十三年六月，遘張宜人喪，僦居僧寺一年。幽憂多疾，舉百不事事，事亦輒不能終竟，獨以詞之文小而聲哀，爲足以發吾胸之所鬱塞也，數爲之。或喜或悲，或累欷爲之雪涕。顧其才或不逮，則又不能畢達其中之所難言，於是復廢，然亦不能終竟其事。檢所爲者三十餘篇，録而弃之，蓋有不能恝置焉者。然自是當絶去不復爲。歔乎！方余之爲是也，嘗悄然獨居，塊然而無所爲。僧梵晝寂，寒風送秋，庭樹蕭條，木葉盡脱，一展卷間，而此景猶淒然在目也。

送龔茂田叙

吾粤距京師，遠者萬程，近者亦六七千里。舟車之況瘁，山河之阻深，祁寒暑雨、霜露之冒觸。出則聚糧以行，經數月而始達也。吾人挾一策干當世，背其父母，離其妻子、兄弟、親戚，竆日月，歷險阻，以遊乎數千里之外。久客而不歸，滫髓〔一〕不得親，疾痛疴癢不相聞。即能命一官，授一職，獵取時榮，苟圖身計而已，豈誠君子之所貴哉？

龔子茂田，與吾皆粤人，來試於禮部，三年而兩被黜以歸。茂田爲人，孝弟有行，容貌嶷嶷，其氣溫然以和，與人無所忤，必將有所爲於世。宜待舉於京師，不宜去。爲茂田者，靡不謂然。然茂田有母在，又寡兄弟，居於外數年矣。昔曾子之門人學於曾子，三年而不歸，曾子以爲非孝，矧區區於富貴利禄之途者哉？

余蚤失父母，幼畜於姊氏。今老而寡且病，思有以樂其志，貿然以出，而不得歸。登高而望，太行之東，直大河以南，唯見白雲蓬蓬起自其下，故鄉如天上然。因茂田之歸，而余復愀然不能自克也。

【校】

〔一〕滫髓：禮記・内則、咸豐本作『滫瀡』。

送蘇虛谷叙

人生居一鄉，恂恂里閈，聞鄉塾老師之談論，習佔〔一〕畢之學，自好之士可無大過，而亦無大有成。間有負其才氣以爲傑特，視盼自偉，一日出與天下相見，才略智識，往往囿於聞見，於是棄其所學，以從於人。其積之不先，則操之無本，自撓亂其所爲，而適足以爲天下笑，子輿氏所謂『一鄉之士』者與？

余同年友蘇子虛谷，自丁卯〔二〕貢成均，三年兩試於順天，不得售，告將歸焉。虛谷才淸氣和，宜取科第由反手，而重困躓。虛谷不自貶損，將歸，益肆其學以自豎立，余甚壯焉。夫虛谷居京師久，其於當世所稱懷經濟，負聲名，高明而有學問者，固聞而見之矣。其所學何如？其才略智識何如？其棄所學以從於人者又何如？虛谷必有見，而歸以窮其學。吾烏能測其所至哉？

虛谷行矣。余方獨居，北方甚寒，嚴冬，氷雪酷厲，朔風戰窗櫺，習習有聲。鐙火危甚，光不及丈尺。念我良友各散在數千里外，正如昔人所謂『暝行駐足於寥廓之區，四望而無所歸也』。虛谷之行，於是乎有言。

【校】

〔一〕估：底本作『佔』，據咸豐、癸未本改。

〔二〕丁卯：咸豐、癸未本作『丁酉』。

贈雲亭山人敘

雲亭山人方以醫游吳中，余病吳中，初不知雲亭。日者，姚君子箴亦病新瘉，來視余疾，盛言雲亭醫。翌日，復與雲亭俱來。雲亭視余疾方沈篤，以爲必不死，顧亦未得所以已余疾者。而佗醫皆言且死，雲亭忿甚。初，猶爲之方，繼則一以中和滋息之劑，日扶持之而已。歷數月間，余竟不死。又得佗方，而疾殊愈。

方雲亭之困於余疾也，人多笑侮之。雲亭又素自詡，謂漢以來，醫失其傳，而猷得之。又謂世醫者好爲書，每言多而益惑。其論愈欹寄，人笑侮之愈甚。雲亭本草猷舉宏、景書，於方尤鄙葉氏學者。余本不知醫，顧讀内經，嘗疑以爲僞自太史倉公傳竊出者，雲亭雖不盡然，而議旨益相得。愈以余爲不死，而其治亦不效。吳人尤笑侮之。雖雲亭佗所治多神應者，猷不能解於余疾之不治，笑侮之者，甚至嘖嘖於市衢間。及余疾愈，幸得解也。

甚哉！人之大言，而其中不實者之何多也，雲亭似之。於人笑侮者，何責焉？人之外危，而其中實安者之難見也，余疾似之。於笑侮雲亭者，又何怪焉？雖然，雲亭毋以爲余疾之不已，於君而有惡也。漢高之屢敗於中原也，蕭何守關中，獨轉輸之。劉玄德奔走徐、沛，唯得孔明爲之佐助，以成季漢。然至垓下之戰，四川之入，蕭何、孔明皆不與焉。此其於余與雲亭何如哉？

雲亭之游倦，將歸。余亦病已，旋京師。乃述此言，而大笑以爲別。

贈東臺山人叙

余嘗以營先氏葬事，稍涉形家之言。一年之間，晝則冒觸炎雨，繭足山原，從青囊師口講手畫。夜則篝鐙一卷，伏而讀之，大抵於楊、廖、賴氏之説，皆嘗尋究。於所精要，或猶未諳，乃獨異其文詞鄙俚，時不免熒於禍福利害之言。及得世傳郭璞葬經一卷，讀之，其文詞馴雅，而精要亦多。然卽以爲璞之原書，猶未之信。大抵唐宋以前，術士所爲，而璞原文間亦羼諸其間云爾。

東臺山人精形家言，於世青囊師，獨主郭氏葬經之説，非經言所弗道，而於當時所謂專言理氣者，尤痛辯之，可謂有識之士。雖然，卽經之言，亦猶有辨，大抵在於義與利之間耳。夫褋家之術，獨形家言，尤切於人生之日用者。人之親死，而求其葬之所以得安，彼既免於狐貍蠅蚋之殘，而又大懼夫水泉蟻窟之害，而固非以爲富貴利達之途者也。葬唯得安，吉莫大焉。山人愼之哉。

誠使其術一出於利，則犯上作亂之所肇端，吾恐其烈不馴，至於簒弑、攘奪之興不止也。且吾以仁人孝子之所用心，卽王侯將相之所基迹，其理宜然，而數亦必至也。經曰『若呼谷中』，殆謂此也。不其然哉？

龍壁山房詩集自叙

余十餘齡時卽好爲詩。讀唐賢詩，尤喜摩詰、太白，時時竊倣效爲之。成童，游郡庠，就書肆中求得唐宋以來諸家名集，尤縱觀焉。弱冠出門，所歷山川郡邑，天時人事，爲詩日多。

及通籍官京師，始病所學無有成就。自觀其所爲詩，其於陶、謝而還，太白、子美、退之、子瞻，以至金元裕之、明高季廸之倫，靡弗揣摹，或合或離，既不足與古人頡頏，而又不能以自樹立，痛芟夷之。上元梅先生曾亮，時同官戶部，蓋當時之能文章者。嘗進余文，而頗詘余詩。又謂余詩才力不可掩者，時有近於太白、退之，不宜輒盡毁之。

兹之所存，爲初稿者是也。自通籍官京師者數年，爲詩差尠。丙午、丁未之間，自京師假歸粤，一病困吴越間； 甫還京師，又出從征粤楚之役，則數年來，崎嶇險難，顛頓荒忽，嘗有輟不爲詩者矣。然歷日月而又爲之，且或併日月而爲之。吾生窘矣，而寡嗜好於佗事物，每稍嘗之，而輒去焉。或久居之，而究亦將厭焉。獨於詩乃自齠齓以踰少壯，常爲之而不少變。雖以其間師友之箴規，中心之悔艾，勞精敝神，屢作不進者之困拂，曾不能以少阻閡之。欷虖，可謂溺哉！

夫古之人之爲詩也，彼非以爲詩者也。嘗有所欲爲而不得，與爲之而不成，不得已而詩乃出焉，若淵明、太白、子美、退之、子瞻，非其人歟？以余之不揣，而第欲爲詩，非特於詩之不成，卽欲佗有所爲，將亦有所不成者矣。及佗所爲之，果不能成，於是又幡然而反以爲詩，而其詩之成與不成，乃猶未之或知，詎不尤可悲者歟？

自初稿一卷而後，辛丑至甲辰，官京師時，所爲一卷，曰京廬集。乙巳出都，及庚戌入都，所爲二卷，曰倦游集。辛亥從征以前，及至壬子旋京師日，道中所爲一卷，曰榆枋集。合詩五卷，爲篇四百有餘，録而存之。殆自少壯以來，心跡著焉。欷虖！豈唯幼小竊倣縱觀之心之不可復？卽時年方壯，痛自芟夷，以期自樹立者之遒然意氣，亦何可復得者邪？

贈姚子箴宰懷來叙

州縣一小天下也，人民、土地、倉庾、府庫、賦役、訟獄、學校之事備焉。天下分其地爲十數省，省分其地爲數十百州縣。天下之爲州縣者，治則天子可端冕於上，羣公卿可以安然垂委於下。而有難焉，以今之爲州縣者，朝廷寬大其選，品流既襍，闒茸貪冒，或竊位焉，一拜官則問土肥瘠，官遷擢之遲速，人民、土地、倉庾、府庫、賦役、訟獄、學校之事，概不以置於心。然而天下猶泄泄者何也？

凡州縣之所有爲，國家一有成法。承平百年，其未弊者，循率不至敗事。其已弊者，漸淹日月，殆莫能挽。

大府疆吏，亦唯恐其事之猝發，其覆有所不利，相與蔽匿而粉澤之。一州縣然，馴至於數十百千州縣羣然，而天下事隱然墮壞於茫昧之中而不可捄。向之所謂闒茸貪冒之衆，故猶得以安然寢食於其官。獨有志之士，觀時審而執志定，不欲混混與世同俗，其於吾之所有事，爲所得爲，則其效也，視吾力所至而有獲焉。士夫束髮受書，所承學者，皆三代之遺法，孔、顔之所論定，而居一官，行一事，則又棄其所學，而求於世之不知所謂之法而奉行之，豈君子之自立者哉？

姚子子箴，篤行淵雅，淡於勢利。謁選京師，得懷來令。同官有相與言土肥瘠、官遲速者，子箴頸赤面汗，若大慚恧。獨於其所交游，切切問政所要。余唯今之設官，自左右親習郊圻封守數大臣而下，散冗多矣。令長於其邑人民、土地、倉廪、府庫、賦役、訟獄、學校之事，叢集舛襍，上下牽錮，其任最艱。而爲之，猶得自行其意。其及於民也，亦形便而勢速。

懷來地密畿輔，民俗不佻。子箴爲之，必有所以能自立者。余且候之，以爲異日儻視法焉。

贈龍翰臣修撰典試廣東叙

國家自蕩平西域之亂，海內無事，文恬武嬉，垂十餘載。一時老臣宿將，雕謝幾盡。英吉利以海中島夷，窺覦牟利，觖法不遂，恃其高艫巨礮，舉兵內閧。將吏不知方略，士卒不親戰陣。百姓優游逸樂之日，一聞烽警，攜老弱流徙相跆籍。數年以來，沿海頽城墮邑，未可一二數。

聖天子憫生民荼毒，宥藐夷無知，詔許通市，其燄稍息。而廣東三元里義民，激於愁憤，一呼千百，當夷酋登岸，圍之數重，聚將殲焉。守土吏愳妨天子恩信，撫解其衆，酋首獲全項領，其氣隱奪。當時聞者，莫不踴悅，以爲國家二百年，天下人心之固結，於此可見。而又竊歎此邦之人，其鋤耰棘矜之衆，猶且忠義感激若此，矧其詩書澤化之君子，豈無材武非常之士足以爲國家先後禦侮者哉？

龍子翰臣，居翰林，向聞海夷之變，常慨然奮發，思立功海外。今承天子命，典試粵東，吾於其行，固將望其得人歸也。夫自明迄今，以制義取士，四五百年，其間名臣碩輔，忠臣烈士，無不於此焉出。吾觀於其制舉之文，其精神意象，自有不可掩者。有司者，誠精心以求之，則其人乃因之以可見。翰臣於此，得不深念之乎？若區區乘一傳馳數千里，求數十巧伎逢時之士以歸，豈吾翰臣之所以自命也耶？

贈余小頗出守雅州叙

三代之時，文章政事之道，出於一，故其世隆，則其文盛。而爲之者，率一時之后王君公，於身所行，而發於言。吾讀詩、書典謨訓誥以及國風、雅、頌之文，其志正以栗，其氣穆而深，其治理清明嚴肅之象，皆載之以出。

春秋之季，孔氏之徒，道不得行於時，始不得已，相爲論説，以守先而待後。而晚周諸子，亦踵出其間，汪洋恣肆，以自放於山巔水涯，窺其所作，非有寄則有遁耳。後世寡識之士，乃欲效其所爲，若必將自致其身於闃然寥寂之區，而後能用其專精之力者。彼其言多滉瀁以爲高，其於天地民物，凡天下之所有事實，未嘗深涉焉。夫身未履其事，而口侈其言，則所見不親，使其爲之，將有不顧而背去者。文章、政事之道，遂判然爲二，不可復合。此三代以後之文之所以日降，而莫知其所極也。

余子小頗，爲文廉傑踔厲，尤能自達其意。官京師在戶部有能名。余入官及君同僚，而獨相得於往來文酒間。甲辰三月，小頗得郡雅州者以去。同游之士，或喜或惜。喜者以爲小頗所學，由此得行於時。惜者則曰爲郡事繁，小頗之文由是進者或未可必。

余乃以爲小頗之行，亦問其施之於民事者何如耳。其施之民事者有所得，則其發之於文章者，必言之不怍，而益有合焉。雅州爲郡萬山叢襍之中，百年承平，兵革不興，而禮樂教化之事亦未聞。小頗行，履其地，優游甹政，必有所以舉其職者，然後本其所得於民事者壹昌於文。吾黨二三人，羇宦於此，異日聞小頗爲郡有卓然大異於人者，將其爲文亦必有不可測哉。

送陳伯淵赴官東河叙

元始都燕，仰東南漕粟食，京師開會通河以濟運。

自是治河必兼治運，而治河益難。於是河患迄元、明兩代，鮮治日矣。

本朝東南兩河置督、道、倅、丞數十百員專理之，歲費金錢數百萬。苟盡其力於疏與築，竊謂百年奠安可也。而有司者，幸歲無事，三汛不災，則酒肉酣恣、樗蒱博塞，歌舞淫佚相慶樂，以官中有用之財幣，揮置不豪毛顧惜，平時疏築之事不設於心。一旦風雨掣奪有事，費計數百萬。中朝大官，屢出相度，有司奔走承應，財益以匱。苟且抵塞，幸以卒事。當國家豐厚時，虛耗蠹蝕，不爲之病。及物力偏詘，有大工役，不能不撙節以爲出，而有司復以撙節之數，婾減餘羨如成例，守不可變。垂成之功，往往費詘而潰。事一不集，又悉舉計費之數百萬而付之洪流。蓋吾所聞，此人心世變之大可憂，而非徒一河之爲患於今日也。

竊嘗論以天下之所有財，治天下之所有事，罔不舉。獨以一事之用，而百端罅漏，叢出其中，則財匱而事僨。而世乃謂河防之官，必當疏節濶計，不可以斤斤然惜虛費而致敗事。吾以爲此爲督道大吏，司出納之總者言之耳。若小官承事者，正恐其不惜費，而至於敗事。惡有丞倅數十百人，聲色奉養，餽遺之糜散，而顧可不惜者哉？

道光二十一年，河決開封，次年決中牟，至今歲工未集也。而吾友陳伯淵，適以大挑知縣分發東河。伯淵居京師數月，常屏居不出，自奉絲粟，不妄費，而獨憂其職微，以不獲行所志爲慮。以其所言，伯淵必能於其官也。伯淵之行，亦盡其所能爲而已。天下之事，盡吾所能爲，而佗莫如何者，又豈獨一河也邪？

贈范百崇學博叙

天下府州縣皆有學，學皆有官，固將以其道德文蓺爲學子師者也。世失其職，師弗能以教，弟子弗能來學。春秋奉孔子祭祀，學使者下車州郡，捧學子册籍，稽姓名，趣期會而已。而其位祿不高厚，簿書不集，案牘不勞，刑罰徵科之事不聞，奔走供帳之役不及，於是人皆易之，材略高遠之士所弗屑爲。爲是官者，苟非闒茸耄疾，則亦進止趦趄，淡懷榮利，樂其清簡以自足，而隱其身者耳。

嗚呼！凡官所治者民也，而學官所治者士。士者，民之秀，鄉黨風俗之所自出，國家取以爲公卿牧伯之材者也。而學官獨教育之，吾嘗以謂非董仲舒、王通其人，夫豈有能勝任者哉？

叙州范子百崇，與余交京師，粹然質行，古之君子，余嘗信百崇篤於自信也。甲辰，大挑天下貢士，百崇得學官。明年，復罷會試以去。人且謂百崇學行，屈是官。余獨以謂天下有政而無教者久矣，士生當世，在各盡其所能爲。百崇居於鄉，學徒已甚衆，且能敦謹以率其教，然則天以是官成百崇也。

昔宋胡安定教授湖州，闢經義、治事之齋，率其學人敦行雅飭，化行於下，而聲聞於上，朝廷以其法頒天下。百崇行矣，異日蜀人士來京師，有能敦行雅飭如胡氏弟子，將必游於百崇之門者乎？吾望而識之，今與百崇質以爲來者驗也。

贈王質夫南歸叙

人生毁齒就學，塾師授四子書及易、書、詩、禮諸經，弗爲當時功令之所縣者，弗習也。佔畢麤成，不務講貫，則使之學爲制舉之文。資稍異者，不數年可卒業，則使之出就試，自縣府州〔一〕，而鄉試，而禮部試。其才稍給者，又不數年皆已報雋，則又棄而學爲世俗書，及今殿廷試所用聲律儷偶之文。弗爲當時風尚之所貴者，亦弗習也。其高者，出入館閣，翱翔苑闥，由此而躋卿貳，歷臺閣。故其時利者，其學必益疏。選舉廢而爲科甲，言揚謬而試蓺文，三代以降之人才，非無雄偉儁傑之士出於其間，而皆自於天地之所生成，時會之所輻輳。必由於學以成之者，亦或有之，而未敢必然也。

吾宗質夫，賦鹿鳴，來京師，就余同居一年，兩試於禮部，以其所學宜得之，而瀕失，豈非時邪？而質夫弗爲意，將歸别余，顧獨欿然。問所爲學，余豈知學者哉？雖然，竊有見以爲今之人所學與古之人所學者不必異，獨其所以爲學者異耳。易、書、詩、禮，聖人之遺經，其所載古人之爲學者備矣。以今人之心，欲求爲古人之學，猶南轅而北轍也。使其學古人之所學，以古人之心，由父子、兄弟、夫婦倫紀之間，而推以至於能成天下之務，學豈有出於是者哉？

質夫，質美有文。方其來也，嚮余殷然，余愧不能有以益之，於其問，敢不告？且質夫與余姓同望，生同，方今又聘余姊氏息，爲肺腑戚，故凡吾所欲爲，皆以願吾質夫，而不知其言之切也。質夫歸，學且日進，而復吾言，其以爲然邪？否邪？

【校】

〔一〕縣府州：底本作「府州縣」，據癸未本改。

送汪仲穆叙

余少孤露，與桂林商麓原相識最早，師友事之。麓原獨時時稱陽湖汪仲穆賢〔一〕。自余游桂林，仲穆已久客歸。後十餘年，道光甲辰，余官京師，仲穆以公車來，一相見。時麓原已前死。自是余遂南北奔走，與仲穆不相見者十年。及咸豐壬子，旋京師，仲穆在焉。未幾往來，仲穆又將出都，有浙之行。於是仲穆年且逾艾，而余亦過壯矣。

人生自少而壯而老，其間友朋游處，必數易其人。非唯誼氣之肫篤，唯自於少小者爲最眞。即人材升降，亦往往前後數十年間之每不相及。不知余之所見，獨與人殊者歟？仲穆行矣，余每見仲穆如見麓原焉。仲穆亦念麓原甚，與余言，未嘗不及麓原。余於仲穆之行，能毋重慨乎哉？

仲穆自謂行將自浙而歸吳。龍山、夫椒之間，山水清淑，泉甘土沃，才良輩興，文物斯存。仲穆以其清修老學，深居抱道，計將長往而不復出。獨時方多難，吾儕二三人以匏繫之身，滯淫於此而不能去。迢迢領嶠，萬山叢疊之中，故人宿草，荒煙落日，思欲一椽以爲歸隱，而茫然身世，方不知其所稅駕〔二〕。仲穆雖行，其能不以余輩而愀然爲念也邪？

琴西、立夫既各爲詩送行，余因叙所懷以爲贈焉。

【校】

〔一〕賢：據癸未本補。

〔二〕駕：據癸未本補。

贈畫者王友珊叙

古未有書，先有畫。龍馬出卦爻，蟲鳥生篆，始皆畫也。日月星辰、山龍華蟲作繪，而畫興焉。古之畫者，往往皆以聖賢、奇士、壯夫、烈女之所已事，以垂爲世訓，故其爲之，必以工而得似，使人觀感而有所興發。

王維、吴道子以來，山水、人物，理別於古，而趣成乎今，始一以其幽深高遠之意，刱爲奇構異製，以成其能。高人逸士，代推遞闡，乃以神而遺形，恢奇恠偉之體，能震動人耳目，而自爲雄肆天下。事經數千百年之間，數十豪儁者之所爲變易，未有不日趨於盡，而與始爲離者。獨其神之所存，而形寓焉。天下有形存而神或亡，未有神存而形能遁之者。超其心於萬物之表，然後能入乎萬物之中微窺焉。會其精者，而神以出，古今非一致與？

王君友珊，工畫。余嘗有請，諾弗吝。日與論畫，有相洽者。友珊還，請爲文以贈，因録所論歸之。

友珊向從其尊人宦游來廣州。既孤，有兄弟皆歸雲南，而友珊獨客此。拓落久矣。友珊自言：『吾母老，吾室有弱息，未得所歸。二事畢，吾將一蒲褐，長往於天湖、羅浮萬山中以精吾業。』嘻！友珊日抱此志，羅浮、天湖之間，其將果有斯人矣乎？殆未可知。然而友珊自此遠矣。

武夷山志叙

武夷〔一〕，以九曲稱。

自問津亭入溪口灘，泝而上，不數櫂，稍北復西，爲一曲。大王峯巍然北踞，雄長一山。沖佑觀在其麓。東挾幔高峯。西南大小觀音石、兜鍪峯、獅子峯。

過鐵板嶂，又西折浴香潭，北上，爲二曲。東唯仙榜巖。西則鏡臺、玉女、淩霄、三髻諸峯，玉女特高秀。

峯廻溪轉，至雷磕灘，右折如鉤，爲三曲。小藏峯臨其西。東北，會僊巖、上升峯、僊遊巖、洛伽巖。

經大藏峯，乃沿而下卧龍潭，爲四曲。水北流。峯立水際，高極天。前，御茶園。其對，曰釣臺。又西曰金谷洞、玉華峯。小九曲在其下。

又前，至平林渡，爲五曲。北，隱屏峯，其下紫陽書院在焉。地奥始曠。南面，晚對峯。城高、天柱，左右朝拱。其前，溪流如帶，山之最勝，九曲之中也。

蒼屏、響巖之間，水折而東，甫下老鴉灘即南，爲六〔二〕曲。故六曲，地稍促。而天游嵯峨東北立。其顛一攬亭。亭之對稍西，曰上城高。其下放生潭。

折而東，爲七曲。南，煙際巖。北，三仰峯，最高。其東，百花莊。又東，皷樓巖。山勢至此稍平夷。

舟上芙蓉灘，爲八曲。皷子兩峯，大小廩石，南北差相對。

又上道院洲，爲九曲。洲在兩溪之間。後溪自星邨稍北流過洲，復折而東。前溪過星邨橋東。其南星邨橋。又上直北，則馬月巖矣。

水自大源山數十里，合周、杉二溪，過星邨。入山曲折，峯巒叢襍。中下臥龍潭。北上至雷磕灘。復下，經鐵板嶂、大王峯以出山前渡。過問津亭，合大溪。游人舟自大溪以來，故九曲之名，以溯流得之。

雷磕灘，地獨高，故自溪口以來曰上，而過雷磕以至臥龍曰下，實則水皆溯流。山峯之大者三十六，次有名稱者，猶數十餘。酈道元稱其山多『豐上斂下』，詭形殊狀，與佗山絶異。周百餘里，兩崖絶壁，人迹罕至之處，枯槎怪石，遺骸蜕骨，往往在焉。朱子以爲『道阻未通，川壅未決之時，夷酋君長〔三〕所居，而漢祀者，即其君長』，『而傳以爲僊』，理宜然也。宋胡文定父子、劉草堂、李延平諸子，始來誦習於此。至朱子自闢精舍，山之靈勝，乃益大著。

高文舉刱爲山圖，朱子爲叙，而又別爲九曲櫂歌，以道兹山之勝者備矣。踵爲志者數家。崇安董君天工，病其未詳，合纂一書。合河孫文定公叙之，以謂『昔賢琴劍棲止之區，一草一木，皆足使人流連感歎』。武夷靈異，宜閩之士夫樂道而爲書者然也。羅君經甫，亦崇安人，以其先人之志，復刻此書廣州而示。余叙之，括其山川圖說之略，以坿於朱子櫂歌、圖叙之後。佗日遊此山者，乃益有所嚮也。

【校】

〔一〕夷：底本作『彝』，據標題及下文改。

〔二〕六：底本作『五』，據咸豐、癸未本改。

〔三〕酋君長：晦庵先生朱文公文集・武夷圖序作『落』。

甘太孺人壽詩叙

往時，翰林池公督學粵西，甄拔一時學徒秀良之士，而尤以平南彭子穆獨賢。十二府州之士，嘖然稱彭君。彭君子穆出所爲古文詞謁，池公尤擊歎，以爲粵士未嘗有也。於是，粵中自大府、寮及薦紳耆宿，靡弗稱彭君。子穆試桂林時，四方士謁彭君者，日數十或百人，皆以得彭君一往來交接爲榮。子穆昔嘗所師友與游之士，於是皆挾彭君重。余嘗以謂：觀於池公，而知三代聖王振興學校之事，大可行於天下。觀於子穆，而知爲士者，能有所自立之榮於其親以施於其鄉閭族黨者，爲不倖也。

公歿，子穆在桂林，與余交親。子穆爲古文詞甚雄，余讀而偉之。粵中人士，是時爲古文詞者稀，今之爲者，嶄嶄出矣。而卒莫先於子穆。庚子，子穆舉於鄉。數年往來京師，及大江南北、淮、汝之間，其辭日有進，天下之士亦隱然相望有彭君其人矣。而子穆謂不足爲，日熟精於天下古今當時之務，將俟一日得所措手，而施諸天下。今年夏，子穆在京師，日告於余曰：『予客久矣。老母年七十，予將歸焉，子盍一言以爲壽？』

余唯孝經論孝曰：『夫孝，始於事親，中於事君，終於立身。』又推其端以謂：『立身行道，揚名於後世，以顯父母。』於戲！論孝之則，至是極矣，而蔑以加矣。爲人子者，苟能貽其親以令名；爲人父母，苟知其子之有令名於我，豈苐若日奉鼎鐘之養之爲樂者哉？今子穆之爲令名，其所已見於前日者如彼，而其自志於後日者如此，則所以爲太夫人壽，孰有大於此乎？

子穆又自言所居某邨，依山臨水，門外陂塘蔓衍，出溉良田數十頃，方與其兄奉太夫人居之。太夫人樂子穆養，凡子穆在，太夫人尤驩然。子穆將營升斗，備旨甘，歸某邨之麓，事親讀書，有終身之思焉。於戲！使所欲而成，將太夫人老壽之福，與子穆日孜孜然於事親讀書之事，其爲樂者何窮？彼夫天下一時之所謂令名於世者，葢又不足爲子穆道。然唯子穆以天下之令名不足道，而卒天下之令名歸之，將有必至者焉。

既爲歌詩四章，而又敘之如此。子穆歸而誦之太夫人，或以余言爲然而有喜也乎？

李太安人壽詩敘

往嘗自桂林四百里，訪蔣子立夫邨居，升堂見母李太安人。信宿十餘日，與立夫宿其所謂西溪精舍中。

立夫言：『吾母歸吾蔣氏，年始十餘。時我大父攜先君子讀書魯草塘，而盡室往居焉。魯草堂距吾邨數十里，吾先塋實在。地居萬山中，四無邨鄰。大父築數椽，奉母課子其中，吾母供爨汲。方冬，雪積沒脛，母出汲山下里許，躬汲擔，必手持一篲，行除積雪，乃得前。夜則採松脂爲膏，供大父及先君子讀。數年，先君子出就試，一歲成進士。又十年，以選得四川南川令。於是吾母奉大父母就養南川。尋先君子奉大府檄赴官西藏，吾母復奉兩大人歸。乃不一年，而先君子難作。時大父年六十餘，吾兄弟皆幼穉，大父嫗育之。大父卒，則吾母嫗育之。洊吾母之來蔣氏，今五十餘年，其間所歷，憂危險巇，如疾風驟雨之飄搖欻至而不可測也；如棹舟入江海，駴波回瀾，奔淪漩洑，篙櫓椗柁之不足禦也。而吾母嘗之，盛衰百變之中，恤恤乎無甚憂過戚之容，亦未嘗有盛滿大得之意，數十年如一日焉。』

余聞霞舫言，甚悲。既而慨然以謂蔣氏之興，其在太安人乎？今夫人之生也，猶樹木然。歲寒，冰雪沍厲，嚴威懍烈，其植淺者，必悴萎不可受。而根柢蟠固之木，能潛納其精英之氣於天地閉塞之時，春陽漸舒，雨潤日暄，則兹木也，夭者，條者，句者，萌者，必將蔚然蘢蔥，莩鄂鮮美。蓋其生發之機，藴蓄於佗木之悴萎，而不克受之日者久矣。若夫深山大澤，松栝百年之木，所謂貫四時而不改柯易葉者，則其所積必又有至者焉。蓋其植逾深，則天之篤之者逾厚，若太安人不其然哉？

歲十二月，爲太安人七十壽。而立夫已成進士，官翰林。令弟麟閣爲諸生，有聲。又皆有子，翹然頭角見矣。憶與立夫同宿西溪精舍之日，及今十年。蔣氏之興，太安人又及見之，而未有艾。鄉人官京師者，各爲詩以寄祝。振與立夫自選貢及成進士，皆同歲，又兩人交最深久，故輒著吾所聞。非徒爲太安人壽，亦將以爲閭里觀法耳。

王太夫人壽叙

往乾隆間，陝西涇陽張氏，以同居七世聞，高宗純皇帝嘉獎，嘗製詩紀其事。嘉慶二十四年，至前山東臬使治堂先生復舉九世同居以聞，仁宗敕賜旌表，天下稱盛。今小浦侍郎於臬使爲從子，張氏同居十世矣。侍郎以文學侍從躋班卿貳，視學江南大省，甫年三十，人咸知其義門，且由母太夫人之教然也。

太夫人華亭王氏。高曾世顯於康熙朝，爲經學名臣，聖祖仁皇帝曾一幸其里第，海内榮之。逮太夫人隨大父罷官家於蘇，幼從塾師半載，受毛詩，能意會其解。而家已清貧，不能卒業。顧性躭書史，習吟咏。及長，從父幕游湖北，家計尤艱，日佐母氏女紅爲活。時侍郎尊人贈資政公雲浦先生，以縣令需次楚中，請繼室焉。

資政公宦楚二十餘年，歷知劇邑，太夫人操家政井井。資政公引疾歸家，太夫人處族衆以和，振貧以周。時侍郎方髫齡，資政公老疾蕭然，太夫人典粥具饍饈，起居飲食，奉伺唯謹。獨教侍郎學，不稍假時。偶倦讀，則督責之。或自涕泣，必侍郎〔一〕長跪自投乃已。故侍郎成進士，入翰林，年猶未冠，鮮不知其自母氏也。

國家承平百年，其盛隆赫奕之世，一時公卿碩輔，海内高門鉅族之家，咸以詩書孝弟，輔翼休美，都邑相望。顧數十百年，門氏代興，則昌於前者，或不能續於後。論者以爲：『盛衰，勢之常。』然吾獨謂：『勢也，而事實〔二〕能挽之。而扶危定傾，保世滋大，其責尤在閨門閫閣之中。』何者？人家數傳，其間必有前後不相及之世，上承下繼，往往寄其任於孩提襁褓之人。而當其時，所賴以孩提而襁褓之者，非有賢喆過人之能，就使綿延嗣續，苟能拮據以不墜其家閥，亦既幸矣，況能振起之，使恢其先緒，爲家國光邪？今觀涇陽張氏之所以興，太夫人之所爲，非勢也，而事實挽之者哉。

侍郎以方壯膺顯秩，賢聲盛僚右，而沖厚愼抑，奉太夫人教唯嚴。方召直南齋，今上嘗垂問太夫人年齒，且諭奉居澂懷園，直廬日頒尚方腥食瓜果之賜。太夫人躬貴盛，被服澣濯，茹素，習勤，侍郎每遷一階，常諄諄教以勤恪，思弗報稱。以侍郎之年，當此位，被特達之知，蓋天下之寄望爲不小矣。侍郎一稟太夫人之教，將以太夫人之所以施於家者施於國，則太夫人之康壽，豈唯張氏之慶云爾哉？

侍郎嘗以道光己亥典試粵東，鄉人戚黨之宦游於兹者，咸得相款洽。聞太夫人之慶，將各致辭爲祝。而以某子壻，能悉其家事，適來客此，屬之文。爰質而論之，以當兕觴之進也。

【校】

〔一〕侍郎：據癸未本補。

〔二〕實：據癸未本及下文補。

蔣宜人壽詩敘

吾友劉少寅九石兄弟之母蔣宜人，高年而時多疾。余嘗就問少寅，曰：『吾母勞矣。昔先君子爲興業教官，吾母將一舟奉先王父年八十就養官所，過橫舟灘，水惡纜絶，舟中斷沉矣。母負先王父出，水沒項不釋，呼漁舟救，得生。後先君子宦沒京師，貧不能歸。母又盡出質簪珥衣服，集僚友賻金，扶遺櫬，攜吾孤兄弟稚齡，行七千餘里以歸，鬻田宅營葬。吾兄弟稍長成，母猶以遺書自課之，饘粥不繼，不使廢學。母明年七十，願吾子文以爲壽。』

余聞而歎曰：天下逸樂安豢之人壽邪？余所聞，獨憂勞勤苦之人壽耳。舜、禹皆躬耕。舜日號泣田間，形貌苦瘠。禹乘四載，隨山刊木，脛不得毛。而年皆百歲。周公作無逸，稱殷高宗『時久勞於外』；祖甲小人作，其即位享國，恒久長；文王百歲，作『康功田功』，『自朝至於日中昃，不遑暇食』。晚近士夫期耄者稀，而往往聞人家多壽母，或至頤耋，其人多自苦節卓行，艱危患難中來。於戲！此非獨其筋骸之束，固不若彼逸樂安豢者之有所自朘，亦其中之所存，其足以招還康而徠福祐者，爲獨摯也。今觀宜人所爲，其肫然於孝與慈者，憂勤勞苦若此。而少寅兄弟爲茂材、孝廉，各有聲，日駸駸乎將大其門閭，則宜人之所以永其年壽而不衰者，又何極邪？

余與少寅兄弟游，見少寅出告反面，常聞母氏教督之聲，敬畏有孺子色。又余從子質夫與少寅比屋居，余假歸桂林時，嘗過之。隔院聞九石日誦矇瞍之詞，琅琅如工師於其母側以爲歡笑，輒復歎羨，以謂人生有母之樂如此，則宜人之所以樂其中，而可以不老者，又將何如？

少寅與余交九親，稱其母之壽，不敢以不文辭，故質言之。而重爲一詩，以道之如此。九石亦將以琅琅之聲試誦之宜人，或不以余言爲濫引也乎？

卷五

龍樹寺壽讌圖記

龍爪槐，在京師宣武門外西南龍樹寺中，寺因以名。北面城闉，四周葦蕩。寺前有閣，翼然而高明，茂樹環擁。道光二十五年三月二十五日，爲上元梅先生曾亮生日，余與仁和邵位西舍人，號於同人，爲先生壽讌於兹閣。

主賓翕集，冠履彬彬。觴讌再終，流連竟晷。談諧間作，禮儀弗愆。於時春莫，天日清美。林薄微翳，禽鳥悦人。惠風颾然，草木自馨。西山拱揖，來我牖戶。於是，先生年六十矣。

酒酣，有舉酌而言者曰：『今世士夫，才五六十，張筵爲慶，特須臾之頃耳，何有於慶？唯文章之士則不然，彼一日之間，而千載在焉。故世唯先生者，爲宜慶。』又酌而言者曰：『古能文章者，多大年。葢其閱世深，而取物宏。故其年益上者，業益高，若宋歐陽氏，明歸氏，國朝方氏、姚氏皆然。然則先生，其未有艾邪。』

於是，先生欣然洗盞命酢，顧余而言曰：『斯言也，眞能祝我而壽我者乎？吾何以易之哉？』

位西既以其言爲文，先生舉册而命書之。同人爲詩壽先生者，亦以次列於後。余謂人之爲斯言也，乃其所以爲先生壽也。先生之樂斯言也，乃先生之所以爲能壽也。

余乃謀善繪者，爲圖坿之，而記之如此。同會者，監利王子壽，曲阜孔繡山，桂林朱伯韓，平南彭子穆，代州馮魯川，臨桂唐子石，位西及余，合九人。

陳將軍畫像記

公諱化成，福建同安人。道光二十年，英吉利内犯，朝廷以公爲江南提督，守吳淞口一年。夷艅游奕海口，不敢進。

時議以夷人就撫，廣東將撤防。公獨笑曰：『犬羊有信哉？』留本鎮兵弗去。冬，雪盛，數日夜，積平地數尺。海壖嚴寒，公時棹小舟，往來海濱風浪中； 或行營撫士卒，傴呴如家人。而是時定海再陷賊，進據鎮海總兵謝朝恩、欽差大臣裕謙，相繼死。吳淞左右民，恃公在，獨晏然。

明年，夷陷乍浦，江南始震。大府集各路兵至，夷窺內洋，擊卻之。番舶盛來，橫海亙十餘里。於是安徽、河南各路兵，分守教場及城東北，參將崔吉瑞守東礮臺。公夜與周世榮語曰：『吾兩人福皆不薄。』周愕然。公笑曰：『詰朝功成，吾與汝受上賞。不成，吾兩人亦俱不朽矣。豈非幸哉？』

明日，夷船排江進。公督戰，自明至於日將中，擊沈夷船五，火輪舟二，賊不得進。望見城南大府駐軍，旗纛萃，攻之。徐州總兵王志元先走，教場兵西奔，城東北及東礮臺，亦全軍遁。夷乃併力攻公。周世榮欲奔，公拔劍將斬之。周逸。賊登岸，礮子雨集，中公顛。復起，猶手自然巨礮。傷重，死。把總許印福、守備龔齡增以下八十餘人，皆死之。

嘉定令(錬)[練]廷璜募公尸，獲積葦中。命工繪像二： 一吳淞民醵祠之； 一歸練君。此本乃公鄉人陳君金城自練君所摹出者，出以命記。公死十日，練君始得公尸，而色如生。故今摹狀，其鄉人識公者見之，皆雪涕云。公之卒，誌、狀闕如。陳君既爲公神道碑，而其事不詳。

歔虖！自英吉利內犯，連兵海上數年。吳淞之役，凡江南北人，皆謂陳將軍一軍，猛勇可得捷，而竟敗死。吳淞敗，而江南幾危。於是東南海疆，夷舶所經，披猖幾盡。朝廷始慨然而用撫矣。瞻公遺像，慘然悲之。

王錫振記。

游百泉記

百泉，出輝縣西南蘇門山麓，瀦爲湖，廣數十畝。酈道元曰，百門陂『方五百步，在共縣故城西』，蓋即謂此。

道光二十五年十二月己亥〔一〕，自汲縣五十里，至湖上。日暮，水氣漸升，如縠紋縈紆。少頃，月出，氣益蒸，若煙若雲，若霧雨霏，微著人衣袂。湖水清澈見底，儵魚出波，水鳥飛鳴，格磔其間，湖中清漪。閣四圍檜柏十數，皆百年物。月光穿樹隙，入樓檻，與水影激盪，作雲霞之色。湖南岸，有白露園。面湖數楹，游者息焉。北面，蘇門山。浡西，得衛河源，泉自山之足剖石出。稍東，泉出漸多，至湧金亭下，大小珠琲千百，簇湧而上，朝日射之，金翠閃爍，炫不可狀。夜靜，臥白露園南楹，聞瓶笙萬竅，聲倏遠而近，蓋即是也。

百泉既爲湖，乃東南出，經馬橋、雲門，入新鄉，匯小丹〔二〕河水，東流汲縣，爲衛河。東北，合淇、洹、漳諸水，入臨清漕河，北歸海。衛之詩人嘗曰：『淇水在右，泉源在左。』又曰：『毖彼泉水，亦流於淇。』今淇在衛東北境，而百泉自西南趣之。所謂『泉源』，泉水是。獨詩言『左右』者，今勿合。或言古衛國都在今淇縣治。湖東岸，爲皇帝行宮，竹樹繚之。循宮牆北行盡，爲邪律晉卿祠。祠之西岸，爲邵子祠。稍南，爲孫徵君祠。數先生者，皆嘗隱居講學於此。而攷所居梅溪、夏峯，去百泉或數里、數十里，以泉之勝，宜諸子者，日來徜徉，吟嘯其間。

余方自京師渡桑乾，歷燕、趙、齊、魯之境。平野蒼黃，沙塵漲空。涉冰黃河，以南至大梁。行路千餘里，復西北折而入衛，乃始遙遙見太行之山。輝之爲邑，獨在山水環匝之間。泉甘土饒，宜魚稻。水竹清美，因竊慨想古之君子，其將有所成名，往往閟處名山大澤之中，以屏絶世事，而自成其德業。又恒有師友之居游，使其學問有所據依，以爲之導。而余方壯年，奔走塵壒，其中日隳，就使其能決然以去，將有一廛之居於湖山之濱，高人碩士，日左右提命之，猶自度其懵昧，殆不可爲，而況乃斷然有不可得者邪？余來湖中，越二日辛丑始去，慨然誌之。

【校】

〔一〕己亥：底本作『乙巳』，據癸未本及文末『越二日辛丑』改。

〔二〕丹：咸豐本作『舟』。

夜登蘇門山記

百泉湖北岸，即蘇門山。太行之山，亘白陘、修武而東，緜延繞輝之西、南、北境幾百餘里。曰駝峯、石門、方山、韭山者，皆太行支山。韭山，別出，尢魁特，形如几，自北折而西南，岡嶺盤紆數里許，止於蘇門，若覆釜然。百泉出其下。

余之來，以日既夕，月出山東南，樹石朗映。甫登山，半亭有物自檐角飛墮地，大如箕，聲啁啾，疾走從山下去。土人謂山有老巨蝠，不時出也。山巔聚石若龕，或謂孫登所居。上爲臺，廣袤丈餘，俯瞰百泉，湖水如鏡，逶迤南出於馬橋、屯堡。微茫煙樹中，回視韭山麓，野燒十數相聚散，長短時若列炬，若貫繩，若遙遙洲溆間舟人持爨者，往來上下，變幻不可測。北顧太行，自韭山北迆復西，蜿蜒漸高，入雲霧中。蓋山自平陽、蒲州以上，北連幽、薊，跨有千餘里。東南並澤、潞諸州，以屬衛懷。大河横其前，其氣磅礴，至是將盡，則左右旋辟而爲蟠結之勢，往往甘泉靈瀆在焉。

古之君子處世，將亂，擇地而蹈者，每樂其幽勝足採釣，以來隱。魏、晉之間，司馬氏方恣睢，行其篡亂，孫登於此棄妻子，彈琴嘯詠，悠然窟室之中，以默爲容。夫士有才行，慮不得當一試，以効用國家，而乃使其箝忍以求自全，非有國者之所利也。由登以來，歷宋、元、明之代，皆有隱君子者，投身於此。

今國家承平百餘年間，大抵山林畏佳之區，皆爲鼪鼯叢窟之鄉，曾未聞有鉅人長德來棲遁者。於戲！非朝廷清明，草野遺賢網伏之盛，其何以致此哉？是爲記。

游衡山記

衡山五峯，祝融最高，世稱拔地九千丈者也。首回雁，其尾嶽麓。按諸圖經，山爲岷山南支，經貴陽，越烏江、沅水，南極蒸、湘二水合處。東北盡洞庭，大江限之。山南，水合流，經嶽廟，皆入湘。其後、左、右，或入蒸，或即東合湘。

道光丙午三月四日己未，余舟泊衡山。時積雨彌月，肩輿行三十里，抵嶽市宿。方出縣門數里，遙見五峯巍然，雲氣冪其上。明日庚申，雨止。自嶽廟登山數里，得石磴，行五千九百餘級，始循絡絲潭行。左右泉水來匯，潨然有聲。及半山亭，下視嶽廟、朱明、赤帝諸峯，培塿數十。湘江南來，如匹素再斷再續。以東，亭又上，乃穿行雲氣中，前後數十武外皆雲，不復能見其佗。

至光天壇，乃見祝融在其西上，一峯獨無雲，雲皆在其下。峯巔有祝融祠。坐祠前，四顧足下，唯見混茫一白，間出黕艷，或時霍督，作海波舒卷之狀。有聲自其中來，砰隱淜湃，如風水衝擊者然，遂疑其下，皆洪濤巨浸也。峯前，獨見光天壇，壇後一塔嶷然。俄，其西雲氣中，見一峯頂，圓如笠。又南，亦數峯出，仰承祝融，周衞作城郭狀。其東，一雲漸興，覆之。微風東北來，足下雲皆冉冉作麴塵，上著人面，其光眴目，光天壇亦不復見。乃下會僊橋，歷觀音崖、高臺寺。道旁，泉聲泠然；古松怪石，時出冥霧中，若奇物怪獸，露爪齦齶來，將搏人。

由光天壇後塔下，還宿壇中。是時，雲氣出入牖戶間，壇前樹石，或見或否。積水落檐瓦鏘然。夜中雨甚。寺僧言：『每當雷鳴，風大作，則壇屋震撼，檐前石柱，皆岌岌如有聲。』或其然也。天明，雨止，雲氣益滃鬱。下半山亭數里，至玉版橋，乃始得見朱明、赤帝之峯。

斯游也，余旅次積雨中，決策以登。登山幸不雨以雲，故山之奇，不盡見，然亦以雲而所見特奇。寺僧勸歷水簾、方廣諸勝，惜乎其不可留矣。還嶽廟，由廟後側復至集賢峯下，謁集賢書院以歸。歸舟，明日，夜泊雷市，記。

石魚山記

石魚山，在柳州城，隔江二里餘。牂江繞城如帶，南岸皆山。登城南樓望之，天馬，正南，最巍特；甑山、駕鶴、四姥、僊奕，左右森然若屏幛。獨西南一峯稍小者，蔚然隱秀，蒙茸草樹，若常有煙雲繚繞之者，乃石魚也。

山腹三洞，若聯環通。緣山東麓，登石級數十，砑然深邃者，爲前洞。中廣袤十數丈，四壁乳泉，垂縮異狀，時或瑽琤作水樂聲。東踰石門，豁然虛敞者，爲後洞。出洞有麓，回望郡城煙火，江颿蒼然無際。前洞西上，又一石門，差小而高。登數級，得横洞，乃數十武，下砥平而上深黝；北有石牖，天光眩之；又西有石徑；中黯若漆，犖确殆不可游。山南之半，石出若广。鑿石出磴，有閣翼然，祀大士像。閣前，對僊奕之山，羣樹虯蟉繞檐際，靈泉轂〔一〕鳴在其趾。閣左磴西有亭，曰跨鯨亭。

右崖側際小閣，以祀呂僊者，曰洞賓閣，游人皆憩息焉。

歲之丙午，自京師歸，郡城甫十日居。將去，同游攜壺榼游三洞，遂飲跨鯨之亭。依然少小游釣之區，不見者且十年。念昔之游不可復，後之游復不知其何日也，不可以不記。又嘗憾於昔子厚之誌吾柳山水，比於永州諸記，文特高，而志益簡。於簡之中，稍詳於僊奕，而石魚又簡。今僊奕之山，求子厚所稱諸穴者，已不可得。石枰雖傳言，而亦未或見。獨石魚三洞，子厚記，言有穴，類僊奕耳。

余甚惜僊奕諸穴不復能游，何陵谷變遷，歷千百年，遂若是其不可測邪？更千百年，而後之視今，其與吾今之視子厚者，又何如邪？山形植起，如立魚，故又曰立魚峯云。

【校】

〔一〕轂：底本作『穀』，據癸未本改。

游天湖山飛水潭記

粵西三江之水，匯蒼梧，下肇慶，羚芊束之。羚芊峽東北岸，曰羅隱邨，溪流出焉。循溪行，出峽，山背十餘里，溪流或見或否。抵天湖山麓，溪益微，出沒山石間，作田水聲。登山及半，有亭。南北兩崖對立，松篁椶檜之木，蔽翳天日。中夾石磵，泉出，始漸豪，花飛雪舞，曲折繞亭下。去，踰磵再登，旋折百餘級，泉聲隱躍林薄中。前有巨壁，磴道左右出。左達慶雲寺，在象來峯麓，爲山之最高處。右循巨壁陟降。

又百餘級，岡嶺四合，忽聞雷鼓鞺鞳之聲，震蕩林木，木葉不風自下。高崖極天，崖頂中稍凹處，泉噴出，一再折，數丈，如匹練沈沈，落無聲。崖半巨石，挺出大軏，泉激怒聲始大，左右分流，若裂素十餘丈，濺珠噴玉。其左者九奇。又下，若飛雹大小千百擲崖落者。得磵，平流百餘步。坐磵側磐石上，觀泉水從足下過，盎油油然。磵絕崖起，泉復怒，迸爲三。山益狹，泉怒益甚，併三爲一，聲磞湃亦益豪，數丈乃不見。自磐石下窺，澄潭滀之，湛然深碧，凝流若不動者。蓋泉自崖頂落，五折下，數十丈，崖横廣亦將十餘丈。然其右猶十數丈，黝壁濯濯然，意春夏泉方盛時，皆其落處，顧皆以潭納之。自潭稍溢者，乃復爲泉，自山半出也。

天湖，一曰鼎湖，譌說不足辨。或曰頂湖，以山頂先有湖，常不竭，人莫知其處。或曰慶雲西上，有寺曰白雲者，其旁有湖。或又曰白雲在山之背，非其頂。余以山之泉，自崖頂落，必有所由，至湖，其在焉。意山之巔，夐寥絶之區，人所罕至，而未見也。登山日未中，及下山半亭，已日西。復循溪行，至溪流入江處登舟，日遂晡云。

羅浮觀瀑記

羅浮之瀑以百數，最大者，長壽澗瀑、黃龍洞瀑。黃龍瀑，如兩白龍對舞空而下，至洞口合，乃縱東出。長壽瀑，自大小水簾洞，落長壽澗，五龍潭受之。或言瀑最盛時，溢流東奔至麻姑潭乃已。余自五龍潭，循澗入，崎嶇數里，西北見水簾洞，黝壁天立，瀑流懸素其左。路絶，亂石橫澗，殆不可徑。日落風生，谿谷皆鳴有聲，殷然若鐘鼓之音隔山至者。而澗樹中，棲鳥群啁哳起若沸。延祥寺僧人玉方，忽菲屨持炬尾至，余見，相與大笑，而余亦不復前矣。

華首臺之瀑差小，而尤奇。臺在山西少北，或曰此爲〔一〕浮山下峯。山多巨木，林壑幽秀。臺後有寺。寺後稍東，合掌巖。又東，瀑從崖頂落。崖半厂而入，左右夾石壁，瀑適下於其間，十數丈，柱立而空其中。下復有巨石，如卧圭澗中，適承之。瀑著其半，濺起如珠貝噴出從地中。其半無瀑處，人可登而坐卧。寺僧言此瀑獨不以時盛衰，唯視著處差大小。佗瀑溢涸以時，雖大若長壽，縱橫將數里，而盛時徑阻絶，不可登，其勝處，人皆不得見。余嘗觀瀑天湖，以爲至快，入羅浮，所見始多，然皆不及天湖。獨華首，雖於天湖差小，而尤靈云〔二〕。

余之游也，以道光丁未三月癸未，自石龍乘小舟，至明月寺登岸，肩輿三十里，達延祥寺，在寶積峯下。明日，登寶積峯，過麻姑潭，至沖虛觀。還，入長壽澗，夜宿延祥寺。乙酉，入黃龍，登老人峯頂。圖經載，寶積爲山南麓高峯。又上，龍虎峯。又上，老人峯。又上，玉女峯。又上，大小石樓、鐵橋、上界三峯，天池在焉。又上，乃飛雲頂，爲山最高處。然玉女峯，上則常在雲霧中不可見，登老人峯頂，乃見玉女端然。荒徑莽塞，山風猛惡來，若將挈人去者。不可留，乃還，復宿延祥寺。夜大風雨。天明，西至華首臺，新雨，故瀑益奇。寺僧訂明日復游，辨浮山之勝。丁亥，雨作，乃出山，亦三十里，至九子潭，小舟還石龍。蓋山出入，必以九子潭，昔人所稱泊頭者也。山之東，沖虛觀。東南，白鶴觀。南，延祥寺。西，黃龍觀。又西稍北，華首臺。北，酥醪觀。僧言酥醪瀑亦奇。山中屯聚數十，以多瀑，故田皆沃。山東南西諸瀑，皆下入羅水，唯北者云自從化江出。

斯游也，從之者，畫士王友珊，昆明人。延祥寺僧玉方。

【校】

〔一〕此爲：據癸未本補。

〔二〕雲：據咸豐、癸未本補。

山塘泛舟記

余臥疾吳中者二年。庚戌秋，病已，與姚子子楨及余妻兄施叔虞者，數往山塘，會客宴樂。每日中往，中夜而歸，殊未足言游也。

九月朔日，將有越行。登舟。日午，子楨乃偕高君雲亭，挐一小舟相送。舟中慨言山塘虎邱之勝，殊未及辨。子楨發興，謂特咫尺，將窮日力以往涉焉。適雨及晴，而日已晡，子楨獨興不已，從之。舟行抵千人石，登岸，石故闤闠叢集之所。方暮，游者皆散，樹陰飛螢，三五逐客行。天亦漸曛，由石而登，得級數十，達韋公祠。扣扉升謁，乃登其後小樓，樓踞一邱之最高處。暝色蒼然，極望郡城煙火，皆溟濛煙靄中。由樓後望，欲來昔人游所謂後山者，亦皆昏不可辨。徘徊頃之，還舟又行。

及達山塘，夜色益昏，兩岸鐙火，星然起滅。子楨出壺榼具，雲亭呼鐙，連飲故豪，子楨已殊弱，余新病，尤不勝。薄醉出，循樓檻，忽見水濱，航船數十，燈火繁盛。管絃嘈哳，聲起茗沸，游人曼姬，歌謔之聲，隱約來，與水濱蟲蟀，時相間襍。泠風蕩之，倏近而遠。隔岸葦間，漁火斷接。夜天如墨，繁星爭出，參斗下垂，欲與船中鐙火摩激。

於是，三人相與大樂，謂山塘之游屢矣，莫樂於此時。即此時之游山塘者衆矣，莫樂於吾三人。不知三人之自謂樂邪？抑人皆將謂三人者樂邪？人之樂者，三人見之，方引以爲樂，而又以爲莫余樂。三人之樂，則人罕見之，人固不能知有三人之樂，則三人乃所謂自樂其樂也。或曰：『特惜韋祠之游之未得極夫臨眺之奇也。』顧得之彼者，不失之此邪？吾觀韋公，澹蕩人耳。吳中大藩，古今豪儁，赫奕最盛，而公獨亢著，何歟？其爲得失，又何如哉？

歸舟夜半，重泊閶門。子楨、雲亭別去。余獨放舟，行赴越中。記此將貽子楨、雲亭，并欲示夢玉也。

韓齋雅集圖記

曲阜孔繡山舍人，居於京師衍聖公邸之東廨，顔其室曰『韓齋』，蓋有慕乎昌黎韓氏，繡山爲文與詩，一宗於韓，與時海內賢豪相識，文酒過從最盛，乃爲兹圖，題曰『韓齋雅集』。

自道光戊申嘉平之月，與梅先生伯言、何子子貞、君之從子誠甫數人，集飲賦詩爲首，嗣是有集，輒題記焉。咸豐建元辛亥三月十日，韓齋有集，而余適與時有從征西粤之行。三年來歸，繡山乃出是圖，屬記。君之齋，時懸婁縣姚翁春木記文，義高辭深，余復何言異姚翁哉？

繡山品敦而學淳，所業駸駸乎皆越時流而躋古人。昔人謂韓氏之學似孟子者，在其任道之勇。吾謂繡山之爲人似韓氏者，卽在於其好善之誠也。夫韓氏當時，以好招集人士，嘗爲時所詬病。繡山游學南北，居京師久，聲名藉藉，獨能尊師取友，自公卿名碩，以至邊隅儁彥，咸結納焉，卽人亦樂相傾倒。雖有狷然孤孑，深矉傲睨，繡山怛然，誠與多使自化。至於當時，一賢者名位之通塞，一文人才士術業之晦彰，未嘗不身引爲憂喜，而如親得失之也。此非繡山之學於韓氏，而有其似之者邪？

獨余有悲者，自維庸謭，落落於交游。向時居京師，獨與梅先生及邵子位西、朱子伯韓數人者，游宴相樂，風雨晦明，角巾野服，凡旬月間，必再三聚。不數年來，風流闃寂。觀繡山兹圖所題記，自余與集於此，嗣其後者亦不過一二。而還念當時諸君子，嘗與於韓齋之集者，與余有識不識，而莫不相聞。而或以歸，或以死，或以遠宦，甚或遭時離亂，而蹤跡不可知。然則一時其人其事之圖而記之，繡山其能已邪？

蘭渚游記

庚戌九月十有九日，余謁墓於蘭渚之黄墈。蘭渚者，出偏門將十里，舟行過狭獈〔一〕湖，水稍狹，至此復寬，故名。四山環繞，中有東西兩岸，邨市相連，石橋橫跨水上，以通往來，居人聚焉，故又曰蘭渚橋，鄉人率以是稱。

舟從橋下過里許，至黄墈。既事，日銜山，舍舟而陸行數里，抵蘭亭，時猶未暮。亭左側有法雲寺，稱幽勝，游人之所憩也。余以暮不及往，遂直趨亭。亭之廣袤數丈，欄檻就衰中有豐碑屹然，爲仁廟。御書蘭亭修褉序文，字如巨盌，波磔偃畫，搆體悉如羲之所書，其天縱雄偉，龍跳虎卧之概，疑有羲之當時所弗如者。其背爲純廟，擘窠大書。御製一詩，則神理茂實，如海涵而地負。想見當時國家盛隆赫奕之世，聖祖神孫峻德巍業，世相繩繼，卽游豫所及，一詞翰之美，遂已超爍今古若是。肅然仰瞻，寅感久之。列屋長廊，四圍錯周，久漸傾敝。

亭前有池，瀦積沮洳，列石大小，參差其中。或謂當時流觴故蹟。余由黄墈來，數里紆回，行邨落間，羲之所謂『茂林修竹，清流激湍』者，所至皆然。蓋亭西北諸山，巉巖中一巨壁，高張極天者曰獅山，而諸山群擁之。水從諸山出，行邨落間，涂眈犖确，多沙石。衆流大小，因勢高下，則聲潨然，或虢虢鳴。尤宜於竹居，人又因其利而多植之，彌望篬筤。

余既觀於亭池，稍東渡一石橋，謁右軍祠。叢篠中，日既暝，色蒼然就昏，凡多竹處，濛濛皆作煙霧。歸途及半，持炬以行。復過黄墈，出蘭渚橋，登舟渡狭獈湖。月出，水天相接，波光蕩漾，作金蛇百道，蜿蜒水中。入城門，已二鼓。

嗚呼！東南多名勝，郡爲最。郡之名勝，蘭亭又著稱。然鄉人多言不足游，卽所稱鑑湖，亦殆不可攷。吾獨以謂環郡，水邨數百，皆宜爲湖。而蘭亭者，則自橋以至於亭，所謂蘭渚處，皆可游。余謁墓諸山十日，恆以一舟來往湖涇，山光水色，人家煙樹，所見風雨晦明皆備。獨西山及蘭渚以夜，蘭渚之歸，又適得月。

嗚呼！鄉之人，習不察，譬之帛粟，日服食焉，何足怪乎？余生長於異鄉，又奔走少壯，曾不得一壟之植，數椽之覆，以息其居，況於祖宗邱墓之區，又名勝者若是，而能毋矜視邪？是爲記。或曰『惜游不及法雲』，又何憾也？

【校】

〔一〕猻：底本作『獼』，據紹興府志·地理志改。下同。

待蘇樓記

吾柳之爲郡，自唐宋時皆土城，在舊州治。咸淳初，定今治。迄元末，有城郭。明洪武四年，縣丞唐叔達築土城。厥後指揮蘇銓等拓之，而易以甎。嘉靖二十有四年，總制張襄惠公岳，平五都蠻，復築外城。東西環北面，五百九十餘丈。而爲門三：北拱辰，東賓曦，西酉照。明末圮焉。歷年三百餘，至道光三十年間，粵盜四起，郡城重葺。鄉人以其餘力，於東西江路，興築礮臺爲守禦計。乃循襄惠舊基，浚濠爲壘。於三門所築樓，如營門狀，而仍舊名。獨拱辰尤偉觀，郡太守哈君問梅，題額曰『待蘇樓』，蓋昉於宋州守許公申〔一〕。攷許公建樓，在州署後，以杜子美詩有『春生南國瘴，氣待北風蘇』之句。樓久不存，而今拱辰在城北，方哈公之以許樓名之，有以也。

柳，山郡也。牂〔二〕江抱城，東、南、西三面如帶。牂江之南岸，天馬、石魚、屏山、四姥諸峯列焉。西之深峩，東之桃竹，左右對峙。而城北鵲山特起，爲郡主峯。粵地極南而處下，柳尤爲郡於諸苗蠻錯出之間，前邕後桂，控鬱而引黔，軍門提兵爲重鎮焉。當宋儂智高之亂，狄武襄平之，嘗一築臺犒士於此。今之所謂將臺者，巋然獨存。及明嘉靖間，藤峽之役方殷，韓襄毅、王文成，先後立功之際。五都蠻亦跳梁不靖，爲時甚久，襄惠張公獨任其事，於郡將沈希儀，而授之方畧，隼擊鵰剿，鉤距縱捦，茲樓之興，實肇於是。自是以來，蠢頑胥化，兵革不興，當時承平，民生老死，耳不聞鼙鼓之音，目不睹烽塵之色者，垂數百年。獨藤峽之間，流惡所積，恆數百年而其氛一見。自儂智高之亂，以逮今日，小則毒痡一隅，大者遂至燎原，爲害於天下。

竊嘗以爲民風自水土出，傳所謂：土薄水淺，則民愁墊而多疾。民愁墊而多疾，則其氣久蘊鬱焉。必至於易煽而爲奸，非有能震疊之以懔冽之威者，則不足以淡災而紓患。蓋蘊鬱至久，則患氣日滋，而震疊之神則善氣亦可久，此有心家國者之所當深察。而昔張公築郭之意，與許公名樓之指，爲不可忘也。

哈君之額斯樓時，方當以憂去，毋亦以告後人之意歟？登斯樓者，擊汰牂流，歷攬石魚、天馬諸峯之奇秀，對鵲山之巍特，回顧將臺遺構，慨然想見武襄、襄惠諸公奇勳偉烈；念撫斯民者，愓勵之心之不可以已也，則玆土之獲蘇，其有艾乎？夫豈徒曰雄觀云爾哉？

【校】

〔一〕申：底本作『中』，據咸豐本、癸未本改。

〔二〕牂：底本作『群』，咸豐本、癸未本均無此字，據文意改。

嬃碪課誦圖記

嬃碪課誦圖者，錫振官京師所作也。

錫振之官京師，姊在家奉其老姑，不能來。今姑歿矣，姊復寄食二姊，阻於遠行。錫振自官京師之日，蓄志南歸，以迄於今，顛頓荒忽，瑣屑自牽，以不得遂其志。

念自七歲時，先妣歿，遂來依姊氏。姊適新寡，又喪其遺腹子，煢煢獨處。屋後小園，數丈餘，嘉樹蔭之。樹蔭有屋二椽，姊攜錫振居焉。錫振十歲後，就塾師學，朝出而暮歸。比夜則姊恆執女紅，篝一鐙，使錫振讀其旁。夏夜苦熱，輟夜課，天黎明，輒呼錫振起，持小几就園樹下讀。樹根安二巨石，一、姊氏擣衣以爲砧；其一、使錫振坐而讀。讀日出，乃遣入塾。故錫振幼時，每朝入塾，所受書乃熟於佗童。或夜讀倦，閒逐於嬉遊，姊必涕泣，告以母氏劬勞瘁死之狀，且曰：『汝今弗勉學，貽母氏地下戚矣！』錫振哀懼，泣告姊，後無復爲此言。

嗚呼！錫振不肖，年三十矣。念十五六時，猶能執一卷就姊氏讀，日惴惴然，於悲哀窮戚之中，不敢稍自放棄。自二十後出門，不復讀，業日益荒怠。念姊氏之教不可忘，故爲圖以自省，冀使其身依然日讀姊氏之側，庶免其隳棄之日深，而終於無所成邪。

爲之圖者，同年友陳君名鑅。知余良悉，故圖屬焉。

陳抱潛授硯圖記

余始居京師，陳君抱潛因蘇子栩谷來交余。抱潛年少，好讀書。京師富貴之所自出，乘堅策肥以之乎五達之衢者，車聲雷鳴，而余每過抱潛，恆執一卷，坐斗室中。年餘，抱潛歸杭州。又年餘，復來京師，兩人者相見，各牽人事，遂已不若昔之意氣。日者，抱潛出此卷授硯圖來索記言，則抱潛自志其幼侍於尊王父時事。計先於吾兩人始交之日，又幾年餘矣。

人生束髮受書，誦習周孔。自其立志之始，與其祖父之所訓廸，未有不以聖賢爲歸向，顧其後日之所自成者何如耳？稍長，而人事間之遷而去者幾何？又長，而世故轇轕之事，重搖撼之，遷而去者，又幾何？蓋非豪傑有立之士，未有歷乎數端，而猶能確然自守其始志者。而天於此恆若，故出其百變之塗以試之，一旦不守，遷之以去，譬猶操舟入江海，遭潮汐、暴颶，颿櫓椗柁俱亡，以飄入於洪波駭浪，或至絶流窮島之中，豈不可哀也哉？

抱潛生世族，有美材。尊人方立朝爲名卿，抱潛優游侍奉，以善承先祖之所貽，則猶未及乎潮汐、暴颶之來之頃也。而斯圖之意，殆將自理其颿櫓椗柁，唯恐潮汐、暴颶〔一〕之來至者，然則抱潛其將爲豪傑有立之士乎哉？且夫含飴分甘，人家常有之事，乃其後或遂傳爲故事。抱潛爲圖之意，誠不僅止此。然抱潛果能成其志事，蓋有不期而自至者，誰謂古今人不相及邪？

是爲記。

【校】

〔一〕颶：底本作「颺」，據上文改。

南歸録

道光二十五年冬，余以假，將就婚衞輝，歸葬前室張宜人桂林，省姊劉氏廣州。

十一月戊寅，出都門。嚴寒，以二騾馱張宜人匱行。己卯，渡渾河，次固安。庚辰，渡淶水，宿雄縣。辛巳，過趙北口，次任邱。壬午，過獻縣。癸未，寒稍霽，過景州。甲申，過德州，渡運河浮橋。呂介存自天津來過。乙卯，次茌平。夜雪。丙戌，介存別去。將投濟寧。過東昌，雪霽，登嶽光樓。遂宿。丁亥，霧。過莘城。十二月朔戊子，過濮州。己丑，次東明集。兩日皆行積雪中。自德州入山東境，至此復絶直隸西南東明、長垣兩縣界。庚寅，渡河，次蘭陽。河水，唯渡口里餘可容舟。辛卯，達開封，以張宜人匶殯城東沙岡寺。將復渡河，以北至衞輝。癸巳，渡柳堰河。

甲午，抵衞輝。施曉巖郡守，館之淇泉書院。而郡守以公出。己亥，游百泉，登蘇門山。宿百泉三日，還淇泉。郡守歸。甲辰夜雪，至丙午霽，積地數寸。己卯，就婚施氏。二十六年正月朔丁巳，在衞輝，郡中人循俗往來相慶燕。

丙子，發衞輝。丁丑，渡河至開封。壬午，發開封，張宜人匶偕行。癸未，宿朱曲鎮，謁國大夫祠。甲申，次許州。夜雨。己卯，渡潁水，次襄城。丙戌，風曀，寒甚，過葉縣。丁亥，次裕州。庚寅，過新野，渡白河。辛卯，達樊城。登舟，北風，日行百餘里。辛丑，泊沌口。風逆，舟不得前。壬寅，雨，風止，達漢口。甲辰，出溰口。風，泊。夜聞江聲如雷。戊申，至岳州，登岳陽樓。舟行復數里，入洞庭湖口，風雨雷雹交作，泊扁山下。己亥，過湖。自辰至酉，乘風張帆，行二百餘里。東岸山猶積素，知夜方雪。壬子，達長沙。謁座主丁學士善慶。時主講嶽麓。甲寅，發長沙。二月己未，至衡山縣。積雨兼旬，江漲，舟行殊艱。將詣衡嶽，登岸，乘肩輿行三十里。夜宿嶽市，雷雨達旦。庚申，雨止。謁嶽廟。從廟後登山五千九百餘級，至上封寺。又登里許，至祝融峯頂。謁祝融君祠。日暮復雨，夜宿光天壇。有雷。天明雨止，下嶽廟餔，還舟。乙丑，至衡州。夜登回雁峯，見月。辛未，至祁陽，泊舟浯溪。江水漲甚，不得前。甲戌，發祁陽。戊寅，野泊。夜大風雷，雨雹。

庚辰，至蘆阜，入粵西境。癸未，至全州。登湘山寺浮圖絶頂。擬由陸行，聞靈渠漲未落，仍以舟。丁亥，至唐家市。戊子，入靈渠，權興安，今李君遣人護行。辛卯，出陡。夜雨，漲甚。癸巳，舟行石頭壩，觸石敗舟。雨中人、匶登岸，易小舟行八十餘里，日晡始達桂林。

明日，詣南塘先塋，以張宜人匶殯城南雲峯寺。城中戚友，往來餽問不絶。蓋余雖籍柳，而少小居游桂林之日爲多。當路自撫軍周公之琦以下，皆一修謁。病泄數日，擬以張宜人匶祔葬先塋，不果。改卜城南茶亭堡地，以五月戊寅，窆墓成。

將還柳州。塾師秦先生向會試死京師，請鄉人唐子石以其匶還桂林。將一年矣，其家幼弱，弗克出迎。乃以小舟載，遣僕人自東陡先行赴蘇橋驛。閏月己亥，發桂林，晚次蘇橋。辛丑，舟至。壬寅，過永福。癸卯，至雒容。肩輿半日，達郡城，而匶仍以舟行。辛丑，舟至，匶歸。秦氏戚友往來餽問。如桂林詣劉母墓，設祭，余所嘗爲墓碣者也。

壬寅，發柳州。夜宿白沙，爲洛清江合柳江處。甲寅，過武宣，紅水江出，合潯江，盛漲，紅濁殊可畏人。江路多盗，舟人戒行。乙卯，至潯州。郡守顧君元凱、權桂平令沈君雲，皆出見。丙午，至平南。劉嗣庵客此，出見，老矣。明日，嗣翁攜酒食來舟同飦，始去。夜泊白馬汛。己未，至梧州。權蒼梧令陳君慶桂出見。壬戌，至肇慶。登閲江樓。敗矣。甲子，過三水。日暮風雨，野泊。盗舟來窺，舟人持戒甚嚴，不得犯。雨止，復行數里，泊僊管汛。乙丑，風。泊兩日。丁卯，達廣州。

斯行也，水陸之程將萬，吉凶之事並行。婚衞郡，居一月。桂林修治先墓，爲前室營葬，居兩月餘。柳州居十日耳。姊氏在廣州，於是居一年。嘻！柳州，吾歸耳。桂林，吾歸邪？廣州，旅也。所親實在，居又最久，然則廣州歸邪？書以志慨。

檉江王氏族譜引

三代之時，公侯卿大夫，皆世家，人能詳其氏族，尚矣。魏晉隋唐之代，亦重譜學。歷代圖譜，官局置郎令史掌之。凡百官族姓之有家狀者，上之官爲攷定，藏於秘閣，副在左戶，亦詳矣哉，顧獨嚚然於貴賤等差之辨。復於秦漢以來，千百年氏族淪泯之餘，各尋其命氏之所由，此後世附託謬妄之弊之所從生也。

昔吳郡王氏，嘗輯家史，攷晉司徒公導而下，迄於勝朝，封王者五人，公九人，侯三十八人，登政府、歷州邑、擢進士第者，合七百九十餘人。蓋吾王氏之族，自江左以來尢顯。司徒公之後，分大名、金庭、姚江數派。大名王氏最著於宋。自晉公祐而下，又分九江、泉州、涪州、嘉禾、寧波、武林數派。文正公旦而下，又分黃巖、河陽數派。文正公子懿敏公素而下，又分暨峯橋、湖州、孝豐、餘姚及山陰之王灣、樫江，蕭山之苧麻、西興、金華、湫上諸派。乃世談譜學者，則固以王氏之託先於晉，與蕭氏之託先於漢太傅望之者同譏。矧及後世數千百年，派衍愈繁，世次尢不可稽。故吾宗之籍山陰，先曾王父嘗有譜，王父纂録之，以家世單微，經播遷蕩越之餘，十世以上所莫能攷，則闕如焉。葢家之有譜，尢貴信而可傳，詳者之失，有不如其簡者之得也。

樫江王氏，山陰舊族也，派分於宋文正公。舉人坤，遊京師，以其族父某某所輯譜來徵敘。其所載於先世傳狀，宗支世次悉詳，可謂勤哉。晚近士夫，號稱淹博，或馳情於九州之大，萬物之賾，而至於其祖禰所從來，則昧昧然置之。其惑者，又竊坿於古昔世族，或當世貴盛之家，以爲焜耀，孰可悲焉？

余聞某某年將老，困童子試弗遇，棄去，懃懃於茲譜者有年。其於先世所傳，稱引緐博，皆有所徵，而弗敢妄。世修代輯，蘄以至於信而可傳，非子孫孝慈者之所宜用心哉？抑吾聞天下者，衆族之所積也。自譜學衰，而教家之法不行。傳曰『尊祖故敬宗，敬宗故收族』，收族故百姓睦，百姓睦而天下平矣。此又凡爲譜者之所自，而余與某某當同勉也。

王剛節公家傳跋尾

英吉利重犯定海，城亡之日，王剛節公及定海鎮總兵葛公雲飛、處州鎮總兵鄭公國鴻，同日殉。余嘗讀葛公年譜，而爲之誌。今讀上元梅先生爲王公家傳，言二公當日事大略同。獨葛公年譜言公守曉峯嶺，葛公守土城，此言公守土城，而葛公守曉峯。余誌與梅先生傳皆據兩公家狀以書，而有此牴牾，何哉？

攷城之陷，實自曉峯。兩家子弟豈心有惡乎是，而故爲舛譌者歟？抑皆不親目當日事，而傳聞失實歟？當二公既殉，大臣奏章言葛公死東嶽宮，乃據當時諜報。東嶽宮故在土城，葛公死，實轉戰至竹山門，定海縣民徐保，求尸以歸，其言宜信。而諜報茀知城危時葛公在東嶽宮，及城陷戰亡則必以爲死當其地？是則葛公之守土城，於此乃益有徵，且以定海本鎮兵而當土城之衝，於事理亦宜然。然此皆不足論，論其大者，則二公皆〔一〕所謂折衝疆埸，有死難不可奪之節者哉。

且曉峯之陷，徒以不得礮耳。持饑疲數千之卒，捍懸海之危城，當敵大隊，譬猶徒手以搏豺虎，久必力盡而自斃，世豈有咎其爲豺虎所爪噬之一臂，指而以爲不力者乎？夫何足諱而爲之掩也？始定海既復，番舶寄泊海壖，夷人率登岸襍市賈貿易，欽差大臣裕謙，執諜者二人，憒割剝焉，而張其皮城門，夷聞大恨。聞人言，公力戰時，中賊礮，傷一足，乃陷於賊。賊效裕公所爲，糜其尸。嗚呼！豈不尤慘烈哉？三鎮同戰歿，而公尸未歸，則或此言其可信也。司馬遷曰：『人皆有一死，而或輕於鴻毛，或重於泰山。』彼輕重得矣，則或一決而死，與菹醢而死者等耳。

乃吾觀古忠臣烈士，當其被禍尤毒，則後之人尤欷歔感激焉，抑獨何歟？夫人之心，必有所中。彼中於利祿名位者，日顛倒於膏粱文繡酣豢怡悅之中，人見之者，或將厭焉。而彼方泰然，自以爲得也。忠臣烈士，崎嶇險難，或輾轉於刀鋸鼎鑊之間，淺夫陋人，攢眉蹙頞，以謂大慼，至相悲涕，亦安知夫受之者不心甘焉？如人奔走於塵暍，倏然而乘清風，出浮雲，以遊乎坱壒之表，猶夫利祿名位之徒之泰然方自以爲得也。孔子曰：『求仁而得仁。』人能各得其所欲，得而又何憾焉？

公在壽春，尤得軍士心。壽春，天下雄師，驍勇善戰。公所將數百人至定海，多從戰歿，罕生歸者。吾故因讀公傳，論傳所不載，而並著之，以爲世之將兵者告也。

【校】

〔一〕皆：癸未本作『非皆』。

桂林陳文恭公家書跋尾

吾粵陳文恭公德望位業，童子時，即心嚮之。比長，讀公書過橫山式公之閭，慨然想見其爲人。桂林坊肆間，有刻公手札節要一書者，尤愛好之。以爲凡人執筆臨文，少欲有所自立，必不免矜心作意於其間，唯親知酬應，往來簡牘，每其時甚促，而其事又細，則不假思繹，稱心率意而爲之者。而其人之眞，往往載之以出，而不能掩君子察微。吾於公之手札一書，所以流連不能忘也。

咸豐建元六月，公之六世孫肇甫，以公家書册來示。予爲之莊肅起敬，如與公之皤然黄髪，靖共退食，與其子孫家庭雝肅之狀，儼然相接於百數十年之前，何其幸哉！ 葢家書之作，比於親知酬酢往來簡札，尤多不假思繹，稱心率意而爲之者，而尤使人想其精神意象於筆墨之間。肇甫愼寶之，無妄示於人人。吾恐彼不知爲幸者，而或濅加褻也。

計書凡四，皆入閣後寄其嗣君通奉。所爲家庭日用，淩襍瑣屑，皆不大遠於人情，而油然與道適。自言『洊歷中外四十餘年，巡撫十餘任。內列正卿，參協揆正，位宰輔，爲非常隆遇，平生夢想所不到，非先祖累積，二親勤訓，弗能有。』又公之猶子方引見，授撫寧縣令。公以此邑衝繁，得之爲大恩幸。此可想見其在家國抑抑之小心，所以高不危，而滿不溢邪。又公於其鄉中祝誕之辰，陳戲娛賓，數千里外，寓書以爲：『鄉人貧乏艱難，費財勞衆，不免爲累。』

竊不幸當鄉之厄，狼貙生於山，蛇豕竄於庭，溝壑腐腥，淫毒狼藉。上相大臣奉天子命以來除惡而安良，忝從行役，覩父老子弟之憂，而不能得所以速平其禍亂也。誦公言，所以掩卷太息，而不能自爲懷者也。

書歸熙甫集項脊軒記後

往時上元梅先生在京師，與邵舍人懿辰輩數人，日常過之，皆嗜熙甫文。先生日謂舍人與余曰：『君等皆嗜熙甫文，孰最高？』而左手震川集與邵，右一紙與余，曰：『第識之，以覘同否。』余紙書項脊軒記，先生取邵手所舉集中文，卽此也，乃相與皆大笑。

佗日友人有以此文示余者，曰：『讀是久，有不可解者。』視之，乃文中『余既爲此志』句。余曰：『此文後跋語耳，而著録者誤與文一。』友人未之信也。

按文，『余既爲此志』後百十四字，歷敘作文以後十餘年事，語尤悽愴動人，與文境適相類。人但賞其文，因刻本聯屬之。又因熙甫句中變『記』字爲『志』，稍異其實，『志』、『記』字義本通，而遂不察其爲後跋語也。文自首至『余居此，多可喜，亦多可悲』句，記軒之景物。自『庭中通南北爲一』至『爲籬』、『爲墻』，凡變句，記軒之沿革。自『家有老嫗』至『瞻顧遺跡如昨日事，令人長號不自禁』云云，記軒中遺事。其後又足以『軒前故嘗爲廚』及『軒凡四遭火得不焚殆有神護者』數言，乃記軒畢矣。『項脊生曰』下，『余既爲此志』句上，則文之後論。例如志之有銘，傳之贊，而騷之亂也。中引『蜀清居丹穴』、『諸葛孔明臥隆中』二事，竊以自比。

然則熙甫之志，非將欲大有爲於時者邪？蜀清其後，秦皇帝爲築臺；孔明輔劉玄德與曹操爭天下，皆事振耀於當時，而名稱後世。而其始在丹穴與隆中，熙甫所謂『昧一隅人』，莫有知之者，誠與熙甫處敗屋中，『揚眉瞬目，謂有奇景』，人謂『埳井之蛙』者同。獨熙甫窮老荒江，晚得一第，僅官令倅至寺丞，曾不得大有設施於世，以與蜀婦懷清、孔明隆中事業頡頏。獨其文章爲有明一代之雄，自元明來，上下數百年間，莫與並者，則雖不得比跡隆中，亦豈懷清寡女之所可及哉？

余又歎夫熙甫之文，流傳至數百年，其中爲人所最賞歎如此記者，而其著録舛謬若此，而人多忽之。惜當時與梅先生、邵舍人遊處，未語相及也，不知先生與舍人其謂然不也？熙甫自謂作此記後五年，妻始來歸。然則此文之作，其年未冠乎？何成就如熙甫，而其通籍之文章竟莫有能出乎少小之所爲者邪？梅先生言：『文方出手時，當其至者，大致已定。年與學進，推擴之耳，其至之處，不能有加。』不其信歟？頃與梅先生別久，邵、馮諸子亦多濶絶，追維講益，不可復得。日讀熙甫此文，忽念當時賞析之樂，因書於後，並志慨云。

卷六

閔貞婦傳

貞婦閔氏，臨桂人。父啟賢〔一〕，邑諸生，蚤歿。貞婦隨母周，幼育於從大父曰見田先生。從大母黎，通書史，使貞婦同諸女學。書畫、女紅皆精好，性和貌莊。

年十七，歸同邑閔孝廉光弼子長孫。甫旬日，而長孫病，貞婦侍疾謹。長孫卒，貞婦將殉，家人密伺之，不得遂。越三日，貞婦縗絰出，請於翁姑曰：『夫成室矣。不可以殤，願立主以待嗣。』許之。乃哭祭如禮，啟櫝，嚙指血涔涔，自濡筆題之。於是，家人咸驚歎，識婦志矣。

明年，姑某病，婦割臂月求療不得。姑歿，哀毀，日不支。某月日，婦生之日也，晨興盥浴，更衣出。徧拜尊嫜畢，疾始革，復盡焚其所爲詩辭及書字。請於母，言願壻同穴，遂卒。家人言，時有音樂聲自空中來；又聞旃檀香徹屋上下云。

貞婦翁光弼，與余同歲舉於鄉。而其從父曰啟瑞，又與余好，而辛丑同年生也。兩家道貞婦事唯悉，故傳之以備志乘。

王錫振曰：粵西之水三，曰府江、左江、右江，合流潯、梧，以東趨海。渟泓浩瀚，流漸大，衆濁納焉。方灕水自海陽嶺來，經桂林，下平樂，以爲府江。湛然天下之至清，雖盛漲泛濫不可濁。余嘗意有伯夷、焦先生者其人生之，今龍氏、閔氏皆族於桂林，夾灕水東西以居。於戲！斯其在貞婦歟？

【校】

〔一〕賢：癸未本作『泰』。

袁樂忠傳

袁樂忠，山陰人。先世雄貲，聚居於邑之練塘邨。及樂忠，落矣，而族衆猶千餘人。獨百年來，未有占文武科籍者。樂忠發憤讀書，弗成。出游臺、寧沿海諸郡邑以歸，落魄投營伍。余舅氏鳳千公實佽助之，其從族父也。

道光辛壬間，海夷內犯。時將軍全師赴鎮海，四川副將朱貴領兵後將軍令。一日，期抵紹興府城。乃併日夜疾前驅，樂忠以本部卒充嚮導，朱將軍於途行甚迫。樂忠私謂其伍曰：『將軍即飛行，度不得前。大將軍獨鎮海，金鷄、招寶兩山之間，有間道長碕嶺者，殊扼要。大軍專守金、寶，若吾軍自長碕，乃轉出大將軍前，且宜或見敵。』朱將軍聞之，喜用其言。比至〔一〕長碕，果夷大至，血戰甚力。軍孤失援，朱將軍父子皆歿於陣，而樂忠從死。敗卒逃歸者，言樂忠死時，身已爲火傷，焦爛如墨色，忽自煙燄中躍起數丈投海中。嗚呼，烈哉！

論曰：昔余嘗論行軍必通天地，而孟子言『天時不如地利』。自海夷爲亂，世之講求於海疆形勝者，勤矣。獨於吳有鵞〔二〕鼻嘴之挫，粵有川鼻灣之失，浙有長碕嶺之敗，又瘖夫圖經者之未足盡也。然則何所據而後可哉？曰：『求之人。』若樂忠者，爲可惜矣，何文武科籍之足云？

【校】

〔一〕至：據癸未本補。

〔二〕鵞：據癸未本補。

王節母傳

節母李，山陰人，適同縣王，余母之外氏，家居縣之司馬池，人曰司馬池王家。夫敘三，爲吾外王母兄，出游粵西，久不歸。節母攜子苞，出就之。敘三時爲人行鹺，稍畜貲而死。爲苞娶婦吳，苞又死。節母攜婦吳，遂居於粵之柳州。

余幼依姊氏柳州，姊使詣節母，節母〔一〕撫余而出涕曰：『而母之〔二〕生，吾昔嘗保抱之。而今不見，而獨見兒也。』節母性潔勤，而通書史。所居堂室，簾几清寂，不著一塵。日午，鷄鳴庭樹下，唯聞室中刀剪聲鏗然。年八十餘，得風疾不起。余數過省之，則母莞然拊其枕，而歎曰：『呂文穆大賢，而既富貴，獨不忘闍黎鐘。』又述宋太祖詔趙中令言曰：『若塵埃中識天子、宰相，則人皆物色之矣。』蓋余少孤露，而時好忤物，節母以是教之。

母歿。余出數年歸柳州，則婦吳亦歿。余至母墓，一祭埽之，而爲之識〔三〕。來山陰主母氏家，問司馬池王氏，又皆已滅絕。夜夢母來乞爲之文，略傳其事如此。

論曰：臣守忠，婦守節，所以保國而存祀也。乃國亡祀絕，而忠節往往不爲之衰。人各因所遇，而行其性之自然，豈必有爲而爲之哉？而節母死，獨不忘惓惓以乞余文。余文何足傳節母？且人死果有知邪？吾固知其幻也。夫人亦何所不幻？唯知其皆幻，而忠節之事出矣。若節母者〔四〕，不其然歟？

【校】

〔一〕節母：據癸未本補。

〔二〕之：據癸未本補。

〔三〕而爲之識：據癸未本補。

〔四〕者：據癸未本補。

袁孝婦傳

孝婦陶氏，山陰馬山邨人，適同縣袁樂疇，余舅氏次子也。舅氏二子：長樂周，次樂疇。樂疇循謹，善事父母。孝婦性故明達，體樂疇，侍翁姑尢虔。順生二女：松、嘉。又孿生二子，皆死。孝婦尋染疫疾，亦殂。

先是，姑金得疫疾殆甚，孝婦封臂肉和藥進，姑竟瘳。數月，而孝婦殂。余方自粵來山陰主舅氏家，孝婦喪猶在寢，得孝婦事〔一〕甚悉。余遘癘疾一年餘，不能去，施宜人自京師來。舅氏居余夫婦宅後樓，宜人時下樓問翁媪起居，謂媪操作盍少休？』媪輒太息，言：『家窶艱，婦能代吾事者，去不留。』蓋以爲孝婦言。吁！是可識孝婦矣。子一，樹本，妾某出。

論曰：余始來舅氏，聞孝婦封肉事，人皆惜其至行，謂天之何不相之也？既而，舅氏及舅母氏往嘗同病疫，樂疇、樂周各割股療二親。又樂周子，甫十餘齡，亦嘗割股療樂周疾，與孝婦前後數月間事。夫自世有封肉療親之事，匹夫婦至性激發，往往都邑羣聚之中，時一有聞，而袁氏一門，父子、兄弟、夫婦，獨數數見之如此，此其有觀而起者歟？世俗日澆，婦姑勃谿，嘗比室聞。蓋若孝婦，有尢難者，而獨折其生，此人之惜之者眾矣。然吾觀天之與人，賢則貴於與人祿壽，此非可人人喻之矣。余喜外氏家有賢子婦，故傳孝婦，而並述之，以告世焉。

【校】

〔一〕事：據癸未本補。

祝佩五傳

金田逆匪以咸豐二年春撲桂林城，不下。遂東北走全州，圍攻十日，陷之。屠殺文武官兵、士民、嬰婦數千人，吾友祝君佩五與焉。

君名永文，又名環。其先浙江山陰縣人。父繁宣，以典史官粤，君實生焉。幼孤，母夫人撫之，僑居粤之柳州。與余同塾，相聚處驩甚，讀書奇頴。漸長，美丰儀，而性駘宕。尤好爲詩詞，工繪畫。嘗一就童子試，郡人以宦籍阻之。比年踰冠，乃各以衣食仕宦奔走不相聞。

歲之丙午，余自京師假歸，訪君家柳北郭下。君母老，攜君婦及一子以居。君時已棄儒習名法，幕游粤之慶遠、河池諸州。粤盜既猖，州邑剽躪。君時在東蘭州幕，與平賊有〔一〕功。州境凡被賊，州牧曹君燮〔二〕培，必挺身親捕治，君亦時從，鞾刀帕首，出入鋒鏑中云。賊至全州，曹君方自東蘭移權州事，君復與偕。州民素强健，識大義，曹君與君分城率民誓死守。適新調湖南兵四百在州境，都司武昌顯領之。曹君挽昌顯，合城中守兵，得五百卒耳。城守堅悍，賊梯城蟻而升，城上以松瀝和竹木屑擲燒之，焦爛死者無算。乃益忿攻。時桂林所發追賊兵不滿萬，又多疲弱。偏師某殊選愞，距城猶十餘里，曹君血書請援數，不敢進。城中守踰旬，兵民登陴者人不得替，又食且盡。桂林追兵踰萬繼至，賊已突，城崩而陷焉，咸豐二年五月七〔三〕日也。當乘城時，城上卒饑，至目眵不能視，然官民俱挺出巷戰。賊憤甚，盡屠之。

先一日，曹君知事亟，啟北門使民俱出，而營弗去者猶三〔四〕千餘人。曹君亦促君出，而君笑應之。又長沙人黃君子文，爲曹君書記久，賊及城，以曹妻子出置佗所，身復入城，及是與君皆殉死。全城屠，賊不守去。將及旬，君之戚范，始自桂林往跡君尸，得之。身被數創，猶手竹矛弗釋。

君配裘，生子錫恩。奉君母，今猶居柳州。粤之亂，余鄉親故多及難者，君事尤可傳，懼其湮也，乃爲之傳。

論曰：佩五與余同塾。方少年，風流自喜，彈琴賦詩。亦時好擊刺，馳馬躍突，鄉里稱狂。且州牧曹君宦粵久，亦嘗沈滯歌酒自娛，與君尤相得。薦紳禮法之徒，或賤目之。及全被賊，而城守堅，賊之焚死甚，衆人咸異焉。至於力盡援絶，殺賊以死，此非所謂能執干戈以衛社稷者哉？自全之屠，而賊躪楚、吴，名城迭喪，雄都大郡，有弗一全之能與獨持者，彼搢紳禮法之徒之倉皇首鼠，而究莫能以自全者，其視曹君與佩(吾)[五]何如哉？

【校】

〔一〕有：據癸未本補。

〔二〕爕：底本作『變』，據咸豐、癸未本、清史稿·瑞麟傳改。

〔三〕七：癸未本作『十六』。

〔四〕三：癸未本作『四五』。

計豢龍傳

計豢龍，柳州馬平人。先世山東。祖國選，明洪武初從征粵西蠻至柳州，以功授五都都亳鎮巡檢。卒，子仲政，貧不能歸，家焉。而熟知猺獞情，知縣張霖薦其材，以諸生承父職。谿洞反者，多所捦滅，諸蠻畏之。仲政卒，子永清業農。日行龍谿壠上，拾巨卵，異之。歸翼以鵞，生龍子。畜以缽，缽盈。泳之池，將溢焉。乃縱之，沖蒙邨〔一〕山潭間，日投飲以牛芊之血，人皆馴之。一日，女紅裳者，過潭側，龍謂血也，起吞之。永清怒，僞爲投牛芊血者，龍出飲，而手刃之，斷其尾。龍自是潛不出。或言大風雨晦冥之日，龍升天行矣。

永清死，將出葬，龍降於庭，家人駭奔。徐寤其缽中物也。前而祝曰：『爾不忘豢者邪？則徃卜諸幽，將昇葬焉。』龍蜿蜒行，衆尾之。龍伏於計東寨之山崖下，衆以永清窆焉。龍不見。

余幼聞諸父老言，讀志傳，小異而大同。吁，神怪矣哉！嗣計氏子孫爲馬平望族，天順、成化間，登甲乙科者不絶云。

王錫振曰：古有董父劉累觀於永清，其信矣乎？夫使遺卵隴上，而不得人焉以育之，龍且不得生，奚論涸而死？或曰龍神物，獨勤勤於施報者，乃與常人同。吁！此其所以爲龍者歟？天下神奇之至者，唯能曲盡乎人情，不然則所謂神奇，亦何足貴矣？龍不其然哉？

葬經，相墓者之說，世或崇之，而余不深信。觀計氏之有後於柳，然則其說誠有之邪？

【校】

〔一〕蒙邨：癸未本作『豪』。

池司業廟碑

南書房翰林池公，以道光十三年視學粵西。涖事之日，揭示十二府州學曰：『生春奉命之日，焚香告天，凡官事，使此心有幾微曖昧者，皋及其身，殃及其子孫。今與生徒約，必率吾教而列其條目四：曰立志。曰修身。曰治經。曰講學。』又分子目，自始入塾及成學，所宜爲塾規二十四條。按臨各府州，攜所纂注朱子小學數千帙，散於生童之試優等及補學員者。輶車所至，儀從簡然。及扃試，星旦啟門，終日肅然坐堂上。生徒呈卷於座，輒指畫其利病，言呴呴若黨塾之師弟子者。然而性沉毅，有舞奸及涉佗事者，或訟於庭，必按之法，不稍寬。其質秀願有文者，或出逷遠，必導揚溫拊重佽之，使就學。會城十二府州之士，穰穰至桂林書院，學舍至盈塞不能容，乃別刱榕湖經舍數十楹於杉湖之北居之。試兼經義、論策、詩賦。踰年，天下學政當更人，復留公任。又二年丙申，以積勞致病卒。

公於燕間，生徒進謁，必以禮見，而道之學。嘗爲錫振言曰：『詞章之學，靡訓詁之學迂。士之爲學，必將明體達用，而後居則能有所守，爲潔修砥行之儒；出則能有所爲，擔荷天下，而不憂於無術。』錫振嘗謂學政之官，天子所以爲木鐸之寄者也。天下之治，必先於士，王公卿詔誥之所弗及。士有薰祓，則民式之。學政者，又士之羣仰而風焉者也。天下之學政，皆以其人，而世不亦可治哉？

我朝承平百年，膏澤醰美，而教士之效未詳。國家以羣經及宋儒傳注著爲令，士誦習取科第，而能體於身心者鮮。一爲揣摩聲病俳優之文，以期速化，坐致顯榮。其一二魁傑之材，則工鞶〔一〕帨，習矛盾，自雄文詞。又其進者，掔求訓音，勘驗左證，互相標舉，見謂求是。舉凡聖賢傳道經世之書，悉不問其大義所歸，而唯支詞旁解是尚。蓋士學之襍蕩若此，天下之人材惡得而不衰邪？

孔子教人之法，由小學以入大學，由修身、齊家，以治國、平天下。儒先發明之者，備矣。

粵西逿遠，士不爭風會，則錮於簡陋，而浮襍以干時好者亦希。觀公命士之言，士不可以決然而有所向哉？錫振受公知，沐公教九篤，今公卒十年矣，行能無狀？將無以對公九原。鄉人士念公勤，爲祠以祀。余聞而喜，又懼若余之感其德而忘其教，故獨著公論學之要，將揭於祠下，爲來者觀焉。

公諱生春〔二〕，字劍芝，又字籥庭。由編修擢國子監司業。卒於官。雲南楚雄縣人。

【校】

〔一〕鞏：底本作『檠』，據癸未本改。

〔二〕諱生春：據癸未本補。

誥授建威將軍廣東陸路提督瑚爾察圖巴圖魯謚勤勇曾公行狀

曾祖自秀，贈昭武都尉廣西義寧協都司、晉贈建威將軍廣東陸路提督。祖子於，授昭武都尉廣西義寧協都司、晉贈建威將軍廣東陸路提督。父謙，贈建武將軍廣東陸路提督。公諱勝，字誠齋，廣西柳州府馬平縣人。父謙以厚德聞於鄉，善醫術與形家言。嘗爲人療疾，遺金帛弗取。日繭足重岡疊阜中，擇穴地，隱識之，秘不語人，人以是迂之。

公年十九，棄學入伍。乾隆六十年，從征湖南。攻克高多寨，捦逆苗吳半生。明年，克火麻營，以功補廣西提標額外，外委把總。九月，由都魯溪進克黃土坡，奪石卡、木城六，斬級三百。功超等，補義寧協右營，外委千總。十月，克平隴賊巢，進克馬頭山、餘錦坡，奪賊卡二十，斬級五十，殲六百餘人。賞戴藍翎。十二月，圍石隆〔一〕寨，手梟逆渠石柳磴，生捦石老喬。功超等。

嘉慶二年二月，檄調湖北川陝軍營，協剿教匪覃〔二〕加耀、林之華等。三月，攻克四方臺、傳刀嶺，連下九卡，殪賊數十。四月，賊方竄，官軍截剿於雙古木。五月，攻克車家灣、黃花坡，乘勝直抵大荒口，戰於燕子厓，殲賊二千。賊大潰，餘衆入據王家埡，官軍圍之。賊渠林之華率衆突圍出，公尾之，至雪厓頂，生捦賊目七，林之華中槍死。十二月，搜剿賊衆於朱里寨，賊槍中公，創甚。欽差威勇侯額某，飭回本營。列頭等功。

五年，補提標右營把總。領補額兵赴湖北營，隨將軍明某攻破羅漢卡賊。六年，補東蘭營千總。七年，擢隆林營守備。遷梧州協都司。

八年五月，湖北小九湖賊竄左家山，隨總兵李天林帥師進討。六月，賊自界嶺入川，投巫山西竄。公率衆躡其後，與糸將虎正林會截之。賊平。九月，帥廣西兵凱旋。十月，調馗纛營都司。

十九年，擢隆林營游擊，兵部引見，賞換花翎。

道光二年，軍政卓異。七年，擢雲南城守營糸將。十年，擢維西協副將。十二年，擢永州鎮總兵。猺民趙金隴叛。五月，偕提督羅思舉等會剿，焚其巢。尋廣東小沖猺亂，趙子青糾黨竄湖南江華縣境。欽差大臣禧恩、瑚松額檄公率兵剿克之。七月，連山猺大亂。兩廣總督檄公率親兵充翼長。公至，率都司郭宏升等，出兵剿賊於大拱橋、分水嶺、礮臺山、火燒坪、軍獠里、大崖沖、上坻園等十九沖，猺匪竄蹙乞降。總督盧坤上其功，得旨下部議〔三〕敘，賞上方珍綺有差。是役也，公功最，上嘉其勇，加提督銜、瑚爾察圖巴圖魯名號，世襲雲騎尉職。尋調廣東南韶連鎮總兵。子承禧亦以功賞戴藍翎，以縣丞歸部銓用。十三年，特擢廣東陸路提督。十四年，卒於官。

公狀魁梧，能彎二石許弓。廉傑剽悍，負奇畧。方以步卒從征湖南高多寨之役，始陳，執旂先登，賊槍洞公左臂，血流殷袴褶，弗稍郤。賊驚爲神。凡檄調，聞賊所在，如赴私仇，故所向有功。補雲南糸將，時雲鹽引塞川，私充斥州縣，凶横莫敢攖。公請於制府，微行廉其實。涖事之日，募壯佼，給日食，令〔四〕『有能死一梟者，犒錢三萬，獲馬畜自入。』聞募者麕至。徐黑二者，號二王，雲南梟渠也。徒黨數千，踞霑益、馬龍二州。公任曲尋，獨騎率從者數人，一日夜抵所轄。平彝縣與霑益鄰，召汛官揀老卒二，授以多金，命之曰：『徐黑二，方食於落木墟，爾持此往與博，則迅使爾副來告也。』甫人定，告者至。公率騎馳往縛之。天明，入縣城，以黑二與縣令，驗之實，人皆神之。自是梟乃日斂。

先是，小梁山賊聚衆刼掠，官事匿其鋒者，數十年矣。或請於制府，以官軍剿之。公不可，曰：『以官軍往，匪滋爲巨患，則賊衆飈去耳。』獨請署尋霑營参將事。小梁山者，黎山也，屬宣城，条將駐焉。公往則日出騎游獵於其山下，漸與其衆狎，乃伏兵誘執賊渠，而裂其山焚之。其當事任奇敢往，類如此。

洋泉岡之役，提督羅思舉等圍賊數日。公至，曰：『亟以火[五]。』衆然之。事竣，而欽差大臣至，將以疑其速也。粵猺趙子清，突挾數千衆踰江華，將爲趙金隴援。兩使者乃檄公往剿之，尅以旬日。公往七日，而殲賊千，趙子清就捦。乃出兵搜捕餘賊於四山間。

而廣東排猺猖甚，兩廣總督星檄策公赴連州。公召麾兵未集，乃屬兵於部將，而手提三百卒行。比至連，大拱橋游擊鳳靈，適以賊圍，急來請救。公立往。或難之，故緩其軍芻糧，使不得行。公號其衆，拔隊疾馳，距鳳靈營十餘里，乃分兵，自率一隊入叢箐，間道以出賊背，突擊之。賊衆驚奔山梁，圍遂解。鳳靈等合軍賀，公獨布令肅衆以待。夜定，賊復出前後山梁，麾將郭宏升等伏並發，賊大驚。方反奔，而猺排左右，忽火光騰天，煙燄四塞。是夕，羣猺號聲震澗谷，相踐踏死者以千計。及明，而洋泉搜山兵至，遂攻內五排等十九沖，乘勝撲擊，捦戮無算。逆猺哀懼乞降。越日，欽差禧恩等適自湖南至，乃與提督余步雲等搜剿西路冷水各小沖，受猺民降。蓋公始至，獲勝之機，實以三百卒也。

公忠亮敢爲，而性傲特。大拱橋之猺已出降，而欽使後至，或希兩使者，意擬公以勝仗報，公厲色曰：『吾能打眞仗，不能爲假仗也。』及所向驗其材勇，欽使乃與公好，而公亦輸力以效焉。比任廣東提督，嘗出兵捦煖坑山賊劉花面、胡短手等。游擊劉際清，以陷賊，逸歸，被劾，而公亦以議奪級。

時天下查禁洋煙之令嚴，公以廣東賊匪恆藉是滋擾，倡議變法以淡其禍，請於制府奏之，不果。踰年，英吉利夷目義律，果以兵船突破內河礮臺，水師兵棄險反走。公告於制府，請囚洋行。與夷目通互市者，而絕其食飲。以數十艨艟載巨石沉海口隘道中，然後以草船數百橫內河，計燒之[六]，夷船將不戰自慄。令行，公率兵獨駐海之中流沙，義律果悚息乞哀，由小港河遁澳門。然船石實未集，公爲人言之，尤以爲憤也。

公之卒，上聞奏，悼惋。以提督例加卹，賜祭葬，謚曰『勤勇』。

公之先世有隱德。祖子於起家行間。及公之身，恢其先緒，出入戎旅，大小歷數十戰，以功名終。嘻，其盛哉！公既卒，子承禧走京師，以公歷官行事來告曰：『願有所述。』用爲撰録如右。謹狀。

【校】

〔一〕隆：癸未本作『龍』。

〔二〕覃：底本作『秦』，據癸未本、清史稿·勒保傳等改。

〔三〕議：據癸未本補。

〔四〕令：據癸未本補。

〔五〕火：底本作『大』，據癸未本改。

〔六〕之：據癸未本補。

誥授朝議大夫戶部江南司郎中湯君行狀

君諱鵬，字海秋，湖南益陽縣人。曾祖某。祖某。父某。祖、父皆封朝議大夫、戶部貴州司員外郎。

君生負異稟，九歲能屬文，十四補學員。工爲制舉文，掃棄庸近，縱横排盪，能自伸其說，成一家言。道光二年，舉於鄉。明年，成進士。年甫冠，所爲海秋制藝數百篇，已風行天下。君自成進士，以主事分禮部。觀政之餘，益閉戶研淬經史，縱涉百氏之〔一〕書。庚寅，以其官兼軍機章京，充方畧館纂修。踰年，前大學士曹文正公，以禮部方冗衆，待補需時日，恐抑君才，特奏請調君戶部補浙江司主事。擢貴州司員外郎，充乙未科會試同考官，得士二十有二人，多英儁。人皆謂君不日月，濟津要，得美仕矣。而君獨以資求薦御史，擢山東道。甫拜官，一月三上章，最後言工部尚書宗室載銓辱詈本部滿司員崇曜事，仍以君爲戶部員外郎，升四川司郎中〔二〕，充己亥陝西鄉試正考官。於路聞母喪，歸〔三〕。服闋，補江南司郎中，管理軍需局。君以數年海疆連兵，英吉利甫就撫，宜善馭之。上善後事宜三十條，大抵言羈縻之中，宜思豫防。凡召募練勇，修船造礮，緝奸設險諸務，皆指陳剴切。而於用人之道，則請破成格，開特科，尤徃復致意焉。疏入，留中。以郎中俸滿，截取知府。記名一年，忽暴疾，一日卒，時道光二十四年七月九日也。

蓋君始由軍機得御史，人皆以爲將大起。繼浮湛曹司汶汶，頗自侘傺。然時意氣感激，抗言天下事，則憤義形於言色，豈謂其方强盛而遽忽然盡邪？

君修髯偉貌，顧瞻雄驁，言詞侃侃。樂交天下豪傑，中外名公卿，以至偏隅遠方，薄技片能之士，咸相傾倒，而人亦皆樂就之。獨伉直，於人有不合不宿中，必盡言以質之。或相執，則忿爭。以是人之交君，始莫不曰『海秋賢』，而或者不能終之。

其讀書求大義，不屑屑章句攷訂，尤自雄文詞。與建寧張際亮交，際亮以詩名於時，而君初未爲詩。一歲，與張别數月，相見，出巨册示之，則已爲詩歌數百篇，淋灕跌宕，一發於其激昂振迅不可一世之概。張撫卷大愕，以爲李夢陽復世也。復官戸部後，益發憤著浮邱子九十餘篇。其文幹立枝分，以演迤於不窮。設論一事，必先曲盡情勢利害，而後證歸經傳之言。其自謂：『海秋之所學，與海秋之生也之所目蒿而心傷者，悉於是焉存。』又言：『爲天下者，貴能通萬物之情，以定天下之務。若徒治天下事，以吏胥之才，而待天下士以妾婦之道，惡在其爲治日也？』

余與君同官戸部，始識君數月，泛相值也。一日，於友人家讀余一詩，立策馬造吾廬，持其所爲詩以贈，縱談及暮始去。自是凡相見於官所，必俱文酒，友朋之會，必相招。間余有所作，以質，君必激揚之，且道於人人。蓋君好宏奬於人士皆然，而余爲尤親。方余之未見君也，人或謂君高岸不可向，乃與余相見，殊率易多可愛敬。君卒前日，與余同入官署，時方議復米利堅國通市事宜。旨行矣，君呼吏持牘前，張目諦視，意蹙蹙〔四〕若大戚者久之。遽出登車去。余視牘中議，知君前陳善後疏中有所逆中，而至是夷果以爲請議，予之謂君蹙蹙者，殆以是夫？豈意其不三日死也？

君生嘉慶辛酉年三月十三日，卒年四十有四。凡所爲詩文集若干卷。七經補若干卷。浮邱子九十卷。明林三十卷，未成書。配某宜人，先卒。繼某宜人，即前配之妹。生〔五〕子五：俶昭、佶昭、什昭、佑昭、啟昭。俶昭扶君喪歸有日，余走問，誌狀闕如，是後死者責也。乃不辭爲之狀。爲俶昭請上元梅先生曾亮爲誌以銘其幽，且以備後之爲史官者擇焉。

【校】

〔一〕之：底本作『子』，據癸未本改。

〔二〕中：據咸豐、癸未本及下文補。

〔三〕歸：據癸未本補。

〔四〕躄躄：底本作『躄』，據咸豐、癸未本、下文補。

〔五〕生：據癸未本補。

先大父行實

大父諱朝媚，一諱惟新，字咸興。先世居浙之蕭山。明萬歷中，遷山陰。六〔一〕世至曾大父登仕公，以縣佐起家，官雲南江洱縣尉，積敘升巡檢。大父生焉，登仕公丁父憂，服闋得蘇州吳江縣同里司〔二〕巡檢，改廣東福永司〔三〕巡檢。是時高祖母潘孺人年八十餘，登仕公請歸養，嘗作烏鳥詩以見志。

家素貧，登仕公卒後，伯祖書盤公棄舉子業，習名法家言，橐筆出游。大父以有兄，故苦學，困童子試十餘年。年三十，猶日執諸經從塾師問難。方書盤公之出，由南昌而廣州而桂林。在南昌時，資漸饒。歸浙買田數十畝，置屋數椽，兄弟並室以居。書盤公復出，大父嘗一游廣州省兄起居，邑中强梁，乘叔祖履新公闇弱，盡謀吞之。大父歸，訟不得直。於是盡室以行，從書盤公於桂林。書盤公教以名法家言，懷集令某君延之幕。三年，去懷集，而陽朔，而興安，最後僦居桂林。

時，先考亦習名法家言。一日，大父召而謂曰：『吾家數畝宮弗能守，先人邱墓將爲牛芈樵牧之區，吾痛於此寄焉。今之爲此者，以國家典章承人意旨所向，吾安能顛倒小民曲直，與爲民牧者逭咎責邪？』亟棄去，且曰：『我子孫當毋背我言也。』年五十後〔四〕，屏居不出。先考在時，嘗日月有所入，以奉甘旨。先考歿，先妣能繼事之，使大父忘其貧。迨先妣歿，而大父悲傷不克自存，乃就養於從父任道家，晚得心疾。

錫振自先妣歿，出依劉氏姊，姊家距桂林四百里而遠。大父忽召之亟，大姊命錫振歸侍。大父疾時作時止，請以醫者進，而弗許。從父家以爲常。錫振在側兩月，大父疾少間，命之曰：『秋涼，鐙火可親，汝亟歸姊家讀汝書，行復來也。』錫振去。再踰月，而大父卒矣。痛哉！

大父修眉長髯，冠高冠，布褐寬然，遨遊縉紳間，自以齊民，未嘗僭用士夫之服，同流或反詫之。晚自遁於佛氏，日持佛經一卷。尤好爲人言善惡因果事。嘗爲山陰本支宗譜八卷，絲系傳志、墳塋、圖說皆備，意子孫歸其故鄉，無以識邱隴也。悲哉！生乾隆戊辰年三月初八日，以道光戊子年十二月初十日卒，享年八十有一。

錫振幼惛，不能綜悉大人行事。長不肖，顛越無能歸視先邱，以遂在天之志。謹即生平所聞知者畧志之，以自無忘其不肖也。

【校】

〔一〕六：癸未本作『九』。

〔二〕司：據癸未本補。

〔三〕司：據癸未本補。

〔四〕後：據癸未本補。

先考妣行實

府君諱任鈞。先大父生二子，伯父任洪蚤卒，府君其次也。錫振生一歲而孤，聞人言府君卒時，召大姊抱錫振至牀側，語之曰：『是子能長成，唯汝善視之。』姊今不忍言也。

府君年十七，從先大父游桂林。踰年，先妣自山陰來歸。先大母治內嚴，家貧，弗能有僮僕。閫以外灑埽庭戶，府君職之。閫以內縫紉浣濯庖燂，先妣職之，劬勞況瘁，有人弗能給者。今戚黨間爲其子婦言，必舉先考妣曰：『若某某之爲子婦，汝曹不能一日居也。』

府君既棄學從先大父習刑名家言，執業勤苦，自爲筆劄，纍纍盈十餘篋笥。國朝百餘年來成案之著爲令，與令甲所不及，比引佗例及舊事相等量成讞者，類聚而修列之。法家老宿，值獄棘難，靡弗樂就商榷。獨性高介，與時居仕宦者弗合，數居官幕，唯以貧，故隱忍處之。及先大父晚多疾，疾必馳書召府君，嘗日夜行數百里以歸，則先大父或已晏然，如是者以爲常。時人尤衆迂之，所如益不合，鬱鬱恒家居，是時府君年三十餘矣。先大父出游戚黨間，府君必隨侍，授几撰杖，抑抑然若童幼。輩從子弟或年稍長者，及見之，今猶能指其處也。以積勞成瘵疾，嘉慶二十一年丙子六月廿四日卒於家。

時先大父年已六十餘，先妣生長兄溥、大姊、次兄濟、次兄渭、二姊及錫振六人。兄濟先殤，兄溥亦繼歿。兄渭年十齡，錫振甫〔一〕及晬。自府君卒，家貧，將無所得食。先妣及大姊日夜勤女紅，使兄渭鬻於市以自活。僦居屋三楹，先大父居於前，爲堂；先妣及兄渭偕錫振居中間；大姊、二姊居於後，爲廚。庚辰，大姊歸劉氏，則二姊獨居之。先妣上堂問大父起居，入撫孤兒女者七年，足未嘗踰庭戶。使兄渭及錫振就塾師學，歲終典鬻行束修禮，塾師弗忍納。然予兄弟就塾，未嘗衣垢敝，縫紉浣濯必整潔，人見之忘其貧也。日嘗一飯，或抵暮不得食，則使兄渭出市餅餌，供先大父餐，以其餘使錫振食。錫振〔二〕問母與姊，無所得食，則嗥然哭，弗食。嗚呼！豈知七年以往，雖欲常饑餓以一日事不可得邪？

道光元年辛巳三月初六日，先妣卒，而錫振始來依大姊矣。時距先考之卒七年。先妣歿五年，兄渭歿大姊家。又十二年丁酉，大姊以二姊適寧立悌。錫振亦以是年舉廣西鄉試。戊戌，試〔三〕禮部，不第。歸，乃卜厝先大父母於桂林城外之南塘，以先考妣祔焉。

錫振穉惛，不能憶〔四〕識府君容貌行事。大姊言姊實肖府君，錫振與寧氏姊肖先妣也。府君生乾隆四十年乙未八月十五日，卒年四十。先妣氏袁，生乾隆四十一年丙申三月初一日，卒年四十有七。謹志其畧於此，是大姊所嘗言，戚黨間所嘗稱道者。痛哉！

【校】

〔一〕甫：據咸豐、癸未本補。

〔二〕錫振：據咸豐、癸未本補。

〔三〕試：底本作『歸試』，據咸豐本改。

〔四〕憶：據咸豐本補。

張安人述

安人張氏，陝西涇陽縣人。父五緎，湖北蘄水縣知縣。母氏，王安人。幼孤，母氏撫兄芇今詹事府少詹事及安人。年二十三歸余。

未嫁之日，事母以孝聞。由孩提至成人，寢起未嘗去。母懷饔飧，蚤莫盥漱欬唾必親。侍母疾，嘗竟夕不交睫，不知懲。既嫁，猶言弗得親母事，心倀倀若也。余自前年留京師，蚤蓄歸志，姊氏劉數遥止之，獨敦言婚事不已，娶京師。而姊氏家近九落，益時時思歸，故雖有室，常栖栖懷旅人憂。歸既不成，而重困疲。及安人卒，始寤余悒悒者，貽之戚而致若蹙若是也。

安人之來歸，以道光壬寅三月。明年六月，以産難卒。

性和柔，明達識事理，無婦人瑣瑣狀。而事余特敬順，未嘗言色違忤。余嘗縱逸不自筦攝，或泥飲沈醉，安人恒曰：『君不飲則重戚戚，飲則湎焉，是何以善其生？』嗚呼！吾過不可追，而安人遽永逝，其何日忘哉？安人之病，余重漫忽。及勢亟，挾醫至，而已無及。獨顧余言孤姊氏恩，呼母長號以終。

歲九月朔之七日，以安人殯移於城南之蕭寺，卒三月矣。掩涕而爲之述，以寄吾悲於其歸葬，且質有道君子賜銘志焉。

舅氏鳳千公事畧[一]

錫振七齡喪母，即依姊氏劉。姊爲錫振言：『吾有舅，嘗目疾。一從外王父漱玉公游粤西。歸山陰後，三十年不相聞。』及錫振歸山陰謁墓時，始一得見，而舅氏將八十。余居舅家一年餘。歸京師，又一年，而舅氏卒。

袁氏，山陰練塘邨人。先世雄於財。國初時遷郡城，郡以財雄者，號陳、趙、袁、杜。百餘年來，陳、趙、袁皆落，唯杜猶中富。而袁氏丁最盛，合族丁至三千餘，百年不少衰。

舅氏諱最翺，字鳳千。外王母氏王，生公及錫振母，蚤卒。外王父持義不更娶。漱玉公嘗攜公出游粤西南太諸郡邑。公年及壯，目僅能通行路。漱玉公使歸，娶舅母氏金。公嘗言：『吾歸贅於金，一室外，無長物。』金故小富，舅母勤順，晝夜紡織，而兩兄友[二]篤，能與公共財。夫婦勤勤[三]，縮衣節食。數年，生我表兄樂周、樂疇，並一女。歲時漸居積。

吾紹士夫之族，重宗祠祭祀。袁氏盛時，祠中置田廬甚充，而以其餘周子姓婚喪。子孫既蕃，支房分執年事。舅執事恭，舅母氏能佐之。佗支窮弱或稍惰弛不任事者，得請代，必於公，諸父老子弟亦莫不願然。鄉人之承袁氏祭祠業者，亦聞公執年事，則倍樂輸納之，唯恐後。當先世置產時，以歲豐歉平者爲衡。公執事，先後十餘年間，歲頻稔，公又勤約，春秋每事必躬親，牲畜備腯，俎豆浣滌，事就理而資常裕。子姓婚喪，優〔四〕給焉，而猶多贏。既高年爲族長，以禮義倡率，袁氏族人數千，至數十年未有一詞訟公門者。

公年五十，時樂周兄弟長成，皆有室，乃歸復居於郡城之小江橋。時漱玉公游粤，老，又患一足風，公迎歸養。三年，漱玉公年八十，不疾而卒。

公平生儉素，麤衣惡食，里人訕焉。而事漱玉公，當大事，獨豐於人，人又詫之。少小以目疾，未嘗受書史，而行事中禮。貌方頤，下豐，微髯，身僅中人，而特强固，出語聲琅然。一飲酒，輒數升。日辨色起，率家人灑掃。日出坐江橋，與市人通易。有事，一小舟赴田莊，或陸行日數十里，未嘗乘輿。言動嫗煦，鄉人雖輿皁，親之若父兄。顧操履方嚴，戚族畏憚。或有過行，懼人以聞，聞必訶責之不稍貸。又樂施與，有急難者，必往告之。歲除之夕，嘗使樂周兄弟攜錢數萬，抵暮出巡閭巷間，以散於人之困乏者。

錫振自官京師，與鄉人沈春榮遇，探悉公狀。比其歸，以一書聞。舅氏得書，重悲喜，恨弗得一見。丁未秋，錫振自粤旋京師，道歸掃先塋並謁公。舟及門，公策杖出，樂周、樂疇及周子樹粟、樹人、樹獲，疇子樹敎〔五〕，左右扶掖。唯樹敎幼，在抱。公手握余，泣失聲，曰：『吾壹不知而母之猶有子若此也。吾亦不知吾之猶得見汝歸，而與吾子孫見也。』錫振視公，酡顔，皓鬢眥，喜悅恍如夢寐。既而悄然以悲，復與公俱泣不能止。

乃不肖中疾，抵舅家甫兩日，而病莫能興。公每日謹視，出入撫摩之，時其飲食、樂餌。而不肖疾日篤，幾死。兩表兄體公意，尤善視之，朝夕勞苦。當疾甚時，牀席薉惡，有人弗能堪者，公居我屋後樓，使長孫粟俱。嘗昧旦雨中聞屐聲鏗然，至樓下呼粟，問：『叔夜來病若何？得眠否？市得某物，思食否？』錫振沈綿中〔六〕聞之，愀愴獨飲泣。公嘗持謂：『若先人隱德，而一綫延，必不死。』余亦僅恃公言。私念吾生親長，唯舅氏存耳，而遭横癘，獨得依公，或不死。一年，錫振室施自京師來，公留居月餘，復牀輿就吳中醫。二年，病良起，復還舅家一月。上先隴，一一皆公指導之。行旋京師，時舅氏八十矣，神明飲食如平常，錫振拜出，獨悲甚。

錫振抵京師，明年，從征粵，見姊劉，述舅氏狀。時以先皇帝宣宗升祔恩，當得封，姊命以本身貤舅父母，冀公親見之。比歸京師，而樂周來赴舅氏卒。嗚呼！何區區者不之畀？是天之使不肖之不得以將其愛也。樂周來書言老人無疾，獨自錫振行，漸簡出，亦不多飲，飲亦漸弗勝。江橋袁氏屋，置三百年矣，子姓或持之，幾成訟，而公弗忍。錫振之歸，始號於族，禮歸之公。公嘗言：『兹吾事畢矣。』〔七〕公卒咸豐二年壬子九月九日，距生乾隆三十五年庚寅十一月二十一〔八〕日，壽八十有三。

嗚呼！不肖七齡，遂弗見母。又三〔九〕十年，而僅一見舅，徒以疾厄重憂之，而區區之報又弗及也。痛哉！子樂周，以城工敍國子監典籍。樂疇，國子監生。女適同縣李。袁氏未有科甲第，公於子若孫，尤望之。孫五人，皆幼學。

【校】

〔一〕癸未本題作『舅氏袁君事略』。癸未本文字與底本頗多出入。

〔二〕友：底本作『及』，據咸豐、癸未本改。

〔三〕懃懃：底本作『慇慇』，據癸未本改。

〔四〕優：底本作『緩』，據咸豐、癸未本改。

〔五〕敎：咸豐本作『本』，癸未本作『聲』。

〔六〕中：據咸豐、癸未本補。

〔七〕江橋袁氏屋……畢矣：凡四十二字於文意殊不類，癸未本刪之，義勝。

〔八〕一：癸未本作『三』。

〔九〕三：底本作『二』，據咸豐、癸未本改。

記周孝子事

湖北蒲圻縣周孝子人偉，方襁褓時，父某爲族人周新睦所殺。新睦故豪强，狡訟得不死。孝子母，時時輒屏泣。孝子漸長成，跽請之屢矣，母以告，則孝子亦唯歔泣。

年十七，有室矣。孝子就塾師某學。新睦與師故有交。一夕，孝子方讀，新睦獨詣師，夜半始去。孝子忽不見。有頃，塾中人聞呼『殺人』聲。衆徃跡之，見新睦臥石橋上，頭面兩臂皆創，其目炯炯，猶能言曰：『人偉殺我。』衆歸塾中，見孝子頎然坐書幌間，手刃血淋灕擲鐙下。新睦斃。孝子自首於官，竟下獄以死。遺腹得一子。

竊維子復父讎，先儒論之詳矣。記曰：『父之讎弗與共戴天。』周禮乃曰：『殺人而義者』，『令勿仇。』又曰：『殺仇讎者，告於士，殺之無辠。』[一]周禮之言，疑不可明。夫殺人而義者，爲私言之乎？天下無私殺人而義者，雖義亦何可私殺人？爲官言之乎？殺人而義者，固不得仇。讎殺人而義者，亂民也，不待辯。若報仇，讎而得告於士，爲士者，固宜代雪其讎，不待報者之自徃殺之，非唯如退之所言『孤稚羸弱，抱微志[而]伺敵人之便，[恐]不能自言於官』也。唐人謂復讎事，律無其條。今律雖無專言復仇，而凡殺有辠者，得無死。矧殺人之曾殺其父，而倖逃於大辟者哉？

國家法網寬大，有司者不能善行其意，奸民殺人而得不死者，衆矣。事覺而吏得其情，又牽於前有司者之絓累，而不敢反於平，孝子之所以卒死也歟？或言孝子恂謹良願，而其讎剽悍，習拳勇，能敵數十輩，以善柔而勝強暴，若將有鬼神左右之者。然當其聞父死之由，能歔泣而不驟發，必俟其幾之可乘，而後一決以晝仇人之胸。其精誠之至，天亦授以可乘之幾，以哀其孝，而成其志，而人顧莫之知感也。哀哉！

余同年友賀君霖，若嘗與孝子爲同塾者。言孝子事甚信。

【校】

[一]周禮・秋官司寇：『凡報仇讎者，書於士，殺之無罪。』

卷七

吳先生墓志銘

余幼從塾師受四子書，時聞里中有『吳先生』。於塾師所往來者，言必稱『吳先生』。或有所疑弗決，曰『吳先生言若是』，則衆帖然莫敢爭也。

成童，游郡庠，先生見余文，賞之。然未嘗相見。既而，肄業柳江書院者數年，常侍左右，亦嘗數數見顔色。余童幼時，無嚴父兄、先生之教，而心能識所畏憚者，唯先生。及歲丁酉，余游自桂林歸，聞先生疾，往謁。先生乃爲余起坐談論，自日中將及晡，余窺先生神氣雖儉於向時，而容貌詞氣矜慎自若。語當時人事，有不當其意者，未嘗不蹙然引爲世憂。乃不數月，先生竟卒。

先生名軾，其先自湖廣遷馬平。家貧，授經自活。嘉慶丁卯，舉於鄉。一會試禮部，不第歸。貧，不能出。上元伍公長華來分巡右江，聞先生學行，延主柳江書院，榜其居曰『敬軒』。數年坐卧在一室中，而柳人咸以先生故，修行相尚，無敢妄肆焉。馬平令曾敬熙者，令粤久，有廉名，嘗大言於衆曰：『粤士俗今日當最馬平。吾令三年，未嘗見生徒一詞入公門者，其先生之教然乎？』晚益貧，且疾。獨溺於酒。居悒悒，則沉飲獨醉，守一編而已。子二：希濂、希洛。希濂，奇慧，先先生一月歿。希洛，自先生卒，饘粥將不繼也。

銘曰：於戲先生，吾黨之依。行立爲式，言出爲詞。淵淵其躬，穆穆其思。道澤於鄉，名嗇於時。先生之存，一老慭遺。方袍幅巾，曷其而歸？

龔孝先墓志銘

余始游桂林，商君麓原與余爲昆弟交最親，而尤稱靈川龔孝先賢。孝先是時文學有聲，四方才儁之士凡至桂者，必樂與交。孝先母賢，嘗爲孝先置賓榻，具酒食，以招游從。風雨明晦，羣居往來，戟掌談辯。時或出游溪山最佳之間，開觴賦詩，飲酒盡醉，相與脫帽，大呼爲樂，窮旦晡不思去。

踰年，君舉於鄉，試禮部。又踰年，與麓原自京師來歸，余方以事旋郡城。及丁酉夏，復游桂林，則麓原前死。君以疫疾，容色黯黯，不復能豪舉如曩昔時。戊戌，余與君同罷試於禮部，而躋堂復死京師，君遂留而余歸，余蓋亦欲聳君之歸而未能也。庚子，又試禮部，余留京師，而君又歸不可留。

君有儁才，詩歌豪豔。蚤歲耽於游宴，嗜酒任俠。及與余交，時已悔其所爲。乃重困躓，復自放浪，京師貴游愛重君者眾。日馳馬躍突，以聲色相娛嬉，而君亦樂以淋漓歌酒間，跌宕自豪。顧自公卿交游，至於服賈，皆震君才，而以爲一日將勝踏去。乃再試不獲售，年三十而歸，已死矣。

余生寡兄弟，愛友朋，與君交尤深。余中褊狹，好觸忤，與人寡所諧。麓原亢傲兀。獨君薰然和易，與之交者，咸樂盡誠以相結納。且負質强固，數倍於人。故余二三人，相對落落，抱憂戚，獨時恃君以自壯。而乃未及五年之間，既哭麓原，又哭君。余甫拜一官，府仰不自得，粥粥然三十矣。追維曩游，恍然如前日事，而今皆不可復得。哀哉！

君名一貞，又名霦，字孝先。廣西乙未舉人。考取宗室官學教習，未補。四會試禮部，不第。其先江西廬陵縣人。父鴻閑，行賈粤西，家焉。母萬，苦節，撫君兄弟二人。君弟蚤殤。君之歿，母猶存。室陸，生二女。繼室陳，無出。而君妾龍，遺腹生一子。余既悲君之才，又惜交游之不可常得，乃爲銘以馳其家，使俱窆焉。

銘曰：天既篤之，又或汨之。人之材也，而損其年，其誰促之？

松滋令張君墓志銘

余徃嘗從永福呂先生璜座間識張東厓翁，年七十餘，猶步若飛，出語琅然。所言皆田間、風俗、晴雨。又能習誦孟、韓聯句詩，聱牙詰曲，如瀉瓶水，不一字遺謬。時呂先生掀髯舉爵，擊節爲樂。余詫歎，殆以爲是神僊人也。

君諱希呂，自號東厓。其先自金陵轉徙臨桂之五里墟，再遷蘇橋驛，世業農。君生，故有篤性，力學。年十九，補縣學生。乾隆戊申，舉於鄉。再試禮部。嘉慶丁丑，大挑二等，補融縣學訓導。道光癸未，截取湖北松滋縣知縣。在官十年，有惠政。嘗自言：『吾久居田間，農畝水利之事，洞然身悉。民控白情僞，輒能一語洞中其隱，故咸服也。』

湖北自武昌而下，洞庭、江漢之水，併力趨東南，濱水郡邑，值盛夏漲溢，則爲災。道光辛卯、壬辰間，江漢數郡城郭，淤積潦者數月，民泅滅無算。時荆江亦盛漲，松滋沿江，隄潰二百餘丈。君乘小舟親攜米麥食災黎。水稍落，即募民趨隄，工以代賑。隄一月成，民忘其災。時枝江亦盛漲，大府復檄公往勘，以實聞，皆得賑。按察使粟公毓美，勘災至松滋，歎謂人曰：『吾官數十年，行數百郡縣，若張君之官民，一家未見也。』後因事挂議鐫級，遂以老疾引歸。

君家蘇橋驛，山水清美，良田繞宅，桔槔之聲相聞。君歸，芒屨拄杖，日游田間，督耕穫。歸或執一卷，讀不衰。以道光二十一年七月日卒，葬於某原。配秦孺人，先卒。繼李孺人，子二：允照、允勛。允勛婦爲呂先生息。余從先生游，故亦悉君事。今爲之銘者，去識君之日且十年，而呂先生卒，亦數年矣。

銘曰：古大夫士，出於畎畝，乃邃乎民生。今之士夫，章縫垂帶，民生則網聞。張君張君，伊古之遺，永奠於斯城。

誥授振威將軍提督銜浙江定海鎮總兵謚壯節葛公墓志銘

公諱雲飛，姓葛氏，浙江山陰人。父承陞，江南長淮衞千總，授武畧都尉。公幼讀書，成童赴試郡中，聞母疾，棄歸。武畧公嘗率家人十數騎獵，顧謂公曰：『弧矢，男子事也，汝能之乎？』公援弓矢，六發皆中。武畧喜曰：『我弓六石，而能挽中，當棄儒爲將。其能成父志乎？』公跪受命。

年三十，中嘉慶己卯〔一〕科武舉人。道光癸未科進士。官營守備，五擢至定海鎮總兵。丁父憂，去官。一年，浙江巡撫烏爾恭額復奏署公定海鎮總兵。公方以憂去，大府問海上事宜，手疏言：『廣東禁鴉片煙令方急，夷船陰狡，慮爲變，宜先事定謀。』及英吉利兵船突據定海，巡撫痦公先見，馳書要公詣鎮海計防禦。公得書，白母張太夫人，遂行，時道光二十年七月也。

公至鎮海，請盡出勁兵，扼金雞、招寶兩山間；集定海潰兵，大閱海上。會夷軍師安突得被執，夷情大驚擾，公請遂出兵收復定海城，格不予。夷書投天津直隸總督，琦善以聞，得旨會議廣東。明年，予通市。夷請釋俘安突得等，而歸定海。公與壽春鎮總兵王錫朋、處州鎮總兵鄭國鴻偕往，復定海城。定海城三面踞〔二〕山，北曉〔三〕峰嶺，東竹山門，其西山嶺九叢沓，唯南道頭數里臨海，無屏蔽。公議城三面宜列巨礮，塞竹山門深港可容舟者，增築道頭土城，對之五奎山、毛港、吉祥門諸島爲犄角。當事以費鉅，不允行。七月，夷襲廈門。公聞之，立牒告大府，土城守單，曉峰背負海，有間道，宜增置礮，及以營船備水剿。又執不與。八月癸巳，夷果復犯定海，攻竹山門。明日，窺東港浦。皆擊卻之。

先是，守兵駐城中，唯公自駐土城。及是王公錫朋出守曉峰嶺，鄭公國鴻守竹山門。夷船二十九，賊眾至二萬餘，我兵合三鎮僅四千。飛書大營，請濟師。大營疑其張大，戒死守，毋望援。而是時糧臺餉單，日給軍人僅飯，三器不得飽。天雨浹旬，公青布帕首，麻袍，著鐵齒鞾，日偕士卒往來霪潦中，士心殊奮。夷屢進，且卻，殺傷甚眾，持數日不能下。戊戌，天大霧，夷始全隊逼土城。公倚睥睨，間聞風飄海水聲，微辨賊艫將近城，礮擊焚之。夷遁。分道攻曉峰、竹山。曉峰無礮，賊眾，奪。間道下攻竹山門，背薄土城，公手然四千觔礮回擊之。賊殊死進，公率所部二百卒，持刀械步鬥。夷酋安突得執大綠旗麾兵進，遇，公罵曰：『逆賊終汚吾刀。』斬之，刀折。復拔所佩刀二，衝賊隊中。至竹山門，方仰登，賊刀劈公面，去其半，血淋灕。徑登城，賊大駭，羣奔。一賊以礮擊公，洞胸穴如盌。前後鎗銃雨集，中傷數十卒。

方賊逼土城，公行營藥桶二，窖納火綫其中，而朱書其上曰『軍餉』。城陷，賊踏公營，爭取之。火發，焚數百人。或言戕公之賊在焉。徐保者，定海義勇，夜跡公尸，走竹山門，雨霽，月微明，見公半面宛然立厓石上，兩手握刀不釋，左一目猶睒睒如生。欲負之行，不能起。拜而祝曰：『盍歸見太夫人乎？』負之起，乘夜浮舟內渡。及明，抵鎮海。大吏護公喪還山陰，張太夫人一慟而止曰：『我有子矣！』奏入，上悼甚，以提督例加卹，遣官致祭，謚曰『壯節』。

於戲！公以良將材，當去國數萬里窮門之寇，使蚤從公言，嚴守禦，或城守不再陷。卽戰，從公言，使兵力完，且援者繼進，或將卒不俱殲。乃戰守一不得如意，徒一身血戰死。人皆壯其烈，奇其勇，余獨悲其謀不克施於國家大事爲可惜也。

公性簡樸，服食如寒儒。而治軍嚴，嘗有卒取民家一芊，鞭之流血，所部肅然。好讀書，旁涉子史，間爲詩詞，慷慨言志。官裨將時，嘗僞爲商舟以誘賊，屢獲巨盜。賊中懼，爲之謠曰：『莫遇葛，不可活。』及任定海，督師檄公總視浙洋，水師益大振。是時夷船已來窺海上，輒逸去。明年，以憂去。而夷船復至，定海遂失。

公卒，年五十。有二子：以簡，以公陷賞文舉人。以敦，武舉人。撫夷事定，引見殉難諸臣子孫，復授以簡直隸州牧，以敦守備兼襲騎都尉雲騎尉世職。錫振先籍山陰，於公同里，宜爲銘。

銘〔四〕曰：烏虖公也，天不俾成，厥功遂其忠也。小夷犬芊，孰縱紲以不常？而使肆其凶也。戰守詘其謀，其忠遂，而志則恫也。我瞻積山，鬱鬱乎有浩氣淩虛，而上者，公之宮也。

【校】

〔一〕己卯：底本作『乙卯』，據癸未本改。
〔二〕踞：底本作『距』，據癸未本改。
〔三〕曉：癸未本作『筱』。下同。
〔四〕銘：據癸未本補。

劉孺人墓志銘

吾友陳庚銓，在京師聞其母劉孺人之喪，匍匐將歸，含泣請爲銘墓之文。不獲辭。

孺人，姓劉氏，直隸保陽人。年十七，歸吾邑晉州牧最峰先生爲側室。生庚銓。庚銓言：

孺人事晉州謹。晉州歿，家貧。庚銓謀食四方，每出，孺人必送之門，悵望不忍歸。道光庚子，庚銓舉鄉試。會試[一]來京師，則孺人獨喜甚，敦促使行。庚銓留京師五年，而孺人卒於家，故庚銓尤以是哀也。晉州爲廉吏，素有名。坐督徵不完，罷官，籍其家。庚銓兄弟四人，長玉先，歿。次丙琳，以拔貢生朝考得縣令。次庚銓，次午琳，皆文學有名於鄉。唯庚銓，孺人出。狀奇重，有性行，人皆器之。嘗聞鄉人曰：『邑中某爲官得顯仕，某歸享田園，今皆孰存？晉公廉吏，不發於其身，今嗣君皆騰起，日駸駸然，誰云天道不可知邪？』

於戲！孺人生爲廉吏媵，歿有令子，何憾焉？卒年五十五。孫一，曰崇實。以某月日，葬某原。

銘曰：先侍君子兮，得其所天。歿昌厥後兮，有子象賢。我爲銘兮，奠此幽阡。

【校】

[一]會試：據癸未本補。

東城兵馬司指揮劉君墓志銘

君諱啟元，字心原。其先自湖廣瀏陽遷廣西，世爲臨桂縣人。曾祖某。祖某。父某。君年甫冠，補郡學生。乾隆己酉科，舉鄉試副榜。壬子，舉鄉試。嘉慶辛酉，大挑二等，補天河縣訓導。歷寧明、歸順二州學正。保舉升甘肅環縣知縣，父老矣，君以甘肅道里遙，踟躕不赴官。旋聞赴京師歸。服闋，赴銓。乃歷署君中南西東城兵馬司指揮，授東城副指揮。敘績得知州，而君遽卒。

君性篤敏，奉身儉而治事精，勤持不倦。官京師，日辨色起，夜分始寐，城事治。御厩嘗失馬，君率役星夜馳數百里捕得之。盜猾彊，君復悉心鞫讞，不以刑，盜不服。一夕，大風雪，寒甚。君衣芊裘坐堂上慄然，視階下單衣者，憫之曰：『此可當邪？』徐出芊酒食之，被以絮衣。盜飽且溫，乃反泣曰：『就使君訊，今月餘矣，使君不虐我，而撫我，我尚蔽使君哉？』遂供實。臺臣得狀疏以聞，故得進一階，惜不獲受，而遽隕也。

方君家居日，肫肫然爲燠休施與之事。及任學官鎮安、慶遠，粵中極遠地，至則開講堂，爲生徒課經史，口講手畫。縣州中有數十年不科第者，皆以君振起之。人謂君故學官，而京師古燕趙地，王會於此，復數百年，五方之人，褋沓風俗，健悍椎埋，剽掠日有聞，當事者必以武健方畧，君猶劬劬懇惻居之，而事乃理。卒之日，有老人執詞方詣劉使君訴，閽者曰：『使君死矣。』老人噭然哭。於戲！儒者之吏，固與人殊功，孰謂斯民皆天性，而獨不可以化馴也？

君卒，貧甚，鄉人賻以歸。配蔣安人，生子二：熣、榘，時皆幼。今熣爲縣學生。榘，道光癸卯科舉人。人皆知其廉吏後。熣以某月日改葬君於某山原，來請銘。

銘曰：姁姁愉愉，不如强渠。搴裳疾趨，不如善徐。乃外視若不足，而中則有餘。忠信之人，視彼後儲。

誥授文林郎四川南川縣知縣蔣公墓誌銘

公諱某，字某，廣西灌陽縣開德里人。曾祖某。祖某。父某，灌陽縣學生，贈官如公。母某，贈太孺人。

公生三歲而孤。贈公疾，屬公某太孺人曰：『視此大頭兒，其能續我蔣氏祀乎？』贈公卒，太孺人營葬地，豪右淩其孤弱，太孺人襁負公，起聲族戚，事得伸。後鄉人嘗背公稱『襁中大頭兒』，蓋公幼羸疾，懷抱中獨皐然見其首云。公負異禀，讀書强記沈索，毅志正學。弱冠，補縣學生。十年食廩餼，數應鄉舉，終歲貢生。

天性沉篤，事某太孺人年五六十，猶依依如童穉。娶時孺人，生子作梅、作楫。嘗攜二子奉某太孺人，隱居魯草塘。課二子讀尤嚴。作梅穎異，而鞭樸之，至不可任，則往往懷一卷走田隴中，或風雨避崖石下讀。太孺人覺之，怒，則君又自投求逭。居數年，告太孺人曰：『兒今得所亢吾宗矣。』使作梅出就試，一歲成進士。十年，選南昌令，時太孺人歿矣。君赴南川數月歸，以母歿不逮於祿養，弗樂也。歸一年，而作梅以駐藏官忤當事者，中於法。君老矣，遘家難，煢煢拄支，悲哀甚，不克自存，而未嘗或有所懟。課諸孫，嚴如課其子，曰：『吾不可以變吾素也。』孫大烈，補學生，既成室，公迺卒，年八十有三。

子作梅，嘉慶丙辰進士。作楫，縣學生。孫大烈，今名達，道光辛丑進士，翰林院編修。大勳，今名遴，縣學生。皆作梅子。作楫無子，大勳後之。灌陽邑居桂林之北，介全、永二州間，叢崖巨壑，修亘崛嵂。余與翰林達相好也，數聞其稱鄉里中多隱君子，獨行長德，而述君事尤多，偉摯稱其鄉之山川。達又言君鄉黨有峻望，人嚴事過其父師。唯二三執友，詩酒過從，則方袍竹杖，闇闇揖讓進退。至老且病，而儀度不爲衰。既以某月日，葬公某鄉原，而乞爲銘。

銘曰：積其中不一施，鍾所生又閟之。唯君德孝且慈，光前緒後穀貽。素我行終弗渝，君子澤靡或遺。考明德，徵吾辭。

朱孺人墓志銘

孺人朱氏，臨桂縣人。直隸宣化府知府、前永定河道諱應榮之子，同縣恩貢生廖君諱大閎、又諱植之妻，而郡學生鼎馨、道光壬辰科廣西舉人鼎聲兄弟之母也。

性莊而和，幼習書史，故尤講於女職。精女紅及九數，爲宣化公鍾愛。年二十二，始歸廖氏。事翁姑盡孝，能先意承志於家，事恒弗使有闕不備爲臨事憂。娣姒十餘，相得至老不少衰。恩貢君嘗隨兄宦皖中，在家日少，孺人獨持家事井然。鼎馨兄弟自受書，孺人卽自課之綦嚴，諸經皆口授畢，仍課以詩詞，始出就傅。二子學成，皆有聲庠序。孺人晚歲猶時課其文藝，有弗當者，必指摘之，而弗責以速化。鼎聲年未冠，舉鄉試，薄游京師、齊魯間，甚有名。敏其所學，皆母教也。以道光十七年六月二十七日，後恩貢君五年歿，年六十一。

鼎馨兄弟輯所著儷香閣詩一卷，藏於家。孺人故嫺吟咏，顧嘗雅志不欲自存者也。自世言女教以德不以才，或不知者乃反以才爲病，而於文詞尤重諱焉。獨不觀於二南之詩『刈葛』、採蘩之作者邪？獨非三代之時，其妃夫人澤於先王之教，有其深焉者邪？吾讀大雅之詩，又曰：『釐爾女士，從以孫子。』彼特爲其頌禱之詞云爾。觀孺人於二子，則又有其教育之實非女也，而有士之行，而能若是哉，而不其難者哉！子三：一蚤殤。孫二：振書、振瀚。

鼎馨兄弟既卜葬於其縣之北沖邨龍頭嶺之陽，以傳狀乞爲銘。

銘曰：世之敝也，賢公卿士，皆緣於質而希以學成，而況於閨庭，唯孝與慈，依古爲則，允式於來？今伊轂之貽，弗急於褓，唯悠遠而益信。吾茲銘者，以考厥子孫。

廣東遂溪縣知縣曹君墓志銘

君諱正笏，字桂亭，廣西桂林府臨桂縣人也。余自年十五六時，始有友朋，即識同縣王戟臣、歐陽子梅。兩君皆游桂林久，爲余盛述桂林交游，有臨桂商麓原、黄湄蓀，靈川龔孝先，全州蔣郎生，灌陽蔣立人及君，皆時才儁。其客居自佗郡邑來者，則有常州汪仲穆、馮春皋，長沙周荔腴，平樂曹〔一〕躋堂，胡卧雲。

麓原年最長，而與余世有交。余鄉試游桂林，麓原一見即狂喜，相攜遍識所交游。時唯仲穆、春皋，先後歸江南，麓原、湄〔二〕蓀、孝先、郎生、立人、躋堂、卧雲皆在，各以才氣縱横，詞翰淋灕，歌酒間如連珠疊璧，光彩相照射。獨君時多病，闇闇廣座中，目光炯然，少所譚辯，諸人恒昵就之。麓原、躋堂最先得舉，游京師。躋堂旋入翰林。湄蓀、郎生，不幸蚤死。余獨與立人、孝先尤昵君。君與孝先、卧雲，乙未舉於鄉。立人、余亦相繼舉。麓原、孝先、卧雲，不幸又相繼死。余與立人同官京師。君甲辰大挑一等，爲令粵東，余與立人送之行，已慨然念友朋衰落。丙午，余假歸，君時猶未赴官，得一相見。明年，君之官。又明年，補遂溪縣。咸豐壬子，卒於官。

君方頤、廣顙，偉幹，若武人。性伉烈而孝友，篤於友朋，尤矜風義。遇人急難，顛倒若劇。少而孤。事母至孝，母夫人尤愛憐之。兄正彝，行賈不成。弟正德、正鈞，皆籍行伍。正德，貌溫雅，事君尤恭，今官福建福州城守備。正鈞，亦爲營千總，從征南太，殺賊有功。家故勤儉，君兄弟皆已官，母、兄猶芒屩布衣，出入井臼。君既之官粵東，迎母與兄就養。方需次久，蕭然貧甚，而君顧揮霍不少恡嗇，必使母、兄泰然而忘其貧。補遂溪者三年，民殊安之。君故溺酒，及官民相適，猶日事桮杓，以不擾爲治。嘗一脫鄰縣盜於君境中，君輟箸起，不數日，跡獲之。蓋君故幹才，而及官能自斂，雖與君親故者，若不可測也。

君所居八桂堂，在桂北郭，數椽架水中，四圍竹樹。立人、卧雲自其縣來，必主是，歲常數月居。余與孝先旦夕過從。君母夫人酒脯出供客。客〔三〕至，數日夜歡然，不知去。君飲客，每先自醉頹然。或寐，君兄弟與客周旋不異。余從征粵寇歸，猶與故人蘇荔邨訪君北郭之居，一水泓然，竹屋就荒。荔邨故嘗從余輩游者，指水間樓，話當時事，怳然樓中鐙火、酒酣、吟嘯之聲猶在耳。然而一時豪俊大半異物，幾疑夢寐間事。乃歸京師，聞君又卒，獨與立人相對愴然。而時仲穆、春皋，獨皆在京師游宦，各不得志，蹤跡殊落落。子梅、戟臣，遠宦秦隴。子梅音問久絶，或又傳其已死。

嗚呼！孰知夫當時游從者之遂爲飄風浮雲而不可畱邪？孰知夫當時四方清晏，吾儕得以從容絃歌晏樂之遂不可復邪？君既孝友篤信，又於官不擾其民，宜其後昌。子士拔，年踰冠，且有室矣。余於〔四〕君誼，不可不銘，將使士拔於君歸葬，刻俱窆焉。

銘曰：揭帝之塘，其水淪漪。有竹猗猗，在水之湄。竹間翼然，列屋間差。或琴或釣，或誦唔咿。殺雞爲黍，奉客與母。母賢子孝，酌客大斗。客醉而歌，與子濡首。低昂奮袖，起爲母壽。垂裳在宮，天下膠漆。忽焉死亡，生者若失。我悲匪君，乃爲藐躬。匪爲藐身，厥時孔殷。唯君所藏，與居相望。魂魄徜徉，君嗣其昌。

【校】

〔一〕曹：咸豐、癸未本作「曾」。

〔二〕湄：咸豐本作「楣」。

〔三〕客：底本作「君」，據癸未本改。

〔四〕余於：底本作「於余」，據咸豐、癸未本改。

翰林院編修梁君墓志銘

君諱國瑚，字箽珊，廣東南海縣人也。先世鄉居。及君父邑貢生贈儒林郎信芳，以文學教授城中，君兄弟聯翩科第。自道光十餘年後，先皇帝春秋高，又皇太后在慈寧，皆有萬壽科與額科並行，鄉會試幾歲有之。君中辛卯科副舉人，已亥科舉人。辛丑，成進士，改翰林院庶吉士。甲辰，散館授編修。

時君弟國琮以丁酉科舉人，戊戌成進士，已先授翰林院編修。從兄國珍，以乙未科舉人，庚子成進士，爲內閣中書。而君兄弟國瓛、國琎、國珠，從兄弟國琦、國珖、國琚，先後辛卯、壬辰、甲午、庚子、甲辰、丙午舉人。溯自辛卯，以迄丙午，十五年間，國家設十科，而君兄弟鄉舉者九人，成進士三人，咸謂君家且大起。君嘗以副貢生官澄海縣教諭，及成進士，年强仕，肫然有行誼，貌敦而和，又得官翰林，人且謂家之大起，宜鍾於君。

乃自甲辰授編修，十年之間，先後丁太公及母太夫人憂。比太公服滿，旋京師，時值天下寇亂，君慨然一疏陳京師根本宜先籌備及各省團練事宜，留中未報。時翰林官頗言事，而或有不中時務，蒙諭切責，適在君疏陳旬日間。君嘗因余過，手稿示余，而盡然太息者久之。又嘗以時京朝官紛然多引去者爲非。是余自從征歸，屏跡罕與人接，獨君猶時相過。君卒前三日，余猶造君。時君弟國琮未來面君，從兄國珍已前死，君獨居蕭然。然不意其三日暴疾死也。

君鄉居太夫人憂時，余嘗至廣州客居踰一載，無三日不相見。廣州繁富地，豪家多市氣，而士夫倦游至者，率中持之。君獨雅周旋於中，使各得其意，人亦交愛重君驩然。蓋君性行如此，其與人皆然，謂非篤厚君子哉！

君事親孝，於諸弟和，尤善推所愛，雖於臧獲不加疾遽。獨無子。有女適同縣某，亦爲咸豐辛亥科舉人，先君而歿，君尢傷之。及君卒，以弟之子汝服嗣君。配某安人，其隨君京師者。妾張、李。二妾扶君喪歸葬，故余爲銘之，將寄君弟琮，誌君幽也。

銘曰：時之盛，家鼎鼎。倏而衰，忽如引。唯孝友、忠君克盡。爲君銘，吾其信。

宗宜人墓志

宜人宗氏，名森，字瑞卿。山陰宗侍御稷辰季女，而余妻兄同邑東河通判施焞孟餘室也。

余在京師締姻施氏，與通守期歸妹京師，而宜人偕省謹。及余出就婚，宜人不得來，踰時始獨歸省。余游粵久，通守先攜妹京師與宜人俱。余又病吳越不歸，宜人偕小姑居，又久不得去。比余從南征歸自楚，而迂道汴，乃始得見。通守安居需次，宜人相治家室，怡然甚適。而楚中賊氛乃日厲，通守信宿余，問楚粵兵間事，宜人獨從屏後聽之。通守逡巡將欲以家歸於越，不期別未數旬，而遽書來，訃宜人卒也。

宜人幼敏達，讀四子書、詩經，皆知大意。於婦義則甚辨晰。年十六，歸通守。通守幼育兄嫂，宜人事如翁姑。同兩小姑居若姊妹，而及余室人尤親。及通守兄罷官，獨需次河上，久不得祿，宜人率妾章拮據米鹽。於歲時祭祀，賓客尤潔清。性稍卞急，嚴課子女，雖極愛憐，而小不率輒鞭撻楚。尤能盡言夫子，有所辯論，期於必信。故其卒，通守深悲，爲述其狀，自言：『宜人之歸者十七年，未有豪髮愧怍。而始焉，以余少負氣寡歡，既復窘迫人事，致憂患蹙其生。自今往，門以內誰余過者？』嗚呼！蓋宜人可知矣。

宜人既嫁，尤篤念外家。宜人同產八人，多死亡者。又侍御老而鰥，一幼子猶在抱。比通守兩兄官又落，宜人益引悲。所生子女八，半不育，而多坐是多疾厄。卒之前數夕，聞漢陽陷，謂妾章曰：『聞兩湖婦女多死者。死於産不愈死於兵乎？』乃不數日，而竟産後死。子女各二：長子啟宗，甫八齡。次即卒時所生者，曰勝官，才三日耳。妾章能佐宜人，居室子女，皆恃之。

通守既以狀來乞文，唯余亦有不能已者，並據所述詮次焉。以竢通守比葬，而窆諸幽。

銘曰：女有三從，其心則一。未有薄庭闈，而能順於室。雖夫婦之微，而事久乃出。匪徽章之求，而文字之辟。夫也善述，吾何以易？將靈魄之所聞而悲耶？亦庶有償於平昔。〔一〕

【校】

〔一〕銘曰……平昔：凡六十五字，據癸未本補。

劉茂林墓志銘

君諱繼森，字茂林。先世浙江山陰縣人。君祖行簡，游粵西，流寓柳州，家焉。父某，早逝。母許，撫君兄弟二人，余所爲劉母墓碣者也。

君十七，即棄書從賈。慶遠府鹺商某，察君才幹，使總其事。粵西民鹽出廣州，商家歲以苗民獨木船數千運而西，塗所經郡邑，節置埠以遞運。鹺利苦梟充，苗民獷狠，董馭一不當，則致鬨而運不達。君句計井井，專惠信，執事者悦服，而梟不犯，苗亦就役。數年，商大息，以慶遠、柳州及州屬懷遠縣埠事，皆屬君。籃輿往來句當，盛寒暑無日月者數年。年三十六，竟以觸疫殂。

君奉母孝，事兄恭讓，與戚鄙及朋執皆以和。性豁如，樂施，親舊之窮乏，嘗倚以爲活。死之日，三鄙之人，聚號於其室。苗民之嘗任使者，操豚肩擔酒來，膜拜伏地，或哭失聲。蓋君歿，而某商業數年蕩矣。妻章氏，早亡。繼娶，余姊也。余來依姊，及君之喪。余姊生女二。君歿，遺腹生子，方數月而殤。今未有後也。兄繼榮將以君葬柳州城北之清水塘，而屬爲之銘。

銘曰：食人之禄憂其憂，山精毒螯觸者休。駑失其御車折輈，魋結之旅相嚶嚘。彼都人士能勿羞，高爵厚糈行且媮。主後者闕〔一〕天何尤，緶〔二〕縻淚下銘君幽。

【校】

〔一〕闕：據癸未本補。

〔二〕緶：底本作『鞭』，據癸未本改。

陽宜人墓表

靈川易梧岡州牧，爲令浙中，神明號遠邇，凡所履邑，民祠祝之。余始游桂林，交州牧子永清，則聞州牧之配陽宜人賢。在官日，凡家事、上堂問寢膳，親戚族里往來，及米鹽瑣屑，治晝井井。州牧每日出，則坐堂皇決民事，或治官文書，雖日兩食不去，抵暮人定，乃始入私室，家人事弗與聞。

夫人生而有家，及長，仕而後有民人職事。有民人職事，又不得不忘其家。而家治之不足，則於其所謂民人職事，將必撓焉。曾子固敍列女傳所謂：『士之苟於自恕，顧利冒恥而不知反者，往往以家自累故也。』顧方有事於其外，而欲不以家自累，非有待於内佐之賢歟？

宜人，靈川雍田里人。適州牧，逮事祖姑黄太宜人。姑全宜人〔一〕蚤歿，繼氏蔣宜人，奉事謹。黄太宜人治内嚴，日課井臼督機杼，而宜人克給命，故黄篤愛之。州牧成進士，補浙江永康令。黄太宜人先卒，宜人侍贈公及蔣宜人就養。嗣是州牧擢海寧，一遷貴州平遠，宜人皆在官所。在平遠踰年，乃以贈公老歸養。自永清言之，葢贈公及蔣宜人嵇宜人相內賢，故州牧之於官，未嘗不使宜人俱也。道光某年月日卒。

子永清，庚子舉人。次子大嘉，側室孫出。永清既以某年月日，葬宜人某原，未有銘，屢狀乞文墓上之石。謹次所述，以知州牧之爲廉能吏者，爲有賢助於其內焉。

【校】

〔一〕宜人：據咸豐本補。

劉母墓表

劉母，余姊氏姑也。余自七歲依姊氏，至於成人。而姊蚤寡，煢然唯母之依，故余活於姊氏，不能忘所自於母。母嘗謂余曰：『吾生常苦辛，汝有文，而識之悉。吾死，汝其爲吾文，告吾靈，詔吾子孫。』今不見母者幾年，此聲猶在耳，而姊氏以母卒告，其能無痛哉？

母年十七，歸劉君鏡川，生繼榮、繼森。鏡川父行簡，子五人：槎川、道川、鏡川、蘭川，次某。行簡妻蚤喪，嵇太母賢，於家事冘倚之。後老病，弗能食。母時育幼女在懷，而遽奪乳奉翁餐。行簡、鏡川相繼歿，家屢空。槎川、道川析爨食，唯蘭川攜婦孫與母同爨。母日夜勤女紅，兼傭書以食，而課繼榮、繼森以四子書及毛詩。繼榮言：『嘗雞三唱，母猶坐一篝側，執禿管作書謖謖聲，故後得目疾，遂喪其明也。』

余之依姊氏也，母老，猶日親筐筥，治絲枲，寒暑晝夜無間。家人內外淩襍事，必以告，治晝井井，勝有目者。是時繼榮習刑名家言，爲時上賓。繼森亦日月有所入。而槎川方窮老於奔走。道川、蘭川相繼死。母命繼榮迎槎川歸老，而使繼森子之爲道川之子。繼棠娶婦。蘭川無子，以道川子繼楨子之。而與蘭川婦孫相歡若姊妹者，老益篤。余姊既寡多疾，母嫗育之如嬰孺，飲食、藥餌、寒暖必問。姊每疾，則余益恨恨若無恃，唯恃母。嘗冬夜讀，一室人既定，獨姊執刀剪，母手績猶未寢，隔院兩屋鐙熒然，牕外雪落聲瑽琤。姊曰：『晝而嬉，夜則咿唔不欲休？』母曰：『人通塞有時，讀書當愛身。』已復歎曰：『惜若曹能富貴，吾不及見也。』

余在母側，先後十餘年。窺母所以篤勤，其家老者終，幼者長，乏者振，絕者嗣，而又推所愛以恤人之孤若此，天宜將厚與之。乃及年六十，而繼森先死。又夭其子。繼榮有二子，亦先後殤。繼榮老矣，所遇落落。母年八十，寠焉以終。雖繼榮厥後理必昌，天之所以與母者，亦既酷矣。

母之卒，以道光二十年十二月二十八日。踰年，繼榮以書來乞實昔言爲之文。

嗚呼！閭巷小夫，受人釜庾之施，猶能持壺漿鼎肉爲報。余銜德深重若此，蕭然遠宦，未嘗稍有所裨於母，而母遽蹙然逝，此余之所以莫塞其悲者也。繼榮既以某月日，葬母某原，不獲銘，將表焉。

母氏許，浙江上虞縣人。歸劉，浙江山陰縣人。今家廣西柳州。子二：長繼榮，娶俞氏。次繼森，爲余姊之夫。女子二：適趙、適全。孫四人。

知府銜龍州同知王公墓表

粵自道光二十六七年，李沅發肇亂，羣盜蠭然。陳亞潰、張釗等數十起，各以數千百衆豺豕，奔突南寧、平樂、遷江十餘府州縣城，橫行攻撲，甚或破焉。而時賊志唯在焚刦剽掠，往往流而不守。守吏苟安偷活者多，疆臣始務覆匿，因之不加察也。而龍州同知王公，獨以城殉聞。

公諱淑元，自號秋查，浙江鄞縣人。道光辛巳舉人，考取官學教習。數會試不第，以教習期滿，得官知縣，分發廣西，歷任雒容、馬平等州縣。一充廣西壬辰科鄉試同考官，補天保縣知縣。俸滿調臨桂縣知縣〔一〕，升龍州同知，加知府銜。一署太平府事，旋復爲龍州。

公性恬雅，博聞多識，尤工書，好以詞翰自娛。及官粵，所歷皆偏簡，一以撫綏不擾爲治，吏民親睦，訟庭如水，雅歌飲酒，雖緼袍羸馬，而蕭然自得。調臨桂，首邑稱煩劇，公雖簿書奔走爲勞，而猶以其燕私，與門生幕僚講論文史。顧所至，事輒理，而人安之，屢以歷資卓異薦聞。既滿臨桂任，其更替者某，以增稅錢事致縣幾閧，城鄉集衆洶洶。時值久旱，禱雨城隍神，衆環某神祠中不得出。公聞，獨單騎往，笑執某手以出。爲衆言，時方銀貴錢賤，縣官爲民輸納，所以不得已而議增錢之故事得平。於是眾始悅然，公之得民若此深也。

粵盜既熾，公乃翻然厲精鉤距，所至以嚴毅稱。太平屬盜尤眾，咸切齒公。道光二十九年，復龍州。時〔二〕州城故隳，巨盜陳三以二千餘人薄城。公與士民營守。巡檢某公諱盜甚堅，有告盜者，輒變色起，公與之雅故，於官中事一循故事，以公牘申聞舉實而已。龍州事亟，公力盡，知不可得援，乃衣冠出坐堂皇。盜入，厲訶之。盜眾擁公出，弗敢傷公。一子從。將及郊，盜益眾，公訶〔三〕益厲。盜戕一臂及舌，公噀血面噴賊死，盜沉之江。一子殉。及盜去已三日，龍民出公屍，身首皆裂，猶色如生云。

嗚呼！公以文學而爲吏，然乃所謂安靜吏也。使世吏皆如公，則亂可不作；即亂作而可不如是亟。以公平時溫溫者如彼，而及難烈烈又如此，此其風果何如者哉？公死一年，而粵盜日猖，陳三等雖滅，而逆泉之禍大作。有龍門巡檢馮元者，當逆泉擾象州，亦衣冠坐堂皇，與其二子皆死，事與公殊類。粵之繼公以城殉者，唯署永安州吳江、署全州曹燮培。而賊自是踰嶺出，勢滔天矣。

公之難，前署撫周公天爵奏聞弗詳，得如例卹。子四：長某。次某，即從公難者。次光頲，以軍功由巡檢擢知縣候補粵西。孫一某。錫振爲公壬辰同考所薦士也，受公雅知，公子光頲請爲揭墓之文，弗可辭。時在咸豐三年月日。

【校】

〔一〕縣知縣：據癸未本補。

〔二〕時：據癸未本補。

〔三〕訶：底本作『詞』，據癸未本改。

陳冀子墓表

余聞宗丈滁樓〔一〕談山陰鄉老宿杜尺莊孝廉、鄔雪舫秀才，俱年七八十餘。而冀子陳先生來，老而倦游，歸自汳中，亦六十餘人矣。道光庚戌，先生閉門卧病，聞余歸自吳中，喜甚，扶其幼孫策杖迎門，欵留雞黍。酒間出示所著述、歌詩，慨然謂：『滁樓宦京師，雪舫、尺莊先後死矣。比年殊病，非子之至，未嘗出也。』居無何，與先生別，既爲詩詞〔二〕贈行，又爲書追寄。及余淮浦別，未及年，而先生歿。

先生弱冠，以諸生出游。自百公齡總督兩粵時，即爲掌牋奏，跌宕甚豪。海盜張保崽投誠，先生在幕，適兆其謀。百公欲以軍功敘其官，乃固辭。自負其材，襴衫從舉子，屢試南北闈，老不能一第。幕游遍歷閩、浙、淮、汴，雖諸公折節事之，而窮殊甚。最晚與同邑施兵備熙，交尤篤。兵備守衛輝，余就其女弟婚時，先生主講淇泉。余以宗丈與先生先相聞，居一月間，談蓺甚歡。見余行篋攜方侍郎評點史記本，借錄其副，爛然朱墨，蠶眠細字，盈於簡端，而書勢尤嫖姚。蓋先生工詩及書，皆有名，顧性傲僻，舉止岸異，視時流齷齪如糞壤，時或夤緣謀一紙書，弗可得也。先生詩既成，老而有志，爲文慕歸氏、方氏義法。得余史記本後，又自益以侍郎集及佗評史記者百餘家言，悉錄於後間。自爲文遂亦盎然大得熙甫、靈皋之勝，獨自以老，弗能竟其學爲恨。嗚呼！可謂勤哉。

稽山，東南文學藪也。自余歸而求之，薦紳先生不謂闇然僅數子耳，乃先生歿，而鄉中又唯宗丈一人，而其仕亦不達，何其衰之甚邪？天之生材，能幾觀於一鄉，其賢而才者少，而且窮若是，彼暢然得其志意而富貴者，伊何人歟？夫又豈獨一鄉之盛衰哉。余與妻兄施提舉焞，皆先生忘年交。提舉告先生歿，因就所知爲文，未及銘，瘞將付其子而表諸原。吁，蓋念先生有足愧者。

先生姓陳，名祖望，字冀子，又字拜香，號睟翁，山陰縣學生。所爲詩若干卷，附文及詞若干卷，爲今南河總督楊公以增刊於淸江。史記集評疏證若干卷，存於家。子一某。孫一某。

【校】

〔一〕樓：癸未本作『甫』。下同。

〔二〕詞：底本作『詩』，據癸未本改。

彭子穆墓表

吾友彭君子穆，以咸豐元年辛亥七月二十有四日卒於家。越月七日，君兄昭堯以君葬於君所居長樂邨之後山原。又明年癸丑，其友馬平王錫振始自京師爲文表君之墓，蓋君之卒已三年矣。

君諱昱堯，字子穆，又字蘭畹，廣西潯州府平南縣人。世業儒。曾祖淑，歲貢生，官養利州學正。祖廷柱，府學生。母氏甘。君生百日而孤，母氏教育。年十餘歲，補縣學生，試常高等。道光甲午、乙未間，學使者楚雄池公生春，按臨潯州，一見大擊賞，目爲國士。攜之桂林學廨，將以其所學者，使畢學之，欲其大有成，以爲用於世也，其聲乃大起。

君時方鋭治諸經，爲古文詞，奔騰浩瀚，有蘇洵、軾、轍父子之風。感知於楚雄公，尤激昂淬厲，才氣自將不可一世。時爲歌詞，縱恣橫逸，光色萬變，相引而益奇。自楚雄之視君，卽君之自揆，未有不日月變化者也。嗣不一年，而楚雄歿。而君數試於鄉，不得於有司。時粤人士希爲古文詞者，自君爲之，而人多效之。時永福呂先生璜，罷官自浙歸，主桂林書院，又以古文詞爲鄉里倡。君以所質於楚雄者質之，於是君又聞當世所稱歸、方義法者於呂，而折節從之，一屏材氣，委蛇繩尺。道光丁酉，鄉試中副榜。庚子舉於鄉。五會試不第，衣食奔走，薄游燕、齊、梁、粤間。在京師嘗一見上元梅先生曾亮，梅故出桐城姚氏，而以古文詞名當世者，君又以所質呂先生者質之，於是君文蓋數變。顧其材氣所長，得於天之獨異，而爲人所不可及者，故以見知於楚雄者，爲獨眞云。

君旣以文詞自雄，尤矜風節，慨然經濟。當楚雄公歿，君經紀其喪，將送之滇，適楚雄人至而止。君復爲桂林謀其家事，纖悉畢至。粤人士念楚雄者衆，君率倡爲專祠桂林以祀。楚雄攜君學廨時，又得臨桂唐啟華子實、劉敬中蓮丞。兩人者皆茂年，而子實材器尤異，楚雄使君兼師友之。余亦因楚雄得與君交。三人者，相愛重，以文章道義爲切劘，歷十餘年，顛倒離合，久而情性彌相篤嗜，每相視洞肝膈，未嘗覺其爲兩人。

君居京師日，潯州守顧君元凱甫拜官，而迹君訪焉。君舉其鄉利弊井然，顧欲君與之偕。君以告余，而余尼之。君亦以方試事，又恐徃弗能如所謀而止，而手疏潯數要事者示之，首言治盜事尤切。至余見，詫曰：『子毋使人爲郅都鷹〔一〕邪？』君曰：『然。吾所言特禍未發耳，異日當思吾言。』乃歷數年，而粵盜起，逆全果出〔二〕潯之紫荆山。余從前大學士賽公南征以歸抵桂林，問君家，卽請於賽，特牒馳君，使出方畧。嗚呼！何期牒之至門，而君已殯寢也？

君臞面〔三〕長身，容色常黧，兩頰有黑痔起如月，積勞則見。既屢不得第，浩然將歸，奉母著書。其游粱久，值河決中牟，圍開封城幾陷，君實居其中。至粵東佐學使幕，渡海試溪厓〔四〕，皆不死，而殊已困。獨少暇逸則劬書，益治所爲文，雖舟車不少休。余既事，與君久別，旅病幾死，不相聞。子實亦索居其鄉。聞君自五黜禮部歸，容色益悴，及家，數月病，醫者謂其血涸死也。

嗚呼！君之才，使其學大成，其爲文章，吾不知其於古人者將何如？而天不假其年以死。既死，而所爲文章，吾不知其於古人者將何如？而以吾觀之，其於當世所號爲能者，殆未或遜。而粵之人士之知所學爲古文詞者，實自君始。君以風節經濟自勵，又未嘗一設施於世。君死，而紫荆山賊猖擾，至於江介之間成燎原之勢，禍深患極，幾若旦夕不可除者，君獨見之數年之前。使其所爲而成，將芽糵折之矣，徒一守令事耳，乃使吾今徒思君言而獨痛之。嗚呼！亦君之命也夫！亦時也夫！

君之卒，余與子實皆若有所失者，竊然自恐。君之葬，余方在軍，未及銘。一年，歸京師。又明年，君從兄弼堯來，始克爲文，綜君之大者，使歸表於君墓。君子一，恩慶。其詩文曰怡雲樓藁若干卷，將與子實定之以行世云。

【校】

〔一〕鷹：據咸豐本補。

〔二〕逆全果出：底本作『始』，據癸未本改。

〔三〕面：據咸豐本補。

〔四〕試溪厓：咸豐本作『歷瓊厓』，癸未本作『試瓊厓』。

翰林院編修曾君墓表

君諱克敬，字躋堂，又字芷潭，廣西平樂縣人。先世自廣東行賈而西，乃家平樂。君祖父歸農及君，篤行有文，起家爲諸生，卽有聲庠序。余因桂林商麓原、龔茂田聞君。道光戊子，君以優貢生廷試，歸，聲益起。所爲詩詞甚豪，人争誦之。壬辰舉鄉試。癸巳，成進士，改翰林院庶吉士。乙未，授編修。嘗充國史館纂修。戊戌，卒京師。

君既爲翰林，屏居自課，館閣文字甚精，不復爲歌行快意之作。貌清羸，多疾病，薄禄不能給。歲以家資自贍，漸貧。自官京師，不攜家室，獨居尠歡。常以年命自憂，人亦以是憂之。顧清修自好，時人方冀君既以文學侍從，將循致通顯，無論其柄世事，必能自樹立不混混。卽其所操履，固已足爲時砥石，厲世摩鈍而有餘也。

君少孤獨，母老，有弟克家能持門戶。君在京師，既念母，中復喪弟。益不自聊，數欲歸未果。及計定將謁告，則已病深，迄不能行。所居門館湫寂，老屋數楹，既病，亦不妄出，日唯瞑目趺坐其中。故人或遺君書，謂君『職清美，宜天上鸞皇』。君復書愀然，獨自謂『如桓山之禽，別離苦耳』。凡鄉人至者，則倒屣出問鄉中事。丁酉冬，余始至京師訪君，門外雪深尺，君時病已久，傫然擁一藥鑪。客至送迎，風寒，懼不敢踰庭闥。語及少年歌酒，及當世奢淫干剌事，猶顔頳氣逆，舉手如障面塵。葢其嚴潔之性出於天，固宜與時相背棄。獨天之畀之者，而又若甚之，一不使之得遂，以成其用。至於勢禄名位，又若自有其人，將必屬之恣睢酣嬉之流，雖以其不材，致事隳壞，而若不爲惜也。是不可知者也。

君卒，子方幼。其友曹君桂亭，以君喪歸葬，且數年矣。余與君識未久，而君死，顧於君有不能忘，而又不能使君之必有以傳。君子長矣，不能悉君事，尢可悲者。乃著其大畧，以表君墓，且使其子悉焉。

翰林院檢討時君墓表

君諱大杭，字葦舟，廣西灌陽縣人。先世嘗以進士官縣令者，君之從祖也。君祖、父皆爲儒。父某，生君兄弟五人，獨君以文學稱。

余始游桂林，與君爲諸生，衆中相與稱述古誼，異君言篤，乃數往來，知君爲同縣陸先生錫璞高弟。道光乙未，舉於鄉。丙申、戊戌，兩會試，成進士，改翰林院庶吉士。庚子，授職檢討。君爲庶吉士，嘗假歸一省其親，乃攜妻孥就官京師。癸卯，充河南鄉試正考官。命下未行。一夕，得風疾，幾死。自是病不能興一年，於甲辰三月卒。

君質謹願。邑中自陸先生以濂洛之學教授，君從游久，濡染，益務自檢飭。讀書於諸經義疏、通鑑綱目外，戒不敢妄漁獵。當爲諸生，治帖括有聲。及居翰林，又嘗充國史館修纂官，日唯精館課，間及有宋五子諸書，所業皆能得心。不稍假飾，以炫於物。獨薄祿弗自充，君又狹中，故益焦然憂生事，唯自刻苦。端居，斗室蕭然，矗具几榻，布冠緼袍，日伏案捉管，作蠆尾書。天寒，朔風戰牕紙，聲槭槭然。余每過之，入門扣呼，則君未嘗不隔窗應如響也。

國家重科目，翰林官尤清美，百餘年來，名德碩望，多出其中，朝廷所以豢畜之者愈至。翰林一有聲，或試高等，率起遷，不日月得大官，柄事權，人爭趨之若鶩。及君時，同官爲編檢，已百餘人，最盛，然亦以漸壅塞，而諸君多意氣豪宕，淋灕歌酒間，車馬紛馳，日夕填溢津要之門，展轉求交通，猋馳景埘成風氣，不知其不可也。粤西偏遠，士夫多樸畧，每進士歲，不過數人。或不得翰林，得又或不高聲望，遂苦而求出於佗途。君獨閉戶自精，不干時進，亦不苟自抑退，惜不得遂自樹立爲時勸也。

君偉軀幹，不似中折者。及病，始蹶然死，既稍甦，漸能言動行立，然久弗瘳。甲辰春，病復劇而逝。妻某氏，亦相繼歿。子二，妾某出，一又殤。嗚呼，酷哉！

君既歸葬久矣，同年蔣立夫與君同縣，繼君爲翰林者，責予文。謂不可已，乃爲茲文復立夫歸以表焉。

誥授朝議大夫前直隸廣平府知府楊公墓表

惟清道光二十有五年冬，故廣平府知府楊公卒於京師。明年，其孤寶臣，匍匐扶柩歸其族之新塋於浙江海寧州，待時日而後葬。既以公狀走求其鄉陳御史慶鏞爲文銘幽，又以書寓余乞爲文將表諸阡。唯余及寶臣交最久，同官京師，以通家子見公。公從寶臣得余所爲文，獨許謂『異日當爲一家言』，以其鄉文人朱梅崖所爲相況儗。今爲公表墓，曷可不文辭？

按狀，公姓楊氏，諱兆璜，字古生。先世江南。至明，有以功授邵武指揮同知者家焉，爲邵武人。祖春秀，考煐〔一〕，皆以公貴，贈大夫如公官。妣封恭人。

公生六歲，就塾讀書，目數行下。年二十，補縣學生，以古文詞受知郡教授吳先生賢湘，吳先生稱『畏友』。家貧，槖筆出游。嘗一渡海，赴人聘修臺灣府〔二〕志，不合而歸。讀書邑之萬峯菴，勵志勤苦。嘉慶戊辰，中福建鄉試舉人。己巳，成進士。辛未，補殿試二甲，以知縣發浙江，補金華令。癸酉，充浙江鄉試同考官，得邱登等八人。閱汪家禧經文卷，曰：『此漢經師說也。』力薦不得售。汪故浙知名士，久沉抑者也。丙子，授豫東事，例捐升知府，選廣西柳州府。抵任七月，丁母憂。又以事棄官。道光壬午，復以籌備例捐復官。壬辰，選直隸廣平府知府。歷五年，送部引見，休致。

公性高伉，不能逢世，兩得郡守，皆以忤上官落其職。官柳州時，案有緦麻姪毆殺叔父者，論辠如律。上官素有嫌，劾以有心入人死辠，而公亦揭告大吏諸犯贓不法事，成大獄。欽差出覆讞其案，與公所揭皆得實，大吏以辠論戍。公亦以揭上官，論革職。及官廣平，且年將老矣，氣益蒼。或有諷公宜稍夷易以赴時者，公咄謂：『吾輩讀書，縱不能行所學，奈何使千載陶令笑？』人顧其材識周遠，高掌遙蹠，挺然能自樹立。與人忼慨見肺腑。或以橫亘相向，必洞擢其隱微，而莫之遁。當時雖以窮凶巨奸，魁特之才，挾其雷霆水火之勢，日相尋於不測者，公〔三〕傴傴自將不稍濡忍，或改易其所爲，卒使其人波餤自戢。獨彼陽遜而陰賊之者，肆其毒螫於不可知，則公又灑然談笑，謂：『若雖我陷，不能不我懾也。』所官能任事，在金華成通濟橋，民去思之。武安滏河，舊有隄，歲久漸傾圮，邑令議復修，令民捐貲，而素不得民，官民相持幾變。公適以公不在郡，權守者大惶遽。公聞，疾馳還，而先以雍正間成憲爲示諭，馳曉之。及郡城民已大定，又令民輸資悉自典，出入不由官，獨戍持官者三人，而調令佗邑，數月集事。以元太史令郭若思，治滏有功，建滏水神祠祀焉。或昧所由，議以淫祠，公笑弗辯也。

少壯盛才氣，博覽羣書，自經史以下，縱橫百家之言。及服官，雖繁劇，公餘，恒手一編弗置，所至恒以數千卷相隨。尤耽山水，弗視家人生產。自罷官柳州，及得廣平，中十餘年，遨游江湖，周歷幾徧天下。一至洛陽，觀東都形勝，尤憑弔感激，作爲歌詩，奇鬱駘宕。登嵩高，冥搜累日，不欲還。時寶臣方偕家人困窮嶺表已十餘年，一日，忽得公家書盈寸，喜躍開緘，則累累十餘紙，皆其所游嵩山奇勝及攷定澗、瀍、伊、洛水道、前代興亡遺跡，弗及一言家中事也。晚罷廣平，寶臣已援例爲戶部郎中，就養京師，時年六十餘(年)矣。故舊彫零，勝流相過，猶能抵掌縱談古今事，磬欬若鐘簴，間出一語，恒令座客爲之橋舌。四方傳其丰采岸異，或望之不敢近，顧其中，實坦然理道。閱事多，所學亦漸歸涫約。京居湫隘，嘗以亢坐堂皇，日攜寶臣對校司馬遷史記及明史二十四家之言，凡數周，昧爽丹鉛，必竆日力，至將曛黑，猶就風檐逐餘景。故短於視，人望見之，但手中編，疾而上下，若不給者。又當時事艱，每薄暮閱邸抄，輒輟案起立，卷書叱咤，或繼之涕洟。一〔四〕日慨然大書揭其壁曰：『天下，勢而已矣。古今，運而已矣。天地之德，好生而已矣。聖人之心，純一而已矣。』書擘窠，而語尤旁魄。嗚呼！公之心殆熟察夫天下古今之變，而深究數千年上下學術治術之異同得失，用慨然於天時人事竆通之際者而爲是言。嗚呼！此人之所以有憾於天地之大，而聖人之心之有時而莫如何，而究歸於純一，以與天爲極者。故晚尤服膺(宗)〔宋〕儒者言，謂其所學實能纂繼聖道於滅絶間。嗚呼！彼紛紜馳騖者，何足以知之？

余與晉江陳御史慶鏞、會稽宗〔五〕御史稷辰、建寧何刑部秋濤數君，皆及公晚歲辱知愛者。余最譾學，而竊好撰述，故獨著公讀書、行事之大，以竢寶臣歸葬而表諸阡，或不誣邪？所著文若干卷，未刊。詩曰東霞山館集，行於世。子寶臣。孫三人。

【校】

〔一〕煐：咸豐本作『熀』，癸未本作『瑛』。

〔二〕府：據癸未本補。

〔三〕公：據癸未本補。

〔四〕一：據癸未本補。

〔五〕宗：底本作『宋』，據咸豐本改。

卷八

黃先生哀詞

先生諱炳，字藹士，江西新城縣人。道光壬辰冬，余識先生廣西提督蘇公幕，因執贄請業，從游者三月。稍知學，而先生病歸。明年春，客自新城來者，言先生抵家三月卒。

先生之歸也，蘇公挽之力，先生固弗許，自言病甚，然飲食寢起如平常。艤舟河干，余走送，先生喟然曰：『余病在膏肓矣。余年弱冠，奔走謀食四方，垂三十年。風雨寒暑，憂愁怫鬱之故，日爍其中。譬爲國者然，四方恬熙，海內晏然，而其中空虛，上下將亂，苟相蔽匿，以飾爲治，一旦禍作，不可及矣。』

先生貌修偉，鬢髯若神，言詞侃侃，望而知爲有道。言學，首篤行，次治經，而後制舉業。嘉慶戊寅，鄉試中式。會試禮部，不第。由景山官學教習期滿，以知縣用，未銓。族子某宰柳城，延先生主鳳山書院。柳人士知爲帖括，稍涉經義，先生教也。先生二子：墉、均。歸之日，嘗手書其生年、名字授余。將十年矣，新城人來者，言墉又歿，肅然常懼孤先生之意於我也。詞曰：有沃其根，莫擷其華。有酌其源，莫揚其波。喬松易摧，隰楚倚儺。矧茲曲櫱，又札有瘥。天嗇其身，宜大厥後。我塹荒植，毋歉厥畝。唯時播菑，執以永久。庶幾秉穗，利及寡婦。

秦先生哀詞

錫振自七歲，依姊氏劉柳州。十一歲，就先生塾。六[一]年，受四子書及諸經。將徙業，先生挽之，使出應童子試。邑子以余新隸籍爲難，先生左右之，卒得試，補學員。明年，食廩餼。姊氏曰：『唯先生之教，使弟有廩食，吾今無憂弟矣。』

先生姓秦，名昌岐，馬平人[二]。自先代教授里中，及先生四世，文學冠郡邑。爲諸生二十年，試必壓其曹，年四十餘，始爲己亥科鄉試舉人。庚子、辛丑、甲辰，三會試，不第，歿京師。

先生久困，游於醫術及陰陽、相墓、相宅家言。余姊多疾，疾則請先生方。先生九憐余，雖倉遽，必輟所事視之，日再三至。後姊竟以先生方，疾漸弛。余故好稱先生醫，而先生欿然。獨自喜其峯巒形勢、九宫八位之説。方余卜厝先大父母桂林，先生爲求地，暑日，持蓋偕余行數十里。一日垂暮，飢疲，行野田中，大風雨至，膝水漫溢，躡磧泥淖中數里，始得人家飯。而余先大母今厝地，蓋卽以是日獲之。嗚呼！先生之於余，其懃且篤者，余幾莫能自詳，而唯是依依於死喪、疾病中者，爲九不忘也。

先生嘗游山東，困甚。來京師，館於余，則疾已深痼。自虞甚，藥石襍投。復厭久客居，處常不怡。余冀先生善自治，當日月愈。及榜發不第，又冀速歸，見故鄉妻子。歸不成，投醫益弗應，余固知將不起，而日束手對。先生容色悴枯，漸就牀蓐，淹然以終，豈非酷歟？余生也不祥，追維倫紀之間，摧殘凋喪，至於二三師友。凡及余相親愛者，亦多困頓窮蹙，或且淪於死難。彼人之致毒於一人也，往往毒之至深，而遂波於其所親愛。豈余之無狀，其獲辠於天者，有罰其身之不足，而亦波及於其所親愛者邪？不然，如先生者，而天之降罰，壹至於是，獨何説哉？

先生之喪，旣殯城南僧寺，將於鄉人之南歸者，祔之以歸其家。乃爲詞以告余哀。

詞曰：嗚呼先生，命之窮邪？旣靳之以富貴，又將隕其軀邪？捨家室之安全，而羈旅以終邪？魂夢夢其湍歸，毋山川之封邪？撫睊睊之寡弱，毋魂魄之恫邪？嗚呼先生，余復何詞？念吾身之卑微，唯先生之所貽。慨少小於孤危，時黽勉其相依。冀恩義之永託，何中道以長離？眷夙昔之所懷，雖百一而未施。嗚呼先生，魂兮何鄉？毋九原之棄子，胡夢寐其未遑？感余生之貧薄，豈修文之或忘？凡君事之未終，皆余肩之所當。一死生其皆數，願泉壤之毋愴。

【校】

〔一〕六：癸未本作『五』。

〔二〕馬平人：據癸未本補。

張亨甫哀詞

余曩與永春賴子瑩交，識亨甫京師。亨甫一見，稱余詩。相與招邀入酒肆，豪飲淋灕。戟手談天下士，譙讓一不得當其意。夜深既醉，大風雨雷電交作，踉蹌別去。數日，亨甫聞母喪，還建寧。

辛丑、壬寅間，海疆寇亂，亨甫出游閩粵之交，益窮蹙。癸卯秋，前臺灣兵備道姚公瑩，檻車徵京師，亨甫獨偕。及姚公入部獄，亨甫臥病城南客館中。余往視之，纍然擁一藥鑪坐木榻上，語輒氣上喘，慷慨言天下事，面頸皆赤，不自休。當是時，姚公禍且不測，尋乃獲寬詔，出於獄。於是京朝士夫與姚公親故、或意氣相感激者，皆置酒相慰慶，而亨甫病亦小瘥，傲然儔伍中。人皆以亨甫新病，宴飲不相聞，亨甫必怒責之。或徑造門求飲者數矣。尋果以是病復作，危甚。日出其平生所爲詩尺餘，自定之。而請桂林朱御史琦，執卷牀側，窮兩日功，盡甲乙之，以屬姚公而卒。姚公既受所爲詩，復挾其喪以歸。蓋公於亨甫交最久篤，兩人者以患難死生相惓惓，人咸謂亨甫死，得所歸也。

亨甫以詩豪，而自始交余及再見，稱余詩。余好爲詩，而故弗工。佗日子瑩來京師，問亨甫卒時事，乃曰：『亨甫平生於人少可者，而交君晚，獨稱君弗置，是殆有深相見者歟？』嗚呼！余之得此於君，蓋自莫識其所以然，是可念，抑可悲已。

詞曰：志高乎天下，而謀拙於一身。道合乎姚公，而行背乎今之人。嗟夫如姚公者幾何？而滔滔者皆人之情。宜君之絀於所往，而轗軻以畢生。

石子英哀詞

余甫官京師，嘗爲書與粵中故舊，自陳侘傺。寶山見而移書責之曰：『子學未治心，陽明子之言，宜三復也。』余得書憬然，蓋嘗及君論陽明子心學云。未幾，君會試京師，余過之。城東一廢寺中，聚其鄉人嘗從學者五六人，各橫一几，環居敗佛前，相向讀，聲達戶外。試不第歸，則又攜其徒授經桂林。余自京師假歸，將訪之，人言君病以歸。不逾月，而聞君死，又未有後。

嗚呼！制科以文詞末矣，然舍是則益非術。夫以其術，固將勤者獲，而惰者絀；業精者當，而不精者弗可蒙也。而事往往不然，則僥心者眾，而篤志希。非人心世道之可憂也歟？余始及君同業桂林書院中，一日，天未明起，院中唯竇山居猶鐙火。乃啟其扉，竇山擁絮方蒙頭臥，一檠星然立案上，案下藥鑪猶爇。余嘗語君：『士之一身，進退遲速，萬事皆有時攖，生者不達而亦非道。』嗚呼！余言不知君之辨之否？而君既死，則君之言余其何以無負之哉？

君姓石，名耀曾，義寧人。以拔貢生、鄉舉，皆余同歲。

詞曰：佹變佼特，紆青拖墨。蚤夜仡仡，瘁死泯沒。其中嚻然，飛行上天。伏而專精，膏爍自煎。夫匪自煎，窮達者天。豈泰盜跖，窮皆顏原？弗逸以全，獨勞以顛。嗟唯同志，寡又弗年。謹身而樸，君實薄稟。肆行將困，余其能永。君逝宜悟，魂兮逍遙。余將弗達，爲辨爲招。

黃香甫哀詞

余往識漢陽黃錫祖香甫於桂林呂先生璜，長身癯立，穆然禮讓。好爲詩，而尤工書，於古人必求其最上者。既余假寓城東李氏園，香甫適來館此，兩人者相值交愛慕。

李氏其先有松圃老人者以詩名於時。小韋承其父業，又張大之。香甫居館舍，方不得於其所同儕。同儕交訌，而小韋獨相昵論詩。余因香甫識小韋。宛平人王少摩，適挾其所爲詩，自江南來；平南彭子穆、臨桂陳桂舫，皆爲詩有名。於是數人者相上下，其議論意氣增長，日夜爲詩歌相角，狂吟劇飲爲樂。俄，少摩去桂林。香甫娶有室而稍困，出爲人掌書記，游粵之邊壤太平、龍州諸郡邑。余亦由是往來南北，不復相見。

歲丙午，自京師假歸。香甫乃客桂林爲書記，有聲。訪之不出，數詣而後得見。香甫故清羸，及是顏貌益尫瘠，氣若不勝其體。索其詩讀之，清俊激越，而多悲峭之音。蓋香甫挈妻孥，以衣食奔走遠鄉；又聞其母死，不得歸葬；獨久客蠻溪猺峒間，荒雲野水，風餐露宿，出入魑魅蠱蜮之鄉，貧且病，瘁面瀕死者數矣。故詩益工，則身益憊。而時小韋亦久病於家，偕香甫造之。三人者，仍各執一卷相推詡，然往往齎咨太息之聲。憶向日坐小韋池館，風雨深夜，酒酣抵足，香甫踞牀，持座客詩，評隲高下，肆意徑情，一不顧人顔色，詎不豪甚？離居十年，春秋皆及盛耳，而皆退然不勝，何衰之早若是！然吾觀兩君詩，皆益精，意其業之將成，必其德亦日進，而不復以意氣盛衰。

居月餘，游廣州，與香甫別。香甫以其先人傳志屬余曰：『必見子文。』余方諾之，而未以爲。客廣州又數月，鄉人自桂來，言香甫死矣。

香甫娶李氏，未有子。一兄出，就香甫，香甫爲謀室，亦未有子。香甫尊人湄雲〔一〕，嘗官浙江漁浦巡檢。嘉慶二十五年，盛京修戰艦，徵材工浙江。漁浦君奉檄往還渡海，值颶覆舟，其長子從，皆及難。後十餘年，香甫仲兄游漁浦，一舟子訝其狀，曰：『黄使君子乎？』拜而泣曰：『使君活我久矣。』及岸，爲仲負任登陸，送之數里始去。蓋舟子嘗爲竊，漁浦君屢釋而貲之以易業者。呂先生與漁浦君友善。漁浦君歿，家杭州有子六人，一以蔭出爲簿。香甫於兄弟最少，孤弱將不自存，呂先生罷職歸，乃攜之桂林。蓋由先生，亦可以見漁浦君者。余既諾君屬之文，弗克爲俾君見之矣。聞君死，深悲，乃合撰其先事，且爲詞以抒余哀。

詞曰：哀哉香甫，神清氣穆，宜澤其身，胡坎壈爾，長歸隱淪？才高志上，宜發其聲，胡拓落爾，業亦未成？先德未彰，不播其芬，而艱室家，後且乏人。銷聲戢影，蕲以自全，何天不弔，並嗇其年？嗚呼香甫，生其已矣。矧曰身後，何有譽毁？念子諄諄，余其能任？有弗能已，昔者之情。飄然何來，倏然何往？與世未涉，本眞奚喪？桂山之坪，馬鬣其新。後稽游寓，吾言有徵。

【校】

〔一〕雲：據癸未本補。

賴子瑩哀詞

余在京師，前後往來十餘年間，交游殊落落。自維涼薄不彰顯，弗爲當時賢豪所趨向，顧以其耳目所聞見，及諸其心之所欲從，嘗百不一二焉。而時還憶窮交數子，其志趣術業，多有爲當時賢豪間所弗逮，毋書所謂『人唯求舊』者而不自覺歟？余昔於靈川得二士焉，曰龔孝先、蘇虛谷。始游京師，二君偕，由二君得閩賴子瑩。

子瑩以能古文稱，獨見余文喜甚。時同輩多爲詩者，而肆力於文，唯平南彭子穆及君。後又得仁和邵位西，位西斷斷，於人少可者。其後又見上元梅先生，先生古文名一世，自吾文見許於先生者，雖位西刮目焉，獨君又弗盡然。余屢欲使君與梅先生見，數期獨不果。君性淳泊，讀書弗求多，而必有心得，爲文澹然而深。初見知於其鄉陳太史恭甫，所學多出陳。繼又與同郡高雨人〔一〕論相洽。道光壬辰，舉於鄉。久躓公車，而聲漸起。閩爲古文者，乾隆時有建寧朱梅崖，後又有邵武吳清夫，君所爲文，在梅崖、清夫之間，其深造者，或梅崖有弗及。

余自庚子會試時與君識，後每來試，必相見。顧每見，君則容益悴，而其爲文日希，蓋君所遇有窮焉者。甲辰，大挑二等，得教官。在京師復一年，每言其歸，當就食此官，而不復出，以盡其力於文，而孰意其死也？哀哉！

乃爲詞曰：嗚呼子瑩，何頎頎兮？大顴深目，厥容黧兮。長冠峩峩，被褐衣兮。九門窿穹，乘單車兮。騰踔飛黃，蹇乎何來兮？我初識君，歲唯庚兮。氣不勝體，言笑溫兮。慨時若夢，氣獨振兮。肝肺醉出，何輪囷兮？發爲文章，厥宜璘彬兮。胡闇自藏，獨杳冥兮？斂色與聲，歸於神兮。我昔城南，獨居索兮。君隔重闉，來剝啄兮。天寒晝陰，共盤礴兮。談吻燥張，命酒酌兮。君羸我孱，不任桮杓兮。薰然同醉，忘酧酢兮。祥霙蔽空，同雲羃兮。隱几頹然，對咢咢兮。夜中獨醒，攬衣愕兮。積雪庭中，橫素漠兮。九〔二〕月昏黃，相炤灼兮。蹴君而起，履舄錯兮。君首童然，巾屢脫兮。浩然長歌，振林籜兮。思彼高原，兎狐樂兮。壯士橐鞬，孰往攫兮？

吾二三子，恒飄泊兮。道遠天長，究誰託兮？視彼瓶罍〔三〕，有殘粕兮。與子更酌，縱橫鐺杓兮。曾幾何時，山河邈兮。彭子不來，游何方兮？龔生嶷嶷，獨先亡兮。胡天材之，命不常兮？與君念此，淚淋浪兮。歲唯甲乙，君復來游兮。抱璞屢獻，明珠莫投兮。儒官蕭然，歸可休兮。我獨縶維，願君留兮。維日暮春，來別我兮。瓜廬深更，臥抵足兮。與君所遭，同坎坷兮。僂而對述，情話瑣兮。我祝君歸，白頭吹兮。吉夢有祥，石麟天墮兮。君謂我居，毋自惰兮。念我孑然，羣居叵兮。其言覼縷，維謀我妥兮。世事何常？如風揚堁兮。甕雞垤蟻，孰揚簸兮？我病既篤，傷道左兮。又卽於戎，親烽火兮。胡茲獨存？翩然歸舸兮。乃聞子凶，數疑而果兮。邵子遠行，王事愯兮。梅老言歸，退身早兮。時方亂離，世孰料兮？東南震蕩，殊擾擾兮。連城若崩，殺人如草兮。念行與居，不可常保兮。君其觀此，而自槁兮。呱呱其生，孰將爾媼兮？我生贅然，行在淖〔四〕兮。不悲悲君，難忘昔好兮。詞爲君哀，盡我道兮。地老天荒，後將攷兮。

【校】

〔一〕人：癸未本作「亭」。

〔二〕九：底本作「丸」，據癸未本改。

〔三〕罍：底本作「瞿」，據癸未本改。

〔四〕淖：底本作「罝」，據咸豐、癸未本改。按「罝」卽「潮」之異體，意不類。

戶部郎中丁君哀詞

君諱彥儔，自號鹿垞，河南光州人。道光己丑科進士，改庶吉士，散館，授主事工部行走。歷十四年，以庶吉士班選爲戶部四川司主事，薦陞員外郎、郎中。咸豐元年秋七月，卒於官。

君顏貌魁梧。方選四川司主事，舊傳補是缺者，率不親履任，親履任不宜官，君不爲意。既兼行走福建司，與余爲同寮。君之來，言動侃直，寮屬或且駴之，余視之獨多中理道，不唯不駴，且相善也。戶部筦天下財賦出入，事繁於工部，福建司於本省外，又筦順天五城及東三省事，故尤繁於佗司，才儁之儔，爭躡足焉。君來未久，卽夷然去之。顧凡薄書期會，茻然叢襍，一切之事，於四川司，獨優游而就理，於是居戶部漸有聲，上官恒以事相專倚。君亦巖巖守其常，弗與時爲翕訿，同流多敬畏之。九樂與鄉人官京師者，以行誼相切劘。年輩日高，大河南北人士，咸歸望焉。或有所疑難事，必諮君以爲決。獨京宦貧薄，經十餘年，君又自强，弗忍爲柴車緼袍，蕭然齷齪狀，以是殊稍困。今上御極新政，煒然渴求天下人材，詔内外大臣各舉所知，尚書戶部今大學士壽陽祁公薦所屬僅三人，而君與焉。人謂君由是且大起矣，而君遽卒。

余與君同寮，時嘗往來通款曲，繼是殊落落。及余在軍中，聞君喪，計京師人材如君者而死可惜也。且夫國於天下，必有與立六卿百執事之屬，得一人則其事治，失一人則其事亂。卽至鄉邑郡會之間，亦唯賴有一二人者，其平時之材望，足以振起之。當無事時不見，必待有事，而其效乃可觀而識之耳。余之歸京師也，閻君敬銘日謂余曰：『鹿坨與君殊善。』余曰：『唯唯。君何以知？』閻乃復言君每聞軍中事，輒太息，謂君在軍，宜有所爲，曰『吾知其人之有識也。』嗚呼！余其負君，可痛哉！

詞曰：咄哉丁君，人中之豪。潔清自持，而魁壘不恌。不知余之知君，其不負於君之所望於余也。愛而弗見，其能已於心之忉忉？

祭王文恪公文

嗚呼！唯公之生，木立若偃。其外則樸，而中則剛。方舉世之波流，而公獨守。方唯克其於爾職者，乃夙夜之無忘。衆委蛇以守位，而公獨琅琅。非堯舜之道所不敢陳，豈齊人之敬王？

自立於朝者今三十年，食以蔬藿，衣以浣敝。讜言正色，不懈於位。不知其臺閣之相羊，庶言庶獄，羣相率而弗敢後兮。思倖者抑，敢千者絀，而正士昌。是以所至者理，無俟乎權勇智術，而海内之事，大小纖悉，唯平唯康。天子知股肱之可倚，而畀於贊襄。當均安之儼然，孰乃患於寡貧？彼傾側便媚，雖心誹以目忌，而四海有慶。慨國家之方盛，搏海波而欻揚。況其事之弗成，又吾令之不行。唯公始謀以愼，既已絀人之張皇；繼矢以果，又忽阻於羣之怯恇。天下之事容幾誤乎？於是敵人斯得以乘間而大恣，其横儳隳城以薄邑，成妖餤之鴟張。彼抱關者伊何？竟莫遏其披猖。使中禁之臣譁然四出，如薪之油，如沸之羹，煌煌乎，赫赫乎，以百年之泰盛，而遂淪於一日之周章。視彼娼嫉，其勢與力，既不能投之有北，而屏於遠方，痛弗能起之於重淵者，又不得察其盆覆而轉於當陽。人皆以爲是天數之使然而不可挽也，而公以爲吾謀之弗臧。人之藐藐，公之皇皇。人之翕翕，公之涼涼。

嗚呼！公唯以其身爲天地萬物之身，故推以至於成仁而取義，而不可以狃吾直。方以是食弗甘味，寢弗沾席。競鬱紆而成疾者，恒早夜以倉黄。唯公痛國恥之未雪，民生之遭毒，如骨之有創。顔焦墨而神黯抑者，懟羣士之蜩螗。

何天災之迭降？縱秋河以汪洋。將魚鼈夫萬衆，而城皋千里，沒於懷襄。帝咨公之忠誠，使持節乎鄧襄。公頓首受命，力疾以行羣方。爲公艱其任，而憂命之無方。迺公則視彼溝瘠，如食之在吭，殆將存則俱存，而亡無獨亡。彼河之神，肅肅皇皇。我公之誠，格於幽明。策風伯與雨師，拔鱗屋與龍堂。鯨鱷徙宅，黿鼉駕梁。白馬前馳，黄牛後猖。吼長波之灝灝，羣悚息而徊徨。公乃肅然而起告於蒼蒼：『果斯民之獲戾，乞殘骸以身當。唯神感於至誠，徙西流而東翔。』萬夫邪許之所不能導，神風萬里，水一夕而徜徉。於是畚者鍤者擔者築者，或趣於隄，或守於壩，奠竹絡與蘆筐。河南之民，頒白負戴，行謳坐泣，思俎豆而馨香。公迺涕泣以疏，告神功於我皇。天子頒詔，勞錫寵異，俾來歸於朝廊。

胡昊天之不仁，遽折棟而摧梁？竟一夕而九原，猶探懷其若湯。奮餘忠於遺言兮，慕事汲之所將。嗚呼公乎，孰知夫游者之不復也？徒煙滅而灰颺。奈何身之弗恤焉？乃萬民之所望。當國憂之未已，豈宜去而永藏？嗟我羣士，背畎畝，釋袒褐，而來臣者，方齊肩於門牆。歎哲人之竟萎兮，徒仰矚而徬徨。唯公之生而正誼，死而盡瘁。誠身名之並泰，而抑又何傷？獨心摧氣咽而不能以已者，實邦國殄瘁而人之云亡。

告亡室匱文

維道光二十有六年五月廿有四日，謹告於宜人張氏：

嗚呼！唯君之亡，於兹三年矣。諏日唯良，卜兆其臧。將以君匱，舁而往藏於桂山之原曰茶亭堡山堰井之陽，距吾大父母、父母之塋方里而遥。由君東望，封樹隱然鬱相望也。

唯君之將逝也，嘗告於君之所戚者曰：『吾得幸而娩男，則吾事可畢矣。生而有夫，就死得依於王氏之域。』君所戚者，聞而畫焉。君之不幸而有是言，豈其幾先之有覺邪？君亡而吾始聞之，吾心疚焉，其何能恝也？吾先塋隙地，殆不足以容吾卜，而藏君於所密邇，吾有子孫將永識之，蓋亦所以從君志也。

君之亡已三年，吾自京師攜君以歸。歷時六月，七千餘里，舟車蚤莫，吾煢煢與行止。君之靈倘在是，而今又將與君訣：而吾且東，吾兹以君往依於吾先人，君毋恫哉。

尚饗。

陳將軍義馬贊

余游粵東將一載，時從人問關將軍天培、陳將軍聯陞死事狀，弗得詳。最後張南山郡丞，出示義馬圖詩册，載陳將軍事差悉。粵人言兩將軍事者，於陳無間言，於關則數數有微詞焉。

蓋朝廷始禁鴉片煙之令嚴，海夷互市諸國，皆已納煅煙土，且爲約：後有賈舶以禁物來者，貨沒官，而人置法。英吉利獨逡巡，泥弗承。久之，服沒貨矣。或慮持〔一〕久將及變，諷當事者稍寬約。關將軍獨張其兵力大可恃，弗允遷議。當事者操益堅。或謂夷變實由是作。而水師兵又實皆駑弱，多望敵反走，故將軍終及難虎門，今祠祀焉。

陳將軍死，時在道光二十年十二月。夷酋義律來攻沙角礮臺，將軍自以三江兵駐臺東，而惠州兵，臺西。夷偵三江兵嚴整，弗攻，間道從山後曰川鼻灣者，登山襲惠州兵，大亂。夷偪臺門，挾敗卒，詐言陳將軍至。游擊張青麟，啟關被殺。守兵拒，敗，多死。將軍聞變，以兵回擊。夷轉據臺門，伏礮中之。將軍子仲，提數十卒守臺南海岸，麾卒奮而仰攻，殲夷頗眾。夷〔二〕據山全勢壓之，亦力盡死。

先是十月，夷嘗以火輪船游奕窺臺左右。將軍擊之。敗走。乃是時戰撫議方未決，當事者責將軍挑釁，故夷艘復至，佗兵皆不援。關將軍時屯兵靖遠，聞沙角急，亦弗及救。或又言陳將軍嘗請於川鼻灣增守兵，官弗應。夫不通天地，不足以爲將。至握重兵，聞急而弗能救，皋孰甚焉？乃若始自張其兵力，堅禁煙之約而弗遷，則不得爲將軍過，人皆從事後追咎於事前之所以成敗耳。夷性犬羊，就當時不堅所約，夷必安然順令矣乎？承平百年，武備盡弛，何獨皋於將軍？使將軍死而有如將軍者以繼，其後安知兵力之果不復振？壯夫一蹶，黠者戒之，而懦者葸焉。而轉齟齬於竭忠盡瘁者之不善其謀，淺夫覩事，節膠而隅執，此足以敗天下大事，非細故也。且如或論如將軍者，亦君子之過，大易所謂『亢龍有悔』，『知進〔而〕不知退』者，豈不可謂勇哉？陳將軍父子死，尤烈。

有馬曰『黃騮』，將軍所乘。夷獲之，飼之，弗食。銜轡之，則踣齧不已。夷怒，而憐其駿，棄之海濱荒島中。好事者持金贖歸，繪圖徵詠，以張其事。嗚呼！斯馬之不爲從容立仗之徒之議其馳驅之不力者，幾何哉？乃爲之贊，並系兩將軍死事之畧如此。

贊曰：馬邪？龍邪？忠烈之所馴邪？精靈之所鍾邪？伯夷之清，箕子之貞。獨不得成功於汗血，而義以爲名。

【校】

〔一〕持：底本作『特』，據癸未本改。

〔二〕夷：據癸未本補。

龍壁山房詩草（一—十七卷）

己未集自序

吾幼也孤，授詩母口。長而失教讀，煢煢與嫛守。哀吾生其無聞，身與世兮叢咎。獨空文之是溺，屢罔悛爲心疢。觀其靡所得於先，亦安有望於厥後？噫嚱乎！已乎未也，歲則逝矣。既弗能爲敝屣之遺，又安用此千金之帚？

咸豐九年屠維協洽冬十二月，龍壁山人自題。

庚申集自序

庚申者，更生也。鮮民之生不如死也久矣，而幸生焉。自少而壯而既老矣，瀕死者數，又數幸生。夫生有生之樂，而獨諸苦生，固不能愈於死也；又且弗能有生之理與生之事，則生豈獨不愈於死？抑不如死，且又不可以死，何也？五十無聞，審不足畏有生猶贅，而況區區枝駢文字乎哉？

歲自庚申，厥時維秋。海水羣飛，漂若鴻毛。卒然以脱，一星載周。庚庚辛承，泣出無聊。申旦優游，夕有其修。爰自庚申，至於庚午，所作自號曰庚申集，續於己未。以煩手民，鋟諸木者，歲壬申也。

龍壁山人自敘於桂林之萬卷山房。

卷一　己未集 庚寅至辛丑

江亭

瀲灩斜陽外，廉纖微雨過。春疑殘夢短，愁與落花多。獨雁哀如此，浮雲恨若何？江亭倦修禊，孤館積煙蘿。

壺城雜詠

方塘達泉脈，迴波澹容與。上有白頭漁，一竿釣秋雨。方塘。

細雨淡曉色，數峰圍玉屏。海棠開未了，紅上錦秋亭。錦秋亭。

半畝羅池在，孤亭錦樹隈。橘香三百本，留待我歸來。羅池。

古洞閟涼秋，松顛白雲駐。山風吹落木，泉聲不知處。鯉魚巖。

將進酒

君不見？淵明歸去來，呼兒種秫城東皋。又不見？謫仙之人李供奉，長安市上稱酒豪。我今不識杯中趣，但覺此意如雲霄。試解杖頭錢，把我金叵羅。芳草綠天末，東風扇微和。萬花開處如綺羅，黃鸝紫燕青春歌。清風明月不用一錢買，此時不飲當如何？不見黃鵠哀，王母頭先皤。咸陽天門起灰燼，建章宮闕徒嵯峨。東門黃犬對兒泣，北平故將逢尉訶。豈如頹然臥榼厰，醒來一弄耕田歌。仙風颯然動簾幙，舉頭明月蟾光薄。手底金波瀲灩生，花枝忽映深杯落。吁嗟乎！夸父窮追何太癡？杞人多慮亦何爲？秦皇漢武今安在？我欲餘杯一奠之。

少年行

洛陽酒樓官道傍，銀瓶酒熟春風香。市門重開日卓午，雲飛不度青天長。誰家少年繡裲襠？呼兒盌灑羅酒漿。妖姬摘阮語悽惻，令我忽忽悲中腸。君不見？

長安甲第淩雲起，車馬盈門靜如水。高堂客散燈火稀，尚書劄行金房裏。車鳴夜半收者來，明日當衢積穀堆。珊瑚七尺不敢獻，粉屑著地生莓苔。十年不過朝天路，爛醉重經舊游處。昔日豪奴作好官，王孫卻傍平康住。古來世事如滄田，侯王大宅還相連。琵琶分明不敢訴，但願歡樂長年年。我今悲來淚如雨，街頭買刀五尺許，再拜焚香慘不語。昨夜城頭太白懸高秋，蹈海剸犀吾與汝。

嚴關早發

野戍頻雞唱，籃輿趁曉行。秋聲攢樹急，山勢束關横。冷雨飛殘夢，新寒犯獨征。道旁閒堠立，車軌正時清。

洞口遲客

洞口薜蘿陰，空山花氣深。亂泉分白石，嬌鳥哢青林。十畝仙居樂，千年喬木陰。還思寇先侣，一爲鼓瑶琴。

虞山有寄

昔日城東侣，相從每醉還。貪看樓外水，重踏雨中山。野鳥能迎客，林僧常閉關。結廬頻有約，幽夢未應閒。

彭子穆昱堯歸平南時學使楚雄公新喪余送子穆亦將歸柳州也

海上成連去，秋風一夜生。此時抱緑綺，淒絶雍門行。落木含商氣，清歌懷徵聲。君行坐孤舫，高調復誰評？

舟中風雨望衡山不得見

我來直挾湘流東，江山變滅誇清雄。昨不零陵望衡嶽，挂帆未覩神先融。江頭鼓枻羨飛鳥，一雨十日愁篙工。朝來湘水凡幾折，狂飆作浪搖孤篷。此時天地在蒼莽，雲霧噴洩神靈宫。中峰高絶落天外，萬仞合沓青芙蓉。我知元氣闔造化，炎荒屏翳神爲功。逶迤寶蓋導仙駁，鞭叱箕伯驅豐隆。蕩滌山川淨邪濁，詎有靈降齊高崧？山中白衣如可逢，我欲青天騎白龍。未能攀陟叩昏靄，但見幢節遊虛空。平生五嶽始屬目，怪此奇景詗溟濛。江船夢醒出湘口，山巔嶽寺聞清鐘。明日鳴榔泛巴岳，還思五兩邀神風。

窯頭口月夜望大江同雷學博

大江東來高拍天，天東月出江心圓。布帆一日出江口，水天景物何鮮妍。昨從滎陽渡河來，炎天酷烈愁車轆。十日買舟溯江漢，始覺身骨稍輕便。襄樊一帶擅林麓，船頭風日來無邊。揭來江月始生魄，西岑日落山蒼然。殘霞捲空雲浩浩，微波蹴浪風仙仙。江明夜定星斗懸，玉繩百丈相鉤連。中流浩蕩接湘漢，龍宮滉瀁玻璃鮮。此時百怪定潛匿，照底不用靈犀燃。江船打鼓夜潮上，金蛇出水何翩翻？平生襟懷喜浩落，篷窗局促憐微蜎。今宵意氣倏增長，舉杯屬月心神恬。江頭漁子臥晚笛，白鷗亂落如飛煙。何當醉墨灑蒼壁，大呼驚起蛟龍眠。

題雪棧圖

梅天霪雨漬苔斑，五月蟲聲出井欄。怪底江山秋氣早，畫圖風雪不勝寒。

畫蘭便面

一篙春水汨羅渾，暮雨瀟瀟欲斷魂。千里湘流人不見，卻從何處託靈根？

北風二首寄彭子穆

北風起蘋末，寒氣沍江城。出門何所詣？舉步失逢迎。昔人感交結，契合南北溟。與子生同方，乃復同術營。一昨京華游，歸來求友聲。交衢斯須立，頓令四海輕。子歸賦將母，余亦休行縢。下堂傷其足，兩月憂患嬰。饑來驅我出，使我心怦怦。桂山何巃嵸，桂水方瀓清。之子不可期，有樽空復盈。人生貴自得，我言懷抱傾。子歸及歲暮，採菽奉高堂。親戚來笑言，酒食相餽將。團欒話蟋蟀，少長排雁行。余生遘凶厲，懷抱離井鄉。二親捨我去，七齡淚浪浪。有姊寡且獨，卵育望我長。今年齊弱冠，難爲閭里光。子其善自愛，吾已何所望？誰云列鼎榮，能敵負米强？

清明日同彭子穆昱堯**唐子實**啟華**謁呂禮北先生**璜**墓作**

嶺外慚荒僻，高門望典型。搴帷悲脱履，入室有遺經。憶共彌留語，能毋涕泗零？同來思築室，衰草已青青。

寄訊晏雲唐丈啟林**廣州同李小韋**宗瀛**黃香甫**錫祖**作**

朔風起庭樹，分袂各依然。此夕不成醉，相思空復年。眷懷同素侶，凝望惜遥天。欲採瑶華贈，臨風孰與傳？

出門

我生甫一齡，皇天奪其怙。能言襁褓中，日誦唐賢句。飢食與寒衣，曰惟母絲縷。時時棗栗索，肯撲隣家樹。七歲著荷衣，晨興就鄉傅。歸來呼病榻，痛母長眠去。大父時耄衰，蒼黄泣如雨。童年兩兄姊，與我遂孤露。大姊嫁彭城，夫家早崩殂。折書招我至，性命始得所。童惛苦癡騃，負氣猛如虎。十歲强之學，讀書殊莽鹵。朝眠及日晏，嬉戲涉園圃。老塾憐我孤，薄戒免夏楚。羣經未畢業，帖括先塗附。十五謁黌宮，游觀徧廊廡。翻然自激盪，慷慨謬期許。稍知經九七，何乃論四部。鄉僻罕師傳，兔園惟冊簿。前年秋賦興，猥與計吏伍。行塵附傳車，光輝到羈旅。神都拱北極，憑高控四宇。巍然宮闕狀，試席南宮布。誰能辨晁賈？射策漫覼縷。雖然無遠志，薄植良知懼。五月京師熟，言歸別天府。所知亦留戀，浩然不可禦。捧策向宜城，停鞭嗟暑雨。十程九泥濘，蹇騾歎跛扈。夜行苦輈飢，野宿投荒莽。迢迢盼所戚，默默愴延佇。黄鵠自天來，江魚拜風舞。南浮洞庭曠，四望迷島嶼。快哉五兩輕，淅淅將煙艣。秋色下湘灘，團欒正三五。空還餘萬里，情話獨嫗煦。阿姊喜我歸，具食忘貧窶。兩甥長並我，婉娩弄機杼。相聚曾幾朝，橐筆行傴僂。才疎齡石札，居隘伯鸞杵。桂林山水地，羣峰莽旗鼓。六棺痛伶俜，蕭寺久支拄。稽首告先靈，佳城覓西塢。豈忘首邱志，遠涉恨修阻。幽宫暫窀穸，有待意酸楚。十月天風寒，山村雨如注。經營就畚挶，淚血溼乾土。塋域二頃田，百困歲誰取？買置良可致，鋤耰亦我與。人生貴自得，耕讀吾家素。稷禼在廊廟，願爲溺與沮。兒諳齊民書，妻聚農家女。盛世安耕鑿，横經復學古。鮮魚羅俎豆，齏食充盎甒。柰無百緡長，蕭條歎環堵。歲晚春風温，州家告鄉舉。所厚咸贐餽，促迫不能拒。阿姊病在牀，呻吟日有瘉。朝來勉加餐，勸我結儔侶。我去心志亂，我留又不許。薄暮出門行，堂前照列炬。姊病强起言：『我疾行且愈。汝出志宜壯，無爲攪腸腑。長途慎風波，遠道戒寒暑。孝弟首敬身，此志天所予。』掩涕識兹訓，惺然聞猛簴。拏舟向江干，明月照煙漵。宵征黯無寐，清淚灑洲渚。人國重材良，艱難望榱柱。嗟予本樗散，弱質同柳櫃。濟施豈我力？離别乃逾苦。道旁神靈宫，赫赫誰所主？長跽告芬潔，中誠自獻剖：『我志鄙膏粱，我心陋華膴。平生殘骨肉，所願作蛩駏。富貴五鼎烹，椎牛問奚補。俗生夸六印，堪笑一腐鼠。』我行日以遙，惻惻歎靡鹽。飛鴻亦晨征，懷哉此孤羽。

朱濂甫編修琦索觀近詩走筆奉柬卻寄諸友

衡湘以南多奇峯，拔地而起淩蒼穹。森然百怪恣奇變，不知盤古以上何以摶結開鴻濛？我昔五載游，擔簦提榼無時休。棲霞樓閣在雲表，桂花開落空山秋。灕江水作玻璃響，江上瓜皮劃蘭槳。灘流淺急有篙聲，洞口漁舟自來往。有時月出西巖静，鐵篴銀笙亂烏榜。訾洲煙霧曉濛濛，萬角寒山氣蒼莽。一從計吏來，騎驢客京縣。擬乞大官升斗米，抛卻山中白雲練。燕姬十五顔如花，洗朱學月雙髻丫。春葱銀甲鵾絃撾，江東賈客大腰腹，泥飲不識人含沙。天涯作客有如此，閉戶忍饑良有以。朱子好文學，與我結交慰離索。朝回獨宿玉堂清，古調松風彈落落。朅來相見索我詩，突管無靈苦蕭索。蒲桃緑，蟹殼青，天街月色凉如冰，與君把酒傾如澠。西山雲樹揖窗戶，絶似逍遥樓閣憑。山中猿鶴如相待，他日歸來攜酒朋。

蘇虛谷同年汝謙屬題居墉畫山茶便面歌

一搦雪香白，中嵌赬玉杯。招涼不須酒，搖動清風來。褐衣季子京華客，六月炎氛消不得。聚頭涼友爛銀膚，塗抹腥紅弄顏色。曼陀羅樹千葉花，就中寶珠名最嘉。洞庭山人筆端老鉤棘，落手片片生明霞。長安城中日如火，窨裏堂花斷花朵。玉泉山頂紫煙重，飛出雙龍赤雲裏。街頭酒家宵斫冰，華筵寶月飛金輪。妖童昵客作絮語，手攜六角學掩脣。謝公蒲葵侈大雅，醉裏掩匿甯非眞。城頭柝擊蟾光墮，爛漫歸來馬蹏愥。行過東隣一桁簾，亂絃嘈雜龍皮涴。紙屏石枕溪橋宅，一握松涼野蕭瑟。何當歸去海南春？與子褰裳訪仙客。

長夏都門絶句

天街小雨放新晴，赤日行天溽暑生。睡覺日長無箇事，午牕銅盌一聲聲。

插架牙籤亂葉堆，金瓷小鼎傍樽罍。白蕖清冷紅蕖豔，買得瓶花次第開。

竹棚高架四圍遮，漠漠輕陰透碧紗。最是夜來風雨急，扁舟清夢入蘆花。

東隣小屋傍高槐，轣轆車聲動晚雷。一桁碧雲飛不起，玉簫吹上月明街。

擬古贈陳抱潛元祿

天地大鑪冶，陶鎔出菁英。古今一代嬗，潤色被文章。伊昔暢皇風，賡歌起陶唐。雍容三古民，文治相翱翔。戰國苦兵革，暴秦慘儒坑。漢興屈羣策，樸野氣不昌。武帝志高邁，斯文賴扶匡。試策闡天人，說經抽芽萌。清流沿魏晉，大雅失齊梁。衰文振元和，絶學修南康。綿延僅一綫，宂雜殊紛龐。彼哉蜉蝣子，楚楚憐衣裳。蝨簡拾後慧，災梨噉浮名。百衲無完襦，淺流多絶潢。其中亦何存？巧言鼓如簧。遂令絳灌才，笑訶差洛陽。開國富文物，遺民抱忠良。雅宗數子輩，抉漢排天閶。束髮志高舉，聞風欲追驤。門庭分漢宋，頗覺斗筲量。矧茲世末俗，如沸如蜩螗。文字藉身謀，諂媚乃無方。高門託周秦，斯道懼淪亡。稱心發雄文，大鳴誰琅琅？我昔受書日，羣經味膏粱。列史惜紛拏，剖析孰與商？頻年困微賤，挾策干朝廊。歲月忍拋擲，風塵走徜徉。靈性久汩沒，令名復何望？中宵起坐歎，擁鼻悲寒蛩。秋蟲春鳥聲，哀怨激枯桑。吾子起於越，傳家富琳琅。神驥奮蹴踏，坐令萬馬僵。茫茫人海中，斗室羅縹緗。以兹窮日力，所至安可量？今年齊弱冠，玉立青松長。昨宵危痁發，襆被眠東廂。毋將萬古心，焦熬累中腸。泰岱有元根，江河歸大藏。蛟龍起蟄伏，鸞鷟應嘉祥。耳目無眞材，塊壒愼所將。末流誇幹濟，高閣束堯湯。張弛極紛紜，補苴慚未遑。大樂奏韶濩，黼黻升明堂。庶事苟不愆，永年惟樂康。誰能宏此謨？明刑服孫穰。繄予早孤陋，壯志徒飛揚。因君發豪吟，志欲高三唐。城南花事好，君起共攜觴。

南交有一士篇投湯海秋郎中 鵬

南交有一士，少小氣崛奇。十年困奔走，侘傺心不怡。驅馬入京門，三年長絡羈。長安十萬戶，悵悵欲何之？昨歲屆春賦，彈冠謁天墀。挂名列東曹，使我親勾稽。嵇生七不堪，我乃百無宜。朝見墨胥徒，懍若親嚴師。平生志恢廓，瑣屑奚肯爲？春風萬里來，惠然庭戶披。髯乎適何之？握手軒雙眉。秋鷹拔風塵，燕雀相嘲嘻。神驥奮蹴踏，坐令萬馬隤。賢豪氣蓋世，齪齪唾與洟。不圖矮屋中，屈曲蟠龍彲。微生苦狹隘，黽勉藏崟嵜。如何相拂拭，毋乃辱所知。清晨造我私，邸舍明朝曦。牛腰持示我，壯氣生淋灕。韓憤衆方疾，賈哭世所疵。功名爛市屠，勳伐崇牧兒。諸公淹雅才，老大徒傷悲。一封朝論列，夕命隮顛危。以此卜運會，明旦將匪宜。著書手腕脫，雪案盈千堆。可憐耗精血，慘澹幽冥追。誰能相賞析？轉欲肆齕齮。世無芭識雄，徒令覆醬欺。走也實微眇，闊略情性癡。讀書一無成，泛濫百氏窺。門庭久衰薄，謬欲青雲馳。一爲墮塵網，舉足成參差。豈惟觸藩羊，遂作曳泥龜。逝將棄此官，言歸南山陲。葺我柏下廬，植我園中葵。故山望不到，罪悔空漣洏。東南方用兵，兇餤熾島夷。溟波欻飛揚，勢欲滔天來。生民苦荼毒，聖哲宏仁慈。人生一世間，冠履各有宜。國恥未能雪，分爲馬革尸。明當買吴鉤，蹈海剸鯨鯢。一身不自保，瑣瑣安可知？吁嗟抱此志，晝日首空垂。霹靂起蛟蟄，飄風聞馬嘶。艱難有同氣，披瀝乏雄詞。哀音厲以長，毋使俗者嗤。

尺五莊次海秋韻

京洛盛文讌，風流懷百年。池臺餘後起，花木麗晴天。蟲語新涼健，林陰卓午圓。江亭芳草地，寥落有誰憐？謂陶然亭新圮。

一帶壓楊裏，青帘出水莊。小橋支斷木，新漲落迴塘。露菡千紅定，風蘋萬綠狂。余情方汗漫，休復怨馮唐。

綠水漾紅蕖，芙蓉面面俱。素衣香自澣，嬌靨醉難扶。泥飲思金谷，長歌酹望諸。此時哀樂意，顛倒惜窮儒。

年來人事感，搔鬢自疑翁。小刼摶沙後，新交屠狗中。池花媚朝旭，園柳怯秋風。泥飲呼園叟，生涯與爾同。

大風雨夜作

天意竟誰測？客愁殊未明。雲雷生暗壁，風雨逼殘更。中澤況聞雁，南州方苦兵。吾生那足道？欹枕若爲情。

和蘇虛谷枕上

落月下如雨，空齋秋不勝。客心炤孤月，蟲語逼殘燈。酒醒他鄉夢，鐘敲何寺僧？龍鬚席未捲，霜氣欲生棱。

重九日同人遊崇效慈仁諸寺歸飲酒肆

城南諸古寺，懷舊幾來經。不見花鬘紫，惟餘佛髻青。梵聲當午靜，槐夢入秋醒。倦策逢僧話，駈車好暫停。

東南諸老盡，花木四時荒。風雨餘龍子，丹青剩鴿王。斷垣分篠竹，深院護壓揚。若許同龕借，渾思襆被將。

斜日重闉下，寒煙古屋生。上方移墖影，歸路趁鍾聲。剩有思親淚，甯無出世情？狂遊得吾侶，一醉判宵更。

戲贈錢蓱矼同年寶青

綺窗月出玻璃鮮，華光照見金沓然。珊瑚牀高倚屈厀，寶押不落珍珠圓。錢郎翩翩年最少，新詞百闋誇英玅。一著宮袍宴曲江，馬蹏落井千花笑。翠裘蒙茸冠著箕，玉白吳兒相見癡。金樽滿泛持勸客，願此長夜無還期。梨花白墮秋缸美，蓮漏森沈燭花喜。黃金拋盡夜何央？推倒玉山扶不起。玉山醉倒三千年，長安市上幾謫仙？人生如此自可樂，不見蓬萊水涸生飛煙？城南夜靜霜街滑，襆被歸來臥殘月。明日相逢閣道西，朝衫露溼風侵骨。

書孫琴西同年衣言詩卷兼寄張亨甫際亮閩中

孫郎玅筆今謫仙，海東張子爲我言。長安市上一相見，翠眉頭玉神軒軒。揭從人海經年住，有似寒雅棲古樹。天門鵰鶚盡騫騰，倦翮褵褷不飛去。走昔少年矜結交，世間萬事輕鴻毛。秦樓大醉換歌舞，採雲飛落青天高。自從騎驢客京縣，兔園日挾心煩勞。大官斗米食不足，山中猿鶴空嘲嘈。金臺八月秋風早，垂楊萬樹空絲裊。城頭月出亂棲烏，屋角霜寒破枯篠。十千買醉醉復醒，只合君詩散懷抱。黃河水落天西頭，風濤蕩激神靈愁。蘇門長嘯我能識，褒城痛哭君何尤？海内青雲今幾輩？天涯落拓嗟行輈。人生相遇幾相識？笑把金龜與君擲。攢眉折腰竟何爲？爛醉狂吟聊自適。張君別我春復秋，歸眠蘿薜行且休。海東兵氣儻銷歇，與子須泛沙棠舟。

夢賴子瑩其瑛二首

明月照我牖，蟋蟀居我壁。落葉走前軒，寒風苦蕭瑟。離居寡言笑，獨寐陷憂戚。惠然君胡來，握手卽我室。平生有要約，片語露肝膈。寥寥海雲長，漠漠庭陰積。離合本何常，去來那易測？攬衣起中夜，倚案孤縈立。

吾生尠儕偶，興懷每孤特。茫茫人海中，舉步靡所適。賢豪匪可援，闒茸羞與立。逡巡衣帽接，輾轉情性失。君家五華側，幽構娛水石。殷勤縛茆龍，與孰共晨夕？落瓠嗟無用，蒸菌或有及。早霜衾枕寒，坐待東方白。

載送虛谷同年南歸並寄桂林龔孝先一貞

蘆花頭白天雨霜，飛鴻肅肅雲中翔。天涯行客去略盡，執手欲語天蒼涼。長安城中雪盈尺，去年送君遊輔邑。西堂煮酒夜共餐，東郭跨驢朝獨入。琉璃百末酌滿杯，柳棉如雪君重來。御溝荷花三百柄，雲錦十里臨風開。天橋酒樓與君醉，坐待西山月出照見金鰲玉蝀百尺之樓臺。九門詄蕩飛華軫，紫帶金章聯轠軕。君方捧策遊槐市，我亦懷香謁蘭省。風檐夜月深窺幕，拍案豪吟重坦率。漢廷老宿我見畏，隻字單詞苦齟齬。君今拂袖歸去來，黃金斗大將何爲？得亦不足喜，失亦不足悲。高堂白髮開口笑，世間萬事俱塵埃。桂林十月東風早，嶺上梅花含蕚小。君歸正及灕水枯，試探前村一枝好。象岧之北龔子居，寒山臥疾今何如？春來南雁正北向，好與寄我空中書。

陳蘭谷孝廉庚銓**出都**

九尺珊瑚屈膝橫，綺窗釵蠟照筵明。錦鞍繡袴渾閒事，賺得流鶯住久聲。

蘆溝橋畔水流東，獨客輕裝冒雪風。醉裏不知京國夢，馬頭殘月曉濛濛。

歲暮寄李小韋桂林

兩年京國風塵惡，萬里江鄉問訊疎。別後新詩增幾許？春來舊疾定何如？文章海內銷塵土，烽火天涯急羽書。倦翮灕褷不歸去，側身南望渺愁予。

車中作

蹇策倭遲大道旁，黃金臺畔氣蒼蒼。九門甲第聞鐘鼓，一角西山見夕陽。玉靶風酸鳴鏑手，翠裘雲重射雕場。高樓百尺人何在？寶鑑新愁黛色長。

對雪

峭寒風漸息，蕭槭在空林。一夜城中雪，誰家門外深？簷花飛玉戶，庭樹列瑤簪。何處白龍尾？西山露一岑。

燈花

玉蕊垂垂發，寒光滿一篝。不知何事喜，未解主人愁。鬢影消除易，家書寄達不？夜深茆屋裏，長記豆棚秋。

龍翰臣同年啟瑞來自武陵辱以詩草屬訂卽題其後

桂林山水甲天下，平地蒼玉立嵯峨。十年探奇興不盡，虞衡一志餘偏頗。東山七星何磊落？西巖六洞憑森羅。玉華南來天地隘，海陽北去風雲多。爲熊爲羆爲虎豹，如獅如象如黿鼉。拂雲蘢蓯翡翠樹，拔地崒嵂珊瑚柯。山川鍾毓幾奇士？舊遊歷歷曾相過。商君雄才久淪落，麓垣。龔子駿足還跌蹉。後來彭生富文筆，子穆。蘇唐秀茁瓊山禾。虛谷、子石。識君最晚城北郭，僻巷夜靜聞吚哦。清朝廣眾一相見，門前鵠立衣猶荷。浮雲荏苒各奔走，頻年契闊堪煩痾。長安綺陌春事早，城東蕭寺逢逶迤。就中聃閔有夙契，鶴初。鳥鳴伐木欣爲囮。新詩袖出各傾倒，南轅倏復驅疲騾。我歸傷足滯郡邑，戊戌歸郡城，病腳兩月。黔江尺鯉來牂牁。報詞苦語不可聽，緊我肺腑無訑詑。明年獻賦又京國，老死不分甘荆和。南宮中策驥尾附，金門玉珮同委蛇。臚聲宣出御階曉，鼇頂直上金鑾坡。雲霄咫尺看君去，九門洞啟青驄馱。麤才我自百無分，東曹晝入稽叢苛。自從天橋與君醉，花前一別情消磨。幽州朔風寒徹骨，雪花萬片明滹沱。君行攬轡有清興，夜窗凍筆燈前呵。同遊蘇季致瀟灑，枕函得句能切劘。晏嬰身不滿六尺，旁人錯笑侏儒矬。木棉花開豔如雪，春風十里鳴雕珂。書來貽我湘水曲，玉質落手光含瑳。千秋雅抱辱相待，要我正法降羣魔。邇來吾道苦榛莽，附塗惡戲如抛堶。禮衰樂絕那可道？江水日下忘岷嶓。雲龍角逐孰韓孟？賞奇鬭險汝乖訛。置身磊磊在嵩華，下視坱壒誠幺麽。浮名眾噉耳目異，大言偶發羣兒眡。我生服此自小弱，縱𨁝突兀無媕婀。
有時乘興浪走筆，長吟短呻懷古痾。京門飛鞚盛車馬，
飛沙撲面塵積轕。朝來聽鼓畏傴僂，修容入廄漸顏酡。
敢言經緯期管樂，自苦美佞無朝鮀。閉門不出韉馬臥，
秋霖十日生庭莎。讀書鹵莽惜虛牝，枉復雪案書千螺。
夜寒清夢到江滸，蘆花萬頃披漁簑。城南數子有文物，
相從日夕談羲媧。海棠花寺暮相訪，明燈影出紅雲窠。
湖樓看花酒痕碧，樓前楊柳垂青緺。渾忘職事在官府，
顛倒卻著烏皮韡。西風洌洌撼庭戶，晚檐落葉飛藤蘿。
停車仄巷聞剝啄，握手一笑消煩痗。新詩示我如束筍，
黃昏燒燭燃飛蛾。天河倒翻蛟蜃怒，匣劍嘯出星辰訶。
豪情徑欲跨魏晉，苦心亦復求陰何？看君造詣有如此，
竿影日上疑飛梭。撐持天宇志恢廓，豈合一第論高科？
念昨東南報河決，頗聞城邑淤漩渦。海中鯨鰐露瓜齶，
血月狼藉刓蒼皤。賢豪于世要有用，詎暇飲酒能高歌？
要當鼇足奠四極，江海萬里平風波。袖中奇策獻天子，
剸犀蹈海揮長戈。歸來拂衣謝簪組，茅龍往縛青山阿。
男兒此願那易遂，手無尺柄心則那。我言徒大眾所絀，
願子巨刃青天摩。中興大業勒崖巘，青琳十丈刻蝌蚪。
明堂金石奏雅樂，鴛鸞在列側弁峩。桂山東堂新築室，
逝將去汝適澗薖。待君歸來各綺皓，樽罍品列排犧獻。
人生心力在少壯，儒術自古崇參軻。聖朝英俊出館閣，
精金鍊入青沱堝。好官豈獨耀清美，禁署頗牧今誰何？
雄篇巨筆聊快意，他山之石宜切磋。高筵沽酒爛歌舞，
玉斝自酌蓮花醝。酒酣耳熱不稱意，擬拓一石鳴𦧲磋。
華鍾殷地金闕曉，鳳鳴鶴和聲相和。

悼亡八首

作繭春蠶死未休，生憎薄命嫁黔婁。平生百事乖離盡，枉復人間誓白頭。

十年婚宦誤清貧，塵世茫茫未了因。玉鏡風光纔幾日？篋衣愁撿椸痕新。

微雲池館帝城偏，滄海珠沈月化煙。惆悵春風花下立，美人蘭夢祝清圓。

九衢何事逐浮沈？長抱西風一片心。絕憶蘆簾風雪裏，夜窗燈火話嬃碪。

江鄉秋老綠蒓絲，十幅漁䉤辦已遲。萊隱風流眞負汝，荆釵椎髻入山眉。

翠薄銀缸伴著書，玉蟾秋影碧蘿疏。而今畫諾歸來晚，長簟空牀自埽除。

荷鍤劉郎癖酒巵，傷心瓶杓爲君辭。雪虀風調堪重省，夢醒燈殘酒渴時。

葳蕤長鏁殯宫秋，何日相攜隴畔舟？地下關河魂不隔，故山歸去傍松楸。

十二月二十三日同姚子箴大令輝第**翰臣蓱矼遍看城南窖花歸飲酒肆**

旭日挂檐檐鳥呼，城南窖花魂始蘇。官閑歲晚宜清娱，看花結伴巾我車。花工幻術古所無，市門窈窕藏葦蘆。紛紛瓷玉堆盆盂，嫣紅姹紫密或疏。居然赤手迴春枯，老梅古槎霜雪臞。傲兀亦與凡卉俱，譬如傑士懷遠圖。時艱粥粥隨凡夫，淩波仙子黃玉膚。翠衣珊珊來藐姑，歲寒有汝德不孤。平章三五欣吾徒，買歸競欲金錢輸。春風冉冉懷我都，嶺雲不凍春山蕪。虬枝蟠天粉雪鋪，鶴頂爛若腥紅塗。黃塵轣轆我馬瘏，天橋酒家行可沽。沿街爆竹春聲麤，當門半貼鬱壘符。燈前笑樂忘牽拘，夜深漏滴傾銅壺。醉歸瞢騰策輳駑，寒宵遠夢生江湖。攬衣起坐心踟躕，作詩索和如追逋，眼前莫放殘歲徂。

梁九基**南歸**

門前車馬來，有客將遠歸。子來秋始半，春風倏披幃。時物幾遷移，關山鳥倦飛。豈不惜子去，誠知久客非。君行計日月，褰裳拜庭闈。白髮笑堂前，童稚問牽衣。人生骨肉間，黽勉相因依。團欒有餘樂，跋涉空危機。

縄牀風雨親，朋友亦云樂。矧吾與子舊，歡好由丱角。京塵揚九陌，閉戶共藜藿。羇孤憫窮宦，慚遘豎鬼惡。强魄幸可支，兩月困纆縛。艱難賴匡扶，相對憐索莫。寒窗梅蕊新，病起辭靈藥。邅迍君又去，送子歎垂橐。瀕行樽酒將，莫厭市沽薄。

丈夫志四海，墮地射蓬桑。辭家遊萬里，愛子神飛揚。我知君有懷，鸞鳩非所量。浩歌行路難，閱歷幾風霜。不見長安陌，金臺餘夕陽。古來英雄士，屠狗與賣漿。藉其不逢時，粥粥誰短長？行矣君莫迴，我意先傍偟。團團兩鶩瀑，日夜流清牂。

卷二　己未集 甲辰至丁未

春日雜詩

新陽滋土脈，萌達被邱原。天地豈其私，萬物各有恩。東隣老穀樹，枝葉特翻翻。種竹傍庭砌，叢篠苦未繁。同兹雨露澤，禀氣獨何芘？浮生逐大化，樞軸道何存？得喪理不齊，誰能指元根？魯連憤者隘，漢公會其屯。所以董相幃，低首不窺園。

幽谷有山泉，春流殊浩浩。盈科進不已，勢欲百川導。濟物由有餘，豈云一朝暴？方其時閉藏，藴蓄在秘奥。北陸有鉅澤，夏秋積雨瀑。横流懷四野，幾日成枯潦？眞源識内充，虚願悔前躁。歸來將閉户，一室自灑埽。抱獨誠可欣，未敢冀深造。

雞鳴朝日升，百族何營營。顛倒苦不足，造物絀所生。檐前蔭嘉木，上有好鳥鳴。密葉抱新鷇，喬柯多遠聲。聊當一枝借，詎羡九苞榮？高飛謝黄鵠，寥廓任縱横。

幽蘭生空階，不與衆草隣。未當主人盼，華萼自青春。清風時被服，馨香不爲人。何用採折爲，芳性葆其眞。

甘澤降時雨，東皋日霏霏。遥思南畝翁，日夕荷鋤歸。春耕秋有穫，力穡願不違。我慚田父勤，蹉跎幾芳菲。雖無豚蹄祝，豈願惰農饑？門前桃李花，灼灼自光輝。巖阿有松桂，後彫知者稀。

三月廿五日梅伯言先生曾亮六十生日同人讌集龍樹寺次邵位西舍人懿辰韻三首

元樞萬化宗，悠久出貞静。達人窺道原，履坦得眞境。蕭然羣鬨中，摩此寸靈炯。時艱方厝薪，世事狼藉黽。悲愉豈相閡，浮妄悉已屏。微官暫祿仕，僻處稀朝請？閑園莳花竹，歲晚伴孤冷。河海近清平，多事幸無警。百年有壇坫，長願牛耳秉。

斯文世英華，厥玅本虚静。異説正多方，支離懼殊境。夢夢塵霧餘，白日殊自炯。遠響厲霄鴻，繁聲謝池黽。瑾瑜出光曜，纖惡就除屏。方姚昔廓摧，斯事日有請。聲聞力追闢，執戟甘閑冷。江海一波濤，玉雪益清警。相從古訓敦，有獲庶遺秉。

嶷嶷吾黨英，避熱各躭靜。幽潛崇古尚，榮辱忘世境。蛟龍抱冬蟄，鸞鳳翽朝烱。不材最游惰，彊事亦黽黽。造門屢晨夕，勞攘時自屏。嘉辰風日清，三五黃鸝請。來看龍樹清，莫遣春杯冷。婆娑文酒宴，荒忽賴鞭警。來時茲會數，良夜燭堪秉。

出都言懷

歲歲秋風思，單車且賦歸。微官空復爾，少日已全非。會計才先詘，馳驅願易違。訾洲烟雨窟，時物幾芳菲。

桃李花三月，春風滿帝州。驅車纔幾日？風雪漸颼飀。江海幸無事，田廬各有秋。翱翔指南雁，應爲稻梁謀。

抱郄棲蓬牖，焉知懷葛湆？一從朝籍溷，始歎弈碁新。局趣難高枕，艱危易積薪。扁舟儻東海，往欲間垂綸。

不救孤生蹇，常憂萬化遷。《詩》《書》增腐氣，風雨惜華年。徙宅妨原魯，拂衣懷仲連。金門容大隱，曼倩世疑仙。

勝日消談謔，閒雲任毀譽。清和眞一酒，寂寞太元居。雪地常穿履，花時屢借車。平生眷游從，暫復去踟躇。

皇都盛冠蓋，客意問如何？絲竹中年感，風雲壯氣磨。艱難餘骨肉，迢遞向關河。未有江鄉橘，能堪遂笠蓑。

茌平遇雪

夜色昏如墨，驅車欲四更。野風吹夢斷，人語覺寒生。黯黯林煙積，搖搖戍火明。無爲歎行役，襏襫俟春耕。

雪霽登嶽光樓

聊城三日雪，樓閣晝冥冥。日出齊烟白，雲迷岱色青。飛花山店啟，橫艦漕旗停。稍喜逢三白，秋成祝四坰。

雪中放歌示袁鑾身同年銓東昌作

天地一寥泬，街柝何沈沈？城中雪盈尺，璀瓈曲池平。春風十里銅街白，碎踏瓊瑤酒家陌。蠟燭烟青獸炭紅，玉椀梨花飛一石。紫雲坐我東，碧玉歌我西。我於其間醉兀兀，夢寐不復聞天雞。芳華棄擲歸何有？枉復城南浪沽酒。馬蹄跳跋車塵昏，驅車百里齊東門。邨醪盈椀醉不得，野戍荒屯愁殺人。魯連臺畔三更月，海上金丸隱明滅。嶽光高樓與子登，拂面顛風飛玉屑。歸來旅壁同僵卧，隔院琵琶夜深懦。底須溝瘠有窮夫，美錦纏頭祇何柰？丈夫行路嘗阻艱，清歌美酒置等閒。虎頭猿臂好身手，與爾射獵歸南山。

濮州過莊子祠

大道將誰挽？黃虞世早湮。孔顏終陋巷，濠濮有斯人。嘯傲輕王霸，文章闢隱淪。驅車向何所？愧我逐風塵。

經明潞王墓下作饗殿今爲佛寺矣

殿閣沈荒草，鐘魚傍野僧。銅盤猶有託，金盌竟無憑。帝子虛乘虆，春人怨泣冰。燕山一回首，風雨十三陵。

百泉謁孫徵君祠

慕道在夙昔，及壯空蹉跎。昭代數儒宗，容城昔來過。百泉三日遊，清風生薜蘿。修竹閟山徑，當時此軸薖。天地昔玄黃，江海一洪波。櫜饘爲楊左，壯節先嵯峨。晚蹈倦徵辟，泉源足巖阿。慨時學有門，朱陸方殊科。行身由孝弟，涂軌何偏頗？快哉湯耿流，負笈越關河。青雲士有託，如石得剖磨。不附驥尾彰，空山徒嘯歌。我來思僦室，居遊孰觀摩？矧無一畝贏，奔走當如何？

示內

我幼本孤特，七齡喪雙親。阿姊撫育之，孩提及成人。弱冠事書策，饑驅走踆踆。登第漸三十，東曹陪薦紳。經營始家室，有女出西秦。謂言可永諧，一載東華春。從無忤言色，但有同苦辛。慘念何可復？悽悽弱草塵。兩年守京國，遺挂劇傷神。似續歎靡託，兩世存一身。室家綠再造，黽勉冀良姻。吾先抱世德，屈抑長隱淪。天道果弗誣，報食宜振振。人家有衰盛，端由夫婦倫。夕燈在筐績，晨祀宜藻蘋。前塵愴我懷，後助賴子仁。

抗志在夙昔，少小氣葢世。立身比嵩華，齪齪恥流輩。及壯百蹉跎，疚心多夢寐。一身不自理，矧曰四海志？天意欲相成，卑棲聊不試。以兹平生心，斂退就閑置。家風本儒素，澹泊又吾意。文史足優游，青雲有高契。曹司作中隱，祿仕但云寄。昔者卻缺妻，奉饁同耒耜。亦聞老萊子，負戴不相棄。雖余愧芳躅，望子能古誼。黔婁婦難爲，安命庶得遂。

有姊在遠方，老病又寡獨。相依以爲命，幼小託顧復。不見今七年，寄食久戚族。雙鬢況未嫁，悵望勞遠目。踟躕別君行，馳此萬里轂。言將一舸還，來養就杯菽。余荒有衰志，百事自顛蹶。長聞詈申申，庶免行碌碌。春明半畝宅，薄俸行可僦。瓜法東陵種，酒如南村漉。春秋還著書，旦晚數進粥。骨肉永團欒，所願良亦足。人生貴自得，詎羨萬鍾粟？

淇泉陳冀子山長祖望惠讀新詩賦呈長句

蚤聞驚座說陳遵，親見皋比衛水濱。四海幾人推老宿？百年多感閱風塵。壻鄉好住愁生髀，時就婚衛郡。春廡能容便作鄰。把讀新詩最惆悵，潘郎衰鬢亦秋蒓。

奉和湯敦甫閣老金釗游龍杖歌同韻

晨章乞退承明廬，百年晚節從康娛。東華養老宅一區，清風亮節羣論孚。方袍幅巾趿履朱，腰腳老健便雙凫。小園愛植游龍株，秋風紅紫花扶疎。歲晚取材藘落餘，挺立直榦神先殊。匡牀坐對心踟躇，呼童拔取連其柎。支離根蔕歸刪鋤，天然爲杖供攜扶。中堅外直色不枯，霜皮瑩紫羞明玗。耆英倚植同康塗，穩步不數丹虯鬚。平泉花石百卉蕪，水洪零落人迹虛。誰能拂拭陳天都？什襲杖咸接履趨，此材幸得緣階除。從容繩削力不劬，作詩示客客歎吁。謂此爲製世所無，桃竹赤藤良弗如。方今國事集蓼荼，艱難天步誰實俱？公雖抑抑辭金鋪，未可前後忘喁于。願公良策勤蓄儲，持危扶顛日有須。登龍有願方漸吾，以詩爲質行將圖。

將發衛郡留别内兄施孟餘通守焞

懶逐從官出送迎，夜窗還理讀書檠。慚眞玉樹蒹葭倚，好是春風棣蕚情。何日歸期探宛委？與君奇觀約滄瀛。驅車我亦王程在，未許寒氈送老生。

陳冀子丈有詩贈行别後次韻奉畣

先生瀟灑五侯賓，旅食委蛇漸老生。沽酒臨邛曾作客，鼓刀清衛不逢人。相逢漫許文章貴，暫别仍思杖履親。高調陽春勤自惜，行歌那不笑儒巾？

許昌夜雨

倦客孤衾擁，寒篝竟夕焚。不知深夜雨，曾共綺窗聞。遠戍迷征鴈，荒臺鎖亂雲。青山歸路好，濃綠定敷紛。

東里謁國大夫祠

不有輿人謗，誰能衆母任？名開循吏傳，道契素王心。井里風流渺，田疇麥秀深。時艱正須策，惆悵拜荒岑。

襄城驛賦新柳

依依山郭夜黄昏，細雨空濛欲斷魂。憶向河橋折楊柳，東風吹過總無痕。

赤壁感懷偶作

大江横槊態何雄？萬舸旌旗一炬空。五丈原頭星忽隕，人間何事不東風？

舟夜

贏得緇塵染帝都，扁舟歸去夢魂孤。誰憐夜雨雕青鬢？又見春山長綠蕪。薄宧支離凘骨肉，壯顔憔悴惜僮奴。江干亦有鴟夷棹，進艋空山悵老夫。

岳口感舊

北風吹雨急，挂席渡荆門。岳口夜深泊，雞鳴何處邨？峭寒增水氣，殘月落沙痕。去日江干路，重悲旅客魂。

大别山作

青山如對語，隔岸出菰蘆。野色屯雲夢，江聲走蜀吳。山川宜作鎮，樓閣倦提壺。歸去篷窗卧，蕭蕭客夢孤。

舟中詠鴈

到處逢新鴈，扁舟又楚鄉。春風上楊柳，落日滿湖湘。歲月禁離别，關河極渺茫。持書願相寄，江路幾迴腸。

洞庭乘風日行將三百里鹿角擬訪吳南屏孝廉敏樹**不果**

東風作浪鼓江豚，淅淅雲帆去馬奔。湖上孤峯殘雪影，日邊歸鳥暮烟痕。十年南北風濤狎，萬頃沅湘日月渾。想得村林魚稻熟，讀書聲裏掩柴門。

舟中憶海秋作

茝蘭哀怨接湘纍，幾日浮邱挹袂來？萬古關門蹲虎豹，百篇匲奩走風雷。功名雲薄生徒壯，恩怨山重死亦灰。一過西州愁痛腹，青山何處酹餘杯？

雨後登祝融峯頂夜宿上峰寺

蒼茫七十二芙蓉，絶頂天開第一峰。咫尺帝閽通謦欬，萬千雲海盪心胸。殷雷夜走何山雨？積雪春留太古松。暫倚蒲團出人世，五更寒浸石樓鐘。

山家

山家臨水住，茆屋倚山斜。篠竹綠成徑，菜花黃一涯。晚檐晴負鍤，春渚淺籠苴。少小疎田里，風塵惜歲華。

發衡山縣

獸客停歸櫂，瀟湘春水生。東風連夜雨，吹綠滿江城。漠漠煙中樹，依依篷背聲。曉來將五兩，還戀嶽峯晴。

江漲

孤舟趁春水，牽纜出林梢。薄日黿鼉沒，寒烟草樹交。羇魂愁野戍，小泊倚山橋。江路希儔侶，詩情嚮寂寥。

江晴

一雨將春盡，江天不肯晴。水田深吠蛤，山木暗藏鶯。渚日穿雲斷，林花夾岸明。我行殊未已，隴畝又新耕。

舟夜

缺月暗楓林，寒煙生極浦。夜來湘水上，何處神靈雨？

雨泊祁陽

澌瀝青篷響未衰，朝來新漲壓江湄。孤舟春盡無人覺，永夜寒生有夢知。海燕掠波風翦翦，巖花堆隖雨絲絲。溪山不用頻迴首，鎮日收帆向水涯。

三月十一夜舟中大風雨雹作

浹月困陰霖，晨曦暵塗濘。新霽願所欣，驟燠理誰詷？維舟依港汊，宵燭伴孤醒。盤空雷鼓殷，破隙電旗熲。懸知風雨大，纜索益椿脛。黯黮逼江濆，糢糊想桅頂。狂飆漸揚箕，遠響如沸茗。離絃忽萬箭，裂竹擬千挺。始覺急傾盆，旋訝猛掣梃。椎篷下魁礧，擊柁飛鉅鋋。雨聲砰磕兼，風力縱横並。飄飆危昏檠，翩側戰孤艇。漏溼連茵褥，擲傷懼顱頸。掀翻伊何爲？乞罷猶未肯。聲揚倏破柱，氣出若升鼎。斯時瀉滂沱，乃得舒欬謦。舟人起絶叫，戰慄語猶噤。船箱持火看，餘顆拾光炯。明如奇珠瑩，大或圓卵等。誰令窮犺鬬，毋乃乖龍剄。翕忽勢徐收，波濤重滉漭。如當觥籌戢，賓客各酩酊。昔聞春秋義，書災義殊夐。陰陽舛伊何，天意直很婞。但當哀穠䅋，未可害疃町。甘澤久霑渥，譬食已得飼。時暘宜有徵，衰瘠望倉庱。

舟泊浯溪謁元道州顔魯公祠堂觀中興頌磨崖

春風來泊祁水船，浯溪水石清而妍。九嶷南望青綿延，瀟湘如帶横其前。丹崖翠嶺左右蹝，招提對立叢祠煙。谿流繞出聲濺濺，雲嵐樹石各有態，一步一勝相迴旋。唐家日月天雙懸，南内淒涼殊可憐。重歡父子亦天幸，此論至公吾不鐫。當時朱李亦跋扈，憂危或者明幾先。不見丈夫甘爲擊賊死？萬古忠魂悲握拳。茫茫宇宙代有事，古來黑刼愁戈鋋。世無常山破賊手，樂志誰得躭林泉？漫郎粲粲本英傑，峕賊不擾孤城堅。亭臺五十此營宅，千秋金石猶星懸。嗟哉海内邦伯幾？那得十輩如公賢。鯫生山水徒有癖，剖符裂竹誰其肩？窳樽杯飲便思醉，坐待山月來娟娟。

登湘山寺浮圖絶頂

我從洞庭湘水入江處，西南直到湘水源。青山不斷一千里，兩岸騰擲蛟龍騫。卸帆日夕湘山麓，側嶺横峯堆簇簇。妙明墖高山四圍，玉立千盤裹山腹。湘江如帶横腰去，瀲灩江風明雪縠。漫山春木鬬青紅，窈窕僧房半修竹。昔遊一別今幾載，澗草巖花歲時改。春深靈雨鉢龍歸，日暮顛風鈴鶉在。我欲從僧營一椽，老僧與我同羈纏。有身長住豈云達，無田不退甯非貪。松花開落薜荔菴，山橦布熟溪毛甘。世緣不深道力薄，山中龍象吾其漸。

桂林小住同人連日觴讌相招次虛谷同年韻留別兼懷故人商麓原書濬**龔孝先**霦**也**

塹乞閒身便欲居，鞭絲重理一踟躕。田園歲事收黃獨，樓閣人家在碧虛。竝世論交思德秀，十年題柱笑相如。若爲出處論身世，且欲空山盡五車。

烟雨溪山話耦耕，仙舟縹緲載同行。風塵鬱鬱孤誰語，宦學勞勞百未成。暮雨關河仍遠道，春風絲竹感平生。湖山幾輩相招約？樺燭清樽繫我情。

曩識黃香甫於呂禮北師別十餘年復值桂林出示詩草奉題長句並柬李小廬

載酒當時詣子雲，高樓風雨感斯文。小山叢桂渾猶昔，落日蒼葭獨見君。擬乞雄文投監者，劇憐蠻語習參軍。西園梧竹蕭騷在，暫泊征帆慰惜羣。

夜飲小廬齋中同香甫作

池館何清寂，眞宜坐嘯賢。其人似昌谷，有集過斜川。竹露驚秋早，荷風送晚偏。幾時花下醉，長憶酒如泉。

歸柳州泊蘭麻作

微雨斷菰蒲，空山響鷓鴣。天圍羣嶂小，雲逐片帆孤。戍火棲林暗，灘聲破峽麤。十年離別後，風景惜歸途。

重謁柳侯祠詣羅池書院留別同學諸子

寂寞羅池館，春風別幾年。蕉花明晚日，榕葉闇秋煙。文字高遷謫，山川富遠偏。從來荒僻處，今古此心傳。

昔者荷衣拜，頻年膏火焚。功名塹壯歲，哀樂感斯文。桑柘心徒戀，雲山手重分。幾人尚遊釣？徒倚對斜曛。

平南晤劉嗣菴大兄繼榮

扁舟微雨岸，樽酒暮鍾時。老去生涯拙，別來人事悲。艱難仗扶掖，索莫見棲遲。持底能相勸？儒冠空自疑。

將達廣州泊大通窖

落帆依估市，秋漲市橋過。雨氣兼潮暗，花香在水多。畫船消綺縠，廢苑積烟蘿。今夕仙城月，燈前笑語和。

抵廣州來小病柬子穆子實

西風淅瀝響枯荷，惆悵仙城一月過。杜牧歡情愁裏誤，文園渴疾酒中多。閒窗永日消鑪鼎，敗壁幽霖長薜蘿。賴是天涯未寥落，頻勞丈室問維摩。

贈張南山丈維屏

蚤聞詞賦動江關，解紱滄洲鬢雪斑。老著異書如柱史，近傳逸句似香山。春風刼火狼機石，明月清歌荔子灣。好是蒓鱸供歲晚，草堂絲竹未應閒。

游光孝寺

佛祖談經地，虞卿故苑存。千霜餘寶樹，百刼信風旛。秋色明花塔，夕陰沈紺園。清池獨瀟灑，海月印山門。

中元夜飲江上有作

撥櫂中流去，城頭夜幾更？笙歌華月暗，燈火怒潮生。異蘂青蓮茁，狂波玉女橫。酒船歸獨曉，烟水豁空明。

夜飲海山園

花氣濃薰酒琖渾，闌干香沁露荷翻。樓臺玉笛風生座，燈入寒潮月到門。漫擬糟邱營太白，祇宜金谷醉劉琨。觥船夜散臙脂水，歌舞岡前漏點繁。

張少蓮司李濩**邀遊白雲山病不克赴**

攬石迷花夢裏曾，十年長阻一孤藤。何期躡屩君方健，轉惜觀濤僕未能。海國涼風躭伏枕，蕭齋微雨獨篝燈。蒼山寂寞安期在？擬乞雲泉水數升。

旅中雜詩

數椽衰屋儘棲遲，花木清寒與我期。秋樹亂蟬多急響，夜窗涼月有橫枝。池頭綠水新浮鴨，城直青山淺畫眉。十笏禪情正寥泬，打門有客送新詩。

隣院蕭蕭閉落暉，老榕閒看百年圍。籠詩古壁荒僧臥，註易空堂弔客稀。鐵墖鈴聲敲月碎，石幢旛影趁風飛。門前車馬銷塵土，池閣清涼好息機。

朝漢高臺白日低，寥寥今古望中迷。陸梁新道中原絶，樓櫓雄軍上將提。霸業蒼涼餘錦石，謗言萋斐痛文犀。風流不見蠻夷長，高塚荒涼拜島黎。

鵾絃彈出淚滂沱，新語頻番語夢婆。蜀道山川愁蒟醬，漢庭珠貝笑篷科。魚龍偃蹇秋江靜，豺虎縱橫夜壑多。聞道傳烽又西夏，中原韓范問如何？

東西池水抱新城，萬戶笙歌雜語鶯。大纛高牙雄鎮在，畫樓朱檻麗人行。估船競買巴菰葉，商女哀彈碧玉箏。夜向河隄橫櫂去，江心燈火達天明。

道長依然笑寓公，蹔時流滯惜飛蓬。湘纍有姊騷誰續？王粲無家賦漫工。青眼蛾眉多負負，好春閒日太匆匆。一編嶠雅何人擅？雲軿新粧泥客中。

不放天涯把琖疎，鷓鴣有客勸行酤。蛋娘高纖青絲髻，蠻女羞呈白雪趺。明月碧紗巢翡翠，小槽紅酒滴珍珠。漫言中是唐衢淚，陶令閒情正有無。

穩卧仙人綠玉筇，水鄉開到木芙蓉。射堂新展花圍鵠，藥裹頻將骨出龍。花腳攬眠秋作市，錦蓑貪露夜鳴鐘。微雲掩月誰家夜？隔院琵琶唱懊儂。

贈子實赴禮闈

畫船四壁花生香，綠蛾紅粉金釵行。明燈熠燿銀河光，鵾絃迴撥客思醉。我方困矣君其忘？人生頭顱幾三十？鍾鼎事業吁可傷。縱橫跌宕不稱意，謬以歌酒當慨慷。君年最少抱英特，如日初出升榑桑。文詞脫筆驚老宿，猛虎肉飲飛而張。京師與我一載別，相逢不道同海鄉。東風馬耳置萬事，沽酒要滌梨花粧。羅浮明月中庭方，美人嬋娟眠我旁。參橫月落客夢醒，翠羽夜寒天有霜。君今捧策復燕市，朔雪掌大淩風揚。玉堂金馬多故舊，要子執戟棲明光。我行濡滯慘言別，寥落那復成清狂。城南諸子儻相問，蒲澗挽食春松肪。

夜讀致翼堂詩

秋林闇闇天欲霜，十月海風砭骨涼。草堂夜靜百蟲響，疎星屋角寒生芒。炎邦此景那易得，窮秋一雨袪熇暘。好詩一卷恰在手，伏几喜剔寒檠光。鬱潯奇山萬峰矗，要巨手擘開混茫。暮蟬秋黽歎衰靡，零落九芝叢桂荒。文人慧業自天出，子獸奇服瓊靡粻。平生縞紵算有幾，死喪翻覆夫何常？及君相好踰十載，有惡能救美可將。比來所造益深邃，胎原屈左役馬揚。昌黎眉山古作者，嶺海放逐奇氣張。鄉關如咫拓游跡，看子推激神飛揚。荔支頳熟火雲熱，素馨花發椰酒香。畫船簫鼓夜深醉，越女一笑傾千觴。海濱鯨鱷暫尾戢，牛相况容杜牧狂。北斗闌干天一方，東山高詠曾升堂。牛腰卷軸此萬古，驥尾附名吾可望。大言儻惑久要在，北客試探唐子方。

瓶梅次子穆韻

老屋寒蟾抱孤影，紙窗風破殘河耿。夢回欹枕沁香聞，膽瓶一枝助清警。華寺歸來三世生，前身寥落問青冥。聞根未斷塵緣在，悄悵碧巖烟穗青。

感懷疊韻

駊騀雲鬟香霧影，綺窗月落明星耿。匆匆流水別經年，海國新霜暮天警。自憐風節太孤生，離思天涯日杳冥。死別吞聲生別怨，支離潘鬢不成青。

蝨雷 遊肇慶作

郡邑愁卑溼，偏宜小鳥肥。乍驚風雨勢，難語雪霜威。地僻聚成市，天陰潛入幃。先生斷幽夢，車響復依依。

蛙鼓

何許公孫輩，居然兩部成。隨風喧野戍，帶月鬧殘更。海國天長溽，村樓夜不驚。料應足官廩，東海笑長鯨。

子穆歸平南再疊瓶梅詩韻

惻惻霜風欹帽影，天涯作客心精耿。人生離合正何常，落日浮雲暮相警。江上梅花太瘦生，相逢沈醉問蒼冥。春風有腳知何處？明日歸帆天際青。

代人題制府公十駿圖長句

神駒變化來天池，獲其一已天下馳。公門列廄富材駿，騏驥十輩臨風嘶。玉頂鐵驪雄項頡，大青小青花如綴。古黄拳毛頸黑鬉，赤騮權奇精嚼齧。唐公驌驦何足異？飛兔出閑千里雪。花駿歕玉身繡雲，紫電垂梢眼懸月。其餘翼鬣各殊駿，亦有蒼螭銀杏葉。圖成弄影對花林，十驥何須歎冋鶻。昔者兵曹謁上卿，羣中一顧氣縱横。晨搖玉珮玲瓏緩，夕下金坡騕褭輕。公之相馬今伯樂，萬里驍騰爭向幕。大人神用世豈知？免胄功成馴海鱷。虎節龍旌錫馬蕃，披圖一一看雲屯。駑駘驅策成何用？芻秣鋃空銜廄養恩。

題黎簡山人詩集用蘇賡堂給諫廷魁韻即贈

風騷一代幾人傳？到此窮通不繫天。餘地賈張應盡闢，當時元白竟誰先？江湖浩蕩思前輩，鵰鶚聲名自昔年。便欲從君賃春廡，草堂誰送買山錢？

贈余竹巖孝廉廷槐赴禮闈作

禺岡雲氣鬱模糊，散髻斜簪卧一廬。華屋罷彈孤士淚，青山長傍美人居。蛟龍漫擬池中物，風雨頻翻篋底書。大庾梅花正香海，新裝好趁計人車。

寓居時花數種盛開

海鄉春事早，花氣滿精廬。夜月明都勝，東風放鼠姑。蹔疑香國住，祇覺睡魂蘇。却憶城南陌，濃芳定幾株？

夜聞子規

倚枕正無寐，空齋夜色迷。不知何事苦，祇是盡情啼。詞客魂先斷，孤臣淚暗攜。哀蛩胡太切？春半已悽悽。

翰臣修撰書來卻寄並呈言老

越渚春來晝日閒，錦緘飛墮五雲間。支離遠夢迴青瑣，泱漭風塵惜素顔。窮海晚春花寂寂，異鄉寒食雨潛潛。城東頭白都官在，學舍卑棲正擬還。

葉蔗田應陽盧伯才邦杰兩君攜酒樂泛舟

省郎清興數攀追，蘭枻東風信所之。遲日園林新雨後，仙山樓觀暮鐘時。華筵擁别人情好，曲隝眠香蝶夢癡。何處流鶯聲四五，明朝相望卽天涯。

自寶積寺入延祥遂登伏虎崖

古刹南山麓，仙鄉得初境。入門天宇曠，離立萬松靜。一徑披蒙密，行穿薜蘿永。翠沾衣袂溼，靚入客顔冷。招提出樹間，已壓萬重嶺。祇言入雲深，頓立雲外景。泉飛龍子窟，石臥斑奴影。雲中老鸖欬，風落送虛警。

沖處觀爲葛仙東菴

獅峯在東麓，路出麻姑潭。逶迤村隝間，葛仙有遺龕。一從令來游，仙峯世早諳。銅龍半灰燼，丹竈化煙嵐。我觀古仙人，著述祖莊聃。長生有眞訣，彭仇絶狂貪。安期亦世豪，挾策事高談。逢時苟不合，海上飛鸞驂。大笑嬴與劉，鼎鑪日眈眈。

循長壽澗數里探水簾洞

亂石蹲熊羆，奔流挾風雨。雙厓積鐵高，橫石㬅相拄。下臨百丈潭，赴壑長虵舞。上窺千仞壁，縹緲萬靈聚。探奇緣澗曲，腰腳奮輕舉。猱升復蟻旋，半壁見飛組。懸知春流大，出蟄蛟龍怒。縱横破天門，跑趵裂地戶。亭亭西崦暮，返照落深隝。青紅一焰爍，啁哳亂棲羽。不知何寺鐘，鞺鞳震幽阻。惜哉仙人居，荒徑塞榛莽。何仙祠以阻絶未登。

入黄龍坐洞門石橋下觀流泉

岧嶤天華宫，言指雙瀑間。蜿蜒兩玉龍，舞落青雲關。四山苔蘚合，濺涇太古斑。飛虹跨龍口，窈作蛾眉彎。方當春瀑微，巨石出斕斒。坐石濯清流，繞足鳴幽潺。泠風生兩腋，憂煩豁心顏。吾將操五絃，一鼓終閑閑。

黄龍洞謁四賢祠下尋蝦蟇潭

天華渺不存，仙宇幸可望。崇祠祀昔賢，清風啟留張。留正、張傑。元公亦來遊，蓮池幾徜徉。宦學各有趨，登臨夫何常？白沙此邦彥，裹足空謠章。乃知顏孟徒，同負舍瑟狂。景行話方躅，俎豆要弗忘。澄潭閟幽怪，崖巘蔽椆樟。坐疑混沌來，未覩日月光。毋將蛟鱷潛，一日雷風翔。

夜宿延祥大風雷雨

寒山住幾日，夜夜明星大。晝遊腰腳倦，飽飯西堂臥。狂飇攪半空，勢若天瓢注。礌硠轉掣之，怒豈乖龍惰。雷公相激薄，久乃一柱破。山寮眾響寂，佛火夜深懦。疾如萬笴發，始得傾盆播。當其鬱戰鬥，懍慄起危坐。神靈想虚空，莽蕩雲旗簸。靈湫彼何神，作勢毋乃過。泉源有幽祕，掃轍定塵涴。

雨後登華首臺入合掌巖觀瀑

山中一雨過，處處飛晴雪。流雲出香臺，幢蓋尚明滅。青松浄膏沐，瑤草秀芬潔。深巖轉雷殷，蒼碧明列缺。濺石勢之餘，快若珠湧穴。頑心苦塵縛，震響萬緣絶。浮情不奔騰，悲思但淒咽。何年巨靈掌，拱立此巀業。誅茆行面壁，耳目付扃閉。

舟中獨飲徑醉憶京華諸子

梅仙矍鑠神仙癯，時聞腳涇停齋廚。伯言先生。舍人三爵鼻觀矗，位西舍人。說經好與南豐吳。子序編修。臺郎眈睡醉齁呼，伯韓侍御。龍伯獨醒神瞿瞿。昨書達我責我需，翰臣殿撰。雅州一行緘札疎。余小坡太守。法曹獨處頻傾壺，馮魯川刑部。風流文採數子都。清曹散亶德不孤，夜深讙笑出精盧。蹇騾在門雪片鋪，歲寒一別箑復鑪。海濱浪跡誰與娛，飛蚊聚飲羅紅襦。陳郫惡釀苦作茶，中人發疾如祝巫。扁舟十日來豐湖，褰裳載登白鶴居。歸舟稍覺塵坌祛，裨牙送酒浮珍珠。石龍游擊。獨觴徑醉夢籧篨，九門跌蕩開天衢。看花紫陌聊衣裾，酒徒擊筑行嗚嗚。清風夾岸吹菰蘆，江月冉冉魂獨蘇。鯨波鱷浪愁須臾，一舸行乞南風蒲。

永安道中

十日青篷雨，山行放夕陽。人家盡修竹，稻壟半新秧。芋粒山村市，花賓餂女裝。城閭稍僻遠，便擬到軒黃。

題永安尉廳壁卽贈孫敬齋少府德立

作尉萬山中，山園數畝宮。庭閒花照日，軒靜竹搖風。菜把輸園吏，牘書求野翁。青袍正年少，未合賦郊窮。

永安文信國祠堂賦柬侯丹垣大令坤元

崎嶇南嶺路何窮？海上青燐泣鬼雄。萬里巒山唬野獸，一朝殘刧剩孤忠。西風古屋龍蛇壁，斜日高原虎豹叢。合與諸生同盥薦，春秋蘋藻素王宮。祠在縣學宮後。

舟中風雨望羅浮

翠巖丹嶂隱厜㕒，玉女風鬟駊騀垂。雲出諸峯半天上，泉飛寸白露江湄。漫游累日成空返，小別名山入夢思。欲與瑤京更重約，泊頭風雨劇迷離。

北上戒期未果載得翰臣都下書

團欒燈火傍深宵，纔說將離思不聊。堪笑窶人愁甕踏，衹慚良友賦弓招。平生端爲虚名誤，小住偏能壯志銷。多事梁鴻五噫作，鹿門妻子最逍遥。

北上述懷

人生如萍蓬，風力任飄轉。所嗟同根株，不得相繾綣。五載仕京華，羈孤逐塵輦。心懷骨肉親，氣入風雲淺。一棹就仙城，雙嫛迎淚眄。依倚此窮年，團欒報孤蹇。誰令百故牽，未許宿心踐。萬里復遄行，迢遥悵原巘。徘徊空歲月，行李日敦遣。瑣瑣爲恩私，依依同婉孌。

平生遇輒窮，劣得濫科第。卑微豈敢歎，遭時獨蕉萃。朝謁東曹官，夕警南天燧。溟波一滉漭，幾日得清謐？經歲住海壖，邊烽肇斯地。重樓列番賈，生業各廛肆。果其信義降，何必種落忌。夜宿酒家樓，旋風挾飛佽。衣裳忽倒顛，翕習走魑魅。天明巨舶來，礮擊重碉碎。居然旗鼓震，欲作犬羊噬。安堵幸相習，訛言亦云異。立民惟大信，屢渝復何恃？皇仁幸寛大，柔遠任疆吏。終虞食甚翩，不求積薪熾。相時乏良謀，作客有深愧。

須叔有賢裔，姊丈蘁園郡丞。早聞法家言。及余肺腑親，乃服道義敦。艱難到骨肉，顛倒遺怨恩。孤生若冰蘖，賴子甘與温。瀟灑此軒楹，盤桓幾朝昏。歡然東西頭，好樂如弟昆。神矰百步的，天馬萬里轅。處囊看穎脱，辛苦職趨奔。寸尺得自効，進退安足論？言將別君行，獨策遊天閽。百年要扶掖，夙約在邱園。

別子穆

十年蹤跡逐雲龍，北極南溟會合重。作客衰顔逾我瘦，買山清興向誰濃？春風緘札題加飯，暮雨聞歌悵懊儂。歲月易侵離別邇，孤帆愁挂越山鐘。

別蘭谷

魋顔蹙顋世人疑，海角年來瘦骨支。作客屢彈長劍鋏，惜春沈醉落花卮。異鄉索莫餘青眼，早日聲名望白眉。獨客未歸還送我，離襟那不淚痕滋？

市橋別蘭賓桂浦諸弟

飄泊成累世，囏危餘幾人？卑棲期接武，先世曾宦粵東巡檢。暫蹶始超塵。桂浦鄉舉未雋。未可嵇情嬾，應能謝夢親。不成須鑑我，多愧涉關津。

舟中對月懷廣州寓齋

我別方圓月，江頭餘半規。四山蟲響急，獸客夜眠遲。水檻閒凭好，花棚合座宜。明珠雙弈弈，憶我定揞頤。謂甯氏甥。

舟中書悶

懶性思休早，羈游獨去遲。孤懷憚搖落，多病諱親知。殘暑爭秋酷，浮塵入夢支。篷窗減清詠，愁對數峯奇。

峽山縣作

庾嶺頻紆策，章流獨泳舠。峽深孤縣小，江暝一帆高。旅食風濤警，清時灌薄豪。夜來隣舫笛，遮莫亂驚猱。

過滕王閣下作

橫江起高閣，日日過帆來。不值軍門宴，誰聞賦客才？水天鷗影澹，歌舞蝶帬灰。惟有西山色，斜陽泛錦堆。

玉山旅舍

亂葉覆江船，闌干夜火懸。烏啼城樹月，山暝市樓煙。旅病乘秋劇，新寒犯客先。雞聲催夢斷，離緒觸潛然。

卷三　己未集戊申至庚戌

江橋八首戊申歲暮臥病越城時主外氏家作

浪覓山公櫂，西風古越城。臥龍經歲蟄，惡木一春嬰。有患方知過，無成衹幸生。惟應若敖餒，持禱不勝情。

幼小思賢聖，顛狂履阽危。撫膺余抱盡，傷足昔人悲。作慝逢災譴，流言抵禳祈。有傳余惡疾已死者。微軀歎何贖？傲骨抱空皮。不期搔作疥，直到聚成疣。我已慚司馬，人方慮冉牛。輦輿原大患，帷幔恐遺羞。用孫林父事。兩足瘍不能行立者數月矣。直欲同盧橼，相將赴潁流。

氷雪深宵厲，風雷靜室奇。五旬痎作瘧，兩月瘕成癲。夜雨疎檠暗，春風短髮披。多情謝鄰姥，杯珓卜靈祠。

推宅能容我，賢哉老渭陽。猶龍眞矍鑠，舉室共扶將。似舅憐余憊，諸甥望我强。酡顏相對久，思母淚盈眶。

不有長孫病，安知祝媿賢？閒關翻遠道，契闊幾經年。儻幸存吾舌，差堪共我肩。素衣應化盡，潦倒愧君憐。

僕去辭梁燕，囊空失水蚶。世人同有欲，吾道豈無慚。今雨客長斷，古風誰與談？餘生有天幸，寂寞此心甘。

先輩懷邱壟，吾生背井鄉。松楸歸未掃，廬畝問全荒。余本以上冢來，經年困臥，先壟未登。顧影魂思斷，經時意每傷。何當梅墅路，風雨聽鳴梆。

枕上絶句

湘紋日日蘐簾波，藥鼎鑪煙奈病何？閒煞江南好風景，妬花風雨一春多。

青山兩鬢判蒼華，病久羅衾夢轉賒。燈暈漸消鼯語寂，玉牕殘月有嗁鴉。

吳鄉櫻筍接芳時，一尺瓶花折病枝。聞道藥欄開又落，病幃寒淺覺春遲。

依依殘陣落空檐，梅雨多時閏又淹。新漲寒淞應不斷，病愁渾似夜潮添。

内兄夢玉司馬燕辰**迎余養痾笠澤官署歲除有作**

病榻羅衾重，官齋蠟炬深。損來青鬢影，愁入白頭心。佳節無家慣，殘年鄉客侵。雞鳴有同夢，顛倒拂朝簪。

興疾吴門

人生浪說住吴城，病骨逢秋怯自驚。皋廡自憐高士臥，蠡舟長憶昔人情。重楊左肘經年在，文梓空絃盡日橫。漫寫新詞成百闋，西風猶作斷腸聲。

子楨送惠山栗

翠蓬青殼未霜成，况是山泉乳液生。隣市晚煙京國夢，林皋秋雨故園情。多應病脚哀同叔，何意仙盤乞謝卿。消領香甌小黄玉，幾時藤策伴攜鐺。

位西書來問疾賦答

我愧平生百不如，衆中相見獨相於。思君愁詠河梁句，好我猶陳太史書。來書以太史公報任安書相勉。青瑣白雲時入夢，西風塵榻惜離居。寒山瘞骨相聞日，誄筆憑論願莫虚。

聞伯言先生南歸

從來吾道屬栖栖，中隱聲名不自迷。但覺風流前輩少，卽論出處古人齊。文章異日思邊幅，風鑑平生愧齧蹏。殘息尚存江路近，草堂還欲一樽攜。

客談廣州近事感而有作

尉佗城北經年住，風鶴頻驚旅客魂。長恐積薪成自熾，幾聞妖鱷敢親燔。婪貪趙呂終相嫉，鬱屈干邪好見恩。捧泣九重新詔溼，百年含德在元元。

鳶飛跕跕悵聞歌，兔走踆踆枉逐羅。銜海易塡精衛石，迴天難仗魯陽戈。功名時會誰能忌？風採傳聞自足多。顛倒頓忘垂死疾，春來南雁問如何？

秋來病甚倚枕雜書

秋風欺病骨，秋雨偪窗昏。計日成孤死，闐胸惜萬言。隣鴉朝語亂，庭樹晚香煩。猶有愁中句，誰當身後論？

漸覺羈棲慣，都忘世路窮。書方僮久習，鬻藥婢能工。巫誕誇占吉，醫貪惜技庸。已拚將盡日，閒事任疎慵。

平日溺文字，殘編與病宜。添燈愁小字，伏枕向微詞。一卷倉公傳，千秋太史奇。經言有岐伯，異説恐支離。

屐擬平生盡，藜偏隔歲穿。居然成失足，未得遂長眠。飲啄憐偷日，跂蠕枉問天。鄰殤胡太速？七日只疑仙。

吴城病起

一病泥犂酷，三年磨蝎深。那知青鬢影，還對碧山岑。晚節寒花健，空牆澹日侵。百爲都判盡，宿昔漫追尋。

不到艱難徧，誰能瞑眩嘗？百年傳異疾，千里覓奇方。春來疾瘉，海外釣丹，古方書所未見。險觸南山蝮，拚成左肘楊。靈蓍在迷復，那惜損容光？

往日如黃犢，鴻毛萬事輕。頓攜方竹短，來拄夕陽明。甫起須杖。腐馬曾工史，臏孫妄解兵。猶宜存懶拙，寂寞遂殘生。

吴越大藩郡，經年滯旅棲。樵歌憐故守，春廡愧貧妻。塞雁春春過，城烏夜夜啼。秋砧更何處？腸斷秭歸西。

親交勞悵望，一一報封題。感激輸龍骨，淒涼贈裹蹏。翰臣、位西。敘言疑隔世，顧影惜蟠泥。稍喜通泉尹，扁舟數晚攜。子楨。

倦眼揩如霧，愁看百事新。雲煙生變幻，花鳥出精神。雅度聞金玉，清時想鳳麟。料量作中隱，歸詠帝臺春。

我本五石瓠，由來百不能。省心空有疚，衡慮竟無增。文字多生孽，空花最上乘。依然污詩酒，閉影向禪燈。

孤櫂獨裴欒裒，山塘花正開。簫聲遲弄月，鱸膾引銜杯。乞食多慚色，休官亦費才。秋風阻歸興，何計息塵埃？

八月六日戲作

整冠臨鏡一翛然，病起孤懷百事牽。癡絶自憐添畫稿，悶來聊爲續詩篇。冰霜歲月愁京國，花柳風情惜少年。欲向江東問曹霸，猶堪張戟上淩煙。

姚子楨約同訪覺阿禪師未果屬子楨乞其畫扇

久欲硎山訪道支，又聞新壑建茆茨。枯槎怪蘗書中聖，疎影寒香畫裏詩。陶令閒情傷酒污，永公高閣懼行虧。惟餘一念思迴向，爲乞空林雪後枝。

庚戌九月自吳返越嘉禾道中絶句

病客扁舟載幾時？乘潮別浦又鴟夷。微生四海東湖意，怕見青山笑莫釐。

鶯湖過了又分湖，蟹簖魚椿似畫圖。蘋蓼鄉中秋最綺，水花開遍野慈姑。

孤篷日坐畫圖閒，只少黃癡作遠巒。何處孤雲倦行雨，隔林閒當一峯看。

澹日西風瘦不勝，幾家修竹閒桑塍。柳陰一棹輕於葉，玉額吳娃喚賣菱。

猶有殘蟬挂別枝，紡車聲亂荳花籬。蘋鄉又聽新蛩語，寒女功裘待上機。

晚來停櫂傍茶菴，燈火人家炤碧潭。恰似吳娘好眉黛，語兒涇畔月初三。

湖上絶句

路出錢門指斷橋，湖光一角蕩魂消。平生夢寐如相識，楊柳西風未解條。

鄂祠西去路盤紆，天竺三峰接上都。祇欲林巒最深處，冷泉亭下覓騎驢。

白公隄畔放輕舟，行到金沙欲盡頭。一樹芙蓉一楊柳，十分清豔作殘秋。

點屐孤山興不孤，補梅亭樹未全枯。東風問有重來約，待逐看花向裏湖。

湖心亭子漸傾頹，楊柳煙濃玉作堆。擁髻莫愁明鏡裏，幾時重見翠華來？

南屏秋氣鬱蒼涼，落日明霞豔水鄉。偏是雷峰無限好，青山何處不斜陽？

待月湖樓月似眉，悶來還妒亂雲癡。湖中夜半繁星出，樓角聲聲梵笛吹。湖樓待月，夜中白隄，燈火甚繁，乃聖因寺薦福道場也。

繞隄煙火漸收筒，曙色微茫出數峯。靚絶玉人新睡起，曉糚臨鏡鬢雲鬆。

展重陽日謁墓蘭渚遂偕外氏諸昆薄遊蘭上

脩竹清流到處宜，孤亭千載復何疑？青山觴詠俱陳迹，勝日春秋又一時。萬里舊鄉悽隴畝，百年多患累親知。歸來問有麗公會，殘菊還開插帽枝。

陳冀子丈歸休著述老而彌健越中陸務觀來蓋未有也招飲卽席卽以誌別

渭南詩叟本鄉隣，老覺頹然始逼眞。劍外那堪談舊事？鑑湖元自屬閑人。秋風此會重看鬢，夜雨當時幾愴神。明日溪橋傳一笑，不教官馬汙街塵。

九月晦日將離越中謁陽明先生祠用壁間墨拓濟南書壁詩韻

蚤拚殘息墮幽沈，迴首中年百感深。不道升堂猶故里，似聞落葉助悲吟。詩書漸悔平生業，忠孝能忘未死心。聞道狼煙又都嶠，天時人事日相尋。時聞粵寇。

十月三日重遊湖上絶句

湖山元自不深高，底用幽尋擔榼勞？一日湖南又湖北，滿船風雨任蕭騷。

幾聞煙雨說平湖？親見元章潑墨圖。日暮白雲天欲合，四山樓閣在空虛。

南山清麗北山幽，楓柏丹黃麯院秋。行過西泠最蕭瑟，柳陰閒趣逐輕鷗。

舊隄風景勝新隄，一抹垂楊有鷺栖。林外晚煙雙屬玉，被風偏落斷橋西。

滿湖亭館半蕭條，金粉彫零恨寂寥。絶代天成好眉嫵，鏡奩愁絶黛痕銷。

小樓經宿我重來，山水門緣得幾回。愁著五更鐘外雨，湖鄉寒雁一聲哀。

十月八日舟中作鄉中墓祭歲以孟冬初澣也

病懷猶錯莫，歲序復崢嶸。往事都成負，微軀獨更生。寒衣迷舊綫，遠道説新兵。爲問南阡路，何人奠魏城？

夜投石門

别渚雲歸處，孤城月上時。天涯仍中酒，人事易愆期。小别魚牋重，微風雁艣遲。眠沙有鸂鶒，早晚不相離。

舟過吴江乘風過湖亭午達盤門矣得四絶句

年時官閣幾黄昏？臥老垂楊有淚痕。迴首四橋煙草地，扁舟應有未招魂。

數峰清苦怕重看，蒓舫清歌惜墜歡。想得青衫舊司馬，荻花楓葉又邯鄲。謂夢玉内兄，時方北上。「蒓舫」，夢玉所題笠澤官齋也。

洞庭衰草極天蕪，縹緲雲峰半欲無。猶有清秋好風色，片帆吹雨過東湖。

吴閶燈火住經年，紅樹青山又一天。珍重南園舊賓客，錦涇香月幾重圓？

别息園作

瘦盡垂楊舊幾圍？兩年愁臥對斜暉。清池一鑑憐棲影，人世何方問息機？風雨異時成獨憶，燕勞迴首惜分飛。秋亭從此薇花發，崇讓坊前屐齒稀。

泊京口驛

聞説江天勝，扁舟兩日停。微霜山寺赤，落日海門青。燈火瓜洲市，人煙鐵甕亭。夜來鐘響寂，風雨隔龍聽。

道聞林督師薨

嗣主新承籙，先聲好築臺。羣思據鞍壯，誰謂落星哀？自古多遺恨，當時亦僅才。南征望諸將，裂眦不歸來。

揚州重遇周瓞甫騰虎賦贈

往日雞羣見鶴姿，丹山老翮更瑰奇。十年霄漢成輕別，千里關河費遠思。人世幾回還少壯，文章多患集憂危。高樓會散淮南夜，月落潮生又路歧。

伯言先生主講梅花書院僕過揚州而先生適至自金陵喜而有作

梅花嶺上梅花閣，閣裏種花人姓梅。夜半潮來又風熟，江頭人至復花開。朱絃磊落欣彌健，寶劍淒涼幸未埋。明發同舟逢邵伯，撿書燒燭話深杯。

高郵

客路方攜櫂，居人早禦冬。微陽生野馬，寒色上茆龍。積水餘新潦，垂楊感舊容。風流想淮海，藤下幾相從。

淮安

帆疾驚鴉重，檣低出市高。晚風猶滿席，秋水未平槽。漂墓存諸母，隋隄駐百艘。五湖迴首處，時節感霜毛。

雪中渡河作歌志喜

病夫老作江南客，江南兩年逢一白。深冬羣樹尚青青，厭說江南好風色。清河兩日風如刀，河干片片飛瓊瑤。晚來一葦趁風力，雪花拂面風騷騷。近聞玉詔傳都邑，天子神明自天出。天公有意報祥霙，百草根枯秀苗茁。君不見？河濱老卒數畝田，雲中漠漠青浮煙。歲時芸耔天所佑，但有力穡無凶年。夜深野宿投荒林，顛倒此時憂樂心。布衾暫展冷如鐵，郫酒急呼涼似冰。醉中夢入南山路，一箭橫穿石没羽。醒聞街柝鬧殘更，廄馬寒氈鐸鈴語。

沙河道中長句書懷

沙河歲晚行踏冰，酸風獵獵摧行縢。十車捆載盡家室，疲驢病馬愁淩兢。曉月黯黮雪滿塍，車前鐸語寒自膺。兀搖魂夢屢悽惻，瘦影一鞭紅日昇。晚來客愁尤不勝，落日欲没蒼煙騰。痡瘏僕馬望城戍，但見遥空一塔青浮層。田家雞黍强進酒，店舍蝎壁時呼鐙。案頭對食疑夢寐，牀腳跂眠懷友朋。世間富貴賺行役，萬釘奢願吾何曾？胡爲餘生蛇蜕出。乃復遠道雞鳴興，艱難弱累祇長物。魂礧文章徒結癥，長安炊玉況非易，薄笨駈車殊自憎。何如青山卧白雲，縛茆一菴同野僧。游塵萬古孰非寓，底用有子黄金籯？不然歸去衛鄉里，伐鼓五更捶大藤。生爲朝柱未渠遂，死作國殤猶可憑。百年鼎鼎送强壯，數口栖栖迷斗升。夜闌車馬又催發，淺夢湖鄉聞采菱。

卷四　己未集庚戌至壬子

抵都歲除

五年寒夢覓東華，一臥滄江歲月賒。人海再來疑隔世，客衣初澣似還家。清時事業期中隱，殘律風光愛晚花。獨有鄉心畏南雁，皖山春信斷蘆笳。

位西員外丁未六月廿有一日招同人作歐陽文忠公生日京邸拜歐齋遺像屬戴學士畫醉翁亭圖附錄同人壽歐詩文卷尾庚戌歲除僕還京師出示屬題次宗滌甫文稷辰詩韻

病客不死單車旋，幾年磨礪棲宮躔。故人天末喜相見，獨不遺我賢豪間。平生師友有深契，行身拂戾空言詮。五年京洛職卑冗，游從頗得糸羣賢。風期微尚蘇柳在，文字一脈韓蘇沿。歐齋懸像自何年，苑廬宗邵同攀緣。稱觴遙溯綿州日，作畫遠取滁山巔。七峯磊落星斗懸，不有後者誰作先？降辰我適屈子後，成佛誰當謝客前？惜哉小別滯江海，末座未獲登斯筵。淋灕快落風雨筆，慘憺細擘蟲魚箋。我時廬陵泛九曲，廟祠未遂陳俎籩。遂嬰惡疾久湮鬱，不謂殘息猶遷延。當時一死百毀棄，文章事業誰當傳？誓宜勤官懲嬾漫，那復畏死愁迍邅？嗣皇有道新平平，富韓在位誰黨偏？但期同彙賀連茹，詎肯不食羞寒泉？雙闕浩蕩春風天，披圖讀詩心浩然。他時慶歷數文物，我能軼逸誇羣仙。

酬楊湘筠寶臣

緊我嬰危疾，聞君幾斷腸。交遊從丱歲，風雨自蠻鄉。猶戀侏儒粟，能辭傀儡場。百年三萬日，休惜醉千觴。

寓廬偶成

清時容嬾拙，薄宦即爲家。陋室攤殘卷，閒官散早衙。客懷仍滅刺，詩壁自籠紗。不見新城叟，藤梢幾作花。所居阮亭尚書舊屋，雙藤猶在，所手植也。

咸豐元年正月十九日齊集慕陵禮成哀紀二首

玉宸新籙萬方傳，榆柳生時薦几筵。易水瀠洄蟠壽域，長山迢遞溯靈泉。勤思卅載神常在，永慕雙宮德倍虔。期禮濫陪朝士列，聖哀猶動九重天。

憶從雉尾識龍顔，十載親逢國步艱。秋雨薪芟愁瓠決，春風干羽惜苗頑。廟堂繼述眞無忝，郊墠尊崇遠莫攀。計日昆侖還告捷，永將弓劍奠荆山。

范子百崇泰衡選得萬縣校官奉送二章

儒子荷天下，殷憂世謗嗤。閉門思孔顔，顧影還自疑。德力有厚薄，所懷同溺饑。從來陋巷賢，乃負王佐才。我蹶思復振，君行矧無虧。詎當懷悔尤，渝此平生爲。儒官世所忽，巍然士人師。湖郡闢新齋，河汾著微詞。古今會其通，美意惟善施。側聞朐䏰縣，高山而深池。荒荒山水間，文翁有遺思。

京華最親舊，十載懷昔遊。海内幾賢達，少君清靜修。守身志不辱，憂時淚常流。我別幸未死，重逢京陌頭。眼明見士龍，相得如子由。竊禄對曹司，爲學富春秋。謂令弟雲吉得官比部。臨別致繾綣，贈言何摯周。君爲我心録留別雲吉並以遺余。願及同切劘，樹立邁常儔。報君乏瑤瓊，對此欲語羞。况聞多言失，戒我心綢繆。信我詞多屈，如君藝盍游。飲酒試長哦，寄來巫峽舟。君嘗戒余作詩故云。

端木明經百禄以劉文成公授經圖遺像摹本屬題時從征粵寇行有日矣

龍虎山中遁杳冥，碧梧翠竹自娉婷。功成舉世疑多藝，老去傳家只一經。不任劇煩原藪澤，自然流轉入丹青。括山多少遺聞在，萬里歸來訪易亭。君尊甫太霍山人在日注易最精。

顧亭林先生祠遇苗翁仙鹿夔出寒燈訂韻圖索題

張子齋頭始相識亭父，湯侯閣上數經過海秋。抱琴歘客欣彌健，汗簡平生幸未磨。夜巷斷車聞鬼哭，春城攜酒惜顔酡。歸休好待蒲輪至，門外縱横轍迹多。

粵征從行呈壽陽師相

慶歷文章數鉅公，高詞珠玉幾人同？上書司馬年方少，侍席歐陽論漫雄。寒女入門愁自媚，圯橋將履意何窮？惟當一夜淮西雪，天遣憂勞息聖躬。

司業池公生春**督學粵西不材受知最早愧不能秉公教至於老大靡所成立桂林同學立公專祠者已數年溯公之卒十餘年矣祠中秋祭適以從征歸粵得與敬步遺集贈彭生韻二章即效其體**

使車行令肅風雷，匠石雄心起萬材。八月秋風思廣廈，千金駿骨有高臺。當時蜀相人爭哭，此日桐鄉祀儻來。曾記白衣門外立，殷勤東閣爲頻開。

後堂彭戴倚門高，往日乘風欲駕鼇。一事未成傷老大，百年多難入兵騷。沈思倜儻樽前度，願乞英靈盾鼻豪。丹荔黄蕉等閒事，河汾將相望同袍。

發長沙日寄别桂林親友

病起相如嬾，何堪萬里行？艱難漸入蜀，慷慨悔言兵。勁草知風晚，荒藤破峽生。坐令妖漫術，蠢爾日縱橫。

一出秦川險，在潯州。旐頭百丈高。將軍惟向寵，痛哭幾陳陶？上將工盤馬，中郎漫請貂。誰憐彈丸邑，南八是人豪。謂署永安州牧吴江。

濛水繞濛山，經時弔釡魂。深居憑草邑，野築負層垣。再整臨淮壁，羣瞻細柳門。傷心元夕宴，幾度負金樽。

不學青萍術，空談黄石書。祇言三伏在，誰料一丸虚？隼鷙悲投網，鴛爭枉覆車。龍寮迴首處，遺恨惜溝渠。龍寮嶺在古束山中。

揭帝孤城在，郊原盡棘榛。丁年幾游釣？癸水竟刀兵。一幟從天降，當時免胄迎。論功到嚴武，蜀客淚盆傾。

秭歸村外路，訪舊别匆匆。緯室慚須女，衝車説呂公。亂山殘刼後，棲鳥暮烟中。便擬荒塋側，長依數畝宮。

一掬湘源淚，臨風浩不收。賀蘭兵滿萬，睢水血空流。雀鼠空城盡，烏鳶亂塚愁。楚氛知更惡，裂眦恨悠悠。

浪說投鞭利，寒瀟衣帶長。城中偏畏虎，域外盡封狼。夏日蓮溪豔，秋風橘井香。可憐名勝處，日夕盡牛羊。自道州而郴桂連城盡失。

故人盛奇節，投筆賦從戎。保卒聯司馬，陰謀策上公。風雲殊黯淡，衣馬自雍容。誰識南山獵，雕翎没草中。

舊友憐新別，江楓早送秋。椎牛嗤主父，化蝀笑莊周。往事悲泉竇，餘生恨石頭。東南方力盡，未解陣雲愁。

蒲桃滿夜光，歸客思蒼涼。觱篥寒風裏，旌旗落日黃。先幾收白馬，小捷報紅娘。更有雲中戰，空聞縛左王。長沙解圍，傳聞某將生捡石大開者，誣也。

隴畔偕耕者，相逢定夥頤。居然鴻鵠志，信有鬼神依。灞上翻如戲，關中遂不支。朝天空有日，愧殺羽林兒。

嶽麓秋蕭瑟，長沙古鬱蒸。羈栖憐賈誼，兩月病黃陵。在長沙圍城中兩月替事。五技方窮鼠，三山又縱鷹。可知存玉壁，不爲築金城。

閫外新移節，威聲震朔方。書生昧戎略，捧策意何長？但使龍城在，行看虎旅張。圍師休更鬮，計日埽天狼。

湖口

鏦鏦金鼓罷宵闌，萬里空游也自還。迴首烟塵如夢寐，側身天地自寬閒。風颿有約神先晛，沙鳥忘機意總關。騎鶴仙人應好在，岳陽樓上看君山。

舟中聞鴈

黃沙白草怕重論，獨戍危檣夜色昏。歸路相逢愁雨雪，嗽雲無際又湘沅。江湖歲晚憐秔稻，關塞風多惜友昆。幾處寄書知達否？玉釵紅燭最銷魂。

往年遊廣州遇蘇賡堂給諫論詩極歡臨行乃相戒毋作意甚盛也昨歲從征與給諫別京師申戒尤切軍中自池司業祠秋祭兩詩外未嘗有一字也頃出長沙舟中破作詩戒念給諫方奉諱南歸感懷賦此

握手經番戒我詩，我詩憔悴獨君知。西湖易感東坡叟，北里難逢南郭師。良會寂寥人又遠，平生倜儻計空奇。百年來復能先覺，講易山堂繫我思。君故善易。

信陽

驅馬日栖栖，申陽歸思迷。欲尋賢首隱，愁聽汝南雞。冰雪欺殘序，雲峰夾斷溪。時逢麋鹿叟，倚仗看征驪。

西平

行矣那復顧，浩然空所思。霜寒生柏子，曙色上龍陂。唳鶴猶相警，賓鴻胡太遲？舊游愁記數，時節感冰澌。

歸馬　故天津鎮長小泉長瑞**馬也小泉騎赴粵征與其弟希彭**長壽**同戰歿於永安古東山中此馬猶存觀察梅君**士魁**豢之攜歸京師塗中同行愴然賦此**

昂藏八尺氣如雲，曾見輝煌渤海羣。落日殘旗傷故道，錦鞍玉靶復何人？青芻高義勤僮僕，碧血愁憐想弟臣。猶有心中不平事，花斑魁礧帶沙塵。

塗中憶劉茮雲傳瑩**兼懷諸子**

平生蚤識劉原父，歐九依然腹笥空。憂樂每關天下計，潔清時見古人風。詎知生世猶文物，可有英靈庇姹翁？我已不材隨破卒，滔滔江漢望吳蒙。

髡柳

一別銷魂記漢南，對君搔鬢忽毿毿。殘年驛路愁星檄，少日芳情冷翠衫。歸去脫簪思栗里，夢迴拋甲在江潭。鳳城日近青春好，乞與東風解玉驂。

渡潁橋作

淮山幾角鬬青蒼，鮦汝經過意未忘。一折清波流潁曲，千年遺跡問高陽。頻思巷陌逢車杖，好與兒孫說霸王。天漢星文殊落落，淩雲蕭瑟暮臺荒。

許昌口號

板橋祠宇出荒蕪，數騎匆匆又許都。到處流傳尊稗史，幾人豪健說當塗。艱難將相徒憎命，歷亂奸雄只惜渠。陵谷蒼蒼塵刼在，譙東何處覓精廬。

朔雪

朔雪不知處，晚雲空自稠。流澌鳴曲洧，凍土茁新牟。赤木連兵氣，昏鴉帶瞑愁。巖棲殊未卜，車馬日悠悠。

寒月

寂寥行館地，牢落倦遊心。月是經霜淨，寒偏入夜深。明鐙猶自夕，短髮欲難簪。忽憶龍城將，沙場戰鼓沈。

汳城遇陳凝甫孝廉呂綸**卽贈**

早日詩情便老成，醉歌燕市若平生。十年江海迷相識，一曲鶯花賸有情。身外浮名空老大，酒邊狂態惜縱橫。聞君郭北家風好，忼慨陳書要解兵。

內兄孟餘席間重晤王少摩庭楨**卽席見贈有舊聞病深死新自賊中來句奉酬**

猛虎磨牙笑此行，底須九死歎餘生。清樽雨雪勞相慰，孤劍風雷畏復鳴。舊友驚呼半泉壤，遠書珍重幾瑤瓊。相逢一夕還相別，燈火樊樓合到明。

邯鄲道中絶句

磁州城外柳毿毿，一路雙渠夾翠藍。十七年來重迴首，北風催雪又邯鄲。

旭日關門帽影低，一風吹送過洺西。琵琶恨語分明在，得意青春快馬蹄。「一風兒吹送到沙河店」，琵琶倡曲中語也。

哭陳冀子丈過汳城，日聞孟餘通守述丈噩秏，適行汲郡道中，乃八年前相識處也。

先生歸卧鏡湖秋，我疾經年傍死瘳。翻累攜笻到牀下，喜聞過酒自牆頭。一時故里思文獻，當日遺編孰校讐。獨有人倫孤水鏡，朔風吹淚過西州。

題麒麟鋪

冷堠蕭條敗壁污，暮雲寒日戍樓孤。離離遠樹如人立，漠漠晴沙似雪鋪。爲想靈奇在郊棷，耐看名勝作榛蕪。尋常冠蓋爭迎處，褒驛新題問有無？

旅舍

夜來投宿處，行色頓棲棲。旅壁那能埽？客名愁自題。寒鴉驚斷角，疲馬怒殘萁。不及新豐日，邨醪醉似泥。

對食

主人盛供帳，磊落進盤餐。藉識爲政好，都忘行客寒。人情重芻飣，王路戒榛菅。且與歡今夕，休論雨雪頑。

過常山驛

積雪明官驛，驅車向晚過。凍雲凝太乙，寒日下滹沱。直北關山壯，征南羽檄多。相逢問車騎，辦賊計如何？

雪霽感懷

朔風前夜雪，平野白漫漫。山日出新沐，林烟生暮寒。征途方帶甲，吾道合棲磐。一作原頭獵，吳鉤恥復看。

將抵都門途中口號

夜雪深時雞亂號，隔籬呼飲盡寒宵。昇平好景君須記，那得平原按劍豪。

一別軍門策蹇歸，尚聞烽火照南畿。平明急羽銜風過，可是軍前大合圍？

房相功名誤白頭，杜陵窮老合扁舟。鐵衣未死南征將，猶夢前軍入蔡州。

帝鄉雲樹漸依稀，書劍重來百事非。來日蘆溝殘月底，羸車緩策避驄肥。

奉送位西員外出使東河次見懷韻

瀟灑氊爐數老生，小冠緇布最崢嶸。閑邀抵足無車馬，醉倚羅胸有甲兵。雨雪樽前愁浩刼，江湖夢底惜寒盟。浮槎萬里封侯路，曳翮迴谿看子行。

琴西編修出示抱潛詩卷謂其詩如美人劍客誠不誣也戲題一首

七年不共奇男語，百首詩存劇可憐。玉額翠眉曾我伴，黃塵烏帽復誰邊？綺詞清麗樓中女，逸氣飛騰海上仙。近引孫郎說詩例，我如殘卒臥歸田。

題孫芝房侍讀鼎臣**詩卷**

往日蕳珠集勝游，與君先後逐曹劉。河山樽俎人俱遠，冰雪衡廬歲忽遒。賴有好詩消永夜，忍無奇策壯忠猷？東曹夜直，攜君詩讀之，而邸報賊氛甚惡。離騷痛飲差吾事，絶勝哀吟對楚囚。

書陳梁叔孝廉克家**蓬萊閣詩卷即送從軍**

仙篆神燈事絶奇，事見本集。幾人沽酒貰金龜？河山滿目禁寒淚，花藥餘春供好詩。江介百年傷亂日，淮陽一壁重當時。憑君寄語南征將，好譜新鐃付偉詞。

重晤駱槐生學博獻廷**即贈**

記共研書接短檠，宿舂千里起長征。重來遠道經離亂，舊日同舟半死生。綺陌香塵尋黯黯，玉溝流水惜盈盈。羈棲歎我成何事？羨爾欄杆苜蓿清。

從弟晉甫南歸有詩次韻送行

花時準擬玉驄驕，一聽驪歌思不聊。撲地煙塵愁遠道，泥人燈火戀深宵。高樓西北絃歌切，故國東南煙樹遙。絕憶平生少游語，因君歸思逐江潮。

從來書劍特羸疎，常想青山對結廬。薄宦身名餘敝翮，他鄉風雨獨離居。張翰未去情何限？燭武眞愁壯不如。長是西堂夢春草，爲誰辛苦借朝車？

孔繡山舍人憲彝**請題其大母陳太夫人三世授經圖册**

多少青燈婦，教兒讀絳紗。榮名羨韋母，才調陋班家。詩禮原鄒魯，孫曾盡渥洼。殷勤護藏壁，羣盜正如麻。

凝甫孝廉索題尊人九香先生耐園秋色行卷

秋氣悲羣動，幽人獨嘯歌。閒官戀松菊，晚節媚煙蘿。小築嵩淮勝，名賢簿尉多。風流看通子，高致復如何？

卷五　己未集癸卯

陳梁叔孝廉克家袁浦書來有詩次韻寄答並柬張海門金鏞孫芝房鼎臣兩翰林

平居久泥蟠，雲雷思奮迹。非幾乃冒進，未寸退已尺。人生一墮甑，何必俟頭白？回谿曳翮餘，百念盡摧抑。歸來謀市隱，晏處那復得？四海未安居，一身何所惜？況聞氛祲惡，列郡紛破析。長江大河險，反手落羣賊。咄咄但書空，悠悠同抱戚。關河盛雨雪，欲去竟安適。男兒請長纓，氣已壓千百。道逢陳孺子，片語露超特。孫張曾說士，邵子更在昔位西。吾軍百戰來，端坐少謀畫。不聞古田趙，珠履三千客。折衝樽俎間，萬里風雲色。頗聞邯鄲圍，諸侯觀在壁。危安視此舉，坐待澄清策。君無歎岐路，黽勉赴兹役。捷書早晚來，浩蕩洗兵革。

蔣霞舫編修達招同汪仲穆孝廉暕諸君集龍樹寺有詩即次前韻並送仲穆出都

人情忽朝昏，昨事戀陳迹。十年龍樹青，美蔭過我尺。如何眉刷翠，頓欲領垂白。四十漸無聞，微生常鬱抑。朝來香積飯，良會幸復得。當時文酒豪，流散足悲惜。世途益榛菅，離居愁蕩析。形骸傷疾病，性命餘盜賊。茫茫歸獨居，惘惘念所戚。汪藻夙聲名，單車問何適。平生自豪健，腕底珠琲百。相逢得少游，杯酒申敬特。孫張惜未至，謂海門、琴西。傾倒記疇昔。秋風八桂林，光景在指畫。懷哉金谷彥，半作玉樓客。清時憶勝流，抗髒丹青色。龍雀慘銷沈，蒼涼對空壁。菰月出林坳，松風鳴策策。餘情足歸詠，聊用慰勞役。長留未死期，四海厭兵革。

海門夜過述懷再疊前韻

至人無近名，大用不循迹。丈夫倜儻事，得失豈繩尺？衆中發口難，異論多堅白。偶懷澠池奮，或笑蘧瑗抑。萬事有機緘，一失難復得。古來軍門宴，玉斗撞可惜。憶從長沙來，軍聲誤奔析。巍峩龍虎邱，草竊付狂賊。遂令逆勢成，粗耰藐干戚。羣公各牙纛，悵惘欲安適。當時郡材良，虓闞一當百。承平久酣豢，不及收介特。奇謀出非常，成事乃在昔。中宵起坐歎，顛倒自區畫。悠悠復悠悠，笑爾一孤客。張侯自登第，相望僅顏色。文字日知聞，蝸螺接衡壁。深宵話風雨，孤憤幾籌策。去住那足言，微躬慚祿役。誰能方武畧，持以答綈革。

芝房侍讀假歸迎母三疊前韻奉酬

孫郎盛文章，天馬絶陳迹。輶軒萬里還，行卷積盈尺。君典試黔中，有使黔草。縱橫自吟嘯，直欲追甫白。翺翔禁闥間，雅度出撝抑。東南諸老盡，此筆幾人得？神交餘十載，舊好各追惜。壺矢想風流，烽塵傷割析。金甌當聖代，狐火來橫賊。天心要足憑，人事乃多戚。跧身塵海中，此意豈甘適？新詩叨屬和，驚喜錫朋百。忠孝致纏綿，聲文聳瓌特。故鄉聞亂後，澆浴迴非昔。親舍未安居，寸心勞遠畫。歸迎茲決計，辟隱豈朝客。嗟予本樗材，敗棄失顏色。冥心一蝸殼，堅卧抵深壁。時危百計殆，順命苟全策。春水奉安艫，何須歎行役？看君刷鴻羽，繫我繫牛革。頃自筮易卦，得遯之『同人』。

夜飲海門齋中談藝夜分明日琴西有詩四疊前韻

楸枰一局危，萬悔空前迹。況時百拮据，直枉混尋尺。吾謀日支離，祇合醉浮白。張侯開筵晚，慷慨愈悲抑。金商昨夜催，秋氣最先得。坐見歲黃落，寸根獨自惜。文章有神理，瑣屑畏鈲析。戎馬自經年，亡精更戕賊。涓流積洪波，觴濫孰貽戚。歸來病肝久，永夜不得適。歌搖時一鳴，欲抵杯三百。鴻章數復反，謬語愧奇特。酒酣忘世羈，矯首望古昔。峥嶸徒强顏，突兀想微畫。魂思江漢定，死羨杜陵客。亂離誠有終，雅頌肯無色。魏博今羣帥，江淮幾堅壁。天心要迴旋，成事豈多策？孫郎詞激宕，努力愁吾役。相看虎豹文，詎類犬羊革。

海門琴西居址皆近過從相得兩君有詩五次前韻

人生不遂志，僻衖合遁迹。蛟龍雲雨乖，蟄隱甘蠖尺。百年俟河清，馬角與烏白。得酒且長哦，慨慷胡自抑？幽人對衡宇，平昔猶僅得。孫子况舊游，契闊屢驚惜。張南我北居，奇賞亦疑析。塡胸算今古，眼見此亡賊。貧家抱甕計，毋獨自多戚。昨得淮浦書，和歌聊取適。賡詶忽重疊，瑧若庭旅百。長日久蕭寥，高談頓殊特。危生出坎壈，敢自儕古昔？不聞陳蔡間，絃歌猶講畫。高山雖仰止，於世等行客。一箭送長鬚，好語動我色。尊匜忍相負，蹶起埽塵壁。百爲任天成，聊樂定中策。願言勤追歡，吾心豈形役？南征如不還，幾日沈馬革。

庚戌之春宗滁甫丈行過吴中就視余疾别後乃於揚子舟中寄詩慰問病已還朝與丈重晤匆匆又從粤征而詩迄未報也感老成之鄭重慨薄植之飄搖撿篋得詩因次其韻寄丈越中時丈告歸又兩年矣

世間萬事悲鑿空，搔疥作疣吁可痛。文成大藥祇虚傳，賈生危言獨微中。小子不材憐弛縱，單薄門閭抱深恫。皟羊犧雞殊自弄，中歲爲災還瘺瘲。蹇連名業既未成，局促身心每交鬨。憶從自牖曾執手，别後貽詩時愛誦。倖能萬死脱餘生，已似衰陽出昏霿。長頭刴抱經幾時，臏足帷緇竟何用？迴思京洛再相逢，九十春光一殘夢。大海洪濤羣悸恐，科頭晏眠徒自訟。雨雪前途方凍淞，鴻毛爲輕一髮重。故鄉秦嶺有寒松，我欲從之曳飛鞚。

將期海門琴西會飲因疊前韻代柬

斯疾無端回屢空，尼山萬古心奇痛。暴秦何必傳三世，窮羿居然傷百中。咄哉天問非文縱，我欲續騷意尤惘。造物何爲恣戲弄？伊昔狂夫困奇癖。寸田萌櫱幸未芟，二子膏肓偏久閧。艱難世事猶如此，百本楞伽夜深誦。庭前急雨洗秋容，屋角遙山破朝霧。高文大冊看兩君，天地生才須有用。蝸蠻立國螳臂雄，時過槐柯成噩夢。福祚無疆生戒恐，帝前羣眞已得訟。會見新陽解霜淞，錦城十里春花重。不然一瞑萬事休，也應沈醉青絲鞚。

寓齋會飲繡山緗芸蓱矼皆不期至客去有作

微商晨茸催，殘暑鏖未已。悲氣愴中來，外爍更如燬。悶懷思踏冰，嘉會暫浮螘。招邀喜旁近，羅列愧清旨。人海幾精廬，詩城獨堅壘。三人更不速，一笑每相視。休論瓜蔓新，但取池魚美。樽前互推激，身後預料理。初筵神屢王，既醉足堪抵。裹革任死生，明珠況瞀眥。如何牽重闉，直合盡餘晷。元理子雲超，新詞仲文綺。有時流水去，或入玉壺底。沈沈星漢白，睒睒燭花紫。人生歎何常，行樂固宜爾。鄰舂安足戒？是日聞同年梁筆山喪。夜卜亦非侈。客散問何其，黃雞方再起。

詶滁丈詩未寄鄉中人來述丈近事頗悉再疊前韻併寄

神媧鍊精思補空，黃能羽淵抱奇痛。達人觀世隱深識，錐脫刀藏俱得中。先生遯跡眞神縱，南歸正有西河惘。鸞絃續膠璋載弄，豈若邨耆苦衰癖？在家縱爾爲國憂，閉門那復知隣閧。鑑湖山水尋釣遊，採蕺春秋習絃誦。有時玉鏡堆雲髻，無數蓬山出煙霧。兩年臥疾記我曾，萬里虛馳歎何用？歸來視草許鑾坡，枉復歐齋榮昔夢。歐齋爲翁昔在樞垣直廬。我生不祥殊自恐，去留何心日交訟。怪柟枯槎經冱淞，顛風烈日遭時重。雲門高寺傍狐邱，何日塵埃眞息鞚？

海門相過夜談併邀琴西客去作歌三疊前韻并柬琴西索飲

張侯一樽瓶屢空，陛戟卷書心隱痛。自言蜥蜴非守宮，覆盎翻教人竊中。孫郎筆端能控縱，每說時艱忽神惘。海童寄物多奇弄，問有飛龍已狂癖。巷南巷北蝸螺小，二子何期日讙鬨？憂深悶語各嗟喈，飈忽雄篇起吟誦。昨宵達旦尚深談，門外殘蟾挂朝霧。天地烽塵人事乖，高詞雲門歎孰用？元霜催客况星星，白眼看天殊夢夢。東方斂車歸自恐，叩門聱聱時詆訟。他日旋車衡露凇，紫髯坐對離懷重。美姬之酒如可觴，休惜深泥曳單鞚。美姬酒出琉球，琴西教習學生時以相寄。

聞浙江大水四疊前韻奉答琴西

赤城夜漏天瓢空，城中魚鼈泅呼痛。吁嗟於越聊未兵，卅城又報洪災中。孫郎作詩殊激縱，自昔褒城懷宿恫。潢池久已遭兵弄，嬰赤空皮防瘝瘲。可憐幾日好家居，風雨飄搖才一鬨。看君墨瀋怒翻瀾，緊我口沫愁給誦。况從巴岳親狂燎，坐見江淮落幽霿。平原常山未有人，眼底睢陽差足用。那知濁鹿滯王師，更說狙閩惑妖夢。萬里蠻山仍忌恐，大官諱賊如逋訟。我識枯荄餘薄凇，勾萌再見根芽重。東南鄉井何處歸？枉欲青山息塵鞚。

海門相過值雨小飲談蓺夜分待琴西不至六疊鞚韻奉貽時君將南歸也

百年隙中駒，一逝本無迹。迂生溺文字，積卷恒過尺。文豹偶留皮，赤也謬希白。人情多愛憎，顛倒或揚抑。眾口復何常？寸衷期自得。以玆獲素心，相賞更相惜。如何甫歡聚，輒復歎拋析。歲星聞埽狼，曩者兆滅賊。道光初年，張格爾亂，以彗星見，即被俘。天乎如有意，四海樂親戚。萬里共比隣，何憂南北適。艱難同覬思，頌禱日千百。將軍餘向寵，嚄唶老英特。何時飲黃龍，有約在平昔。連朝秋氣重，雲羅妙空畫。堆墨忽如磐，傾盆且留客。須臾一雨散，窗燭有涼色。歸鳥自棲林，鳴蛩時近壁。興公數來會，玆獨倦攜策。居遊行蕭條，君復賦於役。吾將就官府，狂態忍心革。

連日雨甚不出五疊鞚字韻柬兩君

十屋淋灕九穿空，三日雨師嫌未痛。夜來絺綌曉裝棉，偶拓書窗覺寒中。殷雷焞焞收復縱，密澑檐聲意誰恫？列缺神鞭歡自弄，青蠅白鳥羣癡瘲。東隣西舍忽相譁，夾壁頽然一軍鬨。先生不出尋常耳，銀竹光中恣嘲誦。但愁屋舍小如舟，未到晡時昏似霧。況兹場圃正登築，早已霖甘足資用。慘聞甌越困蛟涎，翻畏室家兆魚夢。我語老農休悸恐，玄冥已克蓐收訟。洗滌兵戈看釋淞，昇平永樂倉箱重。快晴明日迓紅旌，十里黃雲飛紫鞚。

海門南歸不果七疊前韻奉東

神交在淵元，離合本麤迹。同舟有秦越，千里或咫尺。吾生寡諧偶，與俗眼交白。閉門萬古懷，突兀不可抑。惟君同聲氣，道菽各相得。矜奇若私諛，見美雜慨惜。長安萬人海，蛩駏畏分析。自聞君告歸，忿悁到羣賊。挽持既匪易，促迫益滋戚。雲龍不相繆，燕鴈乃分適。以兹將離意，一日腸迴百。望雲忽捧書，東海語殊特。平安慰自今，風誼勉在昔。志養原高義，羈留豈卑畫。歡顏到僮奴，竊喜最孤客。竭來溟渤士，又振風雲色。何能虎負嵎，暫復鼠穴壁。人生任天運，黽勉待括策。忠孝出自然，奔趨詎形役？時清補陔笙，依和永匏革。

檢敝篋中得李鷺渏孝廉壯庚**所贈周介亭太守**位庚**山水障子作歌**

老木森然縛奇鬼，斬絶孤峯割龍尾。磊落顛涯世能幾？何處漁蓑來一葦。湘山僧石濤，畫法混南北。潑墨千年元氣溼，太守宗之最旁魄。濟源盤谷推胸臆，直以淋灕舒鬱塞。傳衣獨有星門李，七十蒼茫殊自喜。寸縑尺幅神能偉，粵國山川本奇恣。郭熙清遠幾猶存，董巨陵夷到孫子。英雄落莫歸丹青，貴能邱壑搜沈冥。何時眼前突兀見此境，杖笠歸來謀一頃？

二樵山人黎簡山水小幀歌

西樵山水天下稀，我遊未遂空聞之。東樵昔遊曾五日，萬千巖壑爭清奇。二樵山人獨來往，一步不出青山蹊。當時邱壑寫胸臆，金碧爛漫珊瑚枝。即今流落偶吾手，潦倒尺幅神尤危。孤亭突兀罕人迹，層巒疊巘森㕒叢。寒松百尺淩倒景，絶壑疑有生蛟螭。蕭然斫拂屏濡漬，慘淡卻已幽冥追。荆關遺法惜榛莽，看君徑欲并黄倪。香山詩句一峰畫，（自題句。）矧有斜墨書新詩。吁嗟乎！神仙中人不易得，百年清晏能幾時？舊遊越女猶在眼，但見橫袨落日天。南陲雲煙寥落恐俱盡，挂壁通靈焉得知？

自題所蓄王麓臺司農山水障歌

奉常之孫供奉班，畫法遠出董巨然。國朝畫手數三王，後來奄有超其前。數齡齋壁傳家法，雖以人力甯非天。清輝屏障亦瀟灑，諦觀未若形神全。讀書行路兩有得，偶然點筆俱清妍。羣峰連鰲何蜿蜒？中有匹練浮澄川。川迴路轉一舟下，四山合沓舟中縣。邨林晻靄足幽勝，數家茆屋開原田。崖陰幽瀑隱硼砏，磵戶野竹修娟娟。承明往昔侍從閒，蓬萊宮闕棲羣仙。至尊含笑對盤礴，淋灕袖墨看狂顛。蒼涼圖卷落人世，猶令豪貴揮金錢。我從草市搜荒僻，灰燼偶拾矜流傳。卻因縑素想衰盛，畫院曾讀宣和編。如今東吳戴進畫法亦神手，（戴少幸熙。）滄江歸臥素壁愁戈鋋。

敦煌太守裴岑紀功碑歌

碑在巴爾坤城西北三里關帝廟前。按金石萃編，碑稱永和二年，爲後漢明帝十二年，史傳不著其事，蓋當時敦煌郡人爲裴岑建祠立碑。乾隆二十二年，平定伊犁，裘文達公曰修，往得拓本以歸，始顯於世。

太守岑名裴其氏，德祠銘功表萬世。碑高四尺廣尺八，巴里坤西石人子。漢家邊患起匈奴，維時秦海遭兇屠。敦煌列郡制西域，呼衍在北殊睢盱。裴公太守眞健者，三千貔虎風雷驅。部眾斬馘名王誅，威聲大振伊吾廬。邊功如此豈易得？青史闕録胡爲乎？男兒立功在絶域，千載滅沒堪嗟吁。毋將標季盡秕政，壅塞冒奪繁有徒。古來王者重邊服，折除牙櫱眞良謨。史臣執筆容諓佞，邊徼刻頌非張鋪。靈旓閃爍黄雲闇，落日叢祠塞垣短。行人下馬拜秋風，片石巉嶢色如卵。伊疆萬里拓新邊，氊椎始出高宗年。百年神鬼定呵護，古楂怪石生奇妍。卽今申（兆定）顧（文鉷）有重刻，往往舛脱神能全。鱖生嗜好味金石，斯籀門庭珍拱璧。荒齋日夕望平蠻，快勒豐碑一千尺。

龍筱舟孝廉紹衡雅善篆刻爲作遯初堂章賦謝

丈夫黄金不到肘，束帶踆踆厭奔走。汗馬無功且汗牛，萬軸牙籤照丹籀。策勳翰墨又不遂，老作雕蟲祇顔厚。孝廉殷殷不鄙余，小章爲我勒遯初。我瞻四方足何騁？祇欲煙波尋釣徒。芝泥薇紅小蟠屈，入畫秋鷹出芒茐。不須蟲鳥誇秦漢，落斗横參神鬱鬱。鷗波祕法本天成，那復沾沾比文彭祝允明？作詩報子三歎願，子休男兒要使燕，然重勒勒在邊頭。

太常仙蝶歌爲繡山舍人屬作書曲阜女士孔儀吉所畫圖冊

曲臺沈沈神所賓，翩然鳳子嬉長春。都人傳是古仙者，五百年餘呼道人。道人方冠黄褶裙，金精烔爍緇衣紋。春花秋月尋常見，風雪夜寒疑楚魂。荆楚仙人有仙意，長歌爲爾高當世。謂龔禮部鞏祚。丹青又見戴進筆，戴侍郎熙。圖畫流傳珍女士。風物冰清朝士家，道人往往醉停車。達官貴遊羣慕道，背臺盡欲鳥爪爬。我昔羅浮訪葛仙，梅花邨市空流連。又從梁宋過青陵，道旁羣松多墓田。祝英臺，梁山伯，兒女鍾情幾魂魄？道人精靈果誰是，苑樹祠雲獨棲息。古來神仙何足憑？歷刼不死惟丹誠。我疑齋郎古忠節，千載遺蜕依王城。漆園傲吏身如夢，日對滕王憶香洞。寂寞庭階秋雨清，閉門自覺凡塵重。

繡山屬題其夫人方淑儀學紡圖

吴霜越雪鬥綺紈，商女綠衣如蛇蟠。人爲百極必天厭，雙門罷織鬼子闌。近得粤中書云。啞軋車聲學一篝，紫薇花底候蟲秋。蘭房大有豳風什，何止蠶書著少游。

傅雯墨荷小幀

傅雯松煙能五色，荷花深紅荷葉碧。一花一葉風露清，滿眼五湖煙水積。四如館中遺製多，勝因一幅神峨峨。底須將相論袞鄂，歷落丹青柰爾何？雯嘗作勝因圖巨幛，高宗詔置宣武城西慈仁寺中，尚存。

外舅張雲浦先生牧兒嬉戲圖歌寄內兄黼侯

老犍白鼻烏龍胡，花蹏踏波如浴鳧。浮鼻出聽驚風呼，背如一抹遥山圖。微風搖蕩霜荆株，牧兒班荆戲其徒。呼牛作語牛若聽，兩耳涇涇心馴雛。先生昔年作民牧，楚澤春蕪健黃犢。歸來病臂爲此圖，丁櫟郭椒看不足。草滿池塘水滿陂，江南風景異當時。求芻不得牧人歎，牛鬬竹傷誰復知？

自題須碪課誦圖冊四首

圖作道光甲辰之歲，誌姊氏劉教育也。時自作記，請於平生知好，各爲詩歌以詠其事。及乙巳假歸，辛亥從戎，皆有粵行，與姊相見，今旋京師，而姊復在廣州。世亂相尋，夙懷空矢，作四絶句，以自傷爾。

五夜砧聲夢底尋？夢回獨雁叫霜岑。蘭皋步馬知何處？萬里風煙海月深。

海鄉風火記宵更，一舸將迎計未成。難得天涯烏哺穩，歸帆重挂秭歸聲。丙午迎姊粵東，時以就養孫氏，女甥未來。

江鄉秋雨經年別，傳驛春花四牡歸。枉復風流傳庾倬，崑崙迴首壯心違。

經營圖畫意何如？依舊東華歎索居。聞道亂離衰鬢短，可能炊粥待燃鬚。

許月樵孝廉懿林屬題風雨懷人圖卽送南歸曁廖金甫鼎聲

大易慶飛龍，風詩詠如晦。人生崇名業，孤力要扶翊。鄉國幾材良？詩書或同異。賢愚雖眾萬，所好必有類。不觀南畝翁，斗酒相勞慰？吅吷共勤劬，能無惜顛頞？深宮昔雲門，四海結車駟。寰宇一比隣，功名咸附驥。如何時事移，衰薄遂標季。徵逐酒食間，爭趨緣勢利。立談詎不貴？反眼或相棄。痛哭想唐衢，敝〔一〕裘憐蘇季。吾儕幾英妙，顛倒多失墜。吾子頗深微，爲圖寫高意。懸知金石抱，大有風雲氣。一室好潔修，末流懲勢位。離仳見情性，劘切宜道蓺。言歸茲邕容，日夕尚烽燧。山川元僻遠，民物又凋累。尋訪到里閭，親知幾岩笥？同行有廖子，忼慨思門地。離羣愼冰霜，顧語鄙兒婢。嗟余本孤特，寂寞守高義。飛霞集遙空，臨風欲揮泗。

【校】

〔一〕敝：底本作『敞』，訛，今改。

山東鄉祠陪祭先師孔子生日敬賦

嘉辰稽麟紱，吉禮齊豆籩。昭事徧寰瀛，梓桑尤致虔。束帶魯諸儒，宣南勤祀筵。賓階時就列，海嶠集英賢。閩陳侍御慶鏞、皖王光祿茂蔭、甌孫編修衣言及余十數人各與祭。素王昔春秋，木鐸降自天。萬禩一江河，中流常斡旋。自從漢唐來，閟宮盛宮縣。隆文及聖代，大禮從吉蠲。今歲甫臨雍，春風時化宣。胡哉當厄運，盜賊横戈鋋。亞孟逞邪說，毒痡流遠偏。斯民血氣同，作慝將誰憐？佛節設圓像，彼教猶有然。陳經拜庚子，此意宜精專。閏歷考周靈，迢遙迷次躔。遺文訂高赤，仰止有成編。山陰高子驤雲考訂生卒年月日，成書曰仰止編。謂生日爲今八月二十一日是也。溼髮受書日，荷衣老塾前。夢中曾執器，拜跪習童年。廟林時想像，車服幾流傳。老大惜蹉跎，迴思空涕漣。趨蹌對鐘簴，仿佛壇樹邊。遺像肅神明，青瑤誰刻鐫？是日懸像爲吳道子畫墨本。願言繼時歲，長此羅牲牷。天意在斯文，妖邪容祓湔。

徐臯村歲朝圖

東風玉骨春香滿，衣袖腥紅拂腸斷。元朝風日劇清妍，回首江鄉鬢絲短。雪覆三山彩仗飛，天迴九陛御煙微。江南黄葉邨歸處，異日花前想棨騑。

題董東山山水小幀

富陽相公覆金甌，擎天隻手迴神州。風流餘事丹青手，小米煙雲猶絕儔。侍郎水墨開家法，四海韋平尊閥閲。君不見杜曲城南尺五天，圖史風流幾賢達？

王右軍籠鵝圖

司徒倒麈促歸轡，太傅收棋旋折屐。風流人物數江東，虎臥龍跳偏出世。世事不相得，拂衣歸去來。新亭對泣何爲哉？中原落日生黄埃。景經一卷山陰觀，書罷籠鵝誰忌猜？秦鬟玉鏡吾鄉里，泛杓鵝黃酒魂美。何論野鶩與家鷄，餓隸清寒媿刀幾。

書陸子侄水墨山水小幀

木葉脱盡溪山秋，長空來雁聲嘲啾。老漁攔江魚網收，落日荒江誰放舟？吁嗟乾坤有清氣，破墨荒寒剔榛蔚。長安塵土日馳逐，對此山谿彌感喟。陸君畫史磊落人，鉛華洗滌留天眞。蕭寥尺幅猶如此，十丈雲綃思璽紙。

藍瑛松石

咄哉！何處深山歲寒獨秀之？孤松怪哉，太古以來媧皇未鍊之拳石。蕭條數粒森鱗鬣，宛爾乖龍出波瞥。蒼茫風雨思溟澤，洞天雲氣蒼苔活。翠色嶙峋割天碧，應是星精託靈魄。江山杭越眞仙國，畫手何人生面闢。毘陵華亭氣蕭瑟，耳食紛紛何足惜？萬歲千秋此松石，胡不來觀挂東壁？

楊松樵慶容寄贈沈石田畫山水幀

楊生家世冠吾柳，抛擲家山荷戈走。自言千里寄鴻毛，開卷雲煙滿窗牖。柳之水兮鵝之山，石田老民曾飽看。淋灕水墨傾毫端，輞川以來山水出，宋元院筆爭雕刓。況從南宗盛邊幅，衹有董巨無荆關。知君得此悲心骨，眼底芙蓉千屼（律）［嵂］。小桃源水清滑笏，何處山川更奇突？白骨青烽愁殺人，東臺水南鼪鼬窟。

石濤山水幀歌

粵山清而奇，粵水清且駛。山山拔立水驚湍，萬古精靈大滌子。古寺空山六月秋，長橋寂寞水東流。怪哉！雲煙歕溢之林邱，我疑其閒吐納生蛟虬。太常廉州生竝世，不道山僧出頭地。雄姿鬱律氣莽倉，南北宗風孰同異？湘山妙明骨自焚，百年再刼愁荆榛。人間萬事皆轉燭，惟有霜毫片楮驚猶存。僧石濤，瞎尊者，清湘老道人，仙釋紛紛混眞借。草樹蘢葱石青赭，剩水殘山爭造化，潑墨淋灕筆還把。江淮落拓署清門，灑落家山爲誰寫？

邊壽民蘆雁幀

邊鸞花鳥世無有，惠崇煙雨愁江南。頤公家法出新意，往往點筆思江潭。江潭滿目多拋甲，中澤流離存弃匣。煙烽一昔又江淮，荆杞千村少耕臿。霜蘆敗葉三兩枝，將飛未鳴誰見之？平沙月落天昏墨，中夜息影荒江湄。頤公筆端能雁語，我聞其聲心獨苦。頤公生世且無佗，底事黄蘆作風雨？

錢舜舉畫松鼠蒲桃

漢家苜蓿肥天馬，殿閣金貂入圖寫。泰山梁父自巍倔，鼷乃食牛誰見者？畫苑宣和幾擅揚？風流名筆屬錢郎。山齋六月松風熟，誰與琅玕剖家鹿？

天壽山人向日賜緋幀

猗蘭殿高日卓午，疊雪香羅紛賜與。天顔喜色近臣知，紫袋金章齊拜舞。少年空佩赤靈符，老大支離更散樗。付與山人酬寂寞，落英顛倒是幽居。

題梅花道人山水幀書感

東家車馬何喧闐？丹青走乞鐵限穿。筆端造化不矜惜，豪門貴戚輸金錢。西家門巷殊寂然，案無珍食牀無氈，老妻稚子相愁煎。人來一筆不輕與，十日五日蹋壁眠。古來抱道多如此，閉戶忍饑良有以。幾人刮目破塵埃？眞賞能爲俗夫喜。君不見？鼠足昏昏塵網閒，眞精拂拭驚愚頑。高巖巨壁神巑岏，其下絕壑蛟虵蟠。一峯蕭瑟雲林寒，不有鑒拔歸天全。子昭飽死空慚顔，我爲此語心骨酸，千秋萬古徒空言。當時奚管梅花叟，能得籠紗雪壁看。

麓臺司農淺絳山水幀

長松攫立龍騰霄，楓棡百卉迷煙梢。大山小山岠霍交，能羆生蹲虎豹豪。伊誰卜築青山坳，茆亭磴側行探樵。山根曲折煙江遙，江行欲上青天高。横江幽絕來輕舠，前山落日方歸潮。司農水墨傳家法：腕底層雲起飄忽，千迴萬疊紛披刷，積翠浮空來合沓。晚來賦色尤神異，淡赭蕭然見山骨。蒼潤雄深世有無，古人不見誰癡迂。我家山水眞蓬壺，黄埃鈍迹遊天都。西峯一角青萳胡，空齋雪壁神相娱。誰言仰屋沈憂地，猶有瀛洲方丈圖。

寄詶陳桂舫刺史（鑅）郵贈山水畫幀

我昔少年君甫壯，日日檆湖與蓮蕩。世間百事不知聞，坐對青山列屏幛。驂鸞老子門金戟，（梁茝隣中丞。）晝日花間布瑤席。君時詞翰早稱名，我獨幽憂常抱疾。商瞿不祿龔生弱，與子煙塵溷南北。偏州作牧想科頭，掖省爲郎愁汗腳。人生得意須金紫，折箠功名等閒耳。鳶肩火色尚棲遲，緩肉駑筋宜跅弛。十年鈴閣違清讌，妙墨英詞幾豪健。如何老大盡摧頹，唯有丹青獨流湎。邸居日日攤書市，詩句道園聊表幟。尺縑遠贈又天末，挂壁長哦愁遠致。桂林陽朔隔秋雯，羽檄飛馳日夕聞。何日向禽嬴願了，畫圖歸去我從君。

友人屬題文姬歸漢畫幀

中郎文字東京獨，老去傳家有如玉。可憐毁節不完身，薄命還教淪絶俗。人生離亂奚足憑？淒涼笳拍馬上聲。皁帽何人歸漢臘，一般兒女入丹青。

繡山屬題張詩舲撫軍載鵝圖

撫軍直樞廷日，扈從木蘭有饋鵝者，而載以駝，常被至尊顧笑。嗣是歷所至，鵝必隨焉。繡山爲之繪圖作記，代徵題詠。

烏墩疾騎如風過，鵝鸛後載飛龍馱。鶃鶃者，倡相應，圉屬車偶矚天顔和。山陰故事新淮汴，圖畫風流尚如見。我亦鑾坡許載毫，軍聲夢冷西池宴。

戲東海門同年

翰林才人天上星，夜夜書樓藜火青。添香佐讀須娉婷，聞誦班書能涕零。東方割肉神瀟灑，抱策歸來赤墀下。不爲奇緣逢絡秀，誰能遠遊偕司馬？

汴梁賊過久不得孟餘消息

亂後羈愁落日明，思君流宕不勝情。偏州逆旅投官長，蹇策崎塗問雨晴。書斷雁汀叢葦暗，夢迴燈幌一蟲鳴。雲鄉宛委長江隔，如此風波不可行。

寓齋小飲詶何荔泉舍人元愷次韻

風雨飄蕭掠燕栖，闗山牢落倦輪蹏。瓜廬草具襟痕澹，樺燭清吟帽影低。舊德幾人憐葛帔？故鄉千里厭霜鼙。梅花東閣君來晚，閒日青春爛紫泥。

喜聞官軍河北捷音和韻

妖氛愁翳日光晶，敢躒中原切上京。濟瀆湯湯終赤水，太□[一]嶽嶽本金城。機先好振江淮氣，時至須成衛霍名。如此恩波眞浩蕩，疾風殘籜看縱橫。

【校】

[一]□：從上下詩句看此處當脱一字。

東坡移居八章意仿陶公遺山學之竊亦效顰並次原韻

淵明宅後秫，仲蔚門前蒿。微生抱孤尚，胡獨攖塵勞？時危果天窮，僻巷焉能逃？寒松不照夜，枉自焚其膏。數椽足栖息，止棘無豐毛。冥冥有鴻鵠，邈矣青雲高。

宣南數移居，生計未安適。艱難歎何爲？旦晚狙公栗。顰慚西子笑，米拙東方乞。骨肉衹仳離，交遊逐閑逸。一官動星紀，再造及家室。惰荒交公私，輟耜病屢出。朔風時墐戶，卒歲聊可必。

昔聞説從軍，鬼哭陰山背。天地慘何心，戎機伏蕭艾。牙璋動萬里，我適當其會。羊腸路九折，絕足想歷塊。鬼馬怒風馳，騰空嶺雲外。中原愁落日，莽莽南山薈。孫吳讀何濟？差喜一身在。歸來吾舌存，行啖賊肉膾。

人生過良時，憾事百難數。明珠忌投暗，噤口不得語。肘足尚蹉跎，何況行杯舉。治絲而益棼，當斬復惜縷。兩月長沙城，黽勉猶支拄。圍師又一闋，連城捲風雨。百年承金甌，萬里此疆土。邦畿眞臥榻，鼾睡誰能許？

深夜夢軍行，空城白骨荒。連村餘瓦礫，屯堡不可望。河流激悲風，天遠日氣蒼。廢壘無人耕，蕭蕭蓬稗昌。前山曾覆軍，殺人如豬羊。停鞍幾車下，晏處何能忘？

昇平我生初，淳氣未盡斲。桑間五畝廬，甚矣吾願慤。奢淫尋困敝，日月走飛雹。少壯百無成，何如農圃學？廟堂用兵來，帑藏罄山岳。可憐荒年稼，石田仍确犖。僦屋似雞栖，自憐已優渥。何時荷蓑笠，角見羣角。

厰肆本吾居，昔爲海王村。前年住東頭，元年曾寓漁洋故屋。今復西市垣。稍喜素心人，望衡張海門。與孫。琴西。往來數晨夕，風雪時叩門。柴車敝家具，書策獨完存。抱持就賈服，猶可易數飧。擁眠獨忍飢，日夕長討論。吾家有青箱，風流在仍昆。

晚景驀飛騰，龍鍾卅九年。悔持班生筆，愁看阮郎錢。昨復被文檄，輿謳起原田。誰知尺蠖心，朽質戀青氈。驅馬日出門，交馳謝英賢。猶能奉囊粟，吾牘踰三千。

賦得寒夜客來茶當酒分得茶字

茆園松火對煎茶，底用蘭陵酒更賒。風雪柴門能幾客，蒲桃玉椀又誰家？遼空雲鸛鏖兵氣，僻巷氈爐斷歲華。脱足耦耕何處所？一窗寒月憶梅花。

殘菊

南榮風景勝東籬，潦倒青紅忍過時。秋色耐人誰似爾，故園經亂最相思。要留晚節看冰霰，問有芳心結暮遲。寂寂安陽老居士，錦衣憔悴對金枝。

畫梅

破墨殘縑感不禁，藐姑仙影特蕭槮。一番冰雪有時盡，數點山谿何處深？浣筆西窗人易老，裁詩東閣夢難尋。玉池宅畔張夫子，松竹微言幾醉吟。謂海門。

寄張黼侯撫軍

慈恩輿導世疑仙，肘後雙符及盛年。玉壁清風整裘帶，花洲閒日弄旌旃。海東何處容賓榻，綿上他時有賜田。我愧蓬蒿徐孺子，停雲相望一潸然。

食蟹同張孫二子

深友能來醉不辭，早霜新試菊花期。酒邊文字思投甕，愁裏光陰合鬮詩。那得蒓鱸向江海？聊當京觀築鰏鯢。晚風過雨蕭條極，邸舍微寒月上遲。

奉送陳頌南侍御慶鏞**奉使歸閩**

寬袍束帶老潛夫，十載驄豪一敝輿。直欲風流攀鄭許，詎將功烈擬嚴朱？岐陽有道須銘碣，漢殿重來待葦蒲。行別雙松顧祠下，北風攜手定踟躕。

長至小集海門復赴光祿陳君之招詩成先去卽次其韻同琴西作

夜來繁柝起重闉，草草杯盤一座春。節物暗驚人事減，兵戈愁見歲華新。百年黍谷眞迴律，千里梅花合贈賓。從此東鄰與西舍，彩牋傳送筆如神。座有客將出都。

疊前韻柬二子

朝馳疲馬踏層闉，夕守燈窗笑語春。愁苦交情偏遠大，艱危詩筆更清新。江鄉弟妹能供母，邸舍羹魚好集賓。何事歸心起春雁，東皋遺我獨悽神。

欲雪一首再疊前韻

蕭條朔氣沍巖闉，大柳高榆凍不春。城闕人煙愁向晚，苑林圖畫欲爭新。歸來夢影愁飛檄，醉裏書題倦答賓。惟有居隣如白傅，一杯呼飲句猶神。

雪後再疊前韻

一夜裝成白玉闉，梨花開遍上林春。紅樓碧瓦參差出，冷絮迴風點綴新。近海鯨鯢仍作窟，高樓歌舞罷延賓。灞橋閒日尋詩者，蹇策長安獨愴神。

除前三夕雪中邀同海門琴西祭詩海王邨館再疊前韻

一龕瘦影聚寒闉，門外飛花競欲春。精力盛年都漸減，歲時陳事合翻新。風雲百戰思壇坫，俎豆千秋孰主賓？夜久香煙疑島佛，天邊同下玉霄神。

卷六　己未集 甲寅

巡防夜直次韻和尹荇農祠部 耕雲

期門肅肅靜橫櫜，門擁雙牙龍角高。城上深更嚴鼓角，海濱積雪勁弓刀。長憐醉墨春攜盾，閑想雕韉夜送醪。幾日東風綠陽柳，不須歸馬踏冰壕。

人日立春繡山舍人以洌水李君亦梅至招集同人疊去年長至韻

往來蹤跡斷重闉，書檄勞勞冬復春。官閣花愁文讌少，草堂人歎鬢毛新。朔風膠折憐冰雪，東海杯連接介賓。聞說旛竿正吹凱，來朝詩酒亦精神。

翰臣學士書來道其新夫人博學能詩卻寄

頻年書問積煩覼，鄉國離披恨若何？長羨斑衣學萊隱，又看瑤札署漚波。趙家金石千函富，蜀相功名八陣多。獸對庭階好春月，近來詩思嬾東坡。

禁中夜直題林穎叔水部壽圖詩卷卽贈

張六飄搖賴七貧，亨父、子瑩。君家州督更超倫。先朝人物歸龍雀，竝海風煙長棘榛。倜儻中原思國士，翺翔左掖對閒身。好詩暫許消長夜，棲鳥啾啾一苑春。

雪夜與海門飲琴西寓齋

朔風門外橫，夜月庭中積。雪積何漫漫，庭階深過尺。燕山雪花昔所聞，十年宦蹟空勞薪。窮臘祭詩渾好事，天門夜闢驚滕神。東谷沈沈老麋喜，玉地花天豔莫比。千年鸖鶴雲中歎，徹夕連朝勢未已。高臺將已傾，曲池亦既平。銷金帳暖玉虬咽，橫波猶欲嬌生嗔。斗室偎爐對聳肩，蛟龍抱蟄同蜎蜎。一朝僵死誰能賢？短歌微吟私自憐。隣雞聲酸座起舞，破屋打頭穿硬雨。斷無丞相蔡州軍，惟有先生東郭履。

元夜海門過談將曉始去

城頭月沒雞三號，庭中積雪光生毫。峭風入戶燈蕋暗，睒睒太白窺檐高。星橋火樹年年好，今夕何年月空皎。隣娃袨服嬌倚門，歸掩糕臺意殊懊。時節蕭條人事稀，海壖風雪尚懸師。一官數口直匏繫，心識湖鄉何處歸？湖鄉夢遠衣塵積，人似寒鴉倦棲翮。地爐煨火酒瓶乾，他日何方話今夕？

曉直

曙鐘初動萬鴉鳴，禁樹蘢葱帶月明。金爵煙輕疑夢繞，玉階霜重有人行。菰蒲夜色迷江海，楊柳春風想旆鉦。擬躡松喬身漸老，掖廬寒擁一燈清。

夜直

承明簪橐問何如，曲院幽房好客居。殿角槐風春樹暗，觚棱松月夜窗虛。淋灕詔草還飛羽，局促風簾屢廢書。襆被宵來眠未得，五更霜氣似穹廬。

清明日海門偕琴西暨葉潤臣閣讀名澧小飲寓齋次潤臣韻

悠悠車馬憐昏曉，忽漫飛英墮玉觥。偶約清言謀醉穩，休令華燭照愁明。鄉隣兒女燈前在，城闕烏鳶日暮驚。寂寞黃塵能辟迹，招邀旁舍足幽情。

奉送楊六徵君立旭出宰陽高二首

儒官在親民，令牧古侯伯。誰無痌瘝念？要有安平術。少小爲彭戴，高門與君躋。謂邑吳先生。徵車柰晚來，相送復相惜。

矯首望平城，關門日氣蒼。中原方革兵，僻處思軒黃。君家有名父，祠廟存睢陽。從來弓箭社，無事卽耕桑。

抱潛自清苑丞寄其舊作受硯圖卷索題

陳留片石幾時還？圖卷風流數感歎。喬木祗應思舊德，高才何意託卑官。於今四海愁兵燹，那得微生守席氈？太僕中丞遺澤在，好憑丹穴振鵷鸞。

繡山舍人屬題尊太夫人寒宵稱藥圖長句

孔佽圖卷盛巾箱，每說寒宵最不忘。自昔門閭愁遠道，幾人箴管夢高堂。囏難風木纏衰疾，零落杯棬畏雪霜。猶有孤兒歎無母，鯉泉空飲淚茫茫。

繡山以故太傅阮文達公借居公邸日種樹詩屬書小幀遂次原韻跋尾一首蓋公爲府中門壻而振於公故門下門生也

邸第新榆閒古槐，微雲池館幾回栽？國中喬木輪囷在，庭下高花次第開。綽約當年思禁柳，飄蕭晚節到江梅。門牆咫尺根荄別，同倚清風近露臺。

潤臣屬題家藏尤水村畫贈蘇齋東坡石銚圖次蘇齋用東坡石銚韻

石君宜火復宜泉，底用彭亨斗斛寬。微物流傳猶鄭重，至人風味本清寒。清時耆宿尊常滿，畸客殘縑墨未乾。水村蓋藏此銚，因圖以贈翁者。卻問鄆州賢教授，百年鑪鼎得清安。

又題潤臣風雨懷人圖册

蚤年材望屬機雲，老屋橋南聚典墳。四海舊遊多彥會，一家清範有嚴君。尊甫既承雲素先生家學，君與哲兄崑臣，亦皆由庭訓。關河鬱律烽煙色，風雨飄搖鸞鶴羣。猶喜深廬連僻巷，酒邊短燭話宵分。

次和潤臣楸花詩意

城南諸寺鬥芳辰，歲歲香紅走玉輪。往日僧彌能伺客，幾家花樹不成春。霜蹏蹴踏風如埽，冷節蕭條雨似塵。欲與高楸論後約，綠章深夜禱靈真。

又題潤臣所得張君度畫漢陽晚市卷早歲出門卽客漢南前年歸自軍中又道出其間一信宿也

東風吹夢首天涯，行過晴川百萬家。煙浦風光濃似錦，估船桅纛亂如麻。丹青落落餘蟫粉，羈旅匆匆痛鰐牙。何况青山見鄉國，南雲日夕隱悲笳。

喜得孟餘歸越中書卻寄

袴衣短後罷投戎，歸去名山自剡中。曾向於陵尋仲子，好從牀下拜龐公。能探宛委千峰路，能得蓬蒿數畝宮。夜半軍符趨省掖，知君散髮卧秋篷。

生日偶述

人生當强仕，如日月中天。所爲一無成，百歲何有焉？隣家兒脱襁，充閭慶賓筵。桑蓬四方射，善禱踰萬千。念我泉府親，流泗空漣漣。嬋媛我嫛女，卵育今華顛。此生自斷除，何處桑麻田？短衣隨李廣，射獵南山偏。

沈淪我先民，耕讀鏡水涯。百年際平世，不逐時紛華。一從滇池宦，歸來詠慈鴉。先曾大父挂冠滇南，有慈烏詩。經營廟器餘，築室傍若耶。風雨忽飄搖，饑驅遂僑家。艱虞以筆耕，流滯桂海楂。一綫幸苟延，占籍從荒遐。新塋既安宅，舊里亦迴車。墓田多綠陰，荒穢憂龍蛇。京國又清明，享時陳菜蝦。顧瞻獨形影，淚落溼垂緺。

同氣八九人，札瘥遂踰半。伶俜惟兩姊，相保及危難。拏舟泛珠江，燈火越臺畔。日月幾團欒，星霜再分散。前年見孤須，從軍駐灘岸。悍悍憶孩抱，落落愧毫翰。春風解城圍，送别訾洲畔。老疾况寡獨，白頭依女粲。秋風吹佗城，揭竿又尋亂。從前月無書，蹙若胸有碫。何期連烽火，書問經年斷。狂思挾溟鵬，旁人笑風漢。潮州鱷食人，相望益驚汗。次姊隨宦潮之黄岡。

少小即疎闊，迂懷澹榮禄。東曹十五秋，時局久蒿目。自陳聶壹詞，環海飛金鏃。先皇勤在位，朽馭懔天牧。時思幹濟才，擁散媿樗木。袴衣纓曼胡，鑾鄉走征轂。誰知淮蔡役，枉作陳陶哭。歸來方卻軌，欲去返幽獨。叨承兩府檄，寸管將髡禿。公私問何爲，濫廁乃機軸。因人覬成事，十九原碌碌。本無簪珥姿，相賞同卜祝。猶能二頃長，逝汝就耕築。

束髮事詩書，興懷在狂狷。植根苦微淺，賦性復剛卞。丁年邨塾師，割裂受經傳。古今一邱貉，誰得悉流變？稍長及知學，百家又紛羨。無聊溺文字，漁獵由少賤。貧病久蹉跎，光陰急如箭。微生既中餒，薄質銷磨鍊。慷慨念稱名，遭時貴戎戰。自嫌七尺軀，不及百夫弁。雨雪戒前塗，朔風日吹霰。傳家有青氈，悔弗及清晏。

夙聞爲國方，大政在兵食。天心戒盈昃，所貴與休息。云誰進心計，漏孔妬侵蝕。上下或交爭，憑陵起家國。我聞開兵戎，自古出貪墨。供輸既屢空，朘削更奚擇？街頭飛子輿，國計要封殖。但見綖環利，轉虞泉府塞。不聞狙公芧，朝暮自愆忒。多方益紛綸，長日祇憂恤。國家基仁厚，累葉邁種德。艱危思愷悌，仁取乃多得。小臣分窮飢，會計鰥官職。

狐鳴起深宵，篝火荒山中。誰令成負嵎？出柙奔西東。連城捲楚吳，遂失江湖雄。燎原勢方烈，毒焰思燒空。吾生何有是？仰視天夢夢。我知豺虎行，過時等秋蓬。哀哉聞鼓鼙，得不思羆熊？兵甲弛承平，咄嗟堪卽戎。聞聲不相知，况能齊其衷？艱難蟣生甲，感慨頭飛蓬。有時收介特，倉卒知誰充？孫吳伊何人？拔山悲重瞳。如何漢廷將，不見鄧與馮？

徵兵萬無功，不若數千募。募卒又無律，連鄉起邱賦。保團昉周官，守境眞良務。富資貧者力，親戚盡相顧。果其衆志成，金湯那如固？矧從川楚來，先民有成具。咄哉吾黨英，一旅出岡埠。叶布。幾成田橫島，屢扼王官渡。柰何鄉里兒，偏私習深錮。官民互仇病，勢力强塗附。坐令山阜藏，天險不得據。大城空豺虎，小城亦狐兔。吾故有鄉閭，義聲慚季布。

東南幾形勝，經歲成墟涼。江山如繡錯，浩刼悲紅羊。湘源昔堅城，一朝瓦礫場。鬼馬遂騰空，嶺雲日夕荒。紛紜捲旗旆，樓櫓空岳陽。江漢最雄闊，閉關徒死傷。江州古爭戰，返甲尤倉黃。巍峩石頭城，遽失千里揚。横浸渡河來，中原氣鬱蒼。圍師成獨鹿，幸聞埽欃槍。名城坐收復，吳楚行括囊。平昔好遊歷，舟車爰輕颺。湖山金嶺日，勝攬惜未遑。

故人賦從車，功名多慷慨。時危雖不逝，青史亦千載。憶從粵軍來，危得幾奔敗。都護雅聲名，中軍昔瞻對。烏壯武蘭泰。兩長好兄弟，忠烈自先代。長小泉、希彭兩鎮軍。裨牙幾英姿，磊磊徐大醇。姬聖脈。輩。墨絰慟江郎，忠源。城精泣天晦。堂堂楚州督，吳文節公文鎔。嚼齒憎塵穢。我聞鉅鹿圍，奮議得權概。激昂數君子，夙昔奉清誨。如何荊吳淪，重使鄢郢碎。令牧有貞儒，臨危出肝肺。時聞焚闔戶，亦或戰衷鎧。令名膠庠尊，奇節冠笄逮。噫嗟屈數勝，歷歷但親愛。四十已無聞，芳韶豈容再？餘生竟何著？老死愁冥憒。

昨歲冬不雪，今年春雨慳。黑風起黃埃，白晝迷市闤。頻聞地穿甲，又見日珥環。二月春氣温，東風滿榆關。燕臺昔始遊，秋冷思狐豻。比來燠歲多，冰霜走苗蠻。天道界南北，吾生誰獨奸？流光委波逝，畏見新歷頒。計從陳兵革，豐樂幸區寰。亂離如不知，崇比齊邱山。江鄉擅財賦，天庾陳朽殷。愼毋生螟螣，豈獨憂豺貘？

微生愴孤露，師友多扶掖。中年歷邅迴，憂樂傷平昔。窮交幾童丱，生死多變易。短年悲尹洙，達宦望高適。長安宦遊地，新故盡迂僻。少能醉褰裳，但有吟脫幘。房相罪死餘，洛陽又辭疾。飄搖身世內，流宕媿親戚。春風吹停雲，遠道聞死謫。一官獨敝屣，數口仍浮宅。名業總虛期，謀身少良畫。朝馳金馬門，顛倒東方戟。歸來夜昏臥，每讀虞卿易。少壯已無獲，餘光矧窮迫。緘書媿親知，老至空頭責。

歐陽文忠公生日林子穎叔移奉苑廬舊縣公像於家同人即席分韻得顏字

樞軸曾參二府閒，從容文採照人寰。一時聞譽兼諸老，千載風流想盛顏。常愧官寮棲嬾漫，衹餘香火伴高閑。插花起舞公應在，休問琅琊何處山。

霞舫侍御西溪精舍乃在灌水西南萬山之中往時相訪信宿於此今十年矣頃持便面屬寫其意並題此章

一宿溪樓百尺高，樓前飛瀑夜聲豪。孤僧老疾還邨寺，二客艱難感鬢毛。澗底橡薯應未變，山中猿鶴若相嘲。黃塵轣轆歸來晚，夢覺蝸廬試染毫。

喜雨分得咸韻是日法駕親禱於天神壇

郊墠清朝敂法函，靈眞未夕啟縢緘。人情何限思蘇槁，天意分明屬夢巖。高閣困眠便滑簟，小樓攜醉記涼衫。野夫自惜閑身手，可有空山白木鑱。

歐陽公生日詩同人悉作古體復用顔韻疊成二章

昔賢在羹牆，興人詎容顔？今古有神合，如或旦暮閒。我聞醉翁醉，遺貌勒淮山。誰將供苑廬？宗滁翁。邵位西。同追攀。惟公掌樞制，賢者官不瘝。吾徒茲典型，豈惟仰高閑。城南昔高會，俊乂羅通寰。生年適相值，在日禮不刪。邵子詳圖記，歌辭各璘㻞。吾詩驥尾蠅，未與惜緣慳。道光丁未適公生年，位西曾奉以此像於家，同集者爲梅伯言丈，曾滌生侍郎，朱伯韓御史，龍翰臣、孫芝房兩翰林，劉茮雲學正，皆各有詩。而位西又屬戴醇士侍郎繪圖裝卷，自爲序之。時余乞假南歸，故未得與及。庚戌旋京師，位西索題一詩於卷尾云。咄哉人事移，歲月倏往還。迢遙楚越才，連烽阻江關。賤子直中禁，宵衣正懷艱。長楊車馬休，紅橋愁荒菅。閩海今詞伯，高情卷晨班。殷勤移齋室，蠲潔集堵環。菱風芡嘴熟，依然採銀灣。羣賢亦梅蘇，走也忘疎頑。黃塵浩如海，吾道職憂患。千秋存一息，此舉驚市闤。明當報宗邵，猿鶴毋輕訕。

浮生有標運，烈士無歡顔。未能結習忘，獨乃文酒閒。廬陵繼昌黎，神力興衰孱。生平勵文詞，所懷實窮鰥。我昔誦公文，夢魂親冕綸。衆中肅展拜，揖讓思閒閒。四筵既醉時，起舞相牽扳。悲來歘感激，中座涕欲潸。少小况孤危，中年復痺瘝。微躬本闊略，芻粒儼在閑。萬里一投戎，盤弧惜空彎。歸來思閉置，懶出襦袂黫。吾謀何足云，四海多豺貜。念昔醉翁時，四十鬢未鬝。余生倏見惡，人海悲狸跧。身名墮甑餘，文字亦窺斑。安能乞公靈，奮筆追神姦。一朝委溝壑，青史或未殷。骫髒秋風吟，凄涼龍雀鐶。公乎必神鑒，衆目毋輕眅。庭花晚雨紅，好鳥鳴喧喧。何當千萬壽，低唱買雲鬟。

同人過十刹海看荷花遂遊高廟四首

鏡瀾斜角錦香殘，閑覓西涯舊倚欄。十五年來重一醉，亂蜩聲切似相關。

柳暗荷深路不知，水花紅盡匯通祠。鐵槅閘底前朝水，須爲遊人住少時。

十笏僧寮好面湖，荷香吹送嫩涼俱。老僧卻斷紅塵事，洗荈烹泉教阿奴。

城闉歸路柳沿堤，淨業山門夕照西。曾是相逢油壁處，參差花葉與人齊。

戲投湘芸郎中時將外轉

神貌雙林老釋師，殘編堆案草生籬。沈心著策關天下，脱手方圓度古時。汗漫詩書容我陋，嵚崟風止對人奇。新來華髮稀郎省，朱轂門風那便衰？

泮水春來對篠驂，小窗燈火接巖嵐。看君四壁寒猶在，笑我孤琴冷自諳。說劍星芒時煜爚，閉門朝氣獨清酣。閑過愁對雞羣鶴，洗眼空青又阿躭。

讀東野詩二首

我聞孟生詩，天地爲愁苦。今觀孟生集，快若目未覯。世人滑餹餳，椒荈嘗眉聚。況將投薑桂，撟舌不得語。誰知至人心，辛洌勝甜腐。中邊盡崖蜜，餘甘孰輕茹？不見長安兒，鮮衣鬭華組。迴頭視寒地，皸足踏凍土。如兹等煩冤，宛轉要傾吐。自然神理峻，豈獨英華楚。慨從風雅薄，流俗溷譏侮。那知歌泣心，要與凡芮伍。本師固清弱，韓子謝莽鹵。如何眉山翁，望塵渾自沮。

掩書步庭除，翛然秋氣清。檐柯挂殘霤，滴入愁人心。薄日翳虛曖，涼風送悲襟。遐思溧陽翁，獨往平陵深。卑微既不周，參佐詎所任？歸無崧陽田，徒有饑雪吟。臨川生悵望，短羽迷衰禽。平生亦鉛槧，躁言失良箴。蹉跎及毁棄，始復成噓唫。噓唫復何言？日夕寒蟬瘖。誰知大海涯，永望遥山岑。

中秋夜集寓齋分得放字

我有明月懷，常時苦塵障。今宵與月明，光景特一放。人生百年內，風雨惜晴曩。春江美花月，光影徒漫浪。晚景忽侵尋，良時譬盈望。功名委逝波，文字託微尚。壯夫雕蟲事，低首鬱相向。甯知千秋後，一得果誰當？蝸廬炳明燭，近局酌清釀。居然人月圓，美意足相貺。寂寥視天中，高牙幾戎帳。沈嘶悲戰馬，鐵壘臥梟將。可憐河漢秋，士女紛餽餉。頻年關山路，沙塵盡遼曠。羣公中禁資，頗牧復何讓？賤子獨單寒，荒村憶盆盎。深宵玩玉輪，徹骨轉悽愴。酒闌各分牋，聊爾一軍張。

海門琴西先後見過而僕以事他出不遇

齪齪富兒門，棲棲肥馬塵。平生道氣薄，每觸生嫌嗔。何況二子賢，風規夙所親。亦惟二子目，視我非夷倫。嬋娟忌自昔，美好必爲隣。如何失倒屣，乃逐飛蓬根。

飛蓬滿京華，百物喪其眞。我居果何樂？聚此賢達人。舊遊倏仳離，局促難爲新。何當屏百事，晤言窮夕晨。四海況風濤，千秋宜主賓。歲寒有松柏，摧落懼爲薪。

九日集穎叔齋中分得世字

秋氣忽已深，霜清肅天地。玆辰遘陽九，時懔堅冰至。頗聞昔桓生，登山自攜累。何如陶令賢，籬落有幽事。吾儕緣利祿，浪說金門寄。十年笑黃花，枉作迎風媚。可憐人事移，遽爾霜顛悴。黃塵浩如海，何處深山避。儤直晚歸來，詩翁喜聯轡。行沽薦鄉物，高詠闢風議。眉月上庭柯，傾欹各霑醉。但能同笑口，休問人間世。明日鬧香街，金釵不知墜。

不寐口占

欲落不落寒蟾明，欲眠不眠孤檠清。中庭露下夜涼覺，窸窣饑鼯撐壁鳴。

强年短鬢不勝搔，嬾性卽今雙闔牢。不道夢回驚戰鼓，五更疲馬齧空槽。

杪秋自廠街移居永光寺街疊韻四章

長安十四載，邑邑久如客。昨歲賦巷居，一年廠西宅。老屋八九椽，蕭然稱幽格。當時江總豪，傳舍愴成昔。（所居爲故司業池公舊宅。）秋風隣樹長，朝日有親色。客來前除坐，差勝野航窄。書窗況多明，夜月每先得。如何窗閒讀，經歲未有獲？欲去大有情，蒼苔媚階石。兩間同逆旅，繞屋轉通夕。

側身在天地，惘惘一孤客。艱難聞義方，仁處乃安宅。風塵早浪遊，少小卽孤格。枘鑿既違今，方員又慚昔。無端背邱隴，親戚黯離色。車鳴動九逵，我步獨窘窄。楹書雖夙抱，鹵莽安所得？頻歲況奔馳，弗爲更胡獲。欲歸謀數椽，屢轉如櫥石。棲棲重棲棲，使我不能夕。

東南頻烽烟，横野盡輕客。故山愁越粤，一畝少安宅。山川名勝處，大抵爲戰格。頗聞萬厦豪，焦土恒一昔。鄉閭昧生死，悒怏南雲色。鐵甲照霜寒，穹廬憐偪窄。書生論數分，歸卧那容得？推宅感親隣，閉門愠臧獲。朝來軍書急，據我中書石。碌碌問何成，羊牛下日夕。

新居玉池上，幾榻近禪客。朝日聞鐘聲，新陽每升宅。似聞辨師日，朝野重方格。我懷兩首座，名業在疇昔。元初辨禪師所稱湛然、玉屏兩首座者，卽耶律丞相、金翰林也。北舍與南榮，灑埽多氣色。依然密素心，不離一街窄。謂海門、琴西。嘉樹百年材，清陰喜時得。打門馳賀章，失喜袖珠獲。潤臣賀詩先至，卽此韻也。庭閒有餘閑，前人種遺石。明月照高槐，相過此寒夕。

稍聞廣州消息

秋來魂夢時顛倒，鴻雁江湖不可尋。溟嶠風烟偏又起，亂離歲月忽相侵。陸梁新道纔通海，安隱荒園說擣碪。便擬蘭皋徐步馬，鶺鴒原上秭歸林。

十月廿一日書事

薄日黄埃迹遂陳，敝帷蕭瑟不成春。愁看榆莢相料理，忍憶桃花最擾馴。穎士風流空誤爾，子淵才調不謀身。平生百事乖離盡，捐落奚囊一愴神。

喜得石谷子畫山水障歌

始興公子王廉州，道逢外史驚仙流。攜之往與烟客謀，烟客一見稱吾儔。烟客師乃師烟客，此語古人今則不。觥觥一代丹青手，當日二王親講授。猶嫌未到元宰室，稍喜曾爲正叔友。南巡恰值康熙年，乘輿萬乘輝山川。此時此筆獨千載，作繪山龍宜後先。大成奄有唐宋元，兩宗合一清輝妍。神飛獨具鳥雙翼，捭闔造化爲寬閑。惜哉傳世罕眞本，廓落形模鋪碎錦。每看蔑屑無全色，坐想溟茫有眞境。淋灕大筆忽有神，尺幅斗覺天機清。筆鋒如劍氣湧出，磊落皴擦紛嶙峋。就中體貌最親切，龍勢拏攫雙松身。何如王孟端，焉有李長衡？石谷自有天然眞，詎應零落隨風塵？攜歸張我雪色壁，坐恐夜來眞宰變化倏忽生風霆。

夜讀霜紅龕集偶賦長句

老翁避人如麋麚，滿頭霜雪垂鬖髿。殘經破卷同一車，阿眉挽之行風沙。後推兩孫雙髻丫，暮投旅宿如還家。篝燈夜讀聲啞啞，曉窗背誦爭啼鴉。覆之無有一字差，問翁何行翁猝嗟，誰知海角天之涯？少年槖饘迷網罟，髡鉗獨身神蔽遮。晚逢陵谷棲丹霞，星火到門聞急檛，可憐病足愁霜韡。天門蕩開飛雪花，蒲輪拳縮皺雙跏。道旁兒女羣讙譁，放歸倉卒縣青緺。老翁淚落霜天笳，往往謚作漁陽檛。肝腸古雪生冰華，鐵蓮千葉紛奇葩。我今咀嚼如梨樝，人生百歲眞霜茄。天寒野陰疑路賒，深山大澤盤龍蛇。

歲晏述懷八首次海門和翁大冢宰心存秋懷詩韻

席帽青衫謁帝京，西風寥泬感吾生。一從玉蝀橫滄渤，再見金符出禁城。榆莢迴風秋漕海，南中榆莢秋杪生，計海舶回空，正其時也。蘆花堆雪夜連營。期門龍武軍聲壯，一昔狼煙左輔平。

愁思茫茫未有涯，邸廬晏退寂無譁。蕭條冷宦慚空幣，懔冽寒穹妬霰沙。入冬未雪。幾處鐵衣傳遠柝，有人華蠹擁高牙。澠池好奮垂天翼，顧我雄心付澤車。

隱約江城燕子低，江南江北盡征鼙。旌旗夜火瓜州亂，樓櫓秋屯鐵甕齊。那忍登高望鴻雁，終須入水斷鯨鯢。伏波老去英聲在，休復沈鳶悵五谿。

荆吳千里接亭皋，迴首巔風斷羽毛。水面鐵犀宵濟暗，磯頭黃鵠亂烽高。縱橫壁隖當關在，狼籍沙泥漏網逃。卻憶湘灕幾城闕，湖光山色尚周遭。

傷心螘穴動蛟雷，豹略龍韜鬱未開。百戰睢陽曾裂眦，千金郭隗自登臺。連鄉約束聞雞起，巨艦蒙衝擊楫來。聞道風檣渾未泊，滔滔江漢此雄才。

年時憔悴望刀環，身到蓬壺縹緲間。陸贄有文原内相，謝公無處著東山。金枝翠萼看逾好，玉氣珠光去豈還？多少五陵裘馬俊，紅樓何事夢蕭關。

劍鋩山疊萬峰青，海霧迷天戰血腥。蜑日江城棲灌莽，野風燐雨雜飛螢。依然列徼纏兵氣，又見高原落將星。滇督羅公赴勦黔匪，及境遽卒，適與林文忠督師道歿潮陽事相類。鄉國離披書帛斷，女砧霜月獨愁聽。姊氏劉在廣州。

虎踞龍蹲勢鬱蟠，瓊樓高處不勝寒。優游賃廡藏身易，慷慨陳書報國難。問有懷清封蜀女，幾能歸隱築王官。尚書白髮秋風裏，獨唱陽春思渺漫。

海門琹西近以館職過從稍簡寓齋獨坐撿去年長至韻柬懷

纖月高高上紫闥，梅花消息又驚春。燈前亂葉書塵積，鏡裏愁絲鬢雪新。江海有人騰虎氣，文章無夢接龍賓。柴車牝馬嗟同病，左城毋忘筆有神。

臘日夜集絳趺仙館限韻

山肩鶴骨笑凌兢，竹屋松明對不勝。稍息風聲知夜定，偶來詩思覺雲興。殘年禿鬢人空老，凍地枯霜氣不升。蔬粥年光渾好在，莫辭長話短檠燈。

臘粥

索歡屈窮年，舉令稽常俗。合餐爭口數，甘飲得糜粥。市沽紛果核，蕪合雜芋粟。松明爐火青，乳泛鼎花馥。競傳神辟疫，詎止膏充腹？乍疑酪椀白，不藉酒樽綠。異時寒食煎，常日清朝蓄。春晴蕊脫梅，秋晚英收菊。七香矧調和，五味更飣簇。芬將梨棗并，酵豈鹽齏辱。自然淡如餳，翻覺美逾肉。憶從公孫進，曾佐秀才讀。節昀道仍廉，咄嗟辦尤速。艱難聞煮土，薄劣勝削麴。一甌儘豐腴，七日猶馨郁。隣寺乍呼魚，書堂又添燭。誰家翁媼存？爲語豆麥足。

槐瘿

人生世無庸，大似木有瘿。新居檐角槐，忽訝瘿在頸。初疑懸柯蠮，旋訝附樹黽。不然許由瓢，漁父之笭箵。或仙翁獨壺，僧顱偏出裎。纍魁復磊塊，厥狀頗頑獷。問槐胡使然，身立遭此梗。疣生幾風露，遂爾連形影。我聞緋衣兒，雄年生實幸。不見長頭醫，枉爲一割逞。龍蛇信多變，蹙縮意何騁？或言斲輪困，得似縣匏整。其容且斗石，大用出微眚。鰍生昔有疾，無成衹虛警。就令落浮瓠，安得莊生隱？况聞楓人惡，雷雨生重嶺。槐龍得毋怒，項髆突撐領。寃憤計空然，艱危竟誰疚？成詩更無用，聊可酌樽飲。

十二月十九日寓齋退直同海門潤臣作東坡生日陶鳧薌樑張詩舲祥河兩侍郎丈與孫孝廉福清檗西蓱矼穎叔會者九人分得新字

街頭昨日聞鞭春，春來爲作公生辰。荒齋合座斗春氣，燭花香篆疑公神。張侯葉侯發興新，高軒揖客凝冠紳。皤然二老今斲輪，瓣香拜祝神能親。春盤飣座雜五辛，黄雞花豬羅核珍。橘奴顆熟連霜筠，估船昨來從海濱。兵戈阻絶南北垠，江海咫尺纔通津。吾儕坐食甘醨醇，武陵陽羨愁荆榛。金戈鐵馬伊何人？白鶴峰頭笠屐眞，黄州秃翁髯絶倫。大江東去一悲嘯，自憐華髮生飛塵。一冬不雪過九旬，朔風如吼空嚴嗔。舉杯酹公客起巡，來朝大雪飛龍鱗，沽酒更約東家隣。

小除夕海門招同琴西穎叔寓齋祭詩分得不字

九衢不雪塵生坲，蛇蟄光陰懔飄欻。精廬重舉祭詩令，同酹深杯迎島佛。島佛距今千有年，五字高名懸崛岉。當時蕭寺夜中起，百石洪鐘帶霜刜。推敲馬足不避人，撥剌船頭等行乞。可憐磨鍥窮年歲，卻把腥餘澆佛鬱。我今好詩情仿佛，混雜龍蛇首還屈。深夜燈前吻有聲，清朝花底頭忘鬃。雖然所好亦多事，只覺相深唯此物。境緣屢苦心逾切，才每未充情或詘。四十今年剛一訖，東華塵土朝衫黦。金印縣腰事已遲，青山對面顏先艴。寒闈聚影又三人，主人文昌神蹇吃。再拜焚香勤省祓，誓從僾選除嵬崛。底須矻矻耗精神，不見倥倥盡彊倔？天門趹蕩參旗拂，門外春陽動冰泼。香煙怳惚神有言，執鞭可從吾豈不？

西池四首次韻

素綆銀牀話峭風，高樓初日記曈曨。珠光夜夜嫌宵短，玉價年年說歲豐。誰遣通詞陳聶壹，要將清望屬房融。東風剗地都陳迹，明月梅花迴不同。

花外輕雷動日畿，好春當日已全非。三千牘總金花暗，卅六鱗空錦字稀。何事漫爲鸜鵒舞，幾人同著薜蘿衣？傷心碧海揚塵後，親見雲旓降紫扉。

好是西池汗漫游，華胥何處著離憂？祗應窈窕承青眼，枉作淒涼誓白頭。雁外微茫書帛去，橘中瀟灑石枰收。仙源寂寞人間世，花底何人爲借籌。

青鳥雙飛落醉巾，雲窗霧閣恨頻頻。零星翰簡空遺事，落拓江湖笑散人。漢史螭頭原自貴，阮郎犢鼻未全貧。東方金馬歸何晚？賸把宮鼂託小仁。

巡防夜直次穎叔韻

周廬夜柝遞寒聲，振觸林間求馬情。雪裏闕門悲故將，鶴汀老人時亦在直。天邊參斗拂殘更。似聞洴澼求靈藥，誰信韜鈐出老生？我亦金門慚潦倒，蹇車長媿戴星明。

直廬寒夜疊穎叔韻

風動槐衙萬馬聲，蕭蕭布屋幾時情？林鴉呌月清無睡，禁（析）〔柝〕沈霜夜又更。樺燭宵衣自平世，鼎鑪寒火似微生。露書待報何方捷？殘月螭坳直到明。

卷七　己未集乙卯

人日集葉潤臣齋中分得開字

東風仍自好，先向帝京回。七子草堂集，一樽人日開。小桃將暖出，新雁帶寒來。忽念題詩者，飛騰雙鬢催。

元夕槳西邀飲酒樓同海門作

隱隱紅旌鬧，沈沈玉漏遲。金吾猶有禁，明月幸無虧。甕熟春香透，樓深夜景宜。微風吹酒面，歸路要新詩。時聞收復上海縣城。

奉題海門老兄尊大父熙河先生泰山紀遊圖卷

絕頂登臨意，蒼茫圖畫存。定知天下小，猶見丈人尊。楚國先賢寂，陳留片石温。聞雞夢滄海，扺足共詩孫。

二月五日社效朱子爲續斜川之集拜淵明像適從子質夫自粤中來即和陶韻

中和有五日，沐居逢番休。追維石馬言，擬續斜川遊。春社況茲辰，蹉跎光景流。棲遲人海中，蕭然若浮漚。有客遠行至，枌榆來故邱。雖無遠遊矚，賴有良匹儔。遺像拜虛堂，舉杯同獻酬。未知千載人，能復歆此不？春風長桑麻，罹時懷百憂。人生快觴詠，所欲非可求。

質夫來都新詠斐然

不道三年別，重逢百事違。如何躡芒屩，不得守荆扉？負米憐長路，囊琴悵落暉。青雲一迴首，那獨爲朱紼？

宛爾陶公語，新詩出彈丸。開樽逢客至，把燭幾回看。世晚卑文術，時艱切宰官。窮途愁老阮，華髮送儒冠。

喜得廣州姊氏書問

我非屈左徒，憔悴獨憐須。落手書疑夢，驚心淚轉枯。天涯餘骨肉，海國盡萑苻。悵望仙城月，團欒更許無。

新年聞吉語，到此幸非訛。幾處傳旌節，相逢得笑歌。却看孤影在，翻覺暮愁多。年少悲羣從，飄搖奈亂何。是日並得諸從弟粵中書。

三月三日同直諸君禊飲城南頤園

不踏豐宜路，郊園春幾番。小帘青出樹，新草綠生垣。爛漫千花國，彎環一水邨。舊遊尋斷句，飛蓋忍重論？

海棠開未了，微雨又添花。邃館藏春霧，遙空映晚霞。草香初引蝶，池暖早鳴蛙。姹婭豐臺女，殷勤護藥芽。

勝日風煙靜，新陰草樹成。俊遊逢上巳，冷節過清明。禊事宜休沐，鄉園厭甲兵。好憑諸路捷，都及薦林櫻。

往日宣南陌，清尊車馬閒。避人花市雨，邀客寺門山。露葉開蓮小，烟條放柳慳。暫時塵土外，休復擬醒還。

柏梘先生袁浦書來並寄兩年所爲詩冊悲喜有作

世變誰能料？生存已可哀。一身同谷在，十口汴州來。寂寞荒村過，倉黃戰鼓催。軍門有嚴武，東閣好停杯。

孤學天甯妒，高文世盡降。任人談富阮，何意折窮龐？戰伐沈鄉井，江湖繫客艭。蒼茫天意在，吾欲載蘭釭。

琴西入直上書房授親王子讀詩以賀之

閒平自昔崇儒術，賈董於今重傅才。從此高名冠瀛島，居然僻巷起蒿萊。三天雨露黃封下，上邸笙簧玉珮來。曾憶常時鷺鷗伴，牆西明月對銜杯。

梁叔孝廉有詩寄懷賦答

往昔軍諮重簿參，祇今戎略付豪談。每聞畸士愁轅下，杜說威聲震斗南。杜客亮邀嚴帥禮，李侯長畏隴人慚。五雲深處頻傾耳，猷聽餘皇戰鼓酣。

附梁叔見懷原作

星霜滿袖赴朝參，萬里兵機應立談。載筆遥看在天上，寄書不忘問江南。驚人眞有淩雲氣，謀國能無食肉慚？安得翅翎到君側，蹔時呼酒入沈酣。

六月七日雨後曉直承光殿作

東西池水跨長虹，水殿淩霄翠堞中。萬柄荷香迎御仗，千年松蓋駐靈蹤。殿前龍武新歸節，海畔蓮華盡洗空。何日酒泉分玉甕，簪毫一賦罷南戎。

奉酬彭大司空惠題海王邨館詩卷之作次韻

紫禁簪毫夙有聲，金鼇老筆倍深情。欣看曉鳳尊儀羽，愁聽宵鼉亂柝更。玉珮雍容常晏退，春風澹藹自平生。朝端爭說山公度，會整金甌答聖明。

附彭大司空作

變徵傳來激楚聲，杜陵歌泣不勝情。蠻荒策馬風雲暗，螭陛揮毫歲月更。奇峭每傳昌谷子，丰神還似玉溪生。人間箏筑多凡響，聽到靈璈耳暫明。

啟門

啟門時偃息，斗室自蘧蘧。短世憐彭祖，長天學宰予。靜思人事錯，嬾覺世緣疎。晚食猶皤腹，浮雲任太虛。

獨學憑誰好，微吟忍自嫌。半生貧病在，一味冷慵兼。顛倒牽蘿屋，深沈蔽席簾。旁人錯相擬，漫迹似貞嚴。

歐陽公生日穎叔水部迻奉直廬遺像寓齋復集陶凫薌少宗伯宗滌甫丈海門琴西蓱矼諸子爲壽分得者字宗丈今年來自山中昔直苑廬始顏歐齋爲公生日者也張詩舲少冢宰按順天試未及來會故卒及之並懷柏梘先生

山人猷出乘驄馬，垂白赴官眞健者。歐齋自昔有淵源，今日兹堂合稱斝。歐公生日成故事，同寮幾輩親風雅。南宮先生八十翁，麋犂肯逐羣鷗社？菤葹有母能封鮓，穎叔自題齋曰菤葹。詩酒雄豪獨喑啞。自從扈直罷宣曲，扇子荷香空豔冶。尊嚴遺像虔移奉，蕉荔馨香供高厦。我慚文字近疎慵，卧閤昏昏閉長夏。賓筵芡熟頻來醉，髣髴清眉擬重寫。時方手摹公像。去年此會懷杭越，豈意眼前杯重把。依然一客困青門，聞迫飢驅走塵下。謂位西。人生彥會憐凋寡，弦魄光中燭花灺。紅紗眼底愁殺人，童頭脱冠思子野。柏梘先生近客清河，亦膺校士之聘。

書憤

吾皇承金甌，聖智神清明。百工思亮弼，四海覩昇平。如何嶠西縣，黄巾起微民。元年辛亥春，我從丞相行。六月朔四日，桂州入元旌。是日賊返走，中平還紫荆。震威千里外，追逐可成禽。況我有前覆，象州曾駐兵。何爲金鷄戰，偏師匿州城。大令敢輒撓，諸軍亂旗槍。六月四日，賊由中平、百丈還走入紫荆。時駐象州總兵某，帶兵千人匿不出戰。是時向榮與烏蘭泰，威聲猶埒勍。兩軍相先後，及賊青山坪。一戰賊負嵎，恃險螳臂撑。雙髻矗後戶，宣墟厰前庭。十日豬崽奪，螢弧夜先登。向師剿奪豬崽峽，遂得雙髻山險。將軍落天上，卷甲勢豈停？悖哉都護誰，不鼓從而鉦？雙髻山既破，我軍欲星夜進，某都統執五不可。花雷走羣兇，風門奮空霆。逆全等不三日，盡棄花雷茶地諸巢，遁出山，踞宣墟。我軍至十六日，復破風門坳，斷後賊。宣墟賊爲巢，四圍踞溪塍。圍師豈不周，向後烏前營。半月又蹉跎，孔村惜虚聲。自兹烏向隙，賊逸由雙鵰。向密請大帥飭南路進移營，而孔村日報勝仗，半月，紥營猶在廿里外。賊得從鵬隘、鵬化兩山間遁。烏南又三匝，北師氣徒增。官村怒焚舟，一蹶憤且嬰。同瘦。向師敗官村，以不得接應幾覆軍，遂胸發疽。賊得徜徉去，濛州踏塹坑。南師逡巡及，塗罟聞蚩僜。桂林時已震，先出魁士魁。與瑩。姚瑩。蠢兹彈丸邑，賊備原可乘。其如南北師，棄甲同執冰。從容賊溝壘，彌月經營成。王怒始赫然，帥旗肅親征。九月九日，督師奉諭，切責出桂林城。師行百里駐，都荔息搶攘。十月日將晡，軍門來渥禎。病餘走傴僂，一旅請南荆。中樞夜集議，詰旦軍爲驚。果然孟明將，指揮貔鯢鱷。一戰龍潭復，再接横嶺清。飛騰十三捷，萬衆讙雷鳴。十月，提軍病起來營，請得楚兵獨當一面，督師悉以北路委之。遂有龍潭諸戰，直抵州城之下。柰彼負固力，豈能徒搏勝？中軍憤且前，見賊賊愈輕。況令南北師，轉益水火爭。羣旅又募充，如蜩螗沸羹。待彼竄而擊，斯言豈無徵？壬子歲除，大帥至軍前屢攻，弗能破。向老乃爲此論，或頗笑之。矧當積月雨，賊已空瓶罌。攻堅詎弗力，鋌險殊未懲。二月始生魄，龍寮夜開扃。三伏計已虛，追擊猶當能。古東尾而及，賊尸戮如京。前徒雖出險，荒繳失倉庱。我復兩翼前，張敬修劉長清若張罾。誰令霧雨中，山蹊鼓而升。兵家有死地，大覆巒山陘。坐看釜中魚，又成跋尾鯨。一朝歿四鎮，殘卒歸伶俜。二月十六夜，賊窮極走古東沖，我師追及，大勝。十九日，冒雨縋險，貪進大敗。賊又殲。迴憶夏洞泉，在大帥立營處。慘傷流血聲。三日僅收合，恍然如醉醒。時危衆說進，決策將誰憑？扶荔幸先著，孤城據危傾。吾師甫成列，賊至前綏迎。荔水一交戈，賊徒西北併。榕城誰備禦？倉猝兒倒綳。咄哉將軍寵，間道窮郊坰。崎嶇龍西路，雨夜雜徒乘。免胄及國門，羣呼聞角崩。須臾賊麕至，叫嘯萬目瞠。至今桂之人，援師疑神靈。守攻一月餘，癸水流臊腥。向老師徒北行，既守荔浦，旋復間道，疾趨省城，先賊至，守幸完。亦有江郎師，忠源。水東來結棚。賊謀始大絀，宵遁復牽繩。城中卧王羆，久矣病莫興。誰令追師弱，戲若驅羣蠅。五月湘源哭，孤城慘零丁。小堅大之破，詎爾溝壑經。乃我萬師及，城中火熒熒。簑衣渡頭船，蹙若亡穴鼪。四月一日，賊去桂林，撲全州，追兵僅七千人，又弗能力援。全守禦極堅。迨和鎮春領大兵至，城已屠矣。然賊走，極窘也。東方天馬空，鮫鱷又滄溟。此賊最狼狽，飢颶折翅鷹。蓑衣渡賊幾被殲。東走。瀟江阻夏漲，有庳乃虛承。經歲說邊防，楚山空崚嶒。粵師雖踵及，疲敝亦可矜。三月營道師，圍攻如缺甍。秋來健隼翮，肉佽重鶱騰。郴桂路千餘，寸尺多鋒硎。指揮儻如意，火炎畀螣螟。跋前而疐後，手足胡凌浣？賊撲永，不遂，而竄踞道，自夏徂秋，畀出擾郴桂間、下灌等處，不得聚殲，可惜之甚。八月圍星沙，分軍賊渠獮。妙高一峰踞，羣咻聚蚋蝇。熊湘十萬家，比屋明宵燈。誰知完玉(壁)[璧]，猶藉將也榮。嶽麓對江出，客來話圖經。圍師又一闕，賊走衆目瞠。自此勢成逆，高原逸奔麐。可憐師楚粵，千萬費水衡。兩月憶城中，日夕雷霆轟。歸來性命得，忍復思兇淩。長沙之圍，賊渠蕭朝貴自郴率衆先來，死焉。向帥病起，至自粵，而城守完，而賊得復竄。又以嶽麓不守，我師遷延不成圍也。江漢幾波濤，霍廬悉荆榛。長江千里翻，石城百雉傾。吳頭楚尾地，三載廢犁耕。渡河萬貙豹，間關乃邢洺。妖氛數翕習，鬼髮盡鬅鬙。禍難斯雲極，青天誰可擎？去年秋風利，戈船聞結矰。巴邱始微蹶，郢鄂旋崢嶸。直下收蘄黃，居然高屋瓴。莽蒼列城復，飛揚殘籜零。快哉師墨絰，此舉何觥觥？溢浦及春早，江波塹洄渟。況當滬瀆還，黔池亦波澄。急羽海中到，威聲傳楚庭。河北又疊捷，連鏕翦梟翎。林李林鳳祥、李開芳。兩賊顱，西街正天刑。捻渠埽其穴，功孰秺侯京。又彼夾江壁，戈矛戛砯砰。餘皇鼓鼙振，坐拔三山青。北路既蕩平，便。南師躍儜傖。瓜揚興版牐，徽黟整垣閎。憶從軍事來，喜氣茲芽萌。人家買香醪，田老蓄肥牲。朝廷懸上賞，五色備紞紘。樂部習歌曲，八音謚韶韺。南風忽不競，一蹶溢瓶甖。建業天下雄，師中誰賓丁？我知眼中白，翹彼冀上英。未見趙括敗，幾能馬謖爭？連城走奔電，萬眾愁飛螢。坐使江州甲，孤拳徒努睛。橫空長妖燄，瓦缶復砰訇。樓櫓既不前，豺狼計環生。東窺黃石壁，南泛鄱湖艕。可憐全功失，徘徊星渚舲。巍巍楚材雄，數月翔湖汀。古來重樞機，一失百殆形。彼狡計漫出，燼餘得炎蒸。鴟張又楚粵，蠕蠢及鄘鄗。烈士擬上章，孱功當擊抨。道途切齒言，害身宜決癭平。幸叨聖人鑒，褫奪快羣憎。頗聞臨淮師，壁壘氣若烝。鼓行下襄河，眼空蔑狸狌。蕪關又連勝，兩載虎穴凭。湖內重結束，橫戈酹宮亭。乾坤大斡旋，拭目數豪英。餘子下自鄶，因人本硜硜。鰕生更無聊，弢匣慚青萍。儻其燕然勒，猶得橫吹賡。何時奮突管，灑墨十丈珉。論功罪亦誅，若能逃剌鯨。

拱辰樓絶句在圓明園軍機直廬七峯别墅中

小樓一角護垂揚，攜得秋風襆被涼。不信人間是天上，樓前銀漢接紅牆。

湖海銷沈鬢欲絲，此間來較十年遲。午鐘了卻官家事，惟有西山對展眉。

屈指桑蓬在襁年，樓中題字故依然。風流祗見雞羣鶴，絳闕彤牙一世仙。拱辰樓扁字爲乙亥三月葉雲素前輩書，適余生之日也。

妙筆興宗好屬文，幾人惆悵惜離羣？九重依舊巢痕在，燈火青熒獨夜分。

雨夜

如何煩病耳，一雨又淒其。夜久荒雞斷，秋深戰骨悲。飄零愁大樹，迢遞失輕雷。猶有高樓婦，經年蟋蟀幃。

夜讀霞軒詩卷即送之官

笑爾耽吟癖，如何似我癡？應須赴官爵，休遣折文詞。別後能無句，尊前定有思。送君持底物？悵惘不能辭。

喜從弟芝庭來都

自汝違京國，經時懷百憂。重逢俱好在，相對復何求？蒲柳驚先槁，兵戈悵未休。可憐少壯日，似我恨悠悠。

剡曲鏡瀾平，灘山劍鍔森。故園都久別，薄宦幾沈吟。旅食傷秋雁，須鄉急暮砧。龐公方亂日，何處鹿門深？

我隱金門宅，君乘碧海桴。優容當陛戟，莽蒼及關繻。志業悲長賤，功名羨百夫。余謀方自拙，出處爾何如？

聞道流亡日，流鶯勸客來。一樽剛九日，强病爲登臺。試極天邊目，猶疑夢底杯。插花渾自滿，倒幘不須猜。

秋日淀園道中次韻

一路垂楊色，都攙落照黃。寒波出略彴，遠樹露宮牆。野苕沿蹊盡，山雲逐客忙。年年搔鬢短，田畝又登場。

疊用前韻呈陳吏部同年鴻壽

試寒風料峭，將曉月昏黃。野色零郵火，林霏落苑牆。歲同秋草賤，人似曙鴉忙。不辨鐘聲處，城隅尚佛場。

舍旁隙地治圃未幾時已秋矣慨然有作

中年愧精亡，懷安在居處。退食常早歸，獨居時閉戶。舍旁一欿區，瘻病兩槐古。老屋四三楹，經年蔽塵土。朝來自灑掃，齋舫出清午。笆籬繚旋折，餘地恰規圃。雜植羅花木，通宵感靈雨。惜哉佳時過，栽植定何補？柳弱竟新荑，葵傾遂重蕤。欹牆數莖竹，枝葉亦鮮楚。居然生意滿，清蔭彌檐宇。丈夫志四海，一室安比數？何況抱甕希，經營殊莽鹵。

汗馬願空奇，歸來尋汗牛。朋交幾迂僻，來往日綢繆。常把種樹書，異聞山海搜。有時樹根讀，偃蹇對龍虯。灼灼桃李華，非時復何求？欒枝紫白丁，美植誇營幽。亦有異產妍，經時懸燈毬。繡毬一種，出洋島者，色正赤而花差小，且尤易生，花開數月不斷。朝霞窗牖明，夕靄簾衣流。如何歲黃落，風雨倏颼飀。籬根蟋蟀鳴，零蔓垂牽牛。虛懷涉園樂，漸昵墐戶幽。薄暮眾籟歸，蕭然人海舟。時邀隣圃顧，獻納多良猷。

種麻須蓬直，種松蕭艾單。種竹苦未長，種花何人看？我生昧本業，有志徒酸寒。扶持望君子，晏處超榮觀。四序任推移，崢嶸愁歲闌。從來古賢哲，道力嗟同艱。茲屋聊暫寓，居窗百歲安。林宗雖信宿，灑埽不肯閒。亦聞竹林賢，館食修銅盤。圃學縱未成，生機詎容刪？明年儻猶此，補植千檀欒。

同琴西潁叔遊金山寶藏寺飯蒼雪菴暮歸直廬

退直車馬閑，尋山簪榼具。神皋接宮苑，數里出郵隖。午陰藂樹清，秋色雜花妊。離離山果赤，濯濯溪女素。幽探忽忘疲，勝引每驚顧。岡巒始奓呀，烟炯益軒露。有時錯澗石，亦或蟠雲樹。谷鳥既迎人，林霏漸遮路。頓疑朝市遠，遂覺皋壤富。邱壑本平生，袿裾強干務。林棲忽如歸，塵坱不知處。

一徑入山麓，豁然靈境開。飛蛇鴻而升，蒼翠兩山迴。空明轉天門，曲折凌香臺。樨馥蘊庭際，竹風盤砌隈。清泠屋後泉，隱約山之厓。細響閟珮環，幽光瑩蘚苔。前登虎豹叢，上出雲霞堆。昆湖盪我胸，三山何壯哉！憑虛一以眺，遠景窮烟埃。老僧歸錫遙，貌耇心嬰孩。誦客遠遊什，醉我香積醅。山中自日月，花草殊璨璀。不觀大師碣，磊落猶顛涯。

山風催夕曛，螟色入蒙薄。客從寒山下，人影對蕭索。迴首翠微間，蒼然横寺閣。林坳漸希微，邨徑殊嵤确。雲沈遠鐘蕩，日挂殘碉弱。好景悵易違，玆遊會成昨。歸人遇樵牧，情話藹桑落。誰知天日親，別有山林樂。江海憶故區，雲泉諒虛諾。籬花開又徧，湖水潦全約。行行復烟寰，却顧但遼邈。

棨西過余樓居穎叔留飲暮歸有詩依韻奉答

風波不到平湖水，倒影西山厰眢翠。樓前日日柳絲風，冶葉倡條向人媚。佳客能過笑語春，舉杯同是謫僊人。眼前如此不能醉，寥落西風吹鬢塵。

憶昔行贈陳抱潛來都即送還保陽

我昔識君歲辛丑，道逢蘇季稱吾友。虛谷。錦衣玉貌自天人，富貴浮雲不挂口。讀書磊落千人辟，落筆飛騰萬靈走。有時卯飲醉天橋，脫幘狂吟酣至酉。我時意氣亦雲霄，豈謂彫零遂蒲柳？別君大寒乙巳冬，君時麻衣雙淚紅。蕭條白日下滹易，送我單車衝雪風。南行萬里窮珠海，秭歸村落須砧在。錦衣人羨我心悲，老病氈駝不能載。西風蕭瑟鴈南飛，我復扁舟泝北來。道途行旅獨愁歎，一臥滄江病骨摧。句踐山城秋雨多，闔閭門邊聞暮歌。茂陵誰問相如渴，雙鯉迢迢可柰何？迢迢雙鯉來河曲，卌六金鱗粲盈目。黃塵烏帽也棲遲，爲我淒涼混歌哭。怪哉李白幸未死，餘息更生在人世。歸來憒著短後衣，擬縛孫盧獻天子。未從赤松遊，那得白猿書？沛公天授不可遇，奇計居巢空爾爲。歸歟古木思寒山，紛紛猿鶴愁烟巒。兵戈未歷風輪劫，風雨聊息天池翰。聞君三載哦松署，仕隱旁人不知處。孺人稚子盡歡欣，日夕斑衣還奉母。人生此境安可得？玉署金門還踽踽。我方蛩獨歎無聊，君亦雞棲殊有役。江湖歲月幾何年，與君一別同鬑鬑。鬢霜頭雪俱轉眼，柰此落葉秋風前。夜來暗雨銷窗燭，癡奴屏風忽頭觸。相思明日帝城空，殘月蘆溝愁騎獨。此別胡更促相逢？殊自憐貂裘，有客來鴈前。虛谷。與君相約攜征鞭，徑須十日沽平原。東風馬耳置萬事，揚花如雪春風顛。

陳幼舫上舍出羅杏村老人畫盆蘭幀索題因寄其尊人桂舫刺史

桂林山水窟，畫師右族惟江東。我昔曾觀山水幅，磊落巨石蟠長松。謂羅先生存理老人大父。再傳喜得杜陵筆，山村品格餘宗風。仇山村息號杜陵女史。青裙素髮今老矣，蠻鄉兵革愁蒿蓬。幽蘭國香九畹叢，供以碧斗珍珠櫱。蕭然珂佩出明瑟，雨花烟葉何惺忪？城南池館開木蓉，秋齋憶訪星橋翁。謂羅翁辰老人之父。平生枉著朱門屐，白首寂寞歸灘中。徐黃花鳥變宗派，琰也此筆猶見中郎邕。陳郎年少致閑逸，扁舟貫月思長虹。李舟不愧名父子，愛此尺幅淵然衷。世人浪說焦尾桐，古來名跡愁靈通。看君寶此什襲重，縹緗付託懈乃公。我今發言惜龍鍾，他日名山投阿戎。

栞西翰林所居澄觀園直廬庭有杻樹即杍楢也

往聞西都言，今見南齋句。往時程侍郎恩澤有賦。栲杻本形書，杍楢實宮樹。山樞蟋蟀唐魏風，牛筋詰屈談邨翁。如何長春萬歲此奇木，往往溷跡蝸牛宮。蛟龍蟠屈身夭矯，碧葉青枝看逾好。二月春生白練花，移根合在蓬萊島。西園羣樹秋不彫，西風澹日林塘坳。珊瑚朱實挂檐隙，雪花碎蕊猶生條。春華忽作秋光妊，欲覓天梁問修嫮。好與貞松訂歲寒，底須修竹憐遲暮。盤弧引韔奔天狼，羽書日夕飛明光。咄哉此木稱材良，丹漆膠革十石强。淇園有竹箭栝長，往試飲羽南山岡。

周獻臣貳尹屬題春郊洗馬圖即贈

幾輩蘇程戚，當時桂柳間。小年同蹇難，遠別悵河山。戎馬方多事，風塵各壯顔。相期常澡雪，麟閣有孤孱。

郭莒修觀察南河一別重晤都門偶題畫菊便面爲贈

清秋淮浦夜，病客一扁舟。風雨勞相送，關河迥獨愁。重逢來紫陌，多難話滄洲。且莫傷遲暮，黃花耐晚秋。

海門老兄典試山西復奉視學湖南之命寄贈次椝西韻

山麋野鶴未全衰，錯笑旁人震羽儀。望裏雲山知更遠，別來魂夢欲相隨。濟時能幾河汾士？訪古還多屈宋辭。獨有天邊兩蛩蟩，曉窗燈火炤離思。

步和椝西賜哈密瓜恭紀

禁垣相望五雲高，錦榼珍攜感木桃。底貢何緣同賜食，軍機處每歲將除亦霑此賜。剖甘重喜得分叨。九邊冰雪誰乘障？七澤烟塵尚帶刀。宛馬蓿盤驤首意，與君簪橐敢言勞？

侯官劉炯甫徵君過訪賦贈徵君嘗隨林文忠公督師粵西軍幕

骯髒英雄淚滿襟，那堪相見鬢華侵。安車敝策成孤士，宿草寒烟指故林。舊幕河陽同往事，新篇梁父獨高吟。與君燕市悲歌裏，更覓何人擊筑音？

懷海門作疊用前韻

不道鬖鬖蒲柳衰，晚來相對惜丰儀。最憐永夜深沈語，同是當時屈曲隨。擊汰湘流君莫負，閉門人海我何辭？依然明月清風裏，迥立蒼茫有所思。

寄楊至堂河帥以增

使者身如萬斛舟，海源天際獨悠悠。遠探佳士猶青目，老拄艱時幾白頭。閒日高風徐孺榻，清宵明月庾公樓。他時建武徵文獻，寂寞儒冠話楚州。

穎叔齋中消寒小集劉炯甫孝廉出從軍圖索題

圖中爲前督師林文忠公及徵君二小影。曩從征粵寇，道中所爲。蓋圖未久，而督師歿矣。

膄竹簫騷鳴敗葉，朔風攪空天欲雪。華筵酒半燈燭昏，劉生之圖黯愁絶。圖中老子眞人龍，劉生褶袴來趨風。當時奉詔起滅賊，想見談笑驅羆熊。東南吳楚憑江水，怪咄橫氛何時已。至使英雄淚滿襟，出師未捷身先死。湘子橋南秋雨翻，劉生有淚猶傾盆。誰憐寂莫單車詔，彌復淒涼國士恩。酒徒擊筑燕市多，座中有客顏先酡。冰霜晏歲忽如此，戎馬當時恨若何？人生慷慨不稱意，駑者折轅雖忽逝。劉生卷圖勿復言，酩酊四筵各霑醉。

蓱矼席間賦哈峃瓜

敦煌有仙核，穹隆出邊郡。時新重颬生，遠物況儹運。皇圖大荒闢，古路陽關近。前朝夸沙金，吾圉等青鄆。今哈峃即前明金州等衛。深雪蟾蛆茁，寒沙韭蒠擽。靈苗獨異質，羣芃許羼紊。膨中龍蹄困，鋭兩羊角奮。黄通裹晶胞，綠駁外痕璺。甘嘗侯鯖渾，秀握女臂韻。念從儕賚琛，此味敵漿醞。清涼漬雲露，煩渴解熇焮。芳標奪鳥魚，嘉種壓濟汶。想當瀚海植，是受潤泉溫。秋延搭斑八蘭反。爽，春老惰蘭糞。蔓絕陳盂樽，筐將裹氈緼。千程蒲鴿珍，一騎明駝坋。時偕荆包薦，疇得楚鼎問。金鑾謬分直，玉龍驚非分。陸橘心毋妬，朔肉事豈訓？散朝懷鮮馨，邀客席洒戲傘。堆盤拂新瀋，合座被芳聞。剖壺霜切脥，決瓠月呈暈。香流鼻觀親，飴化舌交靳。涎憐海客詫，睡起屏奴隱。緊我醉如狂，因君戰思忿。瓜戰爲吳越錢氏故事。茲邦昔雄拓，厥地職饋餫。雷風捲旌旆，山岳動鼙鞞。圻封悉廣漠，纓繫幾孤僨。孤僨之君見匈奴傳。昆玉諒同升，宛駒敢孰慍？哀時罷兵革，弔遠慘髽絻。今夕獨怡怡，相看各斤斤。丹瓤思驕捧，蜜瀝愁奚拉。時節會麏羊，恩叨及崔員。懸瓠誰見擇？作圃吾其僨。

蓮裳吏部齋中集飲賦得望雪分限失字

晚天作雪寒颸疾，空林墜葉聲悲栗。高齋會客新醅出，坐對樽前萬愁失。夜深風定雲還密，起視遼空黯猶桼。滕神返駕封姨嫉，又見枯蟾窺我室。人生世事誰能料？快意當前渾莫必。我客京華近廿年，年年冰雪寒峭崒。自從袴褶歸來後，幾度冬窗煖烘日。吾儕晏處憐褌蝨，衹欲尖叉鬥詩筆。郊壇祈禱厪宵旰，襖襏憂勞付蓬蓽。東南戈甲況未休，歲晏鐵衣尤慄慄。天公毋乃眷長征，奈何田間懷穟秸。安能鵝鴨壯風聲，又使蝮蝎消影質。吾徒日夕上旗亭，歸向紅爐頻擁膝。

酬劉炯甫次韻

造物有樞軸，神功轉潛動。微生天地間，何異蝨逃縫？斯文不受羈，强欲自控縱。多言詎漫爾，說理竊幸中。今古幾蹉跌，風塵時澒洞。是能補元功，方乃握眞統。自余逐名場，抛擲恥羣鬨。鉛華濫塗澤，砭灸罕諭諷。稱王雖笑荆，作霸又慚宋。小年貪食牛，奇想遠跨鳳。何期困奔走，少壯徒夢夢。心期高山岳，行治下輿衆。時艱休項强，道遠病足重。將成朽木廢，豈任他山礱。積習繭絲縛，窮鑽蠅翅凍。悲吟自求快，長詠忍思痛。況從簪珥餘，絶少晷陰空。偶來戲鞭弭，毋乃傷轡鞚。經史未菑畬，文章只嘲弄。徵車閩海來，鍊質得丹汞。章爲雲漢琢，賦作天家貢。琅玕辱先施，烟霞知久供。枚馬集班聯，晁張忝游從。拙交言每直，暇日學思共。鴻篇忽枉再，口沫不給誦。蟄蠖可屈伸，爲龍覬天用。

東坡生日集穎叔齋拜赤壁像用定惠院月夜詩韻

我朝詩法盛東坡，歲例生朝燭燒夜。高堂對展赤壁圖，彷佛英靈大荒下。武昌故壘我昔遊，浩蕩江聲日奔瀉。崢嶸烟月更黄州，公與周郎原匹亞。人生所遇良適然，萬炬東風偶能借。不觀憔悴此翁禿，人世風流空代謝。去年作會記吾齋，白鶴遺容拜同舍。江干烽火又今年，酒半雄豪思舞蔗。吾徒文字重因緣，世事烟雲餘夢怕。樽前有酒歲常供，潦倒未辭官長駡。

翰臣講學抵京出示近詩題贈

吾道栖皇自有眞，知君矯矯邁羣倫。違鄉心跡冰壺在，振代詞章玉局親。滿路軍符還絡繹，還朝綵服更清新。不辭玉案高寒頂，咫尺金鰲近紫宸。

伯韓觀察出示途中詩草奉題

厭聞藪澤尚萑苻，匹馬衝風又帝都。到處塵荒供涕淚，幾人流宕偪江湖。文章世晚神偏壯，冰雪天寒道豈孤？何處豪驄好乘障，於今四海盡鄉閭。

喜雪和翰臣詩韻

夜闌聞雪起呼燈，好景年來得未曾。密點洒窗驚亂屑，凍雲張屋儼寒罾。沈沈遠水飛無際，瑟瑟迴風暗有棱。老我詩情減驢背，渾思泥飲向邱塍。

碎拂瓊瑤墮似篩，一庭曙色照書帷。愁思夜火原頭獵，遠憶寒香竹外枝。萬里雄心依馬革，百年清節感牛醫。圜壇靈禱看如此，會見沙場獻伏鴟。

雪後散直過霞舫兄出示中甫京兆雪中相過飲酒炙鹿之作次韻

夜聞朔風曉飛雪，走馬蘭臺四蹄沒。貂裘欲敝著轉温，拂面微颸顛落屑。金門乍闢三霄迴，玉陛珠甍耀明潔。掖廬朝擁一燈青，寒色欲穿窗紙裂。高穹昨禱何神應，我皇寅感民心悅。午鐘官事了復閒，歸馬屠門思飲醊。大丞老兄新移居，庭樹瑤簪儼行列。過門相訪聞清興，袖出君詩墊巾折。初言好景色動簡，徐引豪情聲溢闤。天生此筆勁且清，想見淋漓方炙割。我昔逢君胥浦舟，小別新詩氣生鉢。南遊江海助翻瀾，西上風沙遠嚼鐵。去年寄我夔巫句，出秣神駒驚汗血。豈期匹馬又章臺，風雨繩牀巧相設。霞舫同官。天公有意開奇勝，帽絮西山蒙管理鞅轡。舉樽興逸麈擊生，落紙神飛驥奔渴。三軍鵞鴨語殊隽，百丈烟霾氣先折。牛衣自號儘高官，感激時艱還耳熱。城南舊好又龍朱，伯韓、翰臣。袴褶正辭山水窟。斧柯未屬且柰何？劍花長拂空愁絕。緊余戎馬歸來後，飛走踆踆憐兔鶻。南征老將又闊疎，夢寐前軍聞掃穴。書生簪珥問何能？但祝橫氛消雪月。戈船上瀨時聞戰，巨礮雷轟妖祲滅。中興江漢待歌詩，公等雄才合銘碣。草間攖載吾有能，會縛尖毫供掃筆。

卷八　己未集

春首雪中偕霞舫翰臣荓矼攜酒觀齋壽陽師相用去年雪韻賦詩敬和

料峭東風欲試燈，草堂晴雪幾回曾？遼穹雁斷猶題字，凍螯蛟寒待舉罾。醉擁駕鵞思嗽壘，夢迴鐘鼓在觚稜。清時最要豐年慶，長把篝車祝滿塍。

玉響鏦鏦竹韻篩，漏雲寒目靜當帷。早梅醃馤春前樹，殘菊崢嶸雪後枝。京師盆菊每經冬臘。愁倚蒼茫成好句，喜聞衰病託良醫。元亭寂寞頻來晚，贏得風流載酒鴟。

從弟蘭賓芝庭先後來都相見悲喜開歲五日同返廣州旣送之行拉雜成詠

屈指高曾後，飄零同氣稀。令原況多難，雁渚又同歸。事業期中起，門閭愴式微。王程須努力，揮手罷沾衣。

簿尉清時好，蠻荒僻處宜。先人曾宦跡，故老定聞知。荔子連村樹，桄榔夾路絲。善承清白裔，休惜一椽卑。

戰國傳申子，當時道獨行。青箱慚輟業，雄劍枉論兵。帷幕須人寄，州家始自鳴。余將老金馬，世德看恢宏。

何意微生日，居然世亂尋。故山思越粵，烽火隔雲岑。臘日酸風奠，嫛鄉靜夜碪。迴腸時極目，雙鯉莫浮沈。

大雪連朝中甫立夫各疊前韻見示因復效顰

到春十日三日雪，咫尺西山龍尾沒。天公作意不肯休，有似無窮鋸談屑。聞聲飄颯寒逾勁，在目晶瑩皓已潔。拂衣旋著笑蒙茸，縮手相看畏皸裂。高枝亂啄寒鳥喜，大谷深藏老麋悅。田家榾柮想紅煨，氈幕酪漿思熱醱。梨花萬樹紛蓓蕾，玉筍千峯盡羅列。軍門戰鼓擂底沈，驢背吟髭撚須脫。豈無冷鉎柴荆戶？亦有銷金雲霧闥。連朝坑塹應盡平，大地町畦敢誰劃？憶昔南中見雪稀，偶然詩思生銅鉢。宧遊極北少逾壯，漸覺豪情冷衾鐵。矧從遠道逐戈矛，厭見高原灑毛血。龍團活火嬾自煎，蓮花清樽屢空設。始從昨歲和茲篇，病馬沙場齒牙齾。相看銳欲扛鼎雄，祇覺怒思吞海渴。如何蕩漾鵞毛重，旋復淋灕兔毫折。離筵鬬槊醉膽困，撫髀論兵壯心熱。便當龍虎整雄區，一洗狌狸盡妖窟。斫地悲歌劍鋏鳴，仰天大笑冠纓絶。朔風門外吹猶厲，一綫寒雲下飛鶻。昆侖昨夜定開筵，淮蔡當時此犁穴。會看騰踔淩霄漢，定爾功名爭日月。人生所得意氣贏，眼底幺麿灰燼滅。果然快意逐黃，猶欲高詞篆丹碣。不然冰柱雪車吟，老我雕蟲甘禿筆。

春來

春來將及半，大雪尚連朝。日薄煙易暝，晚寒風更饕。層冰愁布屋，疲馬望江皋。明日長安陌，何心問柳條？

穎叔曉穎清漪園歸戲贈

積雪神皋路，仙郎走馬歸。迴風欹絮帽，飛霰上朝衣。白鶴尋雙表，園有耶律丞相墓祠。青霓看一圍。內人稱三山之幸爲外圍。雲屏毋乃恨，錯夢到金微。

拱辰樓大雪次日晴霽疊前韻

歲朝如瞥過燒燈，大雪連番得未曾。莽蕩湖光飛萬絮，迷茫山色隱孤罾。邨林落落餘鴉點，苑闕迢迢但鳳棱。白玉高樓元上界，倚闌清夢獨瞢騰。

樓頭寒旭一簾篩，傍曉新晴透客帷。煙影散遮連苑陌，鵲聲歡繞上林枝。冰敲鐵甲傳吳會，雲臥滄江念越醫。往年大雪臥疾越中幾不起。感此百憂聊自釋，尖義韻險又罳鴟。

苑廬夜直再疊前韻

苑廬蕭槭一孤燈，自覺清寒到骨曾。深禁有時驚客鬢，故鄉無地著漁罾。仙壺夢淺搖紅燭，雞樹風微瘦碧棱。聞說朝官幽事近，連朝晴雪覆花塍。

淡月西南漏點篩，峭寒惻惻在車帷。香雲自擁金莖路，靈烏爭栖玉樹枝。三日計過頭雁節，千金猶覓手龜醫。清時退食蕭閑劇，隱几青山笑凍鴟。

壽陽師相命作觀齋雪集圖再疊前韻賦呈

精廬一雪話深燈，古屋營邱得似曾。欲把高齋傳粉本，頓勞清夢觸漁罾。檐花撲簌飛無影，巷樹槎枒凍有棱。稍喜寒天修竹在，翠梢青葉護階塍。

玄雲隱隱瘦陽篩，難得春風坐一帷。雲鶴待迴天際影，庭花都著歲寒枝。他時豈獨詩能壽，此地頻來俗定醫。圖罷門牆思執梃，夜深隣巷記聞鴟。

樓居即事六疊前韻

小樓剛貯短檠燈，樓角籠詩幾輩曾。雪霽山容宜拄笏，冰開湖面好投罾。雷車聲隱來天際，芳草煙微上陌棱。長日青春好無事，幾家安樂羡農塍。

玉斗紅絲墨瀋篩，精廬還當讀書帷。林鴉向晚時翻樹，苑柳禁寒未放枝。浮世功名原似奕，微生貧病豈能醫？金門詄蕩吾何敢？愁見昏黄嚇暝鴟。

花朝在直連日霰雨作寒排悶重拈前韻

習習餘寒戀曉燈，花朝花事問何曾。歸巢旅燕還依社，陟水冰魚不費罾。觱栗風威仍作陣，模糊霰影欲生棱。旛竿一試天如墨，祇恐春光凍麥塍。

冰華頻雜雨聲篩，客館春深未徹帷。日下漫愁孤鳳語，風前難覓亂鶯枝。天文浪說江湖溢，時事誰將疫癘醫。忽憶清明濛水日，暗雲叢箐嘯鵂鴟。壬子二月，逆泉出永安州，時亦連旬積雨中也。

自顔其居玉池西舫用元納新永光寺詩中語也招集伯韓霞舫翰臣及從子霞軒爲禊日之飲遲申甫病不至

門外清涼白玉池，當時照影辨禪師。風流首座都名世，零落雙松又幾時？人代蒼茫雲易幻，街隣寥落燕新知。底須雩渚兼蘭上，聊爲青春送酒卮。

懶朝縱飲任相羊，難得他鄉似故鄉。十載重逢都舊雨，一樽薄醉又斜陽。未妨金馬嘲賓戲，那得紅螺遲客觴？持比峴山坡下宅，玉華愁寂好湔裳。

樓居有懷東亭

朝日山氣青，夕日山氣蒼。青蒼兩不見，月出山微茫。我居樓面湖，與山日相羊。春來湖水生，夜月凝清光。湖邊樹倒影，離立儼成行。有時湖上山，宛在水中央。湖風一蕩漾，山影隨波長。卻憶我故亭，遐哉山水鄉。風塵久遠出，魂夢未或忘。何期直金門，數椽得清涼。日入車馬息，山水儼一方。人生適目前，我勞容小康。彼哉市朝客，吾意非所量。

過半村居小憩

東風來幾時，綠意盈芳草。道旁楊柳樹，煙影含荑小。茆檐酒家春，窗戶誰灑埽？停車偶憩息，白日欲頹照。迴頭看西山，山色遠逾好。長林迆山麓，春氣浮林杪。樓觀幾丹青，高原時帶繚。沿緣野田麥，青入中山道。有人乘軒來，數騎策騕褭。悠然入圖畫，不識閣廷老。矯首望東南，蒼茫極雲表。車中問何詣，塵土日紛擾。江南好桑落，不讓瀛洲道。未知江渚春，猶有人秧稻。

才覺

才覺春光好，春光早欲回。深林聞謝豹，香草出冰臺。戰伐多新鬼，艱難幾異才。揮戈江上旅，愁見夕陽摧。

喜虛谷謁選至都

年年閒夢熟訾洲，中歲攜家更遠遊。墨綬低回身世感，青天牢落古今愁。舊時月照梅邊笛，何處燈殘水上樓。獨對青春如夢裏，玉尊紅燭且時休。

潤臣繡山招陪諸公展禊慈仁古寺適以是日當直未赴

城南花事好，尺五餞春年。勝日復茲會，流風餘昔賢。朋交愴零落，世路惜迍邅。媿我中書石，春衣殊未湔。

伯言先生之喪聞之殆稔感痛不能爲詞先成此律

朔風飛霰一春迷，斷鴈沈雲薄日低。何幸荒江遺老宿，依然殘魄墮驚鼙。青山瘞骨能孤弱，破甕傳書定棗梨。隔歲遺編先寄我，亂行昏槧獨愁悽。

符南樵孝廉葆森**來試禮部見遺詩刻並屬題其湖山載酒圖卷**時方纂正雅集。

平生姚合故情親，記別軍中猝死瀕。謂石甫，廉訪君所師也。曾說當時射雕手，遲看千里化鵬身。別裁僞體思先輩，收拾遺編定幾人。正合風塵起騰踏，湖山樽酒莫悽神。

霞軒重來京邸相聚數月頃復之官建昌再送一首

看君舉翮到蒼雯，厭說江湖墮祲氛。人事幾回還落落，客心重別又紛紛。迢遙彭蠡多春雁，縹緲香爐苦陣雲。沙雨草風仍好在，東州奇績要騰聞。時聞建昌收復，故雲。

中甫京兆署後重葺新軒落成招飲次韻軒爲前京兆何文安公手葺

清時宛洛盛樓臺，東閣官梅信意栽。往事任從前日去，好花端爲後人開。雲峯舊照何山席？草樹新除蔣徑萊。猶是西山好鬟翠，倚窗一笑破春來。

傍海狼煙恨未平，幾聞風議出公卿。高岡自愛迎朝日，快閣還宜繫晚晴。萬室歡顔思廣厦，幾人豪氣奪妖槍。此邦桴鼓多風力，看子飛揚酒畔情。

慷慨

慷慨幾人思滅賊，寂寥孤士自興歌。蕭蕭素壁緇塵暗，蕩蕩青天白日俄。繭栗風香春夢熟，鵓姑聲亂暮雲多。閑園花竹聊相溷，過雁音書問若何？

苑廬二首

滿耳鼞更聒未休，曉風吹樹忽如秋。宮槐葉底初陽暗，啞軋新絲學一篝。新蟬。

醉袖籠鞭事幾霜，湖波滿滿蓋雲香。而今蓮葉東南路，一角輕紅澹夕陽。殘荷。

雨後扈直清漪園謁元耶律文正公墓祠

鬱鬱瓮山麓，蕭然孰祠墓？修治傍宮苑，乾隆間修建。磊落想皇度。宿雨積高原，朝煙靄庭樹。虛堂神鬼嚇，遺像冠裳塑。緬懷耶律公，草昧適天數。倉皇昔元代，法制僅牿具。當時茲管葛，餘事猶詞賦。髯乎故絕倫，姚樞趙復實友助。我昔百泉遊，馨香拜洲步。頗聞梅溪勝，咫尺蘇門路。如何虛卜築，死瘞邱山處。迺知賢者心，七尺徇所遇。鄉閭重子孫，時節守霜露。縱能金盌秘，那得銅槃固。豹尾幸簪隨，螭頭起瞻慕。餘生畏溝瀆，何處青山渡？

丙辰六月廿一日歐公生日同潁叔招集陶鳧薌張詩舲兩侍郎滌甫侍御丈炯甫潤臣繡山翰臣荓矼展拜滁州遺像於松筠菴像爲直廬歐齋墨拓瑯玡山刻原本北宋至今將千年而紙墨完好晁悅之李端叔題字依然上方高廟御題一詩蓋昔裘文達公日脩所請以刻石後奉置滁州官署者往年州城被賊流落人間適潁叔戚氏自皖中來出以相遺者也同人既有歐齋故事潁叔舉公生日尤虔而茲象適歸之是日潤臣亦攜所藏詩龕舊摹南熏殿本公像一幀來觀分得松字

南望豫章野，封蛇蟠列墉。東流天塹渾，夾壁明江烽。東南今歲來，賊徒日橫縱。吳楚兩偏帥，久師頹鋒穁。峩峩瑯玡山，醉翁昔支笻。近山潁水清，稽誅又羣兇。謂潁郡餘捻。昔年茲州陷，兵燧殊匈匈。寶物分灰礫，荒崖疑踏蹫。何期靈撝呵，猶得瞻丰容。尺幅千載餘，流播什襲重。胥皇先朝筆，鱗甲生雲龍。美哉乾嘉間，聲明際時雍。文章比慶歷，晚季孰追從？不見詩龕讌，羣才猶擊劗。歲例舉生朝，沐居恰尋蹤。歐齋獲眞面，使我益懔恭。禪房羅拜殷，菡萏新花濃。一雨洗炎歊，斜陽冷青松。座中兩耆德，往事談惺忪。我懷城南集，仳別亦有悰。有人棄毛錐，樽俎偕折衝。謂曾滌生侍郎、邵位西員外。安知范韓績，不再渾郭逢。山亭奉公復，重踏青瑤峯。

樓居夜起

南窗作陣撲簌飛青蟲，北窗臨水魚蛤相噞喁。南窗北窗夜作風雨聲，起視屋椽星斗光融融。金門夜靜黃埃息，月魄茫茫野煙出。泬寥山水氣清泠，上界仙人幾人識？飄然忽憶洞庭舟，舵尾風燈百尺樓。跳魚撥刺鳴蟲幽，蘆花蓼葉長如秋。祇宜今夕無風雨，誰識天涯有旅愁？

酬楊性農彝珍寄示移芝草堂詩草次琴西韻

深山客獸居，日夕自歌答。百尺人海樓，嘿然雙板闔。從來孤絃亮，眾咻反諮諮。楊侯守鄉閭，兩度芝生閤。鄰里眾三百，退賊慶春榼。識君昔京師，何止歲十帀？宛陵白頭郎，當日盛門榻。吾儕同造廬，氈爐聚羣衲。結交慚寡陋，頗畏風塵雜。梅老獨謂君，恢宏在履靸。詎聞一鄉士，賓介能馺遝。離別久風塵，傳聞竟蕭颯。孫郎頃詫我，長卷寄新搨。巨刃起劙天，黃塵知悔踏。洞庭蛟龍居，雲水日黕黯。湖山轉沈冥，百怪腸腑合。嗟餘昏塵坌，才分譏斗合。矧從走軍幕，敗棄傷鞅軩。時英盛楚材，拭目拔狼噏。龍伯昨歸朝，辱詩歲方臘。韓臣來時曾辱寄詩。懶慵闕言讋，巾簪愧朋盍。宛陵又已矣，雷鼓孰鞺鞳。

放歌行題城南買醉圖卷爲葉二潤臣作

生不能入海捡長蛟、登山射猛虎，又不能鹿門歸築龐公塢。學書學劍身莽鹵，少壯踆踆歎何補？往昔沈吟寶劍篇，新來畏讀登樓句。長安酒家被酒眠，楊花如雪春風顛。與君承平俱少年，當日不知樂事偏。十年一別交衢路，白日青天灑飛雨。世事無端變白衣，故人幾輩歸黃土。天橋酒樓高矗天，樓中歌舞殊依然，金尊美酒斗十千。飛紙不用青銅錢，與君且復行流連。人生突兀樽前意，猶作他時圖畫傳。

繡山屬爲王子梅鴻題顧祠聽雨圖書感

我觀勝國時，駿厲邇商俗。如何士氣揚，不救國齡促。頗疑講學弊，學子百書束。事至張空拳，冥心轉如朴。崑山慨然起，樸學始開勖。天人獨摩研，日月廣裒録。高尋暨方圜，資用惟帛粟。萬事孰權輿，百王相繼續。犂然在經策，暗室有明燭。昭代百年來，茲流實饒沃。疇人與經師，前後比踵足。其間造通聖，各自由偏曲。功惟許鄭崇，論與程朱篤。閻朱江戴倫，境地日開劚。豈無或破碎，是有宜甄籙。京師時晏居，古寺尋芳躅。巍然祠宇成，香火徵曹局。首事厥張穆石洲。何，紹基子貞。殷勤資畚挶。我時亦肩後，末座衣慘綠。如何十載餘，世事日趑趄。先亡愴平子，石洲。配食宜杯淥。我昔一出還，時薦猶有屬。春風來集奠，檐角晃朝旭。記從設祖筵，値我隨戎纛。傷哉淮蔡捷，翻作陳陶哭。世路遂崎岑，歸人老蹉跼。清晨偶來過，茂草憐停矚。堂龕雖幸存，楹桷已如襮。積垣角礪牛，壞壁糞堆鴿。平叔頗一歸，江湖重結束。子貞。昔傷屐齒還，今見笻枝獨。舍人雖拮据，所願乃空欲。偶攜簪榼來，聽雨倦車僕。吾宗爲此圖，毋亦志哀告。我懷傷時變，慷慨更擊觸。不見彼彥髦，衣冠純録録。聲文久拘攣，章縫成桎梏。胡哉詩書澤，致爾尺繩酷。駑車困太行，矯首懷騏騄。楊朱泣歧路，抗志宜儀蠋。時風本學術，捄疾貴昌歜。未識起先生，吾衰定何贖？聞將醵同儕，灑埽薦杯菽。未能重興作，一爲除塵熇。

中秋夜椉西潁叔集拱辰樓客散對月

漏深宮苑靜，迆邐碧雲開。仙客各歸去，清光何處來？危樓墮煙水，殘夕絕風埃。獨憶沙場月，紛紛戰骨堆。

九日顧祠修葺落成諸君邀集後至有作

舊築同綿蕝，新功見暨茨。遺蹤何顯晦？此地復興衰。薦菊筵重肅，題餻字定奇。雙松曾故識，來對夕陽時。

食蟹用蠏字韻

夜夢兆得離，晨占物宜解。稽文紛螃蟹，辨族漏鉉鍇。鄉思各湖江，時新至溟澥。頗聞八跪薦，聊用百圜買。軀腔何輪囷，面目儘强楷。珍筐齊上負，神劍復左拐。怒睆幾疑螳，華裝或爭獬。想當葭泊聚，時得蘆根擺。柰何效黿登，枉復傳虎駭。鑊投酈生烹，支落商君解。雖殊魚匽涸，適合薑醯灑。敲脂美金璞，吸髓芳玉嬭。譁方得雋鬩，笑忍持空罷。沈沈隣酒香，豔豔籬花婑。常思屏盤敦，莫惜污蟬豸。況當鑾觸興，厭說兵戈駴。中田又生膳，後帳頻移蕒。吾儕縱郭索，羣醜實昏騃。予將行整理，纓弁集繁夥。當筵築京戶，一埽紛敝躧。

酒蟹疊前韻

詩情秋特疏，酒味近少解。忽翻牀頭甕，勝得沙裏鍇。夙聞踞蟺穴，豈習涪雞澥。丈人緯蕭縛，稚子承筐買。淋灕傳趙漕，錯落付崔楷。金銷介士甲，鐵缺神仙拐。形落或殘貍，角偏時獨獬。憶從虀食甘，每值霜風擺。盤盂堆磊落，童奼紛喜駭。將毋伶魂墮，直擬萬革解。背紅不須炙，血碧幾成灑？旅食厭膏粱，官廚愁酪嬭。既宜燥吻索，那得饕涎罷。雁鳴潊滸哀，蟀入燈窗婑。時光又蒓膾，土物宜花豸。鄰里困敲吸，江湖猶鬭駴。有田化荆杞，何處栽苣蕒？齗火夢蒼涼，山棚集荒騃。行將荷鍤死，無事發言夥。一笑涸杯螯，聊將就跕躧。

梟薌先生見過次其初秋咏懷詩韻奉贈

番休閒日一廬藏，常誦新詩擬暢當。何意停軒來躑躅？頓教揮麈得蒼涼。咸甯輟洗誇親見，指使論兵幾廢忘。宣曲宜春在雲表，平生合是魯靈光。

壽陽師相出示江天極目圖卷並詩感賦

金陵昔名都，江表森龍虎。國朝亦重鎮，幢節此開府。粵寇起邊隅，狐鳴出村隅。前時雖讖兆，詎謂成捲土？大府夙高名，先聲耀旗鼓。隣氛張郢鄂，始復籌壘圉。一往邁陳師，雙旌向溢浦。國中方悉率，遺此空城堵。古人守四境，高枕原堂廡。何期江州甲，一敗零霜羽。衙齋返閉閤，三日疑妖蠱。黄巾動地來，逐北如風雨。蹇蹇方伯公，平居勤字撫。艱危繕守具，拮據提編戶。柰何事勢失，枉握千斤縷。慷慨自登陴，城中倚榱柱。危樓高百尺，寥泬天風舞。熱血灑江流，孤忠盡傴僂。歔虖臣力竭，畢命隨煙櫓。矯首望東南，三年成畫斧。誰知白簡哀？帝鑒丹忱苦。方伯以城將破，嘔血不止卒。事聞。蒙恩諭有『丹忱獨矢』等語。

我昔從軍行，二年及星沙。危城坐三月，賊衆如昏鴉。破屋僅浮居，城南况污邪。一朝走嶽麓，出險如奔虵。我隨破卒歸，慚面不可遮。門牆時進謁，陳此淚如麻。艱難我師相，忠藎爲國家。詎惟不鄙夷，諮度數有加。承平百年來，寂寞頗與奢。時衰計多屈，勢絀願每賖。可憐春秋責，低首百疵瑕。憶持愛弟書，示我頭鬖髿。謂言彼壘事，勢已成紛拏。有兄職樞軸，弟命垂天涯。坐視不能捄，咎心論其他。傷哉日月邁，殷地仍霜撾。馬革幾時至，招魂渺蒹葭。披圖此令原，風雨迷幽遐。悲歌成激烈，怳惚聞嘶笳。近傳城中亂，蠻觸爭相譁。浮屍蔽江出，鍾阜鳴鬼車。天人有時會，賊閒乃匪差。得毋此精靈，毅拔生鯨牙。極目復極目，層氛閒雲霞。何時眞露布，丹旐帶靈車。

秋杪曉直靜明園作

瓮山西去龍橋左，仙嶠離宮抱玉泉。楊柳曉風殘月下，水天孤鶩落霞邊。中峯樓閣虛涵影，上界壺鐺好汲鮮。獨有微官慚扈從，朔霜飛練想茫然。宮前爲觀水操處云。

偶成

幾時傷足猶餘痛，盡日科頭又晏眠。寂寞馮唐稱父老，支離方朔詫神仙。春秋捧奠銷形影，吳楚風塵敝歲年。四壁琴書眞潦倒，五陵衣馬讓肥鮮。

杻樹篇

樹在淀園樞廷左垣門内直中出入所必趨也琴西直廬居澄懷園之食筍齋舊有杻三而僅存一往時翰林程侍郎恩澤所爲賦者去年嘗以一詩爲琴西贈今秋聞復折死而直中樹獨在故爲篇

樞掖左門曲繚垣，門中有木如虵蟠。虵身屈立頭幡幡，樛枝柏葉翩其反。楝花雪落子四垠，青房剖出中珠璊。伊誰所植切帝閽，天梁舊種曲櫜擽。千齡百祀雨露恩，我來一載趨金門。霜朝露夕游其根，睢盱衆目誰與論？黄桑對立愁孤鵷，去年訪客哦西園。三花藠落獨樹存，歸來倚樹慚石榞。抱璞胡乃嗟隣璠，頗聞昨者驚風旛。太陰雷雨波濤掀，蜕龍朽骨孰手捫？三五飛落靈虯孫，紅羊之刼青牛轓。相如子雲同九原，謂程侍郎及池少司成師。我今作詩心煩寃。潭潭温室羞傀言，苑林五色丹楓痕。瓜廬對臥晝復昏，檮龍百丈危金輪。狂思挽强服兩鞬，幸我不諧旋返轅。自分散材如液樠，但思日夕歸荒村。牛筋詰屈宜邱樊，往來枌柘娱雞豚。長楊五柞輝朝暾，他年鸞鷟紛翔騫。此木萬年碩大蕃，婆娑老矣余其髡。

淀廬六咏

天上北斗星，何年化爲石？敂之不能言，煮亦不可食。七小石。

惟應天河畔，坐對天孫織。何時嘉客去？此樹已飄零。我來青天月，萬里悵青冥。有嘉樹軒。

飽飯黄昏後，樵歌起遠汀。井冽汲常衆，井渾淘始難。年時居井眉，誰識井苦甘？復恐雨時塌，秋蛩號夜闌。井屋。

朝直君門趨，暮直君門宿。君門嚴九重，只在湖山曲。樓桃明月夜，清景耐幽獨。拱辰樓。

我懷溺文字，所學又空疎。不期醉翁醉，亦在承明廬。欲乞先生筆，焚香幾斂裾。歐齋。

湖陽車馬囂，湖陰好獨處。雖無畫舫遊，恰有牽船住。高樹落清陰，鼓舷時對語。湖陰西舫。

霞舫持示令弟麐閣寄詩漫成長句呈霞舫並寄麐閣

君家卯君吾所好，常時放嬾亦我同。十年爲别眞契闊，想見五畝眠高春。黄塵十丈煩車軸，夢寐聞君賦秋菊。新詩昨自故鄉來，妙語居然奪山綠。君家先德尤勤劬，篋中祖硯楹父書。狐邱守死不忍棄，此意已足砭凡愚。龍池君先尊大父別業自題名。碧水青芙蕖，往日曾停千里車。升堂拜母見孺子，百年喬木神仙廬。從君與我歸朝籍，蛩駏天涯同偪仄。羨君桑落守成都，爲有能家賢弟姨。新詩罷讀生遙憶，邱壑平生在胸臆。那知清晝起探丸，坐令連鄉須殺賊。彭衙同谷悲昔賢，牢落此情殊眼前。干戈運數望衰息，幾人崖谷同顛連？人生適意須自求，聞君埽屋東西頭。相招四海一子由，故山松菊憑荒幽。何時大被繩牀夜，同話西窗翦燭秋？

戲簡錢少廷尉同年

簿書三日不相仍，跨馬走覓西山趾。夜空雷雨忽騰踔，將軍盛名驚折臂。知君豪氣思擒賊，莫爲㝹盧慚面墨。君不見？脣崩齒缺郎校書，何嘗日騎生馬駒。

潤臣持示所得新羅山人畫東坡夜遊承天寺圖屬作一詩時乃咸豐六年十月十二日也

承天寺中月如水，夜半敂門客倒屣。滿庭竹柏影參差，荇藻交橫疑水底。黄州逐客仙乎仙，偶然閑事都足傳。東園懷古出新意，點綴人物清而妍。城南古寺多幽便，舍人撫景恒流連。朝來市肆矜異獲，爲我展圖誇因緣。乾坤萬古此清氣，不值其人等閑置。贊公精舍採石舟，那得人閒常有此？感君此意爲君詩，此年此月此日時。我庭有月無人窺，槐龍影落森躨跜，林煙羃歷生寒絲。長安萬戶俱魂夢，微子此圖誰復知？

夢遊泰山石室作

高閣彩日生，浮雲人代改。石壁拂畱題，蒼涼幾人在？

翰臣通副視學江右詩以餞之

半生牢落數親知，又見星輶載道時。武庫詞宗兼地望，皇華四牡應風詩。故人舉旆情應舊，賤子升堂意每遲。憑語宮亭湖上旅，頻年旌節望東師。時曾侍郎軍久次鄱陽湖中。

楊松樵茂才容出都赴江南軍

荷衣竹馬念江鄉，身手憐君亦自傷。我愧曹邱知季布，人言潁士似鄱陽。行看落日盤弧際，醉憶佳人錦瑟旁。送爾曼胡衣短後，邸廬歸臥獨蒼涼。

奉送陳三蘭谷之官江西

人情眷鄉閭，時事況多難。我友太邱孫，相偕自童冠。吾州柳野稱，賢侯又名翰。羅池存學舍，山水本雄觀。垂髫占試席，與子接几案。眾中神貌異，顧我獨笑粲。君家時五常，羣指白眉璨。嚴君廣川牧，人口有嗟讚。庭趍行萬里，未幾復蘷判。英雋數同儕，中途各星散。重逢灕水側，獨與共朝旰。翩翩琳瑀姿，奔走同瓦墁。工師賦鹿鳴，京邑來騂騂。後先雖殊遇，情好日汗漫，我幼本孤特，君行中谷歎。合離時每易，哀樂情相半。嘶騎尉陀城，茲遊最荒謾。人爲等蹉跌，節物屢更換。趙李數經過，春風動銀蒜。夕陽連巷陌，燕燕迷秋館。我去病江沱，君行滯泂岸。秦鬟窺玉鏡，垂死親交斷。一舸渡江來，情珍百錦段。牀輿仰顏色，對面疑柯爛。慷慨激平生，餘生志幽竄。世途酒食鬩，市道文章讕。膠漆且疎薄，日天儼乖叛。雲門不可作，雨埊愁鳴鸛。巨盜視圜興，黃羆雜青豻。鄉關實首禍，我起隨戎幔。天人悠謬生，兩載失詡贊。都茘馬求林，君來訪樵爨。言歸舊盧化，閭左頗衛捍。論功升斗秩，復謁金臺畔。嗟予還濩落，卻埽獨踞鍛。日從金馬歸，與子聊泮渙。君今又亟去，渾水涉澔汧。滹易昔冰凌，年時未堅泮。迢迢彭蠡閒，巢鳥多腐鰕。風塵莽兵甲，開濟孰濬侃。列雉擁狼貙，花時幾封酇。書生戎馬事，尤恐涉辱絆。羽檄況南交，驚烽遍閶閈。窮愁到官府，流宕盡親串。令原又多急，數口僑灞滻。羈遲生死際，能已不悲惋。惜君憐遠出，昵我無良算。忽憶卅年前，依稀眉宇悍。浮雲幾蒼白，星鬢各衰偄。人生仗忠信，行矣勿撓亂。悃愊有光輝，何須瓦著斷。不觀古循卓，桴鼓揚旌罕。君行懷治譜，兇狡所畏憚。金石近雕鐫，高文溯墳篆。丹青尤灑雪，雲水不漫漶。君善印刻及畫山水。與君重結誓，豎立行有券。江海待清平，雲章再糾縵。君耆我亦蒼，歸去同清晏。柳水與鷲山，相攜樂衎衎。江頭人識未？日日風帆看。

贈翰臣詩意未申復和虛谷韻卻寄

少年結髮慕登臺，寶匣青萍鬱未開。陛戟一官行且老，傳車萬里看須才。新詞宛轉愁銀燭，舊學衰殘著玉杯。驥子漸長滂母健，王陽馭首肯輕迴。

醉司命夕霞舫見過

隣舍喧喧爆竹聲，那堪此夕動鄉情。孱容老大催年景，拙宦羈孤向友生。欲報通明持底事，聊將暖熱對青檠。滔滔江漢傳新捷，定卜餘光見太平。時鄂軍新復武漢、蘄黃，故云。

奉挽費莫文端相國文慶

艱難天步賴匡持，一昔橫空甲馬馳。燕國才名思老輩，曲江風度冠當時。烏虛作賦慚何用，慷慨論兵事豈知。在日尋常身後覺，漫勞羣輩寫謳思。

棣生大令寶田來都歲暮有作

駸駸離別歲時乖，重喜青燈話舫齋。過日風光思伏臘，停雲消息阻江淮。新詩但覺相思好，薄宦何期且住佳。休把霜毛惜潘令，花時青眼爲君揩。

卷九　己未集丁巳

喜銀少李刺史沆**來都卽送還岳陽往時同出永福呂先生**璜**門前年又從征粵寇者也**

元亭載酒最情親，彭戴門高氣誼眞。我已文章慚後起，君應風教接先氏。平生落拓同書劍，故國荒寒尚棘榛。行矣風塵須展足，我知髯也故超倫。

答符南樵葆森孝廉時孝廉方葺正雅集詩中謂數來訪約，不相直也。

沙隄車馬日昏昏，倦策歸來屢閉門。詩酒漸慵身病早，風花疑夢客愁渾。九重薦達須時至，當代文章孰道尊？爲上山樓同極目，遠鄉烽火又堪論。

潁叔送福州橘有詩用山谷以雙井茶送子瞻韻

山人睡足日亭午，俗面幾日違詩書。打門剝啄送急遞，喜訝翠合丹虬珠。君家鄉園摘雲腴，橘官分貢瓊瑤如。都城米貴毋錢困，夢想只落江陵湖。

以越州酒報潁叔疊前韻

戾庨炊笑五羖客，洴澼絖愧千金書。小年東老作隣日，日日小槽紅滴珠。報君鸕鷀一勺腴，感君意氣眞醇如。衆人汶汶直須醉，歸夢那覓稽山湖？

琴西潁叔夜話湖樓再疊前韻

西山朝來爽氣無，拄頰日長還讀書。樓窗待月夜雲積，坐恐睡龍亡頷珠。興公灑落仙逋腴，我詩荒寒百不如。元龍百尺氣猶在，枉復磊落吞江湖。

嚴緇生辰**孝廉見投詩卷卽贈**

任華才子古英流，目渺滄江太白樓。返照河邊新汴水，亂峰天外舊黔州。崢嶸文字關兵氣，狼藉花枝當酒籌。又見鳳城楊柳色，幾人殘夢覓封侯？

雪中扈直清漪園作

一冬渾未雪，春半忽飛霙。豹尾人披絮，螭頭樹琢瓊。樓臺金碧影，池館水雲情。若許東風便，應須上玉京。

黄少蘭司馬（錡）來自江南軍幕次梁叔前年見懷詩韻

長沙送子伴髯參，矍鑠將軍劇善談。强弩屢聞關左右，大星誰意落東南？傾身國士推君健，捷足時名並我慚。作檄陳琳更蕭索，能來詩酒對清酣。

虛谷來都舫齋夜話次梁叔韻見貽

詩家誰解靜中參，日日清狂倚醉談。祇恐緇塵淹洛下，枉愁明月夢淮南。遁坏蒙叟眞便嬾，東閣殷生未解慚。來及東風試花事，忍無新句覓朝酣。

滌甫給諫丈將赴東河壽陽師有詩贈行屬次韻

微生立腳欲何階？往事回頭多莫諫。惟餘師友不相遺，退直城闉造門慣。旋馬庭除時雨泥，臥驄門巷常晴晏。雖言文字託烏虛，猶擬經綸資補綻。自嫌書劍本疏略，那得掾曹爭職辦？師門學術窺鼎鑾，客座風流憶茶串。歲歲冬烘未解寒，朝朝晏起誰懲慢？底須雷雨恨鮎竿，坐恐春秋擲駑棧。自從洛下啟閑園，祇欲龍門附槃礀。侍御重來職諫諍，丈人生計勤鋤鏟。心知學道有眞源，眼見游塵悉虛幻。豹隱元章自忍饑，牛綳鐵鼓誰工縵？由來有守自有爲，至竟無身亦無患。人生索處易生蓬，吾道隨行敢從鴈？况連瓜葛蒙深愛，又復薪槱刮清盼。醵飲常逃自在禪，行歌豈顧旁人訕。雄文下訂意尤殷，何肉全刪語非謾。棲烏府肅獨眠遲，羅雀門高同請閒。官炙稍聞出探懷，兒衣準備裁遮骭。（時丈將生子，食常戒生，值公會多不與飲讌。）豈期温室咨前席，翻欲宣房事從宦。或言叱馭本精誠，詎有飛鴻防弋篡。觀齋昨謁覩新篇，詩壁高張甲重擐。并州舊律轉森嚴，古道𥗽𧮫通谻䜭。（師有𥗽𧮫亭集。舊說𥗽𧮫與谻谷、谻䜭谷皆上艾地。）旅驛春風惜楊柳，江湖夜雨思葭亂。三年鐵柱待遄歸，一日金章望重綰。長晒寒魚欣得汕。江軍壘息狼烽，隣舍人家掩豚柵。鸞鵜鶚薦盡摩霄，安惜枋榆搶鳩鶵？

月夜杏花下作

黃昏晚飯深檐坐，新月林梢一痕破。棲鳥林間時有聲，花枝濛濛月微墮。去年種花春事稀，今年看花春又遲。兩株紅白自能好，正是江村菖葉時。連畿到處愁蝻子，吳楚東南兵未已。削榆爲粥冰作糜，重說流亡起淮汜。探花爛漫曲江曲，暖日和風渾不足。明年花發定如何？日坐花前轉愁獨。

三月三日同人集慈仁寺春祀顧先生祠次滌翁韻

我聞勝國多遺老，薇蕨山中半黃槁。崑山老子最奇崛，芒蹻平生盡洲島。高才王霸誰將試？絕學天人獨尋討。縱横萬里鬱胸臆，歌泣千秋愴行道。出處蒼黃孰具論？經過寂寞猶資攷。古寺慈仁昔寓遊，雙松祠宇存泥爪。皂帽管甯膝幾安，墊巾郭泰塵曾埽。開成舊井汲又渾，毘盧高閣尋殊杳。何况當時眼底人，誰知異日春前草。同儕數子修盤敦，屢約茲辰絜芹茆。世事如雲那足憑？遺經在櫝還宜保。微生文字稍漁弋，懵學凡將愧蒼皓。逐獵虛聲誤少年，歸師往哲期同好。越峴山人古貌心，長歌祭酒攄奇抱。廿七人來竝題記，稽山觴詠風塵表。河梁別意更惘然，他日流傳視文藻。

追悼陳少逸上舍森嘗爲石函記傳於時者

東風三百梨園隊，天寶當年樂未涯。璧月樓臺空色相，采雲歌管左風懷。搜神干寶才難盡，荷鍤劉伶恨豈埋？昔日龍城曾記録，雨餘陰火散秋齋。

閩中翁惠卿郵詩相示次韻

平生未識周太樸，傳道河聲流向西。隣女愛彈金絡索，賈船長載碧琉璃。世途荆莽還歌鳳，吾輩文章笑舞雞。鼇頂石樽能日飲，迷方那不羡高棲？

琴西招飲東齋舊黃左田尚書食筍齋也次韻

新闢東齋竹映帷，退閑招客且論詩。主人自具千畝勢，先輩動令十日思。天畔巢痕聊許託，生前食籍詎能欺？再來冐待風吹籜，看取嬰兒脫襁時。

極樂寺看海棠時花蕊甫齊也用壁間韻

杪春風日劇清佳，花與春人竝好懷。三月穠華分帝里，十分清豔出山齋。瞢騰錦幄千絲幛，的歷金珠百琲排。不見當時菡萏水，國香堂畔護鐵牌。往時寺門荷花極盛。

繡山潤臣邀同招飲何子貞編修於顧祠側步子貞韻

海棠開盡寒猶在，花事今年爛漫無？歷落雙松原老物，寂寥抔飲幾狂夫。名山冰井看能守，時雨王師總待蘇。經始未忘重感舊，爲君攜酒合成圖。

大樹菴海棠作花距直廬僅數十步頴叔獨遊有詩大風中次其韻

樓居反關行自封，雌者蝶過雄者蜂。頗聞隣寺花枝紅，誰歟獨遊詩料供？可憐香國久蒿蓬，胡不移之羣玉峰？飄茵落溷惟天工，有時西顰慚避東，國花堂豔花之濃。未知此花誰擅絕？猶喜昨游曾偶同。我年方强衰欲翁，花顛走馬情夙鍾。誰知隣舍未相覿，乍讀子詩如見逢。狂風連日吹花空，因花狼藉愁年豐。夜寒燒燭轉相弔，惆悵如君便我慵。

西安都統雙林義馬圖紀在高唐軍中馬爲賊掠不去作也沈侍郎兆霖邀與琴西同賦

九邨營門賊突起，礮驚馬逸不能止。賊來掠馬馬悲吟，我兵求馬連賊禽。馬能拒賊兼戀主，定知都護眞材武。王畿破賊西師旋，此馬義聲圖畫傳。緊余賊起曾戎幕，萬馬軍前互騰卻。的盧超躍斑騅怨，我欲題之慘不樂。君不見？江淮日夕煙塵昏，仗馬肉鬉聲屢吞。時芻如山千駟屯，幾時歸放華山原？吁嗟馬能知義猶如此，請睎當時報恩子。

琴西寓廬花事頗饒再疊頴叔大樹菴韻余苑廬及舫齋海棠丁香近亦作花因復和之

園花露牆春不封，新時鬧若食花蜂。丁香淡白海棠紅，搖毫擲簡幾不供。仙郎賜居壺與蓬，全家花覆三山峰，花閒琢詩語獨工。我廬居偏一水東，牆角爲有斜枝濃，城中齋舫亦灑埽，籬落數閒春事同。老槐垂瘦百歲翁，花前時覆琉璃鍾。苑廬退直幸多暇，沐日歸看疑乍逢。園直每以四日更番休息。人閒轉燭愁春空，花開花落誰歎豐？朝眠獨聽黃鸝語，持比君詩能解慵。

潁叔作詩近喜山谷琴西有詩及之再疊前韻

新詩穎脱不可封，雙脾蜜飽如山蜂。年時弄筆紛青紅，一朝揮斥疑弗供。朝來花寺行披蓬，眼明翠豁西山峰。花閒著語愁春工，我如敗畝行南東，犂翻恨少春膏濃。老坡謬語效山谷，兀傲宗師能强同。孫郎頂禿神老翁，百年永嘉靈所鍾。曾參涪翁變詩派，與子左右源其逢。游絲百丈搖春空，漫山李桃顔色豐。閉門風雨獨蕭瑟，牆角梨花愁更慵。

散直口號大風連日作此詩也

剗地東風春已歸，柳棉榆莢撲人飛。樓頭翠隱山重疊，湖面青搖樹四圍。極目天涯愁莽蕩，驚心池館斷芳菲。人生適意當前好，隨分鷗鳧要息機。

潁叔招同潤臣伯涵諸君讌集琉球向有美阮宣語兩貢使於寄園別館即送歸國

中山人士古鬚眉，博帶寬袍對舉卮。閒訪西華徵彥會，近傳東國解聲詩。風清船趠滄波路，雨熟崆峒小麥時。歸去皇華壯行卷，書流皇象惜何之。貢使乞書。

拱辰樓下一柳忽萎潁叔有詩三疊前韻

樓陰一閣春煙封，依樓芳樹不留蜂。晨朝聊隔飛塵紅，吹絮吹花如弗供。昨秋零落先蒿蓬，爽氣頓豁青瑤峯，眼前得失知誰工？春風放綠湖西東，樓桃不復纖荑濃。一般臨水足生意，咫尺榮枯胡異同？樓居黯觸香山翁，散朝騎馬騎龍鍾。焚香閉閤獨惆悵，曾記絲綸閣下逢。神君色相原虛空，阿誰含嬌悽永豐？黃昏獨坐自灑埽，老我西山眉黛慵。

喜王少摩大令來都題其詩卷卽送之

高歌拔劍笑王郎，斫地悲風動豫章。不料江湖俱老大，可能詩酒復顛狂。黃鑪鬼伯傷新故，碧海神山付莽蒼。偏著鷸冠行試吏，祇愁行謁問賢良。

聞粤軍書疊報與頵叔同有鄉里之戚四疊前韻並示琴西

我生不能萬戶封，低頭行吟愁蠆蜂。狼烟夜觸蠻天紅，敝鄉幾年盜賊供。家園數畝本飛蓬，戢戢萬山刀劍峰，夜虞（攫）［玃］蝬朝射工。南山之南東海東，可憐血濺邨花濃。銀簪擊鼓會都老，悍卒懦官卷甲同。頗聞十斛收田翁，平時蚖膏傾玉鍾。醉來闔戶不忍出，荊棘流亡愁道逢。狂飈雨餘聲息空，草橋傭花壓擔豐。括蒼山色亦隣近，蹋壁花前能放慵。

園直口號

背闥遙青嬾畫眉，三山瘦馬策鞭遲。卅年前事分明記，日出邨童上塾時。

秘閣森森隱紫垣，門前流水珮聲繁。誰知雪曝茅檐下，垂白冬烘挾兔園。

疊顧祠韻投子貞

先生老至翻豪宕，笑我元龍意氣無。時倚新聲思玉局，數聞餘論薄潛夫。書珍舊史頭銜別，酒熟高隣鼻觀蘇。休負當時射鵰手，笻枝五岳好身圖。

豐臺芍藥花開最盛京師人家齋壁殆遍不知始何時也五疊前韻賦之

十步五畦雲錦封，千蘤萬萼迷蝶蜂。縹青綾白紫閒紅，長安人家紛買供。揚州花田傷棘蓬，礟雨畫昏江上峰。對花不語愁花工，豐宜郭外路南東，幾時占卻春花濃。十年世事盡蒼狗，猶有此花爛漫同。擔頭赤仄疑花翁，晚歸欲醉無深鍾。誰知豪家已狼藉，到處牆腰籬角逢。一杯婪尾愁春空，眼前韶麗殊光豐。洛陽古道東風軟，不見欄杆春晝慵。

爲琴西題海客授經圖時其琉球弟子阮宣詔方以貢使來京師也

先生禮酒尊王傅，弟子華簪壯使臣。檀洞冠裳蒙化久，鴻都風雨歷時親。當年教胄能知學，此日披圖笑逼眞。讀了六經哦七字，聖朝文物本柔人。

偶得董文恭公畫竹小幀持贈琴西媵之以詩六疊前韻索和

華縑一尺剔煤封，丹青罊缺愁馬蜂。篔簹駮綠山花紅，卷贈合君齋壁供。東山妙筆生瀛蓬，詩如香山畫一峰。傳家翰墨眞神工，當時舊值仙園東，樂泉竹色傳煙濃。高齋食筍雖後出，先輩清節將毋同。廣川之叟黃山翁，詎有烜赫銘鼎鐘？高歌青眼到吾子，鸞鶴中霄才一逢。鳳翎肅肅捎青空，定能竹里沽新豐。百年文物感蕭颯，畫理詩情那可慵？

伯涵老兄以出遊城西看極樂寺海棠萬壽寺松長句見示次韻萬壽寺余猶未到也

踽居癡若獨腳蜂，精英磨蝕歸殘叢。城西蕭寺報花發，走馬來看能起慵。國花堂開隱修竹，露苞萬蕾眞珠紅。松關咫尺惜未到，自顧所得亦已豐。來鶴山人近蕭散，馬蹏時出驕春風。詩人酒伴足清興，花木一徑禪房通。作詩示我好風格，髣髴鱗鬣生虬龍。京塵雜遝遊士女，爲花作態妝纖濃。詎知世外有高節？冰雪淩厲無丰容。昏昏愁隘轉積俗，此語警發如晨鐘。山樓退直卧朝爽，檐角鐵鳳聞丁東。少年看花弗稱意，曉夢月落尋無悰。連朝風雨花事了，往與盤礴支離翁。

頌叔畱劉炯甫夜話湖樓分得別字即送之官蘭州

小樓如甑塵生熱，黃昏火雲揚列缺。夜深月出風露涼，晚達詩人貞苦節。隴山西去煙塵清，黃河流水繞邊城。五月天山寒尚雪，多應記我樓頭別。

楊湘芸郎中喪其幼子衡孫甚欲慰之適子貞以疊韻詩來因復次韻衡孫幼齡書筆直逼魯公亦子貞所賞也

元經何事解童烏，出筆驚傳李衛無？ 奕奕通眉原帝籍，觥觥橫目要凡夫。 老禁卜夏頻投杖，痛徹商瞿正采蘇。湘芸前年甫喪長子，而余嗣未立，此復多疾。 卻謝金吾舊張史，更誰筆陣示新圖？

范雲吉泰亨**招同子貞伯涵暨趙沅青朱麋君李眉生鹿榕諸子集慈仁寺分得知字**

昔賢不見毘盧閣，此日風流又顧祠。 人代升沈雙樹在，文章得失幾心知？ 金戈跌宕空豪氣，翰墨飛騰好醉時。 坐戀清光不歸去，寒山月月似峨眉。

子貞出示閏重五日飲陶鳧翁宅詩屬和次韻

猿公禮樂成先進，到處題詩有豪韻。 數番高會把樽疎，一見枯懷得詩潤。 今年節物百卉遲，有似余生厄楊閏。 頗聞背面情相浹，獨荷齒牙芬不吝。 微生萬念新羅塵，每飯孤懷鉅鹿陣。 機緘曾見幾蹉跌，決裂徒傷數豪儁。 人事天時閱屢嗟，今情古道談誰信？ 可憐日日金馬門，虛想家家玉漿醞。 好事嘉辰續縷絲，銜杯故老奇鬚鬢。 獨依采漏聽宮壺，永憶朱方挈兒印。 君詩光景甚勤惜，世事冥茫方激迅。 老至絛鷹氣轉雄，傷餘櫪馬神能駿。 但餘文字感蕭颯，尚欲鉛華稽倏瞬。 注雅牋經未便休，凡將日夕還過訊。

澂懷園看荷花再次子貞韻並呈沈少司農子貞過訪沈少司農曾來招飲及余過少農齋而子貞移樽他處不及走從明日得詩復步和云

樓腳昨宵新水進，湖東一雨添花韻。 園池花事盛今年，水佩風裳劇妍潤。 苑廬退直每獨居，高枕閑過重五閏。 談邀直講情稍密，詩作漫郎語常吝。 支離酒戶有杯杓，冷落詩壇無局陣。 打門急遞日傾側，隔院驚傳客蒼儁。 爭邀酒食似仙源，錯引神山又風信。 蓬萊望隔幾高峯，籬落歸尋獨酸醞。 想得花間對盤礴，紅衣能記何郎鬢？ 洛浦淩波笑目成，華清滿月空心印。 夜聞風雨更縱横，曉抽花葉尤奇迅。東陽瘦骨亦清臞，左掖詩篇各華駿。我亦花前感舊人，鏡瀾污酒時疑瞬。晚蟬高柳謾相呼，鑿翠軒窗試重訊。園中張中丞在直時，常過，信宿鑿翠山房，其所闢齋居也。

與琴西步荷池上作

新荷山水高於人，花開更出新荷頂。園池繞屋萬荷花，露色風香慣消領。上界仙人官府閒，朝回清晏日花閒。樓居晏退臨湖水，獨對西峰數鬟翠。

張少冢宰畫慈仁雙松寺中爲人竊去復作一幀有詩次韻兼乞畫幅

猶有相翔身手閑，夜來風雨走禪關。重煩詩老霜毫健，持慰僧伽雪壁慳。古屋濤音檐鳳語，虚堂雲氣鉢龍還。通靈未惜成佳話，更乞蟠胸九華山。

挽陶鳧薌侍郎丈

綺陌芳筵對舉尊，高歌青眼幾人存？勝流袁趙曾親見，舊事乾嘉每細論。夢底金戈猶霍霅，花前璧月耐黄昏。遙知紅豆邨前唱，定有哀絲撥斷魂。

六月十二日穎叔招集同人作山谷生日奉詩龕像分得鄉字

炎官火繖卓午張，街頭襬襶汗流漿。風燸雪屋焚清香，降神爲祝分甯黄。詩龕一像何堂堂？丰容睟面凝冠裳。知公戎涪詩益昌，乃以道味腴剛腸。主人耽詩雲錦章，閉門詑得肘後方，千秋一室神洋洋。歐蘇近例集賓衆，愧我不到臨川王。宜州一水隣吾鄉，荆蕪（戍）[戎]樓狐豕場。農夫輟耒挾弓矢，天弧何日收封狼。老人榕根昔葦杭，荔焦祠廟空相望。安得煙塵埽遐荒，溶溪修水偕清涼。吁嗟榕溪脩水偕清涼，束腰誰作秘省郎？

歐公生日同白蘭巖祠部奉滁州遺像集慈仁寺是日會者壽陽師及詩舲丈滁翁子貞潤臣繡山頴叔凡九人分得哉字時伯涵以病不至滁翁將赴河上行有日矣

新秋一雨足，蘭若氣佳哉。四年直承明，壽歐筵幾開？香火溯因緣，杖履欣追陪。於人見歐陽，豈獨蘇與梅？緬昔翁守滁，四十未衰隤。藉非明逸輩，詎得投幽能。今日覩遺容，清臞而丰䰄。斯文本金玉，磨礪益燦漼。何況彼汙黷，如日月翳霾。夕陽在山閒，顧影樂裵回。千載猶一堂，公乎不余咍。維予濫簪橐，憂時本非才。黯沒就無聞，從至耇與鮐。既傷逝水流，復感行騎催。誰歟撫雙松，能不思徂徠？謂陶丈鳧香新喪也。時張侍郎畫寺中雙松，有詩。他日中書石，懷人燭花摧。

送少蘭出都

秋氣倏先覺，中含離別聲。幾人敦夙昔，百感集平生。愧我當兄事，知君孱宦情。男兒好身手，那得畏長征？

昔別星沙路，今爲佐郡良。烽塵倘吳楚，戰士幾熊湘。往事懷飛將，兹行擬漫郎。更誰憐病馬？驥足望騰驤。

滁甫丈分得蕢字壽陽師復同其韻爲詩見示謹復次和

昌黎文爲詩，辭質明如話。廬陵斆韓文，詩亦資雄快。篠驂與虬戶，窮屈良所戒。文辭以義勝，師直乃不敗。後來眉山才，縱欲天宇隘。黃王稍窮變，往往得險怪。横流惜裕之，追逐力未懈。自兹觀海盡，灥泉各泙湃。豈如他潢汙，盈涸罕源派。少學慕歐陽，嘉辰一尊介。千年文物身，金石恒不壞。由來不朽立，功德人同拜。當筵竊鬮韻，旗鼓敢封界。善歌當反和，中道愧先畫。平生期文流，才略遜開邁。况乎韓范心，時絀力還憊。獨慚文又弱，望道發深喟。精勤看宗老，日進爲山簣。

題畫冊絶句

春來桃柳遍山村，秋水芙蓉淺淡痕。記得江南好桑落，夜帆明月泊蘆根。

人生只住吴城好，一舸樵青待幾時。他日湖陰雲萬疊，柳邊門鑰有誰知？

奉送滁甫七丈出都感賦四首

會稽天東南，鏡水何渟瀯？山川自城郭，禹穴神幽憑。自昔霸中原，棲山甲楯興。餘風所鬱勃，其人必嶒崚。王劉起眞儒，道術如引繩。百年既衰歇，古澤惜馮淩。幼聞置郄言，舊德多髦蒸。生年背鄉井，懷土意何勝？游宦自京都，邸祠謁嘗烝。丈人風貌殊，抱德獨兢兢。采奠幸隨肩，執恭同降升。退言及道藝，顧我羞駑乘。姻婭載攀連，激揚多友朋。以兹重邇密，俗流或旁憎。誰知恩誼閒，術業無淄澠。離合十餘年，所期兼最懲。挈持困相將，誘掖狃曷承？平生鄉里兒，置腸猶炭冰。況爲白璧汙，何以尤集蠅？老大益孤危，中衰百無能。餘生賴師友，感激氣爲增。僑鄉烽火偏，邱壟既弗登。言念玉鏡鬟，何時買池菱。我識丈人意，百年初志仍。宦遊各帆楫，豈得事畦塍。惻愴畏臨歧，客窗懷蒻燈。艱哉罕同氣，矧我典型曾。

聖學本一源，其流爲派分。光輝生篤實，鬱泄鍾斯文。往籍在詩書，中古所述論。薪盡而火傳，匪時胡知聞？坑燔慨秦餘，齊魯何斤斤？當其抱遺闕，執爭事齗齦。衆説漸修備，殘叢亦紛紜。大師要折衷，異説斷其棼。鈐言不就邪，羣統貴一尊。文詞盛標季，六代迷荆榛。墜緒何茫茫？有責思脊倫。千秋如晤對，理得存其神。自維六經來，一綫懼淪堙。文行由本立，貫一詣誰臻？吾生悔卮學，懵然心與身。惟於文字閒，溺好自賤貧。懷哉世通流，老事如斲輪。薄材謹繩墨，工辱匠之門。先生早學道，夙夜惟精勤。往昔講師律，蒼頭成異軍。多兵乃益善，風雲莽驅屯。賤子惜望洋，秋河笑瀾翻。精亡又多患，所最能固存。百川孰尾閭，一洗河江渾。

道藝既同趣，追行常弗及。豈無或參錯，疑義不苟襲。惟茲捄世懷，志合本如翕。丈人年耆邁，所用未百十。往聞樞府遊，天綍顔辭輯。峩峩冠鐵柱，執簡班心立。國事正苦兵，家傳本爲邑。艱難二三策，臣學唯所習。驅馬去復來，時艱思蓼集。材良亟薦達，遺闕恒補拾。宣室一席前，嘉謨進鮮粒。如石多所投，自牖必有入。彼猥或顧笑，爲道宜感泣。賤子媿後來，回谿甘羽戢。九重舊巢痕，灑埽燕新蟄。退閑時造請，德貌屢珍挹。陽和寒可曝，河潤渴思浥。云胡茲河梁，不得久維縶。丈人老愈壯，慷慨就原隰。帝簡會超除，人倫資引汲。何論淇園竹，忍就龍山蕺。

春陽百卉榮，松柏獨寒歲。借非輪囷姿，冰雪早凋敝。頗聞少小年，湖海屢羈滯。中更歷艱窶，磨淬轉新銳。將老況鰥獨，天心一何厲。親知咸慨歎，我亦聞思涕。夫何有道心，履約守眞契。人言或假道，是豈能强制？用力久勤劬，居然化災沴。麋犂返充盎，蔬布適餐衛。夜光明珠生，晚節滋芳桂。槐庭詎旋植，蘭畹知方蓺。嗟余小子凶，中材遭末世。孤行多弗合，先澤矧能繼。豈帷少培滋，抑恐積乖戾。家室再經營，穨然祇匏繫。功名早自斷，門戶惜將替。比尤蒲柳衰，薄景一官曳。天游困六鑿，往往百思憩。昨聞丈人言，吉夢若眞偈。天地一飛蓬，人心爲之軑。浩然中有執，四達致何泥。果然内景徹，定免末途蹶。以茲周行邁，天衢安有際？矯首望車塵，傷離欲霑袂。雞棲復雞棲，已矣吾何稅？

與馮魯川夜話

不堪淚雨灑秋槐，曾共元亭問字來。難得酒腸支磊磈，强將詩句撥寒灰。漢廷詎合馮唐老，荊土能消王粲哀。衡宇未遙楸局在，幾人短燭會深盃？

寄挽楊芝樵丈同霞舫作

五陵同學徧戎鈐，車笠江湖每滯淹。歸老一廛纔託足，交游四海盡知髯。南州風義思徐孺，東國文章起謝瞻。千里神交猶隔面，天涯野哭淚頻霑。

贈陳抱潛來都

西風落葉動長安，客子重逢衣袂寒。小刼塵沙渾異世，中年哀樂幾更端。秋心黯黯搖霜笛，夜色昏昏墮月丸。忽憶勾陳炤元武，酒邊時拂劍花看。

題符南樵半畝園訂詩圖 詩即正雅集繼長洲沈氏別裁集而起者蒙名與焉

風流不見沈尚書，符子聲名願豈虚？桃李春園能愛客，江湖夜雨獨愁予。奇功異代如收骼，濫籍庚詞比綴襦。十載辛勞偏階溷，挂名論定愧何如？

虚谷來宿舫齋夜話疊贈抱潛韻

漫勞相見問輕安，十笏荒齋對語寒。散亂天花猶有跡，飄零風柳竟無端。堪驚舊事隨流水，剩把新詩似彈丸。涵碧樓頭夜燈火，蕭疎塵鬢忍重看。

魯川見題拙詩詞意甚美次韻奉酬

聞道并州亦枕戈，歸來陛楯意如何？祇今名士隆中盡，自昔行軍灞上多。晚節冰霜憐素侶，幾時江海息昏波。廣陵未絶人間世，獨對空齋擊節歌。

奉送嚴仙舫通政正基**乞疾歸辰州**

湖海聲石四十年，晚歸導引望疑仙。龔黄世績流人口，吴楚軍聲夢枕邊。戎馬勳勞期後輩，鄉閭耆舊續前賢。獨令窮巷希車轍，臨水登山倍黯然。

琴西邀同潁叔招集沈朗亭少司農張怡琴翰林諸君作放翁生日於琴西直廬

人生墮地蓬與桑，丈夫有志何堂堂？老翁九十鏡水旁，行吟日夕悲寒螿。平生聲名動明光，從戎南鄭四十强。軍中夜宴酒樂張，金釵銀燭列兩旁。邊城行烽照益梁，醉來躍馬南山岡。便當行策收咸陽，關門下瞰清濁漳。平趨上黨蹐太行，中原日落天蒼黄。惜哉此志空旁皇，晚遊錦城郿酒香。碧雞坊頭花海棠，蜀女一笑三千觴。頹然此志猶欲將，西興鼓樂秋宵長。角巾翩翩成老蒼，衹餘萬首詩飛揚。我家與翁同井鄉，歸尋耶溪病在牀。丈夫未死何疾尪？帷車獨出羞郎當。羣公簪毫列玉堂，一樽拜酹修冠裳。開門木落天雨霜，靈兮仿佛雲中翔。河山滿目生蒼涼，江頭鼙鼓聲猶鏜，翁乎此志詎可忘？

奉題詠莪樞相樞垣趨直圖往爲光祿少卿時作也圖有記乃典學閩中作

金蓮學士舊聲名，青紫班頭早列卿。今日璣衡調玉燭，一星龍尾特分明。

緋衣先插侍中貂，五夜金門最早朝。猶有昇平傳故事，尚方珍賚問勤勞。

待捷甘泉夜嚮晨，燈簾重展畫圖親。春風第一螭頭影，曾夢觚棱向海濱。

憀慄清霜曳玉珂，槐衙風景近如何？樓栿笑倚詩情在，日日西山爽氣多。淀園直廬所居爲拱宸樓，公贈楹帖有『山翠滿窗人倚樓』句。

大雪志喜兼聞鎮江瓜洲之捷

兩年不見臘前雪，千里猶傳江上烽。東谷昨朝嚴令作，西清連夕捷書同。瓊瑤布地皇穹福，虎豹當關一將功。會滌江流淨鯨窟，吳兒錢鎛盡銷戎。

偶書贈虛谷

東閣曾同曳屐穿，尊前豪氣鬬狂顛。選人意興何蕭瑟，詞客風流苦靜專。羈旅攜家傷亂後，煙霞餘痼泥吟邊。力難振子吾衰爾，得酒他時憶鄭虔。

讀怡志堂初編

捫羅文字五千卷，馳逐名場三十年。歌曲衹憐風格老，交遊誰得道心堅？休譚戎馬心徒爇，但說雲龍意自便。卻笑李侯誇越雪，一編主客藐先賢。

讀魯川近詩奉題

晉祠流水如碧玉，持比君詩清似無。卻愧荒陂蕃草木，枉思奇觀接江湖。寒天急景憐窮鳥，篆刻雕蟲悔壯夫。開拓雄文更誰向，翛然長憶舊氈廬。

卷十　己未集 戊午己未

歸自潞河科爾沁王軍幕詠莪相國贈詩次韻奉酬

秋風灞岸客歸來，海嶼頑雲喜暫開。藩翰陳師思采芑，機衡持國望調梅。早朝有句憐新詠，相國出示新刻松風閣丁巳年詩。橫海何人想異才。長媿書生負戎馬，東南諸將起雲臺。時吳楚諸軍數報大捷。

代人題和碩惠親王受印圖次自題韻

威命前驅獲兩肩，河北肅清林鳳祥、李開芳兩賊首生致闕下。中軍詩禮屬王賢。周家碩輔勤三握，漢室神謨懔百全。玉檢依然歸福地，印本藏皇史宬，今仍奉歸。金甌何處無刑天？披圖河朔先聲在，傾耳東南露布傳。

王以錫振嘗在巡防屬題卷尾再次前韻應教

赤舄丹心勵永肩，靈符自昔倚親賢。奉命大將軍印，爲我大宗授　親王多爾袞以入關者，定鼎以來，未數授人。禡牙九日霜旌健，參贊科爾沁王以癸丑九月九日統京旗及蒙古兵出都門。凱樂三霄繡斧全。築版煙塵收北地，夾江金鼓震南天。休言從事多微淺，圖畫還叨姓字傳。

琴西外轉安慶守飲拱辰樓即贈

萬蜩聲裏一樓孤，樓影花光倒入湖。獨客柳陰還繫馬，故人天際又分符。皖公山色煙塵暗，丹浒雲陰歲月徂。門外翠蛾知別否？聊將尊酒對烏烏。

王子懷少司馬茂蔭請疾奉贈

風簾官燭共蕭騷，道光甲辰，同事外簾。一擢臺垣地望高。獨抱憂危幾聖主，欲將薦達盡蒸髦。柴車牝馬心偏爇，素髮青雲首重搔。漫倚崆峒一長劍，黃山白嶽尚同袍。

過食筍齋再贈琴西

黃山老子早飛仙，獨樂園棲杜曲偏。長嘯仰天君又去，幽篁出地客誰憐？秋風履迹蒼苔滿，夜月詩情碧落縣。退食從今歸掩臥，孤雲落日想茫然。

碧雲寺

驅車過三山，寶刹得初境。寺門窈而曲，龍口水泉歕。松栝蔽精藍，人天逞華靚。浮圖湧山腹，玉立百重頂。兹地本天成，迴環互岡嶺。如何貂璫汚，於魏骨灰冷。遠眺既高明，幽探卽深静。靈源破山腋，瀏液若漿酪。槃池幾渟滀，犖确再激騁。夜宿就僧寮，風泉鎮悽哽。毋將邱壑戀，悲響發新警。出處歎何常？濁清要殊秉。不觀彼朘削，至德乃除屏。香山諸寺，向皆禁地，自道光朝屏棄，遂掌寺僧。凡聖本同域，何方不清景？江湖念平生，一燈記龕影。

臥佛寺

天光發山淥，翠湧海日暾。澹收朝霞色，爛奪夕照痕。幽人先鳥興，策馬度山村。高尋窣堵波，浄悅杪欏根。誰歟倦津梁？被衲長曲肱。不知幾人代，顛倒亡精魂。想彼倦游意，瞑目爲昏昏。朽木質已廢，堅金道何存。峭石立後壁，清溪導前源。煙嵐一迴薄，姸潤被棡蓀。蜩語弄秋絲，篠風動晨幡。歸鞍辭佛臥，我夢猶塵樊。廿載住京華，山靈笑庭垣。蹔遊必迴駕，長媿鶴與蝯。

壽陽師命題食筍齋圖敬步原韻同琴西作

西域列城收一笴，東壁仙雲張五朵。羣仙官府日從容，暇或叅禪兼癖左。澂懷賜廬池館清，中有幽篁人獸坐。百年蠹簡留餘債，合座篔風辟塵堁。自從此地爲傳鉢，日對星堂念歸舸。世事浮雲變白衣，年時苑闥閒青瑣。孫郎儤直修筠節，賤子來過傷絮果。圖畫欣同綠野開，夢魂又感滄江墮。平生未及元獻遊，猶幸坡饕識饞可。甘泉夜捷書頻至，來復天心祝旋輠。異時儻問竹閒誰，舊事定求門外我。

慈仁寺四柏槐詩步壽陽師韻

慈仁雙松傳自昔，化身今作龍鬣三。當時鱗爪問誰見？旁有翠柏槐疎藍。柏槐端莊偉丈夫，問年髣髴齊老（䀫）［聃］。看松有客日來往，古貌鬱鬱無稱談。巍峩直榦碧雲上，蕭瑟美蔭清颸含。世人榮觀競桃李，華豔炫鬻材豈堪？壽陽退相獨愛惜，頻來拂拭歌乘酣。柏槐自此張去聲。圖畫，離立鬙鬣飄⿺毛監毿。冠劍莊嚴古尊宿，世祿後起三松慚。東園角里本寂寞，漢殿不招情所甘。疾風落葉天東南，懸瓠大捷行飛驂。時平鎮物要耆德，一灑壑欲銷陵貪。柏乎槐乎國有式，我分瓠落棲瓢庵。寓廬有古瘦槐。

寺中有張詩舲侍郎畫雙松圖亡之久矣侍郎又補畫之同子貞與壽陽師倡和柏槐詩俱懸之壁復爲偷兒捲去壽陽和詩及此因疊前韻

吾聞飛仙妙手祇一擊，有道那可容再三？山僧癖痂不謂疥，重爲素壁悽迦藍。雙松之圖法華筆，柏槐又貌鏗與（䀫）［聃］。猨公作字乃猨臂，大書奇句多雄談。戒公拈花胡不戒？旁有匿笑情先含。虞壁懷藏慢豈敢，周禾刈取頻能堪。⿰谷曼⿰谷九亭長久遊息，松風坐愛龍吟酣。引閑老鶴忽飛去，零落片羽霜毛毿。老僧出迎卻睨壁，瑟縮未語知神慚。古來名跡恒賺奪，通靈書畫一笑甘。北山之北南山南，象王立教遺駢驂。探囊胠篋且清晝，正擬剖折恣狂貪。妙書名畫出手無盡藏，詎惜淋灕水墨遍汙松花菴？

八月廿一日繡山偕頴叔招陪壽陽師相集慈仁寺分得盛字時戒公新構見山閣落成是日漁洋生日也

高臺墮落狌鼯竄，山人發願勤畚挶。朝來一角見西山，送與詩人豁塵目。明窗淨几淩虛空，俯視城郭煙濛濛。雖非平地起九仞，要自艱難瓴甓一一同愚公。九天樓閣華嚴迴，彈指天龍見情性。古來寒餓多苦心，開代詞宗獨華盛。壽陽相公今斗魁，避賢無地築樓臺。箕張直觸自生世，獨與山僧尋草萊。

歐齋夜讀歐詩有作

一誦明妃曲，古音世所希。紛紛顛倒耳目事，何用萬里夷狄爲？再讀平戎操，我心更悽惻。當時有事獨無用，有筞胡爲匿不出？滁山高高，滁水湯湯。琅琊尺幅懸中堂，翁時年厪四十强。一麾乃在山水鄉，魏峩節概雄文章。我今年亦踰强仕，位業蕭然媿當世。多生文字只情溺，二頃桑麻問誰置？憶昔單車諭蜀行，相如作檄悔論兵。秋風灞岸重迴馬，壯士有懷空請纓。門前花葉宫湖滿，日夕香風清露滻。五年金馬日棲遲，抱葉寒蟬意蕭散。秋聲夜起湖陰曲，一炷鑪香還夜讀。何當歸買訾洲田？鶺鴒聲中閒叱犢。

葉潤臣索題錢南園御史畫馬遺筆

丹青曹霸世不聞，太行鹽車折蘭筋。南園先生古烈士，畫馬畫骨筆有神。老樹千年繫作樁，虺隤赭白疑堵牆。平生幾許英雄淚，隼立三山烏啄瘡。顧影雙駒忽驚寵，肉鬉岔畾連錢動。楊柳春風齕齧閒，玉勒金鞍想飛鞚。先生畫馬非是馬，漏痕釵腳俱心畫。朔風吻裂仗歸時，骨慄青蒲赤墀下。傳聞先生因和珅言，以本官御史直軍機處。每旦朔風嚴寒，而先生清貧，衣裘甚薄，實坐病焉。

立秋後三日集慈仁寺次壽陽師韻時子懷丈新請疾琴西行有日矣

積雨散殘暑，新陽暵霤塗。幸逢沐居暇，肓使遊興孤？僧院本寂寥，佚老宜康娛。高賢每貞疾，標運孰良圖。兹地歷前朝，當時寓魁殊。數從簪裾集，重感歲月驅。文藻枉自矜，志業惜且渝。微生笑頹唐，思欲長趨隅。征鳥又霄雯，浮塵悲市衢。時方廩霜雪，分豈判姝濡。誰能座閒釣，對食懷江鱸。

重九日沈少司農招飲直廬賦謝是司農生之日王月川觀察自津來也

玉清池館苑林隈，上客停驄亦壯哉。華嶽星辰歸冊府，司農曾視學秦隴，收藏碑帖最多。淮安鷄犬住蓬萊。高詞幾見鄒枚侶？寬禮深慚屈宋才。月川昔亦同官戶曹。何處登臨更巍迥，五雲多處接三臺。

寄何根雲宮保兩江

先朝供奉謫仙人，三十卿曹冠絕倫。江海一麾雄節度，東南全壁重經綸。春風艫舳飛天上，夜雨鼉鯢泣水濱。未解戎機隨魏絳，鈴齋空憶二毛新。時星使赴滬瀆者，欲辟同行，未能往也。

答子懷少司馬見酬原韻

從來天性出風騷，一譜陽春自調高。異日文章徵諫草，當時衣馬笑英髦。幽憂有癖憐塵俗，夙疾無端本蚧搔。我亦江鄉美鱸膾，十年惆悵對青袍。

杜黼庭孝廉壽朋出示詩草

君家才調古無儔，爲有淩雲載酒遊。世事鶯花還鄂曲，人生風月幾揚州？天涯羈旅聊相慰，鄉國煙塵苦未休。我已鬢絲禪榻倦，論兵談槊愧風流。

奉和壽陽師相登慈仁寺見山閣元韻

我生不見毘盧閣，小築憑高喜見山。人代自驚雙樹老，僧迦獨覺百年閒。深林返景能相照，絕壁青雲好共攀。門巷雪晴車跡隱，蹔來陪從惜塵顏。

寒夜讀端木子疇孝廉埰詩卷題贈

庭宇蕭條積雪明，小窗爐火坐深更。百年素業歸文史，五夜餘光戀燭檠。每誦南陔生涕淚，底須東郭負聲名。遊塵莫問平津館，彭戴門高四海輕。

繡山同年招同朝鮮李亦梅暨潤臣魯川讌集韓齋出觀戴醕士侍郎熙畫寄山水小冊分得墨字

婁東之筆南田墨，近百年來好風格。遠緘小紙寄京華，歎絕當筵海東客。念昔南齋供奉時，嬪嬙列屋盡蛾眉。江海風塵累宵旰，湖山天放此盤嬉。

奉寄桂林勞星階中丞崇光

一從星火度崑崙，繡虎璋牙老玉門。嶺海六州推士燮，風雲一榻笑陳蕃。伏波舊宇山蹊固，畏壘他年俎豆繁。誰爲小邦愁寡弱？殘軀探轂是雄藩。

坡仙生日邀同人集舫齋

急景寒天欲歲除，爲先生壽亦相娛。心香瓣祝如公在，腰笛風流定我須。磨蝎當時關世運，騎麟何處覓神居？惠州禪室曾相訪，丈室天花笑未除。

謁壽陽師值消寒小集出示道光朝御賜仇英畫梅花書屋卷分得也字

昔觀營邱圖，神往孤山下。異代擅丹青，山邨妙摸寫。長縑展歷落，古色致妍雅。人物劇清華，川原紛豁問。連山引叢薄，曲隖分秀野。松篁濃染黛，楓柏豔施赭。竹閣跨溪來，蘋波絕除瀉。水邊疎影雜，籬落横枝冶。伊誰坐窗櫳，想合置杯斝。潺湲響幽瀑，杳靄浮寒瓦。花香忽髣髴，雪意定飛灑。畫師本吳趨，玆境宜渚者。不然縱金碧，那得劇嫣奼？侍從記承平，簪裾數恩暇。頒來石渠秘，留伴洛陽社。急景百緣賒，深廬一樽把。婆娑尚京國，躑躅每波若。山林孰畏佳，神鬼厭魑魏。其間渾宜築，欲置知誰假？展謁茶串馨，流觀燭花灺。後堂欣草具，竟日忘塵堁。州步話猶聞，師於酒間爲述過九里洲看梅花事。江鄉夢殊惹。多情懷范陸，盛日宜枚賈。玉雪倘連編，題詩慚白也。

煤鑪得炭字

我聞天地鑪，造物陰陽炭。緣何遭時艱，倏已迫歲晏。書堂擁氊席，布屋裂罩幔。伊誰陶家埴，宛爾博山觀。承天頤朵輔，據地鼎駢骭。氣燄遂炙薰，稜隅儼風岸。名原笵金貴，體比琢玉燦。厥質乃塗污，誰能善攻鍛。纖兒本中熱，嫫母昔下爨。浮煙疑雲蒸，投石驚雹散。居然位執槖，遽爾勢通爟。臍然隖檠短，面爍園瓜爛。猊蹲耳又帖，鶴睒目先亂。炮堪鍊獄興，箸儼撥灰算。神柄許炎炎，鬼薪愁旦旦。主人眉恐急，孤士背爲汗。一朝防甑墮，何物利金斷。榻方惡客鼾，籠復妖姬粲。觀雷家屢瞰，畏火民能翫。短景急崢嶸，孤懷益悲惋。僵眠身任屈，避蟄骨多愞。乘風思煬竈，雨雪分捐扇。所期長烜赫，誰弗樂浪漫。中宵商陸添，獨起明星歎。

臘粥限八字韻

世涂逆舟帆，年序走車輂。朋交晨宿零，佛節霜風戛。一官棲帝里，數口比僧剎。頗傳七寶靈，聊效雙弓軋。天倉頒豆麥，官楮易茆秸。甘和稷黍稻，芬錯欓椒榝。芡菭盡紛拏，棗榛頻剝刮。滌新到七匕，辟惡用蘇蔱。寒泉宜汲鮮，沸火愁鳴蚻。有時瓢飲一，何事簋陳八。盈甌雪花腴，合座穄香滑。翻匙見晶瑩，辨舌聞噢嗗。飢甯虎視耽，哽學駝鳴圚。朵頤嘲飯顆，動指笑羹頡。經文紛饘飿，俗物鄙腥朒。何勞醲鼎鯖，大類祭淵獺。翁嘗忘淩浣，兒飫定婠妠。馨疑竊脂藥，煖或謝貂豽。慨時匱餱糧，爲患久貙貗。練衣誰扇交？榆屑獨琴扴。釜餉困鄉閭，棚施慘瘢疕。食糜帝子駃，纆齒酉王黠。蕪蔞孰羹遺，商陸少精刷。緊余拙生謀，與俗苦塵圿。羅闍憶窮薄，佳設厭啁哳。明朝買脂餤，往事笑韡帕。安能長依皈，一飽竝坱圠。

郭筠仙翰林嵩燾將從科爾沁王備兵津門有贈

玉堂供奉盡翩翩，賀老何緣識謫仙。筠仙以新城陳大司馬之薦，故有是行。海上孫盧徒暴客，禁中頗牧幾仁賢？春寒甲帳千氊雪，日暮丁沽萬井煙。聞道王師高不戰，想君橫吹意超然。

再贈

隋珠荊玉致聯翩，往事迴頭便若仙。一去孫登愁我獨，重逢郭泰越時賢。兵戈激宕都疑夢，書劍飄零恐散煙。我媿賢王舊參佐，從君無力駐蕭然。

人日集韓齋晤朝鮮李君藕船自誦其句意頗傲儻因足成詩即席贈之

上日精廬對舉觴，誦君佳句思蒼涼。大開酒戶迎春氣，高擁書城送夕陽。西邸風流自樽俎，東洲人物獨冠裳。天涯握手勞相訊，且莫騷吟惜鬢霜。

壽陽師惠和前詩緇生孝廉亦有所作疊韻再示藕船

醉倒年年海客觴，話深觴面不知涼。停橈幾度經巫峽，用波斯人李珣詞語。坐井當時笑子陽。千樹榆香清島服，箕子教民樹榆食葉，見藕船詩注。一龕梅影麗仙裳。高麗築梅龕以供詩人吳蘭雪像，號曰「詩佛」，見香蘇山館集。品題不數雞林客，未負林邱老雪霜。國中申紫霞能詩，自題與其子命準、命衍合臨香光書畫卷句云：「小藝一門關性命，此中小隱當林邱。」壽陽稱之。

藕船命酒自言十與賓貢行將不復來矣再贈此詩

鴨江春水碧於天，十度行人載酒船。無限夕陽還處處，多情芳草自年年。勞生遲暮供多感，上國委蛇盡夙緣。解得河梁斷腸句，雨絲風裏落花顛。藕船渡鴨江句云：「無限夕陽遲暮感，有如春水欲歸心。」又句云：「春水如天人去也，落花滿地獨悽然。」

奉題霞舫同年先甫蜀闈遺墨卷即贈

寶墨扃緘歲月微，越州書冊展重欷。交遊似我真同澤，世路如君又拂衣。楚國山川珍宰木，蔣山風雨壯靈旗。閒身乞得初心在，好覓先廬舊釣磯。

緇生持示所爲授硯圖詩爲其子元作也次和

元朝得子詎言遲？又見春燈上學時。君子以元日生，昨以元夕上學。重喜丱兮能受硯，定知老子爲添詩。世當標季思文武，家有淵源出父師。隣舍長頭看老矣，楹書珍重望生兒。

聞翰臣凶耗殆數月矣愴痛不能爲詞豫章人來述其卒後夫人殉之先成此律

紫陌看花及少年，平登方岳未華顛。交遊我豈當師魯，温飽誰能擬孝先？戎馬崟崎偏世運，文章淹雅亦時賢。玉樓遺憾眞如海，淚盡洪州又鮑仙。

喜虛谷得新樂令並寄抱潛南皮

待詔東華玉貌時，淋灕豪氣欲何之？聯翩小縣栽花地，牢落清才喝月詞。卓魯盛年俱茂宰，漢唐遺教屬嘉師。寒蟬日抱宮槐影，笑殺黃綾夢一池。

送李中臯禮部榕奉檄曾侍郎軍子懷席間作

湘鄉司馬出羣雄，義旅親提七載中。天下安危幾人在？日邊談笑昔時同。遠聞倒屣求王粲，近接開樽愛孔融。到處河陽盛戎暮，宮僚愁寂酒徒空。

禮部分校次聚奎堂壁間韻

鏁闈同舍拜恩深，林穎叔、程覃叔兩君，樞廷同直，同拜此命。奎壁當年玉趾臨。乾隆間，御幸貢院有詩，今刻至公堂壁間。日下參辰齊在列，同考中大魁者，直書房者，籍諫院者，直樞廷者，皆各三人。春來桃杏又成林。中天文物風斯盛，隔歲軍書夢易沈。去年與考差日，奉派隨科爾沁王備兵潞河。廿載褐衣塵土在，官簾風燭尚驚心。

分校將畢靜俟揭曉偶成二律示諸同人

東風料峭沍春寒，鎖院沈沈春易闌。洞口桃花應自笑，牆根榆莢忍重看？鬼車嘲哳驚隣舍，所居簾舍，聞向有異，僕輩輒夜數驚，禁之乃已。官韭青葱戀食盤。爆竹溼薪吾猒早，夜牀譚藝夢都官。

慘綠荷衣問塾師，長安新榜萬人知。尋常言語思先輩，潦倒芳華悵後時。一代文章懷潁洛，百年霖雨祝龜蓍。時望雨甚。詰朝綾餠須歸遺，詫與他年脫襁兒。

獨山莫子偲友芝**年五十矣來試禮部僕闈中得其卷見其經策清涫斷爲宿士惜薦未售也撤闈來見攜示所著郘亭詩集長句贈之**

黔溪萬里出牂柯，三十年來老策科。得意漫夸花紫陌，論才直合草金坡。劉蕡風義還師友，李膺文章未謬訛。呼起九原蓮博士，買羊沽酒柰君何？謂吳蘭雪君辛卯鄉舉房薦主也。

陳凝甫試禮部卷在余房亦薦而遺於額榜發未及相見杜君黼庭來道其歸因寄此詩黼庭與亡友彭子穆者皆與君夙好也

彭鏗解脱最酸辛，杜曲何人獻賦新。常恐風塵孤薛燭，詎聞騏驥失方歅。孤筇落照仍千里，老屋荒江又幾人？夜半陰符重發篋，天門詄蕩好騰身。

子偲奉所爲詩執再傳弟子禮謁壽陽師師贈以詩兼寄遵義鄭珍子尹子偲次韻奉酬竊亦效顰

談詩癖愛後山陳，筏引韓黄有逮津。底事文章關世運，從來謦欬發天眞。高名詎合稱羅隱，僻學還聞竝尹珍。我本荒莊愁犖确，終南嵩華始移人。

劚筍高齋舊迹陳，大方落落幾知津。清時北學風流盛，獨力南能氣誼眞。浩蕩江河流孰挽？摧殘兵燹道彌珍。郘亭寂寞縵飢老，奇字當時問幾人？

筠仙來自沽營畱飲時科爾沁王津沽擊夷大捷也

漫將拓落侈交遊，老屋空庭竹樹幽。君昨寄詩，有『王子富交遊，所得必奇偉』之句。世事茫茫原對奕，人生落落幾浮漚。從軍佳句思王粲，橫海高名起秺侯。駐馬銜杯須盡飲，那堪懷抱向山邱。時聞芝房新死。

董梓亭吏部作模**以淩山策騎圖索題卽贈**

越女相逢錦瑟旁，經過孔李漸華蒼。崎崟世路憑誰料？歷落身名歎子强。萬里天山疑夢寐，百年人海問行藏。王師渤澥傳新捷，可憶當時短後裝。

九日請壽陽師子懷丈湘芸頴叔孔繡山玉雙兄弟莫子偲孝廉讌集大慈仁寺步壽陽韻

一樽何必問黄花，座客風流抵孟嘉。菊徑漫憐秋色晚，松關常愛夕陽斜。高巖深谷留銘迹，繡山攜所藏漢循吏洛陽令王稚子石闕拓本，請壽陽題字。黑水紅厓話磧沙。子偲時作紅厓碑詩，以碑爲禹貢導「黑水」故蹟，謂盤江是黑水發源，據漢書註黑水神祠爲證，余甚韙之。愁對山僧遺斷偈，登臨隨處足巔涯。寺僧戒學新化，往嘗爲偈子於壁，壽陽爲足成之。

子偲孝廉和詩觸挽我懷適壽陽師亦示疊韻見酬之作因復次和時聞桂林警報城守危甚

鄉園秋滿一籬花，勝日清遊似永嘉。萬里歸尋牙纛側，廿年虚負角巾斜。遼空望斷孤鴻影，撲地驚迷短蜮沙。淮浦烽塵絕渦澮，辰山癸水又濱涯。

至日邀林笏郇太守鴻年**及子貞陪壽陽師集松筠菴**

峥嶸歲月忽相催，雪意風高勒復回。愁見五雲曾獻物，驚傳六琯遽飛灰。文章滄海知誰在？天地冰霜獨我來。猶有禁寒松竹意，鄉心愁問嶺頭梅。

直廬待雪未成奉懷頴叔侍御新自樞垣擢臺諫也

晨朝喜見同雲合，日暮空愁集霰飛。翠袖許教千喚出，紅巾還解十重圍。幾年袱被親同舍，今夕篝燈獨掩扉。驄馬街頭行步好，空林孤鶴亂鴉歸。

聞葉潤臣觀察宦歿杭州

橋南老屋數經過，一别黄罏渺逝波。四海彥遊還問訊，百年喬木足悲歌。鶺鴒原上愁眞絕，鸚鵡洲荒恨若何？明聖湖邊好埋骨，孤山應愛石盤陀。

楊性農書來屬訪子偲消息卻寄

楊侯家本桃源近，一過津橋遂挂冠。退賊當時擬黄憲，論交何處得方干。洛鐘霜應尋聲易，郢曲風高屬和難。惟有修文幾豪快，二龍淵畔涕汍瀾。

直廬獨夜

掖廬如水傍層霄，獵獵霜風送晚潮。孤吏守窗人寂寞，亂鴉翻樹語啁嘲。坐看涼月移階影，問似空山臥擔樵。飽食官厨行負手，料應雙鬢日凋蕭。

壽陽師相示與常熟翁邃盦相國酬唱諸篇賦呈一首次卷中粉資韻

卅九已龍鍾，五十矧又半。賤齒今年四十有五。百年遽斜莫，昔賢早驚歎。迴思少小時，歲月幾堪玩。因循日卑老，精力坐亡散。城南兩斵輪，老作神仙伴。眼中平世事，今古閱昏旦。先皇奏雲門，當日竝香案。退休倡復和，風雅秩不亂。壽陽本師門，廿載親漱盥。常熟司農長，昔役請得緩。邃盦相國在户部日，派往滬瀆會辦税，則以辭邀免。頗聞古誼敦，忠亮日月貫。時藉百事棘，隱忍就衰愞。歲寒雪霰慳，閉户識罏炭。幾時鼓陽槖，宇宙一邃館。鰥生更麄疎，眠甕夜不暵。相看媿典型，體弱仲宣粲。

子偲惠題拙詩一首次韻奉詶

仕學日蹉躑，規爲早摧放。微生感霜枏，長路入煙莽。孤聞昔墟拘，晚景復道長。風期從兀傲，文字職漫漭。夙聞道之門，譬若息在襁。測蠡雖有見，捫燭欲誰仰。冥行知擿塗，變節敢啙謷。五年違省郎，萬里馳戎鞅。媕娿紛捷足，貪黠盡高掌。迂生能百一，弱去又三兩。比年師友彫謝者多。棲棲行蟄閉，默默孰痺痒？君文昨冥搜，相得儼同吭。何期締香火，無計脫塵坱。造門對欷歎，延座色慨慷。彼時師何說？如子我所倣。高門遂鴻軒，謂壽陽師。羣彥各鳳想。南齋諸公亟聞君名。頓忘翮鳥曳，欲奮鱗魚上。末俗悵依違，知交愛諍讜。坐言將起試，持論媿虛枉。毋爲貢父譏，猶憶學齋曩。

擬古

客從故鄉來，道我故鄉事。聽客語未終，悲傷淚盈眥。憶從我雙髻，鄉閭正平世。薦紳屢世澤，農畝百困積。令尉好客臨，家家喜迎伺。歲時相慶勞，酒肉頗薫熾。迴首二十年，遭時大顛悴。還思俗忠厚，遑咎習輕侈。車馬重來歸，荒邨起蛇彘。川原始嵎負，城邑漸高幟。將帥弗調良，耡耰轉兇肆。吾謀多弗遂，戎幕媿身厠。黄金北斗高，豢賊最奇思。衣裳餘倒顛，陵谷乃更置。昔日富家郎，流亡僅衰穉。潭潭節府重，遺構穴精魅。鬨鬭尋瓦礫，蓬稗溢寰肆。穰穰少孑遺，纍纍但枯胔。哀哉我與客，飄流各名利。艱難少至壯，所歷詎料是。

東南厭兵革，厥釁肇邊鄙。鄙人昔椎樸，官至縮如蝟。骫法自貪夫，貪緣墨胥起。交征馴攘奪，盜賊遂圜視。瘡痍重朘削，荒落任狐豕。横野數輕客，常時本隣咫。一朝羣帕首，輒暴及州里。邨墟尚團結，城邑動破徙。吾郡夙雄軍，健兒多敢死。何時徵調竭，居又乏儲峙。年來數强揞，蹴踏萬蜂蠆。象邕十餘城，城城盡如燬。礮雨晝煙昏，長蛟跋江水。頗聞童汪踦，裹革不旋趾。可憐彼官司，畏匿面如紙。由來坐此輩，養惡致興痏。不然金田村，賊膽何由肆？

講舍羅池上，我昔曾釣遊。馬矢壓花宮，能毋鬼神愁？赳赳百夫雄，本昔揭竿流。誰令虎而冠？招來鷹在韝。其衆羅千百，猙獰擁貔貅。有時頗擊賊，媿我羣兜鍪。城闕使居閒，解之乏良籌。飽附饑食人，若能身束修。橐藏既罄如，能弗事賂賕？東家翁頭白，西家兒鬌髹。牽來各閉置，嗒若魚中鉤。翁弗禁搒掠，昨宵赴冥幽。兒金未當贖，夜已充衾裯。哀哉兒高門，父母所噢咻。翁昔爲孫子，飯蔬冬無裘。牀頭窖黄金，身死還見捘。園池幾營構，栱節爲薪槱。官吏過弗聞，薦紳忍其羞。但令甲授陴，敢惜瘠暴溝？君門高九重，倉猝誰之謀？時變事多殊，瑣屑焉敢讎？

從來城守堅，賊恨必大至。萬死與城存，而城竟亡矣。吁嗟我江城，高牙夙嚴衛。如何兩渠間，骨髮委塡積。傳聞方絕食，官民相泣誓。櫪馬夜悲鳴，青煙起寒吹。烹炰雀鼠盡，敝革煮相遺。皮骨慘齟齜，析炊供喂飼。樵蘇日月斷，井汲又枯隧。咄哉背城師，朝食忽讙鎚。衝鋒努死力，羣醜輒奔避。如何師徒出，望援空裂眥。平時擁牙纛，誰歟彼壼帥。危亡眾所屬，望望全軍逝。朝廷高爵級，專閫所付寄。豈惟弗趨救，直忍自拋棄。十年用兵來，師律孰先敝？人思参肉餐，我欲寮尸肆。

老夫亡其妻，窮嫠又失子。常時繫心骨，宛轉相棄委。玉雪誰家兒？竄身荆棘裏。天明迷道路，霜雪慘肌體。道逢佩犢人，顧盼忽生喜。呼兒予生馬，顧使執鞭箠。弱者遺草間，强斯逐鞬弭。飢腸肝人肉，變作虎狼子。朝聞破官軍，十百踏其壘。暮夷何城闕，屠割到嬰姼。男兒少方壯，猛氣敵虎兕。强梁習童惛，喑啞孰當抵？可憐州家軍，疲老日轉徙。經年缺糧糈，骨立久銷髓。殘軀不能戰，剽掠又輕駛。問軍胡爲然？求緩須臾耳。饑寒與禦敓，作計乃均死。誰能如楚尹，戮一貫三耳？

左藏早虧竭，掊摭到關榷。國中又四郊，持竿盡握鍫。江湖久乾旱，災祲又螟蠳。去年履畝餘，箕斂又今作。軍中責轉運，官豈爲囊橐？富貧貧者死，骨血任敲斵。敲斵何敢言？斯民甚忠慤。誰知剜心肉，爾乃事酒樂。玉貌錦衣郎，金鞍騎六駮。金張本家世，光彩甚卓犖。清晨謁中軍，晚出大歡噱。第聞前軍捷，籌運秘帷幕。明燈宴如澠，號令走雷雹。歸來百呵殿，計日有佳擢。小人幸葭莩，茹拔盡優渥。歌兒頭錦纏，揮斥罄山嶽。吾軍蠛生甲，菜色忍桑蠋。而官計錙銖，相對情殊邈。羣饑走何之？鋌鹿能反角。足寒傷人心，朝涉何勞斮？

曲突本無功，焦頭亦何爲？軍行有僚屬，忼慷當軍諮。玉帳罷朝參，疏頭筆如飛？賢王朝面縛，京觀夜陳尸。傷足者先登，洶呼盛前麾。餱糧與書檄，藉險各追隨。或爵關內侯，或資羽林兒；或榮施紫貂，或貴曳金龜。君恩誠浩蕩，王言出如絲。軍中相慶樂，悠然執冰嬉。豈無關中將，草間曾失遺。匈奴恨未滅，臨觴覆其卮。別將向賊中，艱難棘榛披。銜枚走深雪，中夜賊壘劘。數戰沒前茅，先行亡健兒。誰令失轉餫，又不得援師。刈芻齕其根，飲馬溺爲糜。經歲頓重圍，殘軍坐失期。何如棘門將，有酒斟酌之。不聞從軍樂，但問所從誰？

旄頭百丈雄，帥節青雲高。驍奇本偏將，枉使牙纛豪。朝官走相謁，投筆盡班超。闒茸大藩吏，轉面還相朝。帳前別將軍，出入帶弓刀。位尊命乃重，深拱日逍遙。計從再起躓，意氣淩嵩喬。軍中日佳氣，樓閣出蜃蛟。陋哉諸侯壁，日飲投河醪。艱難事版築，曾不得嫖姚。日暮落旗門，中軍夜寂寥。明燈亂銀燭，帳底曳紅綃。赳赳王渾邪，書至願屬僚。輸誠又夜郎，景附不待招。龍鱗與鳳翼，翕習盡金貂。亦有窮途士，來歸藪逋逃。趨承片語合，薰沐不崇朝。果懷左車策，同建衛霍勞。大功方築第，安論百石椒。哀哉上東門，長嘯淩衝飈。纖兒生白眼，感歎過津橋。

人生皆有死，鴻毛或泰山。男兒馬革尸，爭似活草間。壯哉勇盤腸，烈或碎首顛。舌殘猶罵厲，咽絕更心堅。豈無巾幗雄，裙褶繯相連。亦有輿臺義，頭顱同血濺。大節矢成忠，培滋由百年。柰何有科格，往往事拘牽。死哀長已矣，生者賞弗延。我聞申韓術，名實紛糾纏。承平久衰敝，胥吏窟金錢。身爲血髑髏，刀筆猶剞鐫。秦法既相習，漢章孰敢專？不聞斷能行，賊狂勢滔天？殷勤持密網，吞舟漏蜿蜒。亦有一瞑豪，不惜萬事傎。何況首鼠輩，濫辱仗節賢。偏能游魂污，綽楔愧幽泉。我有平生友，生時百行全。崎嶇戎馬中，不得軀命捐。艱哉鞠躬義，轟沒久風煙。弗如鵁鶄祀，枉作精衛填。至名不爲名，萬口能流傳。

前年戰桑乾，今歲河北道。關山惜奔命，將率各衰老。昔人重守關，巍峩幾城堡。指揮英雄士，機疾若風掃。堂堂大都邑，頭足急相保。參商又列將，江湖遂如燎。哀哀塞垣卒，得遺已殘腦。十人九傷病，面目各黃槁。馬骨三山峯，來時盡騕褭。此誠百中特，性命一再造。道出舊軍門，陰風聞怪鳥。萮胡流血地，顏色野花好。日落青松陰，殘灰餘骨爪。叢祠依廢壘，神鬼互歃倒。堵牆荊棘中，遺挂尚青縹。標識存名姓，不知何蠻獠。亮時袍澤人，此意豈相掉？風雲愁黯默，恐或亦溝殍。鄉閭程百千，生死未分曉。傳聞卽疑信，親戚望歸旐。可憐老弱存，入室誰窈窕？黠哉沐猴兒，歸去獨壯佼。雄冠耀鄉里，豈特食肉飽？男兒慕侯封，作計慎須早。生當狼居胥，死卽田橫島。

束帶爲民牧，儒生誠儒良。十年事詩書，夙昔慕軒唐。筆耕硯爲田，豈習菽與粱？斯民幸直道，迂懷感如傷。大府行邊來，前驅猛豺狼。前庭備供帳，後戶陳酒漿。威儀盛車中，乃昔同舍郎。富貴出天姿，敢惟一日長。不見後來者，行貲盡新章。軍中又積勞，年力正方剛。支離老儒酸，囁嚅重踉蹌。誰令任衢衝，軍法不可當。咋者隣東縣，縣官身被創。洶洶羣兜鍪，箕踞鳴琴堂。投劾舍之去，西邑獨項强。官錢乃積逋，除名繫鋃鐺。吁嗟古司牧，此職聖所詳。如何九折坂，騏驥不能驤。白馬青油葢，伊誰獨生光。盈盈府中趨，晚出劇慨慷。揮金似流水，湍決自有方。軍行九陌過，意氣殊揚揚。歸來大勞苦，珍食羅幽房。腰間青瑚玦，笑擲邯鄲倡。窮黎歎中谷，背面血流眶。安知翁媪衰，身死弗得喪。由來國有立，此輩孰短長？

昔者朔方兒，兵戈死不厭。沈雄幽燕將，矍鑠多健飯。承平百年間，風氣乃輕變。期門羽林豪，酒食日酣豢。一朝聞點行，骨慄氣銷面。夤緣百端習，巧黠成懦愞。崱岦三山雄，殘碉夕陽爛。當時組練出，欱虎何猛悍？行軍兩司馬，伍卒自差選。古來軍禮中，遺法蘭陵傳。荒隅羣鼠輩，此意孰與襢？天意幸殲賊，形殘死江澱。粵賊頗知什伍，有兩司馬之目，賊渠馮雲山所爲也。馮被擊，死全州，咸豐二年夏事。蒼頭起熊湘，卓犖羣才彥。師中聞有律，所向輒鋤鏟。團保說經年，因循衆修變。誰能讀官禮，連軌識流轉？戡亂果有人，吾方不欺謾。從來霸王資，匪獨利攻戰。州有大夫賢，峩冠儼風岸。微言善齮齕，論事百鎛間。迂談笑老生，勦襲事書翰。勞人又多費，黨惡豈有善？畸人愧謬悠，所學未稽貫。榮資不貂蟬，又不事弓彈。衰庸宜牖下，侈口徒卑賤。不聞飯牛翁，衣短裁至骭？

卷十一　庚申集庚申

壽陽師相示九九消寒圖命賦次韻

圖爲道光初年宣宗成皇帝御製。『亭前垂柳珍重待春風』九字，字各九畫，適符九九之數。飭懋勤殿雙鈎成幅，懸諸屏風，題曰『管城春滿』。南齋翰林按日填廓於每一畫中，悉注陰晴風雨，歲爲故事。師相年來致仕，卧病之餘，猶仿爲之。不勝天上人間，今昔之感，爲圖倡詠，用志不忘。時庚申春首也。

管城春色最鮮妍，九字流傳卌載前。載筆南齋成故事，洗兵西域記當年。昇平溼髮兒空長，耆宿高吟夢亦仙。倒指春來解金甲，東風橫吹柳絲顛。

庚申禮闈重與分校再疊聚奎堂壁間韻

經堂香火結緣深，插棘春來一再臨。東壁星雲開聖節，南宮梗梓望新林。何期勝友重并合，去年同事八人重與。聊爲麤官洗鬱沈。廿載識塗成老馬，論文辛苦抱初心。

闈中大風嚴寒再疊前韻

地爐愁擁屋廬深，觱篥風威夜又臨。春到百蟲寒抱蟄，人如片月澹依林。消磨文字身將老，拓落江湖夢屢沈。感逝懷人兼惜别，謂翰臣、琴西及穎叔也。論才珍重百年心。

孫稼航侍御榯屬張子青畫八友圖次自題韻兩君皆去年同事也

禮闈恩榜慶重開，勝地平生得幾來？碎錦蠅頭還覓句，試卷未進，同人例以集錦紙幅，互相乞書。疎籬麂眼又分杯。兩年與稼航比屋居。看君舊學修門伐，愧我殘經剗草萊。持與年年桃李看，蒹葭玉樹笑丰裁。圖繪八松。

闈中分校將畢微雪新霽奴子偶摘庭中杞苗充饌得四絶句

霽雪微陽院宇深，春來榆柳漸成陰。東風昨夜餘寒在，飛絮飛花無限心。

年年簪槖飽廊餐，腰腳侵尋惜健頑。杞菊山中原故物，敢將藥籠詫園官？

藏神頻夢蹴蔬羊，藜藿平生未改腸。癡絕何曾愁一箸？闐胸能有菜根香。

到處旉胡採芑行，千郫萬落長荊榛。寒荘闢得新鉏隴，不種薇蕪種蔓菁。

莫子偲陳凝甫重放禮闈而楊汀鷺（傳第）**今年亦余房薦行將出都招同楊湘芸尹荇農小集寓齋並餞筠仙供奉歸里**

鳳城春盡未銷寒，滿酌深杯勸倚鞍。門外烟霾花事晚，天邊魑魅客行單。卞和有璞還完璧，神武何人又挂冠？歲歲樽前念鱸膾，秋風歸去獨張翰。

慧福寺看牡丹

苑牆東與梵宮鄰，花事來看百感新。絕代有人傷暮景，仙雲何事落凡塵。江湖莽蕩風埃劇，簪珥栖遲歲月頻。只合僧窗閒啜茗，淒迷香色送青春。

尹荇農侍御（耕雲）**獨遊西山詩以問之**

太行修尾越渾河，別徑仙雲隱秘魔。爽氣有人頻挂笏，壯遊聞子獨捫蘿。青山白塔風塵遠，玉砌金鋪涕淚多。猿臂輕鞍好身手，歸裝愁被灞陵訶。

翰林吳生（元炳）**使歸團練河南**

鴻溝幾曲走中原，嶽色蒼茫二室尊。大地井田終古在，平生官禮向誰論？雍容車杖尋隣里，泱漭風煙在國門。老我殘經守中說，河汾相望幾人存？

李宮山解元（璲）**奉其先人仁山都轉**（百齡）**深柳書堂遺照請題**

禁柳飛花滿液池，朝天驄馬繫風嘶。十年冷絮飄殘夢，百尺清陰長舊枝。王粲聲名虛弱歲，李舟行誼重當時。蒼梧雲氣昏如墨，五畝鄉園舊隴悲。

以張雪鴻畫蘆花鷺絲幀贈范雲吉比部泰亨**并其猶子摶九**運鵬

畫師年少昇平日，小舫清溪出遊劇。一雙屬玉無人處，渴飲溪流飽拳立。淺水蘆花何限秋？平居食宿儘優游。養成毛羽青天上，閶闔門開詄蕩蕩。

壽陽師見示古銅觶詩屬和觶爲道光初年師直南齋賜物其柢亞文中有古篆武進李願釋其文爲杜簣撰也

一爵幾升堂上辭，蒲牢猛簴宮中斷。平公杜舉遂千年，翠駮雷文著名款。昔者承恩壺嶠重，今兹樂酒桑榆暖。漖懷回首卅年間，我後生時合觴滿。

乞潘星齋侍郎同年曾瑩**畫扇**

清暉屏障出吾家，絕代南田又草花。三樹未妨門戟重，一簪曾立帽簷斜。玉堂平遠驚秋夢，聞戴鹿牀侍郎死難武林。錦帆消沈斷晚槎。中吳、蘇、常時皆新陷。能與鷗波同點筆，水晶宮裏識年華。

贈彭恬舫太守安瀾**出都並寄黼侯憲副**彭君時爲當事保相吉地事竣。

蕭蕭鶴骨聳山肩，修士風期老更虔。珠履未歸天監籍，青囊元是地行仙。朱輪繡轂看行縣，白嶽青山尚控弦。聞道宣城重誓節，軍諮右席待君賢。

高麗銅鐘拓本歌

鐘舊爲高麗人寄贈呂中丞佺孫者，紀年大安庚午，南原府前副正劉弋造。張君德容考是金衛紹王永濟建。元馮子志沂又謂大安二年，並非庚午，亦非庚申，或當是天泰耳。太，泰省文，而蒲鮮萬奴僭竊僞張，高麗不宜承用，獨國既稱高麗，斷是明以前物。此爲朱氏拓本，今歸董氏，屬魯川乞余爲此詩也。

朝鮮詩人李尚迪，歲昨寄我百濟碑。平生金石不挂眼，中經未悉何四夷？高麗銅鐘又晚出，呂收朱拓徵文詞。大安年月紀刱造，厥衛紹王永濟時。奉金正朔在東史，歷世僂屈更仁熙。庚申庚午又恍惚，或言天泰滋然疑。馮張所說各有據，我更濶略其何知？南原獨識古龍郡，帶方早屬高句麗。新羅并吞自百濟，蘇烈曾濟城山師。遂戮九嬰靖洶水，敘績想復銘尊彝。百年釁鐘此州里，熊津馬韓孰所司。同心香火奉西寺，詎有舊部存文思。華風好古溺翁阮，殷盤夏鼎周敢匜。東邦聲詩久澤被，吉金捆致還齎咨。毘陵中丞骨朽矣，黑水毒淫迷武谿。錦函氊搨頓灰燼，董君此拓誰將遺？歐巴島人昨來款，八一大縱蹏通維。五都三韓幾離合？安東古壇愁龜螭。還君此本爲歎息，浮金弗識吾其癡。

宋拓大觀帖殘本歌

大觀帖殘本，三卷，一右軍『濶轉』等十七帖，卷八缺廿一帖；一大令相過等十八帖，卷九缺廿一帖；一大令桓江州等卅一帖。卷十無缺。有冠軍一帖，湻化重見卷九，大觀刪之，非缺也。又有隋僧智永足下還來一帖，在卷五中，今僅存，附卷八之首，審是榷場拓本。此隋僧帖，比之李春湖侍郎所藏第五卷，令西湖僧摹勒之本允合。壽陽師相所得北平翁氏舊藏卷六殘本，右軍書十餘帖耳。獨彼紙墨精美，或疑是太清樓初拓賜諸臣，本非榷場本所及，其信然歟？此本楮墨較爲粗率，然一見知宋拓，非復後時所有。咸豐七年乙卯春，偶遊廠肆得之，今數年矣，重加潢治，作歌以俟大雅鑒定。

昇元祖帖世無有，湻化秘閣爭流傳。侍書著録頗淆雜，棗木斷裂成飛煙。道君皇帝好文事，太清礱石重摹鐫。時方休盛備名物，豈如草創興國年。元朝真蹟出內府，校讎一一後勝前。太師名筆署款識，精別等又龍大淵。藝林奇珍遂振古，詎意人巧天迍邅。汴京遽歿靖康旣，人物轉徙悲滄田。偶聞遺本有一二，諱字缺刓亮不全。我疑烏珠事戎略，神妙豈暇窮毫顛？縱橫兵燹孰馱載？幸不舂臼亦礎磌。康王揚州曾飲馬，輦致是物容裹氊。榷場榷搨出扈從，神物在世猶戔戔。鳳毛虬鱗本希代，櫪馬驚恠非幽玄。錠擴蟬翼多贗鼎，臨江潭絳紛題箋。中原獨此尠再刻，高行溷真惟寶賢。世傳大觀多以寶賢堂作僞，或云晉府本以大觀翻刻，故行式略同，但差瘦少神采矣。胡僧奏刀逞雄恠，瓌寶間出歸臨川。李侍郎宗瀚。壽陽一卷獨晚見，祁春甫師。萬筆蘇齋窮斠詮。翁氏題考幾萬餘字。防風專車衹一節，何夾淖漉明淮蠙。春風草市雪穿履，眼明餓隸真奇緣。龍跳虎卧自天闕，規矩左右殊方圓。平生金石弗挂眼，對此不覺傾囊錢。驪珠探得又羲獻，玆事絕擅吾家偏。潤久彫零廿四帖，昆璧羅列珉非碔。黄甘元度十一耳，會稽謝郡知尤賢。大令從來致散朗，相過諸舍紛聯翩。江州卅一雖羼雜，册三兩缺一獨全。服油月終更渾練，冠軍一帖刪重編。平時聚訟畏徵據，心折米黄能考研。俗書姿媚或嘲戲，絕世要知殊錦纏。蚌胎懷川玉出璞，異物千載猶生鮮。董世甯章舊塗蠟，帖末有董世甯家鑒藏印。故家燕薊徒茫然。攜歸把觀轉疑訝，觀齋走謁城西偏。雖然墨素判精惡，膚理璧合神珠聯。故知埸估尠褚汞，况值倥偬能精妍。又從同舍見李刻，曾舍人協均蓄李氏刻。隋僧帖恰如湩涓。裝池慘澹藏什襲，旁有借觀求祓湔。巧偷豪奪紛世態，客至蕭翼空流涎。吁嗟微生百自決，癖書翻墨由角鬈。身閑金多豈吾事？肯以玩物滋尤愆。此中翰墨獨神契，貧者暴富知從天。得夔一足更百棄，肥顧瘦潘情早捐。曩得閣帖賈秋壑本，已贈人矣。獨傷捥鬼祇目供，作句儻歸書畫船。

題王嘯山太僕發桂岳陽晚眺圖幀放歌

我昔南下乘扁舟，曾上岳陽城郭之高樓。樓中仙人醉不醒，七年五度臨巴邱。龍飛天子昇平日，病渴相如方捧檄。傳車萬里越熊湘，苦竹黄茆柰荒驛。陳陶痛哭軍幾覆，兩月星沙斷陴守。鱷鯢未戮虎兕出，百丈旌頭壓江阜。我歸重踏玆樓巔，樓中僊人還醉眠。布帆日夕出湘口，狼烽咫尺明江天。大軍小軍亂豺虎，黄鶴樓空漢陽渡。晴川閣外秋草荒，皖公山頭碧燐舞。江城卷甲拏江船，瀕江萬井餘飛烟。鍾山龍虎氣蕭瑟，青溪小姑骨髮填。樓臺北固江聲怒，花木中泠寺門露。渡江軍壘偏揚州，橫野戈鋋照淮浦。中原日落天蒼黄，大河中橫一葦杭。長平戰鬼夜深哭，白日兵車踰太行。神都佳氣仍蔥鬱，鴈潊微茫漲秋綠。前驅大獲禽兩肩，龍武期門繡歸纛。十年雨立螭頭楯，三殿晨趨龍尾宿。與君行輩接樞曹，誰意塵埃窘馳逐？秋風八月浮槎路，祖帳都門共誰賦？海邦南去幾千程，屈指那堪舊遊處？滕王高閡憐灰燼，庾嶺間關罷烽警。海珠明月海幢風，想像當前盡殊境。縹緲汾湖接泖湖，九龍山色翠模糊。山塘畫舫明燈夜，烟雨樓頭月似梳。翠華蹕路年時在，金粉湖山亦滄海。武夷九曲廬九疊，玉削吳山又兵鎧。形勝東南劇莽榛，楚楓寒日照歸人。披圖爲君三歎息，泛琖留得巴陵春。吁嗟乎！人生幾處尋行迹？書畫晚知真有益。樂憂枉復論懷抱，名勝都教爲戰格。湘花紅，湘水白，洞庭月落天深黑，爲君指點君山色。竹箭年來困供億，醉合與君彎一石。

分題光生熙董生毓葆詩卷

吾門有光生，神宇最英特。璋琥玉温如，磨礲在瓌質。文章抱微尚，中氣不旁溢。大廷策萬言，剛健妙心畫。由來士通方，往往被齮齕。誰知楹書讀，不與新學律。樅陽盛文章，頻歲亂草蜑。生材久盤鬱，芒蹻釋朝籍。西華水曹郎，鎈潔奉晨夕。依人若飛鳥，就我獻情昵。我憐孤學疎，何以爲生益？時哉雖不逝，謬意託編述。

董生鄒嶧英，對策頗奇氣。文雖未老成，無挾中有恃。敏門始相見，退抑抱深致。君家有嚴君，相遇曾海澨。蒼然姿老鳳，談笑天山騎。丹穴起英聲，奇緣獨來贄。咄哉神風引，不得三山至。浮湛落曹司，與我同侘傺。揭來投我詩，鬱勃挺英異。詩書勤灌溉，宗椽各有器。時艱愁熾薪，揮手欲涕泗。浮雲行變滅，各保歲寒志。

讀史答申甫

想得山呼動地餘，北門車蓋示軍初。五千未必能棲壁，百萬何勞急報琚？伯紀書生猶敢戰，老種經略未全疎。知君舊學多風力，慷慨須陳伏闕書。

九日病卧閉關陳抱潛忽來自保陽見訪作

仙人浩刼誰能守？陽九登臨好避災。滿地兵戈疑夢幻，閉門雞犬尚蒿萊。神山曼衍魚龍戲，平野悽皇甲楯哀。歸去彭城問何所？故人車馬自天來。

錢子宓吏部應溥**歸養索詩爲贈**

承明珥筆數英賢，與子相逢願執鞭。滄海忽飛塵十萬，神仙少別歲三千。高門舊德傳書券，遠道孤蹤慎槖饘。他日餘生竝江海，錦楓釦砌想茫然。

歸自淀園秋深病起偶行城南長椿諸寺作用杜公大雲寺贊公房韻四首

閒劇弗自料，寢興昧何時？偶同杜陵叟，來赴贊公期。衣袂雜羌塵，念釋能舍茲。豆粥嗟誰勸？壺飧果吾衰。扣門闍黎鐘，顔赧方拙辭。昏霧匿朝陽，清光隔罘罳。門前車馬寂，倚策獨遲遲。花底記芳春，疥壁猶有詩。

支郎喜神駿，胡弗秣與巾？一朝千里蹶，泥塗汙龍身。深明本澹約，廬岳亦清新。但向酒家胡，未爲蓮社人。感激懷中鷁，淒涼甕底芹。雲雷改窟穴，泳鉢獨驚鱗。

霜閹六街靜，沙堤九陌香。僡卒甲籠東，奔車鐸鋃鐺。大物未可移，金塗壓陳芳。紅巾雖爛漫，碧眼徒相翔。不見香花宴，明燈猶繞牀。能言空白澤，交鼻任蒼黃。

茆堂水齋師，杖錫猶在手。想當運力時，披拂藉松箒。宛虹連閣道，驚電照窗牖。謏謏訝槐風，毿毿弔烟柳。由來臯壤美，乃見揚塵後。偈斷亦何成？平生祇多口。自厓嗟忍訣，茲別獨搔首。跋海入蛟鯨，迷天亂雞狗。循河重失馬，堪復夜深走。西行道未已，隻履歎奚有？

趙沅青給諫樹吉**擕示疆圉集詩卷感懷賦贈五十韻**

蝸殼街南北，經年不相面。一樽曾合坐，秋影雙松院。東洲老豪强，子貞。設論頗高衒。江陽朱公子，廩君。被學亦華倩。時君猶玉貌，窈窕金閨彥。温如圭璧姿，寡默竟茲宴。一從冠惠文，鐵柱峩秋殿。傳言疏草秘，但說主攻戰。我時從灞陵，戎馬備書椽。秺侯本精忠，堅壁據長汧。諒渠飛石迅，柰我圍棘洊。獨嫌鮮籌略，未肯聽書傳。我歸仍孄拙，奔走日思倦。居隣聞給騶，對客每撝扇。要當夔龍接，不受金張援。跡疎神則親，往往心嗟善。可憐塵鞅餘，衡宇日空偭。長星朝在天，雨雪集維霰。師徒甘狃敗，趨走特恣擅。敵驅遂國門，蜩礫鳴鶩箭。滄江龍穴露，鱗鬣徙溏淀。東海竟揚塵，三山激飛電。城居紛引避，十戶九寒扇。屈僂數交遊，晨星幾華弁。閉關堅卧疾，符牘畏連纏。鄰人患當疽，魯客色先變。誰能厦傾扶？坐覺舟漏竄。夜月掛圓冰，提鈴九馗徧。過從門偶蹐，呼燭喜相見。新詩久傳播，快得牛腰卷。聲情悲復壯，擊誦雜妒羨。岷峩鬱精英，行誼馬楊賤。比來况寂寞，巴曲或媮便。如君文行卓，深語出高狷。奇薌君東掄，美矉眤西媛。吾儕既違俗，汙納甯守卞？不觀荒縣田，草萊塞塘堰。行愁嘉種絕，淚血惜農佃。年來恥榮祿，恨不獲罪譴。萬石儘委蛇，一官好依戀。街頭佩犢人，碧眼光眴眩。其來裨海遙，偏側又荒澱。淫奇恣爭奪，華土悲麗袨。好人惡則獸，百計事涎睊。交衢昨懸書，主客乃讙燕。都人幸無恙，聊復已徵練。吾屬亦蕭閒，新知且歡抃。我衰子尚壯，筋骨好鎔鍊。背人露肝鬲，語莫觸喉轉。悔思當世平，勝日尠文讌。松寮今落莫，畫壁蛛網罥。猶留玉池波，皎潔青璘片。窮途傷急景，與子氷雪嚥。

夜來偶訪魯川不值忽見案頭有辛亥年見贈詩輒和其韻二首魯川頃有紀事詩言一時避地及先自殉事者故次章及之

遊宦二十年，微生數瀕死。遭逢無不有，世局未料此。經時昏醬中，造物弄奇詭。可憐師友內，留眼吾與子。冠履既倒顛，作劇殊未已。還思天人際，一一又其理。騎盲夜臨池，性命薄如紙。猰貐人甘狎，迷亂失憂喜。忽憶十年間，曾觀春旭美。途窮悲晚節，躑躅朔風裏。

居人有貞潔，懼辱得先死。哀哉野强暴，溝壑弗及此。四郊紛攘奪，况我自奸詭。敵聞驚反走，曾是報恩子。戎貪本無厭，縱欲乃自己。忍言四洲遠，人性弗同理。巍峩三神山，一炬爛金紙。容臺好相見，傾橐能燕喜。蔓葛野横縱，迢遙惜予美。會朝噎且風，紺綠失衣裏。

寇歸八首次韻

寇歸人漸復，吾計問如何？地欲生塵僻，天偏得雪和。高明神鬼近，原野虎狼多。繡澀看長劍，微生壯氣磨。

黯黯歸青璅，踆踆傍赤墀。未知邠父老，能見漢威儀。缺月光逾潔，驚風響易悲。夜寒棲掖院，深雪叫黄狸。

輦陌雄車轟，津亭冷堠烟。朝官盡道側，騶從尚車前。到處傳傷足，何人又扣邊？棘門原戲耳，散轡騎悠然。

僨矣燉煌卒，傷哉敕勒歌。百年空負爾，獨力竟如何？部曲前鋒少，軍諮左席多。渾邪曾待命，失計未休和。

那信先庚急，從知後甲難。牛羊尊卜式，雞犬羨劉安。餗覆曾幾日？瓜抄猶百端。麻鞋本吾分，雨立柰從官。

往事將誰過？餘生恥自勞。元龍憎世傑，郭解媿鄉豪。衢巷紛傳柝，封圻尚飲醪。王官問何所？伊雒又泉皋。

潦倒中書石，頻年合坐忘。幾人甘縱虎？何處補亡羊？勢豈分東楚，謀誰建北涼？豨苓真有驗，枉復進昌陽。

何計俟河清？愁端擁漆城。家山真入破，苑馬獨含情。短景頻催臈，幽房肯嚮明？憂來須縱酒，酩酊得殘生。

菘

南人初北遊，啖歠百不耐。迂腸本藜藿，獨味此寒菜。冀州土壤白，朔氣懍燕代。可憐人物盡，草木特蔓葑。秋來好霜風，砭骨起沈痗。黄芽茁畦圃，壓擔已新刈。窮冬積雪深，筐筥更負戴。憶從遊少年，夜醒酒渴肺。甕瓶倒牆隈，漬齒霜根淬。年來歎搖落，爛熟喜燂焙。盤盂滃香色，玉質光照鎧。豚羔肥美奪，得氣飽沆瀣。百蔬措大祿，於此尤戀愛。大哉君子德，録録越儕輩。簞瓢陋巷賢，王佐實鼎鼐。如何世奴妾，箘筍甘破碎。鳳庖麟脯中，食籍雜葷穢。坐令哀悰色，不及頗稜隊。吾將鋤馬齒，撥雪事耕耒。不然屏粒鮮，老死湖桑埭。

梨

把蔬誠主恩，泥客尤快果。譬逢塵埃内，佳士意先可。詎無南郵楊，亦有東田蓏。山桃碧玉片，石榴水精卵。雞頭殼刺攢，馬湩囊漿彈。凡材紛軟美，猥物多細瑣。匪唯殊性質，直恐生口既。豈如御宿珍，一笑交州麽。盈筐堆歷落，陳案出磊砢。含馨氣自洌，切玉光先瑳。當其困中熱，炎暍或炙輠。齒牙沁冰雪，入口消煩惰。清甘窮舉似，詩味襄陽頗。灑然又雋特，毋乃文馬左。不圖九陌中，見此盤薄羸。拚當棄雞肋，日啖三百顆。吾生起湘南，柑荔盛垂朵。橘香愁枳心，幽夢思鄉儺。人心要有主，失路無一妥。不聞哀仲歎，能得洞庭裹。

夜飲黃翔雲兵部鵠寓齋聽彈琴作

衰陽遁空雪霰霏，山童水甕百卉腓。高齋會客聊永夕，醉飽不用思蕨薇。主人四壁蒲與韋，匡牀瑟瑟明螺徽。卒然有請弗我違，危襟斂顏一再揮。天寒道遠客不歸，隴岡日落摧征騑。洞房連闥生蛜蝛，有女在室垂空幃。漫漫長宵寂以欷，菰蘆水深鴻雁饑。豚魚舞風百尺磯，斷蓬隨風何所依？我生未識妃呼豨，樂人伶官荒是非。看君十指衡氣機，悄然已復聲微稀。重華在天泣二妃，薰風拂人雩或沂。秦箏趙瑟疾鄭衛，况乃琵笛充皇畿。我言徒大人所譏，爲君偶發情庶幾。世間此器危乎微，勸君韜錦慎輕發，糗藜何處棲巖扉？

日來霧凇魯川邀飲許海秋家歸檢惜抱軒集中新城道中書所見篇輒步其韻眎兩君

曉窗日薄層雲遮，曙啼迷失林間雅。開門疑雨復疑雪，千樹萬樹開銀花。燕山歲寒衆木赤，瑣碎忽復生槎枒。搓酥滴粉好詞句，欲狀所見慙春葩。滕神昨者曾翦水，未若百琲編重珈。西山嶷嶷本龍角，倏忽不見青谽谺。拂衣黏濕警夙露，照眼芒刺忘朝霞。頗聞田夫祝飯甕，甌婁篝與汙邪車。昔年逵官已横折，咎極豈復成休佳。時危道衰百事戾，懟此蜉羽羣衣麻。南山玄豹將孰隱，活國無計何論家？三朝兩朝十五里，人力不到其天耶？惜翁先我會百載，玄理論略言非夸。詎知吾黨樂今夕，觥罰不辭千百加。歸塗滑澾車生角，覆死那愁輿輻斜？

越日開霽所見益奇疊用前韻命之曰樹稼篇

曙色猶爲林烟遮，喳喳啞啞屋角鴉。今朝陽曦更遒絕，珣玗琪樹寒猶花。初看連枝茁蓓蕾，旋訝疊蕊攢杈枒。正如銀花開火樹，俄頃坼甲紛奇葩。漸聞泌汥轉飄泊，滿地落屑驚瓊珈。眼前好景惜已逝，恨不洞壑藏谽谺。南中稻田五六月，每憶亭午鋪雲霞。信知嘉名稱樹稼，定可吉兆盈田車。年來五兵震寰海，所幸百穀頻豐佳。災祥迭見還並出，世事得不如亂麻？敢將霧凇鄙俗諺，亦有雺霰論專家。地騰天降竟有此，休咎安用疑稽耶？我今形象且占祝，無田有粟愁自夸。凇原凍耳霧如夢，夢食得飽吾何加？高鄰酒熱更相召，醉倒一任烏飛斜。

讀槈經室詩贈霞舉

豫章風動日輪摧，斫地王郎歌莫哀。京洛昔曾多老宿，河汾今剩此雄才。文園寂寞思奇售，武庫縱横厭薄材。歲月崢嶸冰霰急，百年身世掌中杯。

長至日邀諸君集寓齋

茫茫海澨與江潯，跋扈狼星夜未沈。但使微陽肯來復，何憂多難日相尋。蕭條倦馬投林意，悽切荒農負耒心。節物暫忘形影獨，漫燒短燭對哀吟。

將扈熱河書感

聖祖黄金作室年，木蘭行帳集櫜鞬。河山莽蒼雄三衞，車服雍容靜九邊。威略屢朝思服習，儉恭先帝豈安便？小臣何意延秋後，更逐青嬴赴塞烟。

灤陽番直出入古北口關十二月廿七夜宿密雲縣齋書壁時踰立春已三日矣

亂石危梯路百盤，遼空氷雪正漫漫。關山行旅家何在？天地烽塵歲又闌。玉節故人愁識尹，篠驂同學喜當官。東風休問人間世，泛琖屠蘇盡倚鞍。

卷十二　庚申集辛酉

魯川諸君招飲席間賦示朝鮮貢使申琴泉徐漢槎趙蘭西三君

雪殘支鵲早春天，使者相逢問日邊。列座敦槃猶禮法，殊方賓介盡風弦。於今四海皆兄弟，自昔荒高必聖賢。泗水尼山行過否？新來魋結亦翩僊。海夷謁拜曲阜林廟，自東人云。

吴桐雲舍人大廷匹馬出關圖紀上都昔遊也即送其赴皖軍并懷筠仙

曾賦輕裝奚騎來，重關霰雪阻虺隤。輝煌人馬君真健，零落山邱我易哀。瀛岳風雲須壯策，楚鄉楩梓盡良材。角巾一別天長雨，芳草王孫問復回。

出遊廠肆偶得板橋道人畫竹一幀其自題云茆齋瘦竹長都成手把風枝感舊情記得讀書窗紙上爲予夜半起秋聲詞翰俱美有觸於余情者

一竿兩竿初長成，十個五個風雨聲。小窗夜讀自疇昔，捎尾便思鸞鷟鳴。鳳兮不至竹不實，淇水泉源亂蕭棘。青落瘦石誰點染？使我對之忘肉食。何如吴仲圭，焉用文與可？鄭虔三絕詩書畫，仙骨佛心民父母。想當挂冠歸去來，道情間拍冶城隈。小庭種竹氣蕭索，四壁蒼烟爲我迴。

舫齋杏花兩株盛開時以灤陽輪扈展沐至再曾招元卿來觀一春風暵懶眠齋前花木憔悴碧桃一株亦遂萎矣夜訪元卿出示看杏花詩走筆和之

鳥啼月落尊酒空，東皇蓐秣何匆匆？東皇一別柰何許？經春不沐頭飛蓬。春來九十噎與風，困眠日日蝸牛宮。起看庭樹半枯索，宋玉那復窺牆東？去年花開如璧月，眼底仙源與飛越。今年春比去年早，好景枝頭恨如瞥。佩玉阿儺愁不來，武陵桃源安在哉？巷南巷北車馬寂，落英顛倒迷蒼苔。吁嗟乎！猶有花前我與君，天教寂寞化龍雲。瑤井玉繩相對處，倚樓長笛更誰聞？

祁子禾庶常世長**奉壽陽師旋里重來京師行復告歸用坡公集中新渡寺送歐陽叔弼詩韻送之並呈師相二章**

懵學如冥行，百年遽將半。駑庸悲歷塊，眉宇失精悍。微官久懷歸，爲食笑污墁。迴頭二十年，執梃兹門館。倉皇送書策，流涕値時難。子來穆清風，披闥倏春旦。起居時獨樂，能已置憂患。誰令萊國居，空壁日坐歎。咄哉彼有穀，積廩當衢萬。罄懸甘井室，門地爲時冠。龍門有琴泉，相望渺雲漢。尾閭容百川，吾學本同貫。平昔觀海遊，坐覺紛華斷。贊山一掬淚，歲月忽飛彈。頗聞方山深，積雪春方泮。新苗茁黃獨，杖策游龍緩。

天地久烽塵，中原賊幾半。巍峩惜神都，佩犢亦醜悍。嗟余日晏眠，糞朽孰彫墁。街頭聞市譁，恐或毀垣館。酒食逐嬉遊，羣公習危難。獨君連榼讀，清氣常平旦。胸中了涇渭，隱約不憂患。有時銜袖詩，合座盡驚歎。春江又登龍，一畝羊頭萬。時局憶清明，識君甫年冠。十年成樹木，落拓笑風漢。仕學百胡淹，囊羞不成貫。漏舟而破屋，分作溝中斷。夜來鵂鶹聲，欲往挾弓彈。層冰崒山岳，何日得消泮。臨岐勸停觴，聊復須臾緩。

董硯秋沈仲復兩翰林招同朝鮮使樸瓛卿珪壽**展謁顧徵君祠飲慈仁寺即席**

一春日日困風埃，夜雨垂檐曉夢迴。天外重逢東道使，花前同勸北邙杯。傾城那直干耶器，運世誰當管葛才？蓮社銷沈彭澤隱，寺中戒學和尚既死，壽陽相國亦已歸矣。西峰冥霧幾時開？

偶過研秋次其與海客酬和韻

東風開斷海棠窩，九十青春未放歌。靜喜詩篇時枉贈，悶來車跡輒經過。高齋供客愁寒具，近市聞香識柰多。年少玉堂堪羨子，也從灰裏撥陰何。

樸瓛卿過門見訪病未出迎越日仲復招飲寓樓即席奉贈

夫君家第擅東洲，先世承平上國遊。蕭寺樓臺聞繫馬，病夫門巷愧停輈。文章風雅經流變，寰海煙塵未息休。繭栗梢頭含宿雨，一尊須記竹間樓。

嚴少韓嗚琦**來都守選相依一載告歸有贈**

與君先籍占遐陬，幕府翩翩最勝流。昔日少年成老大，幾家華屋付山邱？風雲驥足時須展，柟梓荆山會見收。寂寞相從何益爾？寒檠深雪記牢愁。

漢廣陽銅虎符拓本

史記·孝文帝本紀：二年「九月，初與郡國守相爲銅虎符、竹使符。」此文廣陽左一。考漢書·地理，廣陽，高帝燕國。昭帝元鳳元年爲廣漢郡。符爲諸城劉氏藏物，張少微刑部得此拓本。又有唐魚符二：一嘉德門巡魚符，一卽隨身佩符也。

跛羊登山虎變鼠，何況刓銅剞寸許。書生好古矜落字，摩挲斕斑出塵土。吁嗟乎！建章前殿金鳳皇，兵符五出單於降。神君昔降燕郊壘，叱咤風霆作悲喜。

武周隨身龜符拓本

唐書·車服志，天后以玄武爲瑞，故以銅爲龜符。此文雲麾將軍行左鷹揚衛翊府中郎將員外置阿伏師受纈大利發第一。按志，隨身符之制，皆題其位姓名。天授二年，改內外所佩魚符並作龜。神龍元年，罷龜，復給魚。此亦少薇拓劉氏所藏本。

君不見貞觀才人瑞玄武，纍纍黃金繫腰組。大明早朝夜未央，癡絕雲屏怨修嫮。後王恩多假紫緋，六街都督生光輝。將軍告身階極品，不得當壚一酩酊。

戒壇寺時灤扈未成行

嗣宗悲窮途，叔夜嬾箕踞。言從國門道，遂訪戒壇樹。獅嶺十八盤，盤盤落烟霧。寺門員頂見，佛閣重榱挂。磊落樹松括，莽蒼積霜露。虯身之而驚，鬼髮蓬鬆怖。或長山魈臂，或狹市兒胯。九龍尤撖騰，么鳳曾翔翥。我來風雨會，笙籥萬靈聚。淩空拏攫閒，勢欲拔山去。孤蟾夜不瞑，清影一何素。白雲生山坳，忽若太古處。

潭柘寺

山行拏筍將，一徑越睺嶺。蒙茸披草樹，遂歷百重頂。陟降在山間，盤迴惜榛梗。頹厓忽四合，一道入天迴。豁然九峯開，古刹露霄炯。靈山屢虧詘，始得招提境。清泉緣除溜，嘉木結陰靜。茲地濬靈源，空潭孰移屏？蜿蜒昔施舍，皈執一何猛？龍子不歸來，風泉日悽哽。僧寮娟娟竹，零落自青粉。

夜宿西山田家同湘芸作

澗深林僻自成村，好是農家老瓦盆。白酒有情能醉客，青山無處不當門。浮生搶攘思田里，舊德彫零望子孫。欹枕夢回鵯鵊語，欲從何處說桃源？

同湘芸過元卿夜話作

長官驄馬出無車，饑鼠窺床壁有魚。顛倒衣裳來野客，寂寥衡宇似山居。更從底事修雄職，未擬危言博今譽。人海不堪投足處，短檠疏影對相於。

悼亡

浮生逐大化，時至固有常。老大復何爲？一綫未可忘。室家憫再造，似續殊自傷。方君同壯盛，用罔弗自量。侵尋衰病餘，形影忽蒼涼。京宦困窮薄，桂珠不可當。感君百年意，黽勉却繡粱。歲時舉鄉風，盥薦偕肅將。春秋獨捧奠，孑立心傍偟。一朝震兆成，不育胡三霜？異聞數疇昔，爲子急禱禳。如何弗天相，相對日羸尫。王事遠於役，詎知未疾僵？歸來僅留息，萬感割我腸。葠術苦無靈，扁盧安所望？哀哉執手訣，謂我齊彭殤。蕭條庶緣絕，晚嗣獨冀昌。送子慘遺言，忍余獨耇蒼。

人生百宜早，與子同蹉躑。無爲記生初，晚景柏人劇。衛河即青廬，一月促行役。蠻鄉歸萬里，拮据魏城陌。客蹤又越粵，歲月幾抛擲。長安久待我，風厲忽鎩翮。渭陽推宅居，車輦頓驚魄。哀哉長孫婦，刳目淚眶積。周旋日泥犁，三載在床簀。微生竟不死，復作東華客。年時兵革生，馳檄謬干策。空還我何辭？世事成跼蹐。康成婢遭怒，穎士奴愁癖。歲時方久長，明晦或風曀。豈無春秋暇？花月良晨夕。看君謝緋黛，餘興掩書册。艱難病夫蹶，健婦轉先戹。離仳一再逢，愴念復成昔。悲哉此乾坤，舉目動捎摵。

負性早孤特，與時輒多忤。行身又不掩，厥器殊苦窳。出門罕同方，入俗時敔侮。歸來每相對，胷膈少傾吐。傷君從鮮孤，兄弟多華膴。由來秉質異，亦不在羣咻。謠諑善蛾眉，何須同室處？徂余今歲幾，一室長陰雨。粥粥恨羣雌，詵詵望螽羽。庸知偕白首，好是盤荼姥。頑妾獨居幃，朝唏淚如縷。哀聲觸我聽，欲避慚空堵。蓋篋閉經年，空床日長撫。桐棺寄蕭寺，何日方吾土？伯姊病衰齡，言歸屢余阻。將書媿羣從，羸負能分乳。吾計尚徒然，灘山夢郫隝。一抔先隴側，歸計長農圃。四海孰鄉隣？北門不吾窶。年時依丙舍，一滴頻澆汝。

寒夜自題秋中所爲灤陽日乘卷後計一載來兩扈灤直觸撫萬端簡爲百韻自知淩亂複沓所不免也

玄雲塞遼穹，庭宇黯如漆。空齋客竟去，獨寐陷憂怛。攬衣起旁皇，家國感顛踣。關山數行邁，紀乘在書帙。夜夢屢模糊，神傷去年日。蹇羸方策憊，輪鞅苦奔軼。層冰鬱嵯峨，大野莽飉飀。滑澾雪泥際，重關懍蹉躓。牽車渡狼河，浇洗流澌泼。浩浩古塞垣，乾坤一憀慄。麻韉卑吾分，不得見琫韠。席氊就陋庳，日夕把弗聿。煙火爆溼薪，陰煤暗圭蓽。飢餐雜薯蕷，腥酪復攙戛。迴思丹稜直，宮樹藹如櫛。秋風起塘濼，山水忽顏別。十年議和戎，戰守誤羣帥。前徒又潰兵，捫足償轅劣。小臣剛襆被，腰脚困衰疾。朝聞狩河陽，一疏空行佾。雷風徙龍湫，魚鼈盡湓潏。日午投國門，天衢漲塵坲。蕙靈婦人車，懸罄大夫室。巢覆孰卵完？眼中盡鷁鶃。歸來慘謀婦，作計信吾匹。分當即溝瀆，誓不從竇隙。星火倏當門，官徒日敦切。國中留守在，鐘簴儼猶列。繕甲幸可完，嬰陴詎非烈？吾謀適不遂，事往憶如瞀。哀哉延秋門，日落烏尾畢。仙莊誰走馬？魑髻夜吹觱。徒御失烟塵，竄身從草茀。籠束紛介甲，蹂地亂膚髮。西山迷向背，白日逢鬼魅。斷絕溝水頭，琅璫青瑚玦。斯時軀命賤，拚與世途決。揖盜孰啟門？輸金遂成謁？會朝天日闇，夢夢自出入。豈期佩交韍，重睹天王蹕。艱難吾生微，屢作逃縫蝨。光景偪暮除，旋車又番易。宣南值餞歲，情話有甥姪。鄉信久浮湛，歸心重迴折。可憐雞肋味，猶戀烏臺帓。心知百事灰，祇欲空名揠。詹卜屢未諧，文書重塡詘。家人修雨具，車子求輪鐵。蘊隆火熾張，再覔灤橋轍。日車疑倒翻，汗血殷轅卒。天河微雲淡，與客縣齋發。關門祖餞勞，萬馬秋風倔。王程日百里，旅宿愁蚤蠍。一雨度石梁，雙趼履重結。前山蹲虎豹，後嶺卧貙猰。車徒頻舍乘，風水屢昏蹋。百盤天梯盡，地底解鞍歇。崢嶸昔冰凌，魂夢忽飛越。燒空氣如絲，旅夜又疏泄。十日酒仙祠，重來氣嗚咽。砯訇天柱崩，淚雨錘峰馹。笙鶴緱山迎，明蟾照仙闕。橫空甲馬馳，窗燭夜方滅。從來遺萬乘，誰見龍髯捋。渥洼水飛騰，神駿奮蹴蹶。松風歸鶴怨，華表空門揭。哀哉帝子靈，邈矣仙人筏。悽悽原上天，磊磊山頭岊。畺帥壁東南，蘄危見材節。攀迎孰慨慷，誓願見風骨。由來天視聽，在民孰敢奪？吾先使犬鹿，爲用詎云誖？簪珥我何人？天人恨遼絕。蕭條重旅病，性命如網罼。經月廢櫛沐，飛蓬儼囚桎。雲中行鴈來，書帛自天末。秋深玉門道，歸信喜倉猝。請急朝聞諾，治任暮旋發。誰能一朝待，祇欲晨風馱。中途轉悽惶，噩夢數心愒。道旁朝飛雉，向我臆爲說。併日趨王城，恨恨百撞挃。入門日氣瘦，病婦待我訣。感君息猶存，見我語不出。百年嗟黔婁，殃厲幾時絕。吾生行已矣，送子萬緣畢。痛定還思痛，悲來欲誰述？嗣皇伏工兆，慈聖在宮闥。元公方吐哺，抽擢到樗質。栖栖復栖栖，流涕偶遷秩。素心三兩人，衡宇幸連蕝。日夕每過從，憂余獨烏壹。今宵朔氣厲，窮巷自煨柮。孤檠照絕編，開視肺肝熱。持將就爐火，呵筆撮昏黦。牆頭鵂鶹聲，窸窣夜疑雪。非鬼亦非人，荒涼竟何物？朱門昨胠篋，聞恠亦久習。探丸伊何爲？氊席獨我暱。成詩窗曙送，爐火一星瑟。

元卿雲吉與湘筠兄每夕見過感賦

人去霜階月滿庭，虛堂愁影畏冥冥。賸開曲徑延三益，肯把空觴對獨醒。世事尚須煩斧鉞，生涯何意託蓍苓。五湖他日問鷗鷺，歸去孤篷卧雨聽。

臘日散直研秋招飲有作

臘日孤蹤何處歸？散朝人靜獨依依。那堪遠道悲新燹，浙中全陷。但有餘潸溼故緋。新有閤讀學之拜。殘律光陰能返舍，迂生文字惜空機。寒燈社酒能相慰，潦倒逢君願豈違？

卷十三　庚申集壬戌癸亥

壬戌春正雲吉出都兼寄令兄伯崇

伯氏儒風孰與倫？士龍高誼亦天眞。鴈行於我猶尊禮，驥足知君故絕塵。萬甲羅胸人早識，一氊平坐獨來親。遙知歸去連牀夜，話到羈孤爲愴神。

數日不見湘筠代柬

漫將書問抵陽城，誰解窮途泣步兵。博浪蒼黄羣力懦，富春瀟灑客星明。九衢衹覺聲名隘，三日眞愁鄙吝成。誰意卅年人海畔，依然粤國兩狂生。

附湘筠和作

傷心往事播春城，痛哭何人笑步兵？精衛有誠通帝座，上方無劍出承明。一時鳴鳳聲何盛？中夜聞雞夢不成。迴首空山好泉水，嬾從詹尹卜浮生。

寄酬虛谷見懷次韻

此身合是鄧林枝，老至唯應鏡未絲。雞樹嬾棲人盡笑，鳳池長據我猶疑。十年舊夢傷金鐲，三月餘芳送酒卮。五柳門風羨梨棗，春醪何以慰衰遲？

附虛谷來詩

知君心是後凋枝，垂上青雲髩欲絲。汲黯守高終伉厲，馬遷好俠不嫌疑。漢廷人物嗤刀筆，杜曲鶯花謝酒卮。勤苦作家須健婦，軒車已覺十年遲。

黄子壽翰林彭年月夕過訪卽送之蜀

纖塵不著老萊衣，玉貌驚看鬢雪稀。同輩風流幾人在？九逵人事十年非。青天遠泛愁滛預，紫府空文惜少微。從此庭階好明月，爲君夜夜發清暉。

蚤詣長春寺散粥遂展施淑人殯宫

旭日麗山門，寒烟淒木末。嗟哉蒙袂士，來作魚仰沫。我行具衣冠，頂禮爲菩薩。僧伽謹候迎，僮御竊怪咄。亮言區隱屏，誰識我心怛。生初逢不辰，糠覈幸存活。百年弗逮養，受祿每心割。況從離亂來，兵刄成攘奪。衰慘就流殍，豪壯亦裋褐。神都依百靈，撝護未災魃。風聲連鶴唳，窺覰笑狘猲。夫何鶉與鴿，往往在馗達。官家有荒政，茲事敢躐跋。比來紛豆區，良用助糉粹。拱立戒嘑蹴，親嘗防饐餲。由來晝墁余，亦爲秧糲。顧茲中貿貿，豈不有奇拔。緊從作黔婁，白頭思褲襏。支離詎中道？微塵棲活茿。百歲任風狂，一朝悲雪沃。經營事齋奠，悽惘到鈴鈸。晨光逐葳蕤，冉冉雙弓韍。魂兮儻來臨，髣髴記愁頞。燭灰人散盡，梵宇忽空濶。靈雨灑幡竿，庭揪下棲鴿。

朝鮮中琴泉樸瓛卿寄書問訊却寄代柬

挾策事干祿，浮湛坫簪珥。微生虛少壯，多故乃攖世。吾皇軒頊姿，文德照荒鄙。十年身禁近，進納愧埃泚。前歲扈木蘭，雪深灤何涘。歸來京陌走，蘼苣東邦使。夜雨滴空槽，春風送流水。星移物又換，涙血橋山趾。弓劍在霄雯，卑棲恨泥滓。書來一展讀，高誼崇遺禮。四國慕華風，文詞祇虛美。儒生重忠孝，持底答筐篚。嗣皇繼聖出，周召夾黼扆？江漢肅雄師，旌旗正郊壘。倉琅聞日薄，苑掖虛班侍。吾圉亟籌紓，遑言隊帬屐。别書所問。海東朝日暾，極望搏桑紫。卿雲信復旦，先曙長山起。舊約惜論文，相將　端綺。倒顛方自公，我客毋疑訾。

奉題吴和甫通政同年存義詩卷卽贈

大羅高詠屬吴仙，玉宇瓊樓閱歲年。新篘再持驚萬里，舊巢渾掃在諸天。奇觚笑我眞窮術，布被逢君似昔賢。愁唱方回斷腸句，昇平人物各華顛。

贈陸眉生給諫秉樞赴豫南軍

燕市風流舊酒徒，天橋泥飲醉烏烏。浮雲閲世天疑夢，苦莽傅觴客對癯。他日論文懷玉局，己未春同分校禮闈。幾人高義伏青蒲。澄清攬轡須公等，馬革雄心祇自吁。

禮闈三與分校重步聚奎堂韻

寂寂簾階蠟炬深，經堂何意再重臨？觀瀾幾日經滄海，伐木居然又鄧林。開徑勝流還雨集，同來者唯余與羅訏庭、杜蓮渠三人耳。禁烟佳節怕雲沈。是日寒食，時方祈雨。新恩曠遇何由答？唯有冰壺一寸心。

闈中夜雨追悼楊汀蘆陳凝甫兩亡友兼懷子偲

鎖闈風雨復春深，定有雲車想導臨。從古戰場多毅魄，即今迷鳥在空林。棠梨寺館花新發，鴻雁江湖影又沈。官燭縱橫幾行淚，宵來相對識愁心。

闈中夜夢從子叔明時方自京師歸死粵中

汝來送我正間關，我去心憐爾獨還。去秋余赴灤，直姪自京師歸粵。到日那知成異物？書來猶爲惜窮鰥。一門强近諸孤弱，前年從弟錫璋、錫雲、錫恩，今年從子大有，連喪。萬里凬隤斗石慳。來京師以解內府餉。痛絕玉樓知有念，片蟾荒棘照餘潛。

闈中用東坡監試呈諸試官韻呈總裁並諸同人

釋褐星再周，忝祿粟踰廩。與時重磨礪，識士貴異稟。簪槖本非才，欲休懷幾稔？何期東閣詔，三竊南宮飲。年時憶抱璞，風味屢啜瀋。登朝猶少壯，當軸判流品。戎馬十年間，農田半蓬荏。屠沽盡除授，倫屬況研審。陵夷百事隳，兹弊諒尤甚。譬如同杼機，良女出鮮錦。佳庖千金饌，詎可雜沙磣。明良要得人，往事嗟狂踸。嗣皇伏工挑，百族氣爲懍。宮中堯舜出，四海息波淰。從來蠲宿桑，自爾鴞棲椹。仁賢必正笏，狑獠悉端衽。夙聞老司空，道在啟沃朕。羣公各艱試，涇渭諒精諗。絺繡氣先華，膏粱味宜飪。折衷要周孔，作技豈潘沈？日月麗重霄，妖邪必逃寢。唯懞早慒學，文字癖雕鋟。一從遘時難去，計絀口先噤。擁轂冀曹邱，神鎞儻宵枕。

十一夜月甚佳疊用前韻邀元卿作明日翁殿撰同龢錢編修桂森高侍御延綬和詩皆至並詶

一雨勒春寒，風威猶凜凜。羔裘夜重衾，將老歎衰禀。會經堂前月，坐閲間三稔。去年邸舍春，獨作陳留飲。可憐才命薄，衫袖淚如瀋。誰知和玉珍，未與荆金品。謂從子叔明。翩然貢篚陳，歲月纔苒荏。窮鰥百念灰，歸老計彌審。良時倏可乘，奇數亦已甚。明庭球玉登，胡復瓦礫碜。聞命走循牆，羸孱懼顛踸。舊巢頻灑掃，老屋自悽懍。霄露下泠泠，林烟生淰淰。連楹峃帷幕，列樹疎柘椹。中庭行側冠，有客喜聯衽。好修弗遺予，妄發定懷朕。天闕望嵯峨，高寒照心諗。艱危常旰食，奔走亦宵飪。恩遇許崔員，衡裁接張沈。忽思風檐客，剖腹忘宵寢。輸君連城璧，璺駮不鏤鋟。鷄鳴良夜深，清味各思噤。歸夢五色雲，從天落孤枕。

會經堂前地極閒敞分校事畢雨餘閒步忽憶己未之春與林穎叔侍御同來有言此間宜植海棠數本每歲會經人至則花正開因相顧笑他日孰官京兆當來踐此言耳穎叔今果官順天丞且不日以試事來此爰作二詩責諾並眎同人

中庭一雨過，百物生華滋。閉帷坐經月，忽忽春已遲。步屧偶餘閑，悠然種植思。神仙想極樂，擔榼又花之。如何蕊珠宮，繞屋但荒枝。棘針滿牆頭，沙礫堆井眉。幽草間生除，還遭芟與夷。忽然憶槖駝，河陽適官司。行將呵殿來，堂皇獨踞箕。成林追昔言，爲我健步移。清和變節物，蟠根貴及時。此計當十年，天乎洵我私。高花倏在眼，旌節庭四垂。巡檐噪雙鵲，我心詎爾知？

櫛沐動經旬，袯衾生蝨蟣。文書遮目久，五色亂紺紫。爆竹間溼薪，風埃況眯視。夜來新雨足，達旦意先喜。明朝官事了，天氣宜花市。獨愁婁尾春，零落幾鮮蕊。倒顛分溷莀，造物豈其理？芟舍愛甘棠，芳華薄桃李。相期踐宿約，息壤同聞此。汲井莫汲渾，植援戒乘垝。殷勤誡溉浸，華實良可俟。嗟我久思歸，頻來況衰矣。當前謀一飽，却老聊餐杞。晚餐食杞。

霞舫來都重入翰林奉賀

與君同澤又同袍，一别仙塵我意勞。四海交遊半華儁，百年身世各蕭騷。金門自辟神先王，玉署重登氣獨豪。愧我空名儕侍從，禁垣相望五雲高。時余在閣讀學任。

寄詶蔣申甫前京兆時將歸粵

觥觥奇策進中興，一日聲名九陌騰。解帶萬言如子少，登樓百尺記吾曾。春來斷鴈猶題字，氷底寒蛟待舉罾。湘水湘花獨歸去，鄉隣誰共讀書燈？

癸亥二月五日效朱子續斜川之會於松筠菴同孔繡山閣長陳筱舫侍御廷經尹湜軒孝廉繼美吳和甫侍郎林穎叔京兆趙元卿給諫王霞舉祠部楊湘筠民部集諫草堂拜手摹淵明像重和陶韻

百歲倏竟半，吾生安歸休？既無乘風翮，胡不餐霞遊？鶩策倦思林，相攜嵇阮流。願言釋夸毗，浩蕩如白鷗。昔有龍比士，忠肝塗此邱。行違各時趣，俯仰同一儔。我昧思頰毫，一尊重舉酬。壁間太古春，能似籬下不？是日壁間懸新得王冕畫梅十二巨幀。載媿紫陽躅，遯時成百憂。咸豐癸丑，將去京師，筮得遯之初爻。賢哉中觴樂，筮瀆匪我求。

喜王孝鳳武庫家璧至都題其詩卷即送之曾相國軍

十年不見王平子，京洛重逢又别離。湖海幾人天各異，風烟如夢我猶疑。周家王業思江漢，楚國文章怨芷蘺。半壁東南看反握，晉公戎幕待軍諮。

朝鮮友樸瓛卿寄詩和答

澒洞憂端孰可齊？海天雲路欲攀躋。最憐夢影空笙鶴，曾見邦人美玉犀。與君相遇爲辛酉之春。萬事會逢天道左，百年堪逐日輪西。幘蔞詩客勞相問，晚出承明句漫題。

禮闈撤棘分校諸君出闈聞會經堂海棠盛開

寂寂經堂五畝庭，我來三度會談經。居然勝事如人意，盡説繁花得地靈。桃李春風兩行拜，江湖夜雨十年聽。便思蕊闕成林日，豔比南州蜀錦亭。

楊協卿公子紹和奉其先甫治堂河帥墓田丙舍遺照屬題蓋當時寄意者

百年風樹劇堪哀，張蓋誰能破地來？朱紱塵埃終古恨，青山廬舍幾人開？烏啼宛轉空遺曲，鶴立崢嶸總異才。我向畫圖纔識面，歸心先觸越王臺。

贈鄭松峯觀察同年元善即送之山東

曲江鬢影倏凋零，天地烽塵又一星。故吏幾聞齊節鉞，當關直合振風霆。艱難運總恢炎祚，惆悵人須重漢廷。行矣東郊猶一障，爲君留眼百年青。

余既爲大觀殘帖作歌後復借觀齋本重校數過於覃谿諸跋考證各有記録而聊城楊念徽公子來都攜其家舊蓄東昌鄧氏所獲天乙閣中殘帖五册與觀齋本紙墨略同且觀齋本六卷右軍諸帖與余所藏八卷十卷中右軍大令帖多爲楊本所有可以互證因請於壽陽師豫期念徽各攜藏本走謁對觀時師直弘德殿退食寓居西華門外之靜默寺中同治二年四月十八日也歸復作歌以紀其事並題楊帖及余本冊尾云

廿年京宦百無有，攤書草市頻搜羅。時躭古墨矜網獲，夢寐往往懷虞戈。翰林攻書行蠆尾，千手一律無磔波。高才間出洛紙貴，好古又癖書成魔。自從北學崇許鄭，碑板亦復求太和。八分以來變行草，簡書作聖稱籠鵞。秦人佐隸本取給，胡乃高論援蚪蝌。顔行受法自長史，叉手並足誰其多？若論心畫貴神理，蒼籀一脉含阿難。育賁神勇疾撫劍，雷喝鉢拳法所訶。柰何瓌寶不世出，傀儡木質紛僻頗。昇元豪舉啟涫化，侍書謬刻還遷訛。流傳贗鼎骨筋絶，遽使羲獻蒙諆訶。早聞太清有遺拓，優曇見比青珊柯。琳琅光奪楚人璞，金薤秀出瓊山禾。漏痕釵股倏隱現，快劍或斫生蛟鼉。開函每憶新手寫，墨瀋尚濕晶丸螺。宋閣涫化。晉堂寶賢。研證悉，券符一一窮纖麽。罤忘粕弁轉神王，樂意自寫羣驚眊。榷場誤乃從舊説，開禧作市重縷覼。石邊泐處猶整好，蠅頭識字疑挼捼。觀齋夜靜虹貫月，師門敢誇曾壘摩。楮黄白與墨濃淡，渤海有説原殊科。孫氏。聊城公子門剝啄，千金駿骨銀鞍馱。古印傳來天乙閣，東昌百祀神撝呵。楹書就中逞雄恠，奕奕五編三軸輠。對觀璧合與珠暎，恨不覃老重摩挲。分明潭月印光彩，詎免十一相蹉跎？靜默禪關成聚德，眼前兵祲忘煩痗。（衹）〔祇〕林得證始信果，清涼世界憐刹那。如來樹身本非兩，獨我變見塹殊迦。我師法藏譬初祖，公子又證羣修羅。擔夫鬬蛇尤妙諦，彈指顧見天龍梭。楊本，一爲大王書，第八殘卷；一爲小王書，第十殘卷；一爲第二、第五，漢、魏、晉、唐諸書。夜歸不眠失自笑，弇州妙語情匪過。微生屢觸玩物戒，明鏡欲絲將柰何？梁公縱不託華胄，齊有管晏毋乃阿。雞林乞書堆繭紙，時有高麗人來乞書。屏風僕睡愁墨磨。孱毫趙董無一筆，矧得年少如三河。墨緣眼福聊自許，一笑僞體重高歌。

癸亥六月廿六日穎叔京兆招集高廟作歐公生日分得當字是日穎叔懸所得瑯玡山刻原本畫像夜遂借宿官齋

十全天子留題字，六一先生受瓣香。用宗迪甫丈爲穎叔書聯句。此會好尋雙樹在，幾人曾醉七峯旁？文章中禁思公健，風雨西涯笑客忙。高廟爲李文正公西涯故址。珍重涼宵投轄意，不須車鐸怨郎當。

贈張文心憲和**之官湖南海門同年子也**

我笑黃花已過時，强隨羣卉作新枝。每從寒歲思松竹，喜見光風動茝蘺。荆楚河山蟠霸氣，瀟湘風雨泊靈旗。何時歸引蠻溪櫂？好聽遺民説頷髭。

送從弟桂浦南歸二首

汝來春始半，行矣忽秋商。羣從幾人在？兹遊萬里强。斷雲於越里，寒日秭歸鄉。到及梅花發，東風早寄將。

猶有陽山弟，端居松桂林。頗聞新病起，休復宿酲侵。世事還奕局，鄉心時擣碪。東華如問我，晏退一廬深。

寓齋雨後

孤館夜潺潺，西風帶雨還。短檠涼似雪，高樹暗疑山。海燕空遺壘，墻花又弄顔。餘生太遒鬱，不放鬢毛斑。

友人索題范助教志熙**仕隱圖**

海内烟塵滿，朝中仕隱多。天心殊浩渺，吾意惜蹉跎。博士官原冷，扁舟計豈訛？銜杯逢杜甫，風雨定悲歌。

八月十三日以太常承祭宏毅公祠感而有作自春間官少卿及兹再至寺卿分獻功臣祠廟乃歲例也

仙掖簾開散御香，近郊曙色亦蒼蒼。一年原草秋風白，兩度祠官我馬黃。芒碭龍興悲猛士，武溪鳶跕頓輕裝。思量麥飯尋常事，宰木猶能挂夕陽。

蘇賡堂給諫廷魁**來都有觀察赴豫之命奉送一章**

徵車絡繹走王畿，省闥崢嶸葆羽飛。直爲衮衣勤吐哺，漫勞繡斧動驂騑。灌夫弟畜人先老，汲黯廷爭世所希。整頓乾坤濟時了，歸心能忘峽山磯。

劉嗣沂太史曾以玉堂歸娶圖徵題即贈

小年一疏黜袁絲，玉署仙郎信有之。帝綠待誇才子筆，妃青先播翰林詞。鳳山科第飛鸞接，天祿文章太乙窺。試了畫眉還畫日，看君博議冠當時。

喜劉少寅晉來都題其所作山水便面即送之官

木葉微黃夕照殷，鄉心歷歷畫中山。別來猿鳥猶相識，亂後雲嵐只等閒。絕藝諒因同少賤，一官何以策衰孱。播州政要劉郎句，吳郡丹書指顧間。

聞少蘭歿軍中

傷心少小同孤露，送爾金門漸老傖。潦倒琴書雙劍鋏，蹣危戎馬一書生。江湖萍梗悲身事，風雨鶯花惜宦情。作檄陳琳更誰是？山陽聞笛獨吞聲。

讀賡堂先生北遊草感賦

早日論詩識宛陵，每吟高詠歎超騰。別來天寶時多難，老覺源明氣益增。痛絕人琴懷舊友，最難車笠得高朋。欲歌石鼓嫌才薄，雅頌誰能接中興？

楊湘筠觀察河東卅年知好有不能已於言者

篠驂馳逐到衰蓬，垂老翻憐酒易空。四海英才收冀北，一時譽望過陳東。談天飽測弧三角，畫箸重論地八宮。往日温温須一試，虛聲如我復何庸？

送林穎叔布政秦中

十年珥筆傍彤墀，願作雲龍下上隨。京洛文章思跌宕，海天風雨雜歡悲。從來形勝尊天府，近擬創夷起岳司。感激君家州督語，吳閶一疏誦當時。

穎叔與湘筠先後出都離緒惻然不能自已走筆攄懷卒章並及涇陽中丞不知其言之哀憤也

孤直寡諧偶，漸衰益弗振。與俗交相戾，對面輒燕秦。盛日自嵬倔，投分有賢仁。彫殘惜印纍，離合劇悲辛。楊子我蚤識，羈愁泮水濱。豈期重并合，京雒久埃塵。晚值林子賢，跡由同舍親。文詞雖小道，交結信有神。十載在西掖，人稱要路津。與君偏晏處，寂寞共夕晨。楊子十年長，子官我前塵。忘形到爾汝，翻笑若積薪。人好必天合，同方意彌真。脂韋良匪習，亦不計升淪。楊子勉獨行去聲，食麤衣欲鶉。一從朝薦達，四海知絕倫。卻念談元閣，孤蹤獨誰隣？鬱鬱林子豪，天懷常若春。毋將爲我厚，比亦滯迴輪。始歲尹王畿，天衢日月新。率然冒九列，我亦强嶙峋。世事豈無爲？璿璣斡高旻。久從樞軸間，疑我匪其人。内顧轉棲皇，遭家屬邅屯。朝趨敢頹委，五夜屢遁巡。子又别我去，軫接駱與駰。西山高積雪，玉色起轔輑。遊詠幾時日？切摩道夙陳。我徒重較然，二子將輻員。一朝斷炙轂，坐恐躓塹堙。楊子乘一障，與君隔河濱。平時講圜測，爲用宜可遵。唯子職方劇，西都望來旬。哀哉赤土遺，彼美孰山榛？天意猒兵革，西師早釋袀。斯民久罹毒，穌息必邵郇。忽念渭之湄，清波碧粼粼。平生有痛懷，詎若瑣瑣姻。大節掀天地，從來懟羣狺。不知平原骨，猶得拾秋燐。

贈張耘渠爾遴之官江油令作

種竹向南垣，經年得叢篠。其間藤絡角，作勢頗夭矯。子來就我居，窗戶悦窈窕。能諧春庚桑，詎厭秋蟲蓼。風雪忽殘年，關山向層嶠。陽和方煦沫，塵祲悉盪掃。到日正青春，將迎板輿道。縫知慈母線，拓作羣兒褓。嗟我久思歸，桓山獨窮鳥。衰殘愁事會，寂寞傷憂抱。孤學早無成，朋遊近逾少。夙聞丁公山，虯質可扶老。成陰會數畝，其下盡珠草。明年花朱纓，竹里孤斟倒。萬里望峩岷，思君一輪皎。

卷十四　庚申集 甲子乙丑

寄訓賡堂方伯次見懷韻

一會龍華渺世情，常將飛鞚慕仙兄。山中再起從民望，日下重來重友聲。天地風塵悲老驥，江湖花柳問新鶯。孤懷到處逢蕭槭，大酺何煩憶漢卿。

鮑君小山屬題所得惜抱老人舊藏黄鶴山樵山水幀

灊山雲氣接鍾山，老子風流水石間。何止彯纓辭宛洛，妙從豪楮接荆關。參差巨壑長松見，窅窱孤笻夕照還。不負王孫夸宅相，尚饒清氣照孱顔。

六月二十一日晨起寓齋獨拜摹藏歐公小像薄暮元卿見過歸而有詩作此奉酬

鍵關兩月篁新緑，日日軒窗媚幽獨。清晨自起索居情，往日瓣香懷近局。壽歐筵起光豐際，丹浒賜廬名五福。一時羣彦盛衣帽，各有篇章粲題軸。晨星落落兼人鬼，浩刼匆匆已陵谷。豈期被謫尚風塵，獨對摹臨此冠服。平生尚友從髫丱，畫荻風流痛莪蓼。年時制草媿前徽，老至歸田緬遺躅。晚檐弦月明蒼玉，有客招邀喜跫足。殷雷作雨忽掀騰，奔雲隨風祇翻覆。思論後會唯君在，且喜新詩貺予辱。詰朝請詰河上翁，來約初筵同一六。謂宗丈滌甫將自運河來覲也。

題位西遺詩册

不盡人琴痛，空傳第一流。斜行昏棐底，疎雨小窗秋。往日長安陌，何人萬里侯？吳鄉兵氣解，錦字問勤收。

元卿夜過寓齋

坐愛庭陰晚，今宵復共君。林煙清不斷，竹露定中聞。客思驚秋早，詩情入夜分。那堪歌水調，將去惜離羣。

病起偶成

吾生何善病，銷盡百年心。稍喜新涼健，翻驚宿疢沈。秋風摧壯士，夜雨泣荒岑。不爲逢搖落，誰知我澤深。

蚤日辭邨塾，天涯橐筆遊。琴書本落落，班仗復悠悠。老大傷孤寄，支離重鮮儔。舂陵聞賊退，歸卧椈吾邱。

獨樹穿藤格，羣篁繞荔圍。閒庭容灑掃，隨意足芳菲。宰物偏情忌，般幽易願違。園窺曾幾日，寒葉亦華衣。

一枕猶殘夢，蕭然感索居。衾帷愁掩閣，門巷愧停車。顧影嗟何恃，升陽慶有餘。青氊原故物，燈火尚劬書。

柬霞舫老兄

與君文研接山齋，廿載塵中百故偕。薄宦升沈何足算？孤生歌哭不堪懷。常將舊事題寒燭，薄有閑情寄折釵。煮雪深爐好圓月，此情能識阿龍佳。

柬元卿給諫

平生冷落少年場，豈有聲名匹鄭莊。青史幾人終磊磊，黄塵與子獨涼涼。殘檠突兀憐宵短，淺酌摧頹笑甕香。華屋歸來感疇昔，那堪孤士又河陽？

學書二首

我生百無能，幼卽好紙筆。就塾四五齡，衣領翻墨汁。歸來我母笑，授我楹書帙。大父耄喜禪，晨興把不律。常從梵夾底，退管冢餘乞。家貧紙貴愁，顛倒塗鴉壁。老大歎無成，思之淚承臆。少年書蠆尾，枉用空名飾。簪珥逾十年，遘時煩羽檄。昔聞金蓮華，學士爲捧泣。吾今更蹉跎，短燭抱宵直。多言成曠棄，放意事書策。巾箱餘捆束，縿楮色紛溢。貴僚所分賜，別殿雲龍質。揮灑懼弗宜，盈筐空什襲。回頭髫齔年，愴惘不能述。

吾聞書心畫，神理乃攸託。人心之不同，如面別善惡。丈夫古冠劍，夫豈容造作。雖然具矩規，繕性宜有覺。其中通聖域，道藝本相若。大原先正心，時習博返約。眞養得浩然，塞充滿寥廓。是由集義至，襲取能附著。嵇山賢父子，高致壓東洛。巖巖平原公，精誠渺湯鑊。雄姿發天秀，剛勁鬱廉鍔。觀其變化成，一一出盤錯。世人習脂韋，鞶帨競鐫鑿。登山思岣嶁，螭虎生拏攫。風雲捭闔間，造化由橐籥。嗟余徒侈口，孱力又晚學。誰哉田舍郎，叉手而並腳。

自題所得王元章畫墨梅十二巨幀

吾先鏡湖濱，梅里本鄉曲。臥龍千歲姿，道長目未矚。記從置膝年，泚筆見華綠。言傳元章法，偷弃愛尤酷。回頭四十載，零落悲風燭。偶逢粥飯僧，點染出氷玉。時時竊弄筆，餘習自童塾。春來遊草市，歲例銅街逐。眼明欻蚴蟉，雲氣生蠊蠋。東風毋破蟄，鱗鬣宛跧跼。空山太古餘，霰雪滿層谷。奇芬萬蓓蕾，一一照巖旭。何年此龍賓，變化天池浴。不然玉京樓，飛來儻黃鵠。人生一藝游，天意若珍屬。乾坤有清氣，不受塵埃梏。呼來胡將軍，何物危太僕？鄉隣有童叟，作技手生瘃。豈無籬落情，還夢孤山足。平生藐姑射，瘖寐神常觸。高人車白牛，淋灕此仙躅。精誠感予睨，張壁如有告。歲寒我當歸，丙舍秦山麓。安知桃李華，日日黃精斸。

栩谷自薊州牧來出近作率題即用志別時乙丑之春行將乞歸矣

平生同有文字癖，難忘東山一草堂。詎肯隨人長作計？相看如子早成章。故交冷落悲師魯，吏隱虺隤笑溧陽。我自行歸問松菊，期君到處種甘棠。

蘇爻山孝廉同年時學來示所著書及詩

學海人來手一編，光華驚喜萬珠船。山深黃獨詩原瘦，井洌丹砂夢欲仙。新學儻迴元祐日，高歌還誦永貞年。鄭眞漸老彭鏗死，林越經生望子賢。

栩谷書來示及王香圃刺史同年見懷有作

卅年赤緊聲名後，倒屣相從氣誼眞。潭水桃花聞欸曲，陽春白雪笑風塵。鳶肩客未嫌時晚，駿骨人爭說賈新。安得黑貂同季子，醉看星斗插輪囷。

劉韞齋太僕崐**惠贈錢南園通叅**灃**所書楹帖**

劉侯愛我如兄弟，持贈南園訂座書。常語每思前輩好，平生安許後人誣？百年未死須當學，昔人語：『得閒便學，除死方休。』言學書也。三徑行歸且自鋤。紫陌銅駝還信宿，更誰醉墨灑龍駒。

元卿齋中讀朱廉君鑑成**詩卷**

從古文人根慧業，六朝裘屐漫相矜。艱危作祖甦吾拙，綺麗居宗問孰能？大戟長槍甘潦倒，好天良夜半瞢騰。平生我亦諸侯客，爲誦君詩感不勝。

僧忠親王挽詞五首

大野纏妖霧，中原隕將星。九重悲肺腑，廿四損儀形。馬革眞豪壯，龍髯極杳冥。平生齎志者，千載涕猶零。

韎韐歸朝日，精忠起秺侯。邊聲動宛馬，寒色看吳鉤。磊落終橫海，侏儒敢盪舟。從來負遺策，魏絳豈能謀？

萑澤仍榛莽，蓮池未薙茸。郭門偏集鵬，域內竟荓蜂。在國愁艱步，于林悵卽蹤。天言哀慟劇，西顧待臨衝。

最憶龍環錫，欣傳露布馳。朝唯遵蹈履，居不作山池。櫪驥威靈奮，槃鰌道路悲。神歸參合壘，能舍峴山祠。南史齊安陸昭王緬喪歸，百姓緣沔悲泣，設祭爲立祠於峴山。

緊我傷孤士，維王眇世賢。驂驪屯灞岸，薦鶚泣甘泉。咸豐戊午，從王備兵潞河。六月一日，王入覲淀園，蒙上垂問，王以『爲人謹慎，奮力辦公』對。徒抱繞朝策，己未春正，王已奏帶赴津，病不克從。瀕行，條陳四事，尤以後路步軍爲言，王雖納之，而未行也。誰爭越石鞭？榮哀詎何憾？旅望獨潸然。

寓齋雜詩八首

小庭廣畝餘，獨樹老而醜。樹根一片石，落卧亦已久。京華數流遷，蝸殼笑蟹負。謫居偶閒暇，兹室特薜苔。晨興理僮約，芟剔到幽蔀。居然風日清，瀟灑卽窗牖。雖非壺中華，扶植儼岣嶁。筠清出瀟江，桐直亦龜阜。少無農圃學，筋力况將朽。登車空夙願，一室忍塵垢。悠悠桑下心，漫惜愚哉叟。

丈夫志四海，攬策思澄清。衰遲厭奔走，老我遺世情。孤懷本牢落，儤直勸承明。庭中雞栖木，風雪亦飽更。念昔駕戎車，年時尚豪英。驅馳歷南北，裂眦氣不平。灞岸失曹公，山桑詩殷生。生無燕頷質，豈有猿臂名？歸來事書簏，束手睠楸枰。不學屢多言，庾詞謬騰聲。微生際堯舜，訣絕畏友朋。晚暮亦何嫌，蹉跎竟無成。迴頭街西寺，池柳變春鶯。大捷奏東南，天街鬧紅旌。伊川猶被髮，何日太原城？留滯惜餘光，一觴壺自傾。

桂嶺既豺虎，越溪又虺蜮。十年淹兵革，鄉土各荆棘。承平歎華脂，浩刼安可測？所嗟名勝場，千載一悽惻。東南莽鯨翻，流祲極河北。戎羌况異類，久矣爲螟螣。標運事益奇，燎原吁未息。吾生磊落意，晚至困家室。鄰里盡蕭條，甯憂吾四壁。津梁走先勸，僦屋苟容膝。匈奴殊未滅，烈士敢思逸？朽質原甘棄，逃禪笑窮蝨。歸築先隴存，吾意且脩慝。

洛邑昔多賢，勝流今鮮存。僻巷轅馬識，數攜風雪樽。依依晚花宅，藹藹獨樹門。深友小窗聚，異書長夜論。自時槃敦集，緊我江塗奔。流離各萍梗，變化或風雲。爲憶廣陵曲，豈知湘水魂？後來接衡宇，寂寞餘張海門。孫。琴西。太祝在街西，逶迤海王邨。朋交託性命，矧我厄弟昆。江海晨星在，遺書誼頻申。艱難師友問，慚負心屢捫。近喜鐵如意，時來對清言。閒園開獨樂，晚暮獨相存。欲去幾遲迴，重留義或敦。行將報數子，四海一籬藩。

西齋頗幽塏，竹裏風時至。推窗足高眺，雲影愁無地。窗中自脩潔，書卷排鱗次。雖無百城富，一一儼標置。吾衰早孤學，獵涉空游騎。物情既躭玩，事實難求是。遺經僅秦灰，日月層霄繫。伊何雄紀述，今古一邱瘞。嗟余鳥啣枝，媿彼腹充笥。餘情又書畫，往往典衣致。攜歸雪壁張，脱略門前事。飛騰暮景疾，歲月成悲棄。豈無文見道，未忍儒爲戲。數椽曾不識，萬卷徒心醉。日夕倦攤書，西山聳寒翠。

中庭何離離？云是嶗[illegible]樹。安知夷蹠植，好我清陰布。拳枝時擬芟，作實期秋暮。豈妨袄鳥啄？零落西風妬。昔賢聞有嗜，舍瑟傳高度。風浴自遐心，胡歌倚其戶。吾生感風木，薄祿嗟何慕？心傷鄰人撲，夢覺庭烏哺。比年一再剝，顧影愁霜露。槁先蒲柳驚，疾甚烟霞痼。海上有安期，言尋撥烟霧。餘生冀張暠，世事那容顧？但恨多凡骨，毋將困屝屨。簾階藪沈水，默默花時住。

生常不諧俗，入俗輒多悔。衣食雖長約，恣睢厭財賄。分無南畝資，幸未北門餒。獨嗟桂玉勞，再値簾帷改。晨朝自濯洒，緋玉澹光採。書帷懸舊繡，顛倒移山海。墻角卧山薑，移根故車載。枇杷花似雪，留眼誰能待？南楹啟軒窗，日照春容駘。巢空燕去乍，網密蟰生每。落月任升沈，浮雲忽譽毀。人生鹿門好，獨力百爲怠。乾坤一逆旅，哀樂孰主宰？

繞庭思百匝，負手且循階。脩竹引新篁，銀雲著罘罳。言將捨之去，詎不情自乖？藤格又已成，作花梟鸞釵。常時對俛仰，風雨明晦偕。題石語後人，殷勤獲根荄。西垣欒枝弱，譜録闕籤牌。紅紫最丰茸，彫零愁疾飈。亭亭東箭姿，位置各有諧。燥溼苟弗宜，爲容詎復佳？朝來霧雨滹，虹出晚有霾。袚濯願新陽，將船潮港限。散帶湘羅繫，峩鬟秦鏡揩。歸歟行自築，日夕儻有懷。

題董雲舫比部麟所蓄王孝子自畫萬里尋親圖卷孝子名向堅畫近石濤僧不爲三王籠罩此卷又其平生自畫著意筆雲舫精鑒多藏如斯巨製亦有幾乎時將出都倚裝書此

妙墨清湘欲比蹤，滇山繭足幾千重。畫禪虹月須迴首，愁著歸心度萬松。

題余生素樵所蓄石谷子摹王維春山雪霽圖卷素樵庚申通籍爲余所分校士假歸值豫捻亂結束鄉里出佐官軍事平復職曹署口不言兵性喜書畫日出此卷索題爲書二十八字素樵官職未劇乘此讀書力學以待時用不佞有厚望焉

馳檄歸來意氣平，談詩讀畫最心清。雪蕉舊本從君悟，那得青山送老生？

春光

春光九十過茶　，桃李陰陰又一時。天意未諳人事惜，東風開落任繁枝。

并閭撩亂衰翁思，大樹飄零壯士懷。夢底疎鐘起何處？夜深鶻語度空齋。

出都有日及門余素樵本初**吏部高雨人**同善**邊松君**其恒**謝栗甫**賓鏐**戶部彭春甫**葆初**董鳳樵**毓葆**刑部光吉甫**熙**全雨三**霖**工部徐季和**致祥**吳春海**鴻恩**王玉文**榮瑄**編修宜佩青**綬**侍講慕慈鶴**榮幹**舍人周子衡**淦**大令劉採臣**鳳苞**庶常會餞於龍樹寺**

底須搖落問江潭，自昔江亭繫客驂。壯不若人身漸老，樹猶如此我何堪？雲山萬里單車勸，忠孝平生兩字慚。合與諸君重題記，道鄉風月在湘南。

濟州登太白樓

太白任成去，騎鯨天外遊。青天此明月，長挂郡東樓。我亦辭金闕，西風萬里秋。登臨正佳節，一爲滯行舟。

與滁甫文觀察步登太白樓僧彌餉食再賦

龜符笑擲走京華，采石江空日又斜。水步來看泲州月，市樓爭說賀蘭家。神仙潦倒唯堪飲，天地風塵且未涯。竹杖芒鞋聊主客，寒山相對獨煎茶。

岱頂宿日觀作

天門蕩蕩切層空，漢武秦皇意未窮。身到豈期霄漢立，書投直欲帝旁通。五更海日明窗几，萬壑雲山俯混濛。手接杓衡斟玉女，朝來觸石起元功。時方望雨。

歸自泰安重宿濟州正誼書堂呈滌甫丈

高邱望遠海，疲馬復歸來。夢底誰相覺，先謁闕里廟廷，歸日，夢身析爲二，而皆已死，不能自辨。尊前猶自猜。百年慙舊學，千里動驚埃。時聞冦警。明日秋江泊，相思畫角哀。

展重陽日泊舟邵泊埭作

佳節登臨慣雨風，時光追惜幾人同？九秋行路猶江上，萬里還家也客中。遠想高臺臨戲馬，迴思仙仗在空同。誰知典午傳祠廟，白日橫江感謝公。

舟行雜詩八首

亭午出國門，驅車倏西日。方舟檥沙岸，宛已就我室。舉室盡死生，緘縢半書帙。百年垂晚暮，孤孑早思逸。栖栖白河壖，夜雨翻瓢溢。平明見灞陵，故壘氣蕭瑟。年時仲宣遊，從事那足述？從容還善步，吐利忽興夕。殘熇逐途長，老至漸心怵。吾願幸未違，南邨有蓬蓽。蒼山隣丙舍，眼底忽嵂崒。升陽一苓藿，使我愁如失。

開帆潞河口，送者反自崖。光子熙。去獨後，施郎啓宗。悲策駬。憶昨江亭揖，一樽羣彥皆。踟躕別李息，肯惜乞我骸。秋氣爽滄瀛，獨行寡所諧。言過海門市，周落意殊佳。細柳青絲障，游龍紫金釵。人家水濱樂，清樾間疎槐。獨惻燹餘墟，遺骴走厓柴。蘭盆倒蓮窩，蕭鼓月明街。晚泊東武城，青山弔神媧。雄風茂陵客，遠想驚疾飆。從來玉鉤怨，空念舍人俳。行矣倦關梁，摧傷鬱我懷。

晨鉦發將陵，晡食過四女。連鑣直漕舟，清風吹絖羽。峩舸昔銜尾，飄零散烟艫。啟閘絕通衛，津亭日三五。東郡再登臨，居然未榛莽。阿城十日泊，新漲落洲渚。艱難巧相值，傲倖神靈雨。阻淺阿城，小雨連夕，黄河霜汛，得水二尺，張秋言龍神見。如何清汶流，又奪戴邨隖。牽舡方蕪谷，盪陸復東魯。年來多陵谷，清濁互吞吐。何時問隄軌，從事親畚杵。一老駐河壖，終朝閒刻楮。頗聞時奔走，無計相濡呴。風鶴起崇朝，遙空照荒炬。數窮時乃至，一昔羣艘舉。我時方舍舟，途訝流亡語。晚秣泲州城，人舟慶相迀。平生百夷險，忠信敢自許。嚴城夜柝清，卽次且安旅。

東髮誦孔顏，老大傷無聞。書堂夙齋沐，紓轡魯國門。朝拜琴車廟，夕謁詩禮孫。言訪築室場，徘徊洙泗源。泯泯悲身世，歸塗自迷捫。翻然振吾策，東嶽勢雄尊。天地罔胥極，柱立終古存。三日度金牛，不知萬仞親。靈宮在山麓，檜柏鬱輪囷。澗谷踏青紅，奔流挾飛雲。梯空盤石磴，豁達登天門。天風浩浩來，羣山已埃氛。仙掌接我袂，層關緊斜曛。松聲引崖步，落日投金盆。夜宿玉池側，杓衡酌前軒。平明俯日觀，東海隱波飜。浴日上彩虹，清朝露乾坤。霞宮坐高閣，縱目極無垠。跨景憶飛仙，臨風愁昔魂。唯傷隔帝座，衆壑列甌尊。

帝座既云隔，神人渺難求。朝宇氣蒼涼，惜哉嬴與劉。拂衣下天門，還駕驂赤虯。丹梯仄危步，珠箔隱層樓。從師亮未還，飛虹裊靈湫。左右聞琴筑，參差夾幢斿。壺天默稽首，仙嶂自迴輈。馬跡度高老，羣龍忽相樛。雙鬟粲出迎，羽服凝方眸。坐我翠雲幬，飲之碧玉篘。言笑闢洞戶，揚塵指雲漚。吁嗟七二逝，寂莫方丈邱。靈眞栖息在，振響玆瑟球。所恨晚知學，行衰髮先秋。安能讀鳥跡，長此清靜修？舉念自心口，翩然黄鵠遒。來朝揭汶水，迴首亂雲愁。

嚴城隱霜角，言別賀蘭家。爲逐銜蘆鴈，宵更宿湖涯。湖光渺烟水，清景漫浮楂。是時秋氣深，荷芰亂若麻。卻顧昨來徑，嶧滕雙髻丫。行將五湖盡，八閘急奔窪。高浪落吕梁，蕭然慨浮家。清河履陳迹，風雪昔買車。少壯輕長路，那知青鬢華。淮徐天下雄，古昔鬬龍蛇。廣武發悲歎，時來方叱嗟。去去平山路，縱橫蒼耳遮。客懷誰可道？衰草盡宮斜。

滔滔大江水，百折到海雄。五日守瓜步，頹波吼長風。隔江餘一笑，蒼莽萬芙蓉。東南兵燹來，金粉沒蒿蓬。孤光惜浮玉，樓觀亦已空。輕舠狎駭浪，高閣府寥松。西日一倒射，氣如五色虹。中阿集鴻鴈，秋壑偃魚龍。可惜鶴銘殘，波濤所撞摏。詰旦渡江去，悲生繫楫中。牽江迷故路，十里溯流東。狹港入丹陽，層關烈炬空。兩厓愁極目，惟有雪蘆蘩。白骨翳榛藜，青烟起埃逢。灌薄春申宅，鼪狸闔廬宮。但於灰燼間，時見石玲瓏。想像笙歌日，人家盡鶯櫳。晚日泊胥門，獅林一揖笻。人生歎匪石，清節聊可宗。

昔者吳城住，沈綿久牀蓐。酸心剔目人，乘化又風燭。微雨太湖陰，顰眉數峰蹙。涼宵動羈魄，衾枕耐幽獨。最憶扁舟日，輕橈蕩柔縠。桑塍竹樹連，隨意春芳曲。何意風帆利，危機驚咫伏。衣袽戒不完，笑問誰予毒？嚴宵荒碕守，霑敗惜書簏。平生幾兩屐，長物詎不足？移舟小舴艋，星飯就溪簌。沽酒酹斜陽，漁歌起荒隩。樓空烟雨寒，水冷鴛鴦宿。頗聞歲龍蛇，杭越禍尤酷。湖山無寸樹，州里皆新屋。微生愧家邦，淪老先息軸。聊將墊巾角，歸對流亡族。

抵杭州後覆撿舟中所作得絕句十六首

西風塵滌海門秋，自倚盧敖汗漫遊。不道移帆剛百里，玉瓶盛酒在沙頭。陳抱潛權靜海，不期而遇。

欣賞黃洲絕妙詞，太鴻流宕繫人思。西沽嬾覓南皮宴，估舶烟屯亂酒旗。

小隊弓刀意氣親，朝來相送汶河濱。戴淵自喜文人拜，不覺江湖有賤貧。謂陳雲卿備兵張秋。

舊里王劉衍澤長，典型猶見魯靈光。明珠老蚌分明在，太白樓前正誼堂。滌甫丈尚在運河道任，官廨信宿。丈以暮年舉，丈夫子三，漸有頭角矣。

故人開府齊東郡，安定門風善飭身。三代井田終古在，幾時杯酒更重論？與閻丹初撫軍遇於兗州。

洙水橋邊問燹遺，烈風雷雨百神司。黃蕉茘子羅池廟，父老猶能說李儀。今年捻匪曾至聖林，值雷雨，懼而走。近林人傳其事。

支離風鶴泲州途，十里長溝廢壘孤。水月砯訇詑聲影，夜深墻鈌墮奔狐。

自昔隋隄駐百艘，十年荒牐倚歸橈。估帆可有吳儂在？舶趠風多氣自豪。

惜別爨山涕泗傾，清寒衣鉢笑平生。岐黄喜見方山子，快馬輕衫事遠行。謂陳六舟翰林。

陵谷風雷幾變遷，專車奇骨是鱷鱣。世間大有垂綸手，廟貌何人悵跕鳶？天妃閘廟懸鰷骨一具，甚奇，靳文襄祠頹然廟側。

三閘濤頭幾尺過，我來奇漲已平波。道途那得論夷險，咫尺風濤更若何？天妃閘水今年大漲，方落未久而過，不意行出太湖，至平望，乃敗舟。

滕嶧匆匆漫策騑，廿年陳迹易斜暉。灞陵醉尉何須問？猿臂將軍自短衣。

欄檻平山竟孰存？廢池喬木倒霜根。陵雲載酒今何處？多事當時著皋言。

九龍山色碧雲秋，燈火山塘記昔遊。何止宮臺走麋鹿，一樽無處酹閭邱。

迴首松陵十四橋，鱸鄉幽夢最魂消。遙峯清苦黄昏雨，併入烟波盪晚潮。

滿目烟蕪錦帆空，東南刼火太匆匆。戈船到處昆明隊，夜夜寒刁急浪中。江路每夜戍舟更柝相聞，皆湘、楚軍也。

淒涼放鶴迷荒渚，掩抑明蟾泣弄珠。唯有長烟罥長水，人家猶在輞川圖。

自杭渡江山陰道中

自昔塵外客，名山説剡中。過江天宇別，萬樹碧芙蓉。暝色藏深隝，寒煙壓短篷。故鄉曾檥櫂，爲客惜匆匆。

蘭渚晚飯沈君田家

君家倚蘭上，隣近我先邱。屋後青筠滿，門前碧水流。親情家釀熟，世事亂雲收。便擬精廬築，南山惜未謀。

禹廟

疏鑿東南此始終，玄圭帝錫想餘恫。山川會計心何盡？天地平成日已中。百禩鳥耘還噍喋，二山龍卧屹穹窿。狐邱咫尺重攜棹，渺爾滄波一斷蓬。

憩小雲栖和壁間楊古生太守兆璜**韻**

湖山佳處忽通幽，上冢船同結勝遊。世外偶來餘浩刧，人間何處是安流？籠紗滿壁雲常在，寺中有王文成、倪文貞、劉念臺先生及國初諸老遺跡。種綠當窗雪尚留。可惜寒林花事晚，舊鄉爲客感浮漚。

痛聞霞舫下世

我獨南行訪故墟，歸裝暮雪野踟躕。自崖千里聞嬰疾，永别無人爲寄書。孤直平生常坎窞，孀雛京國問何如？與君異姓爲同命，生死交情足愴予。

歲除過江喜見琴西杭州以詩索和

衣裘嬾逐五陵車，風止相看每座譁。憶擲金龜在天上，偶聽翠羽又湖涯。幾人歲晚同攜醉，十日春先未放花。老大并離更惆悵，百年身世一驚嗟。

平望敗舟來杭州小住渡江上冢兩閱月矣旅病尚未成行偶登吴山慨然有作

東南形勝此江湖，日日靈濤尚捲趨。千載英雄須寂寞，百年衰病幾踟躕。心傷舊隴還雲樹，目極新陽又荻蘆。杖底疎鐘起靈鷲，倚樓寒日獨斯須。

丙寅開歲二日晚自湖上獨遊靈隱時自紹興還杭州將趨常山未成行也

晚晴湖上路，乘輿入山行。徑竹篸餘活，山田春早耕。野烟寒燒起，破佛夕陽明。猶有殘僧在，深居似穴鼪。

不見騎驢客，孤亭首重回。冷泉原大古，仙嶂自飛來。石氣青流靄，溪聲靜轉雷。巖扉吾舊識，澗曲數松槐。

喜見高伯平明經均儒**於東城講舍自聞君於邵子位西及伯言先生及是始得見也**

十載尋聲惜勝流，宛陵不見召陵休。羈孤薢茩同孫楚，風採傳聞又鄂州。旅食空山隨橡栗，湖天新暖浴鳬鷗。壁經家記分明在，獨抱遺編細校讎。

王芾南觀察蔭棠**以詩行贄愧不敢承奉報一律時觀察方沿檄浙東**

牢落平生墮甑餘，故鄉登隴意何如？豈宜禮數同南吉，儻學軍門拜左車。北海尊罍聊自許，西河風雨惜離居。來詩援及同歲生畢侍郎及余禮闈所得士陳六舟諸君也。於今四海皆膠漆，單父鳴琴自有餘。

杭州積雨未發伯平和詩與丁松生茂才鴻**譚仲脩學博**廷獻**疊韻並至**

吳山夜雨漲春流，放曉檐聲滴未休。詞客有情翻郢曲，旅程容易滯杭州。十年夢影悲黃鵠，萬里滄波信白鷗。暝色一尊寒更峭，重陰何事與花讐？

將行留別武陵諸公疊前韻

錢王鐵弩壓驚流，半壁東南慶少休。新捷又聞馳北戶，故鄉無計住東州。羣公愛客勤芻飯，賤子忘機到鷺鷗。他日騎驢容溷跡，底須將相爲恩讎？

滬濱晤顧訪溪丈廣譽**再疊前韻**

道貌知君飲上流，海濱傾蓋獨休休。貝宮奇觀忘萊子，鮭菜高風憶楚州。莽蕩東南餘浩劫，飄搖天地幾沙鷗。贛山鹿洞遺規在，爨室渾思一借讎。

海舟觀日

黃金鑄秋橘，大海帶春煙。異彩方搖鏡，長虹已控弦。人心誰象此，吾意欲飛仙。卻念龍銜處，扶桑一樹鮮。

抵廣州作

秋風挂席又春波，誰意滄溟泛一螺。萬里重來消夏客，十年一笑夢春婆。臨卭令長偏相識，朝漢樓臺嬾再過。祗惜秭歸邨裏月，照人鬢鬢幾蹉跎。

贈筠仙內召

湖湘將相列城尊，君亦幢牙建海門。一諾我曾推季布，三年人尚祝公孫。纛衝鼓角森秋壘，甌脫雞豚卧晚邨。庾嶺春來容坐嘯，玉清歸認舊巢痕。

黃達三同年家德**見示詩集中有都門見訪不遇之作依韻奉酬兼悼霞兄亦君詩中所屢及也**

平生俱耦幸無猜，唯有金門徑草萊。避熱晏朝常獨退，居深佳客不知來。海鄉道長愁酸荔，蝸殼平居夢癭槐。燈影幢幢前夜雨，能忘竹里對樽開。

贈呂介存知事賡治

諭檄匆匆蹔合并，强年離亂晚飄零。天涯有客方歸櫂，人世相逢漸曙星。野水裵回仙吏瀨，春風淪落子雲亭。遺經有子還徵秀，曾識當筵說甯馨。

倪雲癯少尹鴻**見示江邨唱和集卽贈**

嶺外詩聲起二曹，古來參佐幾名高。漢襟一集君真健，溧水聯吟客倍豪。開寶河山生涕淚，湘灘蘅杜接風騷。如何不見朱公叔伯韓，爲爾登壇奪錦袍？

酬張仲純茂才集禧**見贈**

秋氣爲誰覺，不知來夜分。好詩堪當酒，佳士每同斟。露下寒蛩切，宵深饑鼠吟。余衰方塌翼，期子振苞音。

劉松堂觀察同年印星**招飲未赴**

少年曾作客，日日酒樽間。垂老經桴海，淹時守杜關。秋花愁隔面，晚雨定酡顔。聞道精玄理，相從許破頑。

舟中贈子蕃觀察先寄子實桂林

長愧吳公識賈生，素衣爲爾涕思横。關中長事堪哀盎，洛下英遊與士衡。歲晚江塗明橘柚，天涯風力壯鯤鵬。歸舟郭李人爭望，能已山原覔耦耕。

酬陳蘭甫學博澧**卽次贈行詩韻**

穆清誰擬吉人詞，遲放今年嶺上枝。海月爲君思卻贈，山雲笑我欲奚爲？卽論文字真風雅，祇惜江湖易合離。歸去經鋤思耦力，横參相望是花時。

十月廿五日廣州登舟從弟芝庭甯氏兩甥之曜之昕**袁氏姪**樹菽**送至花埭舟中九首**

悵絶平生寶劍篇，江湖回首獨悽然。歸舟一繫仙羊石，無復乘槎夢日邊。

去年此日越王城，上冢船移鏡水平。何日扁舟更聽雨，春風蘭葉渚橋生。

團欒燈火話孤須，有約重來幸未渝。歸去長頭還晚學，敢將九辯續三閭。

江干車馬豈名高，驥足風雲願爾豪。我有槐庭舊聞語，贈君何止吕虔刀？

屈指吾謀幸未諧，乞歸猶及未殘骸。東陽不雪殷生涕，自是羣甥意致佳。

東南名勝數上聲。扶藜，湖海飄零幾駃騠。珍重瑤華一枝在，勝他邀笛過青谿。蘭甫學博盆梅贈行。

烟雨橋門晚最宜，見邨樓閣舊情移。銜觴獨對郎官歎，墨本摩挲枉鬢絲。伍子昇郎中設餞於大通寺，出觀藏帖《郎官壁記》，尤難得也。

丹荔匆匆閒綠橙，柑香愁對夕陽明。蘭臺往事分明記，無限傷心到魏城。

歸裝重整斷殘多，一息眞憐老未磨。他日楹書付兒輩，瀧岡能得老龍馱。

泊和尚石作

屈曲盤江水，清灘挾與東。兩崖青不斷，百瀆會其中。落落松篁秀，沈沈虎豹叢。何年開石室，雅化起文翁。

過封川縣有懷

山城眞斗大，十室倚山根。水步排漁艇，林霏落縣門。漫天棲宿草，何處覓羈魂。不道歸舟晚，江鄉盡燹痕。

灘行雜詩十一首

灘江天下清，樂水與之會。百六盡危灘，萬山中一帶。我行氷井來，沸鼎發空籟。殘冬方潦盡，水石濺砰磕。何年朽龍骨，黝色夾蔥艾。崚嶒鬐角具，百醜形疥癩。咄哉此江靈，胡不毓珠貝。屬雖剄其乖，猶作遺墟穢。我欲劖之平，狼亢笑餘蛻。喧聲猶怒鬬，獰性毋乃太。歸人嗟肘楊，霰雨空時愒。水月望家山，揚舲聊擊汰。烏龍灘。

吾州界揚荆，禹蹟疑岣嶁。百粵通秦漢，郡符乃分剖。將軍何人斯，神詎兹灘主？聲靈猶赫濯，震響聞戈弩。毋將鳴勝意，亦或逐奔怒。樓船下瀨時，嶺路未開庚。豈其楊與路，猶有精靈聚。厥非邯鄲倡，能縶蠻佗組？功名祇時會，睥睨雲臺武。跕跕痛飛鳶，叢祠蔽邨隖。江山莽陳跡，詿讕吾何取？馬式想崑崙，鉦鐃百銅鼓。銅鼓灘在潯州將軍灘。

導江自積石，厥下爲龍門。黃流天上來，眾水孰與尊？小日談燒鯉，奇情躍邱樊。歸舟徒老大，復落蠻溪村。巨石獷誰鑿，東西儼列閻。其中若天闢，浩浩雲雷屯。瀑落濺驚濤，勢疑萬谷吞。騰空忽尾掉，點額幾煩冤。緊我本尺鷃，槍榆笑籬藩。飛行夫何常？只尺化鵬鯤。世無李元禮，吾意且泥蟠。雲門灘即龍門灘。

粤山多戴石，在水亦磥砢。行行指昭州，犖确路殊叵。深潯既盤陀，淺瀨復堆垜。大爲磐磐據，小雜員方橢。或銛利刄攢，或直老犍坐。或鐮腰鋸齒，或矗立眠弹。豈無文貝玉，亦有爛珠顆。如槃如豆登，如柎萼果蓏。乃其歷落間，與水必舂簸。波濤所決盪，往往沈顛碢。茲灘又蛇長，戢戢萬鱗卵。兩舷聞擊篙，跛尾復膠柁。衰流況餘涊，雷碾愁舟羸。卻思范大夫，行用鴟夷舸。軱欖灘。

江心兩巨石，人立儼而峙。纍纍百怪從，潛伏疑鬼使。其間欹横鼉，出水矜爪觜。於人亦何懟，跛浪意先喜。我舟行百篙，駢布蠨蛸踦。舟人絕呼叫，奪路從陗阤。微生飽世途，憂樂輒相倚。好奇魂每驚，脫險計胡恃？隴坂說羊腸，畏塗還在水。誰能一叱壯，九折殊未已。雞脰灘，即稱勾灘。

傴仄復傴仄，羣舟相尾躡。中流衹一綫，左右石擁挾。崎嶇重崎嶇，在水成陸涉。舟挐石上過，跬步殊窘捷。我舟聲後前，邪許每相接。平波稍演迤，曠望聊逞睫。瀾翻乃雷硠，偏反愁一葉。綠漪清卷底，作勢銀花疊。斜陽照耀之，五色迷錦氎。是時原燒作，飛燄張楓欇。颸迴兩山間，振響猶獵獵。江行殊有戒，頑俗尚獠獦。安能殄豺狼，亦使蛇虺慴。遺孑惜枯魚，寒饑中有惵。鯽母灘。

羣峯方連犿，盪激爲波濤。水力乃如山，崢嶸白浪高。茲江發海陽，三湘實同槽。龍行獨東下，百節露脽尻。毋乃天盤錯，不令一放豪。深底露千尋，淺湍輒兵鏖。雖無谿刻性，曾不容鰌魛。洄潭偶渟滀，歕翕作旋麾。厥中所亭毒，直恐爲鯨饕。百級滔天色，辟旋人可逃。層渦踏車輪，性命真鴻毛。下洑奔蟄蛇，上洑緣木猱。人性本天出，山川懼呰謷。臨風望湘峽，蘅杜滿靈皋。上下洑瀧。

昨舟度羚羊，五兩泠風送。西來又馬峽，入峽忽如夢。巋然睇層邱，躨立連霄棟。雖微泰華雄，勢已天門玨。寒宵宿峽中，宛落醯雞甕。仰觀參斗爛，孰鑿天宇空？朝來出峽舟，遠響忽如閧。隩隈途屢折，反側洑逾眾。當其勢奔趨，逆馬策怒鞚。危舟篙檝廢，羈靮不得控。嫇奵重酩酊，竊悔親玩弄。灩滪吾未經，客言此伯仲。哀鳴峽猿聲，迴首猶思痛。馬峽孃灘、醉灘，俱在峽中。

龍平一彈丸，窣地萬疌棄。江聲悲日夜，前後束兩峽。松林西杳冥，作勢宛如楅。其中明組練，劍雪開龍匣。東來客舟輕，風浪頗久狎。似聞年時亂，此路熟兇刼？山川所蔽虧，奸宄足盟歃。粵民盡南畝，樸陋唯畚鍤。輕客湖海來，荒隅輒興甲。皇輿利守險，委棄資不法。江塗雖斡運，民氣太空乏。歌吟愧塗澤，歸覓青峯峽。山根有奇漩，好作猛虎柙。松林峽有練灘。

我昔溯雙江，春風吉水瀾。扁舟富春郭，秋色下嚴灘。東南富名勝，少日輕流觀。遲歸山水窟，清夢未渠闌。江晚石岧嶢，森森螺髻盤。林烟浮積翠，一角夕陽殷。川勢一繚曲，碧波愁綺紈。空明揩玉鏡，影落青琅玕。此境眼中足，伊誰釣前灘？誅茆此中坐，一灑木石酸。寂寞愧清景，空江生暮寒。楓木磯。

清朝上黃牛，灘名。在長灘下。橫軏疲峻坂。雖無三朝暮，相望輒至晚。金蛇與白鳥，日日明在巘。豈唯看九面，直恐隨萬轉。灘形下螭蛟，屈曲勢蜒蜿。拏攫四皆山，重重作厓閫。山根六七疊，入水又層堰。囍哉魚躍登，偶跌刺豚圈。長縴出濱厓，蛇行百夫跰。千囷真髮繫，一落勢且刌。旬月困鄉程，篷窗晝長偃。雲屏露昭山，瞻近忽又遠。三復誦風詩，唐華致翩反。長灘。

舟過平郡灘勢稍平而奇峰疊起百里至陽朔間所謂桂林諸山天下之奇也復得四詩次於灘行

行程度昭山，山勢漸如削。蒼翠紛滿眼，朝翳黑山郭。寒灘問鱖魚，興發艫香斫。殘年識故墟，燈火在邨落。鄉隅孤陋慚，所有獨邱壑。每於佳處登，獨力恨腰腳。夙昔遊釣年，飛行不知樂。英英弧矢志，遠舉期雲鶚。竭來百不成，歸路但衰弱。白石與清泉，艱難幸猶昨。江湖分貧賤，水石稱疏薄。寒故幾山中，餘光共斟酌。

漢宮有扶荔，茲地胡以名？舟出五道梁，中洪鑿石成。扶荔，村名，五道梁灘在焉。荔江所出，亦有山名都荔。羣峯儼舊識，拂面尚爭迎。拔地故多奇，大都爲崚嶒。蒼莽連城勢，離立不扶撐。咄哉天挺性，臯削復夔璺。寸土絕憑依，安得草木生。寒椒間葱翠，堅節棡與栟。過者目未見，齎嗟乃恒情。犖也肆奇謦，綺紈胸未平。不觀萬仞崖，其下必澴瀠。黿魚畏清峭，往往藏蛟鯨。絕壁一茆茨，搆之誰氏氓？傷哉亂離日，洞壑紛鼯鼪。老我足邱壑，何心詫吳傖？

一峯旋青螺，一峯起黄鷂。一行馬載鞍，一伏鳥就菴。一容翔鳳鷟，一猵踞虎豹。一隆爲夏屋，一覆爲員窌。爲匡仙子牀，爲交鍊師竈。爲柎萼花葉，爲數罟罾罩。或昂而上傾，或僂而下頫。或角或丱弁，或踞或睨嘯。盡形人與物，厥性怒且笑。羣灘若繚之，欲鬥山嬥嬈。甑罌既涬溢，箕筥又䖘䯪。牙攢猵子獖，力猛狼兒獥。甑、筥、豬、牙等，皆灘名。雅文所未釋，桂勝才能要。陳陳雖志詠，碌碌闕名號。誰爲南山篇，惜未東坡到。諸山最稱名，唯獨畫山馬。燕然遂遭刓，厥有好事者。風鬉與霧鬣，數過獨眯哆。粵山多奇勝，誠不在埏冶。譬如行宛國，神驥布滿野。豈其良樂至，唯辨色白赭。青青萬芙蓉，三日蓮峯下。娉婷圍四壁，誰與一尊把。問名山中客，往欲覓管賈。管家灘、賈家橋，俱有名。喧喧瀑布聲，似說徐凝謏。安得挾荆關，隃麋百幓灑。

歲除前二日夜泊大墟雨中二首

倦旅歸林鳥，殘年赴壑蛇。灘頭風似剪，篷背雨如麻。小市燈如豆，鄰舟客當家。鄉關餘地咫，何意尚天涯？

萬里辭京闕，經時駐海鄉。川塗行有戒，萍梗意難忘。生死悲窮獨，身名愧老蒼。山齋能晚學，松柏鬱相望。

卷十五　庚申集丁卯戊辰

榕湖經舍感懷八首追次永福師月滄先生秀峯書院雜詩韻

散櫟投閒早，寒榆觸感多。吾方期晚學，世或競殊科。戶外雙湖映，屏間列岫羅。江山人代起，詎獨爲孫何？

鄉邦攷文獻，磊落數賢存。南閣經聲遠，東溪道脈尊。原泉須到海，蕡實要培根。我倦馳車馬，歸來好重論。

曩昔池司業，前學使籥庭先生。憐才萬厦豪。羣公擎手易，一座擁比高。上日花期過，深堂草具叨。典型誰復見？短髮不勝搔。

經堂連掖院，謭學數追隨。枉復雲霄傍，真慚歲月縻。坐窗頻悵望，載笏負論思。半學能相長，開軒儻未遲。

當代論文術，成名定孰賢。傳牋高北學，文字妙南禪。畢竟宜身反，何須執己專？書巖愁見咫，振策且峯顛。

中興開盛業，迴首五雲居。祇恐羞班列，何容計毀譽？悲來塵刼重，老去世情疎。萬事俱流水，遺編抱燼餘。

休居支病骨，鄉土說宜人。那可春花眩，仍思夜火親。俊遊懷鳳舉，澹想結鷗馴。敢負聲聞力，孤生亦爨薪。

大府興賢意，殷勤本至公。光陰憐燭炳，心力戒煁烘。此事防觴濫，何人會曲終。猶然奉囊粟，虛廩昔時同。

抵桂林日友人推宅而居乃是李氏七松老人故廬再易主矣感歎有作

居然平地有樓臺，軒檻何心爲客開？山水釣遊都在望，里鄰尋訪不勝哀。司空合向中條宅，陸賈曾傾好時杯。滿目滄桑三畝外，試從狂屈問誰才？

柳州孫子福太守壽祺罷官將去而余適歸作此送之

使君不作桑民懌，種柳江邊幾度花？注考自應甘拙下，祈穰空復歎汙邪。余歸，有志東溪學舍，所待文翁雅化之力，不謂行之速也。虞卿著遠原無恨，張儉流亡未有家。我甫停車君已駕，并離能不重咨嗟？

喜晤槐生學博次題拙集詩韻

百川徹骨是清灘，一勺能教舉俗知。投老最難逢舊友，乞身容易愧當時。相從鄭老宜沽酒，爲報匡君莫說詩。敝席蘭陵吾豈意？凡將未學況冰斯。時就榕湖主講之席。

往晤松孫太使聯璋於其叔小韋三十年矣見過示所爲詩告余所居舊曰小珊瑚齋感賦一律仍用京師寄小韋韻

高齋曾集小珊瑚，玉葉彫來鐵網疎。抱月新聲談老阮，淩雲遺草惜相如。飄零大壑成鱗樹，散落層軒附鶴書。猶有龍孫嘯春雨，屋山清興足開予。

偶書二首

童孤秉蓼敎，心感仉家機。受書自孟氏，夢寐見其儀。平生守七篇，身命所據依。三復性善言，羣儒是邪非。百年遽過半，忽忽百事隉。時復念齋沐，憤厲猶庶幾。飢來孰我謫，乞米迫作書。身死嚮弗受，窮居況來歸。笑言告所親，痌瘝詎爾遺？猶能得直尋，安用枉尺爲？

性僻寡交好，風義乃夙敦。磊落關同氣，幾人邁常倫？無何痛凋殘，晨星僅誰存？出門思有詣，南船或北轅。對面阻燕秦，河山邈無言。悲哉嗣宗淚，得不揚朱宛？歸來還閉戶，默耕自鋤耘。四海皆兄弟，吾孤獨無鄰。

才得一首二月初三日作

才得蓬蒿翦一廬，平居寥落意何如？愧無恩可懷僮僕，詎有材堪走鵲盧？十載相看憐敝蓆，半氈誰與護殘書？歸舟萬里從天末，風雪柴門獨愴余。

二月六日積雨放晴

欲行歲例展斜川，撲簌檐聲日夕連。擧目河山還似夢，驚心親友半如烟。樹頭日出花花粲，屋角風生鵲鵲圓。斗室琴書漸料理，待攜壺榼放春顛。

花朝後日王友苕（綱）**招同子實及家芷庭**（恩祥）**春農**（棟）**朱蓉菴**（輅）**陳莘香**（鑑）**壺山看桃花遂集七星巘年來山下李花方盛桃花已不多矣**

海岱歸來信曲肱，玉壺招客買春行。一天積雨疑猶病，千樹繁花强欲晴。詩骨酒魂餘磊塊，（山下有雷酒人及余友詩人黃香甫墓。）燹烟樵斧換槎萌。星巖夜火熙橋路，卅載迴頭一老生。

奉送張粵卿總制（凱嵩）**之任滇黔**

蚤別神君望若仙，晚歸銘勒在燕然。十年霧雨驂鸞道，五月炎風下瀨船。借寇有情難籲帝，點蒼多事急籌邊。蜺旌咫尺遥天色，獨返柴荊試策鞬。

賜養堂詩爲申甫京兆作却寄

開皇陳策氣如虹，詔起中條衆望同。獨戀江舟攜隗相，爲頒日契到山公。秋風鱠美傳吳下，錦里門深闢瀼東。我欲升堂忝傷足，愧無白雪報詩筩。

送王省齋侍御（師曾）**典試還朝**

思遠親看射策年，蕊宫重到拍厓肩。蓬山舊館成新別，烏府先生讓後賢。使節西風明嶺嶠，傳車朔雪動幽燕。魯山秦望俱鄉里，觸我當時日觀眠。

展重陽日心薌招飲水閣有作

天教風雨展秋期，萬里歸人息鞅時。雞黍有情宜近局，湖山無恙要新詩。最憐多斛收田舍，肯薄皇荂逐里兒。朔鴈不翔宵扈樂，頻來尊酒對衰籬。

容莽同年春農太守各贈叢菊

紫紅作意絢秋光，欲與春花鬥曉糚。最是風流傳錦幄，（近俗喜以秧菊結屏，豪華相勝。）那知時節過重陽？先生自有東籬伴，好我平分舊圃香。從此年年摘盈把，漉巾攜醉接輿狂。

龍松岑世講維棟**質所爲詩即贈**

駟虬乘翳問何來？鶴立因君自覺衰。歷塊漸忘曾識路，超塵重喜不羈才。微雲天末還吹角，積雨階除又落槐。行把一尊何限意？豈徒詞賦望鄒枚。

偶檢謾飢亭集及程侍郎倡和野菊詩意喜之澄懷園又往與兩齋詞苑諸公遊所嘗到也侍郎詩自注云菊以小而黄者爲正世間紅紫出晉以後淵明不及見也爰次其韻

疎疎密密任横斜，好摘籬根插帽紗。學圃偶然從晚節，掇英還擬入流霞。幾人異代同真賞，逸世孤蹤出野花。零落蓬山怕迴首，一天蒼耳路三叉。

將軍橋述哀二首橋左亡兄兩殤之墓道光己亥所卜壟也咸豐初元以從征歸猶一祭掃經亂以來遂不可尋哀以自陳

樛蟠鬱青蔥，獨樹更悽色。倔彊歲寒姿，能毋憯孤特？吾生有伯仲，殤早一何極？伯也未冠年，尤聞仲岐嶷。奇珍奪刲上，大父痛尤亟。謂是妙士仁，邱首時在臆。以兹嬴博處，弗忍瘞蠻棘。哀哉三尺桐，重裹夏人堲。伶俜蕭寺殯，長倚大母側。小子恨不材，歸喪竟弗克。南邨初卜兆，兩世幽窀即。岡隴此相望，彼術言有侐。連枝象雙冢，短碣手親刻。追維三十年，遊走不遑息。時哀遭事變，松櫝幸猶植。歸人噏指悲，泉蟻果侵偪。山岡牛領逐，匍匐重匍匐。如何脊令原，榛莽遽迷惑。居然岸谷遷，蒿目此南北。前岡餘廢壘，旁畎又新洫。路人欲問疑，地脉久殘泐。哀躬正傷臂，時方臂痛。骨沸淚承膈。人生値亂離，行鴈或差忒。誰知幽明異，猶復傷翦翼。纍纍馬鬣新，邱貉不可識。毋將風水惑，人鬼自相賊。薄俗我何尤，鬱憂祇叢慝。迢遙望星柳，叔也益孤惻。三兄惠墓在柳州城北，其地更數殘毁。荒原本藁藏，況乃竄狐蜮。諸兄乘大化，神想登樂國。哀然原隰間，憑虛薦蘋苾。

前年疏乞身，歸塗首耶谿。先壟九山在，紹興先（塋）[塋]九山曰亭山、曰桃園、曰西山李、曰蘭渚橋、曰桑瀆、曰禹廟之後山、曰昌安、曰皋木、曰戴於山。幸能免鉏犁。寒宗夙伶俜，經亂罔子黎。傷哉近郊域，發冢東復西。去年滯東粵，華髮哀我嫛。仲姊亦時在，遺棺愍余攜。道長歎支離，中原猶鼓鼙。大藩郡吳越，城郭半蒺藜。尋常金椀出，翁仲野含悽。艱難達茲里，嗣子來嫛倪。歲時上冢域，霜露慘榼椑。羣從兩瑤環，最弱一刺躋。青雲失望我，天與百丈梯。美服不耐新，强項不肯低。唯傷境窮獨，用罔百噬臍。天地一烽塵，蛟龍起躨跜。人家劣虎豹，肘印猶雙提。拓落笑長卿，三川檄曾齎。時危儕破卒，粥粥列刺批。壯本不如人，豈云常數奇？盱衡向原野，觸目尚乖暌。籌策誰短長？始謀能已詆。歸歟況將朽，獨寐永山谿。晚學志耕讀，沮溺孰與齊。長歌思杕杜，夜雨獨聽迷。回頭徑壺飧，敢復望蟠泥。野死分烏豪，百年付冰澌。明當南岡下，丙舍築鳥栖。遺魄儻親前，歸來庶靈兮。

周受田觀察德祚惠遺淹蟹有詩酬贈

揭帝城邊鬢欲霜，銅駞夢影積相忘。山人錮疾還煙火，公子全真獨醉鄉。擘玉儻逢千日酒，蹴蔬應爲東脩羊。州司會問清漳宅，待得菘畦乞晚芳。『公子』句用來詩意。又時受田方借閱叢書，故有『東脩羊』句。

松孫邀同過丁秀才韜書院看菊次韻奉和

散塾羣歸一拓提，秋光全占巷東西。孤蹤也復辭彭蠡，勝友何期對鬱犀。芳徑晚風中酒面，菊種有西施面，甚佳。故宮寒日下城梯。書院在故明藩邸側。東隣大有屏風句，便作先生學舍題。

庭中野菊正開松孫又送白者一種疊前韻

嬾覓重陽一甕提，籬東花滿夕陽西。閒思野客翩巾角，未分佳人粲齒犀。瑟瑟寒香青瑣闥，鈴鈴霜影玉堦梯。廬山真見陶元亮，又索新詩帶月題。

松孫晚過看菊夜雨籠燈而歸又疊韻

邱舍曾尋閎羼提，京居曾寓漁洋藤花舊屋。層樓又倚一峰西。多君爲攷黃華菊，黃華菊，郭注雅文，邢疏，與近人邵、郝兩家義，皆以小而黃者，爲真菊也。老我真成禿角犀。雨腳慣飄停案燭，漿頭時挂過牆梯。高風五畝看猶在，得句休從俗士題。

易衡樵觀察元泰**邀飲湖樓觀菊疊韻**

左甄軍律十年提，卻倚方卭對瀼西。玉爪樽前思剝蠏，青蛇壁上罷剸犀。霜階葉亂香棲幄，水檻花明月上梯。聞道墨池還運甓，東陽一一好籤題。君近學書。

小春晴燠頹然自放不知已小雪也疊韻

酒邊閒事怕重提，睡起東窗又日西。近案笑看行瓦雀，遠邦聞復貢牙犀。時越南貢至桂林。衰年白日愁堪繫，捷足青雲盡有梯。到處柴桑開栗里，悶思居穴訪雕題。

晚過松孫庭桂已殘

珍傳鶴林語，時以高岧李氏鶴樓叢話遺稿見質。不見鶴樓人。看子詩無敵，將予德有鄰。聞犀玄道妙，飛霰益情親。莫以生存感，恐傷遲暮神。

謝蓮士太守綸見過卽贈

老守彈高調，孤行自一家。詩情工短簿，酒德頌長沙。欒水清見底，桂巖遲有花。桐心都半死，來對莫興嗟。君方悼亡。

讀海門絳趺仙館詩集感賦時令嗣文心爲新刻湘中

銅街有客嘯騎危，僻街蕭然對脱羈。夜飲亡何常跋見，晨燈偶集遽脛馳。君爲晨燈唱和集，傳者頗衆。迂生舊學存猶幾，異日吾文定復誰？驥子材良衣鉢在，漫言金石許交期。往時同滯宦途，曾以金不換、石敢當相謔，同人競傳爲笑。

贈唐佗山同年作礪**時年七十有子讀書殊可慰也**

樧風春掩六齋眠，傲兀孤羆腹笥便。一座曾推侍中席，十年長泊孝廉船。君自丙午鄉薦一會試卽不出。蓬心晚暮槧都講，皓首精勤越盛年。杖几雍容有元季，高陽衡宇夕陽邊。

松孫見示黃泥塘看晚菊詩次韻

節華開隱樹菩作平。提，寺圃城南稍復西。僻路喜無官道馬，新篇合有市橋犀。迎風丫角憐吹帽，菊花將盡，簪髻者多。得月兒童笑踏梯。我已殘枝判寥落，黃香晚節共誰題？

君達兄疊韻及余庭中早梅試花且有歎老之言又和

老年强健勝嬰提，選勝南村又郭西。寒菊帶霜迷橘刺，早梅含麝茁瓜犀。先春已試青璘片，後日誰看碧玉梯。我不書空君杖道，漫將詩筆借花題。

郊行偶成

莜麥半花殘，依依蛺翅單。野蔬霜氣綠，邨樹夕陽斑。野聚猶荒圃，窮閻近小寒。時時向巖僻，化鶴想仙宮。

對菊小飲同楊嘉甫表兄雲作

籬菊漫禁秋，清尊不點愁。微霜還昨夜，有蟹自他州。解藥曾傷足，宜簪未白頭。更深情話久，殘淚觸寒篝。時有餽蟹，故四句云。

詠黃鷄冠

絳幘聲何處，悠然午夢回。堪嗟雄劍氣，都化野夫材。棲塖日頻入，隔墻蜂誤來。昏花愁霧裏，殘卷覆仍開。時患目眚。

詠鳳尾蕉

耕烟庭半畒，奇草長青瑤。餐鐵本麟性，辟邪爭鳳翹。嵬嵬身骨鯁，剌剌尾雲髟。歲晏還毛雨，生機莫自消。

時將長至庭菊猶花松孫疊叉字韻

小山藤角致欹斜，淡墨曾題在碧紗。人意傲如殘歲菊，詩情濃似暮天霞。嶺雲凝雨愁成雪，櫳日禁寒尚作花。僻處晚來芳事足，按頭還拱玉鴉叉。時有送水仙，已坼包。

小窗疊韻

惻惻孤藤行復斜，黯黯小窗塵罥紗。庭中碩果柚黃實，樓角晚晴山紫霞。滿城春稻歲聿盡，獨客卻掃林有花。敢將心力付倚薄，長日百錢慙畫叉。

寒天欲雪達翁疊韻又至勉爲繼聲

獵獵風驚秃樹斜，重雲遮目又層紗。目眚未已。似聞遠捷翻懸瓠，北路捻患全清。近伏新功咽紫霞。池面鏡瀾寒有玉，嶺頭銀霰黯無花。明當霽日浮銀海，送與詩翁賦手叉。

庭梅作花黃者殊勝湘梅甫種亦復大開獨綠萼蕭然耳偶拈

一别明湖歲又除，小庭時復夢巢居。病躭西日臨黃面，老怯東風熠黶裾。姑射仙人疑縹緲，維摩天女對何如？孤藜偶出愁歸晚，撲鼻寒香月上初。

桂城元夕燈火殊勝家友苕太守送盆梅兩株松孫賦詩適何鏡海觀察攜酒相過步松孫韻

嚴城景物太矜誇，寶月光犮火樹花。元夕沈陰。藜乙肯憐攤卷獨，芋郎先笑作書差。俗以龍燈禱嗣，有及余者。綺窗夜引風香細，短髮春愁帽影斜。多謝清歡延少日，兩株紅白對寒葩。

奉送孫師竹學使欽昻還朝

藹藹春風坐上時，初識君於霞舫兄所，君鄉試房師也。蓮溪秋色忽悽其。死生執誼如君在，譽毁平居況子知。篛節高風頻激宕，木天清禁要論思。自慙獨學歸何晚？求友聲中感别離。

粵花三詠　粵本南交地多卉木乃如陽朔之梅灌陽牡丹海陽坪春蘭記嶺外草木者昔未有也

我昔從軍歸，幢牙夾蓮峰。裹瘡病十日，霜朝一搘笻。蔬圃偶來憩，寒花若爲容。心知蕚綠仙，不謂塵埃蹤。野人顧我笑，山麓疊復重。比出訝霜林，間雜唯孤松。愧我國顔子，無知太龍鍾。當時遊仙客，曾否月下逢？小閣記凭江，拳枝蟠若龍。荒娛爲花宴，尊酒昔過從。飄零忽老矣，清夢覺山鐘。陽朔梅。

採藥起風詩，牡丹盛李唐。厥名爲大赤，遂作百卉王。跰藺半塵世，探花未洛陽。歸來老蕭索，灌水有穠芳。兹地我遊歷，土風百粵臧。山川一純樸，豔植詎所當？我友昨擔致，纏根胚土將。謂言易磽薄，往往失故常。斯理我所韙，本深華葉昌。雖無風雨會，要在墳埴良。吁嗟末俗兒，富貴能久長。灌陽牡丹。

海越又山越，吾生兩鄉土。蘭上別時花，春歸又灘滸。灘江天下瀓，鏡曲同今古。鬱兹清淑氣，秀作眾香祖。歲晚還陽律，幽芳在庭戶。孤莖而修葉，馨逸得吾與。脩然空谷姿，詎與凡卉伍？亦時秋蕙紉，雜佩臨風舉。別一種一莖數花者，蕙也。三間不可招，里矉爭媚嫵。援琴發三歎，縵絕欲誰語？海陽山蘭。

庭中牡丹作花時尚未春分也漫以自嘲並柬茫庭仲方諸君

南强北勝總堪憐，灌水爭如洛水妍。軒檻未應嫌力弱，花出灌陽，而非千葉。庭階何意得春先？腰金老健期公等，旺雨閒愁夢客邊。棖觸平泉舊遊處，幾家能到子孫賢？

受田惠和牡丹詩而庭花已謝疊韻奉詶並柬茫庭諸君爲花事問

羅雀空庭不自憐，庭花牢落獨成妍。抽簪神虎豪仍在，出穴嘉魚雋偶先。繾綣風光蠶市日，受田自蜀中來。悺忪人意海紅邊。時山茶亦花。從來晚節芳林豔，竹裏誰家問洛賢？

小庭花事方來柬達翁暨嘉甫兄四絕句

鞓紅一種自青州，捧出檀心灌水頭。散帶年年對花笑，萬釘不換玉雕鎪。單葉而花大者，歐陽公譜所謂鞓紅是也。

蚤聞宅相冠諸郎，富貴何如意久長？遺我金花篋百本，平生才盡紫霞觴。紫花千葉，極大，嘉甫兄所貽也。

玉樹彫殘定幾時？棲霞寺玉蘭，百年物，今已不存。紛紛都勝又辛夸。君家好句宜酣酒，休遺陽城下蔡知。達翁又送山茶、木筆折枝。

山城寒食雨如麻，四壁深居自覺華。寂寞親朋數芳事，底須后土獻奇葩。有告得瓊花者。

盼晴疊韻

溟溟坐雨客誰憐？煜煜新陽偶放妍。晚步興隨新月上，夜遊心在落花先。愁生遠靄仍天末，老至孤悰負水邊。九十春晴無十日，夢符能有郡曹賢。

答友和韻

寂居何計慰殘春，齒髮離披歲月新。年來髮脫，已落第五齒矣。佳日漸稀蘭上客，一年又過牡丹辰。空階夜雨思行藥，閉戶青山嬾向人。癡絕家風甘餓隸，玉蟾研露對花晨。受田持示家蓄大觀殘拓大令帖一卷。

花事將殘陳君鶴清移送牡丹一本淺紫千葉延玩數日奉謝疊韻

僻居芳事特矜憐，盡說屏風作隊妍。上國紫金推魏大，小邦圭璧陋滕先。一春夢雨忺花裏，十載曇雲懺佛邊。京師花時，每遊城南諸蘭若。咸豐庚申，淀園慧福寺中尤勝。好爲靈根頻護惜，城西四壁看君賢。

聞宗丈滌甫先生噩耗用辰字韻

邸廬修敬及青春，鮭菜河干白首新。晚歲馨香獨松柏，晨星寥落幾參辰。平生玉錯真慙我，後日薪傳問有人。榆社桐鄉又京雒，好將秋菊配霜晨。

嘉甫兄庭中牡丹大開招飲

一春癡雨又春回，庭樹朝聞鵲啄苔。新旭乍看如夢覺，浮生能得幾花開？扶雲異彩愁金屋，浥露濃香絕點埃。恨我壽梅歸較晚，欄杆珍重此停杯。

嘉甫兄和詩疊韻奉答

寂寞巡檐日幾回？落英顛倒滿蒼苔。判教市裏塵蹤斷，除得花前笑口開。老至蘇程唯泣影，遠聞關輔尚驚埃。愁霖定逐春歸盡，還擬秋坰數舉杯。

榕樓孝廉復送芍藥邀芷庭諸君暨嘉甫兄同賞疊韻

玉華豪奪豔陽回，客至何妨破徑苔。雨日恨多晴日好，揚花偏勝洛花開。遠移柎葉含山淥，近喜軒窗隔市埃。新水舍南還舍北，暫醒鷗夢莫辭杯。連雨江漲。

中甫京兆寄示近詩却寄

老馬歸來自惜羣，鄉關百里足聲聞。天涯舊好誰明月？嶺上遥看只白雲。蘭阸有華皆純仄潔，書楹無業不精勤。菱歌一曲人誰在？元白當時總愧君。

夜夢與霞舫話某山水起而泫然欲作一詩未成覺猶夢也賦此紀之並寄中甫龍水

絃詩夢底淚縱橫，推枕還疑覺未明。地下有靈懷士季，人間何處著莊生？故鄉尚喜青山在，獨夜先驚亂蟀鳴。坐待東曦欲誰語？似聞重起洛陽聲。時傳中甫起用。

病起喜晴達翁見過

眾綠森庭晚霽初，不須騎馬到堦除。漸衰世味貧交重，久闋詩情小病舒。夔壁莫談村外虎，蜺空時見竹間魚。灘東又報添新漲，滿地江湖截網漁。

新綠二首 榕湖課題

原野迷離舊燒痕，枳籬欹插又成邨。寒山祠宇平蕪盡，喬本人家幾處存。點點熟梅經雨綻，紛紛聚鷸滿湖翻。謝皋羽詩：『飛網滿湖冠聚鷸』。歸來款段風香裏，細柳新蒲忍重論？

小庭清潤閟雙扉，坐起書牀鼎篆微。菭徑那堪妨客屐，山窗還自補雲衣。連天遠樹都如薺，幾日新篁便欲圍。願與諸君勤灌植，歲寒松竹儻相依。

長吟

衰遲愁病日相侵，舊路迷陽那復尋？睡起昏明常錯晝，悶餘吭呀亦殊音。漸知莊列無爲意，難已倉盧有用心。暫可休居期自適，未能趺坐且長吟。

巷廬

巷廬卧嬾息春遊，夏木將成氣忽秋。庭樹雨多生綠暗，簾衣風入作寒遒。牆根醜石欹花見，竹外疎蛩帶暝流。何事沃洲恐知處，市門如咫卽山幽。

賽蘭作花其香殊甚褎之以二絕句

百琲瑨瑠掩黛幂，盈盈碧玉也超羣。誰知被褐懷珠者，更有荀郎竟體薰。

嶺外曾傳桂作州，簞瓢能使一山幽。朱顏多少當門種，孤負香名不自愁。朱蘭、紫蘭，皆不能香。

桂州

桂州猶是小長安，張淑卿詩：『風塵不到處，即是小長安。』繞郭青山塵不到。亂後夸歌僻巷聞，朝來野祭荒江隩。觸我舊遊伊雒閒，黃帽青鞋歸等閒。霪瀑一春還九夏，牀牀屋漏何時乾？

苦雨

去年苦雨彌一春，今年苦雨春連夏。不知天公有何愁？震風淩雨無時罷。中庭叢密草樹高，書籤朽脱寒生毛。斗米曾聞錢七百，城腳夜行人帶刀。謂丙寅年事。

往年平望敗舟所蓄大觀殘帖實棄於此曝書之暇撿點齋中舊物不勝憶念作五絕句

先生歸去一船書，董比部毓葆送余出都句。古墨叢殘混玉砆。不道榷場卅六紙，虹光猶觸睡驪蘇。

鳳羽飄零詫遇奇，南隣犢鼻任人嗤。不須鼎贋紛成訟，一昔通靈合我癡。

蘇齋陖據笑紛拏，海內流傳十四家。覃谿考訂海內有大觀帖者十四家，一一流傳有緒。未許金丹守龍虎，果然真諦是曇花。覃谿自著第十六殘卷，紙墨尤精，有『此是優曇第一花』句，卽歸壽陽本也。

顛張傳法有清臣，南北宗風一脈真。扃篋頻年太塵劇，銀鉤想像意彌親。

寶氣偏纏水厄多，據舷無處刻舟訛。千潭印月傳新事，細撿釵痕認折波。從西人以影法得見落水眞本。

達翁爲余誦人燕子長句率用其韻

門前燕子幾時至？頗與門前客意違。那得香塵尋紫陌？漫勞舊巷識烏衣。斜陽送客偶聞語，晚雨掠人還對飛。且合尋常共閭里，閶風高處恐危機。

達老和燕子詩疊韻奉答

人生到處逢萍梗，能幾相逢意弗違。春雨樓臺空有夢，秋風江海可無衣。蟪蛄朝菌聊取適，蝴蝶落花撩亂飛。曾是當時舊王謝，蹔同遊息任天機。

答李實村同年維均**見寄之作**

一掬仙源自海陽，三分灕帶七分湘。我居灕曲方杭葦，君飲湘流恰濫觴。蓬藋卧深貧豈病？樗枌歸晚老徒傷。居鄰尚有唐衢在，冢寞能來話夕陽。

卷十六　庚申集 己巳

將出門爲濬兒乞書便面悲感在中率作

淵明辭官職，駿奔情所宜。退之服鄭嫂，歲月忽已朞。我媿二子賢，所懷常鬱伊。三年卧家衖，坐覺百事頽。獨記與嫑別，哀年忍長離。謂言一葦杭，再見會有時。柰何違天人，憾闕空自知。人生一委蜕，遺言劇深悲。邱首竟何所？陳根實在兹。爲憐黏壁蝸，行作失羣雌。蕭條落木吟，嘹唳哀鴻哀。言指仙城路，有方詎匪迷？行從鴈峰迴，益切令原思。紆轡慙行道，此情將喻誰？稚子拜送門，遽知離色悲。吁嗟告爾且勿悲，我年如汝卽路岐。微生躑躅行已矣，歸與樹柵南郇隈。

訪申甫京兆龍水郇居

緊我來紆轡，知君豈鑿坏。堂蘐榮捧日，罫鯉妙銜杯。席間禾花魚極美，郇所出也。韓文公稻畦詩『魚肥知已秀』，得非言此魚耶？倚石梅爭發，憑軒竹又栽。東園最幽勝，能了濟時才。

夜久聞雞唱，談深動客悲。朋交愴零落，骨月感支離。雅義憐芻飯，芳情剩莒蘺。明朝又獨往，班馬爲誰嘶？

湘江舟中絶句

清江白石故依然，卅載重攜放峽船。滿目蘅蕪人不見，西風吹老夕陽天。

菊花天氣問新霜，何處銀雲閣晚涼？合與詩人作重九，漫天風雨又瀟湘。

九峰綿邈勢如龍，斑竹臨江濕怨叢。我有江頭數行淚，翠華千載不重逢。

零陵東去漸委蛇，傍水巖嵌到處奇。行過谿園舊祠宇，摩挲石刻鬢成絲。成句。

年來心跡儘蕭寒，愁對明珠白玉盤。夢底金戈忽豪壯，夜深乘月下重灘。

合江亭畔綠羅帬，歲晚江湖落片雲。直到潭州渾一碧，不知何處酹湘君？

兩日篷窗聽雨眠，朔風吹鴈落愁邊。衡陽又暝天如墨，爲爾迷方倍黯然。

太空雲氣不須開，隱約芙蓉九面來。曾是上封雲裏宿，芋郎忘覓嬾殘煨。

聒枕風雷夜未降，昭灘野泊繫漁矼。角聲夜久吹還急，看雨開門月滿江。

江潭日出雲帆濶，漁父何人鼓枻遲？奇服少年今老矣，沅湘堪濟欲何之？

小泊長沙韞齋中丞邀我信宿題其廨東又一村園四首

花柳邨邨說尹賢，一邨還又閣門偏。行人似識村前路，曾到山窮水複邊。

蔬圃山堂坐屢移，迴廊曲折界花宜。壺天萬象樽前在，巨壑高巖未是奇。

十年樹木青雲上，三日停舟舊雨來。亭檻晚晴人意好，揮戈肯放夕陽摧。

梁園賓客俱時彥，湘水東流可若何？竹裏能來勤自惜，斑斑還長舊時柯。

九月廿九日嶽麓同筠仙作三首是日沈陰至祖師殿見日尾章及之

嶽雲青不斷，湘水我俱來。到此雲水闊，山川且鬱迴。湖天東望夐，竹淚古時哀。爲問沙頭寺，猶疑戰骨堆。壬子在此圍城中也。

講席名山業，高賢幾度經。偶尋雲外徑，來坐水心亭。石髮梳泉短，霜楓被雨醒。懷芳恐銷歇，椒莫涕猶零。謂丁伊輔師。

絕頂憑高處，天開日正中。居然積陰豁，敢信寸誠通。高下烟霏裏，微茫廛市空。江船三日繫，回首隔溟濛。

耒陽舟中感作

潦盡寒灘不可渾，溯江來弔杜陵魂。崎嶇閱世依嚴武，寂寞歸真傍屈原。歲晏江湖還落魄，燹餘鷄犬又成邨。行過爲問空靈岸，合向荒祠薦芷蘩。

郴州道中懷古

郴山郴水極迷離，不見當年望帝祠。建楚一州原草立，亡秦三戶是荆遺。眞王縞素能扶義，卿子何人漫視師。憶向憤王陵下過，可憐殘穴亦鼪狸。項籍墓在汶上縣境。

郴江舟行至永興登陸經興甯桂陽山中抵大庾作五首

我行涉耒江，十日澹容與。頗聞郴嶺閙，又説韓瀧苦。九江兹稍陋，底石清可數。回頭竹樹青，楓柏亦楚楚。居人採石薪，倚岸支檐宇。舟楫不逢人，烏金獨行賈。江湖未厭涉，西漾還東滬。叀聞遐裔人，巨舶環瀛聚。海舶日用，煤炭尤多。人事歎日新，天工柰何許？誠知地媪富，或恐神皋竄。大哉天地心，氣作洪爐鼓。陰陽炭何藝？陋識憐儒腐。山水自悠悠，青紅照終古。

津梁久已勦，原巘况登陟。山行兩崖間，礀戶偶幽息。農檐有童子，愛客喜見色。爲安樹根石，肩背就搔抑。世途兹僻隘，灌莽懼昏塞。孩穉觸天機，歡然露中愊。所嗟吾甚憊，疲恭狀可識。竹樹家三五，林居有嘉植。吾衰兒日長，轗壈在堦墄。

勢位情所重，退謫誰汝崇。嗟余者何人？舉俗諒其衷。亹亹潭州伯，謂韞齋中丞。生平袍澤同。鈐齋三日留，行促意彌豐。獨媿煩行李，舟車謁倥偬。途經三邑賢，鄉里扇仁風。行覓輿夫，輒需官中。永興俞子佩，浙人；興甯黄開生，粤人；桂陽唐葵友，滇人；皆與余及中丞各有鄉誼。就中江夏尹，夙昔識南宫。開生通籍之年，余適分校禮闈。道聞長官清，室訝庭宇空。有客款宿宿，嚴更鼓鼛鼛。清勤勉自獻，巃嵸足錯礱。僚友兩寒儒，遇塗執禮恭。幕中張聲谷、學官龍吉皆，皆曾及吾門者。殘年兹薾苊，信我匪天窮。

五嶺吾未歷，中獨唯賀連。兹行又郴桂，山程動盈千。岡隴萬重疊，其高或入天。盤空爭鳥道，一徑危梯懸。絕頂淩清晨，朝陽生中原。莽蒼層雲際，排空起神鳶。翱翔勢一擊，毛血想獮猭。我久伏閭里，蟄居蠋蜎蜎。山紅與澗碧，偶出耳目鮮。折轡還幽阻，崚嶒多孱顏。狙藏懼狐魅，晚食梧桐根。地名，在桂陽嶺。

山茶既作花，野菊猶自開。汩汩滿路泉，漼漼著霜荄。九鶴壁千尋，雙魚磴百迴。地鬱井出沸，山空雨作霾。我行亦多塗，未識棧與臺。歲月屢蹉跎，艱難復兹限。桂水夾行道，與余久裵裒。朝行隔嶺坳，章江又浮杯。我家嶺之右，行返極左垓。贛南名蹟處，竹樹雄山材。獨惜珠田邨，連兵尚蒿萊。珠田爲崇義、大庾毗境。

重過大庾嶺作

西渠東嶺霸圖恢，史祿梅鋗亦自才。十月小陽花正發，廿年賓鴈客重來。關門南北甯天意，驛路風煙又幾回？丞相祠前黯惆悵，巖畺歸去雪空堆。嚴關在興安境，古語「雪不度嚴關」，今不然矣。

謁張文獻公祠

百尺巖梯氣自雄，天教巨手闢蠶叢。關山行李重悲我，嶺海文章獨見公。終古海禽銜夕照，數椒冰蕚對春風。時祠左崖巘中有梅，甫作數花。何知頓轡連陽徼，香火緣修再拜中。自湘中來，始擬度郴嶺，繼復取路桂，再改途，乃行從大庾也。

雄州廨舍小住數日與芝庭弟別鼓墟舟中八首

誰知嶺路三年會，好慰樽前九日思。記取湞江重倚棹，短篷聽雨對牀時。

我行出嶺還入嶺，風度樓高拜謁親。更喜官齋芼秋菊，晨光重展練夫人。雄州廨有練夫人祠，宋守官章文簡祖母也。時叔母蕭太夫人迎養廨中。

種玉方池宿玉封，種玉亭有池荷，每歲不種自發。蔬香稏甲淡還濃。知君一酌修仁水，肯負題詩范彥龍。

敢忘先朝作尉年，從來清白是家傳。不因負笈秦關遠，嶺海何由得播遷？昔大父從族高祖粲三公於秦隴，而稽山數畝宮遂淪蕩析。伯祖歸，弗可理，因復粵遊也。

學舍諸郎致復佳，連宵緋紫讌庭階。庾梅一本歸先種，萬卷樓前桂水涯。廨中菊花方盛，弟贈梅花一株，將歸植於桂林家祠。時祠新建，後有隙地，臨水作樓，題曰「萬卷山房」。山在紹興先隴左近也。

夔足憐蚿鶴目眵，中書漸禿豈能奇？但教小令身名遂，禁扁何煩憶獻之？時桂浦弟病足，余目疾，迄未痊，所至有乞書者。

僚友殷勤邂逅中，相亭雲樹藹仁風。何須此地愁鄉里，光霽高賢簿領同。光霽堂乃廨中，齋額不知何人題也。

袱被蕭條戀我行，丹稜僂指復仙城。廿年來，計與弟數爲別。來朝又棹要陽峽，獨聽寒空斷鴈聲。

廣州城外永勝寺示孫氏甥女兄弟作時余奉姊氏柩歸葬桂林孫氏甥攜子其濤來會姊之兄公嗣菴及其夫人遺柩亦將同歸俾其嗣子保勳歸葬柳州其息歸余氏者亦適在廣州也

殯宮酸塞對霑巾，老矣長頭負骨身。獨鴈又攜雙淚影，五羊三度百年人。王成有祀慚衰薄，尉瑾無年亦苦辛。歸兆家山華表鶴，飯盂錢陌各蕭辰。

十一月十五夜雲臞少尹招同蘭甫山長會飲寓齋乘月登粵秀山至學海堂梅花正開倒次丙寅蘭甫贈行詩韻

屋梁缺月數上聲年時，何意今宵重合離？癡欲老來還幼學，晚知人事亦天爲。舊遊水閣仍樽酒，新種山堂又幾枝？坐領寒香清到骨，當頭圓月忍无辭。

附雲臞作

能來欣二老，燈火笑迷離。鴻雪東西印，龍雲下上爲。薄觴傾竹葉，寒話却松枝。花爲人爭發，清遊夜肯辭。

附蘭甫作

蕭條猶幸同時，風雨羅浮合離。能讀書人難遇，自注：王西莊云：『能讀書人千載難逢。』不得志者所爲。嶺嶠東路西路，梅花南枝北枝。明年對雪相憶，今夕深杯莫辭。

別甯甥次垣花埭舟中

艸艸來旬澣，依依見性眞。嗟予頻道蹇，唯爾獨天親。氣鬱才思練，情高俗畏嗔。倚閭珍玉佩，渭曲莫霑巾。

三水別雲臞並小滄

那期逢路側，信我未天窮。客許從高士，吾猶愧里黨。嶺梅啼翠羽，海日熠青銅。卅六江頭水，依然西復東。

舟次蒼梧獨尋氷井寺遂登準提閣五首

邕州東北接容州，疑到蒼梧地盡頭。寂寞竇鄉三度泊，一泓氷井又停舟。

山水清遊愛漫郎，三吾老復見新莊。歸舟急景蕭條甚，猶有花枝蘸水香。氷井即漫泉，次山遺蹟也。井今爲池，池後寺爲花農規作蒔圃。

蒼巖碧巘倚清池，繞閣尖峯塔勢奇。晚食一梭嘗丙穴，欲將行記附牋詩。火山即丙穴，出嘉魚，疑即雅詩所謂，晚食郡廨嘗此，故云。

國東門外古榕間，野老相逢採藥還。日日青洲釣龍子，西風愁我鬢毛斑。郡出蛤蚧，頗疑即螭龍類。

好惡分明只夢中，廿年前事悔投戎。平生合是韓襄毅，自有仙緣到吕翁。準提閣下崖壁，鐫『韓襄毅遇僊處』。

梧之水三章別劉保勳扶其先櫬歸柳州作

梧之水，西北來，我行溯北子自西。江舟一葉雙棺攜，故山掘土行藁梩。昔逢離亂今來歸，路人不識茲孤兒。嗚呼！路人不識茲孤兒，孤兒鞠養何易爲？

梧之水，自西北，子行溯西我北發，惸惸孤櫬獨心惻。新塋待子桂山側，子雖其道唯我責。與爾恩勤曷有極？舉世何人無弟姝？

天寒歲晚長路艱，重關擊柝聲連連。橐裝百金盜睨顏，層灘欲涸悲長年。峽山荒荒中洑漩，鬼嘯狨蹄相後前，我行茲路如子年。子之先乃客其間，乘風謂我塗萬千。暮歸踉蹡雨雪頑，東峰西峰寒積煙。其下鳴玦猶悽然，崖峩層冰高極天。行哉俟我深峩源，梧水之別凋心肝。

舟行有獲狸者欲使縱之不果有作

小狐胡尾濡，自納鮁人罟。見欲寬其縛，思甯汚吾俎。癡奴悋錢百，揮手不知所。船窗生悵望，日落寒江渚。還想章質奇，玉面疑匪伍。愁肩久耳目，瞥若悔在睹。修毫既頗潔，劌末節未數。羌毋猜猵遁，或恐豫且侮。吾甯慕野賓，亦豈荆珠賈。獨餘竟日懊，舉念慚多阻。少昔聞舟僑，志羞爲塊雨。將衰轉中儒，不忍殘蛇虎。慈義兩無成，羣生望何補？但期人皆良，作善宜有與。夜月想悠然，無爲髑髏舞。

晨上鼈灘微雨繼以霰雪遂泊洑瀧村作

殘冬潦盡枯，朔氣懸江烈。晨登鼈洲灘，石狠槽思竭。長年厲邪許，風雨助淒絕。艱哉一寸塗，尺景坐超瞥。檥舟遂昏晝，瀧底就荒垤。沙沙篷底鳴，糝糝窗中屑。危檠屢光吞，殘更想花纈。少年憶閒事，籬根弄環璚。神駒氣壯盈，尺箠幽并闞。老矣嗟何事，來歸祇孑孑。平生所夸張，親舊徒煖熱。撿衣思舊縫，炊粥愴孤醱。江海分長辭，玆行重蹩躠。雲天爲悲峭，水石亦歘咽。況當霰雪辰，銼冷甑空缺。更闌不成寐，病腳裹衾鐵。江明亂村雞，到曉舷波齧。

雪後夜泊二首

兩日龍平路，峽山皆白頭。朔風前夜雪，今歲度交州。

水月照山雪，清光轉欲迷。夜深灘又急，不用更猿啼。

歲晚過平樂晤謝蓮士觀察暨陳莘老別後却寄

火山氷井判炎涼，老至心情畏劇旁。灘水交流還樂水，道鄉當日亦蠻鄉。亭臺好自題安石，雉獵吾猶見季常。又被城烏驚客起，夜深燈火別滄浪。

歸抵桂林贈李宮山比部還都

自憐衰疾且歸來，斷鴈重雲暮景頹。弗猒謏聞如子癖，能修常度幾人才？親交隕落悲鄉縣，簿閥矜嚴望省臺。明發春帆又天際，柴門重掩數峰迴。

自桂林至柳州洛坵登舟

人生美是鄉中水，老向邨谿媿問名。聞說西江尚流累，扁舟還載昔時清。

舟經城東樓作

樓中燈火尚依稀，城郭人民總是非。獨有少年難再得，青山長負釣魚磯。

登郡城樓書感用唐刺史柳文惠侯詩韻

城春草棘尚荒荒，井邑傳聞事渺茫。山色舊看還繞郭，柳條新插未遮牆。贏歌有夢長吞恨，到郡城，夕夢諸殉難親舊。漂墓無人祇斷腸。寂寞羅池寒夜月，不堪重問鄭公鄉。傳言州邑有賊戒，不入者殊已皆遭惡踐。

魚山俗名立魚巖

尾立滄溟百丈鯨，何年化石此崝嶸。江干不作垂綸手，海上猶聞跋浪聲。林谷蒼蒼初月上，樓桄隱隱半雲横。迴波龍壁扁舟晚，鏡水還同鼓鬣行。

卷十七　庚申集庚午辛未壬申癸酉詩附〔一〕

庚午元日書感

經閱事苦多，顛頓乃未死。行身欲何居？二紀爲朝士。歸來志晚學，偶得時自喜。艱哉蹶復趨，痁寐猶餘恥。百年踰泰半，不足畏久矣。未能遂泯滅，屢復自料理。宵更不成眠，日旦歲又始。孤燭黯無輝，明星爛誰視？徒歌嗟無和，不樂慚素禮。三復鷄鳴詩，慷慨思君子。

【校】

〔一〕詩庚午辛未壬申癸酉詩附：詩，底本原缺，今據前各卷例補。『庚午辛未壬申癸酉詩附』底本原列於『庚午元日書感』下，今據前各卷例改移。

老至

少時湯戚懷中剌，老至空名自鐫棄。過戸時聞剝啄聲，題名誰辨蕭胡字？青雀舫中曾醉歌，青油幕下又頻歌。鄉里兒童成項領，平明笳管復如何？

望雨

行人浪說粤農惰，不道山田如甑破。三時苦雨十日乹，六月老農淚雙墮。城中飛雨官晚衙，四鄉空喚阿香車。長官齋足行香去，便得隨車雨如注。

題朱拓論坐帖

顔公老去偏爭席，憤與神龍競鐵畫。秦中片石安耶吳，舊拓百年珍拱璧。世傳雞碑晚益奇，丹砂銀箔入氈椎。朝霞碧落精爽緊，硬黃蟬翼空爾爲。

自題所畜宋旭畫終南春信圖

弱齡曾賦泰初筆，十五六時，得見董旭所畫鍾馗，爲詩記之。鄉里後賢又石門。南山莽蕩荊棘中，乃有氷雪回春魂。老馗侘傺前進士，韡笏未忘朝市事。想得乘酣邨徑過，滿目夔魖不相忌。

題包鼎畫兩虎憕

老菟威乙貌殊暇，小菟生獰滚塵馬。斜陂颯拉風草聲，謖謖松根瀑泉瀉。此是宣城式穀圖，吳懷龍水能爭驅。鬼物潛逃世兒怕，尺縑遼邈千年徂。

哭栩谷

一别春城最黯然，楓林月黑遽魂牽。羲臺有處乾坤窄，季子無歸雨雪偏。寒故平生從此盡，悲歌於我復誰憐？題詩休戀投金瀨，丹旐風迴望日邊。時柩眷皆尚在新樂，君所久宦處也。

自郡城還會垣忽云秋矣庭中素蘭作花翛然成詠

嫙娟帶草玉華芬，病起闌干又夕曛。寂寂小庭眞似水，迢迢清晝忽疑薰。弦詩欲斷何論酒，癖學無言重惜羣。伏雨闌風瀴蕭槭，桐絲欲爲泣湘君。

嚴少韓寄示吳南老贈詩兼及鄙人次韻答之

湖壖懷友卅年時，道光丙午，洞庭舟中有懷南老詩。湖上高樓繫客思。老至家山歸隱約，病來庭樹接支離。索居有興除澆酒，晚學無功又斷詩。聞說郊坰過嚴武，不堪坏戶獨棲遲。

子穆之子詠華景陔**秋闈來見年三十矣不勝悲喜之懷**

與君先世爲莊惠，一觸牙弦百感多。老大孤蹤空復在，生存華屋恨如何？充閭尚記爲高宴，削牘居然似老坡。詠華喜爲詩。又踏花黄遇槐市，試尋行迹覆青莎。

病中龍子松岑見投詩卷感作

壯妉奇疾倦遊中，海外曾傳作鬼雄。垂死又堪聞夜雨，早衰先自怯秋風。晨光隙景思駒足，中道崎塗惜乃翁。牀螘鬭殘巖電蝕，足音空谷蹔明怱。

病起同達老携兒姪過市肆小飲歸萬卷樓有作

病來庭菊亦將蕪，已過重陽日易晡。鄰舊傷心無白社，亂離何意有黄壚？誰令饉歲連鮭菜，市人言久不雨國蔬將敗。〔一〕獨聽酸風帶鴈蘆。此聞析津近事，殊惡。還倚卭扶有高閣，百年迴首一長吁。

【校】

〔一〕國蔬：疑爲『園蔬』之訛。

虛谷嗣子榕壽扶護同君母喪歸泊靈渠來見愴然有作

竹裏風驚打夜窗，露荷寒燄逼幢幢。還披陋室思窮孟，忽拜麻衣痛老龎。玉笥何方雲影疊，綿山此日淚痕雙。年來碎盡龍香撥，不待清聲訴滿腔。

從子伯元濟中**領鄉薦東還省覲卽赴禮闈作此送之**

咄哉吾家駒，奉手言在耳。看汝觸吾悲，駸駸卌年矣。南北衖高甍，依稀情若咫。義學巷屋，與新居一巷隔。丁酉，余依爵之叔氏居，領鄉薦。率然冒九列，郎幄又清美。一朝自瑕棄，退引吾餘恥。浮名矧中嗛，晚學又衰葸。慷慨爲汝陳，倘猶識吾旨。蘭玉亦何干，庭階色先喜。尋常池中泳，得路鯤鵬徙。我道自知難，吾行尚能止。惠連行讀杭。最弱，汝叔唯貞軌。謂芝庭。迷陽而翁疾，獨力還渠恃。桂浦弟時病足已數年，養痾芝弟雄州廨舍。先業本一經，蜚聲再踰紀。三年愁我傍，悵惜臨觴起。計汝拜雙雙，官齋萬春蕊。時先就婚梧郡李氏息。重闈在堂背，羣季聯翩美。灘江東到海，縱壑龍門水。蒼梧有龍門灘，後郡國志注云『交州有龍門水』，或卽謂此。

十月二十八日出城詣平山㮈田先(瑩)〔塋〕及龍脈樹感作龍木樹爲姊氏新阡今年五月方就窀穸未成墳也

楓柏丹黄歲欲逋，霜郊重踏病魂蘇。寒棲尚擬仙山罫，薄俗偏愁宰木株。種髮百年心漸短，藁封幾日淚先枯？一般彥遠蹉跎意，城角歸來起夜烏。時聞楚中訛言，城中設隊。

李實郇同年自鄉居來賦柬

一病蕭條又晚秋，故人喜見雪盈頭。摧頹鎩羽成飢鶴，浩蕩忘機足野鷗。見説龔生殊未夭，謂龔鶴田同年。劇傷許椽不同遊。堯丞同年延徽。令威城郭愁相訪，零落空山負蹇修。與實郇同出丁伊輔師之門。

閏月望前一夕寓齋小集遂邀受田携琴來會

草草杯盤不用名，悠悠巷里足羣英。須知酒債尋常有，肯惜桐絲一再行？難得歲餘重直閏，最宜月下是横庚。期君此會來頻數，梅蕊看連菊萼清。

少韓沿檄自長沙來有詩仍叠南屏學博韻

嶺樹含藹又一時，青楊舍館費尋思。湯湯逝水增哀樂，草草摶沙易合離。東道小邦愁繼粟，南州高士喜傳詩。鄉關駐馬煩相問，日日斜頭嬾起遲。時以告羅來粵，故五句云。

與達老約將往城南看菊花而嘉甫兄亦至詎不果往慨然有作

病餘慔慔惜芳華，待覔黄香老圃家。勝日向來妉守壁，少年容易賤看花。風煙黮黮還無際，日聞楚邊訛警。魚炙酸辛定有涯。是日家人爲張夫人忌日薦食。租吏不關風雨寂，斷章邀客自矜詩。

得釣者風詩卷瀏覽竟日感作

嫛嫕忘日課，强半爲妉詩。得卷讀終晷，依然年少時。缸荷愁雨暗，窗竹聽風嘶。屢觸轉喉句，鈍吟空復爲。

出郭至陽江橋晚眺

施施嶺雲薄，今年霜氣乾。陽江橋下水，歲晚獨潺湲。背郭夕陽下，空林鴉影繁。生涯羡漁子，家具檝頭寬。

達老持贈其先世父春湖侍郎書我園記墨本從祖佩之郎中畫賦謝

君家懿祖詩高格，六法難弟八法兒。嘉道之間論書畫，臨川李乃不脛馳。棗木流傳載家乘，殘縑碎璧爭華雋。我亦妣書墨圈花，因君將貺感蹉跎。舊句銀鉤懷老阮，謂尊季父小韋先生。池臺金碧邈山河。

食柑有作

柑乃橘之屬，南樓寺中稱最良。小爲金彈大鵠卵，鈎櫞又幻爲飛穰。壺甘自是百果王，族二十七生江鄉。披金懷玉獨君子，昔嘗東遊偏與此。閩娘十八我亦憐，多食側生能病齒。須彌聖柰不可成，貪咽蔗漿吾老矣。清朝海客氷井來，頃筐三百何纍纍。秋林無霜冬又半，燈前擘絮明珠胎。

奉雲軒中丞次釣者風韻

優鉢光陰太劇匆，玉樓趣詔夢魂中。欹傾無藉偏黃耇，顛倒何心任碧翁。敢爲西河當諍友，勝教東里負名公。人生草草還成代，玉貌龍孫長竹叢。

少韓見投詩卷爲賦長句送返湖南

冶春曾賦柳枝詞，君《柳枝詞》甚佳。張緒風流昔見之。好我頻貽錦繡段，看君已摘滄浪髭。西京宰世多神父，東海傳家有聖兒。沅芷澧蘭何限意，鋒車歸謁湧郎祠。

夜過子實時新自其鄉居來

兎羅無際烏羣高，壯馬連錢盡錦袍。何意唐衢尚鋤钁，似聞懷祖盛旌旄。林園勝日情能遣，子實比其貴妾、愛子，故云。湖海平生氣自豪。汗馬汗牛須未晚，幾時車馬向江皋？

容菴庭中梅花大開是伯韓觀察所手植也對之愴然索容老和

嶽嶽聲名折檻回，庭花黃月手親栽。藐姑綽約驚曾見，殷仲婆娑漫又來。調鼎幾人誇玉雪？招魂無處覔瓊瑰。年時未效桓伊弄，怕觸東風濺雨苔。南史江斅讓尚主表，殷仲幾不免於强鋤。謝惠連「誰招氷雪魂」，亦詠梅句也。

謝麐伯編修維藩**典試粤東寄眎途中詩卷乞正卻寄**

潯嗟孤櫂海山窮，曾詡忠肝鐵石雄。贛水雙流持節過，曹溪一勺幾人同？秋霄沉瀣悲歌裏，夜雨滄波鞅掌中。獨抱殘編昏檠底，玉池珂珮聽春融。

與諸君小集和芷庭韻辛未

我與羣生抱骨皮，歸休偃息益成疲。詎應作會希長慶，且可邀隣到斛斯。居隣石竹老人休官卅載，年已七十，以僑流不與會，將破例邀之也。病眼重添花裏霧，酡顔難借掌中巵。春來百事抛離盡，强韻還吟破戒詩。

不信

漫蹟何方任遁坏，龍鐘衰策倚官樆。秋風卷屋邨童惡，夜火潯山巷馬癡。不信高旻顧觚缶，頓教薄土猒椒蘺。如何風雨鷄鳴裏，又聽横空甲馬嘶。

挽李星衢中丞福泰

東風疑不到山城，玉節西來報早鶯。綷若春旗知有腳，紞如夜鼓忽無聲。南陽名杜空遺恨，西土崔楊未是清。爲想鸞驂跨箕尾，海雲東望涕縱横。吳少邨中丞亦自東來權任，甫一月卒。君今莅任，亦三月耳，故有五句。

庭花二絶句

一自狂歌誚鳳兮，縫衣學子意常迷。閒花不解春工力，開逐墻東萬緑低。野鳳仙，一名飛來鳳。

珍綺便蕃錫上方，六街都督爛頭羊。鑾江五月飛凫艇，玉珮何煩泣楚湘。龍船花，亦曰荷包花，花純赤似荷囊。

午日

巖業高冠氣易平，江心百鍊鑄難成。小窗夢起槐風過，又聽新蟬第一聲。

飲受田齋中作

卓犖當年猛食牛，還山未老忽先休。弦絲靜裏風雷過，蹋壁空堂氣似秋。

友苕送盆荷最小者可供案頭有句

蓋鏡雲紅海畔樓，不堪苑馬觸邊愁。歸來曲枕烏皮淨，消領寒香紫玉甌。

贈葛緒堂本植**湘人也時爲余繪小像兼以酬之**

附鳳攀龍不可當，屏居何事獨湖鄉？偶探嶺路侔秋色，便劚花畦繪夕陽。褒鄂丹青政須爾，江潭憔悴辱相望。生涯我亦毛錐子，阿堵神高恐自張。

劉印渠撫軍長佑**過訪卽送之粵東任**

一臥滄江世久疎，五雲天際斷鴻書。相過嶺徼重持節，爲媿津橋未命車。用康節對潞公語意，去年報撫軍書所嘗及也。風雨漂搖傳海上，鶯花婺樂惜春餘。寒山老學傷孤陋，祇欲褰裳柰朽樽。

受田邀重九日登逍遥樓

閒中歲月任消磨，上巳端陽孏澇過。今年三月三日得巳，五月五日得午，皆巧合也。夢覺樓頭正陽九，亂山青冢夕昜多。

詠萬壽菊卽佛頂黃

鞠衣佳色近中央，寶髻中含慧日光。猶得東籬對樽酒，平生唯有杜黃裳。

寄嘉甫兄蒼梧幕府時印渠中丞移撫粵西也

看君老作諸侯客，寂寞山城那復之？中壘談經欣舊識，細侯行部喜來思。荒江瘴雨雲如墨，破屋星河鬢幾絲。元裕之句『破屋耿耿天垂河』。日夕仙舟望風力，孤藤閒倚砦洲湄。

寄訓中甫京兆惠題拙詩原韻兼謝見寄山梨木鯉

庭階秋雨綠王孫，詩戒慵持敝習存。絕憶尺山蘇道喝，尺山，地名，出梨甚美。難忘龍水隔漁邨。龍水村，即申甫所居。年來舊藁思焚棄，孰與斯文共討論？甦荷品題施刻畫，聊當一昔醉東園。申甫近自號「東園公」。

老淚

商瞿不祿龔生死，未別寒山感足跫。飂颲琴心孤息在，伶仃酒德二豪從。江干綠樹多新陌，巷口斜陽獨短笻。老淚不知空復墮，北宮憔悴又南容。

子實將還鄉居度歲夜過感作

漠漠江城歲又徂，松盆無燄燭花蕪。擎枝磊落堆殘雪，踢壁荒寒臥野夫。霰雨山空唯子在，藜蒿徑滿孰吾徒？菟裘未了羊皮換，枉復咸陽博簺呼。

達老以所蓄李子喬少鶴小印見遺索賦

三加那復到羈孤？少日陳遵每座隅。犬子無心懷趙璧，田郎何意襲荊菟？詎堪零落遼東羽，又作荒寒屋上烏。公子游閑看老矣，居隣還作調詩符。

子實送黃梅數小栽作壬申

舊約南邨有素心，還分花樹惜孤吟。不知香象朝天者，歸去占城月有陰。

種樹秀峯講舍作

抱甕歸來已後時，春風欄檻又新移。瀟瀟一夜山根雨，天意蒼茫那便知？

望晴

年年湖上雨如塵，斷鴈沈雲又一春。昨夜邨隣洗牛背，夢看東海浴金輪。

媿我

媿我淮西句未成，戟門鐘鼓樂時清。西風一劍歸飛晚，多事匆匆唱渭城。

聞霞軒自豫章往金陵消息兼寄琴西

聞君孤櫂向江東，愁見孫郎酒盞空。誰叜南州問徐孺？百年塵榻亦匆匆。

送客

秦川體弱早衰翁，絕念中郎倒屣風。一調陽關亂笳拍，教人那不憶譙東？

馬圖不知何人作鳳千舅氏所賜物也曩嘗攜之京師灤陽行館

黃鶴山中老敝門，丹青猶憶舊王孫。華騮綠耳紛何在？日對空齋有淚痕。

紀事壬申五月

日下黃人問若何？江東村名岸谷又逶迤。朝來一雨西風勁，稍喜庭陰厄偃柯。

榕樓絕句

湖上青山淡欲秋，榕根殘堞起山樓。樓中恐有曾題句，隱隱斜陽繫客舟。

盆蘭盛花邀諸君作展七夕鄭丈小谷獻甫**即席有詩次韻**

纖雲淡影珮香摇，小別多應宿恨消。雙鬢判羞花促坐，一樽還趁月盈宵。伊蒲昨夜歸蘭院，大餔今年賜渭橋。獨抱離心對交甫，秋期能引碧鸞簫。

秋炎

春寒無那又秋炎，歲月差池老病兼。一夕涼颸動窗竹，自鏘鳴玉下空簾。

易衡樵觀察自梧郡寄贈那悉茗花用鄭老展七夕後詩韻賦酬

踈星淡月炤黄昏，殘暑鏖人罷酒樽。忽報相思吟遠客，未利爲遠客。頓教多麗韻開門。珠光磊落懷雙夕，芳問迢遥接上元。行過湖東最愁憶，簽牌誰撿到西園。湖東樓爲衡樵桂林別業。

八月十六夜蔬香樓贈芷庭

鏤管銀牋舊列卿，湖西荘樓舊爲李春湖侍郎所闢，作書於此。墨池重漉月華清。殘畦乞得英雄老，笑指金波拍檻生。芷庭工書，設飲，故云。

鄭小谷丈來主孝廉講席一秋臥疾未瘉行歸象州歲云暮矣僕與先生同郡早相聞而殊未合并歸老一再相見不謂行之遽也

荷衣郵塾早心傾，偶坐常聞一座驚。太息中郎無晚節，但傳夾漈有高名。百年志學傷孤陋，四海論才惜老成。楓柏丹黄總寒色，離亭風葉不勝情。第三句謂李秋航丈童時，實聞先生於丈所也。

陳蘭甫書寄六言和韻詩媵以絶句次酬

玉牋書寄隔年詩，嶺樹今携繫客思。還問花南與花北，夜風先折老虬枝。時小谷已下世。

一秋晴亢庭草多蕪撫軍致送秧菊數盆立冬後一日也

啾嘆籬根欲坐忘，無風無雨過重陽。柴荆不顧顔光祿，未覺書巖昨夜霜。

記夢爲姊氏作也姊殁五年夜夢漸稀自忱兒生頻夕夢見而甯氏姊意尤了然愴惘有作癸酉

病目揩餘淚滿眶，昏檠殘夜雨淋浪。尚思聰讀聽連巷，翻訝呱聲泣在牀。明月蚌珠眞若引，濬兒小名曰招甯，姊命也。故衫蘭郁重能忘？金刀夢影還寥邈，老大亾精祇自傷。內子張、施皆罹娩難，故有第六句也。

芷庭置酒鴻樵寓居之湖東樓下看牡丹作却寄鴻樵蒼梧癸酉

謝客尋花愛竹間，花時不待主人還。二分流水常依檻，一角停雲自敂關。酒氣醲深微雨夜，詩情妍遠夕陽山。去年花底愁君別，爲報清尊各舊顔。

周昀叔觀察星譽**邀同諸君讌集兼送徐太守**灝

揭來文讌久疎慵，巷里衰羸惜病翁。六月蘭池還夏氣，一年林越又秋風。才章領海多遷外，鮭膾江湖易酒中。鮭膾，用山谷記宜州風土語。便欲東歸叓西笑，向來佳會惜匆匆。徐灝子遠一歸五羊，即將北覲，故云。

哭甯甥之曜遺櫬歸紹興

我幼孤惸爾母俱，酸心髫齔共依嫛。衰殘宅相聊看汝，强近天親又愴吾。炎海瘴雲悲宦學，越山歸旐望蓌孤。渭陽何意相憐倚，翻得憑棺慟老夫。

郭樂山學使懷仁**見投詩卷中多按試南邕所作奉題即送還朝**

九嶷南簇劍鋩青，路入昆侖極杳冥。萬古關門愁馬式，幾人文字接湘靈？中原民獻傷諸子，絶徼天開訝同迓。五丁。行遇使車頻駐問，蓬蒿滿徑惜哀形。第五句註：聞顧訪溪、莫子偲、何子貞、吳南屏先後下世。

招集樂山學使叔昀觀察寓齋兼餞子實之行時上公車並謁選也。

勝流譚藝數平生，一賦孤鴻舛疾成。北史盧思（遺）［道］孤鴻賦序有云：『攝生舛和，有少氣疾。』錦里湧思持老伴，高軒何意集豪英？晨星磊磊天長曙，霰雨潸潸夜有聲。同是夢迴青瑣客，江湖魏闕豈勝情？

樂山學使見遺長句次韻奉謝

病來不出山蹊久，倚杖柴門問孰之？一遇汝陰成累日，况聞軹里本同師。鼂錯傳：『學於軹張恢先，與洛陽宋孟、劉禮同鄉。』遺經在櫝悲寒故，耄學何方策暮遲？能幾平生相見晚，使星流影照清瀰。

中甫京兆來主秀峯講席小詩迓之卽用去年病起追和山谷獨遊東園二首兼以見懷詩韻

鹿鹿遂無聞，鰥鰥乃同病。方將環堵營，詎有羊求徑？百年傷逝水，老疾亦孤性。遠道媿瓊章，勞生未能靜。

寒山講舍立，耳目罕同氣。樽酒故人心，平生有深味。松桂植比鄰，雲峯敞閒地。麗眉倚東風，日夕高軒至。

茂陵秋雨詞（一—四卷）

自序

茂陵秋雨詞者，大都山人病餘之所作也。始自潘岳悼亡之歲，洎乎王粲從軍之年，往往牀空竹簟，藥裹金瘡，哀動長言，感存微旨。其閒中年惡疾，遠道沈痾，皋橋賃廡，伯鸞則永噫而歌；樵涇負薪，翁子乃同聲以唱。其創益甚，所作實多。

夫詞雖小文，道由依永，情文繚繞。家風既媿碧山，聲譜荒唐，工匠大慚紅友。爰事刪夷，都爲斯集。寓香草美人之旨，敢冀騷人？聆鈞天廣樂之音，猶疑夢囈。

歔虖！倦遊老矣，依然渴疾難消，薄宦無憀。惟是幽憂長抱，則相如自比，原非有託於其他。使去病當年，敢望何如之借問乎？

咸豐己未新秋，龍壁山人自序。

自跋

庚申之秋，曾刻龍壁山房詞草二卷。自維倚聲一事，本强作解人，聊以宣幽導鬱，不自愛重。遂亦不甚檢點，聲譜荒唐，而音韻尤非素習也。中年以往，精力漸疲，文辭潦倒，亦頗知自悔艾。乃以灤陽再役，比辛酉秋，重有悼亡之戚，往往情不自禁，獨絃哀歌。雖聲文幼眇之間，依然鹵莽從事，而用律用韻，時較前刻稍知謹慎，抑不知果能免咎戾否？惜冉冉老矣，即此文章最小技，而戒棄一再，不能屏絕。迄又靡所成就，爲憶嚮所酬和，若夢玉、海門，死喪離別，罔可就正。

爰自蒐檢，復爲兩卷，付之手民。仍附庚申所刻之後，聊誌年來不憀心蹟云爾。

同治三年甲子秋八月，茂陵秋雨詞人自記。

卷一

菩薩蠻

西風料峭寒螿咽，錦屏花放胭脂濕。悄影暮珊珊，碧雲天際看。　孤吟還獨處，誰問牽牛渚？何處玉簾櫳，夜階涼露重。

綺羅香 雨夜

梵歇松寮，雲迷竹徑，蕭摵晚涼天氣。點滴空階，兜惹亂愁閒思。紈綺夢、玉悴金迷，鐘鼎願、劍磨書滯。漸頭顱、三十依然，寒螿孤咽未心死。　遺簪那覓香煖，短夢驚迴餘陣，還吟窗紙。客館行舟，僂指幾番醒醉。攜襆被、晝省歸來，又短檠去聲僧窗獨自。更蕭蕭、落葉長安，攪人心暗碎。

臨江仙 病起

城上寒鴉偏早起，愁人枕畔先驚。依依紅日上窗櫺。怕持鸞鏡，對影照分明。　茗椀藥鑪須自理，支離病骨堪撐。夜來幽思特牽縈。打窗殘葉，和夢一聲聲。

唐多令 秋蝶用夢窗譜

胡粉溼羅衣，秋來殘夢迷。被西風、彫盡綠芳菲。便守花魂愁不去，問誰與，戀空枝。　寂寂度香幃，翩翩何處飛？怕西園、月冷霜淒。惆悵一生香絮影，更休說，紫和緋。

南浦 秋燕

東風滿徑，憶春朝、濃睡穩雕樑。夢底海雲如霧，歸思幾回商。不道西風啁哳，早蕭條、吹遍鬱金堂。剩月明華屋，風寒藻井，銀燭夜蒼涼。　不盡天涯蕭槭。認紅襟、淚點溼雙雙。爲問彩絲誰繫，簾影閟空房。多少玉鉤銀蒜，只難拋、零落舊巢香。盼江雲翦翦，幾時歸去覓漁艭。

望海潮 秋海棠

靈根一縷，天然嬌娜，誰令生向秋風？楊柳檻前，豆花棚底，偏來開傍寒蛩。脈脈斷腸紅。便向人不語，暗底愁工。薄命生憎，倩誰分付晚煙籠。　夜涼魂夢惺忪。又銀鐙重剔，照見孤叢。不道那時，淚痕點點，至今長在花容。寂寞更誰同。正黃昏時節，月上牆東。霜影迷離，繡簾寒透一重重。

湘春夜月 花影

夜朦朧，天邊新月如弓。捲起一桁簾波，流影入芳叢。者是玉京魂魄，被西風吹落，拂地煙濃。算紅銷翠蝕，芳情不斷，只在虛空。　畫樓西畔，金鑪香燼，露冷霜重。步屧廊迴，驀憶得、欄杆慵倚，雙鬢蓬鬆。重門掩靜，又誰教，短夢惺忪？收不起、待明蟾落盡，心頭眼底，依舊無蹤。

臨江仙 題友人落葉感秋卷子

庭階一夜瀟瀟雨，秋來容易今年。西風吹瘦嫩涼天。畫屏籠月，流影散秋煙。　長簟空牀人寂寞，此聲知在誰邊。玉簫我亦恨纏綿。禪龕獨自，搔鬢髮毿毿。

思佳客 元夕出遊二解

油壁香車騕褭輕，天街風撲暗塵生。市樓一簇金盤餤，便礙紗籠側帽行。　前墮珥，後遺簪，燭圍燈樹幾家屏？魚龍雜遝街如墨，不覺當頭有月明。

又

鬼殿神宮角抵華，沿街絲竹鬧紛拏。風前鐃吹翻新曲，月底簫聲出舊家。　燈影暗，幕圍遮，踏歌聲亂笑隣娃。歸來獨對寒檠坐，寂寞青蟲自吐花。

河傳

春盡，愁病。小窗閒，楊柳懨懨晝眠。露桃向人愁不鮮，潸潸，淚痕誰處濺？　枕上迷離蝴蝶影，飛不定。薄劣春寒忍。正模糊，花外呼，提壺，杏花郵裏沽。

沁園春 三神菴展張宜人殯宫作

秋到長安，斷雨零風，愁人自醒。慘琳宫門掩，葳蕤玉鏁，瑶京路隔，縹緲雲軿。黻佩商量，虀鹽論略，寂寞生涯涕淚并。年華影，奈朱絃錦瑟，一半塵扃。　禪關我亦伶俜，漸帶索衣寬也自驚。念青山歸骨，何時負汝；白頭進饁，夢底從卿？隔院棠梨，連街魚鼓，不信人天有萬層。余所居地藏菴與三神菴，間一横街。　旛竿靜，侍燭灰香冷，環珮來經。

菩薩蠻 崇效寺花看三年矣今春不及一遊悵然有作

禪房一夜風和雨，嬌紅定是飛無數。玉勒錦障泥，幾時曾路迷？　年年花下酒，偏是今春負。寂寞佛前燈，落花深閉門。

湘春夜月 病臥吴門和爔綺堂題畫芍藥原韻

灩春杯，草橋幾度花開。偃蹇一片腥紅，鶯燕總相猜。多少玉盤金帶，趁東風得意，舞上瑶臺。剩雲綃冉冉，畫屏深護，寂寞春來。　芳華負了，那番攜贈，月抱星懷。落拓江湖，誰喚醒、揚州一夢，芳草天涯。銀燈的爍，墜盤龍、重整宫釵。春好在、漫鉛華忍棄，杜陵憔悴，傍砌沿階。

新雁過糚樓 姚子楨大令見過話都門舊遊

九陌塵香。花工早、東風紺宇迴廊。鳳城偏近，車鐸對語琅璫。到眼不知行樂事，七年夢惹水雲鄉。最難忘。酒樓畫壁，醉墨淋浪。　招搖青春伴侶，正錦衣玉貌，暗妬紅糚。鬢青瘦損，誰念舊日清狂？江干漫勞駐馬，怕重說、瑶京歸路長。相思影，更漢南燕北，雲樹蒼茫。謂翰臣湖北，蓀石京師。

摸魚兒

聽瀟瀟、一窗癡雨，江南春又將半。夜來還是廉纖敶，拚到落紅如霰。春不管，只夢底、春人自惹愁零亂。年華暗換。是幾度傷春，幾番病酒，空賦玉階怨。羅衾夢，往事難乾淚眼，鏡盟釵約誰見？游驄踏倦天涯路，忍聽鶗鴂催喚。風影暗，恨冷落、瑤笙誤了西園宴。林鶯黯淡。剛曉色嗁開，海棠枝上，簾幙又催晚。

霓裳中序第一 夢遊華首臺作舊入羅浮曾宿處也

松風捲翠縷。嫋嫋浮山西堍路。多少靈旗颺舉。對掌合金仙，鬟欹玉女。霓衣曼舞。灑一天、晴雨飛霧。青巒頂、排雲鸛鶴，寂歷嘯空語。延佇。海山虛駐，有四百、瑤峰孰主？鸞車虎瑟來去。剩黯淡龍衣，癡迷蜨羽。鼎沈丹轉誤，問日出、雞鳴甚處？春歸也，煙霞愁失，幔影漾飛絮。

三姝媚 內兄夢玉司馬顏其廨曰蒓舫漫題此調

湖山深窈處。醉青衫沉沉，淚痕無數。竹裏閒來，問種花心事，好春能駐。四壁香清，風影颺、一簾飛絮。第四橋邊，還續姜仙，舊時題句。何事扁舟容與？儘玉手調羹，滑匙凝筯。深樹嗁鶯，怕海棠開謝，夜寒燒炬。司馬近詞有：「海棠開謝也，又嗁鶯」句。數點遙峰，又商略、黃昏微雨。倦旅他年，獨憶鱸鄉夢苦。

絳都春 用日湖漁唱譜梅雨

庭陰罨靄，把好春斷送，露悴煙憔。點滴未閒，夢雲依舊，惜飄搖。簾衣潤重鑪香裊。暮來還更瀟瀟。小窗幾日，殘英落盡，濃綠生條。何處凭高望遠，悵螺峰半隱，帶水空迢。呢語弄晴，銜泥歸燕，又新巢。吳歈淚暗胭脂老。玉華愁漬紅綃。柳眉深鎖，斜陽夢斷四橋。

南鄉子 和人感舊二首

啞軋斷銀牀，井檻桐雲罥夕涼。憶得西風纔識面，微糊。樺燭屏風背影長。　玉杵爛玄霜，咫尺藍橋那易忘？早識塵緣渾未了，郎當。忍負秋波一轡光。

又

嘶騎慢悠悠，草綠湖南獨自愁。惆悵阮郎歸去日，孤舟。腸斷春風燕子樓。　萬事付東流，瘞玉埋香一段秋。贏得鷓鴣聲裏怨，休休。不爲傷心也白頭。

瑞鶴仙 櫻桃

絳珠垂碧綫。訝香粉飄殘，一林紅豔。芳唇綻朱淺。問風流白傅，玉窗猶見。巾衫淚染。又野老、筠籠遞款。早繁陰、催遍天涯，誤了禁林開宴。　宮苑。玲瓏珊影，錯落瑛盤，筍園新薦。雕鞍驟晚。衣袖底，露痕濺。悵流鶯無賴，輕黃偷涴，誰把襟塵替浣？　奈當時、日午猗闌，翠屏夢遠。

又 枇杷

金鈴銜翠葆。認玉額初圓，蕊冠猶小。西園醉來少。漸梅黃落盡，櫻廚過了。風香露飽。想川路、時新送早。嬾相如、賦筆重拈，試問渴懷能療？　閒惱。重門深閉，雪盡花初，那時情抱。春痕暗老。愁重理，四絃悄。判芳華又是，枝頭摘盡，依舊丸書未到。問何年、湖上青山，蠡舟夢好。洞庭山，出者佳。

浣溪沙 讀白石詞此調慨然有觸於予懷者

衰草寒沙路入雲，山陽歸櫂不堪尋。更無人採白湖菱。　菰雨恨迷千驛夢，霜花愁憶十年燈。幾時斗酒爲招魂？『明發見老姊，斗酒爲招魂』，白石詩句。

虞美人 用白石韻

祝融峰頂蒼厓石。天外人孤立。兜羅綿〔一〕裏玉蓮花。花上露房雲矮、不曾遮。　高臺夜半星能摘。溼透穿雲屐。而今幽夢悵誰尋？點點雲花愁著、夢中人。

【校】

〔一〕綿：唐本作『棉』。

霓裳中序第一〔一〕

尋聲苦恨極。賦别江郎愁賺得。銷盡傷春氣力。奈嬾鬢漸彫，故衣偏索。篘簾翠隙。誤幾番、天際歸客。寒窗底、秭歸嗁老，夢月炤寒色。　寥寂。藥鑪塵壁，篆一縷、斜煙似織。襟痕難浣舊跡。又慘緑沈天，怨紅飛陌。晚來風雨息，盼遠景、雲羅颺碧。纏綿意、那堪長對，瘦影玉奩側。

【校】

〔一〕唐本有小題：『用白石韻』。

湘月 洞庭瀟湘往來最熟讀白石詞依韻寫懷

洞庭青草，算南來北去，幾度風景。一點君山，最縹緲、忍得平生高興。篷底烹魚，船頭打鼓，暝入衣裳冷。飄然萬頃，玉壺光滿金鏡。　一路九面看衡，湘雲楚水，蕩蕭蕭寒嗽。野竹叢深，望不斷、多少江頭幽勝。抱樹猿嗁，眠沙鷺起，冷落秋鴻信。扁舟仍在，舊時月色

能省。

疏影 舟中用草窗韻

菰蒲亂葉。正四橋水滿，雙槳催發。病目揩餘，棹擊空明，愁見煙飛雲滅。閒時臥舫吹簫客。剩瘦影、花前寒蝶。怕鬢痕、蘸落濃青，一桁柳絲堪折。　行盡東南佳勝，又平湖窈窕，千頃如雪。想得扁舟，散髮飄然，姚冶幾多風月。封侯未準身先老，但暗惱、雲衣重曡。問洞庭、結屋誰家，買斷玉峰幽絕。

一萼紅 盤門用草窗蓬萊閣韻

小篷幽。向寒閶晚泊，風雨暫時休。病翼蜩殘，旅情鷗老，到眼城闕悠悠。倚沙岸、誰家楊柳，替行人、聊繫木蘭舟。亂絮黏天，飛花捲地，頓惹清愁。〔一〕　誰向姑蘇臺畔，認烏嗁花落，夢影南州。香徑雲封，劍池風黯，幾處明月高樓。奈賀老、琴聲倦也，恁江山、寥落負清游。欲問吳娘舊曲，銷得沈憂。

【校】

〔一〕亂絮……清愁：唐本作『驀地飛花，連天吹絮，頓惹清愁。』

玉漏遲 詠夜合花索子楨和

露痕侵曉簟。濃滋暗縷，麝薰微醺。籠碧枝頭，一搦雪膚偷展。半坼冰蓮樣小，又恰被〔一〕、都梁偷染。

幾番院宇昏黃，泥簾漫卷。芳情怕引，倚糕人倦。枕畔新涼，素綃輕斂。水閣雲窗，曾記那回初見。微雨空堂醉醒，又落月、殘燈人遠。幽夢淺，愁吟病來渾嬾。

【校】

〔一〕被：唐本作『是』。

金縷曲 即賀新涼立秋日雷雨後作

悵望秋來久。訝秋來、破空雷雨，晚檐偏驟。洗出明河光似練，影著簾衣疎透。漸幾點、螢燈穿牖。脃管高樓清歌夜，泥新涼、不放銀壺漏。誰爲我，拭金斗？

小窗病枕牢相守。悵芳華、頓成憔悴，望秋蒲柳。長盼秋來蘇病骨，挂壁青萍疑繡。又卻是、秋來僝僽。閒數桐階清陰徧，莽西風、一葉先彫瘦。蟲語亂，恨鴛甃。

又 子楨見示立秋之作亦用此調復次其韻

淅瀝微商轉。鎮黃昏、檐花落處，濺珠拋霰。換得西風來人世，一枕梨雲飄散。正的歷、明星斜漢。掛起銀鉤梧梢月，盪紅樓、十二簾波展。雲影薄，夜深捲。

庾郎未病先愁嬾。耐經年、衾紋簟角，素塵頻浣。露白葭蒼心猶在，問許筇枝秋健。便忍棄、焦琴紈扇。斟酌橋西風流地，近蒼苔、落葉生公院。攜榼去，玉尊滿。

西子妝 楊補凡簪花圖幀往年得之京師病餘檢視行篋猶未損黦漫題此調

曲水潺湲，鳳臺蕭瑟，過眼流光如箭。曉糕人倚露華鮮，問娉婷、那時誰見？鸞綃自展。祇當日、眉痕全嬾。認徽容，感舊情如夢，思量都倦。　芳懷斂。零落殘縑，拂拭輕塵掩。晚天疎雨過簾櫳，挂西風、夕陽庭院。愁深夢淺，問抵得、桃花人面。剩淒迷、省識春風未遠。

倦尋芳 邵位西員外書來卻寄

晚秋天氣，羈旅心情，愁病誰遣？朔雁聲中，抛引舊情如綫。被西風，吹斷也，蘆花蓼葉汀洲遠。最無聊，是摧殘錦羽，夜寒霜岸。　驀迴首、東華春讌，桃李無言，九陌塵淺。彈指光陰，禁得水流雲散。人世歡場須暫得，風流何況西園宴？問猶能，待竹裏，夜燈重翦。

高陽臺 夢玉屬題褚氏冊子

紫曲門闌，桃花巷陌，芳蹤暗記眉樓。夢雨行雲，憐他花底親籌。郎官幾日游驄暇，儘匆匆、趙瑟秦謳。惱殘春，剗地東風，鶯燕都愁。　西臺痛〔一〕哭人何在？枉金張舊籍，暗〔二〕數清遊。衫袖郎當，不知舞錯伊州。沈沙戟載渾閒事，鎖荒臺、玉貌疑休。剩迴文，一卷天花，小字銀鉤。

【校】

〔一〕痛：唐本作『慟』。

〔二〕暗：唐本作『漫』。

又 聞袁鑾身同年罷歸有作〔一〕

綺陌尋花，銅街訪月，舊遊歡笑年年。燕舞鶯歌，春風浩蕩無邊。長生一曲傷心豔，又霓裳、破了鸞絃。歎華清，幾日歡娛，愁說開元。　貂裘多少金龜客，正雞鳴酒醒，帶笏朝天。馬滑霜濃，香衢踏碎連錢。灞陵不放將軍夜，問封侯、那得前緣。算幾人，頭白天涯，此恨綿綿。

【校】

〔一〕唐本題作『聞袁鑾身朱蓉莽同年罷歸有作』。

臺城路 卽齊天樂吳門歲除

羅衾紙帳懨懨底，天涯又逢除歲。臘意舒梅，春聲爆竹，芳思那堪憔悴。玉窗恨對。賸翠椀青絲，劇憐香綺。惆悵年時，金盆盧簾〔一〕夜深醉。　襟痕幾許清淚。就槐安夢好，都是愁寄。薄宦倦游，中年沈疾，太覺寂寥情味。隣雞未睡。問一枕殘鐘，忍能抛棄？　市火星寒，曙鴉聲漸起。

【校】

〔一〕金盆盧簾：唐本作『錦筵華燭』。

露華 用蘋洲漁笛譜書子楨木蘭詩後詩乃玉溪得意作也

玉峰珮影，似霓裳舞困，雲護煙幡。夢華膩管，孤吟漫倚瑤簪。寂寞後庭歌罷，歎蓬山、仙闕清寒。衣袂冷，東風幾樹，零落江南。　閒尋畫堂深處，醉花底紅牙，猶溼青衫。錦筵易散，從教蝶趁蜂探。最是斷槎愁繫，問洞庭、風訊誰諳？春又晚，斜陽二十四闌。

瑣窗寒 春雪

璚樹攢苞，緗梅殢萼，峭寒猶凝。迴風帶雨，蕩出素瓊纖影。灑貂裘、冰紋旋消，者番忘卻詩魂沁。問〔一〕翠眉丹靨，後庭誰按，曲闌催暝。　人靜，軒窗近。對一桁簾陰，絮痕吹冷。瑤華便好，那管露桃煙杏？怪春工、芳意自翻，嬌紅膩綠都未醒。漫匆匆、喚起梨雲，好玉壺天靚〔二〕。

【校】

〔一〕問：唐本作『好』。

〔二〕好玉壺天靚：唐本、清名家詞作『玉壺殘夢穩』。

又 春雨

細草青回，遙峰黛掩，滿庭愁翳。柔絲蕩緩，惱亂栗留聲裏。護雲屏、輕籠篆煙，玉鑪溼透沉香穗。漸綺窗人悄，一釭挑盡，夜燈紅蕊。　芳事，誰料理？柰露井宵寒，慣啼糊淚。朝眠穉柳，漸染帶顰新翠。倦東風、吹去又來，遠天漠漠渾是〔一〕水。算明朝、深巷人家，指賣花聲裏。〔二〕

【校】

〔一〕是：唐本作『似』。

〔二〕算明朝……聲裏：唐本作『耐黄昏，潑地陰，杏花深巷裏』。

又春寒

小閣雲深，重衾玉瞑，曉窗殊戀。殘篝倦倚，贏得夢微香淺。步芳園、濃糀定稀，近來冷卻看花眼。料衝泥未忍，杏梁深處，竝巢雙燕。　池泮〔一〕，冰澌亂。悄一點猩紅，露華偷展。桐花暗老，那忍鳳翎棲嬾。柰晚來、宿酒漸消，鸊鷉又怯風似剪。憶錦袍、簾外人歸，把殿頭歌按〔二〕。

【校】

〔一〕泮：唐本作『畔』。

〔二〕把殿頭歌按：唐本作『舊歌愁吏撿』。

又春陰

斷雨憎寒，流颸怨暝，那知春老。欄杆怕倚，長是困眠昏曉。恨東風、蕭條似秋，暮天暗約行雲悄。正百花時節，小簾朱戶，夢迴清窈。　閒〔一〕惱，花枝小。算踏青期近，海棠過了。藏鴉細柳，門掩一庭芳草。又匆匆、城闕禁煙，故園寒食晴更少。待勾留、鏡裏朱顏，試探花年少〔二〕。

【校】

〔一〕閒：唐本作『誰』。

〔二〕試探花年少：唐本作『水邊新禊好』。

高陽臺閨人撮余枕上小詩成冊戲題時病方少閒也〔一〕

錦字閒拋，玉臺頻檢，愁看彩筆痕蕪。象管銀箋，餘情猶撥鐺鑪。庾郎那復淩雲氣，恨蕭蕭、澀透寒竽。黯湘毫〔二〕、幾度花時，夢底全枯。　茂陵準擬成遺草，笑寒香一卷，能敵仙逋。未了塵緣，誰將金簡求書？樓中判老〔三〕橫簫曲，甚臨邛、著得相如。辦青山，種秫生涯，何處衡廬？

【校】

〔一〕唐本題作『閨人撮余枕上小詩成冊漫題此調』。

〔二〕黯湘毫：唐本作『只堪憐』。

〔三〕老：清名家詞作『走』。

滿江紅寄内兄孟餘通守東河兼懷山陰陳冀子丈

郡郭蕭條，迴首處、小簾深竹。閒載酒、亂峰如繡，太行南麓。花雨晝攜東閣宴，茶煙夜翦西窗燭。悵幾年、鴻雁影參差，天南北。　愁病裏，眞銷肉；車馬外，猶羈足。歎故溪門掩，劇憐幽獨。行客那禁嘑烏〔一〕喚，春酲未醒垂楊綠。料黄塵、烏帽也棲遲，河流曲。

【校】

〔一〕烏：唐本作『鳥』。

龍山會和夢玉兄游靈巖訪畢氏園次韻

鏡裏銷〔一〕蓬鬢。挂壁邛〔二〕枝，不道江南恨。樓陰吹絮冷。青山外、聞説湖波天近。鴛響溯空廊，試曾踏、宮花殘徑。耐消磨，顰蛾黛淺，數峰春盡。　橋莊一樣風流，換了雲衣，猶被當時姓。鶯聲催夢醒。樽前意、休問林間誰隱。燈火話蒼涼，泛一舸、高懷須忍。漫重約、插花醉滿，帽檐欹影。

【校】

〔一〕銷：唐本作『雕』。

〔二〕邛：唐本作『笻』。

百字令子楨奉檄雲間寄懷〔一〕

江鄉春遠，話芳華〔二〕、惟有林鶯知得。出谷聲聲遥應和，鎮日翠簾輕覓。小雨慳晴，斜陽妬暝，直恁多牽率。玉鉤輕〔三〕下，晚來還又岑寂。　聞道窈窕東巖，巫峰深處，猶有行雲跡。仙侶停舟聊問訊，閒對檣竿風色。明月灣頭，桃花洞口，好是曾相識。陸郎無賴，卻尋黄耳消息。

【校】

〔一〕唐本題作『子楨沿檄金山賦此寄懷』。

〔二〕華：唐本作『菲』。

〔三〕輕：唐本作『重』。

祝英臺近 和稚香居士柘湖感遇之作

眼波渾，眉暈嬾，垂柳暗煙縷。鎮日閒眠，漠漠甚情緒。無端燕子歸來，雕檐昵語，又颺起、翠櫳輕絮。斷腸句。縹緲一片驚鴻，迎風〔一〕屢迴顧。厭〔二〕說相思，還是怨嬌嫵。也知人遠波空，恨他嗁鳥，偏只道、不如歸去。

【校】

〔一〕風：唐本作『眸』。

〔二〕厭：唐本作『悔』。

江城梅花引 題彈華盦詞卷

數聲琴築思悠揚。是高陽。是河陽。驀憶看花韋曲鬬紅糀。多少雨斜風又細，春漸杳，舊歌聞，空斷腸。斷腸。斷腸。料難忘。檢瑤觴。新酒香。醉也醉也，醉不到、年少疎狂。剩得落英飛絮只〔一〕淒涼。玉樹飄搖鸎夢嬾，休說與，綺樓人，愁萬方。

【校】

〔一〕只：清名家詞作『共』。

鳳凰臺上憶吹簫 稚香偕舊荆溪尹黃君茝鄉攜酒樂招客假宴息園邀僕出會猶病未能也小窗獨坐聞園中按歌聲戲拈此闋將呈諸子

小閣通晴，虛簾度暝，輕塵簌簌飛梁。想花園促坐，鏡曲傳觴。試問梁園賓客，桐絲引、曾解升陽。閒欹枕，十年舊事，暗憶宮牆。悠揚。數聲水調，偏暮雨金城，猶隔吳娘。忍夢醒瑤闕，人散珠航。贏得茶煙禪榻，揚州恨、斷羽零商。乘鸞影，樓中幾時，怕老蕭郎。

琵琶仙 聽顧老竹菴琵琶是日作霓裳羽衣秋江送別楚漢將軍令霸王卸甲諸闋〔一〕

雲外關河，漫提起、舊日霓裳宮闕。偏是遼海琴心，山空鳥飛滅。迴撥處、江蘆浦荻，又聽到、別船嬌咽。驀地煙塵，連天鼓角，風雨推激。　問何事、枯木寒絲，恨猶作沙場響金鐵。多少古今悲慨，付尋常風月。閑罷手、池亭自碧，笑長康、獨坐癡絕。喚醒竹裏幽眠，病來摩詰。

【校】

〔一〕霸王卸甲：據唐本補。

燭影搖紅 自題薰籠美人便面稚香夢玉同作

倦倚薰籠，料他彩被春情嬾。爲誰孤坐判深宵，祇覺雙蛾淺。驀憶闌干謝館。近清明、楊花滿院。紫簫吹黯，杏子枝頭，月痕如綫。　繡鴨重温，十年舊事和天遠。丹青贏得幾回看，不似春風面。底事藤陰夢短？惱相思、愁紅也變。玉紈金篋，枉自秋來，淚珠凝點。

高陽臺 七月十三日作丁戊之間臥病越城是日鄉中迎賽朱太守祠最盛俗傳爲漢太守朱翁子也昔白石道人作越中神曲獨未及此故詞及之

覆水杠頭，樵風涇畔，兩年愁臥西風。落日荒祠，聽殘儺鼓鼕鼕。十年遲我懷中綬，恨消磨、兒女英雄。剩桐鄉、報賽年年，猶說隣翁。　神絃待〔一〕補家山曲，笑行歌浪跡，重滯吳東。寂寞皋橋，空聞夜雨鳴春。微生一病都成嬾，畏新來、瘦骨支筇。最逍遥，社酒寒燈，惟有龐公。

【校】

〔一〕待：唐本作『未』。

醉蓬萊 山塘泛舟

拂斜簪塵滿，綠玉新扶，畫橈輕放。勝約頻番，試治橋芳港。洗眼雲嵐，西風吹醒，問夕陽無恙。瘦塔含煙，殘蟬訴暝，漸驚蕭爽。 羅綺叢邊，管絃聲裏，似我重來，夢華凝想。十里迴塘，又夜燈齊上。幾處高樓，幾回明月，付幾人閒悵。長記歸舟，水光蟾影，燕泥門巷。

一萼紅 夢玉兄將有都下之行載酒出遊歸自錫山出示〔一〕此調洵是江南斷腸句也繼聲同韻兼呈稚香

綺窗閒。正搖花雙玉，歸袖未香闌。宿雨關河，扁舟琴鶴，誰識猨臂輕鞍？定何處、烏絲醉墨，移翠燭、看了又重看。鸜鵒衣單，蟾蜍珮冷，愁說龍山。 聞道離歌〔二〕將唱，趁畫樓明月，綠酒紅衫。杜牧重來，蕭娘應待，祇恐風雪清寒。最寥落、梅邊夜笛，又馬蹏催我向長安。寄語燕歌舊侶，休負花前。

【校】

〔一〕示：唐本作「觀」。

〔二〕離歌：唐本作「驪駒」。

長亭怨慢 同龔海床夜飲江上

黯前度、扁舟東下。猛憶經年，翠樽重把。小舫商琶，故衫殘粉、又清夜。玉山摧也，聽亂雨、疎篷打。一醉儘無聊，算〔一〕抵得、巴山閒話。 休訝。十年燕市裏，嬾說杜郎聲價。荆高勝侶，定多少、五陵衣馬。算幾日、載酒江湖，祇薄倖、青樓名挂。笑眼底餘春〔二〕，猶有數枝紅姹。

【校】

〔一〕算：唐本作「笑」。

〔二〕笑眼底餘春：唐本作「漫棹人前溪」。

又 惠山別子楨

恨牢落、石尤輕絆。惟有多情，故人猶戀。倦旅殊鄉，阻風中酒、事何限。泉香酒釅，問底事、金杯淺。樓閣指仙山，又縹緲、路迴峰轉。 悵遠。好雲窗霧閣，賺得玉池清讌。東方醉也，任滄海、揚塵都遍。望不極、莽蒼關河，總依舊、伯勞飛燕。到紫陌重逢，愁說楊枝清怨。

八聲甘州 吳門登舟何君伯凝遺一劍子楨送瓶菊贈行適夢玉兄寄京口詞即次其韻

掛雲帆歲晚愧江湖，重檢故衫痕。但鬢怯新霜，情依舊雨，慘結臨分。萬里湖船閒泊，客裏送青春。寂寞荒池畔，多少羈魂。　載得江南秋色，待黃金裝匣，碧玉簪巾。柰天涯羽檄，風雨昨宵聞時聞粵警。怕鄉園、塵飛五畝，倚崆峒、何日息雙輪？纏綿意、踏歌聲遠，落葉關門。

拜星月慢 北來行汶上假秣寒墟間適夢玉兄自都下南歸相值逆旅中遽爾別去殘臘抵京忽忽一月餘矣玉兄抵吳中郵遞此詞不勝繾綣之懷次韻奉畣

邸舍凝曛，朝衫驟煖，晝省餘香頻爇。冷月荒藤，過燒燈時節時余僦居廠廟西街。漁洋山人藤花故屋。恨一紙，撩起、江南舊怨底事？夢底揚州輕撇。寄得梅花，問春風能說。　記郇廬、草草雙鞍歇。拂塵牋、冷訝燕郊雪。一霎門外天涯，想白雲高格。悵西園、獨與青山別。花風外、騎鶴歸仙闕。料夜深、畫燭窗閒，有愁心千疊。

點絳脣 燈下讀張海門同年夢殀碎語黯然有作

綺陌花時，軟紅重踏鞭絲緩。與君吟斷，鬢影今生短。　憑仗東風，吹得春魂轉，缸花颭。一簾青滿，甚覺芳春遠。

卷二

菩薩蠻 滎澤渡河出都門遽千里憶自丙午春正渡柳堰時於今五年矣

河聲捲入東風疾，津亭楊柳千絲碧。相見幾多時，少年輕別離。　柳花還似雪，此度傷心別。愁上白雲槎，征人先憶家。

浪淘沙 題家書後

秋氣驟生潮，雨虐風饕。晚來寒意特蕭騷。何況蠻雲天似墨，殷地蘆簫。　獨自檢征袍，衣帶量消。金錢休卜可憐宵。一樣飛鴻期不到，夢也無聊。

清平樂 桂林七夕

羅幃夢底，有個人同倚。夜色天街涼似水，芳草碧雲千里。　軍門樺燭清秋，關山猿鳥新愁。底事浮槎遠別，勝他枉渚牽牛。

菩薩蠻 湖上夜歸

玉驄繫在垂楊樹，綠窗坐對紅燈語。纔欲展雙眉，風流合自持。　霜街愁馬滑，虎帳圍金甲。歸去臥秋風，相思咫尺同。

攤破浣溪沙

秋雨秋風塞草新，亂峰秋色暮連營。滿地蘆笳吹欲偏，不堪聽。　雕羽夜鳴還在鞬，錦絛霜重未離鷹。何日沙場眞獵得，海東青。

瑞鷓鴣 過茶亭堡

那日蕭郎獨去時，一春新雨發棠梨。河山渺渺人空返，生死悠悠路豈知？　眼底浮雲成過客，天涯落日望歸期。休言駟馬憐行道，嫁女征夫只別離。

鷓鴣天 陽朔舟中重九憶去年此日自吳門舟達武林又十四年前與亡友彭子穆同舟過此不勝今昔之懷

小別江鄉恨玉巵，去年曾負菊花期。那堪萬里嗚鉦路，又到千山落木時。　人去遠，鶴歸遲，碧蓮城郭是耶非？壽陽峰底今宵月，惟有寒光照鐵衣。

相見歡 陳子珍孝廉歸自秦中過桂林肩輿見訪陽朔軍次猶記戊申歲莫臥病越城子珍過杭聞之挐〔一〕舟來視三年重見情見乎詞

少年騎馬青樓，醉同遊，贏得十年殘夢在揚州。　垂死別，迎寒節，越溪頭。長記隔江爲我放輕舟。

城頭一角秋營，話宵深，不道相逢猶是夢中身。　嶺畔缺，梅花月，伴三星。歸向君王何處覓卿卿。

浪淘沙 夢玉詞人吳中萬里來賦從戎霜天持令將越紫荊山寨而行殊自壯也

小築對靈巖，日日遊驂。扁舟來泊嶺雲邊。犵鳥獞花秋色裏，回首江南。　羽檄走諸蠻，匹馬閒關。黃沙白骨有荒煙。醉入千山藤峽暮，何處飛鳶？

長亭怨 盼家書作

黯一片、亂山斜照。過盡征鴻，數聲雲杪。急景蒼黃，遠書珍重、幾時到？歲華殘了，漸瘦減、當時抱。翠袖倚天寒，向日暮、賣珠能療。　堪笑。對蓬蘆抱厀，慷慨幾番吟嘯。醉來磨盾，漫幾日、鬢青催老。算猶有、射虎英名，問雪裏、歸期能早。恨無賴西風，吹雨嫖姚塵纛。

金縷曲 陽朔宜梅世罕知者日出步山家籬落間一株始作花也病腳數旬甫起而花盡矣春來逝將去此慨然有作

倦眼揩如醉。驀相逢、碧蓮邨落，縞衣仙袂。不道江城雲似墨，猶有衡寒山意。放幾度、桃花雲襆。纔向百花頭上著，慰天涯、多少相思淚。且莫問，調羹事。　愁邊枉折新豐臂。最無聊、金瘡學裏，瘦筇難倚。眼底鉛華輕一瞬，瞞卻東風人世。只我與、東君憔悴。求馬心情還惜別，算玉關、何日逢歸騎？歌此曲，問雙翠。

清平樂 小除日過馬嶺

奇峰萬旆，擁出貔貅隊。一片青山橫淺黛，人到莫耶關外。　金門臘鼓鼕鼕，玉荷愁對花紅。欲問天涯歸騎，畫旗搖曳東風。

臺城路 荔江行館歲除小病幸蘇虛谷梁德如兩君皆在慰征夫勞瘁也

平泉公子傷心路，東風草芽新怒。羽檄頻飛，馹車空駕，那有獻花嬌嫮。天涯歲暮。恨病嬾相如，渴懷新痡。點燭深帷，夜寒清角柰何許？　春來斷鴻歸處。只鴛鴦井畔，石麟如故。萬里旌斿，十年書劍，贏得袴衣塵土。故人自許。對慷慨尊前，刃光丸雨。猶幸相逢，與君饒吹譜。德如月前寓書陽朔，有「刃光丸雨」之句。

瑞鶴仙 夜過德如所居姚氏樓作

小樓深夜雨。對茗鼎香鑪，暫拋塵土。相逢問何許。數舊情空記，斷歌零舞。錦鞍繡袴。恨悤悤，玉顏非故。聽紞如、戍鼓聲中，能幾歲華如羽？　休誤。牙旌畫捲，鐵甲宵征，捷書先赴。危欄試撫。雲黯黯，混江浦。問前軍可有，一池鵝雁，咫尺天山飛度。待朝來、北渚鴻歸，數行寄與。

又 聞雁再拈前韻

短蓬江上雨。記那日孤蒲，繫情鄉土。羈懷亂如許。又荒雞伴夜，劍花愁舞。輕裝短袴。想萬里，雲羅猶故。怕淒涼、滿目沙蟲，驚入碧窗歸羽。　疑誤。牆深薜荔，水漫芙蓉，錦緘能赴。桐絲恨撫。人渺渺，斷洲浦。問銜蘆幾箇，玉關歸去，眼底上林春度。忍驚回、夢蝶寒莊，夜闌訴與。

又 栩谷題畫梅花句云夢入羅浮杳靄間縞衣仙珮影珊珊兩山風雨迷歸路拚與梅花度歲寒殆有寓也戲疊前韻寫此詩意詞中故人謂亡友龔孝先二十年前客遊於此者也

淚珠花上雨。話舊日揚州，故人黃土。花前最心許。又羅浮夢底，雪衣嬌舞。冰紈玉袴。惱師雄，酒鑪傷故。醉東風、珮影珊珊，零落翠禽霜羽。　休誤。

鴛鴦石畔，翡翠檐深，夢魂輕赴。隣箏暗撫。春水綠，又南浦。料幾番東閣，逡巡索遍，儘把歲寒同度。待何時、笑乞君王，兩山賜與。

惜餘春慢 二月十五日清明行荔浦道中作

舊壘荒餘，新邨爇後，拂面輕颸寒峭。山花嬾豔，澗草憐幽，試問東君曾曉？迴首星幕森沈，風雨夜來，夢魂驚覺。恁蕭蕭數騎，天涯顛頞〔一〕，幾時歸好。　誰知又、楊柳攀餘，刺桐開徧，宮燭禁煙分早。二分蕭瑟，百六淒涼，一半青春過了。遙憶畫堂炷香，流入淚痕，蕭關能到。恨紅羊無賴，今夕碧燐多少？

【校】

〔一〕頞：底本作「頬」，據清名家詞改。

漁家傲 范希文軍中嘗作此調永安城外布屋夜寒絕似在矮屋中光景書此排悶書生寒態詎能萬一窮塞主耶

濁酒微斟歸夢淺，圍碁一局文三變。醉倚軍符堆葉亂。風幕捲，寒星短炬飄紅燄。　宛似風檐操寸管，

廿年前事曹騰倦。一様泥金人盼遠。春又晚，歸期枉說櫻桃宴。

金縷曲 重至壽陽山下

畏見春山笑。甚重來、碧城惟有，漫天芳草。可惜軍門元夕宴，幾度玉樽空倒。又一枕、烏嘑春曉。滿地落紅飛蜀魄，怕天陰、雨溼頻呼嘯。雲外影，度飛鳥。　緋衣坦腹人空老。忍思量、玉門無恙，錦鞍歸好。惆悵風前聞唳鶴，腸斷秭歸春杳。算猶有、丸書題報。擔酒牽羊何日事？歎勞人、寂寞關山道。拚一醉，酹江島。

摸魚兒 發桂林別虛谷子石作憶自丙午假歸失一故人龔孝先此行又失子穆兩君皆有南州徐孺子風感慨係之矣

耐無聊、笑人猨鶴，玉驄何事來去？匆匆訪里尋隣後，嘑到流鶯四五。風送雨，漫記得、狐鳴篝火當時路。故人恨殂。算陌上銅駝，草間猶在，寂寞伴抔土。　門前柳，栗里人煙佳處，異時相約衡宇。浣花茆屋依然

在，猶賴軍門嚴武。花外路，任滿地、蛩螿秋色寒煙語。長鑱最苦。只西燕東勞，子規聲裏，脈脈愴情緒。

又 別樾湖作

倚雕闌、平湖瀲灔，明宵相憶何處？湖波一霎雙雙影，還被浣紗人妒。風又雨，問那夕、驚魂睡穩鴛衾否？後期謾語。衹翠扇香留，羅巾淚漬，都入斷腸句。重來恨，眼底楊花倦舞，一鞭翻惹愁絮。可堪戎馬關山客，來對綺窗朱戶。沙岸路，被幾度、流鶯喚得青驄駐。錦城去去。記楊柳梢頭，出門殘月，相送玉階步。

清平樂 雨出桂林郭門軍門向老病中遺一裨牙持柬送行慨然有作

夜來微雨，陌上如龍去。緩策平明成獨旅，腸斷楚山歸處。　寒山猶有青林，蕭條倦馬微吟。爲語洛陽親友，玉壺一片冰心。

瑞鶴仙 鶴老人好擘窠書偶成飛白鷺字見貽比從星沙言別至鹿角泊舟檢篋得之賦此自嘲蓋相從粵楚崎嶇忽已兩年矣用舊詞韻

晚涼殘照影。問泛浦眠沙，幾番霜信？芳筵翠樽冷。甚嬌黃愁掩，墨雲成陣。花翻絮隕，笑淮池、天寒未忍。悵襹褷，綻羽雕翎，任爾玉纖能整。　迴忖。灘山夜火，嶽麓秋煙，那堪愁泳，江天暮景。羞鶩侶，雁程永。算年來攜得，山陰道上，不負斷毫呵盾。問誰家、燕頷飛來，封侯夢準？

金琖子 秋茗

繡幄塵清，藥鼎煙消，睡餘無力。坐悶雨長廊，文園恨、依舊病來蕭瑟。泛琖古銚清泉，有仙風盈腋。閑堦煮殘葉，一甌珠露，晚涼邀客。　粉壁。舊奩拆。記春火、勻焙遠渚白。沈沈玉去聲缸醉擲，夜醒處、惱亂瘦檠繁蟀。霜氣暗漬雲腴，破孤眠岑寂。歸裝晚，桑苧翠緘，雲鴻休隔。

粉蝶兒慢 秋蛾

網脫蛛黏，衣偷蜨褪，底事簾陰撲遍？玉銷兼粉瘦，又金風淒黯。夢影迷離繡停針，試剔銀荷花顫。夜蟾低，向碧紗、柰早香塵棲暗。　繾綣。釵兒鬬嬾。誤輕盈、幾箇眉痕愁斂。野蟲青對死，問涼絲抽斷。漫想嬉遊元夕鬧，到處錦筵飛轉。忍伶俜，對霜華、一窩紅燄。

聲聲慢 荷花生日小集寓齋次錢蓱矼同年韻

蜩邊樹老，竹裏門深，天街一雨新涼。翠葉金枝，沽酒試滌凝糕。岧嶤華峰天半，許人間、蜨趁蜂忙。閒笑我，有筩杯一尺，輕酌銀漿。　寂寞芙蓉巷陌，怕西風，吹水容易秋房。玉貌相如，珍重傅粉年光。華嚴大千世界，忍紅衾、醉擁春長。待夢醒，問蓬山、能醉幾場？

金縷曲 送顧子山同年出守郢中

繭栗梢頭雨。正匆匆、餞春時節，東風如虎。有客陽關催疊唱，別我一麾西去。柰柳色、今年非故。黃鶴磯頭梅花弄，莽旌旗、亂捲蚩尤霧。雲黯黯，落江滸。　拂衣醉起花枝舞。笑書生、探囊猶有，驚天奇句。上馬提戈能殺賊，下馬能書露布。待萬里、雪山飛度。何況飄零風中籜，好金鐃、細琢紅箋譜。歸教與，泰娘嫵。

百字令 直廬對雨

閣門晝靜，漸水雲斜罨、午蜩噤樹。淅淅騷騷還颯颯，一霎涼颸吹雨。柳外鐘沈，槐邊天暗，苒苒金莖暮。西風無賴，驚人愁鬢如許。　卻憶紫陌城南，老傭閑睡，足爲花起舞。我亦身閑官事了，一榻小窗慵度。翠管香寒，玉箏塵澀，寂寞樊川句。青春鶗鴂，幾人叱犢邨隖？

臺城路 題陶島香侍郎丈紅豆樹館詞

湖山金粉消魂地，瑤情可憐芳樹。璚實緘愁，花身凝豔，贏得相思如許。琴絃慢撫。問垂柳門前，舊家庭宇。芳草年年，江南猶有斷腸句。　紅牙幾人暗譜？料重來上國，綺筵非故。寶馬文珂，青春素髮，逝水東風無數。勝流似雨。訪零落貞元，那時宮羽。猶幸相逢，一樽同笑語。

水龍吟 金粱夢月詞人寄示鴻雪詞鈔意極珍重因録瘦春詞草卻寄媵以此調金粱詞殆張伯羽後一人而已

素琴絃上秋風，斷無人處尋煙語。鈞天何在，銷沈片玉，幾人閑譜？　冰雪天寒，雁鴻聲緊，斷腸愁句。正金門歸晚，雲牋飛下，遙空色，黯如許。　猶憶鸞驂導客，對山城、戟門花午。錦袍明月，清尊華燭，替傳騷楚。多病相如，天涯老矣，茂陵秋雨。趁蘋洲無恙，春來玉笛，聽相思度。

瑞鶴仙 題梅神館集

雪花吹絮影。錯當時便猜，謝庭高韻。吳江怕楓冷，又平沙漁火，幾多幽勝。新篇似錦，抵多少、玉臺香茗。好風流、人似秦嘉，朱戶綠窗同詠。　閒靚。宣文講幄，紛帨朝來，珮聲低問，鷗波自永。迴首處，惜萊隱。料重逢此度，文鴦秘笥，定有龍韜蛇陣。笑春來、澹月良宵，詩懷漫省。

探春慢 拱辰樓作

斷碧三間，輕紅一角，朝暉暮靄頻曳。玉鏡平臨，金門斜直，人道五雲天際。窈窕西山色，憶曾鬭、仙蛾濃睡。而今不似當時，小窗孤擁愁髻。　欲問虹橋甚事。換姤雨煙昏，七峰零翠。人影闌干，歌塵簾隙，飛鳥也知含睇。試極東南望，便錦字、瑤函空寄。灞岸歸來，淩雲蕭瑟還倚。

長亭怨慢 寒夜水芝仙館小飲戲拈

問何事、酒痕襟漬。灞岸歸來，故衫重澣。金地瓊筵，商歌零羽，幾時換。朔風淒撼，屏背隱、燭花短。一醉破愁慳，繫門外、五花霜糝。　銷黯。又咸陽市裏，殘夜博廬人散。金鼇背穩，驀隣笛、一聲腸斷。恁聯翩、駿馬貂裘，衹錯聽、玉人羌管。看竝羽雕梁，許約青春閒伴。

金縷曲 勒少仲同年出守南邕京師人海同調甚稀子山莽矼而外獨少仲最沈濬其深美者將與海門比肩過從未幾忽復外轉臨岐悵惘情見乎詞

百萬長安市，怪相逢、十年蹤跡，斷歌零徵。綺陌穠花青瑣月，同是秋江鴻戲。問幾個、元龍豪氣。湖海英雄兒女淚，黯青衫、各有傷心事。歌幾曲，慢聲寄。劍鋩山色吾鄉里。莽煙塵、看君五馬，嫖姚馳騎。詞筆春風都漸老，好拭劍華秋水。要補勒、珠厓奇字。待我軍門歸揖客，是順陽、開府驂鸞地。疎影弄，一廛倚。

浣溪沙

多事遼西夢未成，萬年枝上打黃鶯。禁煙時節是清明。

愁惹斷鴻過遠塞，悶看新火變寒林。錯將玉玦付卿卿。

稽首慈雲大士前，西風紫竹化輕煙。人生何處火中蓮。

精衛石銜空赴海，魯陽戈撥怎迴天。傷心初見是當年。

浩蕩軍容出塞時，君家兄弟好男兒。雜花春甸走龍旂。

翡翠簾閒吟別字，枇杷花底算歸期。灞橋楊柳亂如絲。

誰爲緘情委逝波，愁心一夜漲江沱。江南江北恨如何。

無計丸書題白雁，幾回觥酒換紅螺。黃金拋盡得愁多。

曾見瑤池會上來，玉顏青鳥總疑猜。綠窗朱戶似蓬萊。

迴首嬌嬈還半面，驚心歡喜是盈懷。十年前事劫餘灰。

一局彈碁屢變遷，郎君風致最翩翩。搔頭傅粉對邯鄲。　驟裏春蠶迎賽鼓，灕褷晚鶴載歸船。不應遺恨失金鈿。

剗地酸風亂落花，青煙白骨漫天涯。碧桃花裏住兒家。　一葉估帆天際遠，數行官旆水濱斜。浮梁小別又綱茶。

昨日東風今日西〔一〕，海棠開謝又荼蘼。子規啼了鷓鴣啼。　漠漠江城遮望眼，離離煙市雜征蹏。關山牢落厭金鼙。

怕聽鵑聲度畫橋，垂楊垂柳一千條。水風吹面最魂消。　秋老木犀飛暗雨，夜昏銀漢落驚潮。烏衣門巷月兒高。

猶有蕭晨唄語親，梵王高掌執金輪。瓣香虔爇禱群眞。　海月尚縣珠有淚，花人曾踏玉無塵。幾時相見證蘭因。

夜夜青檠綴玉蟲，珍珠如露月如弓。夢回憔悴感秋蓬。　鈿合金釵長寂寞，唾華瓊字轉朦朧。秋江開遍碧芙蓉。

消息寒梅問綺窗，新詞年少屬何郎。誰知東閣易斜陽。　聽水聽風愁驛路，飛花飛絮滿江鄉。華年禁得幾迴腸。

【校】

〔一〕西：清名家詞作「雨」。

卷三

催雪 壽陽師命題借園寒趣圖卷

五畝行來，三徑自開，隣樹綠楊疎倚。問晚景黃花，過時能記。喚醒觚棱夢早，又暖日，東窗烘猶醉。雲衣一片，茆龍換著，雀羅門第。　愁寄。恨無地。剩錦字題鴻，玉漿斟螘。歎故國梅花，歲寒如此。還倚調羹素手，待挽得東風來人世。好去訪、芋火寒山，添個嬾殘圖裏。

暗香 灤陽歲晚行眺酒仙祠下有作

亂峯翠匝，笑幾人潦倒，相逢攜鍤。霰影四遮，雪窖氷廬氣蕭颯。便擬沙場醉卧，渾忘卻、東風鳴甲。甚歲晚、絕塞人家，簫鼓也迎臘。　閒踏，馬蹏怯。歎去國路遙，夜月殘闔。玉簫恨攧，迴首中原黯如霎。多少飛蓬淚眄，待準備、花時鑾榼。怕恁日、春去也，綠陰夢壓。

疎影

江樓跨鶴，算那回草草，揮手雲壑？曾記花時，宋玉牆東，春來好景如昨。湖山金粉都拋盡，漫記憶、江南江北。好重尋、墩墅風流，剩有舊時屏箔。　誰念長楊往事？關河幾萬里，天淨塵幕。流水匆匆，四十華年，慘澹瓊犀簾角。窮荒蛉贏樽前在，倩玉手、駝酥更酌。判雁飛、不到天涯，祇是夕陽紅薄。

念奴嬌 京廬病起爲陳抱潛題姬人馬繪寒檠侍藥圖

茂陵憔悴，漫藥奩、誰撿飛龍骨出？關塞秋風爲客意，併作劉郎蕭槭。翠管書方，玉甌量水，衫袖瓊華積。江沱人健，問郎何事修得？　我亦腰瘦東陽，帶圍渾減盡，鳳樓孤側。風柳無端零落恨，愁向永豐坊陌。微雨蘇端，閒雲杜牧，往事還相憶。弱弓輕彈，看君精悍猶昔。

金縷曲 辛酉七夕與陳蘭谷大令話别密雲官舍並調縣齋主人

自别龍城柳。卅年間、荷衣竹馬，那堪回首？同學爲郎多不賤，難得西風持酒。薊簾外、塞山青透。休復天涯零落恨，老鄉園、燐碧隨風久。烏帽影，耐相守。

闕門笑我輪蹏又。枉經番、烽懸滄海，自憐身手。京陌緇塵猶識面，爲問容顔如舊。祇愁對、洛陽親友。銀燭畫屏明夕宴，判與君、勞燕俱僝僽。歸調與，四絃婦。

滿江紅 重經古北口

極北層陰，荒徼外、萬峰如簇。盤馬處、千迴百折，到門一束。雁翅城開山勢遠，羊腸路繞河流曲。正西風、浩蕩及關來，殘碉緑。

愁拊髀，翻消肉；思昂首，徒蒿目。任秦亭漢障，笑人録録。破廟虚迎無敵將，沈沙錯認長平鏃。爲書生、邊塞要新詞，勞駑服。

百字令 灤橋

萬峰如繡，怪白狼河外、天幕重展。一折黄流濺浪處，誰識山川平遠？馬踏層冰，舟横斷葦，我已津梁倦。鼉身飛跨，一鞭又刷霜岸。

猶是舊日王庭，荔陽檀石後，幾同龍戰。東澗西瀍曾作室，來往神州冠弁。照影思渾，濯纓疑濁，極目羲輪轉。浮蹤何事，百年愁憶鄉縣。

浪淘沙 客臘酒仙祠下曾有暗香疏影之作今秋再至灤陽

行館適當其麓病弗克登復拈此調不自知其詞之悲也荷鍤記前遊，雪滿林邱。一聲長嘯碧雲頭。眞箇天涯歸未得，何地埋憂？

萬事付東流，車馬悠悠。醉魂容易塞垣收。怕向山樓重極目，兩黛新愁。

雙荷葉

傷心别，銀笙弄斷秋霄月。秋霄月。緱山曾照，玉鸞煙滅。

機中錦字芳塵黦，瑤情自捻青珊玦。青珊

玦。秦川緘恨，那堪重疊？

聲聲慢 松濤

瑤宮露冷，畫棟煙悽，靈濤一片驚聞。晚雨吟風，何處暗攝胥魂？中峰舊時鸞鳳，待重來、咽斷黃昏。似逝水，付并刀快翦，那覓愁痕？　迴首十年前事，看扶桑、日出膏沐青原。翠鬣霜彫，憔悴夢底行雲。瑤峯幾人跨鶴？負秋期、月落崑崙。華表處，怕歸來、清唳夜分。

又 秋聲

頹垣叫蟀，亂甃嘶螿，朝朝暮暮堪憐。晚日秋花，疏影暗約愁邊。西風塞垣草短，恨驕嘶、駿馬空韉。問夢底，有胡笳一曲，澹月初筵。　獨向高樓百尺，聽遼空、雁語欲斷還連。窗竹鳴秋，何事二女悽然？庭烏夜寒未睡，忍危柯、抱月難眠。歸去引，拂瑤琴、知在那絃？

又 行館小病

提鈴弔月，疊鼓催霜，涼宵短夢難憑。紫塞秋來，惆悵病骨先驚。華年鬢青瘦損，澹相知、惟有孤燈。問照我，徧天涯賺得，往事何成？　細數風流舊恨，祇琅函、遞與燕雁飄零。布屋蕭然，何限夜雨荒程？相如茂陵倦也，薦長楊、底用空名？消夜永，待烏嗁、猶自未明。

齊天樂 爲人題八駿圖

海山天外神仙路，迢迢玉鞭輕指。隅目青熒，肉鬉塊磊，駿尾朔風捎起。房精漫擬。只一鏡清波，渥洼飛水。萬里西遊，六龍誰挽翠華逝。　憂來空歎撫髀。也羣空冀北，流盼生喜。九折羊腸，十年汗血，都付駑駘鞭弭。清高顧視，奈伏櫪悲鳴，壯心難已。會見瑤池，東方寒貝齒。

水龍吟 行館游龍兩株秋來作花楚楚可憐爲拈此調

問花何事傷心，怨紅迸落珍珠淚。離披蕊葉，淒迷風露，錦筵宜醉。二美明粧，九疑橫黛，不堪愁寄。是湘靈遺魄，幾時化作，窮塞落、雲仙珮。　憔悴金門玉砌，掩荒寒、一階秋旎。涼蟰怪蟀，亂蛩殘蝶，惱人心碎。恨煞斜陽，黄昏幾陣，黯隨流水。好素娥青女，簾前並影，照銜煙穗。

百字令 雨中過青石梁

亂峰屏列，過金城玉塞、天設重限。石磴盤盤天半路，飛鳥也應愁眄。斷石橫蹊，崩厓夾道，滑澾青泥坂。關山如此，浪遊何事乘檋？　一笑暑雨祁寒，我來頻繭足，歸馬先倦。細草寒花秋雨急，蹋石又鳴秋澗。絕頂天低，大荒雲塞，矯首蒼梧遠。解鞍地底，天門落日愁晚。

高陽臺 悼海門

窗雨談詩，林風命酒，年時蚴蟉雲龍。一別銅駝，十年誰伴孤蹤？隨陽幾度南湘雁，問征軺、何處相逢？又怎知、反旐歸艎，夢冷吳東？　玉堂修史人空老，看五陵衣馬，誰氏雍容？賦就長楊，西華駱馬龍鍾。文章羈旅成何用？病相如、枉說臨邛。錦鯨詞，欲爲招魂，倚曲愁工。

又 悼漭矼

東閣評花，西溪問雨，俊遊人正華年。玉貌清郎，誰知香案神仙？東風第一螭頭筆，月鉤斜、勅使頻宣。恨匆匆、一闋皇華，跨鶴誰邊？　氍毹曼舞天長醉，倚明燈似雪，濁酒如泉。酩酊宮袍，飛紅欲繡平原。人間多少傷心事，記留髭、夢語惺然。祇從來，兒女英雄，若個華顛。

蝶戀花二調

門外垂楊霜後縷。踠地柔條，繫得斜陽住。料峭黄昏風又雨，淒涼幾箇拳鴉樹。　玉笛聲中秋思苦。馬勒青絲，衹在雲山處。癡絶盈盈樓上女，樓高可見天涯路。

十里沙隄風景暮。缺月東南，黯黯雲峰吐。誰倚紅牆窗待曙？明星的的爬沙路。　蒼莽關河還急羽。愁著征衫，夜夜聞砧杵。環珮風尖吹細語，被風羃帶愁沾露。

摸魚兒夜宿孫河距都門僅卅餘里展轉更闌不能成寐賦此調未成而林鴉已起矣

莽浮生、百年録録，何人不歎駒影。秦顛越蹶當時事，成敗總須天定。歸騎引，恨望裏、金明尚隔桑榆景。閒情慢省。甚野店寒篝，村林片月，竟夕自孤醒。　東華陌，廿載朝衫一領，羸驂短策塵冷。白頭衹有鴻妻在，何處青山堪隱？霜夜永，嗟漸老、年華似水禁孱病。殘魂夢哽。待重整歸裝，倭遲僕馬，咫尺竹間徑。

卷四

青山溼遍 辛酉八月歸自灤陽適遘施淑人喪曩見納蘭容若此調嘗爲金粱外史所譜竊自效顰不知兩君情況視我何如也

菱花破也，依然噩夢，潦草霜晨。不道西風倦羽，蓦歸來、並影鸞分。感黔婁、身世總難論。祇青山、有約偕歸處，待白頭、長對如賓。禁得孤生暮景，重傷弱草輕塵。　癡絕石麟空禱，靈萱佩影，愁帶三春。那識江潭搖落，又淒涼、殢萼含蕡。賃東華、百故恨長貧。算從頭、十六年間事，到今宵、一一悽神。斷送瑤華倩影，支離未了殘魂。

酒泉子 二調

恨也如何？直到淚枯腸斷。研銀箋，裁錦段，獨絃歌。　世間能得浮生幾？情味愁夢底。待歸艫，還匹騎，臥煙蘿。

傅粉搔頭，愁對人家巾履。戲明珠，拾翠羽，恨悠悠。　山麋野鶴孤情性，鏡裏還隻影。强羈棲，時破哂，祇宜休。

瑣窗寒

瘦骨笻支，酸腸酒入，夢回孤忖。勞薪未已，依舊露朝煙暝。蓦歸來、空牀簟鋪，玉山篆滅盤荷凝。到夜闌猶是，一星殘月，佩聲誰問？　愁詠，相憐並。記恤緯天寒，典衣宵冷。離絃乍合，那識素琴摧軫？斷蕭條、蒙莊夢稀，紫紅那覓香絮影？恨無聊、重撿衫痕，强將清淚忍。

青玉案

人生賃廡居何易？又幾度、天長醉。最是酸風聞鶴唳。一天飛絮，栗留聲裏，誰與扁舟艤？　蘿陰老屋清如水，緋佩空霑淚痕紫。爨玉炊珠人去矣。花翻紅藥，螭頭春旆，獨自憐匏繫。

曲遊春 獨詣長椿寺作

紺宇春歸早，漸闍黎鐘罷，流梵初歇。玉座青蓮，閱滄桑多少，煙生雲滅？門外花風掣。過冉冉、香車油翣。對清寒，窣堵無言，唯有糝金塵黦。　孤咽。愁庚怨鴂。是空際離魂，枝上嚦血。一卷金經，慘當時教誦，繡籠衣雪。泛盞泉華潔。又灑著、野棠花發。曾是倩影瑤階，閬山萬疊。

玉京秋 七夕月色劇佳感而有作

秋幾日，西風頓驚爽，半規斜出。碧空乍洗，銀雲偏寂。長憶愁娥素影，照雙星、應爲良夕。橋陰直、絳河閒訊，彩鸞歸得。　枉事天錢營籍，舊情在、重尋片石。一葉涼颸，三生零露，流光催急。斷昴橫參，恨只恨、添入銅龍殘滴。倦棲翼，休問誰家怨笛。

玉蝴蝶 將移永光寺街屋

寂寞餞春歸了，天涯行腳，何處吾家？三宿桑陰，彈指十載京華。恨牽蘿、天寒倚竹；愁弄玉、月冷鳴笳。惱庭花，依然開謝，雨細風斜。　停車，流鶯勸客，匆匆袱被，且住爲佳。澹月疎筠，可憐人影在窗紗。洞房秋、空遺蕙草，仙徑晚、嬾覓胡麻。耐消他、隔牆鐘鼓，朝暮鬧撾。

卜算子慢〔一〕 內侄施敏先自越中來

明湖鏡掩，滄海帆去聲移，悵絕暮雲凝眄。儷句人來，黯澹壽梅枯蘚。誰挽？者匆匆、錦瑟年華換。最慘記、臨分絮語，依然長日心眼。　夢繞春庭月，是幾度飛花，一行歸雁。袖底巾箱，衹恐彥龍衣短。殘硯。好經心、休被京塵罥。縱未有、官絁贈與，忍西華寒霰。

【校】

〔一〕慢：底本作『漫』，據清名家詞改。

掃花游 悼觀音院雙鶴廿年前後皆不知何往也

倦棲毿羽，記閬苑初遊，翠峯同住。夜寒嘯侶。驀胎瓊獨自，絳霄輕舉。廿載重來，僂指光陰斷黍。恨誰據？又化影玉池，依舊雲路。　人世空寄廡。歎兩度傷春，百年愁暮。露瓶散雨。枉蘭苕俛仰，夢圓珠樹。宛翼馴雛，那及汀鷗渚鷺。黯絃柱。問三山、此情誰苦？

玲瓏四犯 羅杏邨老人畫梅莊圖便面爲施淑人作也

怕撿金箱，一搦雪膚痕，息壤空在。九九圖成，好是杜陵風概。何處五畝偕耕？祇想像、玉林瑤界。又怎知、姑射仙影，飄渺露華愁喟？　那時落月橫參夜。話寒香、葦簾疎廨。草廬脩竹翻遺我，枉說青山買。獨自翠羽夢回，付萬事、西風塵外。判故溪歸去，孤篷短笛，泛家雲瀨。

徵招 移居斜街

鳳城西下銀灣水，十年燕鴻來往。倦羽乍羈栖，又孤雲愁傍。飛蓬憐鞅掌。笑蝸角、何心鳩爽。磊落琴尊，等閒衾枕，依然流宕。　一水隔盈盈，堪回首、花陰舊巢無恙。逆旅總塵輕，是誰家門巷？孤絃安畫舫。抵多少、淺斟低唱？斷牆角，一種山薑，暫夢回書幌。

惜紅衣 紫薇

絳縷迎熏，珠房綻曉，捲簾長日。倦倚重簷，盈盈乍冠幘。欄杆夢影，憑護取、仙宮帬褶。消息。憔悴沈郎，奈珊珊無力。　何人紫禁，獨對黃昏，匆匆暗迴憶？熏絃試譜，好待鳳翎坼。只恐月鉤輕挂，難照玉池清魄。問碧天無恙，一桁彩雲扶得。

石州慢冒辟疆姬人吳湄蘭菱花硯往年得之吳中爲施淑人奩中物硯背銘廿五字製鏤絕工尾署甲戌春叩叩作叩叩湄蘭小字也

黯絕媧雲，當日雉皋，春影糊閣。冰奩巧樣新裁，翠管雙鉤纔學。隃麋恨積，認取水繪風流，南朝多少傷心魄。一片玉華寒，又尋常陵壑。　流落。桃根江畔，梅影奩中，那回梳掠。恨老蘭因，冉冉歲華飛雹。銅臺夢冷，一例瘞草銘花，同心漫擬孤生託。滄海月明時，剩脂痕殘角。

瑤花觀長椿寺明崇禎年劉太后像昔見金梁外史詞有高陽臺詠寺藏明田妃畫像一闋自註李太后像並藏寺中不知何指蓋沿國初諸老說也李太后像當時所稱九蓮菩薩乃在城西慈壽寺中而田妃像詢之寺僧並不知所在矣

瑤齋滿月，玉巵飛雲，被苔衣重疊。秋風褘翟，還記取、猶有方雷簪帓。天容慘澹，灑淚雨、六宮殯妾。歎滄桑、一炷金鑪，付與梵宮塵褐。　九蓮縹緲曾傳，想雨徙靈湫，花隱層闉。揚州夢短，更何處、零落蘭簪嘑曆？春來麥飯，指舊隴、茶山空說。恨夜深、蓮炬歸來，誰話水天殘偈。桂林城外茶山寺，明李太后勅建。

芳草太常仙蝶曩嘗聞之未見也年來兩遷禮寺賦此爲玉奴問

最無聊、輕塵枉著，瑤情隔斷靈蹤。那回圖畫裏，瘦腰纖搦，縹緲認春容。玉珂前度客，鎮齋時、駱馬龍鍾。笑吏隱蒙莊，夢緣底事匆匆。　朦朧。曙星寒月，玉皇前案、一朵雲紅。好春閒負了，御鑪煙惹袖，浥舊香重。羨他花裏活，逐雙飛、人在筠籠。問倩影、青陵恨侶，曾託仙峰。

留客住寓齋小有種蒔時雨既足藤竹夜涼偶拈此調

瓜廬小。是何人、當時蝸隱，稱我一枝聊託，碧梧青篠。莫問寒天袖薄，翠倚何處。忍負銅街風軟，玉宇雲輕，匆匆冷吟閒嘯。　舊情杳。儘燕徙巢空，月迷窗窈。巾墊歸來，獨自簾衣塵掃。等是浮生逆旅，蹔時鴻爪。邐迆題句人去也，又春雨杏花好景誰道？

花犯 自題畫梅

黯相思，冰姿玉骨，寒山澹猶倚。夢華能幾？歎縹緲仙塵，空付流水。世間百歲輕彈指，清歌憐翠尾。漫記取、漉珠炊雪，風流圖畫裏。　誰知對花更無聊，千葩縱萬蕊，東風如醉。歸去好，誰同住，洞天十二？孤村曉、酒鑪墮月，嬾更覓、調羹嘗鼎味。衹貌得、一枝香影，酸心愁弄子。近得王元章畫梅十二巨幀，故有『洞天』句。

高陽臺 讀雪波夾竹桃詞有感是前數年館余永光寺街寓廬作也

瑣碧舒煙，銀緋弄日，一枝斜在欄杆。夢憶天臺，匡牀小枕平安。屏風六曲深杯灩，典金釵、不怕清寒。黯當時、醉客留題，猶在氷紈。　玄都觀裏花千樹，問劉郎前度，倦眼曾看。淚盡東風，淒涼重倚修鸞。零苞剩粉傷心事，裛啼紅、濺雨斑斑。判青春、獨對花時，幾箇檀欒。

尾犯 自題塡詞圖

病客最悽魂，洲苑夢回，儷影春閤。寄得清愁，衹殘宮零角。傷謝韻、天迷絮舞，枉芬才、雲沉雁落。最纏綿處，剔盡銀燈，黯黯缸花薄。　家山輕破了，恨墮影、柳翠渾薄。那識相如，問遺書猶昨。念何事、秦簫恨短，重而今、氷絃怨託。再生何世，衹恐吹、玉參差錯。

倒犯

歎瘦盡、腰圍帶寬，佩金慵掉。涼宵夢好。秋穹弱、亂雲誰掃？樓陰轉愛、花竹參差簾階悄。是竹外塵颷，寂寞何人到？怕清眠，爲驚覺。　街鼓未闌，感帨狺狺，花間愁月照。短檠去聲鎮對影，露華薄，迴颷峭。念漫跡，催歸早。泥銀屏、低聲爲客道。道馬滑霜濃，莫怨垂鞭倒。玉壺輕滴了。

淡黃柳

金枝翠匐，夢繞青瑚玦。一桁玲瓏霏似雪。衹是迷花旋竹，姤影翻愁玉階月。　　恁騷屑。餘春忍攀折。舊情在，臂痕齧。怕西風、只在橫波瞥。笛裏關山，爲誰腸斷？枉作餳簫恨咽。

漁家傲 題倪海槎詩卷

一卷新詩冰雪沁，詩情縹緲禪心印。門外軟紅飛不定。幽夢醒，銅瓶水活花枝韻。　　畫省餘香消燕寢，卅年前事流光迅。多少繁華如泡影。閒伏枕，與君俱是維摩病。

定風波 喜聞金陵大捷

捲飛埃、一騎紅旌，天街好語都準。半壁危撦，十年草竊，浩劫如流瞬。卷詩書，置車艇，有約青春伴須趁。歸興。也毛錐擲了，角巾閒整。　　斷金破粉。恁江山、六代猶餘燼。歎英雄幾個，潢池到處，事往憐孤僨。笑書生，未華鬢。叱咤蒼頭肘金印。佳運。疾風殘籜，昇平重論。

淒涼犯 長椿寺作時施淑人喪已三年余亦將戒歸矣

露槐徑踏。西風悄、琳宮梵語愁荅。歲華展轉，秋空懍洌，一林烏匝。香花黦黯。聽淒絕、圓鈴恨嗒。歸來好、綃衣繡褶，月冷夢雲闔。　　閒脫朝衫了，記否當時，病吟塵榻。舊盟未改，指南阡、魏城新塔。丙舍松陰，待一路、濃青更插。辦歸艫、還自倦影伴翠翣。

氏州第一 蔣蕉林樞部贈陳曼生製坡笠壺索賦此調

塵渴依然，客病未已，孤懷潦倒誰省？雁侶情高，彝尊貌古，恰稱泉甘試茗。別樣官哥，巧製出、壺盧新詠。範擬天穹，圖傳海角，玉華痕浸。　　笑我枯禪閒自領。誦單偈、落花風定。昨夜微酲，疎簾淡月，感舊緘遺蓋。腋涼生、幽夢醒，漫贏得、魂清骨冷。欲報瓊瑤，悵吟搔、潘郎鬢影。

浣溪沙 十調

百尺秦樓衛水濱，玉簫金管總同春。一灣芳草謝池芬。　西月只圓三五夜，東風纔動兩三旬。匆匆嘶騎不堪聞。

準擬西風整鹿車，越臺秦望幾蜘躇。茂陵秋雨病相如。

車犖間關翻累汝，枕函塵夢獨悽予。傷心休問路揶揄。

一舸將迎十四橋，雁蘆銜影尾頻翛。藥鑪茗鼎共飄搖。

遺草那回拚待訪，散花誰意轉無瘳。吳閶皋廡最魂消。

風月餘生黯若何？嚴裝遠道足蹉跎。夢回京邑淚痕多。

林下幾人愁詠絮，竹間長日困牽蘿。故衫愁著紫雲珂。

巷柳園花費主持，常將香雪和瓊巵。春光猶在小桃枝。

無賴暮江風浪惡，多情良夜月華滋。寒窗擁髻斷腸時。

悔別湘南萬里遊，肯將寒夢覓封侯。歸裝還落錦機頭。

鏡檻荒雞常獨夜，書帷急羽慣窮秋。黛螺眈得幾多愁？

十載兵戈莽未涯，舊山新隴盡氛埃。春秋形影對徘徊。

怕觸棠梨鶯夢苦，每聞鵑鴂雁行哀。爲君何意復營齋。

家具雞栖屢挈將，定巢寒燕影雙雙。海王村畔幾斜陽？

衣帶舊痕憐骨董，畫圖新製愛瀟湘。繡簾人靜暗嗁螿。

心字香焚夜叩天，象牀蘭夢祝清圓。楮痕銷玉恨如煙。

坼蕊殘苞重已矣，敗蒲衰柳更悽然。那堪迴首又當年？

一昔秋風計未差，幾番清淚溼盤緺。灞陵誰更髻椎丫？

往事蕭條緘蓋篋，新來黯淡對金花。孤窗蒲管結禪跏。

留客住 客秋寓齋曾賦此調春夏以來小庭風物彌覺灑然輒復拈此以寄慨云

宣南路。恁年光、飄搖何意？只有盤花旋竹，舊情堪溯。不道番風信息，廿四都過。政爾楹停棼尾，曲罷遨頭，聊當面城閒賦。　漫誰妬？是窅窱筠風，瓏琤梧雨。娥月悽魂，夜久蘿煙青罅。底事隣雞慣喚，昴參三五？冉冉殘夢殊未了，剩門外翠蛾宛轉窺戶。

金縷曲 題宗滌甫丈萬松陰裏一團瓢圖卷

那得團瓢處。歎人生、抗塵走俗，勞勞塵土。悵惘雲門新甃後，舊日青松宜補。幸猶有、龍身如故。太白樓前乘障久，問先生、抛得淇園竹作去？羨矍鑠，鞍猶據。

王劉千載傳祠宇。感觸生、仳離鄉井，僑生羈旅。一笑朝衫輕脫了，擬築瀰山新隝。待晚與、蒼髯爲伍。奇節何人眞磊砢，莽乾坤、大廈須爲柱。歸試覓，瓢間樹。

又得姊氏粤中書

寂寞烏衣巷。訊春來、秭歸郵落，東風無恙。迢遞南雲舒雁字，偏著孤絃悽惘。爲念我、長頭虛長。廿載重來滄海月，恨明珠、有淚還空掌。金馬宅，翳蠨網。

羅襟酒污徒嗟往。忍青春、高禖祠宇，故山輕忘。爭奈燕梁秋似客，休問誰家簾幌。更老至、江湖宜放。三徑儻猶松菊在，歎浮花、浪蕊何心賞。歸去也，白湖舫。

高陽臺陳抱潛書來問疾賦此代柬兼懷蘇虛谷桂林

丹鳳城南，棗花寺裏，年來清夢迢迢。殘月蘆溝，曉風吹輭虹腰。茂陵病久相如老，攬經年、雙鬢飄蕭。賸春來、片影遙峯，臥冷吳舠。

山陽有客愁聞笛，說白雲黃鶴，幾處魂銷。風雪河關，淚痕濃著青袍。遨頭不恨遲芳宴，恨天涯、落莫裘貂。怕重逢，攜酒聽鶯，楚魄難招。京師傳余噩耗，抱潛書來云爾。

珍珠簾春影用金梁夢月詞韻

春來做出迷離景。問魂銷、幾度相思猶凝。窈窕弄花枝，颺畫簾波冷。黯是行雲濃作絮，總到處、飄搖無定。仙境。指紅樓一角，玉人遙凭。

何處似識輕盈。蘸清池綠水，遙峯鬟靚。對面倚青鸞，恨綺腸愁映。燕掠鶯捎渾不準，問覓得、風前偷並。風靜。好曲欄遮住，暮天垂暝。

金縷曲小窗臥雨孤檠愁伴感物興懷玉田生所謂不自知其詞之何以然也

夜雨聞菰葉。問幾時、芙蓉前度，水花開徹。滿目香閨兒女恨，暗底繁華銷歇。念去日、東風飄瞥。打起黃鶯遼西夢，是禁煙、寒食清明節。思往事，淚盈睫。

游絲落絮愁孤撇。凭高樓、平林漠漠，數聲啼鴂。水面琵琶翻別調，聒亂銀瓶漿裂。盼不盡、估帆煙滅。江北江南魂銷斷，更驚心、橋畔鵑聲接。商舶〔一〕怨，最嗚咽。

摻亂同心結。更那堪、黃河遠上，寄書重絕。玉釧珠釵閒拋盡，背影孤眠長怯。楊柳外、疏星殘月。早是春光愁銷黯，又銀屏、暗落瓊枝屑。堪重理，鬟雲疊。

并刀恨斷珊瑚玦。檢迴文、纏綿錦字，幾番空切。羌笛春風何須怨，枉作枝頭啼血。只銷盡、當時眉纈。暗雨青檠寒宵伴，忍舊愁、新恨從頭說。金椀粟，爛如雪。

【校】

〔一〕舶：《清名家詞》作「船」。

踏莎行 寄題海棠祠祠在藤州海棠橋往年泊舟其下

畫壁雲荒，披厓薜露。林花落盡春無主。青天南北正茫茫，夢中省識曾題句。　玉佩愁停，金環恨誤。十年棖觸藤州路。小橋深處亂啼鶯，扁舟衝入添花雨。

東風第一枝 子楨寄贈畫梅便面

象管垂珠，玉毫粲雪，一規圓魄疑暈。乍從驛騎傳來，恰好夢幃喚醒。瑤階春早，渾憶得、娉婷芳影。問舊時、月色誰憐？猶是那番清興。　耐幾日、峭寒俊忍。悵獨自、病腰瘦損。天涯誰數東風？二十四番換盡。蘭街走馬，又紫陌、紅香飛鬢。到恁時、笛裏重逢，怕老江南春信。

浣溪沙

路入吳楓第幾橋？垂楊垂柳一千條。等閒消受試今宵。　山寺曉鐘偏到枕，水鄉殘月又歸潮。夜深何處玉人簫？

淚落吳娘苦恨多，曉寒無奈峭風何？瀟瀟還唱懊儂歌。　樓外遠山沈潑黛，檻前新水漲橫波。華年禁得幾蹉跎。

摸魚兒 秋江行旅圖和夢玉兄韻

趁西風、渡江一舸，秋程金雁頻數。新詞低唱江南樂，行入玉峯深處。楓葉暮，似酒面、紅潮不怕青山妒。曲終幾度。向鏡角瀾迴，青簾並影，好景落飛鶩。江亭月，水面琵琶調苦，絃聲零落洲步。五湖乘得扁舟興，絕勝夕陽簫鼓。歸忍誤，須不是茂陵、客賣相如賦。離懷暗訴。問冷落關河，過帆多少，寂寂載愁去？

聲聲慢 翰臣奉諱南歸頃自武昌寄書感懷賦此

羅幃臥冷，藥鼎香銷，幾人問訊江湖？胥浦春潮，迢遞一紙湘魚。天涯者番恨雨，灑江鄉、溼遍菰蒲。懷往事，儘花明紫曲，月暗銅鋪。　渺渺仙皋珮玉，悵磯頭黃鵠，雲唳煙呼。淚枕歸艎，猶念落月琴孤。邐迤舊鄉禁火，對青山、何處棲廬。殘夢裏，向南村、還戀故居。

鳳簫吟 春來沈痾漸有瘥意計自越城臥困以來將三年矣枕上偶作瑣窗寒諸闋大都搔首問天懺悔自陳之意子楨夢玉各有和章復括此解

懊春容。驕花困柳，一般總是東風。玉簫輕擫破，闌干豔雪，簌簌已飄紅。判將芳事晚，趁斜陽、歸去青驄。恨繫老垂楊，幾番夢雨樓東。　愁儂。閒階鋪蘚，滿園飛絮，抵甚春工。新煙懷故國，畫梁歸燕到，幾處簾櫳。素琴彈不斷，賸雲邊、流響飛鴻。問覓得、湔裳水曲，閒日游蹤。

楚宮春 牡丹用草窗韻

腓紅膩白，漫開偏東風、萬花深谷。曉露漸晞，小檻盈盈春足。何處雲衣霞佩，醉擁出、傾城香國。翠袖還扶，訝繡屏、猶有寒輕，晚煙吹冷庭綠。　底事游驄南北。銷豔綺、長記相逢韋曲。試問漢宮，猶有藏嬌金屋。詞筆清平暗老，祇痛惜、襟寒酒宿。霧影重重，暫夢迴、獨對凝妝，懶說芳華羣玉。

水龍吟 送春

夢迴卻怨東風，春來總是愁時節。柘枝青老，牡丹開過，又聽鶗鴂。帶粉悽香，鏡塵凝黛，問春能說。漫簫聲吹遠，東門南浦，飛花路，亂如雪。　枉作垂楊恨結。綰年年、幾多離別。閒情須付，半簾斜照，一階殘莢。後日相逢，天涯何許，舊愁應怯。判綠陰似水，闌干獨自，對花前月。

浣溪沙

一枕新涼斷雨聞，蒲香猶殢睡魂醺。醉來翻污石榴裙。　歌板錯迷襄夢影，舞衫纔著楚腰身。自憐鴉髻亂湘雲。

小閣寒香沁木樨，靖江城闕暮雲西。滿階榕葉亂鶯啼。　涼月不知貪鶴夢，野風何事妒鵷棲？夜深吹雨遍江隄。

黯淡金花夜氣消，玉樓深處涴紅綃。泥人殘醉墮香翹。　波底豔魂疑睡蝶，水邊寒淚惜啼鮫。海山風定夜歸潮。

幾日春酲困不支，田田蓮葉送春時。迴塘雙槳漫輕攜。　香老漸憐蘋影暗，路深時覺茜花迷。再來還約看紅衣。

隔浦聞歌記采蓮，采蓮花好阿誰邊？亂紅遙指白鷗前。　日暮暫迴金勒轡，柳陰閒繫木蘭船。被風吹去宿花間。

偏是藍橋夢未眞，暗香零粉可憐春。小樓鐘鼓易黃昏。　滿地落花孤館暮，斷腸芳草幾回新？那曾輕忘綠羅裙。

漸覺微寒宿酒餘，燭花霜影暗流蘇。一枝紅豔惱雙蕖。　金鼎斷香全錯莫，綺窗殘月半模糊。曉檐聲亂又啼烏。

病骨秋來怯自驚，夜窗風竹撼縱橫。教人殘夢不分明。　門外一江煙月淡，去時雙槳浪花平。燒金篆玉幾多情。

曲遊春子楨游自支硎歸出示此調屬和次韻

探盡江南好，索擔頭鑾榼，多少春釀。草長鶯飛，攬芳情都載，翠波蘭槳。輦路通幽爽。賸幾許、湖山勝賞。料也應、瘦袷風前，愁我碧紗閒悵。　靜響。寒鐘青嶂。儘冷落禪棲，花月誰掌？玉轉雲橈，又清樽暮雨，豔歌燈舫。隔院聞雛唱。問那有、夢魂輕往？漸老丈室維摩，柳棉夾巷。

瑞龍吟聞笛用清眞韻

湘花路。提起萬感蒼茫，嶺雲燕樹。瑤臺縹緲人家，數聲脆管，傷春倦處。　澹猶佇。還省妙年三五，綺窗瓊戶。偷來羽調宮牆，酒邊扇底，鸞皇試語。誰道關河遊歷，繞梁悽澀，天魔愁舞。應歎玉顏盧郎，幽弄非故。殘經破管，惟有相思句。　華筵好、梅英散亂，沈沈江步。怕向陽關去。垂楊暗積，長條短緒。都是傷心縷。歸雁早、汀洲黃蘆秋雨。斷魂漫攬，夜寒偎絮。

木蘭花慢雨中沈悶忽憶五年前虛谷贈句有云中年偃蹇憐兒女舊學衰頹重友生感歎之餘爲填此解

怕衰容攬鏡，問底事，戀東湖？幾敗壁蝸涎，寒窗蚓曲，荏苒朝晡。踟躕。病腰瘦損，笑盤餐、長忍對江鱸。破礎門邊暮雨，雲山咫尺蓬壺。　何須，問訊雙魚？鴻外影，蠹餘書。悵千里關河，百年身世，臥穩笻孤。嗚嗚。仰天擊缶，有高文、能傲敬通無？那得塵清丈室，祇園坐老團蒲。

高陽臺題子湘大令湖亭雅集圖用玉田西湖感春詞韻

柳暗荷深，山重水復，幾時親櫂湖船。冷渡西興，雙魚畏說經年。梅花雪滿高峯路，臥孤篷、聽雨誰憐？對悠然、一卷丹青，夢老茶煙。余戊冬自越入吳，攜累輿疾過杭，西湖不得一游，平生未到也。　湖亭日日笙簫宴，問何來裙屐，如此山川。江夏無雙，風流賸落吟邊。傷心休話南朝事，試亭陰、枕簟清眠。掛重簾、調起歌鶯，放了愁鵑。

金縷曲 落緯

練影明蘿屋。過黃昏、晚蜩吟罷，玉蟾新沐。淅瀝涼颸金井畔，一杼鳴聲悽促。似獨繭、抽來盈軸。多恐秦川機中婦，化淒涼、片羽驚秋綠。愁自語，斷還續。

疏檠漸喜清宵讀。但消磨、雅箋邠疏。歲華虛速。風雨寒雞無限思，苦憶西堂葵菽。判底事、勞勞輕逐。上國王孫來歸未，問繡牀、夢嬾何由足。鐘漏隱，隔花竹。

木蘭花慢 自題畫冊四解

對羅池片影，風詠好，水邊樓。賸玉珮新詞，青山舊跡，不赴春流。迴眸。萬花鬧裏，問幾年、閒夢熟簾鉤。漫惜柑黃荔紫，多應鶴怨猿愁。

悠悠。嵐翠帶江浮，長日伴清謳。倚寂寞園林，須星照夜，娥月明秋。綢繆。半窗燈火，到更闌、烏鵲繞城頭。縱爾荷衣未損，幾時天際歸舟？ 右江亭讀書冊。亭在柳州，柳刺史故蹟也。

繞湖杉數頃，榕葉闇，古城闉。正寂歷柴桑，庭開旋馬，帳隱橫經。沈沈。後堂醉飲，對春風、閒話子雲亭。腸斷當年絲竹，高樓夜雨曾聽。

車停。素卷汗猶青，今古幾沈冥。歎塵裏緇冠，江頭老屋，夢想能憑。飄零。浪游祇倦，問天涯、寥落幾晨星？長憶故山修竹，寒關燈火熒熒。 右湖莊問字冊。畫中一老人，爲榕湖講師永福呂先生璜，曩所從得歸、方文法者也。

笑王孫潦倒，吳市隱、一簫寒。幾寄廡愁春，登樓嬾賦，寂寞雲山。朱絃。漫移錦瑟，甚匆匆、才減令狐箋。欲問空巖象跡，春來雪滿嚴關。

杯殘。綠水正開簾，深樹早聞鵑。算杜老溪莊，庾公樓觀，渾是悽憐。纏綿。舊巢未冷，有呢喃、燕子語梁閒。漸老東風詞筆，無多笛裏梅邊。 右客館傭書冊。

掛樵峯墜月，芳樹裏、臥橫參。向磴曲厓陰，雲青水白，一枕沈酣。闌干。恨啼翠羽，惹羅襟、清淚落苔斑。喚醒城頭畫角，滄波恨與漫漫。

愁看。燈火正檀欒，花萼最斕斒。奈露漬空梁，雲虧素魄，枉自摧殘。關山。怨鴻斷影，問江城、吹笛幾時還？歸去竹籬茅舍，丰標那惜〔一〕清寒？ 右仙城夢月冊。

【校】

〔一〕惜：底本作作『昔』，據清名家詞改。

花犯 小窗海棠鳳仙作花戲拈

篠牆陰、嬋娟鬭晚，盈盈粲羅綺。倦眸初洗，怪絳縷銀綃，都是秋意。斷腸舊夢隨流水，芳痕賸摻指。衹自惜、玉山輕碎，翾飛愁更起。　誰知對花最相思。鄉園放數畝，斜陽誰醉？簾外雨連宵，又替妝紅翠。檀欒影，晚煙淡月，渾似我、容華羞對比。待幾日、滿籬黃健，牽蘿書帶裏。花旁有天竹一叢，故作『檀欒』句。

青玉案 病餘久未作詩汪筱珊同年日攜六朝煙雨畫卷索句率用卷中位西詩韻作二絕句云日對圖書謝羽綸笑余因病欲長閒那堪重讀湖光卷心在高峯南北間君縱離鄉居一水我猶迷路到重關東華更有遊仙客煙雨雙隄夢底還復綴此詞時方擬杪秋作杭越游也

平生未踏沙堤路，衹夢底、移舟去。行到孤山孤絕處。白波青巘，露荷風絮，擬共逋仙住。　小窗睡覺聞秋雨，漠漠寒煙引輕素。咫尺雲鄉休恨阻。虹橋一帶，鶯湖百里，試覓閒鷗鷺。

摸魚兒 題子湘大令所藏侯朝宗秋江釣艇圖影

問誰能、陸離長劍，江邊來作漁父？水花開到黃蘆岸，遮莫瓜州前渡。煙外浦，計猶有、清平文雅臺邊樹。長鬚繫艣。試一曲琵琶，郎君玉貌，曾解斷腸否？　東林幟，底事江南重舉？十年滄海非故。傷心那獨，揚州夢、扇底桃花紅汚。風又雨，甚不著蓑衣、博浪椎空誤。飄零片羽。笑我亦雕蟲，壯年虛悔，遺恨渺千古。圖爲朝宗社友閩人曾鯨崇禎乙亥年作。扁舟幅巾，而倚一劍一敝服，蚪髯撥櫂者，疑即朝宗家義僕也。

附録一

王拯傳

王拯，初名錫振，字定甫，廣西馬平人。道光二十一年進士，授戶部主事，充軍機章京。大學士賽尚阿視師廣西，以拯從，拯感時多難，慷慨思有所建白。咸豐間，自郎中累遷大理寺少卿。同治二年，降捻宋景詩由陝西還擾直隸、山東，拯奏言：『景詩，岡屯甄圩，儼然嵎固，自陝逸回，其黨不過數百。崇厚等一再養癰，裹脅逾萬。近復於昌邑、莘、聊城、臨清四州縣，令村莊將所獲麥與佃戶平分，運送岡屯，是其名爲降伏，心迹轉益凶悖。請密敕直隸督臣劉長佑計調來營，暴其罪而誅之。若抗違不至，直隸官軍猶能越境進剿。景詩既除，如楊蓬嶺、程順書等首惡，皆可駢誅，以除巨憝，以安畿輔。』疏入，未行。其後景詩卒以叛誅。

軍事未定，曾國藩議於廣東籌餉，勞崇光創辦釐金，諸弊叢起。拯疏言：『兩粵爲肇亂之區，岑溪、容縣，數載皆爲賊踞。信宜陳金缸尤爲巨憝，羣賊相爲一氣，滋蔓難圖。勞崇光舉辦釐金，率令紳商包充墊繳，燃眉剜肉，事何可常？及崇光去任，徵收減少。近乃有釐務委員，或爲衆所毆傷，或爲民間枷號，雖民情頑獷，而官吏惡劣亦可概見。以積年久亂之地，有負嵎圜視之賊，當一切利孔，百方搜剔之時，臣竊恐利未十而害已百。萬一兩粵復糜爛，更不知何所措手足，豈惟釐金不能辦而已？』因薦廣東道員唐啟蔭、兩淮運使郭嵩燾、浙江運使成孫詒。旋用嵩燾督廣東釐金，自拯疏發之也。

三年，遷太常寺卿，署左副都御史。疏論：『總理各國事務大臣侍郎崇綸、恒祺、董恂、薛煥，委瑣齷齪，通國皆知，竊恐外邦輕侮，以爲中朝卿貳之班，大都不過如若曹等，未免爲中朝恥辱。就令人材難得，或於總理衙門位置爲宜，上應量爲裁抑，或處以散職，或畀以虛銜，庶外邦服我旌別之嚴。四方聞之，亦釋然於朝廷有納羣倫、羈縻彼族之意。』

尋遷通政使，仍署左副都御史。疏言：『近日蘇、杭迭克，直、東肅清。臣觀從來將興之業，垂成之功，未有不矢以小心，而始能底定者。金陵賊窟雖計於三四月間可拔，而丹陽與常州犄角，百戰悍賊如李秀成等，麇集死守。杭、嘉既克，餘黨歸併湖州。其自皖南竄越江西之賊，蔓延玉山、鉛山、金谿、建昌二三百里，衆號八九萬，並有闌入福建境者。又聞李世賢自率巨股由淳安、遂安接踵而至，曾國藩、左宗棠等用兵日久，前此屢陳不亟求功旦夕，同一老謀深計，獨於皖、浙毗境豫作防維之策，則國藩意在徽、寧各飭所部分防，宗棠以爲不若併力取廣德扼賊竄路。兩議未及定，賊已由皖竄贛。賊又草竊已久，人數太衆，勢多不能聚殲而弗使一賊他遁。臣則以此賊人多勢劇，一意奔突，前股未痛剿，後股又踵接。萬一深入江西腹地，燼餘復熾，又至燎原。且由贛踰閩，可以直走汀、潮，爲數年來竄匪熟路。黄文金由此而來，石達開由此而去，前事可爲深警。疊蒙諭旨，曾國藩、左宗棠、李鴻章、沈葆楨及閩、粵各督撫諄諄戒備。當此大功將竟，惟當併力一心，互籌戰守，務將分竄諸賊，前截後追，必使所至創夷，日就衰殘零落，不得喙息，以成巨患。臣尤有請者，皖、浙諸軍與賊相持不爲不久，所需餉項，國藩、宗棠等各於江、楚等省自爲籌畫。國藩奏於江省設立總臺，以一省捐釐之數，爲皖軍十萬養命之源。浙軍固不能分撥，即國藩所部月餉，傳聞亦祇放數成，不得已而籌及廣東釐捐，乃又不能遽辦。夫民之不能見遠而各爲其私者，情也。廣東有之，江西豈獨不然？日前沈葆楨奏請將江西茶税、牙釐等款歸本省任收，旋用部議允留其半，在國藩等斷不至觖望。惟軍前將卒，當枕戈喋血切望成功之時，忽聞軍餉來源將減，衆心或生疑懼，何以得飽騰而資鼓舞？擬請飭贛、皖、楚、粵各疆臣，值此事機至緊，無論如何變通爲難，總當殫竭血誠，同心共濟。甘肅回氛未戢，中州餘捻尚存，汝南陳大喜等竄逸湖北，自隨、棗逼襄、樊；張總愚自南臺山中出竄内、淅，時虞合併；漢中之賊，全竄寧、陝、商州一路，聞將會齊襄、樊回援金陵，誠亦未可輕忽。目前陝省軍務，政出多門，李雲麟追賊商於，忽捲旆而西，其在興安，未能遏賊竄逸，其在漢陰，遇賊避匿，縱勇淫掠，宜量加裁抑。劉蓉素嘗學問，懷負非常，漢中之賊，本所專辦，而竄擾四出，尤當誓志盪除，方爲不負。多隆阿聲望最優，衆口爭傳爲第一名將，乃近日聲望漸損，宜申聖諭訓飭。雷正綰所向克捷，諒足當一面之寄，顧全甘官吏，未有一二正人支持其間。現聞蘭州與慶陽隔絕，恩麟權督印，不過使令便辟之材，識見陋劣；熙麟坐守慶陽、寧夏一區，又爲慶昀種種紕繆所誤。臣愚以爲亟宜遴簡公正有爲之大臣，鎮撫整飭。今之天下，何易遽言率土奠安，而南北軍務漸定，西事再能就緒，亦即爲大致之澄清。朝廷者天下之本，宫府清明嚴肅，與疆埸奮迅振拔之氣，相感而自通。天下大勢日轉，而亦正多難鉅之事，或遽以爲時局清明，事機暢遂，若已治已安者然。人情大抵喜新狃常，畏難而務獲，獨有當幾至誠君子，爲能深察而切戒之。昔諸葛亮爲三代下一人，史獨稱之以謹慎。朱子進戒宋孝宗曰：「使宴安酖毒之害，日滋而日長；將臥薪嘗膽之志，日遠而日忘。」臣不勝私憂過計，冒昧瀝陳。』疏入，報聞。尋告歸，卒。

錄自清史稿卷四百二十三。

附録二

龍壁山房詞序

張金鏞

余與王子定甫爲同年生，一星終矣。初聞馨逸，未數晨夕。中更別離，益感邈曠。

歲在壬子，君旋自戎幕，鍵戶掃軌。沈鱗羈羽，影響斯合。儵居相望，還往梭織。蔬飱檗酒，率窮懽妍。所爲詩歌，獲飫汁瀝。爰出倚聲，授余掎摭。芳意悅魄，古愁蕩魂。銖黍不忒，情旨畢罄。方諸兩宋，洵可高揖清眞，平視聖與。牧之序昌谷詩曰：『雲煙緜聯，不足爲態。』又曰：『春之盎盎，水之迢迢。』以語君詞，詎云多讓？

定甫復言：『詞雖小技，壯夫所嗤。而當指物索神，造意搜狀，劌肝鉥腎，其傷實多。自苦何爲？』將矢不作。余曰：『唯唯。鄙生亦云，不惟吾子。百年躄躠，生也有涯。而以感怨刺懟，劖刻造化。既違和平，更促年壽。屏置弗事，亦延命之一訣也。』

雖然，余與定甫解後相依，跡若蛩駏。幽室華燭，殘杯冷炙。當其落木繫牖，斜月移幌，結心沈冥，時或歎詫。悲愉顛倒，拉雜無端。他日者，雨絕雲乖，故人入夢。追維此樂，窈窈在目。發之音聲，必有不自禁者。定甫之詞，其能已於是耶？

平湖張金鏞序於宣武城南寓廬。